顏忠賢 著

地獄變相

上冊

第二部。住。

第三部。壞。

下冊

第四部。空。

末部。鬼藝術家列傳。

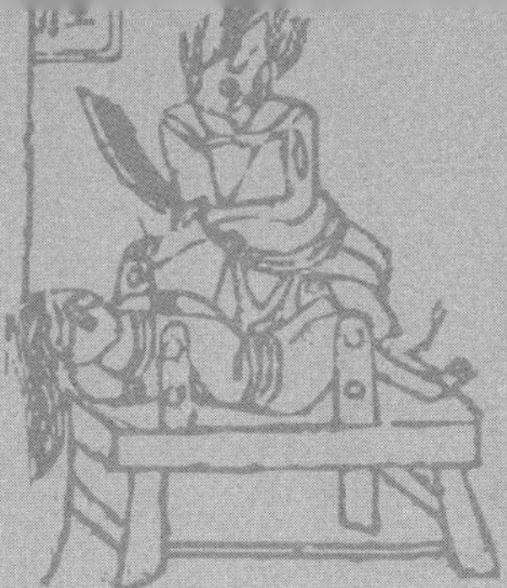
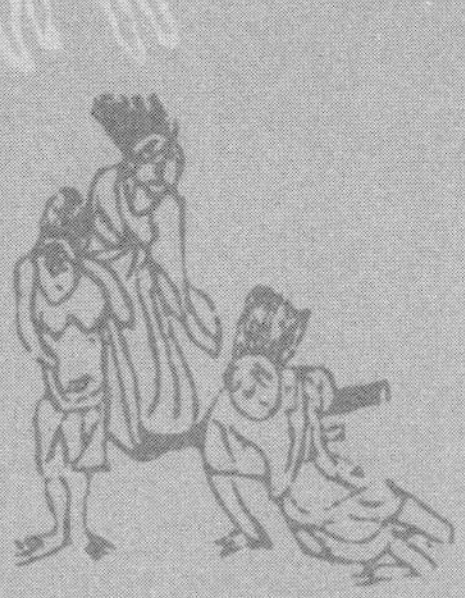

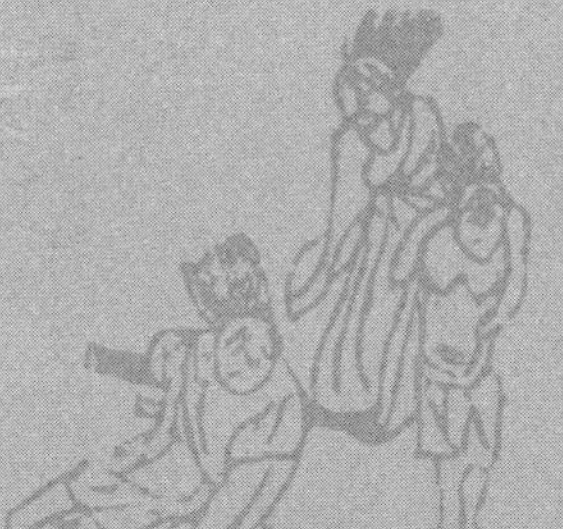
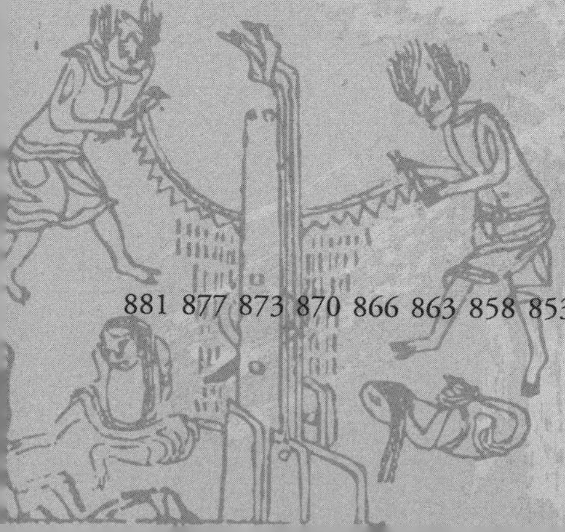

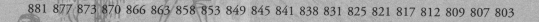

第十九章。恐怖。

終究不免想要更壯烈地深入恐怖分子的恐怖……就可能擴散對深入九一一之後那一年紐約的難過到難以理解的絕望的必然。

那一年剛到紐約的老道仍沒有準備好任何預設的方式來面對在九一一恐怖攻擊陰霾仍然充斥的無奈無限蔓延的怪異遭遇，他老是以同樣的無奈面對心有餘悸的紐約人強迫症發作般地將種種跡象擴散解釋成下一次恐襲惡兆的種種可能……

老道老只想看看到底會發生什麼？看看自己到底在惡兆蔓延的恐慌中會變成什麼？

連這些恐怖分子計劃的構想都用一種很不像自己以前的那種迂迴拗口而刻意華麗的來想像，工於心計的用一個觀點用一個教訓用一個典故的世故來搬弄……

所以，這恐怖分子計劃大多反而故意是用自毀武功的方式想的，用封住拍的炫目的華麗的方式去對待的。

但是卻因為二十多年後的這個地獄變相計劃的展覽最後的事而整理起那電腦裡在紐約拍的密密麻麻的數位照片影片檔案……

為了展覽的需要而一看再看這些影像是令老道千頭萬緒的，一如傳說中人瀕臨死亡之前，會在眼前迅速重新閃過一生裡所有畫面的驚愕。

面對這種驚愕的老道非常低沉，因為那些恐怖分子計劃的怪時光都過去了，所有的事令人很不捨，很悔恨……但也無能為力挽回什麼。

只能看著並重溫並陷落於那些照片影片裡那些時日那些地方那些密密麻麻的情緒……

想到那時候，老道在九一一第二年的一整年住在紐約……一開始只是因為太長時間浸泡在某一個外國，說外國的話，寫外國的字，過了好久，一直很難接受，也一直覺得好像失去了什麼，但也說不清楚，但再過更久一點，竟也已習慣了不再用自己的母語講或寫的那種失去了什麼……

那時候，在紐約，也有很久一段時日是打算不回臺灣了的。

但，後來，也還是回來了。

不知為何，在回來之後的某些夠安靜夠孤獨的時刻裡，老道老覺得自己已經完完全全變成另外一個人了，不論是因為中間發生了什麼事遇見什麼人去過什麼地方而改變並不清楚，但，就是不一樣了。

完全不一樣了。

雖然回來之後，老道馬上接了老道人生最無奈最不得已的沉重太多太多其他展覽計劃，做為那樣沉重地半體制化半憂鬱症化地做了太多太多年。

又過了太多太多年，做了國內外大大小小太多展覽的另一種瘋狂的忙的太多年。

之後，再看這些紐約的跟恐怖分子計劃有關的太多怪東西時老道已不太記得，或說記不太清楚，在紐約那時發生了什麼事？或為什麼寫下這些事？或那些事裡頭更多的情緒是什麼？或在情緒更後頭的到底是什麼？

老道看了好久之後，突然想起當時的某種奇怪，是情緒更後頭的另一種態度上的奇怪。

因為老道那一整年是用一種很不一樣的心情在面對所有在紐約的遭遇……一開始是某一種特別彆扭的差錯，想要更頹廢的深入這個城市更不容易深入的奇怪時間與空間的狀態……完全不同於之前去過紐約的那幾回，也不同於旅行去別的城市的用心用力。那種態度上的奇怪就是去所有「重要」的地方都是故意「順路」去的；或「不小心」地經過的，而不是有意識認真而努力地做功課那樣地前往。因為不要像觀光客那般地稀罕，也不要像研究什麼朝聖什麼那般地太認真太理所當然，因為就是故意要像一個當地長大的小孩那般毫不在乎毫不經心，而以這種「不小心」來輕忽來面對所有紐約做為全球城市最動人最奇特最豐饒……的不能「錯過」。

這種態度強烈地影響了改變了老道……不只是這種空間感上刻意的「錯過」，而且也導致老道的另一種時間感上的「錯過」。

當初離開臺灣，對老道而言，不只是因為被選為某紐約美術館駐館藝術家，也是因為老道對自己在這歲數的人生的枯竭與苦惱與想不開才走的。這種時間感上的「錯過」其實是源自很深的對自己種種人到中年必然的對生涯生活的失望而來。或說更是特別因某種老道個人「藝術」上的恍惚而自棄而逃離的，因此，從某個程度上而言，老道甚至是抱著什麼都不要了的心態到紐約的。

但，這種種生涯生活的失望卻在那裡意外地重新展現了另一種天真，一種冒進，一種衝動，一種人生重開機的幻覺般的可能。一種像從中年變回少年、從更年期變回青春期的錯亂。但卻也因為這種錯亂，而竟重新補償了老道人生的某些自己也沒有發現或深究過的「錯過」。在這一年，在這彷彿偷來的一年裡。

甚至，更後來，還包括換掉了老道某種一生的相信，一生記憶裡的自以為是，換掉了那個雖然不清楚但老道也覺得需要更切換不同升維或降維的多維度的自己。

這種老道也沒有發現或深究過的「錯過」，像極了那種科幻電影裡頭失憶又老是頭痛的男主角的遭遇：覺得那裡不對，但又想不起來，或也想不清楚忘了什麼。

一如在紐約的奇怪遭遇裡，頭顱裡一個晶片被抽走了，老道的時間感與空間感的「錯過」仍然是充滿錯亂，像是後來看到的是完完全全被重灌的電腦，雖然機身硬體還在還硬朗，但因為裡頭處理器太老舊，所以配備跑不動新灌的炫目華麗而戰鬥性超強的攻略本軟體程式，而發生種種的老道這般的困擾。

剛開始，老道並沒有打算要深入紐約這個城市，或是深入這個恐怖分子計劃的，卻因為種種巧合被其他藝術家捲進去一種完全不像陰謀的陰謀，所意外發生的狀態……

不像其他藝術家是一開始就準備把恐怖分子計劃當成作品……

往往都是那年之中的某個時候在某個地方發生的某個遭遇的令老道無法釋懷……那麼一直有想寫的迫切才寫的。

很多只是一如恐怖分子想到恐怖攻擊的計劃的可能所準備的種種技術支援構想細節補充的筆記或是日記，而且是在路旁的咖啡廳草草寫就的，那天發生的怪事，做的怪夢……買了一件怪零件：遇到一個怪人，看了一個怪地方，甚至只是下了一場怪雪。

事實上，老道是用一種行動藝術式的徒然天真的濫情感動來面對這個全世界最世故的城市，所以寫下的不免是傷痕累累的，或往往是因為進入太世故的遭遇太深而不免的不堪。甚至是用某種阿拉伯恐怖組織烈士的心情在理解如何深入這個城市更不堪的內在矛盾的恐怖行動的可能。

老道甚至覺得自己是被關入某種精神上囚禁的黑牢裡不想被放出來的。

所以並不打算把這恐怖分子計劃的展覽構想得可歌可泣，也不打算把這城市一如老道在這個時代對紐約的浮誇與輕狂的無知嚮往那麼可笑。

反而用一種「了此殘生」或「佛曰不可說」或僅僅「殘念」式參悟來整理修理這個展覽計劃文字照片影片的不世故。補充一些恐怖分子才會發現或深究計劃中更恐怖的內心裡頭的「錯過」。

也就是老道放棄了，有意放棄了老道所最習於調度的半歷史思考地獄變相探索的炫學神學鬼魂纏身般地鑽研考究，卻用不分析不研究而只是「浸泡」在紐約來面對層層剝下的這個城更核心恐襲事件的令人不解。

在自己旅行過數十幾個國家之後，以特殊潛伏在紐約的恐怖分子虛構的可能的身分來挑剔來發問「為什麼那麼久？」「為什麼在紐約？」或是問更根本的「為什麼是老道在這裡？」

甚至恐怖分子假裝的身分只是冠上「藝術家」、「當代藝術家」、「某著名美術館藝術家」這些頭銜，對好疑的老道而言，這些字眼好像仍然只是一種所謂「專業」所謂「角色扮演」式的幻覺，但因為這種身分所多看到的紐約和所多看到的事仍然是令人好奇的。也提示了這展覽中老道尋找真正的「錯過」是什麼。

一如吸血鬼的故事提及的，用一種更根本更始終等不到死亡的荒謬來尋找真正的「活著」是什麼。一如某種小說中提到的，用完全避開水脈挖井的奇怪來尋找真正的「源頭」是什麼。一如某些禪宗法師所提示的，用故意「閃躲去想去談而只是做」的奇怪……來尋找恐怖分子用他的恐怖計劃來進行的恐怖攻擊是殉了真正的「參悟」的什麼。

老道突然想起當年在紐約看過一個很小很怪的頻道裡的影片，是在討論假髮的。裡頭提及用來做假髮的大多是尼龍，但有些較好較昂貴的假髮也會用真人的頭髮來做；節目主持人用很生硬的英文說，在網路上打了「假髮」兩個字，很多筆資料會跑出來，而且有很多奇怪的相關報導，「這時代為了做造型，戴假髮變成一種新的時尚，並不像過去只是為了遮蔽禿頭。」

但老道卻被節目最後一段故事的離奇所深深吸引：「真的頭髮，來自落後地區……主要來自中國大陸，因為那裡人多，東南亞也有……這些特別漂亮的假髮是由活著的人，尤其是年輕的男人女人頭上所剪下來做的……但有很多謠言說，那些很漂亮的頭髮也有來自死掉的人……」

老道突然在電視上看到「往生者」這個字，在螢幕裡中國大陸的街景葬禮的某一畫面閃過的，然後下個畫面卻又回到紐約某美髮沙龍與百貨公司……

「有很多很不同的說法在殯葬業裡流傳，但傳言沒人承認……」那電視節目的主持人用很匆促但也很神祕的語句輕輕帶過。

在紐約……老道隱隱覺得他在紐約的這一年也是如此。恐怖分子的恐怖計劃的藝術作品構想其實太過膚淺或是刻意，但是卻又引發了很多意外的理解……就像其他藝術家一樣，陷入一種怪異的狂熱……就像某些不明故事的離奇，很神祕但也卻很匆促地被輕輕帶過了。

老道老會想起他剛到紐約那兩個禮拜，在那維多利亞老房子發生的一件事情。為了一種奇怪的矜持：為了不太想住到太多華人或是臺灣人的那一區，老道密集地到各個紐約區域找房子、看房子，但是因為不認得地址，常會迷路，坐錯車，發生許多麻煩。

有一次到了老道很喜歡的但較偏僻較波西米亞的區域，學人家看貼在街上公布欄的字條，打電話給房東而過去看房子。那其實是一個很有意思的維多利亞風格的老房子，住在裡頭的其實是二房東，想出租空下來的一個房間……老道和也是藝術家的他聊了起來，客廳有他很大的音響、電視、電腦和網路，他說可以讓老道用，而他房裡一整套作曲用的混音器和專業數位Keyboard更是驚人……老道還記得即使很喜歡那裡但最後沒有租的原因其實是他養的四隻貓。因為牠們在老道們談話的客廳中一直很陰沉地走來走去，在沙發、電器、櫥櫃前後，緩慢而神祕地邊看著老道邊走動……有種令人害怕的晦暗感。而老道在最後借用洗手間時才發現事情很嚴重，因為自己完全無法呼吸，因為看到那個唯一洗手間的滿是嚇人的符籙與塗鴉，而最糟的是，在昏黃的馬桶旁，有著一處久未換洗的貓沙，使得整個小間裡因此而充斥了一股令人難耐的奇怪氣味。

像屍體的腐臭一樣……久久不散。

❖

找尋許久的那個古怪的主題涉入部分竟然是「恐怖分子」的怪展覽的老道迷路許久……再去某國際基金會這個紐約的以提供各國藝術家工作室著名的開放工作室展，感覺好像和上回不太一樣……這回的部分推薦策展主題幾乎不可思議地回應前一年的九一一而竟然和「恐怖分子」有關。一方面是之前他已去過了就已知道在紐約很常有的開放是怎麼回事；另一方面則是，大概也沒什麼期待，對於這種展藝術家工作過程而非最後成品的更接近創作經驗的展法的好奇，但卻也因為這樣，看到了更多的鬼東西，看到了藝術家和他們工作室更像「人」更後頭的某些事的「怪」……。其實，去的過程是有點麻煩的……外面在下不小的雨，老道還來不及吃飯，而且因為在忙別的事所以遲到很久了。Open Studio的開幕從六點就開始，但老道到的時候已經七點半多了，而且也不太確定在哪裡？雖然之前去過，但過了幾個月竟已忘了在那裡了。

事實上，展覽所在的那個大樓離 Times Square 很近，只有幾十公尺，就坐落在曼哈頓的市中心，是一個附近很熱鬧但也走近卻很舊很荒涼的破大樓，但那著名基金會展覽的藝術家工作室從四樓開始就有幾間在展了，六樓、十二樓也有，但主要在七樓和八樓。在這個已是幾十年老房子的破舊商業大樓裡，上下走著看這種所謂「展藝術家工作過程而非最後成品的更接近創作經驗」的展法，感覺有點奇怪。而且那大樓的一樣老的電梯按了按鈕要很久才會關門，上升時還會發出很大的更奇怪的聲音。

在紐約，在這裡，雖然已經來過了，老道還是不免在這些「奇怪」裡，一直想著：藝術家到底是什麼？或他們的工作室裡的「工作過程而非最後成品的更接近創作的經驗」到底什麼是「恐怖分子」式的藝術之類的問題。

還竟然意外遇到現場一群怪藝術家在爭論藝術和戰爭的殘酷現實的更早更遠的關係……

現場充斥著所有的藝術家和藝術理論家們都還是莫衷一是地紛紛爭議不斷地討論九一一作為史上最大規模的命名策展主題「恐怖分子」的極限行動藝術計劃……對於紐約更複雜的這個時代的藝術參與戰爭的種種理論上的可能，到底什麼是神學就是美學地壯烈成仁的藝術……在這個怪時代的怪紐約真是更充滿爭議……

語重心長的某個策展此回展覽主題命名為「恐怖分子」的藝術理論家策展人N提到……一九三七年畢卡索接受西班牙備戰狀態中的共和政府委託，為周年巴黎萬國博覽會西班牙館繪製的《格爾尼卡》，大概是公認現代主義藝術中關於控訴戰爭的最高成就。即使畢卡索當時已是最富有及馳名的在世藝術家，即使他避開清楚傳達的訊息，而留住較寓言式的嘶嚎的駿馬與公牛與對女人暴力圖像的美學餘地，但……仍被當時諸多藝術評論家圍剿指責為該作品太自溺太含糊……意涵太模稜兩可。或是被稱為「被遺忘之超現實主義藝術家」的法國藝術家卡恩，卻在同一次世界大戰期間將她奇裝異服劇化變身的創作活動引進反納粹的活動，有一回她爬到澤西島教堂揮動一面旗子，上面寫著：「耶穌是偉大的，但希特勒更偉大——因為耶穌為了人們而死，人們卻因為希特勒而亡。」她因為這種行動藝術式的大膽在一九四四年為納粹查獲及逮捕，近乎身亡。

在這兩種「被捕」中，N說她想到了以藝術將戰爭「搬上舞臺」的必然沒有善終。兩人同樣在一九三○年代左右面對同樣的將「戰爭」作為「美學」反省的創作的典型困難，他們的策略不同，方法不同，作品的勇敢也不同，但卻同樣必須冒著在美學上或在真實「被捕」的危險才能「做」得下去。N訕笑地接著說：但卡恩顯然比畢卡索更勇敢，她選擇了「殉」藝術。因為戰爭必然比藝術更大更殘酷更無法被打量或被定義……即使兩人皆努力地以「藝術」來將「戰爭」搬上舞臺，而且他們並沒有辦法忍受「藝術只傳達戰爭而不參與戰爭」的假設。但，真的走出藝術走入戰爭卻又如此無助而悲慘，所以他們下場的「殉」與「被圍剿」只是更突顯以藝術來打量或定義戰爭的必然有限，而且也沒有不矛盾的出路……

N還提到更後來的一九六六年洛杉磯的和平塔，一九六七年的紐約六百名藝術家策畫反越戰的「憤怒藝術週」和一九六九年游擊藝術行動團體MOMA上演一齣名為《血浴》的行動劇來抗爭其美術館認同越戰的共謀，他們採取了較多種較沒有「政治正確性」考慮的介入方式，也採取了較沒有既定類型的多方美學形式的實驗與抗爭的可能……他們不像畢卡索只畫的或卡恩只「找死」地演的較簡單「壯烈」的態度，反而複雜地涉入大眾文化的各種領域並動員了更多媒體進行策略性的邊打邊跑還不在乎可能的失敗……這些六○年代全世界各國各大城市雷同反戰運動延伸到「藝術」的縮影，顯得從容而且比三○年代不容易「被捕」得多……雖然這些運動從來很少就能使「反戰」成功。這些動用了前述的行動藝術、裝置藝術、發生藝術、身體藝術……種種可能將「反戰」搬上舞臺的多方美學形式的實驗仍然是值得激賞的，因為他們找出了戰爭的不只簡單「壯烈」而更深究其社會文化歷史的關於人道關懷的複雜層面，並創造出各種以作品進行美學介入的可能。

N說：相對於在當時更多徵兵海報設計、電臺廣播、電視對遠方戰爭的假深度報導、好萊塢電影的刻板式地的「愛國」傾向，所有「政治正確性」考慮的把「戰爭」搬上舞臺的種種涉入的大眾媒體，這些沒有既定類型立場的多方美學形式的實驗與抗爭就顯得更可貴。但這種可貴地面對戰爭真實的尖銳卻也必然會更涉入某種「後現代主義」像是後遺症般的更後的矛盾……一如更後的詹明信的理論所提出的這些前衛而有人道關懷的美學與作品的理想仍然不免是一種鄉愁一種烏托邦式的殘餘焦慮，只能以一種困境來取代另一種困境，並無法改變這個時代的經濟體系及其文化邏輯，甚至淪為被各種非美學體制的「有權有勢」所收編而不自覺，這或許是當年高達和法國《電影筆記》那群尖銳的導演將戰爭拍入電影的主因，甚至更後來與第三世界電影製作人所發展出來、更尖銳的影像美學也息息相關，拉丁美洲、非洲、亞洲的電影美學都必然和他們的被殖民歷史及無法避免的對內對外的戰爭有著更底層的關係，甚至，以「攝影機就是一支來福槍」的態度來進行另一種反好萊塢的「武裝革命」的影像敘事美學……他們將「搬上舞臺」的矛盾提升到另一個層次……涉入更多更想影響大眾的媒體與美學的形式的冒險，使這多方藝術的實驗與抗爭可以真的參與戰爭而不只是傳達戰爭的不迷信「壯烈」的勇敢與危險之中……

或是N提到了這時代更後也更矛盾的紀念碑與戰爭建築……一如一九八二年林瓔設計的越戰紀念碑引發了關於自古「紀念碑」的種種很少被尖銳討論與面對的矛盾，由兩座黑色花崗岩牆構成一百二十五度互相接壤於地平面下，如從遠處眺望則幾乎看不見它，反對及批評此座紀念碑的人主要因它表達出明顯的負面情感並拒絕傳達任何愛國心，一如其坐落的華盛頓廣場，其他的華盛頓紀念碑方尖石柱或林肯紀念堂的新古典式紀念館……那種對「國家」對「戰爭」較正面的壯烈的歌頌……這座「反紀念碑」式的將戰爭「搬上舞臺」的藝術形式，其實是將這種前述的尖銳「矛盾」像「傷口」一樣地勇敢揭露，對於國家至上的認同方式也對於「臺座上的某樣鬼東西」自古至今傳統紀念性的美學涵意，而導入一種更富多樣化及具爭論性之詮釋的道路。

這種承認並揭露傷口的以及建築將戰爭「搬上舞臺」的方式在怪建築師L參與的「哈瓦那計劃」和「建築的終結？」此兩種概念建築藝術當中的所提出的較所謂怪異的怪現象般「解構主義」式的態度是雷同的。他宣稱「建築即是戰爭，而戰爭也是建築」，並主張在參與戰火洗禮後滿面瘡痍的都市重建時，並非完全拆除受損建物而重新蓋起房子展開全新規劃一如一、二次世界大戰後的歐洲重建模式，而是留下被轟炸攻擊後半毀的型式來進行空間的重構發想，從而「突顯」戰爭的傷口，而非「抹消」建築的痛苦記憶而完全重來……這種強調矛盾的尖銳的類解構主義「建築傷口美學」態度，事實上也是後來怪建築師D贏得紐約世貿雙星大樓重建案的雷同原因。他以被炸毀剎那的時間的光影重建來紀念悲悼，並以炸裂的扭曲型體而非原來工整造型來重新定義這個不能忘懷的由新戰爭的陰影中的傷口所形成明顯的負面情感並拒絕傳達任何愛國心的摩天樓美學。對於百年來「摩天樓美學」傳統強調莊嚴的穩定的紀念性的美學涵意導入一種如「反紀念碑」式的將戰爭「搬上舞臺」的更富多樣化及具爭論性之詮釋的道路。

N最後提及身處一九九〇年以後、更多全球化衝擊後的「新戰爭」的陰影中，相對於古典戰爭的表象，新戰爭軍事事務出現了不只是科技意義下的革命，而是戰爭下的社會關係的革命使得許多人諸如各國記者、傭兵部隊、軍事顧問、非政府組織、國際紅十字會、人權觀察組織、歐洲聯盟、聯合國兒童組織……（甚至是老道，竟然以「交換藝術家」的天真身分）進入了「戰爭」的尖銳的困難之中……這是使多方藝術的「新」美學實驗與抗爭可以真的以不同方式「參與戰爭而不只是傳達戰爭」發生。想用「藝術」來將「戰爭」搬上舞臺的美學因此變得比較有可能不僅在「不做」到「被捕」之間困難著，而可以不迷信「壯烈」的勇敢來創造出各種以作品進行美學介入的可能，並面對雖必然也仍然如此尖銳的矛盾但卻可以邁向詮釋更富多樣化及具爭論性之「藝術」參與「戰爭」的道路。

一如所有的恐怖分子的恐怖行動不免也都可能被視為某一種更具有極端爭議性的極限行動藝術計劃地……充滿更接近這個時代藝術評論顯學「藝術其實不免自身就是戰爭」式的尖銳的矛盾。

❖

老道老是懷疑……

尤其後來進入展場看到了竟然有一個藝術家為了諷刺「恐怖分子」刻板主題而自嘲嘲人地打造長出人

體器官的「配件」更像是「器官」本身……那一間藝術工作室在入口不遠處……很難想像地奇幻感……很空曠的破舊工作室充斥著滿地被綁架的人質分屍現場的屍塊四散做成的時尚風格配件……一開始是入口旁滿牆上多幅很潦草的畫，隨意的訪客進出來回，甚至藝術家自己也不見了。但，吸引老道的是，門口桌前有幾個壓克力盒，裡頭陳列著像是精品店的當季最特別的首飾、耳環、項鍊之類所謂的「配件」之類的東西的模樣。

那也真可以說是「配件」，只是很離奇；有一雙女性的淺暖灰近皮膚色的長手套，型很纖細，皮質也很柔軟，長至手肘處有皮繩纏綑綁住，像手術後縫過的皮膚上的疤痕，但更怪的是其手套手指盡頭是斷開的，指尖是一隻隻好像指甲型狀材質但卻更長更尖更硬的倒勾狀的石頭做的「手指」。

另一雙，則是同樣皮膚色的「鞋」，不但和手套同樣柔軟，纖細，而且，因為縫線更粗，更像手術縫線，趾頭有五根分開……就更像一隻真正的「腳」。

在壓克力盒裡，在那空曠工作室的投射燈照明下，這些像是長出人體器官的「配件」，更像是「器官」本身，甚至有點像博物館裡的木乃伊的局部……

但這工作室人那麼少，連主人也不在，放的配件壓克力盒在桌邊也還是那麼不太起眼，就更怪了。但是分屍的屍體屍塊變成了時尚精品式的配件……還是一種很紐約式的荒謬玩笑。

老道站在種種「令人不安」的前頭……還看到有一個藝術家工作室是想像恐怖攻擊是把人變成蟲或獸或兔的蛻變式的荒謬式自嘲恐怖的怪異現象……

大概是和老道想像的恐怖分子用化學攻擊把人蛻變成蟲或獸的可能所做的作品比較相關，老道才特別留意，但這個藝術家的工作室還竟擠滿了人，所以老道並沒有走太進去，只是在門口先端詳許久地細看……但她的作品卻真的很大很完整，有一些皮做成的比人身還大的蛆的形狀的鬼東西好多具，躺在工作室正中央。皮的表面很光滑，線條很簡單，可能只是一個像長弧型沙發的東西，卻讓人覺得很不安……另一個作品其實吊在牆上，在門口，從牆垂下來至地面，整個怪物體大概是一隻手的長出五瓣的形狀，但有兩米半，而且上面是長如熊身上那般濃密的毛……但毛卻是閃亮得刺眼的金黃色，就這樣很軟很柔地大面地而安靜地懸滿房間的大半。

但真正畫龍點睛的令人不安，卻是在那手指的黃毛長瓣之間，某反覆竄動一如鼬鼠但卻只是一個自動帶電池的球體，夾帶一條同樣是毛毛的但卻是雜色的松鼠長尾巴般的不明毛尾，「它」在那安靜柔軟的地上和長毛指縫無停歇地抖動，還發出單調怪聲地快速行進著。

那是一個日本女藝術家，人長得很普通的清秀，穿得也很普通的得體，應該有點年紀，但看不太出來（老道注意到她的有一點點妝蓋不住的魚尾紋），但老道想，其實外國人看她看起來大概還覺是只是二十多一點歲數而已的東方女生長相。她很客氣，向每個進來的訪問鞠躬，並正努力跟一個好奇的美國人解釋她的工作室裡陳列成的裝置藝術作品。

老道其實蠻喜歡她的放在桌上的過去幾個作品。特別是有一個系列都是和兔子有關的，有真的兔子、兔子的書、兔子的電視節目。其中有一件老道印象特別深刻，是一隻兔子型的絨毛動物，有長長的耳朵，但正面沒有臉，反面是一個裸露出來的「腦」，塑膠做的，但看起來卻還是蠻像的，而且，因此產生一種既像玩具的可愛但又像解剖到一半的動物屍體的令人不舒服……。

這件作品和照片中看到的其他有關種種陳列放映兔子給人看的作品感覺是一致的，籠罩在一種「動物的可愛是如此的人工與怪異」的呈現過程……。

老道又想到她那「日本少女清秀的可愛」和她禮貌招呼訪客不免的人工與怪異的這個工作室……。

老道站在這種「令人不安」的前頭，好像看到了更多的東西，看到了藝術家和他們工作室……更後頭的某些事……「被恐怖分子攻擊的人都變成了蟲或兔」的「怪」。

還有一個藝術家播放了一部完全不可能的恐怖分子曲折的可能，那部日本電影叫做《腦男》。就是描述一個個亂殺人的天才少男少女。

不同於紐約的阿拉伯恐怖分子般的恐怖，卻是另一種不同的源於某種完全內在的對世界的敵意，自己艱難曲折成長過程的被傷害轉移成對別人的傷害。

但是老道所更納悶的或好奇的，為什麼現在殺人，做炸彈，行凶的種種應該很艱難的行動，都變得彷佛很容易。那些太複雜的機械裝置，化學實驗，爆炸物的種種，服役當時太不知天高地厚的年輕的他以前當工兵時，也還是被迫必須要充滿敬意去入手的一門學科。爆破。那是充滿細節的一種專業訓練，每一個環節都有精準的操作流程上小心翼翼的控制。近乎神經質地恐懼感而引發的種種失措及其慌慌張張。

因為那現場，他看過的，一不小心就會炸斷兩根手指，臉面灼傷，在爆炸瞬間腿部摔壞骨折種種血濺現場血肉模糊的大大小小傷害，及其延伸太過繁複的在每一個動作中的害怕，即使是有人還半開玩笑地說些蠢蠢欲動的蠢話，但是還是風聲鶴唳到始終聞得到血液的腥味那般地緊緊張張。至少是像普渡拜拜上桌種種牲禮帶血豬頭內臟割裂骨肉的在陽光中發出餿味，蒼蠅群飛貪噬揮之不去的古怪又隱隱約約的涉入死亡感始終暗示的不祥。或就是更困難重重的完全內心戲的不安。對人的傷害，穿刺，割裂，肢解，到屠戮，怎麼可能那麼容易，那麼像是在對尋常動物的下手。

或是，更深的敵意潛伏，一如那電影中在囚室窗外東京的遠方天空線下的那精神病醫生問年輕的男主角，觀察更多他過去有無重大病史或受傷而充滿明顯的敵意，是否有投入轉移，是否有戒心和反感。但他說都不是。但是，那種療程是實驗性的。那精神病醫生想出來的讓殺人的人透過描述自己和別人的痛苦，來對自己的精神病療傷。心理學上的某種假說，一種被稱為敘事性的療法。

那種敘事治療的療效不是來自醫生。那是他自己的力量。把自己的罪行寫出來，描述。可以像被神救贖一樣。老道始終不太相信敘事有這種力量。（這或許也是一個藝術家的最深的恐懼和注定失敗的自嘲。）當然電影最後，那精神病醫生也失敗了。

一如那被逼問的房東說，那個破房子是那幾個少年罪犯用小劇場和攝影棚的名義租下來的。裡頭始終在播放女高音炫技的歌劇唱腔，華麗得難以想像地動人，但卻是從老唱盤常跳針的黑膠唱片上播放出來的參參差差。他們衝進去的時候，發現了那裡頭其實是一個很多廢棄的爛地方，太久沒有人來過的廢墟般的死角，堆滿大量的破桌椅，半塌陷的鷹架，灰塵滿布的塑膠布，裂縫口不斷呼呼地吹風進來的窗扇。甚至長木桌上還有種種歪歪斜斜的羅列尖嘴鑷子，老虎鉗，老式鐵鎚，釘槍，廢五金不明器材，充滿機械零件組裝成各種各樣古怪長相定時炸彈裝置的廠房，甚至還是同時的綁架受害者在舊牙醫椅上用刑拔牙割舌的刑房。椅旁桌上還有試管，實驗室中才有的各類尺寸的玻璃彎管長長短短高瘦皆有的燒杯，甚至，最後鏡頭在位移停歇停格中凝視的玻璃燒杯中竟然有一根被割下的舌頭。

然後就無可挽救地爆炸了。

更奇怪的展場尾端有一種更詭異的恐怖攻擊竟然是：「將恐怖分子們帶離地面飛行的正是他們的陰莖式的螺旋槳式的機槍掃射」那個藝術家工作室最後的長廊尾端還有這間工作室有點暗，裡頭最遠的牆上有一具投影機投影出來的影片。

有一個化濃妝穿細肩帶禮服穿高跟鞋的年輕女藝術家，坐在入口前的桌上，長得蠻好看也還滿不在乎地抽著菸，有一個男人為了和她講話還把門口擋住了。

老道繞過他們走進這個工作室，仔細一看，才發現牆上放映的那個影片是電腦做出來的技術並不困難也不細緻的動畫。

老道不免聽到他們的談話內容，那個男人一直用迂迴的方式在討好那女的，而且實在「搭訕」得很不高明……但老道也因此確定，那抽菸抽得如此不在乎的女人就是這工作室的藝術家。

老道在有點暗的這間工作室待了好一會兒，不免會覺得那動畫的不細膩與技術上的不困難事實上並不減損影片的吸引人。

她也是某一種攝影師，工作室的牆上貼滿了照片，但是都很小張（大多是三×五的而已），而且很多畫面都是模糊的。有些是故意失焦的，但大多是用手圍住鏡頭邊而使照片邊是模糊的，所以其拍的對象就會被圈在中間而更明顯……。

而且他拍的是一個城市，和老道關心的主題有點像，有點一樣的麻煩，因為不太容易有更統一的較特別的視覺意象的焦點，只是很尋常的被掃射後的廢棄的街道、建築物、路人……（至少他也避開了太具觀光性的明顯地標物建築……）她也寫文字在部分的照片旁邊，而且不只是「圖說」，有些很模糊情節或感想的描述，但卻因此有種「非最後成品的更接近創作經驗」的令人好奇，可以看到藝術家和他們不同於常人的更後頭的某些「看」或「寫」一個城市的怪。

那影片是一段大概三分鐘之後就開始重複的畫面，但因為是從空中拍空中的人而且鏡頭都一直在漂浮移動，所以好像是一直沒有中斷的一部長片。

乍看之下只是很多不老也不年輕的男子，一如正搭訕她的那人，但有很多個，而且一起飄飛在半空中，穿著正常的襯衫與牛仔褲，只有頭上綁著恐怖分子式的頭巾口罩……兩手平放在褲邊，表情木然，眼神發呆，而飛的方式，更只是一如尋常兒童玩具般的螺旋槳重複地轉著。但仔細一看，唯一奇怪的地方就出現了。一如那女藝術家，就像周末在Lounge Bar夜店出現的性感女人般地卻坐在這個ＩＳＣＰ的國際藝術家駐紐約工作室的Open Studio展覽的門口地那麼奇怪。

影片畫面裡，那些旋轉的螺旋槳是從牛仔褲的拉鏈中拉開處長出來的，因為正在快速旋轉而有點看不清楚；但仔細看的話就會發現：讓這些眼神發呆的男人飄浮於空中而將他們帶離地面飛行的，正是他們的陰莖。而且陰莖龜頭噴出的精液卻變成機關槍彈掃射紐約全城大街的呼救人們……

還有另一個藝術家的另一部電影……《啟動源始碼》的最後一段的不斷重播：那正在啟動定時核子炸彈的恐怖分子跟男主角說：「這個世界太壞了，需要重新開始，我只是幫了一個小忙。你是歷史老師，所以你應該懂。」

男主角對那個操作他啟動源始碼機器的女主角說：「你剛剛體驗的只是某一種倒影。我們永遠會遺漏了什麼，你有沒有想過有另一個你過著完全另外一種人生，沒有結婚也沒有離婚，沒有傷害到無可挽回，沒有像我上戰場也沒有受傷到要死不活。像是另一個人，重新再活一回。」

那個藝術家認為當恐怖分子是一種內在矛盾的無奈的無限循環……他的引用這部電影的反恐宣言文字卻是：「像是以為去開天眼卻被蓋魂的法事之後，不知發生了什麼，卻就渾渾噩噩地過了後來的這麼久的人生，用盡全力就只是想要變成一個普通人，像《靈異第六感》，只希望自己不要被當怪胎，也不要跟別人說自己看到了那麼多鬼魂及其引發的種種恐慌或恐怖，或是《啟動源始碼》那個男主角那種八分鐘的拯救世界的任務重複太多次之後，就只是想要死掉，然後在另一個時空重新開始另一種最尋常的人生。」

❖

太多太多世故的那天最後其實就是涉入恐怖分子主題的那展覽開幕。

後來展場進來很多人，空間開始變得不一樣。老道才感覺到之前沒有人的時光是很難得的。

然後一車一車載人過來，年輕的男的、女的像是來拍片或拍ＭＶ之類的人，因為還有裝備……有一個戴很突兀的粗框圓眼鏡的男的好像上過雜誌的有名的什麼設計師之類的人，有些怪人很像頹廢消沉的長髮披肩老嬉皮藝術家，但有些來人穿得太講究但又很討厭，一個個戴棒球帽鴨舌帽的男生甚至穿的是印度風日本風有的甚至是中東風的最近幾季的誇張潮牌Ｔ恤。

現場還放十秒鐘的「基地」廣告片。有一個阿拉伯女歌手的唱歌，但字很突兀的跳在她穿鼻環的假刺青妝的滿臉。就是打歌用的十秒很廉價很密集的那種，還有一張怪海報充斥著恐怖分子蒙面綁全身炸彈和恐襲受害者的屍體倒在九一一摩天樓倒下廢墟粉紅色橘紅色到血紅色漸層底的廣場現場的畫面……很怪異的眼光視角看待恐怖分子內部派系信仰衝突不斷的內在矛盾無法解決最後自相殘殺式的恐慌……

他們還在討論一些為這紀錄片行銷的事，包括要去紐約高中學校配合一些活動打歌可以跟什麼活動有關之類的事。「一開始會很累，但後來會很High。」那些年紀較輕的藝術家們好像很高興。另一個有點年紀的中東女學者策展人卻只是一直很僵硬地客氣應對。

鄰座一個看起來聽起來都很像長髮披肩嬉皮藝術家緊張兮兮隨時會出事的怪人在和兩個女的說話，談的好像是幫她辦這個展覽的事。另一桌沙發區的三個人在等什麼似的聊天，而後來就拿出一個小小的電視，開始有歌聲出來是一個很粗很膩的少女歌聲，螢幕裡看去是很醜的阿富汗的街道和房子，只有賓拉登是奇特的……人看來起卻很搶眼。另一個藝術家CE說她來這展場也有幾次了，這次和上一次隔比較久，大概有兩、三個月了。還是覺得很奇怪……這展覽在裡面讓她不安，因為整個空間本來是太白太乾淨的。但現在則一團亂，有很多同情恐怖分子的作品在展。CE還一直覺得有像CIA、FBI之類的特務那種人在現場監視。

但老道看不出來。而且，老道的肚子怪怪的，頭也怪怪的，因為沒睡飽，也因為擔心恐怖分子紀錄片的前行短廣告片的事……又一時還沒決定要去那裡。想要幫CE找某個藝術家R的因為做了和九一一的阿拉伯恐怖組織太有關的計劃失蹤的線索，但沒有頭緒。

走之前，老道也感到有點累，老道坐進沒有人的大廳沙發，在那裡點一根菸……一直抽一直發呆。那時候已然晚上十一點了，屬於咖啡廳的或畫廊的這邊完全沒有人。只有很少的燈火……但白的地板和白牆壁很恐怖地泛光。

他們偷偷地拿走那本失蹤藝術家R的筆記簿，跟CE從後門走了。他們打算在明天再送回展場。那本名叫「末日：基地」計劃的厚簿子就在老道手上了。

關於「末日：基地」計劃的筆記：

「為主道而陣亡的人，你絕不要認為他們是死的，其實，他們是活著的，他們在真主那裡享受給養。」

——《古蘭經》三章一六九節

這似乎是一種彼岸思想。就如同所有的宗教幾乎都會有的，指引信眾不懼死的一種幻術。《末日：

基地》錄影帶賓拉登策劃對美國標的再展攻擊行動的最明確跡象是，中東地區廣為流傳一卷「基地」組織精心剪輯的兩小時招兵買馬的錄影帶，跟賓拉登以電訊傳達一向的作風完全吻合。

末日，一如死後的世界誰都不知道，沒有人從那個對岸回來告訴活著的人究竟是不是那樣。信仰本身帶有某種催眠的成分，讓人暫時獲得一些心靈上的平靜。但是，很多時候心裡還是會有很多的疑問和困惑。姑且不想。其實有這樣的理念也是好的。人活在世上做任何的事，不就是需要一個信念嗎？這些信奉真主的人們有他們活著的理由，甚至是死去的理由。老道也需要一個這樣的藉口。用來堵住每天都會給自己生出來的很多問題，提供一個方便的答案。再說，這些信仰也不見得是一種愚蠢或者什麼。就像人曾經相信的很多事情、認為不可懷疑的事，常常也會讓人錯愕地露出並非如此的面目。太多次了。至少在老道獨處的時間裡，經常要被這些信以為真，卻翻出令人傻眼的底牌的事情激怒。

到底真理、彼岸、死後的世界、真實、幻覺、信仰、主人……這些事是「真的」存在過嗎？

「各位若不揭竿而起，」賓拉登說道，「必定難逃真主懲罰。」這位沙烏地裔的流亡者接著揭櫫現今穆斯林所面臨問題的解決之道：應該前往阿富汗，接受聖戰戰術教導。影帶中顯示，在阿富汗東部法魯克（al-Farooq）訓練營，有近百名賓拉登的蒙面追隨者，高舉黑旗，以阿拉伯語高呼：「打擊邪惡！」戰士發射防空砲和火箭榴彈、奔越障礙跑道、爆破建築物；賓拉登自己也打了幾發自動步槍。此外，影帶中還顯示，同一障礙跑道上，有幾十名少年，有些年紀還不滿十一歲，身著迷彩裝在打靶。

這卷在網路上廣為流傳的「基地」錄影帶，顯示賓拉登及其追隨者如何把二十一世紀通信和武器技術運用在服務最極端、逆行的聖戰意涵上。這結果就是所謂的「聖戰工廠」綜合體。

製作紀錄片的形式但內容不必相符錄影帶是為重要部分。假的真實。

每天，眼睛睜開就是要對抗。對抗什麼則不一定。有時候是這個你所在的地方，有時候是電視裡的那些人、路上的那些看起來道貌岸然穿著入時的中產階級；有時候是親人自以為關切的那些責問、有時候是愛人的身體但承認，絕大多數的時候，是對抗自己。

決定將這次的作品命名為「基地」。雖然來自賓拉登相關的那個世界的那個「基地」。但是基地是存在的同義詞。基地是庇護所。基地等著被擊潰。基地是對抗的根源。基地也可能只是一個人賴以說服自己存活的唯一浮木。這個名詞包含了很多意涵，遠遠超過現在字面上可以想像的那樣多。無限的可能、最徹底的滅絕、最大的邪惡，也是最忠貞的信念。

但是，這基地計劃只像是CE給老道看R的很多其他筆記簿。

那是一本很動人但也很混亂的關於一個「行動藝術」式的作品的紀錄。

作品名字也有另一個叫做「末日」計劃的其他局部。

大概的構想是：「說服路上遇到的人世界末日來了」並記錄那些人被訪談過程的直接反應。裡頭發生了很多事。

老道還看到筆記簿中其他更怪的作品構想題目，但沒有做的。例如：

「寫下一個你想殺死的人的名字」計劃

「眼睛閉起來假裝你已經死了」計劃

「感覺一下你流血」計劃

「方舟：淹水」計劃

但「淹水」計劃有一些很殘破零碎的恐怖攻擊內容，但卻像夢話像雜記有些還像詩句：

「末日是沒有恐怖分子的恐怖攻擊……大洪水淹進家裡來／你們家裡／像瀝青一樣／一個葫蘆／大洪水小說是一個時代的創傷／驚險……／在九一一之前偷聽到無線電要炸／在七天七夜之後／把你與母親的骨頭往後丟，近親相姦的故事等一下會出現／諾亞方舟／船底飄過屋頂／同父異母的妹妹但也是我太太／亂倫創世紀的／大洪水之前的歐洲／尋求長身不老之藥／不死夫妻烤麵包／前六天都烤好又壞掉／第七天／找長生草／蛇偷了／墨西哥灣地中海救了一條聖魚／做了一個盒子放或只是一個箱子，甚至／天地之間有一條裂縫／宙斯的／就像氣候史的史前史／動物中唯一的無皮毛的皮下脂肪是敵人的哺乳類的／城市／而是他們的婚姻／像個寓言／呼吸可以自主／可以唱歌／人類曾經水棲／發現某種猴子是水生的／埋葬在水面是很可能／鼻孔外翻／像海牛一樣／在倫敦上空閉氣四十天的魔術師／但是／如果你是神的兒子／你就把石頭變成飯／因為大洪水所以變成人類／諾亞是第一隻水猿／天上的水和幼發拉底河的水是相連的／我們是在一場洪水和另一場洪水之間存在的／當人們爬上陸地／我們做所有行動不免都是找死的」

❖

老道最後想到在紐約看完那個怪展覽之後那晚做過的一個彷彿自己也竟然意外變成是變種人般的恐怖分子的怪夢。

「一開始是一個盛大的宴會，老道很不想去可是後來還是去了的不甘心，躲起來在某個角落不想跟人說話看著窗外的風光在陰晴不定的黃昏快要接近晚上的迷離風景非常的動人但是又有說不出的詭異，後來有了更多貴客前來，他們要老道到大廳去參加開幕，還要做一個特殊的表演，老道根本不知道會被找去那個地方更不知道會表演什麼，只知道他們拿了一盆枯萎的名種，非常難照顧的數百年才會開花的變種蘭花非常的古老但是珍貴的非常仔細照顧過的古代傳奇品種，據說因為不明原因被下了藥還是下了咒，所以已經快要死了……他們後來叫老道一定要去澆水，聽說老道有某一種特異功能，面對奇花異草的疑難雜症可以起死回生，甚至不管是什麼品種不知為何只要老道澆的水就能夠讓盆栽開花。

一開始老道只是以為他去打個招呼就好才去的心中很不願意前往，還是想露一下臉就走的那種盛大的派對，或是長輩很多不得不去打招呼的客套一下才不會失禮的那種場合。某一個名人那個豪宅當客人，還有很多有名的詩人藝術家甚至政客企業家太多有名有姓的高階上層社會盛大的節慶等級的聚會，貴客臨門完全不能得罪的太多客人。老道其實很不想去招惹他們或引起他們的注意，這一陣喧譁之中，老道只是拿了一個老時代古銅製水杯，假裝客氣地給他們，做做樣子，等待他們來嘲笑老道，一種玩笑配合他們套招的戲弄，然後趕快躲開，想辦法要偷偷的從後門溜走，但是他們把老道擋住了，還拉老道到舞臺上去，像是一個魔術師要表演什麼的盛大登場……他們把老道澆花的水流放在那個盆栽上，竟然就真的開花了，連老道自己都嚇了一跳，老道也不知道為什麼會這樣，也不知道為什麼會是老道出場，但是好像奇蹟一樣，不知道為什麼就發生，雖然其他人都只是當成在看熱鬧，老道也不知道自己這樣子能力到底代表什麼意思，老道心裡最納悶的反而卻是另外一種更遙遠的懷疑，到底發生什麼事，到底老道是誰，到底他們動了什麼手腳，對老道，或是對不知道的自己安排了什麼奇怪的陷阱，為什麼他們會知道，但是老道不知道……

後來所有的人在午夜盛大的煙火之後，開始狂歡派對，一個人拉著另外一個人的手，像在跳一種奇怪的中東邪教的舞蹈，沒有一個人可以逃離現場，都必須要跟著那個怪異的音樂半跳舞半奔跑的前往那個詭異建築尾端奇怪高樓梯的最頂端長出的頂樓，螺旋狀攀登上去的怪異圓形的樓梯，形態非常的奇特，很像是一個暗藏了很多奇怪機關的機關樓一樣，大家爬上去的時候，還必須是一個接一個人才爬得上的狹窄空圓形長廊，爬坡上去的樓梯大家都快哭了，他們讓老道先上去。跟老道說他的特異功能或許可以拯救他們，大家都好像被詛咒了一樣停不下來，沒辦法不跳舞……只能拚命的往上奔跑，都已經快要疲憊不堪的昏倒了可是還是必須要完成這個任務一樣地向頂樓狂奔。

感覺上像是一個鬧劇，其實是一個無法解釋的荒謬的悲劇，有一些因果還沒有被解釋清楚，所有的人都是來陪葬的那種怪異的無法相信的巧合，但是老道也不知道為什麼會被捲進來，還變成好像要拯救他們的人，甚至老道還擁有拯救他們的某種特異功能般的變種人的超能力，實在是太不可思議了……後來有一個老人出來解釋所有的不可思議的狀態其實背後是一個更大的野心所產生的悲劇，實驗太多年了可是一直都沒有成功的焦慮，但是已經時間來不及了，希望老道可以幫他們完成那個心願……原來頂樓的他們竟然祕密地在做實驗，好像多年在實驗某種假裝是邪教但是其實是科學實驗的不明生化武器，可以讓剛死去的人復活，也可以讓死去多年的古人復活，過程老道並不清楚要怎麼做，但是好像要老道去幫忙。他們或許知道老道也不知道的活體超能力……可以讓某一種未知生命的狀態延續下去……老道聽了就開始擔心了起來，但是也不知道能做什麼，只是像很多變種人的電影那種開頭的恍惚有點猶豫又模糊的開心但是又緊張不知道會發生什麼事情的可怕未來即將找上門來的那種情緒之中揮之不去……老道還是跟著所有人不斷地往上走……

更後來不知道為什麼老道和另一群人卻一起被關起來，在像是一個高樓建築外的荒唐荒廢庭院尾端後來被改造變成了收容罪犯或是流浪漢的類似無以名狀集中營的怪異地方，老時代破教室的舊課桌椅排開，天色昏暗，始終寒冷，很多人穿得很像中東人，晚上的排練，不知為何老道們也要參加開幕表演的時候。後來感情還不錯在討論說要怎麼樣用最後的方式出現，剃光頭，如果穿那個回教衣裳就會變成像中東人，也還蠻怪的，也很像是表演……但是一開始並沒有明說所有的規則和要求，只有長官若隱若現地在那邊放話，時間拖得更久時候有人覺得這樣子下去不行的一定會出大問題，大家才開始緊張討論怎麼辦，時間這麼短怎麼可能拍出什麼像樣的軍方等級的表演，尤其是中東人的嚴格要求。

討論中間出了一些事，也沒有意識到那個地方始終很像在軍隊一樣擔心後來不知道會發生什麼問題，所有的集中營的人都好像要參加閱兵的表演，甚至是當狙擊手去一個恐怖分子的現場拆炸彈或是解決恐怖行動的攻堅種種高難度的計劃現場，等級非常高如果動作錯了的話會被叛死刑的誇張威脅。最後吵到完全不可開交的時候他們有一群人看向老道，說到老道有超能力可以控制整個狀況解決問題，老道不知道自己到底有什麼超能力可以讓所有的表演進入一個嚴格的恐怖分子攻堅，一整個部隊甚至是炮兵部隊的一整師的規模，充斥著具有殺傷力的恐怖分子，不可能面對的正規軍海軍陸戰隊全面出動的軍團等級一絲不苟的細節問題動作的可能恐怖攻擊，那真是恐怖的天方夜譚……」

第二十章。伏藏。

那是一場奇譚般的奇遇……公路電影式的破砂石車師傅的兩難……

一如他後來完全想不出來怎麼面對展覽很久了……就會想起西藏的那一回旅行上路的種種奇譚般的奇遇……彷彿只有在回想起來那種藏教老廟暗角才突然感覺到「黑暗之心」一般地死不死活不活深入絕境卻可笑荒謬地被硬生生挖開般飢渴難耐到不寫不行的嘔吐感的狀態才寫，像被鬼上身一樣地揪心、難受、被纏身而退不了的焦慮與不安膠著狀態……像後來遭遇到天葬種種……的不甘願的誤入逃離的事後大量流出催吐。

或許也因為是要當「地獄變相」展覽用的主題折騰曲折的入戲感，就不免越殘忍，瘋狂，詭異……才越切題，但是時光太久的等候之後，才感覺到這種入戲感完全不是戲也不是夢……也不是刻意的扭曲變形。反而要回歸到更內在的內心暗黑角落的逃不了的最深處，或許就只能是注視著……但是，這麼一來，他的鬼東西就越來越冷，越難看……離地獄越來越近離人間就越來越遠……更後來發現地獄越來越進去到了好像是用餘生的方式重新面對這些近乎死裡逃生的後來這十年甚至二十年來的狀態，逼自己回去耶路撒冷或是紐約或是越南或是……西藏……更多更早更沒有發現的時間的碎片的那時候發生的事情都沒有收拾的殘局……或他當年甚至是卡到陰碰到髒東西可是始終都沒有收驚解厄消災安魂甚至沒有發現直到最近才找上門的冤親債主那種……慌慌張張。

他老想起當年在西藏發生的很多很多怪事……

在一路去西藏的路上，老發生好多事，但很難明說。

尤其那時候太年輕太相信這個人間……一路走、一路搭車，或偶爾邊走邊攔車。竟然一個月下來，遇到好多人順路載一段，他運氣還好，都遇到了還算不壞的好人，竟也沒發生什麼事。最害怕的那一次，反而是坐在巨大的砂石車那一個怪異的下午。那破舊不堪的大車開到了一個很荒涼的小城附近，突然，完全沒人的路上，竟有兩個中年的農婦衝出來，擋在路中間。但時間一拉長，兩方，就僵在那裡了。都沒有讓開，後來，她們更激動，腳跨在輪胎中間，整個人卡在車輪下，就躺在那裡，一動也不動。已經是完全豁出去了的那種姿態。

這令他嚇了一跳。因為，他從來沒想到會有這種人，這種事。以前聽說過大陸有發生過，總覺得是渲染的、誇大的，或可能就是虛構的，捏造而以訛傳訛的。像雪怪，湖中水怪，像特異功能到可以隔空取物，或照片裡天安門隻手擋住一排坦克的人，或，就像那時候那種看來是可憐的抗爭，但也可能是偏遠山村中設局後來就有人會跟著出現，一如山寨土匪般攔路打劫的傳說。甚至，就算有，也沒想過自己會遇到。

其實遠遠看，五臺砂石車一起開，像個車隊，車的車身本來就很大，車輪大到像一個人高，在路上跑的時候，是很嚇人的。像怪物或巨獸一般。尤其是對農村的人，那些還活在老時代的人。

他聽內地的世故朋友叮嚀過，那種敢開大車的師傅絕對不只是普通人。千萬不能掉以輕心……而且這回同行開車的師傅有三個，一個是看來就很滄桑的中年人，兩個年紀比較輕的小伙子，身上卻有大型刺青，他們可都是江湖氣很重的人，一般人看到，是會想辦法躲開的，但那兩個農婦卻反而擋在路中央。

「好好說！」但他們也不想多惹事，後來沒辦法，竟也耐下心來，下了砂石車，聽她們說話，大聲地控訴他們。

「車開過的時候揚起的灰會弄壞玉米田的玉米，會賣不出去！」兩個可憐的女人一個一直罵一個一直哭，「豬不吃被灰弄壞的玉米的！他們會很慘！」

他聽了有點心酸，這裡真是山邊的窮山惡水了，田裡能種的莊稼糟到人都不吃，還只能餵豬。就這樣耗下去，場面變得比較不那麼緊張，但她們小小的身軀還是就坐在巨大的砂石車中間，沒有離開。這種很戲劇化的時刻，好久好久，使他們一直就待在那路中間，從下午四點多就坐那裡，坐到天快黑了。他還記得，搭上他們砂石車的便車，是在一條離開縣城不遠的路上。他和那刺青的年輕師傅一路聊很多，他說他砂石車是從他十八歲開始跑，因為他在北京的父母送給不想再念書的他的生日禮物，和別的家庭很不一樣，竟然是一臺三十五噸的貨車，讓他開始獨立地謀生，年紀才二十出頭，跑到現在，就跑了幾十萬公里，整個大陸的大江南北，大概都快跑遍了。

「跑一趟六百塊人民幣，算是很好的收入，認真跑，一年可以存十幾萬塊人民幣！」

他並不覺得辛苦，甚至還滿開心的，因為收入和民工或在辦公室裡工作的人比起來是不錯的，而且也沒有長官沒有老闆，就是沒有人管，很自由，「邊開邊像……遊山玩水，走江湖」。他笑著說！「雖然路上有時候很亂，在比較偏遠的地方總會遇到一些麻煩，尤其在大西北一帶，很複雜……但，這些年遇多了總還是可以擺平的。」「那種攔路打劫，來硬的，要打或要給買路錢的，大概都好談好擺平，今天這種情形遇到了這種真的可憐人，卻反而不知道怎麼辦？」他無奈地對他說。

他坐在那很高的駕駛座，很怕的，不是在鬧的一個農婦，反而怕的是師傅，怕他們會忍不住，一衝動就輾過去，出了人命，麻煩就大。但，沒想到，他們也心軟了。也想到路上和他們聊過的很多事。其實，去西藏前到青海，遇到他們前，他才剛從西寧的最著名藏廟塔爾寺出來，去了好幾天，八百多個喇嘛，數十座沿山蓋的喇嘛教建築，好大的一座山，都是。路上，他聽過黑教拜鬼神的最貴的唐卡，甚至是在人皮上畫的，用的是奴隸的人皮，有些藏廟最珍貴的法器，是用高僧的舍利，甚至是頭骨。文革以後，有很多這種很神祕的藏密的東西出現……雖然市面上流通很少，很貴，但還是找得到，他自己還在某個老藏廟看過，有個裡頭的老喇嘛還跟他說，有一個廟門上的唐卡上有畫人皮，以前其實那裡甚至是用真的人皮做的，是用罪人的人皮……貼在門上，他就站在那裡，不知道是不是真的……可不可以靠太近去看。還有聽到很多更老也更新的版本的怪事。像是「蟲草……是藏藥，但，長得不像草，反而像蟲，有很多傳說，採

蟲草像採人參……在深山很高的深處那蟲草和人參一樣，是成精了會跑，會藏起來，看到了但找不到，有很多神祕的故事的繪聲繪影！但，現在市面上好多假的，有些還一玻璃瓶裡摻很多塑膠做的蟲草形殼在賣，像在賣小蟲公仔……那麼荒唐。」或像是「其實在藏族的老的時代，古代的傳統裡頭白犛牛是聖獸，是萬中出一，養到牠一歲半以前一定要放生，不然養在一般人家裡會出事，一定要野生或被供養在廟裡。但是，現在都亂了，一般犛牛拍一次五塊，白犛牛五十塊，所以像你能看得到的白犛牛，一定都是給觀光客拍照的，都是用噴漆把牠們噴成白色的那種……」

沒辦法，這是新的世界對老的世界的打量方式。他跟師傅說，他老看到這一些他也沒辦法理解的畫面……甚至，只是受不了的氣味，拜的供品酸了，食物壞了，花腐敗了，酥油燒焦，聖獸標本的那種動物屍體的屍臭，加上來參拜的擁擠的藏人現在仍然一生只洗兩次的體味，甚至，是老唐卡的更老的神祕怪氣味……的刺鼻。

但師傅說，他受不了的氣味，是另一種。是在拉薩的古城裡的一個紅燈區聞到的，那是在火車站附近的，一個隱隱約約的妓女戶，他跟拉客的人說，「我只進去參觀，給你十塊！」走進去時，發現走道很昏暗，拉客的中年男人抱怨著，「幹一次炮才四十塊」但還是就帶他進去，那一層樓隔成十幾間，一間一間都很窄很小。

那是一間廢棄工廠而且只是在火車站附近的大樓裡，每一間都有個小小紅色的門，裡面很小一間，甚至沒有窗，床很小，地上很髒，很多舊報紙，破便當盒，蟑螂爬過去的痕跡，空床單看來有漬紋，大概也很久沒洗了。

但最令人難耐的，就是空氣中所瀰漫著餿菜、精液、消毒劑、廉價香水混在一起的氣味……

後來看到幾個客人，大都是從更鄉下的地方來城裡打工的猥瑣民工。也看到每一個門口有一個看守的年輕的小流氓，就蹲著，大概怕小姐跑了，也怕客人跑了。但這種小歹徒，也只是青少年，也只是打工，他沒說話……但，他們竟然都在笑他「何必花十塊，只是來參觀！」那些小姐年紀都不大，長得都很像，她們胸部都很大，穿得都很辣，而且長得都很醜……她們可都比他世故太多了，但年紀可能都還小。「我來照顧你！」有一個笑得最大聲妝最濃到像妖女的老女人靠過來，悄悄地對他說我會好好照顧你別擔心別害怕，但是臉上露出某種訕笑難掩的媚態……他沒有回話，只是向前走……她人一靠近，有一種那破舊不堪可憐房間裡的那種怪氣味，雖然有擦上很濃的香水，但，就還是好難聞。

他說，他在拉薩暗街也曾好像經過了一個有很多流鶯的地方，但也是在很不明顯的巷中，那一區，他們說，喇嘛也會去，他有看到，就走在那條街上，很鬼祟……

他不敢多看，後來也聽人家說，從某一個夜市過後，有很多，從某條防火巷……往更後頭的角落那邊走進去；可以看到更多喇嘛。

「喇嘛可以這樣嗎？」他問。

「不同的教派，有不同的規定，他也不清楚！」他說。「黃教，聽說是可以行房」「但不能結婚，如果真的要結婚，就要還俗」「但，更誇張的是……」他說，「有一種法會……據說，會從不同的地方把各地的聖女……集中在一個聖地，和上師共修，還……每一年都有。」

他心裡想：「還不就是上！」跟著問他：「但，天啊！一個喇嘛上十幾個女的，不就像聳動A片裡的……某種色情俱樂部，某種誇張的群體雜交派對……」「更驚人的，甚至還會弄死很多女人，你看過唐卡，那些很怪異的、很高難度姿勢的交歡……就是，歡喜佛的更奇怪的『性就是修煉』的傳說……所發展出來的性交的那些動作，那些體位，那些所謂的密宗儀式。」他說：「密宗本來就很神祕……據說，那些沒死的女人，卻變成聖女，受人供養，但也不能嫁人了。」

他邊聽邊想她們之後這種被侍奉起來的人生，其實還更慘，像被軟禁，被封印，也就像被淒厲地下了咒。他不清楚這是不是真的，但也只能一路一直半信半疑地聽下去……

「求求你走吧！」師傅們對農婦說。他們是真的好心在和她們說話，也求求她們，就不要再為難他們，她們要求的，控訴的難處，他們也很同情，但是，這不是他們的錯，也不是他們可以解決。他一方面很同情那農婦的可憐，但也一方面很同情那些師傅，大概因為路上跟他們聊得多了，知道他們也都是辛苦地在跑江湖，討生活的人，所以，如果出了事，那就牽涉更多……何況，他只是個外人，一種老只是在路上的人。只是個在旅行的流浪動物般的流浪漢……整個過程都很奇怪，像是在抗爭在吵架在亂，開始時有點緊張，但卻沒有更衝突性的動作，甚至，拖到後來，卻只像在胡鬧而已，像有意無意地在演戲，有人演苦旦在哭，有人演有同情心的武行、小生在安慰……

過程變得竟然有點……溫馨，感人，像張藝謀的《一個都不能少》、《秋菊打官司》或那種類似拍農村的電影裡的對社會最內在的矛盾與不義的觀察，控訴但卻又充滿同情……拍法並不誇張，反而太真實到……像真的，但奇怪的是，最後，總會有好的收場……的那種氣息。大多時候，他看完，都不太相信，那種故事怎麼可能不是悲劇收場呢！

甚至，這現場更是真的，不是電影，所有的緊張和兩難也是真的，工、農，這兩種社會最底層的人民在他們生活的最深層的無解，農作物的被汙染無法收成，而跑車的無法上路。

最後竟然是她們老公出來把她們帶走了，他們也很無奈，鬧得很大，大概在家裡也吵得很凶吧！但，對外人，也不能說什麼。「活下去，很困難，但也沒辦法！」一邊說著的他們扶她們，一路走，一路哭回去！這最後的一路，特別奇怪的一個畫面出現了，那就是，完全弄不清楚發生了什麼事的那農婦的兒子也跟來了，大概只有三四歲的他個子還很小很小，臉髒兮兮的，穿得破破爛爛，卻一副天不怕地不怕的樣子。

假裝很凶惡的他就學著電影裡的歹徒那般耍狠，跑到大砂石車如巨獸般的龐然車身前頭，拿起身上所帶的一把ＢＢ槍，專注地，對著長得有點凶臂上還有刺青的車上師傅和吃驚的他，猛扣扳機，嘴巴還大聲配音「碰！碰！碰！」一地對準他們的頭額死命開槍……

❖

查克拉……一如那一種死命發願的歧異公路電影的那一部德國導演荷索拍的老紀錄片，上路找尋奇蹟般地費心深入拍一個找尋著名藏教密宗法會的旅行過程的神祕……一如準備那個曼陀羅法會前用砂作畫非常複雜精密的某一種唐卡曼荼羅即是古老宇宙觀的象徵，輪迴修行的縮影，最後在法會開始的時候達賴喇嘛就當場用金剛杵把那個沙畫搗毀……

樸素又極度深沉的繁複施法上工專注念經文咒語邊施工沙畫顏色千變萬化華麗登場的艱辛過程的點滴累積心力傾注地深入那些藏教喇嘛們，誦經儀式的法會前七七四十九天的每天都在那邊畫密密麻麻到近乎完美也近乎瘋狂的法畫曼陀羅壇城的無限奧祕……

甚至採訪來朝拜的信眾參與的虔誠的一個個藏教藏人老老少少令人感動，還有前來參與盛典的長住在當地的種種記者宗教學社會學人類學研究的學者專家們甚至是多年歷史的想見證的外國遊客們即使只是來好奇來參觀的人群聚集……盛況空前激烈的感人法會場景……

然而最動人的卻是最後紀錄片導演所神來之筆地專注採訪了躲藏在藏廟儀式會場布幡帳棚最遠的死角近乎癱瘓的那一個陌生朝聖者……那一個全身又破又爛骯髒得要命肌膚很黑很臭，不太講話只是去那法會虔誠地死命拜，那個人為了來參加這個法會在西藏，竟然是從另一個青海的苦旅源頭初始的藏廟開始用最古老規格最高最難的朝聖老規矩發願……一路還甚至就是用三步一跪五步一叩的一邊走一邊拜的那種走法……

就這樣的古老傳統的誓願從青海西寧著名那個藏廟塔爾寺開始上路走了一整年……那種肉身護法式的行腳修行……自古就得到藏教法會圓滿的祝福……但是，那個人始終沒有說這是一個偉大的朝聖之旅或是一個尊貴的行動，而就是在一年的路中永遠跪拜念轉佛珠的入神……

其實那個怪導演就是在找尋那一個古老傳說最深沉的藏教的朝聖地「大旅行」的發問的極度危險又極度感人……甚至那部怪電影片名其實就是叫做「查克拉」，其實那一部紀錄片導演無限逼近地用鏡頭去逼問著去西藏找尋啟發找尋開悟的眾生……這種古老朝聖的大旅行到的那個著名的藏教聖地儀式鬼地方到底有多麼感人……有多麼多的苦難信眾需要被祈福甚至被拯救。

即使他最後就變成只是拍一群旅行的怪人用一個很怪到甚至沒有辦法講的原因就走上了那條路，然後那個人就說他覺得承諾神的那段上路死命要完成的發願一年近乎瘋狂地不可能從塔爾寺走到布達拉宮的古老朝聖之旅……對他太重要到已經把自己肉身崩潰邊緣地一生舊傷老病都發作找上身的腰痛膝痛肩痛到胃痛胸痛症狀蔓延到快要完全無法想像到一動也不能動地困難重重……然後他還繼續上路來還他多年許諾面對這個必然非常艱難辛苦到甚至會引發更多更多惡疾纏身致死的太龐大的發願。

因為要死命逼問一個最終人生問題，就在朝聖的時候逼問朝聖者們上路的盡頭前一路最艱難辛苦的每一個時刻的逼身過程……都必然是一個他對神的承諾，在這路上信眾們相信神是會保佑他們的，甚至神會跟瀕危瀕死朝聖的信徒們對話，所以他在一路上遇到困難都是充滿神祕的神啟……啟發他的身世經歷而解脫切換地完全變成另外一種理解人間更深一層陰影籠罩但是又神奇費解的神的應許方式，就是信眾們在那朝聖苦路近乎死路上遇到的每一個陌生人都是要帶他們去找神的那個人，在那一路上遇到的每一件難事怪事，都是神給他們的考驗，或是神給他們的祝福，所以那段苦路不是白走的，而且不只是為了最後到那個終點才是找到神的過程，而是在路上遇到的每一個充滿困難重重的細節的麻煩，都是跟神對話也就是為什麼要朝聖的最初也最終的無限逼問。

一如多年以後看完那部查克拉的朝聖怪公路電影之後的他才隱隱約約想起來好像始終還從來沒有跟人家講過另一件怪事，甚至他自己也快要忘記了，只是因為不久前他意外看到另一篇離奇色情網站提及人妻外遇去某師父教派跟著靈魂出竅雙修陷入淫蕩的難以抵抗的媚惑的怪小說的時候突然想了起來的怪事……

因為那個奇遇的她講了某一個西藏的上師喇嘛。太多年之後想起來，還是非常近乎不可能的奇遇。他再也沒有遇過她了。他老想起她提過的上師那著名喇嘛導演。她始終非常推崇他，提起她跟他拍過電影的數年，辛勞的付出一如修行……許多細節的部分都有一點迂迴但是感覺上既擔心又開心的猶豫，入迷的奇幻冒險曖昧，而且他腦海也始終閃過多年來那個著名喇嘛導演也曾經有女信徒多人多年跟隨他甚至為他爭風吃醋地意外出過某些花邊新聞，就是講到類似像藏密修行最玄奧的雙修，但是始終無法理解為何的某種神祕近乎怪譚或各種邪教儀式中某樣子的騙財騙色的傳說。

也想起以前他自己荒唐的那一段時光……在一個網站還會花力氣去約一夜情的後來也沒有力氣去了的後來想起來還真是奇怪的一段時光，大概是他當藝術家太久的掙扎在極端喬裝世故又極端幻想逃離的兩難困境。人生也陷入繁忙入世承諾太多太多麻煩人事糾紛混亂的波折重重狀態。

就在某一次的一夜情所意外遇過的那一個陌生美國老女人。在極度缺乏浸泡於更深情更浪漫可能地孤注一擲地慌亂……遇到過許多雷同的人生失焦又失序的天涯淪落人……祕密地打開一個個夜的暗黑的伏潛幻象……潮溼溫暖又不安緊張情勢不斷的痕跡……

甚至在那一夜情網站上遇到的離奇……更離奇到後來想起來還是不可思議……他還記得那一天是颱風夜，實在是太奇怪的心情在網路聯絡上然後聊天聊了起來一開始只是客氣寒暄問候後來越聊越多越久到竟然就約出去了，但是那是一個風大雨大的風暴狀態……也太像是一部死命上路的路口意外的公路電影的開場……

那暴風雨的空鏡頭的滂沱大雨車窗內的疲憊不堪的他始終還記得他們約到的怪地方……甚至竟然沒有地址，只是約在信義路七號公園旁邊的轉角，後來坐計程車就直接開上山，上去北投一個漫長失控的長夜漫漫的暗黑晚上……他們在計程車後座自窗外看出去就是暴風雨侵襲滂沱雨勢發生窗前雨大到無法形容近乎瘋狂看不到路的颱風夜。更為複雜地深入深淵感染的險惡氣息迅速掩過剛見面的陌生靦腆……他們從握著手中發汗的手心撫過手腕弧度彎曲的腕後就撫入臀部曲線的凹痕……她的手伸入他的腰間往下緊握著他的硬得發燙的陰莖，他也感覺到她的發汗手感發燙……忽快忽慢地為他的淫物愛撫手淫，然後完全無法理解為何地無視著始終從照後鏡偷窺他們的狂亂失態的計程車司機的死命擁抱狂吻……

那一天的車窗外的出其不意的近乎瘋狂的滂沱風雨好逼近又好遙遠，上山的夜路一路開了好久又好像好快……他們到旅館的時候已經半夜了……淋雨撐傘衝入雨中去敲門的時候，他們還是全身淋溼了……

或許因為非常晚了，那玄關櫃檯開燈極慢，老內將完全不相信有人會在這種風雨交加的颱風夜跑來荒山中入住……

他們還在那暗淡無光的櫃檯前半道歉半微笑面對她的略帶嘲弄的善意客套，全身發抖雞巴又硬又溼又冷地等待著……

在那個傳說中日本殖民時代殘體般的破舊不堪老房子木製古蹟的天空末端，還就在那北投著名的最後一個隱藏起來的最道地一如從京都騰挪過來的老時代溫泉旅館，枯山水庭院深深的後院。鳥居木製玄關，石砌階梯曲折蜿蜒山路崎嶇的山路入口旁，還有多年以來養苔一如苔寺驚人異常長滿苔蘚陰影籠罩卻詩意盎然地詭譎難得奇觀，甚至數寄屋木製和式房間旁的不規則手工精心砌成亂石的淺水池塘卻竟然還養著多尾巨身過兩尺長的華麗七彩鯉魚翻騰半夜出水的超現實感。

她那麼從容又那麼深刻優雅氣質但是有點年紀的風霜歲月痕跡，細看魚尾紋末端也應該超過五十，再怎麼用力維持肌膚保養肉身的裸體其實已經有一點疲倦地衰老，但是仍然有種莫名令人期待的異樣感動的迷人……然而就在那一個彷彿時間消失的無影無蹤的迷離和室裡。提起多年來的奔波流浪跨國冒險浪漫過度自許波西米亞人的她已然是一個跑了太多太多鬼地方的鬼記者……或許也是出過問題重重的書的知名報導文學作家攝影師，仔細研究下手寫過她那流浪了大半生的浪跡天涯，甚至也曾經是一個國外拍紀錄片有關的導演製片之類的怪人，後來因為種種原因意外落腳在臺北多年的她還認識某些熟識的名字是連他也認識很多年的那些作家或是電影圈的人，其實他不太好意思承認，或許這只是一個怪夢，還是一個春夢……更因為這是一個太過離奇的一夜颱風來襲風暴的一夜情的怪異之晚。

她用某種太過複雜世故的溫柔婉約又控制全場的施幻術般地貪欲貪玩地激渴主動一如獵豹移動地擅場……或許好像在激烈的做愛汗流浹背的變換體位姦淫他的她身上老散發一點他不太能辨識的檀香混合香灰的淡淡清香油酥的異香蓋過白人幽幽的狐臭……他老是覺得有種莫名的亢奮又恐慌……

她甚至教他一種接吻的方式是用咬的痕跡，啃噬，磨牙吮血般地……用牙緣在臉龐用一種很緩慢的舌尖半舔半含半咬噬地繁複調情。甚至舌吻全身的肌肉曲度一如誘拐少年的母親的慈愛亂倫感，在他多回精疲力盡地失神射精之後再深含他的陰莖龜頭就又恢復勃起的驚人祕密技巧……

整個夜晚的和室裡的榻榻米的紙門紙窗的死角都充斥著淫亂的她的低沉沙啞聲音的時而甜美時而淫賤的呻吟呼救般的忘情又忘我狀態，她的肉身搖晃糾纏捲曲恥骨恥部的孔武有力，散發著金髮碧眼的妖姬法力無邊無盡的黑夜降臨時的窒息感……

最奇怪的……卻是懸在巨大雙乳之間喘息晃動的項鍊所鑲嵌某種色澤華麗的西藏瑪瑙九眼天珠……多年之後到了拉薩老城廣場大昭寺朝拜繞入了藏教古董文物老店的他竟然才聽說到那天珠傳說深入不可思議加持之力，她戴的那九眼的規格太高近乎不可能的瑪瑙質天珠的法力，能量級別太高的古沉光榮清晰紋路明晰……必然是多位高僧曾經啟發信眾在老藏廟供養過活佛轉世神器法寶的上師多年，甚至需戴的人也每日誦經加持其福德與智慧，才能將天珠能量場被啟動的福德修法才能持續光澤亮麗的奇幻……

也那麼迷離的奇幻的那一晚的時光彷彿深入過去也深入未來地怪異到就在那射精多回的疲憊不堪夜半天亮前，他老是有種莫名的倩女幽魂臨幸寧采臣的既不安又狂喜亂性地分神，也覺得自己彷彿被女神還是仙姑上身般的加持附身，更離奇的像是被注入法喜充滿的神通的恍神之中，他覺得他的陰莖末端所深入的淫液瑤池底，卻是另一個活佛轉世神器法陣布滿的祕境，潮濕的水母般發光發熱湧動無限的弧形肉壁曲柱彎梁刻滿滿天神佛……一如男神明端是：妙金剛十九眾、不動金剛三十二眾、無量光妙金剛四十三眾、妙金剛．佛智派、雙身不動金剛．歡喜金剛派、密集雙身金剛。勝樂魯歐巴、雙身勝樂．噶羅派……眾女神明端是紅蓮舞自在女、黑勝樂、金剛光菩薩、良馬菩薩、金剛亥母、閻羅母、能愚母、能行母、能懼母、煙墨母、五鈴尊、鈴身壇城、雙身勝樂金剛．鈴尊……還有更多他不認識的巨大法力無邊無盡的加持神明們……將他奇幻地肉身淹沒於淫液即是空無深入悟道汪洋的手印轉化為打坐禪修體位末端，一尊巨大歡喜佛的賁張肌肉神明保佑又懲戒的時間差的幻境中無限循環無限神祕的國度肉身糾纏無辜的他被她和活佛轉世的那導演喇嘛同時的三P式的雙修玄奧合體臨幸。

他也老想起那一部那個著名活佛轉世喇嘛導演的既充滿神諭又充滿色情試煉的古怪電影……《嘿瑪嘿瑪》。

一開始在藏廟儀式神聖的奧義揭露般地說法：「沒有命中注定也沒有自由意志……」主持這祕密儀式的那住持老人告誡他們……到這個地方。你就當自己已經死了，體會生與死之間的狀態。沒有身分。來這裡是為了發現你是誰，沒有身分你會做什麼……十二年才一次別浪費，匿名是一種力量，洩露身分就失去力量，別刺探別人的身分的危險。違者受罰甚至重者永遠消失。（他本來想到了更多平行離奇電影的可能庫柏力克的《大開眼戒》戴面具祕密宴會的暗喻，一如《單身動物園》超現實寓言的荒謬感，一如《海灘》或《飢餓遊戲》的群眾生存感對決的焦慮……但是都不是……）

那怪電影就是那個著名喇嘛尊者導演。拍攝在不丹的森林深處，每隔十二年有一個祕密集會，由長者挑選過男女去進入一段匿名的時光。雖然比起這個喇嘛導演前兩部電影《旅行者與魔術師》、《舞孃禁戀》更涉入的神的應許曲折的狀態要尋常許多……那部怪電影中因為好像太容易預期的情節，面具的法會，匿名的考驗人性的弱點，通姦淫亂殺人的種種內疚自責的反悔……比較特別的卻是整部電影都在不丹的山裡的森林中，大多數戴古代面具的人，就像一部古老的神劇，露天的劇場演出的好幾天好幾夜的時間拉長的狀態，即使其中的差錯人物角色情節種種的失誤，但是其中戲中戲的亡者在中陰的狀態還像只是老時代的藏教很神祕的隱喻蒙太奇敘事的一部ＭＶ。但是電影中仍然充滿更多細節……一如他當年邊看《嘿瑪嘿瑪》邊心悸般地跟著幻象平行穿超地偷偷跟著敗德悔恨地怪異苦修朝聖的草草寫就太多電影筆記畫面的離奇神諭：

「最動人的主要舞劇。屍陀林主之舞。其實是雜交派對的隱喻蒙太奇敘述的看似平淡無奇但是內心深處波濤洶湧地迷幻……一開始只是群眾聚集死寂莫名地靜坐現場氣氛濃厚迷離地恍神多時在大舞臺。充斥著薰香。眾人面前的肅穆演出。躺在地上的一個亡者。骷髏群。白衣女神。你最懼怕的死亡已經來臨。你身陷中陰，不怕死，應該怕生。但是你的心在作祟。五官還在感受。親人不知如何放手。他沒有影子和腳步聲，回家沒有人發現。」

他老想到的更多時間感的摺皺差錯……一如最後一個訪客已到了。要封鎖邊界。要保密他們的身分。但是過程中卻充滿著誘惑與試煉……睡覺時有人做愛發出混合怪聲，有人偷翻別人的東西被捉，洩露身分，被關起來。有人偷吃偷喝偷做愛。偷看女人洗澡……或是電影中更多引誘……後來在舞劇演出中的他屢屢偷看那女人……後來在森林中，雖然他強暴女人，誤殺男人，梵唱的送葬人。鵰頭面具人看到了但是也沒揭發他。

老人說：凶手在他們之間，但是他們不告發，他會良心一輩子不安。他換面具，躲在人群裡，最後還是太過害怕地決定逃離現場……

二十四年後，他又回到那地方，想找那女人。他對那住持老人說，他二十四年前就死了……充滿悔恨。老人對他說，那女人後來也死了。生了一個女兒。可能是你的也可能不是你的孩子。

他去酒吧找她。可能的他女兒。但是女人沒有理會他……

他老想著那儀式最後老人說：「用最好的葬禮儀式安葬亡者。葬禮用樹葉覆蓋亡者身體。」最後用近乎哽咽落淚地低語：「你是船，你是槳，地平線在此，送葬行列……她哭泣……」

❖

被逼問的從「修佛是什麼？」到「修是什麼？」的永劫回歸……一如舊時代唐卡老女神們的詭異微笑。

在老西藏……其實是古代隱藏著當代般地必然一如某種被誤解的穿越……所有的狀態都需要更多的狀態來準備……本來他還覺得他的更歪歪斜斜地被啟蒙被開光，老是用另一種動力引擎或是光速曲率的變換切割地在不可能的縫隙移動世界般地跳躍滑行伏潛般地旅行的失控密技地不可能引用，但是那只像是在很狹窄的音域才能有共振頻率的結果……必然失敗的幻術影分身的低階忍術。

那一天他老想著他當年為何上路那個西藏的怪旅行可能會出事的時候，也同時意外地想起那一部湯姆．克魯斯演的《明日邊界》，想了很多電影的類型片或是隱喻蒙太奇敘述的故事切換種種……然後切入的哲學概念的我是誰，跟自己解釋作為一個啟蒙開光的舉例不可能的任務之所以不可能，是因為敵人可以控制時間，經驗值就是波赫士式科幻小說的逆轉的命題，但是那回旅行最後過度逼身就只能解釋成那個不斷重來的人不可能的任務其實不只是時間可以當武器不斷重複要害攻堅的問題，其實或許反而可以用一種關於「輪迴」引用的概念隱喻來解釋。

有關那回旅行的後來比較奇怪的竟然是意外發現自己的痛苦深淵……或許這也是地獄變相計劃最後的要害功課。他的地獄展覽終於承認到了快結束才正破題入手……那是困在某種分裂細胞組織又溶解再溶合回來的狀態……神學和美學的對位古代歷史謎團式的質疑必然的質變……這個鬼展覽剛剛打開的鬼故事的當代部……一再發生什麼地引用古代部一如藏廟唐卡古畫涉入曼荼羅壇城就是另一種地獄變相圖的嘩變……

而他的個人史的錯亂懷疑……太多太多空轉是入手只是一個當代的臺灣假廟公式地偷渡藝術家過度超度現實風格而自欺成某種藝術計劃……自以為可以偽裝跳鍾馗就會變成是壞毀的死亡怪誕馬戲班般地拚命拼湊出完整不了的殘肢斷臂縫合手術凝聚成屍體標本般的怪展覽。始終無法理解為何自己老扮裝失敗的姿態又仍然逃不了面對自己內心深處暴力傷害環伺的真實涉入另一端的通靈乩身不得不承認自己恐慌……他終究落得下場淒涼還久病纏身厭世地在破舊不堪家中大廳布壇拜鍾馗神威顯赫……空想救自己也救眾生的迷惑祕境自欺……布下天羅地網多重機關自覺功德圓滿不了就會賠命的假廟公兼觀落陰逼問自己為什麼永遠無法理解想要消災解厄……這是他死命上路想找尋在雷同的藏教輪迴的無限煩悶地永劫回歸……可能的出路但是仍然只是一如跟拜神明保佑求解脫但是必然解脫不了的困難重重……

一路朝聖的冗長旅行中，他老是在一個個藏廟的奇幻唐卡見證奇蹟般的艱辛歷程中逼問自己……到底修佛是什麼？到底修是什麼？到底什麼叫做修會度自己般地讓自己變得比較好或是比較壞，他不知道，但是這種修的理解方式還算是不一樣，讓他老感覺自己過去好像問錯問題，用力用在不對的地方太久而不免終究流於無奈的人間持續越修越走樣地無心變質……

永劫回歸一如他老不免分心在後來離開上海前往西藏從拉薩到日喀則之間一一去朝聖的每一個老藏廟的古代唐卡畫面的布局上方為天畫佛像法身報身應身的菩薩像的觀世音文殊菩薩臉上，或是下方為地畫的空行母、度母、護法女神、比丘的臉上……即使變幻萬千的過度華麗登場繪畫顏料竟然是金、銀、珍珠、瑪瑙、珊瑚、松耳石、孔雀石、硃砂種種珍貴的礦物寶石和藏紅花、大黃、藍靛種種植物顏料繪製的唐卡色澤鮮豔璀璨奪目精密畫出的……年久失修的種種老女神們仍然眼神祕流露面孔既歡樂又憂愁的無限慈悲的一個個壞臉的始終無法理解為何老耐人尋味的詭異微笑……老會看到他在上海那回遇到的楊壞壞的雷同深深淺淺的詭異微笑……

❖

就在上海被意外招待去的破舊三溫暖死角那小囚室般的狹窄房間滿牆三面鏡子還因為都是鏡面反射折射而意外發現某種幻覺般的幻象……她說：「我很壞，我叫楊壞壞。」編號五〇八的她還用開玩笑的口吻斜指著五一六和他說：「你是大壞，你是小壞！」從單側斜看卻就變成很多很多面一直陷入地深進去像電梯的狹窄空間的無限繁殖甚至也像恐怖片或科幻片裡的特殊效果場景那種怪異的無限延伸進入更深的歪斜變形消點的透視感，老充滿暗示般地好像隨時會發生什麼怪事或會有什麼怪東西現身……但事實上從開始到過了好久也什麼事都並沒有發生地既可怕又可笑。一如老分心的他有時會注視暗黑鏡面裡的他們三個裸體充斥無限揪心般貼身的肉身，不知為何看起來卻一點也不色情卻只像在開玩笑式地做體操玩疊羅漢。

五〇八後來還說起她喜歡看懸疑小說，就是看了心裡會上上下下的……那種。他問：「是恐怖小說嗎？」她說：「對！但你別一開始就自以為是你看過的老騙人的鬼故事有關，因為其實並不是你想的那種！」

「也因為，我們東北人的這種鬼故事最多，」楊壞壞說：「而且這些故事的鬼可都是真的！」

「我小時候，隔壁一個老媽媽過世了，還沒去投胎前，一直想回來家裡，但前廳是一個有貼符的大門，上面有保護，所以東西進不去，後來，她竟附身在一隻狗，在那隻很黑的狗身上，就這樣才能從門縫走進屋子裡。」「而且，進來後，就趁她女兒先生去上班時，對家裡幫傭的阿姨說：『胖嬸，我要吃水餃，要吃包菜肉的那種！』說話的聲音，走路的方式都像過世了的媽媽，後來覺得奇怪，問了好一會兒，才發現，是他媽媽附在三女兒，那女兒有一哥一姊，但她最小最乖，媽媽最疼她，所以就找她還魂，後來只好找村子裡的女法師來，做了法，還燒了好多元寶才請走！」楊壞壞說：「我還有去幫忙燒元寶，燒了好幾天，那時候還小的我看著那一直燒著的火，只覺得好漂亮，也好好玩！那黑狗還在旁邊跑來跑去，大家還抱著牠玩，一點也不知道怕，也不覺得奇怪！」她說：「這種故事好多好多，我們從小聽到大，甚至，也就活在裡頭。」

「跟你們說一個我自己的鬼故事！」她看著有點害怕的他還更開心地接下去說：「在我來上海前，有一個月沒有工作，每天晚上心情不好，就在吉林老家裡窗臺坐著看外面，那風景很美但也很淒涼，有種天空溶化在樹影裡而完全分不出那種黑的好多層的黝暗，星光或別的光閃爍著，有點迷離而恍惚，有時我會想好多，有時會哭，有時就只是會在那裡發呆，看著遠方的黑暗，好久好久，甚至常看到天亮才睡。」她說她始終無法理解為何後來會變得更奇怪的好奇著：「有時會覺得奇怪，因為會看到人影，但後來去拉窗簾，明明外面沒人，但就是會看到人影，這樣看了幾天，只是納悶，不知道害怕，直到生病了，甚至發燒到三十七度半才覺得有事，後來就找醫生來看病，但一直吃藥甚至打針都打一個月了還不會好，甚至，眼睛黑的部分從這裡到這裡，」她用手比著自己的臉，從眉頭比到眼窩……「肯定是有什麼東西！」楊壞壞說：「後來媽媽找一個法師來看，她真的很靈，到了房裡，一看就問她說有沒有男朋友，她說沒有，但女法師說她看到她晚上旁邊都睡一個人，我點點頭，真的有，但不知道是誰，只是，那時候自己還年輕，不好意思跟人家說，只知道有個人，是男的，但看不清楚，穿黑色衣服，頭上蓋個東西看不到臉，每天晚上都來，剛開始很怕，但，他也沒對我做什麼，只是躺在我旁邊，我也不知道怎麼辦，時間久了，竟也就習慣了！」

「後來怎麼了？」他急著問：「法師對我們說，找一個盆子，放在房子東南角，燒了元寶，叫我跟著念咒的她往房子外面走，要雙手小心拿那個盆子，要專心走路，而且聽到什麼都不能回頭，就這樣……才好！」他心裡一直覺得楊壞壞只是騙他的就更好奇地逼問她：「長春不是大城市嗎？應該人很多很熱鬧的！」

「我家是在縣裡，在山上，那裡有點荒涼，才有很多這種東西！」沒想到楊壞壞竟認真地解釋起來：「法師說，可能是有天我爸給我爺爺燒元寶，地址寫錯了，招來了東西！以後要小心。」

她卻接著說：「後來就好了，這是好幾年前的事！」

為了緩緩恐怖氣氛的他跟她們說……在臺灣，有一條夜市的旁邊更小暗巷中都是挽面的髒兮兮的老店幾十家，最大的一間怪招牌上有一隻站立的羊的剪影兩層樓高，名叫黑羊孕婦裝。聽說穿了辟邪，小孩好生好養……還有許多沒眼珠女模特兒穿的鑲嵌碎鑽羽毛的紅包場長禮服店叫美麗，甚至還有更多怪畫面的令人矚目。店名很尋常又很不尋常，面皰達人，水水，愛美王國，阿鸞燙睫毛繡眉。夜市裡還有很多標價九十九和一九九的髒髒臉孔的塑料舊模特兒像女鬼穿著的三件一百的性感內衣，很多恐龍魔獸炫目海報的小哈伯電腦兒童教室，但還有一個個歐巴桑們的某家叫鳳凰豆的廉價民族風手染服飾老店和有一個很娘砲GAY在忙忙碌碌的玻璃又黃又髒的小奕的荒唐髮型設計店，最後的一家那夜市的怪招牌很大很招搖，下頭寫著：「健保精割包皮」的跑馬燈字樣，上頭卻寫著「奉天承運。皇帝詔曰」的血紅色對聯……她們一聽都大笑了地直說臺灣也可真是……鬼地方。

一如那段在上海準備藝術展覽吃緊地始終太混亂太繁忙的時光的他人生好像腐敗到……永遠都提不起勁像是手機快沒電就不知怎麼回事地自動進入關機或待機模式或就是當機了又不承認，仔細想想那一陣子太忙到永遠恍神才感覺到近乎硬碟壞軌了或內燃機要搪缸了地出事……甚至，就更像是神通護體亂砍自己雙頰穿針全身噴血都沒事的乩童退駕，MIB老探員回老家當郵局笨局長變回脈搏正常的百姓那般乖乖的但是又不知那裡怪怪的，尤其去吃生意尾牙時坐進人群最邊緣聽長輩們說用心的吆喝暖場但不免仍然是的冷笑話那種溫暖幸福的無比愚蠢真是令人開心太過庸俗也太過客氣的俗套但是卻完全不需用力的另一種人生尋常的熱鬧，吃極盛大百桌的辦桌看極火熱獎金的大摸彩聽極認真歡唱演歌的那卡西和全場令人精疲力竭用大聲的麥克風用力地致詞表演串場……後來還是因此的太疲憊不堪……又去找那個上海整骨老師傅拔罐時安慰他太多太多的人都太疲憊不堪。他在邊按邊下手越來越深還提及最近好多狀態的令人不忍……殘酷而屏息，月球背部不能面光的陰影深入的遠方，遠離，歧途……人間的角落，無人照應，太多太多的近乎不可能想像的孤獨所陷入的可憐兮兮……

老師傅跟他說：有一個老客人和你一樣一生操，全身一樣痛，瘦弱到像冤死女鬼般的她那從小也老腦袋太複雜而心情太不好地一生都很辛苦，後來所生下的小孩也遺傳了心病，長年地沉默孤僻，更後來長大了卻廢了但還是充滿了小時候心情跌落無法起身的深淵，長年的焦慮到有壓力就會摔家裡的東西，無法出去工作到後來甚至無法出門，然後太激動時會動手打家人甚至打自己……另一個是四十幾歲壯T般的女兒，跟父母住，不工作，整天遊手好閒老在上海胡同暗巷裡逛，晃來晃去，常常喝酒，出過事就被告誡，但是心情一不好仍還就坐在家門外的座位，桌上放礦泉水瓶，但是假裝發呆主要是一口一口喝瓶中偷裝的高粱。眼神閃爍而不安，臉孔扭曲成一團糾結無序的不知如何是好，彷彿有人要害他或監視跟蹤難以脫逃……那真是某種死角裡的光影末端的陰霾充滿，像是《魔戒》裡古魯那小妖怪內心深處永遠對人間的狐疑心眼……老師傅說他看過太多人間的狐疑……那還是幸福的，因為還有更悲慘的陰霾充滿死角，在心眼到不了的最深處到令人無言以對……因為他年輕時候太長時光曾經泡在一個老醫院，近乎沒日沒夜地拚命工作過很長一段時光，看過太多太多令人無言以對病人們可憐到近乎可怕的畫面。一如他老記得的某個停屍間旁的地下室走廊，不知為何出現了某種難以置信的重病復健的樓層。有太多太多奇奇怪怪的病例……一顆眼珠瞳孔全部死白的中年男人始終在對半空中看不見的什麼說話，一隻右腳浮腫二十年的年輕熟女成天抽搐地哭泣不已，還有一個老頭頭骨破洞到半顆頭崩塌，但是眼睛仍然充滿戒心地四處張望病房裡的人們，邊看邊笑……還有令他最不忍心……一個不到十歲的小女孩自己忍耐極端痛苦而努力地沿著牆壁扶著單薄的扶手向前艱難地一步一步地移動，想要向近在眼前卻像天涯的下一步再跨步一點點，非常悲傷但是全身癱瘓般地無法協調肢體末端來走路的搖搖晃晃近乎不可能地緩慢，他說那小女孩每個晚上都在那裡苦心練習，但是每晚一定都痛到邊走邊哭……

他因而也老想起自己搖搖晃晃到無法掌握的人間癱瘓狀態誤入歧途末路般的委屈，一如水土不服但只是忍耐著勉強撐著不失控的更後來陷入上海的人生……但其實他覺得去上海太久的一路跑種種鬼地方跑到像是被連根拔起到後半生就老會覺得什麼都不對，吃的不對，住的不對，說的話聽不懂，有些內地相對於臺灣的更遠更怪更差異感的中國就是異國的異國情調反差那種浪漫但是其實更艱難，更是比對原來自己的舌頭肉身氣候的水土不符細節種種折騰久了……那種種舌尖上的內地太多太多匆忙果腹的飯麵餅雞鴨魚肉自詡料理的口感應該講究的不講究，更像是比對起自己更內在的什麼，比對起自己長出來的鬼地方和內地的鬼地方到底差異是什麼……但是其實最差異的對他來講還是……女人。

一如想不開的他也老想起不再浪漫地擁有那種更早時代去內地中國的老想有豔遇的冒險……遇過所有後遺症式的麻煩到就像去的鬼地方才發現他們對性的理解還停留在一百年前……他想的不只是性不只是豔遇偷歡的做愛的種種可能而更比較像是一種人類學式找尋肉體的生食與熟食的差異。其實他也還不是想得很清楚，或許那種種他早已厭倦的性，一如鬼地方的鬼那麼地不清楚……鬼要如何描述，以人的理解來描述鬼的難題，要講不能講的鬼東西或要讓人看不能被看到的鬼東西，甚至鬼要讓你意識到鬼是不能看不能被知道不能被說出來的，鬼如何地不能被說不能被看不能被知道……鬼永遠不在你認為鬼應該在的那個鬼地方上而且不是在別的鬼地方，鬼到底在什麼鬼地方？更多的好奇離開但是卻無法割捨的太多沒有自覺的挑剔已然越來越深……因為他還是只覺得太多太多上海的女人老像女鬼……

「說說現在的……你還沒聽過這一間的鬼故事？」楊壞壞看著他說：「就我們這怪房間，我以前都還以為是隔壁，後來才知道就是這一間！」她一沒說話，他就發現有一種低音，好像在沉沉地吱吱空響但也好像人在呼吸或喘氣，但仔細再聽卻也都不是，他再問她們一次那是什麼怪聲音？

「那可不是隔壁間五一〇的那騷女人像女鬼的叫床聲好大聲……」五一六有點小聲而顫抖地說：「這間一直有怪事，以前發生過有客人幹我幹到一半，突然按摩床開始動了，我好害怕，這房以前真的有按摩器裝在床下，但不會動已經很久了！」

「別怕！」他說：「有時候是真的壞了，有時候只是接觸不良……突然又動了！」

「但是永遠都會有一種低音！」楊壞壞說：「嗚咽低沉到像哭聲，但是也可能只像是破風管的風聲。」他心裡想也可能是。但她說：「不是，是水，有水的低音。」但是當他們一起看往天花板，那卻只是一個扭曲變形的圓網面的怪洞口，「好怪，那是喇叭，怎麼會滴水？」她還用手去接也真的有水滴在手上，而他想到的卻是那不就是她剛剛始終在他身上按摩塗抹老淫淫的鬼東西！

「幸好，有看到在滴水，這樣解釋比較好，不然你不更害怕了！」她安慰他。

他不知道她這樣說好不好，但他也不知道怎麼說比較好，最奇怪的是反而是他怎麼一點都不怕，她說這些「髒東西」的怪事，而他竟還在現場，甚至還在這髒房間裡！

楊壞壞卻一點也不怕，還叼著菸，身子靠在鏡前但不做作只是微笑，他一直看她的濃睫毛和她的像富江式的頭髮聽她說：「前天，我洗澡摔了，還受傷，還沒好的手這樣舉這樣都不痛，但這樣……」她比一個像觀音的捏蓮花指手勢說：「這樣就痛！」她好自然！一點也不怕生，或說什麼也不怕……「我胸口有一邊腫起來了，你摸摸看……」她說：「我自己摸不出來！」

一開始還不好意思的他遲遲沒有伸出手。但是楊壞壞半安慰半挑釁地對他說：別害羞，來我們這裡客人大多都愛玩也還愛做雙飛的，因為一個人七百雙飛才八八八很值得玩玩……這老讓他想起剛剛被客戶硬生生逼他走入死要面子招待他的這個水療足浴豪華皇宮般的大場子，那可真的誇張到就像巨大水族缸的透明玻璃看進去的科幻電影中的怪異帝王家接客的花廳房間，她們上百個環肥燕瘦的風騷美人魚般美女胸口還都別上號碼牌成群坐在奢華中國風太師椅背的怪沙發穿著貼身到緊身的開高衩血紅旗袍，或許那麼多美女的眼花撩亂之間他一眼看上了她們兩個完全是天意……那經理還更勸他五一六長得比較清純但五〇八顯得比較冶豔，那就來個雙飛……

他沒說他迷上楊壞壞的長黑髮下前額切平像極了日本恐怖片的女鬼富江，但也許只是他的妄想，其實頭髮那麼長可能是假的，但是她完全沒有一點肉的全身都奇怪地瘦到才真的像女鬼……使得他用力一抓她雙臂時她就說痛，他抱她起來時雙手抓在腰側也痛……種種細節也老使得他有時不免分心在瑣碎的問題重重：一如留意到她的指甲好長那如果在撕保險套要套上雞巴時指甲那麼長如果刮傷龜頭怎麼辦？一如一開始只是一個號碼五〇八的她在招呼遲到的五一六也同時開玩笑地招呼他：「她什麼都慢，走也慢，吃也慢，牌也打得慢，還要我叫她要常打……」甚至一開始的她們老只是一直開笑玩地馬虎彼此說話胡鬧使被冷落的他還有點不開心，因為她們像是很要好的閨蜜老朋友要去野餐那樣準備很好玩的鬼東西但並沒有那麼在意陌生客人的他。直到揪心的他終於提起勇氣地問她們：「所以我可以叫楊小壞嗎？」她們聽了都笑了起來兩個女體才緩緩地依偎過來。

一如因為那時候的他趴著時她們兩個一邊舔一邊有點像在笑鬧的沸沸揚揚，但是五一六舔他上身時還用怪異的手翻過來的姿勢摸舔他下身的五〇八長腿末端說：「楊壞壞你的陰毛邊怎麼長一個青春痘？」一如有時她們兩個開始淫靡地緩慢地舔他的背一再舔的唇和舌頭的驚人祕技還一度讓他懷疑是不是某一種更妖的女蛇信在作法吞吐到令他欲死欲仙？一如楊壞壞老說「他最壞」「我不壞」她笑了對他說：「我不是說你，我說他……」她指著他的陰莖：「他的頭好大……你們臺灣人的雞巴都好大，我喜歡臺灣來的男人，之前有一個很長還彎彎的還真像臺灣島最有名的香蕉，插進來好緊又好壞……」

「但是……千萬要記得，我再說一次，我真的很壞，我叫楊壞壞，你是大壞，她是小壞，叫楊小壞的她要學壞，像你，壞的好好……」他老想像自己像康熙或乾隆同時召見兩個旗袍小宮女來伺候但也都不太像，大概因為五一六說她是混血兒還是滿洲人和漢人混血的，但是更早是她們一直問他是不是日本人，他勉強解釋說有一點混血是臺灣和日本的……一路鬼扯，但是也始終無法理解地充滿性的亢奮狀態打量彼此覬覦彼此更深點的敏感和神經兮兮……坐在身上的五一六還有點醋意作祟地撒嬌半生氣半調情地對他說「我擋到你看你的楊壞壞了」時他才意識到她們之間是有某種虛情假意但是仍然充滿嫉妒的張力……或是一如一開始她說：「寶貝，要不要幹了？」他對她說：「再親一下。」楊壞壞還低聲交代他，要射出來的話要跟我說……他說好他很乖時，她還會略帶心機地依偎著輕輕靠在他耳邊說：「你好好幹她，但是你要射的精液，最後要留給我！」因為他老有點緊張怕自己不行，會太快射出而緊張……但是後來才發現好瘦的她們胸部卻都好假又好大，揉著胸當她們輪流地坐上他的陰莖上頭用力抽動的時候太久時的他反而越來越不亢奮，或許因為做愛的時光拉長的某瞬間他摸她們的假乳和手指上都有結婚戒指殘痕……

他老擔心楊壞壞的指甲太長到他偷摸她時她正在舔他的陰莖時那很長很長的指甲像惡魔的爪子也像女鬼嗎？他一開始是以為她說咬下來還以為她在開玩笑老說是要用牙齒咬，但是她的舌頭很快舔著晃著動著地俐落到令他迷亂，她還老喜歡她一邊炫技般地舔他的龜頭還一邊邪惡地開玩笑地說：「把他切下來，餵我這女鬼……切成一片一片，下酒，吃起來很補……」

一如有一瞬間突然心生恐懼的他老以為楊壞壞一如唐卡裡太多太多亦正亦邪神通加持的老女神們始終在看他，但後來卻發現不是，老露出詭異微笑的她只是好像始終在看鏡中的她自己或是她始終在舔他的陰莖時眼神還永遠會隱約注視著那房間死角的那怪鏡子，彷彿始終無法理解地分心……始終注視著彷彿有鬼東西永劫回歸地一再發生地躲在那怪鏡子裡而他永遠看不到的什麼……

❖

伏藏……他老想起那個上師跟他說過的伏藏……

一如他多年前意外看到的《皮繩上的魂》那部怪電影，接近是一部修行禪問的什麼都有但是也什麼都缺的怪片。充滿令人擔心的高原反應般一熱烈就喘息的情節輕重失控翻覆發生太多太多的介於神片和爛片的兩端同時擺盪。但是更奇怪全片中充斥的，更慘也更悶的某一種特殊的氣息和節奏，大概是因為在西藏牽涉到太多神祕主義式的引發神祕兮兮的鬼東西。

空鏡頭太絕美動人，太龐大的地景深入的詭異氣息的，神的應許的高山湖泊荒地石窟，，甚至只是非常粗糙不堪的，簡陋的藏民土屋破客棧，老時代數百年來牧羊場欄柵後的，荒涼破壞半崩毀建築，老舊的門扇窗口木桌勉勉強強的，康巴人藏人心事重重，太多物體系上身包圍著的……

老人小孩男人女人好像活在古代的他們，身上仍然穿的厚重華麗層層疊疊的，舊羊毛衣氅衫長裙，身上的老件長劍短刀包袱皮囊斑斑駁駁，甚至是活佛喇嘛的法器聖物天珠，戴藏戲古面具法衣跳神舞儀典送將死的死者，中陰在生與死之間的什麼。

一個出事的關於兄弟為父報仇的不斷誤殺的怪故事，一個被雷劈將死被活佛又將他從世界彼端召回的業報情節……，殺生無數的獵人從意外獵殺的小鹿口中獲得一顆天珠，活佛認為他必須將天珠帶回蓮花生大師古代掌紋地踏上救贖之旅，殺生和復仇的切換成某種西藏的魔幻，模糊的暗示，但是彷彿還是充滿了太沉太吞吐不了，其電影逼問不了的殘缺不全無力負擔得起，太龐大天問玄機種種的殘忍。一如前幾年曾去看的太懷舊的復刻《三少爺的劍》，那古龍的古典具玄機仇恨，抗拒不了家世顯赫，想逃離天下第一劍客神劍山莊，數百年歷史天才傳人的苦難，悲慘命運低頭的江湖的，老派武俠小說，老是有這樣的支撐不了，其人的生命壞毀糾纏不忍的，可怕質疑種種太龐大，必然壓垮的電影的，井底無井源的內在矛盾的存在感太虛弱無力到完全無法理解的困擾艱辛，新電影守護不了的，太誤入陷阱般的探索，古人的神祕的老問題，必然不果。機芯內燃機搪缸引擎故障的炫風超級跑車出發前，花心花蕊無法受孕消失無蹤於花瓣層層的綻放美麗……看了太多部這樣子的電影的有一點難過，但是也沒那麼難過，或許就像這部西藏片的活佛交代那帶天珠上路的找尋救贖罪男主角……，一路上要小心，要不決定也不找尋，天珠會帶他去他應該去的地方……那種狀態的心情去面對，自己內心深處無法理解，天意般的，為何上路的一路風波。

或是他也想起另一部拍達賴喇嘛法會被信眾發問怪問題的紀錄片的動人心魄，拍千人的祈福儀式，他們不再是為自己，而是為眾生。

他寫下的破碎的筆記中充斥著太多太多更深的電影中對白質問：

「什麼是幸福？幸福在那裡？我第一次聽到他的名字是十六歲時，跟父親，這些都是欺世的謊言。中國人民政府新聞說的：你不喜歡中國，但是你吃中國菜嗎？

他是一個尋常僧人，讀日課的書，本來是農民小孩二歲變成靈童，菩薩化身，觀世音菩薩轉世，輪迴，他是聖賢，但他很愛大笑。

你之後要去那裡？

下地獄吧！

業報，請接受小孩不幸，如果無能為力也不要悲傷，體驗慈悲，慈悲為懷是一種價值，不只是宗教，為了生存，人有情感，現在，太重視物質，未來一點也不光明，世界往錯誤的方向走去，絕望，慾望都越來越進化，無法抗拒，有一種祈福是踩著和自己等高的心走路，緩緩地，山上，一年一度，法會，皈依，五體投地拜完百拜。三天三夜巡禮，三天五公里的跪拜行走，每步只有一個身體的長度，唯有證悟才能得到內心深處喜樂，爬山，數百人緩慢地朝拜，極端的兩端，現實的快和慢的對比，我只是一個人，法王，活佛，惡魔，都不是，我無所謂，凡人，多觀照內心深處，生在這時代，旁觀你們的世代，不直接回答負面的問題，這個可怕的災難提出了很多強烈的問題，民族憎恨，太多太多問題，改變來自內心，自己，西藏流亡的問題，是發現我們的業，出走多年以後，才知道如何討論我們的業。」

鎮魂儀式前只能樂觀一點。人的未來和抱怨永遠不會消失，好像都在處理小問題，沒法子解釋大問題，一如為什麼要出家，一如沒有辦法解釋像那部紀錄片中的其實很草率但是真實的電影裡面的達賴喇嘛遭遇現場的問題……為什麼會面對？

使他老是納悶：伏藏師在我們的心眼中藏的到底是什麼？

❖

一如他找到百度百科上的伏藏：「伏藏分為兩種，書藏，又稱地藏，即指經書，聖物藏指法器、高僧大德的遺物等。另一種叫識藏，又稱心間伏藏，這些教法是由伏藏師本人從自己的悟性思想中直接得到的，而不是靠某種方式諸如根據標記符號從地下發現，因此稱之為『貢德兒，或心間伏藏。』最為神奇的就是識藏，據說當某種經典或咒文在遇到災難無法流傳下去時，就由神靈授藏在某人的意識深處，以免失傳。當有了再傳條件時，在某種神祕的啟示下，被授藏經文的人甚至是不識字的農牧民就能將其誦出或記錄成文的怪現象就是伏藏之謎。

……或是一如說唱藝人《格薩爾王傳》是藏族著名長篇英雄史詩，從其原始雛形發展到今天共有百餘部之多，可謂長篇巨制。《格薩爾王傳》在民間以兩種形式流傳，一是口頭說唱形式，一是以抄本、刻本形式。口頭說唱是其主要形式，是通過說唱藝人的遊吟說唱世代相傳，而說唱藝人有著各種傳奇。

在眾多的說唱藝人中，那些能說唱多部的優秀藝人往往稱自己是神授藝人，即他們所說唱的故事是神賜予的。神授說唱藝人多自稱在童年時做過夢，之後生病，並在夢中曾得到神或格薩爾大王的旨意，病中或病癒後又經喇嘛念經祈禱，得以開啟說唱格薩爾的智門，從此便會說唱了。

在藏區，有些十幾歲目不識丁的小孩病後或一覺醒來，竟能說唱幾百萬字的長篇史詩，這一神祕現象至今無法解釋。

『伏藏』，藏文是『爹瑪』。『爹』，有『寶貴』和『值得保全』之意，是指一件很珍貴的東西被埋藏，最終再被發掘出來。蓮花生大士自從到西藏傳揚佛法後，發覺當時藏人的質素未足以接受密法，以及當時有些法的因緣尚未成熟，故離開西藏前，將很多教法、佛像、法藥埋在不同的領域裡——有的在瀑流，有的在山岩，有的在虛空，甚至有的在聖者的甚深禪定之中。」

他老是感覺他多年來遭遇到的關於西藏的怪異的人地事物的種種波折……不免都是充滿了伏藏在心間的什麼被喚出的費解的古老傳說……

❖

也一如他聽她說她想起另一回在淡水去了一家伏藏師的尼泊爾雲南西藏文物店，看到一個人骨佛像的法器，還有金剛杵刻意刻成骷髏頭做杵柄收頭的典故，還有金剛杵當扣環的皮鞄袋，還有銅做的鈴鐺有一個老銅盒裝起來，木刻書封的經書舊舊髒髒的皮帶用綁起來，還有一隻鞋頭銅刻的毒蠍子尾巴長長的法器，放在念珠寶瓶種種奇奇怪怪宗教文物的古老法器之間。

後來還去了淡水的很老的媽祖天后宮，那對熔鑄很黑鍍鋅式六角形的柱子刻的兩隻龍非常的猙獰活靈活現的古法雕刻，側邊還有霞海城隍跟關聖帝君土地公的一個小廟，左邊就是土地公還有虎爺，旁邊還有月下老人，地藏王菩薩的那一間八仙彩繡得可怕的八仙的臉都像鬼臉地充斥著無奈恐慌到使他看了很害怕到想趕快逃走……想到小時候跟著去的奶奶拜的寶藏寺好像就是白地藏王菩薩。紫色曼荼羅藍色，藍色水玲瓏，玫瑰瞳鈴眼，還有什麼藍色蜘蛛網，印象那是她童年跟堂妹的回憶，《戲說臺灣》還有《戲說臺灣》講那個什麼狐狸精蜘蛛精的古裝片，小時候看了都很害怕，躲在被窩裡面看，在祖母家，那一集超白痴的叫做麒麟血，那個看風水的師傅也是要騙錢惹出大火，但是過程都很好笑，雖然是ＨＤ高畫質，拍的卻還是很像三十年前的很爛的電視的怪異畫質，這樣就更想到以前在祖母老家年代久遠的那配樂太像當年的荒唐可笑……鼻音吹得非常的難聽，可是跟《藍色水玲瓏》那個電視的感覺很像，雖然題材很恐怖可是拍起來都很好笑的那種怪異往事。配樂充滿鼻音的笛聲吹日本的演歌是她小時候姑姑們跳舞的時候放的最流行的音樂，本來在吹的是很抒情的老歌，雖然吹得很爛，但是夕陽的天色越來越暗。退潮還是漲潮的魚跳出水的異樣……

她仍沿著河邊走看到有人在唱民歌演唱會兼賣深海大海怪，有人在賣現成的老餅，有人在賣現燙小卷，小孩子都很開心，還有流浪漢睡在路邊，還有人在釣魚被警察開單，她只是緊張的在那岸邊想要看夕陽的最後一眼，但是迷人的幽微日落光暈卻非常快就完全消失，只有看到浪花在那末端怪異地一直來一直來不知道為什麼然後就天黑了。

她沿著河邊走的那個菜市場般的夜市的感覺，充滿了歡樂的氣氛，有人在釣魚有人在玩球，有人在吃東西，天快要黑了到黃昏最美的淡水河口，逐漸被黑暗吞噬掉的恐怖感突然就完全消失了，走在那邊的時候想到晚安啊印度的那調和瓦拉納西恆河旁，或是科欽的海邊吃海鮮的那個中國魚網旁邊的恐怖感，所有的狀態好像都是充滿著未知的不舒服不愉快的時光，有一位有名的充滿醜聞的算命老師講的她在那年底以前應該是會有一個重大的轉變，她要離開過去並辛苦地面對人生的另一段很難以理解的變化和困難，需要有耐心去面對信徒對於內在修煉最困難的部分的未知恐懼或是意外受傷的差錯，她想起廟小妖風大池淺王八多的那些類似古老的妖怪和神仙鬥法的過程，但是卻充滿了一些不確定的變數，好像一個巨大的時代快要消失了，也是一個巨大的教派要消失了之前的困難重重，未來在快要出來的時候也是會召喚了很多厄運般的攻擊，不必要的麻煩和困擾，有些孤魂野鬼的小惡魔用類似的聞到血腥攻擊的狼群的厄運降臨。她必須要忍耐，或許只是勸自己不要再惹麻煩或是必須要有耐心的去面對這些神安排的考驗……那些耐心。

她坐在淡水的碼頭海岸旁邊看著夕陽西下榕樹背後更遠方淡水河口潮汐很美的浪花。最後還端詳許久夕照幽美幻境中的某一個怪小孩拿著某一支塑膠的大鐵錘比他身高還高的充氣玩具，上面最後的錘頭是一個歪歪扭扭臉孔破舊不堪的米老鼠被做成半骷髏圖案的怪頭像，竟然就像她看過的那個金剛杵尾刻意刻的雷同的怪骷髏骨頭像，但是怪小孩卻只是胡鬧地一個人一直在對空揮舞，好像在攻擊或防禦一直看不見的惡魔保護路上所有的無知的路人他們只是她和路人們也完全看不到的荒謬感。

❖

她也說到有一天她意外地上午去上的一門叫做內觀課的時候，那個過去最嚴厲的也傳說可能是伏藏師的內觀老師突然變得非常的不一樣，外號滅絕師太的她竟然用著慈祥到不可思議的口吻說：每一種進入的方式都用最不用力的狀態，這種內觀的每一個動作都停非常的久，而且非常的慢，和過去進入內觀動作完全不一樣的準備，彷彿身體只是來那裡找尋另一種感覺身體的進入最後階段的什麼方式，而不是為了要得做好某種或幾種特殊的姿勢或動作……正念寂靜無聲中覺知自己的心……從交感神經交給副交感神經，這是她講的她少數聽得懂的話。

之後就是一連串的非常緩慢近乎停止的入定動作，特殊的坐墊旁交替地動用幾個抱枕和毛毯和毛巾，調整腰間、肩頸、頭顱、更為複雜細膩的沉浸彷彿水母漂浮入深海深藍的難得靜謐狀態，甚至用蓋眼睛的眼枕，更舒緩情緒地進入……但是，她感覺卻在極度撫慰入夢的舒坦療癒時，卻又想起這也太像是為慘死的人遮無法瞑目的眼的冥器……

本來她的感覺非常遲鈍，甚至還緊張著害怕自己某幾個動作做得不夠正確或徹底……

但是過了一段時間之後，身體好像逐漸的安靜下來，空氣也變得非常的平靜，內觀老師所放的某種高難度的電子混音的錄音怪音樂的風聲雨聲林蔭樹梢的河流緩緩湍流，甚至最後，竟然越來越接近真實的狀態到……有近乎天籟般的低吟婉曲鳥歌蟲鳴的更入夢的過度珍貴的音響發燒級的低音環場稀奇大自然現場的聲音，在更久之後，她都已經快睡著了，但是那時候才比較明顯的感覺到自己身體有多麼的疲倦，甚至她的生活一如她的生命彷彿一生懸命般地尖銳緊張到讓自己始終處在一種驚弓之鳥的狀態，而完全不知道，在許久的入定的現場種種內心深處的祕密緩解症狀之後……某些過去累積多年舊傷的膝蓋肩膀受傷腰痠背痛的局部，好像在這麼安心入夢的緩解狀態裡才跑得出來那種自己深埋入肉身的種種宿疾的不安，那是非常恐怖的發現，她才發現到自己到底有多累。

一如某一天老師在說她的很多狀況看她雷同的不自覺的緊張求好心切甚至禁食禱告的用心和費心，她才發現自己好像也一樣從來沒有放過自己，甚至身體腦子都快出事了自己也不知道，一如那天內觀坐太久的姿勢不對，到後來腰始終無法理解地突發的隱隱作痛……

一如內觀老師所說的那些童年的太久以前她也在現場的不安情緒激動但是又隱藏太深的痛的老時代往事歷歷的故事，都好像仙姑們一樣的在啟發開示她什麼……

她提起了太多年的老故事……一個個都一如魔幻小說或是驚悚小說的入口，一如《沉默的羔羊》為什麼無法沉默下來的童年回憶的破洞缺口，一入夢就會嗚咽響起的近乎哭聲的羊咩咩哀嚎……

❖

他也跟她說起他的或許近乎遭遇伏藏師的怪異狀態……

那個藏廟是他小時候最常去的老家附近的某一個深山寺廟，裡面的幾個他跟著叫上師的喇嘛跟她媽媽很熟，他和姊姊幾乎整個童年都跟著太虔誠的信徒母親每週法會都會準備很多供品香火仔細打理地去參拜，那麼氤氳神通煙霧瀰漫一如天外仙境傳說般的深山側殿宇合院沿山腰那麼氣派華麗建築群廡殿長廊延伸出飛簷上天兵天將仙鶴神龜飛鳳蒼龍裊裊升空……太多太多的神明守護著的大殿那永遠光明燈閃爍發光紅燈千佛洞壁畫般的最高正殿裡頭的藏教佛祖像菩薩那麼莊嚴神聖地彷彿是永遠的神祇的神通保佑……甚至更多的側殿陪祀的種種更多傳說中的藏廟走廊上所有的甚至門神，她都印象深刻到……像是幼年的他的未來一生都會在那寺到死後來生也會在那寺的那麼入迷，甚至至今已經搬離三十多年了也好像從來沒有離開過。

他姊姊提到童年的他們會跟著他們媽媽到那個老喇嘛的房間，他跟她媽媽最要好所以特別讓我們可以去參觀他的房間，裡面的很多特殊版本的珍品古老佛像佛經……甚至會走經過沿著身邊的那個斜坡上的走廊經過很多奇花異草的殿堂後動人的庭院，甚至繞過的所有佛祖的正殿之後他都還記得所有的迂迴曲折離奇的小路……

太常去到好像去那裡就像回家一樣，那個住持是他們的一個親戚，太常去的母親娘家的心情……也好像藏廟的那些喇嘛們跟他說的充滿祝福的話語……尤其一如最老的那個喇嘛是他媽媽和藏廟最尊敬的他們要叫上師長年閉關的一個住持的稀有加持……

有一回在一個很盛大隆重而且難得的法會之後，媽媽跟著喇嘛好不容易排了很久的人潮香客隊伍，帶著他們姊弟一起去拜見參拜師公住持法師……

他所在的那個房間很高很小但是煙霧瀰漫整個牆上都是經書老舊的幅畫佛祖畫像，他好像在那祕室潛心入定，自己太敏感地苦修很大到也幾乎很少甚至完全不再為來拜拜的香客加持了……

母親那天後來離開後才充滿感恩地禮佛參拜許久才說，我不知道那回的參拜供奉蒙住持接見的難得機緣有多麼的珍貴，有太多人一輩子在那裡每天早課晚課虔誠跟拜，但都還是沒有機會被師公加持到……

那也是他童年在那藏廟那麼多年那麼常去拜拜卻是唯一的一次遇到上師主持的機緣，但是那天接見時他對太年幼的他們所講的話，卻竟然就像他真的多年後去西藏日喀則拉薩意外旅行更離奇那一回參加意外發現的老藏廟法會的時候所遇到的一個活佛轉世的喇嘛在對他說的話……

但是他記得他們的長相特徵的怪樣子都已然非常的模糊，那個住持上師和西藏活佛喇嘛都好像額頭非常的突起，天庭飽滿下巴很寬國字臉般的莊嚴面相，但是不知為何有一點暴牙像獠牙……好像亦男亦女亦正亦邪的又肅穆又神祕地荒謬著！

後來他們看著他很專注就好像說了很多更神祕的什麼……但是太小的他完全不記得的什麼，但是好像認識很久的充滿奇怪眼神看著他們都用另一種更奇怪的笑對他說的最後一句竟然都一樣：「好幾世都在的你……或許過了這一世以後就會懂了……」

多年以後他回想起這最後一句……老是納悶著問她：這難道就是伏藏師的識藏的隱喻嗎？

❖

他始終沒說過他們去找尋一個莫名天葬場的怪事……太怪異到像是一趟伏藏的見證的好幾年前或好幾世前早就被寫就的公路電影……當年去拉薩往日喀則的路上他和一個隻身好多個月去過印度中東南美怪地方一如瓦拉納西麥加安地斯山脈聖山深山的加拿大華裔怪律師同行……

老道老想起這種意外或許就一如之前看過某一個信眾去西藏看天葬後寫的感言：

「第一次在幾米外看屍體被一片一片切下來。第一次看到天葬師一錘子下去，人的腦殼瞬間粉碎。只離幾米現場看著一具一具屍體切開。屍陀林的地面是濕的，因為每天都有死人的血水一遍一遍的流下的那裡老充斥著屍臭的風吹過……那一天去看天葬師正在砸骨頭，一錘子砸下去，因為離得近，砸骨頭的時候不知道是體液還是血液還是什麼……濺了一身。在天葬場的禿鷲一般都是空行母幻化的。空行母去天葬場和那些死者結緣，這是一種超渡……傳說：看了天葬，很多東西都能放下……去看天葬屍體一如把人的一生都看了……死者從老人到嬰兒，從男人到女人，有人臉上血肉模糊沒有五官，屍體不穿衣服，用一塊布包著……天葬師只有一個人要切太多具屍體，切法和擺放的每個人都雷同……死者的家屬就站在不遠處看，因為要等著天葬師把家人的一塊骨頭給他們拿回去做超渡……離開天葬場回到市場看到活人的時候感覺卻都像看到死人一樣……」

老道最後最受不了的一段故事情節就是因為他也買了一串鑲嵌一顆眼珠般的怪佛珠……充斥著更暗示的什麼……其中的那一段故事的情節提及那天有一位旁觀天葬的老女人，在天葬師在切某個女屍的頭頸骨頭血肉的時候，順便把她脖子上戴的一串鑲嵌一顆眼珠般的怪佛珠扯下來扔在了一邊，老女人這時候會有一種揮之不去的感動不已的感受，都是與解脫無關的，都是不究竟的牽絆對照……因為自己竟然也戴著一串和女屍雷同的手鍊上鑲嵌一顆眼珠般的怪佛珠……

老道自己的找尋天葬之旅卻充滿更多意外發生……

那是一段波折重重的時光……坐車坐了太多天，藏獨分子剛剛暴動完恢復外人可以入藏的第一個禮拜，大昭寺後的古董文物老市集人還很少，黝黑的商家店面仍然還是廢墟，其中有一臺剛爆炸而內凹陷入的提款機，解放軍在路上巡邏，風聲鶴唳……他們包車去了一趟日喀則，看班禪喇嘛的另一個布達拉宮以外最重要的藏廟……那是太多年以前的事了，他都還記得但是也記不太清楚了很多細節。他們一路上就一直在打聽，也問了司機說有沒有機會去看天葬的天葬臺，但是那些師傅都很保留地說那個需要花更多力氣去打聽或是拜託仁波切……找了很久，最後停在路邊，他們說他們找到了，但還是沒有要直接帶他們去，只是開車門，說那邊有，往那個方向走……他們只是眼神猶豫地看向他們一指的更荒涼廢墟般的遠方，說他記得好像有一個天葬場。他們其實也覺得太過離奇，但是那好像是最後一個機會，因為一個禮拜的車開了很久都是在山路裡面繞來繞去，車坐了太久太不舒服，有時候開了一整天都還沒有開到要去的地方……偶爾停下也只是上廁所吃點小東西就繼續上路了，好像這種流動的狀態才是正常的狀況，所以也就沒有多問，到底有沒有天葬場也不一定，就算是下來走一走就走也好的那種自欺欺人地自暴自棄。

就這樣，師傅開了車門在那邊等他們走過去……

荒煙野草還有很多倒映天光的絕美水景鏡面倒影雲端氣象萬千近乎奇觀的一方一方走不完的不知多深的延伸太遠的怪池塘群，池底有多深或許已然深到深入山底也不知……幾個小孩在那裡玩水釣魚，他們走了很久，越走越遠，但是還是什麼都找不到，一路都有小小的暗示，時有時無，最後到底有一個小山丘，土方崩毀的邊緣，野草叢生，石堆瓦礫殘骸散落落……有一條不明顯的蛛巢小徑地依路攀登，本來以為會看到有什麼明顯的天葬場或是附近的老房子祭壇之類的東西，但是卻什麼都沒有，又走了更遠之後，總覺得路更遠更狹窄但是又仍然走不完到好像無窮無盡，但是天又快黑了地內心深處無怨無悔地不安這樣走下去快不行了……最後只找到遠方最末端的幾個字跡模糊的碑面的藏文刻石碎石散落的小石碑群……

一如他們在西藏上路太久充滿意外發生只想活著離開的不安太多太多之後很怪異的恐懼症般的存在……他們灰心地只是打量破石碑上的不明字跡潦草的字的部首殘體，還發現有些未乾或是凝結許久的一如血跡濺痕的斑斑駁駁……

另一端山丘往下望更為複雜的情緒低落……那是在另一山路更遠的山旁一個小村的邊緣，整個村子的破房子建築已然變成彷彿地震災難發生過太多太多年以後的現場無人知曉的廢墟，破敗的斷垣頹壁殘留，徬徨無助的時光太久之後，荒煙蔓草的味道死角，始終，完全沒有人出現。

更奇怪的是，除了很多很多昆蟲飛來飛去的痕跡……大大小小的蚊子、蒼蠅，和不明的怪蟲，甚至草叢裡不明深處之中還有很多跑來跑去的甲蟲、蜥蜴……那個小山丘上面有很多極端誇張巨型的小山一樣的怪異糞便，奇醜無比又氣味極其複雜惡臭，可能是附近的藏犛牛或是山羚羊或是藏獒犬或是更多怪物神獸路過故意趴在山丘肆虐般地肆意大解出的糞便，甚至就是神明大解出的糞便……一丘一丘巨大如小山丘的歪歪扭扭錐形體就像半崩毀的小佛塔一座一座沿著山路崎嶇的路旁步步驚心長出的神蹟降臨現身……或許因為更奇怪的是在那些巨大糞便旁的充斥著符咒藏文石碑和咒文經書布幡之間，卻離奇地近乎誇張的長出鮮豔的七彩霓虹燈閃爍耀眼光芒的近乎繽紛的雷同巨大的花朵綻放……不知道是因為神獸糞便還是因為屍骨骸血水的灌溉。花瓣層層花蕊柱頭包覆翻身怒放的花朵盛開季候色彩濃厚奇幻到也好像是神賜的奇觀……

但是他們在那神糞塔林參道祕境山丘的空氣奇臭又奇香揪心混濁不清的氣息中恍神狀態待了更久，還是不確定那不明小山丘是不是天葬場。

他們的最後時光，已然完全無法抗拒地放棄找尋放棄辨識放棄分析解讀不同程度不同線索的找到天葬臺的更多可能，只是蹲在那裡對著長空的雲霧繚繞和倒映池塘一方一方絕美池面風光緩緩抽菸了更久，昏沉地發呆端詳許久著小山丘下他們來了許久不見人影的近乎完美的虛構現場，唯一現身的那幾個身影模糊的藏族小孩，在旁低聲私語也望著沉重雲層低掩彷彿暴雨將至的遠方默默釣魚，在池塘河渠之間的天光和幾隻藏牛依舊緩緩徘徊在腦海浮現過的依稀記得的來時不明小路旁邊走來走去……怎麼想都不知道為什麼會這樣出現或消失或遲緩散發著惡味的難以理解的光景……玄奧充斥著莫名的什麼……就一如奇譚的奇觀……

也一如伏藏的故事太多太多是和找尋究竟有關……找尋更內在本質其實是和尋找解脫有關，他始終無法理解太多太多隱喻的傳說：一如曾經有老藏人說他有一回跟著去看藏廟的天葬出了事，回去三天三夜昏迷不醒，被空行母上了身。只因為那時候還太小的他太頑劣，偷了一塊天葬場的屍骨藏在袖子裡回家的傳說……被天譴，失了神……

第二十一章。天葬島。

天葬島令老道始終無法理解地想逃離……突入某種非意願的記憶的不安，即使逃離了也還是會想起來地忐忑難安……

或許，天葬島那個鬼地方本來就是不應該去的，或是就算去了也不應該說，說去那裡看到了什麼，想到了什麼……應該完全保持沉默，不應該再提起，打量，逼近，揪心，甚至完全不應該帶走任何細節的破碎的一地混亂不堪鬼東西的感覺浸泡入更深的什麼的回憶狀態……更何況是老道的誤入。

天葬的費解，就是因為太殘忍的真實，依賴老道去發現的他也看不懂那個天葬的現場所暗示或明示的……死亡。

那不僅是倫理學上的不敬，甚至是形上學上不容許的存而不論的先於存在的狀態……

或許老道看了也看不懂，或是老道看到了非常局部的那個鬼地方的訊息，不管怎麼去描述老道所看到的都不免是某種太過簡化或是太過粗淺的曲解或誤解……

天葬島不可思議地使得整個老道去的那個峇里島彷彿隨著一個人的生命過程一同衰老，同時又把這個生命過程表現為一個瞬間。那些本來會消退、停滯的事物在這種濃縮狀態中化為一道耀眼的閃光，這個瞬間使人重又變得年輕。《追憶似水年華》式地時時刻刻在試圖給一個人生整體灌注最徹底的意識。天葬島給老道的妄想就一如普魯斯特的方法是展現而不是反思。天葬島給老道的直覺是：我們誰也沒有足夠的時間去經歷各自生活的真正的戲劇。這正是人們衰老的原因。人們臉上的皺褶一如天葬島屍體的臉上的腐敗狀態所登記著激情、罪惡和真知灼見的一次次造訪，然而這些主人卻不在家。

像是希特勒時代集中營的倖存者說那個鬼地方就不應該留下來，再度喚回那個不應該發生的可憐可怕恐怖災難的現場的令人無法忍受的痛苦，即使後代的人看到了，也不可能理解這種無法忍受的什麼……甚至更不應該用一種好像去端詳奇觀，端詳奇觀充斥著風光無限可能獵奇的心態去面對……這種暴行發生什麼都完全無法反駁的理由被控被理解的狀態。

一路也老想到以前的一個怪夢……天色昏暗的一路上，老道想一個人上路，不知為何，竟然是騎破爛的單車，心裡很混亂，但是卻是要去環島拜拜朝聖。卻一點也不浪漫，只是疲憊不堪。

還騎了一整個晚上，騎上了高速公路，但是有一段在交流道和一般公路之間的切換找不到路，後來還是老道哥哥出現了，才帶著沮喪而想放棄的老道開始找路，那是一個臺灣中南部的小鎮，完全骯髒灰暗的地方，充滿了垃圾，沙塵，汙染的河流，廢墟的房子，他們只是繞過，再從密集的巷弄中某個地下道迴轉，然後再轉向另外一個方向的入口。竟然又上了高速公路。一路上都很累又餓，就找東西吃，老道一直沒有那種兜風的樂趣，只是一路都在趕路找廟拜拜。

另一大團塊，是另一種疲憊不堪。因為不知為何，老道一回來，就被要求要把騎車環島朝聖的虔誠過程，做成一部可以在廟前表演的布袋戲，而且，是在萬事俱缺的狀態中進行的，排演很久，可是一直出差錯，最後，來不及上演前道具舞臺出問題的時候，老道還要想法子去解釋來拖延時間。對那個負責場控的老朋友解釋他們在做什麼的時候的忐忑不安時。他說他知道，這跟老道以前做東西的麻煩很像，也和捷克一個做傀儡戲的導演很像，但是叫做什麼名字他想不起來老道仔細想了好久也想不起來，只想到他以前做過一部浮士德與魔鬼的電影中有一個人摔到皮開肉綻骨頭都露出來了，可是因為用黏土做的，所以雖然一直肉身毀壞但是卻一點都不可怕，還一直笑，老道就醒了。

頭骨……完全無法想像的完全空的「死」的現場……完全無法理解的沒有廟沒有塔沒有墳沒有任何的關於「死」的可能紀念可能哀悼可能讓活人祭亡靈的儀式發生的現場。

那天葬場的鬼東西太難理解為何會發生或被老道發現……遭遇什麼荒謬費解的神話破洞般隱密的隱喻，不該看到的……太真的到竟然就也太像假的了，現場的現實到太超現實……尤其是骷髏頭，那竟然就是因為最凶殘的慘絕人寰梟首的首級……人頭，五官刨開、七孔流血、露出頭骨的破洞般空洞暗黑的眼洞和鼻洞和列牙下顎的嘴洞……那是剝皮就剝離脫落所有的喜怒哀樂神情風情萬種的戚戚然，完全無法理解為何失去臉孔的……骷髏頭：一如那麼多弧度交錯繁瑣的腦顱骨和面顱骨破裂後剝離的太多太多塊腦顱骨塊的不成對的額骨篩骨蝶骨枕骨，歪歪斜斜成對的顳骨和頂骨。那面顱骨底的祕密扭曲變形的殘體犁骨下頜骨舌骨……連成對上頜骨齶骨顴骨鼻骨淚骨下鼻甲骨……都太過複雜的情緒低落般地破落不堪。

但是又好像是更接近真實的沒有掩臉的掩飾的臉龐和臉孔……也竟然就只殘存到被淨身般地淨化的……甚至遭殃禍及砍頭下來刮骨泡過福馬林般地只剩下最後的……輪廓化約那麼頭目模糊的單薄無臉的人頭的怪形怪狀。

但是或許，頭骨骷髏的什麼……沒眼沒鼻沒耳沒嘴的七孔流血的七孔竟然在這時代已然只剩餘變成是另一種無器官無肉身無血肉模糊曖昧模糊碎骨碎肉皆已然被剔牙般剔光剝除滌清的乾乾淨淨的……容器的隱喻，無法力法器聖物的破爛不堪器皿。

頭骨破裂，骷髏頭……的始終無法理解的特殊逼真地逼人，潮溼泛光……黏膩晶瑩剔透的水珠瀰漫的光澤上蠟上光的折射光線暈開發散發現的時候老道太激動到眼睛好像離不開那種結界的邊界的無明亦無無明的邊緣……尤其是逼身的入口玄關前那大門旁的兩端門柱前壇位的神明般的兩個逼人太過驚心複雜的可怕的頭骨……

感覺骨頭還很濕潤像傷口癒合不良影響還是不知道是剛死不久的、屍骸泡過福馬林的組織液還殘存的，或許只還是因為下過雨的滴答不明的雨漬。

也只可能一如拉開了時間的浸泡感的隱喻。那骷髏是骨頭還帶肉長蟲的部分還有分泌出什麼潮濕的黏液……彷彿是還活的，還沒死，花謝了但還是還沒枯的最後一瞥的美絕滅危……某種開到荼蘼花事了的不甘願，或許只可能是因為下雨天候太潮溼。現場只有靠山的尾端的山坡底，出現了某一高斜緩坡地高臺，羅列了數列成排頭骨，不知為何地令人毛骨悚然地怪異。成排卻意外成形成完全是不知獻祭儀式是獻祭給什麼神的祭壇般的骨壇。

人頭的枯骨……那骷髏頭符咒圖籙原形……一如某種中世紀可怕恐怖邪教或是古中國茅山道士傳入東南亞降頭師儀式引用毛髮指甲作法的種種最終的變形……但是天葬場卻完全沒有……這種朝向最終的變形，或是某種悲慘地像出草獵人頭、南京大屠殺那種死者骷髏羅列的示眾威脅的威嚇……

屍體……或許因為過世不久，還是……切換理解成更碎更小局部拼成的最後肉身……刻意切割的弧度彎曲變形的四肢大體……老道不知為何老分心想到這種活體卻反而太像蠟像館的蠟像……（很不應該的對亡者不敬的不安）種種維妙維肖等身齊眉捧心蹙眉啜泣回眸掩臉潮紅腮眨眼捻鬍鬚都活生生地栩栩如生……或像某種最昂貴的矽膠材質近乎完全無法想像地植入真人毛髮成眉毛肌膚觸感跟真人完全無法想像地雷同的日本古代傀儡戲等級最高境界的戲偶鬼娃娃……或甚至是太湖石或樟木或象牙雕刻珊瑚礁石雕刻成完全無法辨識真偽的太逼真的最高規格骨骼標本數百塊骨頭製作的完美全身人骨……

也想起更近來出現的更荒唐怪現象般的怪事……真實血肉注入防腐效果處理到不是逼真而是完全真實的近來著名的博物館展覽真人大體的誇張近乎瘋狂地嚇人程度的逼人……

但是可能也完全不是那麼儀式地講究……

卻已經只是一身殘骸，還就躺在竹簍中，穿著生前的衣服，屍體就這樣直接列放，然後還是有點線索地看到家屬們還是把死者的照片擺在那裡，一如靈骨塔應該也有看過照片就裱框嵌入骨灰罈上頭。

肉身也已經不見蹤影而只露出枯骨，或是頭已經腐爛變形殘破不堪到只剩下骷髏頭，那個屍體爛了手腳的骨頭都半露出來，還有蟲在蠕動屍肉上頭，就是屍體腐敗變形的過程變寒太過意外地令人匪夷所思，因為每一個人屍體都不一樣，爛掉的狀況也都不一樣。有人只剩骨頭壞死有人還是屍肉殘留，甚至有一個人臉爛掉但沒有全爛，但是死亡的她變得很像假的那種塑膠做的化妝的整容失敗的患者，比全部都變成骷髏枯骨，還不容易理解的……人的……成形或不成形的步入衰退疑慮歪斜變形的不必然順利通過朝向成住壞空的毀壞死滅感。

就算是屍體的全身部分還有些地方看不清楚的死角，那反而更接近全貌的想像……竹編密密麻麻的麻煩竹片斑駁的交錯牢籠太像是老道小時候看到死前的雞籠裡的雞的不安緊張局勢加劇的晃動不停歇的可憐兮兮……籠洞中的迂迴曲折離奇望入的奇觀：怎麼看都看不清楚的一雙腐爛過半的小腿到腳踝。蛆蟲爬過的雪白如雪花飄落的枯葉遮蓋半掩著……

因為太真實了，反而變得非常的不真實，因為完全不一樣，所以腐爛發臭的持續發生什麼的肉身遺體才是最接近原來的狀況，但是，這種太莫名的真實……卻是最不應該被看到的。

天葬島的切割召喚的令人感動的懊惱不已的悔恨，也跟之前見證死亡發生的地方不一樣，因為現場的屍體沒有冰凍沒有處理沒有化妝……完全沒有隱藏什麼……

太多太多的什麼彷彿都跟死亡有關，但是他們其實都看不到死亡的現場，死亡的最接近真相的真實，看到的都是不真實的死亡……在這天葬場的完全「空」的死亡的恐懼遺址……只看到死亡的倒影……死亡的先兆及其殘跡。

母樹……一如神話的神祕起源，古跡遺址的巨石陣，巨人島的巨人頭……史前史的神祕的大神的應許……

雖然峇里島的很多老廟大廟都有很多非常大的樹一如守護神般的……但是這一棵更巨大更陰沉的母樹卻又更不太一樣地彷彿更深入也更隱藏了什麼……

古代遙遠盤踞心頭的山頭生態的最頂端生物、野生的深山部落的神、倩女幽魂裡聊齋長出的修煉成精樹精千年妖怪黑山姥姥，或像是無限暗黑森林的命脈延伸的無頭騎士異聞長出的樹洞，佛教釋迦牟尼佛祖在菩提下誕生菩提下得道菩提下涅槃寂靜的深淵中某一個守護神明見證奇蹟發生一樣的深沉，卻又張開千手觀音佛祖般的神通繁枝多臂般地擁抱……那是感覺沉重的心情太過難說的現場……或許就像阿凡達祕境探險的傳說中的母樹就是神就是存在的前因就是無所不知無所不在的通靈的近乎完美地龐大……

但是生與死之間仍然充斥著難以明說的自相矛盾：植物吞噬動物……祂吞噬著肉身，滅跡……死了又不會死般地沒有屍體的屍臭，到底是什麼意思？

仍然山邊水岸側的潮溼沉悶卻又很陰沉地冷的依舊永生的妖氣非常重非常高的樹，充滿誤解謠傳般的種種解釋：那棵樹是充斥太高深的法力，或是可以分泌的一種神祕的不死身般的神奇氣體液體，會讓旁邊的屍體不會有屍臭，沒有異味……

可是老道還是不安到不知為何老是忐忑難安到很像那種盜墓者深入金字塔盜墓出來之後必然報應的心中充滿悔恨自己不知道何時就會遭受到厄運的詛咒，業障的現世報懲罰，然後望著這株太高太老太妖的母樹的老道才感覺到自己很怕……

老道心中充滿焦慮地懷疑自己的恐懼：不要以為自己不怕，其實非常怕，而且是不知道自己在怕什麼的那種害怕，不知道冒犯了誰？冒犯了祂？冒犯了什麼？然後祂用不知道為什麼或會發生什麼的恐怖心法對始終還看不懂的老道緩緩地下咒下手……

紙人……一如文明的破洞，漏光了的活著的鼻息的折疊摺皺毛邊缺陷破口，斬斷人情世故眼淚汪汪的送行儀式最後……始終掙扎的慢動作，凹塌的危機四伏不安緊張的告別文明的……人的肉身，人的活體……變幻成人的耽美的成仙成佛般的……屍身變成一幅畫身……沒有鬼斧神工沒有亂針刺繡，只是一種最終聊齋鬼影幢幢畫皮的畫……

甚至還只是沒有人皮的人形，太單薄清瘦地……完全不像是漢人千年來後來文明的盛世奇景嘩變迷幻建築……名剎聖殿建築歇山重簷燕尾屋脊上滿天神佛站滿華麗的仙翁羅漢天兵天將，宮廟八進八落三川門高聳廟門精心描邊細畫的巨身門神般的……迷幻人形的猖狂陣仗地無比驚人。

這不免只是文明破落不堪負荷過重最遠距離的極端南方的末端……天葬島的迷幻人形只是衰落破敗的輓歌瀕危的……落荒死神拔河對岸的剪影淒涼落寞……

入口兩邊各有兩個看起來已經非常破舊甚至斑駁到有點陰森的紙紮人，臉孔死白，歪曲臉頰的稀薄眼神看著門口，只像是這個老地方的山神、土地公，后土般的門神，歪身斜臉吹風淋雨地無限折騰，叱咤又低迴……完全沒有老中國神明煩惱的世故風貌「此尊坐盤石座，呈童子形。頂上有七髻，辮髮垂於左肩，左眼細閉，下齒齧上唇，現忿怒相，背負猛火，右手持利劍，左手持羂索，作斷煩惱之姿」種種繁複內心戲的心神跡象……

紙人始終神情落寞單薄的臉中的呼之欲出的眼神手勢。仔細端詳許久太像是古代民間祭改的種種神劇傀儡劇的曲折離奇……一如老時代儺戲面具由儺舞發展而來的戲曲劇中人活靈活現佩戴代表神靈的鬼形面具，部分地區則塗面化妝表演動作原始，音樂多用鑼鼓伴奏人聲幫和演出多在特定祭神鬼的節日氣氛濃厚詭異……主要流傳於某些流域的邊陲地帶甚至大多數是少數民族的侗、苗、壯、瑤、彝……彷彿上身就可以作法的老民族的令人仔細端詳都不免不寒而慄……

但是那天葬島的紙紮人在母樹的枝幹旁，不是應該像眾多面目猙獰表情凶狠模樣殘忍的排場：天兵天將、牛頭馬面、七爺八爺、黑白無常、判官閻羅旁的鬼卒……十八羅漢……甚至是伽藍聖將、關聖帝君保佑信眾的……不動明王，降三世明王，軍荼利明王，大威德明王，金剛夜叉明王……種種四方明王的神通駐守的布陣守護結界最終可能還是維持戰鬥風林火山式布局更交錯複雜的情緒激動……

然而祂們好像始終在看著他們，老道想到了那麼多紙紮人，但是其實再怎麼講也沒有這天葬島的紙紮人感覺到令人打從心裡的恐懼……

唯一的疑點老令人無法理解：為什麼紙紮的紙放那麼久都沒有破損毀壞，非常的怪異，他們那麼乾枯，完全無法想像地樸素，刻意隱瞞的精緻或華麗，只是很粗糙不堪簡陋的手和腳的凹痕木頭支撐的臉孔。或許遠不只是油紙傘式的油紙的水火不侵……還有更多看不見的亡魂妖怪護身的靈驗無比的神祕神跡。因為其紙紮人形身多年以來大風大雨過破舊不堪負荷折疊卻仍然處於一種奇怪的姿勢……好像永遠無法理解地停頓在祭典裡作法施術中神通充滿的怪動作玄機。

❖

「你會害怕嗎？」S問老道……

老道說：「我好害怕……」就像看到一本恐怖小說，寫得太好的恐怖小說，小說中才氣縱橫交錯過度摺皺凹洞的情節及其充滿裂縫所滲透的這時代惡德顯學的極端邪門與慾求不滿……所有切割華麗洞見絕美的亡魂惡漢女鬼蒙太奇隱喻充斥一如「沒有眼珠子的眼睛」「照著裡頭看不到人的鏡子」「沒頭的髒小孩」「怪蟲快跑進去的車子裡」「淡季旅館裡做的惡夢」「常被棄屍的一個橋頭」那麼動人又駭人的祕密意象情節所繁殖出「長著一張看過就忘的臉的女孩跟她說有一天那個死去的男人會親口告訴你」「跟狗一樣徒手挖掘的牠們總是能找到骨頭總是知道藏在哪裡有人忘在哪裡」般的一如卡夫卡薩德馬奎斯附身編劇CSI犯罪現場怪系列的令人無限心動……

那時候的他們，最後終於離開……終於鬆了一口氣，老道才想到一開始到了天葬島的渡口，老道深深懷疑自己到底為什麼要來而來了只好假裝鎮定地不得不要上岸前，S問老道：「你會害怕嗎？」

老道心情很複雜，在害怕死去的人之前，或是死去的人的墓地之前，老道或許還更害怕某種告誡……他們不應該偷渡般的進入墳場或入侵亡者之地的那種慚愧不安緊張，但是在會不會被懲罰的緊張之前出事……

但是，更害怕的S最後才說到更怪異的狀態……不知為何，他到了天葬島的門口，就完全無法理解地無法走，不知道為什麼，就是完全不能動，兩隻腳就定在樓梯口那個門前，完全沒有力氣，像是老時代的誤入歧途陷阱的中計、被點穴或是下了定字訣的無奈，恐慌……踩到地雷爆炸發生前的最後回神不敢離地，但是又不是……就是沒力……

他不知為何一到那渡口，老覺得失神，近乎無奈地精神渙散，但是不知道發生了什麼事，太潮溼悶燒天氣的怪異變幻，炙熱近乎窒息空氣的溫度或是風聲不斷地威嚇，那兩個門神般奇怪紙紮人的陰森眼神，但是他覺得或許還有更巨大更看不見的什麼鬼東西用咒用符般地硬把他定身在那裡，他嚇壞了，但是又不能怎樣……那時光凝結在破洞，他想他出事了……

但是身旁的老道為什麼這麼遲頓卻完全沒有發現，無法忍受的荒唐，怎麼會發生這種狀態……像是《西遊記》的劫數遭遇某個妖怪某個異地風水凶惡的某個天險鬼市某個被下藥迷倒或是下咒沉入陷阱的更慘的錯覺……

一直到更奇怪的另外一個時刻，竟然是聽到船伕在唱歌的聲音，他一唱歌他腳不知為何就突然能動了……彷彿解決困難重重包圍的解咒離場，太過敏感複雜，難以想像又難以理解為什麼……，他問也在現場的老道有沒有聽到船夫在唱歌，那歌聲好陌生又熟悉，輕盈又沉重，像情歌又像輓歌，神祕地離奇……

但是，老道說：「我完全沒有聽到……」

一如這是S要來的，老道是陪他來的。他上岸的那一刻還彷彿半安慰半嘲弄老道般地問：「你會害怕嗎？」

回來上岸。好像回到人間，九死一生的回眸，浦島太郎的龍宮回來，劫後餘生感……看到活人，其實跟他們剛到的村子是一樣的村子，但是心中充滿感恩的重見天日，有人的村子真好，車回程的途中一路顛簸難行依舊充斥著骯髒的碎石散落滿地泥濘不堪的泥巴路、破爛不堪的村落零星落石旁的空地土房子、印著泳裝美女海灘度假勝地廣告的花絮畫面的破看板，醜陋競選海報的招牌，放學回家前穿著小學制服的小孩們一起坐在雜貨店門口吃冰，舊式巴士司機大叔和穿短褲拖鞋騎大型摩托車的騎士們停在馬路中間就開始聊天的無法無天……

還有好多好多狗。一路上遇到的……還看到父親載兩個很小的爬在他身上的小孩騎飛快摩托車，路過麝香貓大雕像的怪咖啡莊園餐廳的招牌掉落地面的廣場，湖泊看得到的山上往下陡坡道，還有很多很多的工地坍塌的怪湖景旅館正在蓋……

其實在計程車上昏昏沉沉的時候，突然覺得非常厭倦那個計程車司機，即使他那種油腔滑調的賤嘴臉死樣子，但是，竟然在那鬼地方卻也已經算是他們的恩人，帶他們走了一趟地府，又想辦法擺渡他們回人間般的天大恩情。

奇醜無比的他長得像鍾馗，肚子很大臉很臭，開個玩笑都很難笑又很喜歡開玩笑。他還說他娶了臺灣的老婆（還問到中國和臺灣有何不同……），最後拿了皮夾給他們看，然後笑著跟他們說他是開玩笑。他始終都非常的不安，一邊唱歌一邊拍打駕駛盤一邊想辦法跟他們講話或是拉生意，是典型的老道最討厭的那種司機。

車上太顛……昏睡狀態又睡不著的老道……在回來的時候那個計程車司機還是一直想要載他們去喝咖啡去喝那種全世界最貴的麝香貓咖啡，但是老道已經累到不想要客氣推辭，只是說我累了，我生病了，就直接回旅館吧……

但是，老道內心安慰自己，這些問題都只是人的問題，他也不是唯一的一個，老道只是一直很想逃離這種充滿了活人必須要花力氣說話或是招架的方式有禮貌客套的應對進退，這一天老道已經累了，或許來的這一趟峇里的旅行老道已經太累了。

一路飛車超車的那胖司機一路喃喃自語，有時甚至還會唱歌，老提起峇里島最高最難熬的三座聖山，他說他攻頂很多次，還問他們：你們想去嗎？他露出笑容滿面地說，我帶你們去，但是老道要喝藥才爬得上去……

開始沒有房子的路，越來越彎的陡坡，再切入更小的山路崎嶇難行的一路上遇到困難時的那怪司機一直喘氣……手上還戴著誇張的刻怪獸的特殊傳說戒指。

想到前一天找車，也是很多風波，一開始那包車的車找到的地方，只是在那最熱鬧的猴林路的一路都始終出現的旅行社，包車旅遊景點，很多廟，問很多店，他們想包車坐計程車去天葬島，有的店說沒聽過，有的店說聽過沒去過，有的即使去過也本來不太想載他們去，討價還價一段時間後，他們開很高的價錢，他們知道這個鬼地方不是一般觀光客去，一般看了四個廟一天八個小時的車程還沒有去這鬼地方單程回來的價錢來得高，可是他們不太載別人去，他們都知道這個鬼地方。

一路上的怪店……有的路邊的工廠只賣一批的大生意，一次不賣一個，只賣一百個……有一個破店門口都有斑駁的椰子殼燈樹根中有一個木刻猙獰可怖的人頭……出發前往的一路小村落，風光的田中有大符咒文字。老店的成列的手工製作的老時代鳥籠工藝品的店中的神像佛像雕刻的場景的奇幻。他說他也是木雕神像的專家，自誇自己是專家一摸什麼木就知道要刻什麼神，每天不開車就是在忙木雕藝術，這幾天正在仔細雕刻帥氣濕婆神的帥氣藍臉……

後來的一段路老道一直在半睡半醒之間，覺得那些本來很喜歡的部落傳統建築或山野間綠蔭籠罩熱帶雨林闊葉木人臉般樹葉的風光，或是林間的小路特殊峇里島景觀突然變得非常的模糊稀薄。

不再像剛剛來的路上那麼吸引老道了，老道太疲累不堪到像是一個只想過路的過客……更粗糙不堪的回歸迷路的麵包屑安放的快要消失的參考點，甚至，只是證明老道還活著，這個地方是活人的村落，還是人間。

但是，老道一直有一種感覺好像他們始終沒有離開那個地方，沒有辦法離開，只是肉身死命地逃離現場的慌慌張張，始終無法理解發生了什麼……

那一回去天葬島，去了太遠，去了太不應該去的地方，甚至也還沒有準備好就去了。老道一直在回想到底發生了什麼事，當然這是老道陪S去的地方，但是老道老想著他的害怕或是擔心這一趟旅行會有太多的意外，遇到那些意外充斥著的不對的活人死人的危機四伏。

或許，那時候的老道只是很想趕快逃離那個鬼地方，甚至是逃離那個島。

最後老道在車上睡著前，只記得看到狹窄的山路崎嶇彎道上的一部破舊不堪的老載豬車。豬屍晃動的車身……血依舊滴滴答答滴下，流得滿車滿路……

一如老道的進入障礙賽那麼地充滿雜念妄想發作的揪心……不同的溫度空氣光影折射時間差空間差像《星際效應》影響的切換模式啟動……劃開吸出填入萃取消化不開的始終無法忍受的誤入陷阱般的無法追蹤的無奈。

找到一篇導言般的BBC新聞……只寫得有一點像Discovery頻道或是旅遊生活頻道那種感覺真的很好很難想像的那麼多那麼雷同的套裝行程。其實這幾天老道一直在想，因為一直在寫，比對那個地方的奇觀被理解的反差。即使那個老道去的鬼地方和這篇BBC專訪的鬼地方是同一個鬼地方，但是卻又好像不是。

那種懷疑一如天葬島放屍體的竹編竹簍和尋常臺灣做的竹編王船有何不同或是天葬島的門口紙紮人和艋舺龍山寺旁老店做的紙紮人有何不同？滿地狼藉的破舊不堪牙膏銅板硬幣拖鞋雨傘和他們用過的理解的器物有何不同？

越看越覺得怪異的眼光是：好像是一種障眼法的離題打量的恍神就可以看到的，跟更仔細端詳許久就可以發現很多破綻百出般的破洞到底在暗示什麼……

沾黏看不見的但是又揮不去髒東西，魂不附體的中陰身的疲憊的身心障礙克難剝離脫落事件發生前後好像遺留現場的遺忘了什麼又想起了什麼。

不同音軌，不同頻道，不同繞射的軌域的平行時空又彼此都看不到彼此的距離調焦，浸泡滲透了黏稠液體燃料的作法不慎近乎完美切換靈體地附身離身失控地……彷彿卡到陰。更可能只是老道的又回想起來像妄想的充斥著天葬島現場的氣氛沉重膠著狀態……一個結界如何被辨識被接近的腳步聲漸漸失去尾聲的恍惚無法理解為何老道會在那鬼地方的始終無法忍受。

傾斜的前額葉皮質激素分泌失調的歪斜、僅僅歪了一度就完全不同的角度的高清解析伺服器式的逼視。八字太重的瞳鈴眼開光不了的誤解、陰陽師的陰陽眼的牽絆加深……一如《魔法公主》裡被砍頭的鹿頭山神在憤怒的情緒激動激化了半透明黏液囊腫的巨身怪物在尋找祂的頭顱遺落山谷意外發生的悲哀……風聲鶴唳的疾風颳起的怒吼。正中午大太陽下卻異常冰涼的空氣流動曄變，蟲子太小太凶殘的無法閃躲的不安……太多太多時間自以為是狂妄獵奇的奇觀的另一端。

那種更波折重重困難的看不見的「穿越」……就一如《鬼門開》那部電影太過不激烈地不太像恐怖片……有太多暗示又沒有更曲折離奇的什麼……內在歪斜關係，太像真實的……門的另一側，有更可怕的……彼岸。陰間的模糊曖昧傳說，懸疑感，老建築，廢墟……洞口的暗黑（沒有情節但是還是有情節的不得不……）最好不過是害怕，空洞的，故事的幻想，恐怖的可能，但是始終沒有發生……只剩下電影外的情節，應該要發生的令人不安的等待的什麼……一如電影中的印度，一如死去的小孩，一如老房子，一如……老女人說她小時候在一個印度南方的小城長大，村落環繞著森林，有座古廟，那廟底生死的邊緣特別單薄……一如女主角被交代：你可以帶你兒子的骨灰去廟中，反鎖在裡頭，可以見他最後一次，好好地說再見，一隻兒子的絨毛老虎名字叫做可汗……那巫女帶她去挖開墳墓，火葬收骨灰，火後的黑暗的林中充滿食屍的巫士，全身塗滿死白的骨灰。吃死人的肉，可以和冥界溝通。森林裡的巨大樹根，死牛頭，烏鴉屍體，荒涼而沙塵布滿的小徑，石梯，樹枝長上古神殿，老木門，點燭光，村中老人夫妻引入老木門那端，死去的小孩兒子的聲音，媽媽對他說：我來跟你道歉的，我日日夜夜想你，雙手摀住自己的臉的雕像，地下梯步走下，怪聲，銅鈴，鴉屍體腐化剎那，風吹，打開門，以為是可怕的地獄。但是，卻只是另一端的森林，一個死白全身的苦行僧食屍人瞪她。但是，她離開，小孩屍體手上拿著一隻絨毛老虎，妻子服藥自殺，旅行又回來了，兒子的亡魂跟回來了，女兒知道，念森林王子的書給他聽，一如過去，開始出現怪事，盆栽枯了，籠子裡的鳥，池塘的鯉魚，都死了。花園也全部枯萎腐爛發臭，去海邊海葬，遇到巫師，交代不能亂咬妹妹，小狗一直吠，小孩變成了邪靈。他們要燒掉所有的他的東西，讓他沒有牽掛，陰間的守門人女神來找回死去小孩，巫師只是指出來，她不捨……印度是有淨化的今世來世之分，她在餐廳吃飯時，蟑螂爬出來，出事，街上到處亂竄的時候找女兒，卻看到女神，那印度女人要收拾殘局地燒掉所有她小孩的東西前被威脅，她也聽到死去女兒的叫聲。後來在孟買海邊的火葬場念咒，母親替被附身的女兒死去，之後看到遮臉女神，死去的光中，只是發現自己又回到那古廟中……老道老感覺這天葬島就一如這鬼電影的奇觀的另一端那種更波折重重困難的看不見又穿越不了的現場。

❖

現場……一如某一種恐怖片拍的那種荒涼收尾的可怕的「我回到人間，事實上我沒有回來，我已經死在那裡，我回來了這個真實的世界，是我幻想出來的，其實屍體仍然躺在那妖樹根底，現在看到我的這個我就只是一個幻影，我跟人們講那個故事，了完心願，我就真的死了……然後就變成一道煙飛走了，飛回到我已經死了的那個天葬島去」莫名的悔恨不安……

老道一直都不想要回去想那個現場的細節，想一個命案的現場，充滿了破案線索可能的現場的細節。但是老道看不懂為什麼命案如何發生……只是誤入的路人發現自己根本沒有什麼入迷又始終無法逃離地無限可笑。

一如那屍身上的遺照獻花悼念某種遺言捨棄不了的遺憾……

一如過往峇里島這諸神之島的那老時代敷衍了一千多年卻降落到這新時代的現場那般不明現象的百感交集（他們考察研究出的峇里島原住民位於島東北偏遠村莊的這座島嶼最古老的特魯揚村的歷史至少可以追溯到西元九一一年……）

一如演化歧出小獵犬號望出的支線……某種變種的古代歷史《博物館驚魂夜》跑出來的爬蟲類哺乳類變成了稀有動物的怪獸出沒的慌亂，老道的誤入，對照著「不在場」的另一個異教的創世紀啟示錄的降生畫面的破洞（千年來的老村原住民也遵循怪異的印度教傳統，但是特魯揚村卻又都擁有自己的宗教儀式和信仰）……

老道感覺到的異象並不是遺照的破爛不堪而是照片裡的那個老人的安然無恙微笑依舊的神情（相對於現場竹籠中的死去的那個大體屍首已然碎裂扭曲變形的皮開肉綻的前身允諾的殘影）……一如內心深處的祕密流動的活著的世界被緩慢延宕到遲滯不前的最後……只剩一個消失前暗影應該更悲傷恐懼的耗盡心力投影出的畫面……一個縮影。摺痕凹陷入的框景的臉孔已然有點雨漬浸泡過模糊變形的……臉。

老道老是有另一種妄念雜陳：「活過的這個人的一生被樹妖吸乾元神精氣殘存的死靈的光景」但是悻悻然離開前說不出的皮開骨焦肚腸剖開空腔破肚內臟腸流心肝脾肺腎掏空的「他到底被道士作法過的不知自己殉了什麼，陪葬了什麼的……著了道、中了術……」因此誤入的老道今天恐怕會死在這場子的一再忐忑難安……

時間消失得無影無蹤、現場沉睡的夢境乾枯破舊無個性的光景。老道到底看到什麼的問題重重像是視網膜剝離般縮小規模深沉浸泡，那是自欺欺人的演化出事顛倒晃動的光景，那是只能小心謹慎蹲低身子再站起仍不免暈眩症狀持續作祟的奇觀。

持續作祟的還有……一路被咬得老道老是感覺好像全身被下咒般地不安緊張的全身無力，咬是看不見的威脅……如影隨形的小鬼般的小蟲……那個鬼地方並不大而他們走路的腳步也非常的小心，始終不想驚動什麼地走一步停一步。但是老道的腳老是癢，不知道是被什麼鬼東西咬……那種如影隨形的不安，其實從這回老道到峇里島就開始，太疲累不堪的身體就老出事，尤其嚴重肌膚過敏症狀的那種萬般不舒服，老令老道覺得他好像一開始就已然冒犯了什麼地不安……更何況是深入了這種更深入絕境般的鬼地方。

那一個竹簍亡者頭顱破裂半腐爛的屍體正上方那一張他生前的照片，非常像是一路上他們一再遇到看到的峇里島男人太過尋常而更令人深感無常的一張老照片……就因為那個死者長相穿著他們傳統長衣袍留鬍子穿著傳統的正式照片，老道不應該看到的現場因而在心口難受地插入一把匕首地逼問起更尖銳拋出令人無法忍受的痛苦的逼人真實：那可能也就是峇里島的任何一個人。

就是那種老道在街上會看到有些人去法會廟會就會穿傳統的衣服出來的狀態……所以老道從那邊離開之後，老道回到烏布村落的大街上看到那種老人都驚嚇過度因為好像滿街都是亡靈回魂的那種傳統峇里島老人們……或甚至是老道始終沒有離開那個天葬島的鬼地方。

那裡太髒太亂太可怕的滿地上的角落怎麼還會有太多太多屍骨，甚至不同部位的骨頭碎片，歪斜混亂扭曲變形的鎖骨肩胛骨、被猴群玩耍刨出挖開傷口的帶血肱骨髖骨股骨脛骨膝蓋骨，還有長骨的尺骨橈骨、股骨、脊椎骨……

放在竹籠十一座的竹製小山形羅列說不出怎麼奇怪的奇觀旁，插著一把一把已暗淡無光的舊紅橙黃綠藍靛不同顏色的傘花，甚至籠中有些屍體還有運動衣襯衫洋裝穿著全身，戴著心愛的象神嵌入鍊心佛牌聖物加持的傳統項鍊手鐲，戴著繡花的布帽款絲巾，還有另一個竹籠旁放一對老式木製拐杖，因而可以辨識可能他生前腳就已經壞毀的生前狀態……

老道一直都不敢太仔細看，因為老道不知道這是怎麼一回事，太多的碎片散落的太多太多雜物，很多極髒亂的廉價拖鞋衣服都可能是他們生前所常常使用的愛物陪葬而沒有燒的但是卻因為露天棄放太久已然被蜘蛛網纏住無法想像的黏稠膠狀質地非常噁心，潮濕悶熱天氣散發霉味變質腐爛的滿地垃圾，摺皺破舊不堪的包裹過什麼油漬汙泥後曝曬後再乾燥極度的骯髒報紙、散落鏽蝕錢幣銅板、捏破泛白灰暗角的保特瓶、壓扁扭曲變形金屬罐頭……最後才更進去那個竹籠屍體旁邊的好多菸頭紙菸包還有扭曲變形的牙膏。

尤其是牙膏，老道想到的是人間的條件般的牽掛，想到在那天出發在太破爛的旅館浴室盥洗那天早上還發愁找不到牙膏。

就像老中國那種普渡，成排供桌前放著給鬼門關剛放出來的孤魂野鬼的……牙刷牙膏，意味深長地暗示著梳洗遠方折騰風塵僕僕旅程艱辛歷程滄桑的無限無奈地可憐慰藉……

天葬島……始終好像是一個死角，一個看不見的遠方、看不見的異國的異端……的更看不見的入口，他們怎麼可能進入了一個迂迴曲折離奇消失無蹤的一如某種靈媒冒著痛苦揪心碎骨燒灼傷害充斥著一路的那種亡靈世界，煩惱怎麼打開，怎麼闔起……封印，怎麼普渡，怎麼觀落陰，怎麼鬼上身，那成套規矩戒律清淨森嚴……

或許老道的焦慮其實只是老道引用老中國的破舊不堪負荷的古代死亡的入手，引魂曲安魂彌撒開始，不管用燒的、不管用畫的、不管用放亡船的、不管是下水的，毛筆畫的手工製作的每一個看起來很恐怖的紙紮人的臉、身體，燒掉好像送亡者到另外一個世界的那個可能的隱喻，都不免只是在老道所理解的舊文明的深處黑洞的洞口勉勉強強搭起搶孤臺亡靈堂所草草架構出來的。

而這個老中國文明的繁文褥瘡般褥節式的最疲累不堪負荷架構裡最複雜的破洞……和天葬有關的唯一另一種理解是切換到西藏，因為藏教深沉的哀悼有另外一套跟屍體的離世的承諾天葬有關的問題重重……掛罣無礙的活人送死人，可能完全不同的生者送亡者的狀態，有一個天葬師，會來幫亡者的屍體送行，切成碎片，然後讓空行母禿鷹來帶走的法門。

或許，那是每一種古老宗教裡最複雜的死生的更深層次必然充滿矛盾領域的理解，為什麼死推演為什麼活……的終點，回應，也就是肉身跟這個世界的最後關係，最後必須要用什麼樣的方式離開，是要有高人幫亡者，那幫亡者切開不淨的屍體的那個天葬師是一個高僧，或是一個道行很高的一個修行者，他才能讓亡者這個肉身在離開的時候是一個好的、對的離開的狀況，然後讓空行母把他帶走，所以空行母都是神，就像宮崎駿《魔法公主》裡引用神話山豬神山神把犧牲的亡者帶走的魔法。

尤其中國尤其印度非常多可怕的神，很憤怒、會殺人的、會懲戒的、會割舌頭的、會把人剁斷腳的那種阿修羅等級的那種恐慌，都是在對死亡這件事情有一個更加注籌碼，或者更深理解的活在這個人間，其肉身或是理解人間更複雜的一個苦苦等待費心費力建起來的一個好像浮屠佛塔的那一種建築的隱喻、文明的隱喻的越繁複越華麗越神祕的可能……

但是沓里島的天葬村那個島卻是另一種的理解完全顛倒的化約到沒有廟也沒有塔沒有拜也沒有火化，甚至也沒有儀式的亡者屍體骷髏頭羅列空蕩的現場的另一種詭譎難受的令人不寒而慄地陰森恐怖……雖然，那只是老道去那邊都覺得太超現實……那一個島的那一個死角……

鬼照片般的令人擔心……老道始終還沒有想清楚，因為到後來都還沒辦法去打開那些在天葬島拍的太多照片，一開始太過敏感的老道連要把相機中的照片打開都覺得心虛……老道始終沒有辦法像在面對尋常照片般地去端詳那些天葬島的鬼照片，因為老道覺得他拍的鬼東西是不應該拍的，或是拍到了，也不應該洗出來……就是這個經驗是不應該有的經驗，看到了那個不該看到的東西，看到了也不應該把它講出來……的那種可怕的鬼東西……

一如一種恐嚇，一種形上學的焦慮與憂鬱，一種旅行最後最難解釋的慌亂……他們看到了一個不應該看到的什麼……因為意外在很奇怪的地方，很奇怪的時間，用了一種很奇怪的方法，坐了一艘很奇怪的船，去了一個很奇怪的島，然後看到了神祕的神跡般的狀態。太過複雜離奇的失焦失控到失魂落魄的更不知如何面對潦倒失意的怪異狀態。

但是，看到之後應該就閉嘴……知道了但是這一生就再也不要提這件事，能夠活著離開就算運氣，老道有遇過這種等級的麻煩嗎？或是說遇到鬼東西複雜跟深入更難過到這種程度的恐慌……

一如老道的始終不安的面對天葬島照片的作祟狀態……

祕密一如鳳凰教派般的天葬島的謎團重重不免更引發的是……死亡就是發問，人為什麼會死，人為什麼會死地逼問就會進入另外一種死後留下什麼，如何告別如何送行的送終的焦慮，如果誤入的老道不是活在臺灣活在中國的鬼影幢幢的儀式充斥著作祟的焦慮。不是教徒，不是天主教不是印度教不是佛教，沒有宗教的信仰背書的繁複儀式講究狀態，而只是非洲部落原住民的原始森林中……人死亡反而更本來就應該是的那種自然而然地……陳屍，人死亡本來就是遍野橫屍在一個地方用那樣的自然狀態腐爛，最後屍體就完全消失在叢林裡，完全消失在裡頭像是時間快轉到朝生暮死的哀傷慈悲不能想像的人類學更早的動物學的荒謬生命跡象的紊亂模糊曖昧不清的被腐蛆吃腐肉而只剩枯骨……

人類的死是不可能了解，更不可能了解死亡的隱喻。天葬島的死亡的隱喻。只是一個遠方，只是一個破洞，只是一個縫隙，讓老道知道他以前所了解的死亡只是人類想像的比較狹義的一個狀態，而這個狀態不是他們所以為的這樣理解，就像意外誤入去了一個他們不會去的鬼地方，一個死亡陷阱的現場，僥倖逃離的他們應該連講都不能講，甚至為什麼能逃離現場的他們依舊不能理解天機不可洩漏般的那鬼地方的天機到底是什麼？

那個天葬島的天機或許揭櫫的更多異教徒的鬼魂或是死亡的更複雜的狀態，切換、折射……另一種時間差空間差的打開，因為峇里島的另一個很奇怪的村的另一個教派，村民們的去世一如每一個民族或是種族或是每一個國家或是每一種宗教都會碰到這個問題，過世的人要怎麼到另外一個世界？後人要怎麼去安頓他們的後事？某種莫名教派的某種祕密的離奇費解……

也一如冥河的冥船……天葬島的擺渡充滿了費解的意外，充滿預兆是惡兆的危機四伏的恐慌……那艘怪船始終無法理解地發出咆哮般地巨大怪聲，太老舊的引擎故障導致的嚴重咳嗽般吐苦水式的激烈。

那艘怪船太接近古老傳說可怕到令人毛骨悚然撞鬼的渡冥河的冥船，老道本來以為會是傳統的木製的那種老派舢板，漁村水驛漁民的舊時代破舊浮舟。但是卻是另一種驚嚇過度……

其實那種怪船漆成很奇怪的普魯士藍，廉價粗糙不堪拼裝成船身擦痕充斥油漆散發那惡臭飄散，像高汙染工廠的汙水或核廢料處理的重工業不明物料祕密容器的質地，高科技的低科技收屍般尾端的屍袋鉛桶廢五金偷渡用ＰＶＣ塑膠容器射出成形的弧度扭曲浴缸裡頭尖底，弧度狹窄空間的危險位子的持續晃動震度最低的依舊艱難的那種八人座可是他們只有兩個人坐下就開船的怪船，看起來很古老又換新過的充斥著破洞凹痕釘孔的骯髒死角，奇怪的是那破舊鑄鐵架糾纏層層疊疊的皺褶老塑膠布之間一抖一晃就現身成群的小蟲，不知道是什麼惡夢連連發生的霧煞煞般小蟲成群出沒疾飛出來，在那馬達驅動的聲音很大很吵到機械的響音切割了外頭湖面的光景，湖邊山巒疊嶂雲端下的遠方村落前的荒謬至極的前景波折不斷……

船身傾斜破洞搖晃很厲害，那個繩索綑綁斷裂又髒又臭的慌亂……慌亂間完全像電影情節無知的人類意外觸碰怪獸異星深入虎穴就是死穴的不祥預兆快出事又還沒出事的空中的特效細節漫滿烏雲密布塵粒騰飛……

❖

「死著的時空」和「活著的時空」切換的模糊曖昧不明地緣。天葬島的逆差光景始終充滿細節……一如他們所打開的瞬間是他們可以辨識的時間，現代的不是古代的……或許伏潛太久還可以浮出水面再換氣潛水深入……萬念俱灰遇到困難的閃神切換切割。每一個人每一件事每一個遭遇充滿的每一個細節都好像陷入泥沼無法忍受地滯礙緩慢，翻動閃爍不停的情緒動機不明的焦慮。

一如一開始找到的可能沒船的老渡口還有船，船上還有蟲也還是會晃動還會浮出水流湍急的湖水……另一邊村子水上的光景……沒有辦法解釋的陽光燦爛卻陰沉冷冽的怪風光之中。

但是時時刻刻戒心充滿的老道唯一安慰的荒謬感卻是……垃圾滿地滿湖面還令人安心，因為還有某種活人的痕跡，活人的，惡作劇般的小小惡行，水上到處都是垃圾老道還蠻開心，接近渡口的湖面長滿了鮮豔的開到荼靡的岸邊擱淺的鯨魚屍體的碎肉般的侵入湖邊的布袋蓮。斑斑駁駁舊竹筏的上岸口，藍色膠帶綑綁在一起的竹桿前……水中垃圾的惡習般的存在感仍然很弔詭地浮在水面上，骯髒的長出怪蟲群飛出的光景。

因為有些那種保特瓶塑膠容器衛生紙，還有可口可樂字跡模糊的凹痕摺皺保特瓶在水面。充斥著那種

很髒很落後的地方反差地反而開心的某一種安慰，也就是說這鬼地方還有活人，萬一那垃圾場的鬼東西全部都是灰塵滿布泥濘淹沒的數百年前的陶瓷瓶罐像古墓出土見光的惶恐害怕會更令人難以忍受，意味他們誤闖捲入纏繞訊號波長龐大亂數的結界般陣伏的鬼地方可能已經幾百年沒有人來過了，那反而更令人擔心。

一如那令人更擔心的天葬島村落。現場的樹下的十一個屍體竹簍和骨壇現場竟然很小很難想像地狹窄，只像一個沒有村落或是村落已然式微湮滅的狹窄入口。沒有廣場的廣場入口。

老道本來以為應該會神祕詭譎氛圍滿布拉長現場到彷彿無窮無盡地死亡異地的充滿暗黑肅殺的綿延不絕的什麼……至少應該至少會有像耶路撒冷或布拉格或奈良或紐奧良的某個老時代墓園或墳地的風水命理末端的建築群，歧路花園般歧路亡羊密密麻麻的曲折蜿蜒山路步道，玄關的多重出口入口的充滿暗示的鳥居或是大門，結界般的區間區域區隔……但是卻竟然完全沒有。

甚至也沒看到的某一個鄉野傳說的最終亡者的村落，可能因為天災人禍發生而已然廢棄或甚至有一整個大街市集神廟巷弄角落摺皺繁複的老時代村落的殘影……

完全不像峇里島其他的大大小小印度教種種神通神祇的神廟雖然充滿了令人費解的神諭但是卻還是可以依稀辨識理解的教派神廟建築院落傳統規模。一如老道和S前幾天或前幾年前幾回也還有去參拜過了太多峇里島的怪廟……巨大火山口的一個奇怪老廟非常著名的一個很像峇里島的五臺山或是峇里島的諸神的母廟，某一個依山壁開鑿的鬼斧神工石雕神像塔樓高聳入雲奇景險峻陡峭山崖峭壁懸崖邊緣地帶的石窟寺巨大古蹟，某一個湧泉廟的聖地巡禮鬼地方是聖水會湧出來那神池裡鮮豔妖幻華麗七彩繽紛的魚身極長極沉的巨身錦鯉，仔細端詳都極像妖怪般地異常可怕猙獰的絢爛華麗……一如萬般妖幻複雜的印度神濕婆梵天雪山女神象神猴神及其太多太多神話傳說及其坐騎法器神通法陣充斥的眾神聖地神殿遺址……

但是，天葬島卻是另一個奇觀到老道甚至沒有想到自己真的會來或是拚命找還最後真的找到了的鬼地方……

意外的擔心……因為這很像一種奇怪的隱喻像是過投胎前的奈何橋渡冥河要被逼喝孟婆湯忘記前世記憶種種痕跡的那種無奈。

一開始……渡船的詭異馬達聲音非常的吵雜到幾乎沒辦法講話，那艘渡船不是太傳統的船，漆上很奇怪的藍色是塑膠的晃得很厲害之前那個出發前的渡口，還有一個斜屋頂像小廟佛塔山門的斜簷屋脊起翹的木製破舊不堪涼亭，好像是可以從那個步道走到要上船的地方，但是很奇怪的是那涼亭接岸上的長廊不知為何那木製走廊底應該鋪木條地板的地面竟然是破的，不知為何出過事發生過什麼怪現象般地破落不堪到還有一半的走廊地面甚至是空的，可以看到湖水。還沒有做完或是老舊地壞掉到只剩走廊的屋頂還在但是旁邊還是有一艘已經沉沒大半了的破舊半毀汽艇。那種荒謬到太像是一種災難發生後的廢墟……某種不可能的電影特殊效果。

渡口上船前的太多太多麻煩……一再出事一如司機問路始終無法忍受地迷路繞路，一如一入那小村就有很多路人來要錢地把司機擋下要當導遊領隊收費，上船的岸邊很多賣票的人開船的人賣東西的人還有種種想要來要錢騙錢的人……就在那種麻煩的悶熱的波折不斷……

一上船就完全另外一回事。突然風大變冷的嘩變……

另外一端問題在於那個船夫有點怪，船票和參觀天葬島的費用一起算所收的價錢比起其他的廟宇非常高，甚至比他們之前看四個廟價錢加起來還高，但是老道還因之比較放心，因為那上頭印著老道看不懂的印尼文如楔型文字般的扭扭捏捏怪字跡潦草的草紙門票收據竟然有六七張，有官方的印章印花，大大小小張，可能是各種不同的從中央到地方的稅和其他附加條件的消費課稅怪項目，但是，那個價錢高卻還是意味著這鬼地方已然正式是官方的，也還是開放給活人當地人外地人觀光客可以前往的狀態。

「但是……價錢不高的話，反而還可能是圈羊的圈套、或設下陷阱的騙局……」老道跟擔心的S說……老道以前去過約旦去過泰國去過尼泊爾去過越南去過印度去過西藏種種落後國家要看當地最著名的古蹟那票價是天價，其他觀光尋常景區門票可能是一兩百塊臺幣，可是那最著名古蹟卻是一兩百塊美金，就是那種等級的近乎瘋狂的勒索外國人的角度……但是，也就是因為這樣，這是國家等級的鬼地方，所以反過來就覺得這樣還比較是安全的，所以他們給老道一張是最大的入門許可證，然後再來幾張可能就是船票或者是參觀的稅還是怎樣的六七張老道就比較放心。

跑了太久太遠，除了害怕誤入死人的規矩不明的近乎瘋狂詛咒式的禁忌外，老道更怕的是活人的麻煩不安，某種仙人跳或勒索在湖中船不動下手欺生詐騙陌生外國人的傳說……只要一上船出發的風險是他們就在湖中發生什麼事也無人知曉的恐慌……

老道一路問，始終無法理解地慌亂，充滿危機感，因為船到的時候船夫就讓他們上去，然後他說他就在渡口那邊等他們。老道問：進入天葬島可以拍照嗎？船夫說可以拍但是不可以說話，因為老道很怕冒犯，所以就只是想趕快拍完就趕快走。老道問船夫他們需要穿紗麗嗎？一如去其他的峇里島的印度教的廟，但是船伕說不用。因為老道不懂他們的規矩，所以老道不太敢亂講話或是亂走亂跑，連他們的骨頭屍體看起來完全無法理解的混亂放法或是那種老時代門神紙紮人傀儡在渡口玄關有點好像充滿隱喻的怪異成排。

船夫最後在離開之前又要求他們要捐獻，放入渡口岸上湖邊的一個破竹簍。老道有點遲疑，因為上船之前就已經花了一大筆錢買了船票和入場的所有的費用，而且計程車司機也說其實他們不用再給任何錢的，但是船夫還是要求，老道就勉強給了一張小鈔，船夫說太少，再加，不然不走，至少大鈔，至少……老道開始緊張……甚至同行的S越來越臉色凝重到近乎瘋狂地大怒。

其實心中充滿自覺地準備好船夫恐嚇要錢然後錢就要給……擔心的老道一邊安撫S還跟他解釋一開始老道甚至就已經準備好身上放兩地方的錢，一個地方就是把錢藏起來在內袋，另外一個地方就是把整個錢包給他看，「我已經沒錢了，我把整個錢包的錢都給你也沒關係……」老道都已經都做好這樣最後的準備……

「你如果去，有人拿香要你拜你就拜，有人要燒紙錢就燒。」最後捐錢也只是比較像現實世界中的一個麻煩，其實老道去之前還擔心因為那老船，擺渡……充滿危機。傳說中的危險甚至是船夫有時候會有那種事發生，那種落後的地方、比較遠的地方，船開到一半不給他們小費的話他們就不開船就停在湖中到甚至搶錢而殺人滅口……

一開始的一路的過程就始終是非常緊張。可是老道也覺得離奇到像是外行盜賊要去盜墓……地自嘲。膽子沒那麼大的老道一路都想放棄……那種煩惱是太多太多不知道會發生什麼事及其到底還有沒有餘地收拾殘局的看不到找不到參考點到底可能悲慘落難到什麼程度的心慌意亂……

一如那一天的最初，一早出門前，始終就不太順利但是也還算順利，S也還更好像也意外發現太多太多怪事地老在出狀況，生病疲累不堪又前一天心情不好，想到他的一生摯交的絕望絕交往事而心事重重地哭泣。一早又起不來，吃東西又很慢，他要老道打電話去叫車晚一點來的始終老道心情低落……

一如想到要去那個鬼地方……老道也擔心太多要不要帶護照帶雨傘穿什麼黑色的衣服，都很緊張的樣子，主要是因為又是一個完全沒有去過的地方，老道覺得他太不安又太缺乏冒險精神分裂始終的心虛。

一如到最後回來的時候發現……老道的舊運動鞋裂口。回來的時候上船才發現到好想把鞋子丟掉甚至全身的衣服都丟掉，好像是以前跟著去參加出山做七亡魂超渡法會結束葬禮的時候沾染的髒東西或是不乾淨東西的那種不舒服，回來要趕快去過火或是過水……把那種狀態給洗掉的慌亂。

老道老想到瓦拉納西，或是老道想到拉薩去日喀則的路上那個找好久還是沒找到的天葬場。也是太多太多的顧慮禁忌的心事重重地始終慌亂……

老道的更不安的理解……就像老道尋常的拿起相機面對著要拍的天葬島屍體骨壇骷髏頭拍的始終懷疑狀態。到後來都無法回去打開那些拍到天葬島現場鬼照片的忐忑不安地好像……卡到陰。

也一如「如如不動」S前一晚說到另一種狀態的「如如不動」……太過敏感神經兮兮……那就是「就像真如那樣永恆不動」。

S找出了一段「如如不動」更生硬入門的解經文：

「『真如』就是眾生本有與佛不二的真心佛性自性理體圓覺。『動』，是時間和空間的錯覺。但『真如』是超越時間和空間的。沒有所謂的時間和空間。因為它超越了時間和空間的假象，所以沒有所謂的『動』。」

老道跟S抱怨，老道始終看不懂「如如不動」……但是卻又像詛咒般隨行一路他們公路電影般地始終一動再動又動不了地種種……太切題的意外暗諷。

一如，天葬島的一路卻是始終無法理解地煞到鬼卡到陰般地無法見證真如般地「如如不動」充斥著一路動的悖論：天葬島一路的「動」，始終是時間和空間的逃離不了地逆差離奇狀態的一路錯覺……。

❖

「天葬島遺跡」：一個怪異的展覽計劃。

老道多年後發現S的某個《天葬島遺跡》展覽計劃在歐洲某雙年展開幕宣傳。就像是在《天葬島遺跡》的現場觀看故事留下的跡證，昔日偽神話裝備了各種現址博物館要件的當代藝術裝置竟然在現場奇幻地被發現。

一如某個藝術史家的對這個怪展覽計劃的評論：

「《天葬島遺跡》第一個玻璃櫃放置骨骸、人的牙齒、指骨，與當地挖掘出來不尋常的物件，偽出土化石，模擬現址博物館的文物介紹。主動地詮釋了具地方認同意義的起源故事，也因此，指向了峇里島國特有的困境……洞口有真假歷史參雜的說明牌《天葬島遺跡》一系列關於屍體拓印等強調『關係雕塑』的新計劃，可以說，是從過往的議題性導向創作，轉型為透過重複性的身體勞動以換取直接的藝術存有經驗，此外，也藉著引入參與式藝術方法也產生出這種更多的關注當下而非純然回溯的姿態。

《天葬島遺跡》第二個玻璃櫃置放當地的物件，後製成類似化石質感的偽文物。

除了感性地提到獲得許多民間協助，對於《天葬島遺跡》會受官方的高度重視，甚而外延出一套與官方政策相容的平行敘述，藝術家化身為天葬島的文化哀歌。

然而，《天葬島遺跡》也正是因為捲入了這些充滿政策宣導意味的報導，這會喚起文化主體性何在，連帶地批判了透過博物館體制所建構出的共同體想像，而後者往往具有某種官方的政治宣傳特徵——整個創作與展期過程中他十分感謝一位當地業餘考古學家在原來滿街異教觀光客的觀光樂園，提出天葬島一如其他的峇里島的鬼地方認識總是有許多有待補足的空缺。」

天葬島。獵奇的好奇過度的關注……如何小心翼翼避免發生意外地不恭褻瀆……對別人的祖先失禮，對古老土地的不敬，對部落傳統的忽視……對死亡的僭越禮數的狀態。

老道想到另一個S的朋友藝術家葉覓覓把馬聶聶的天葬當成藝術計劃……最動人的卻更是陳列在展覽的前頭，她多年計劃過程的多回前往現場充滿忐忑不安細節的……天葬筆記：

「某種幽微的召喚……到了那個天葬村去了好幾年好幾回，自己也很害怕，但是拍照的時候卻更當成人類學的田野調查在面對這件事情。其實過程充滿了很多麻煩。

『馬聶聶』的原文是Ma’nene。在托拉查語中，ma是『做』的意思，nene則是『祖父母』，連貫起來的意思便是『做祖父母』，也就是為祖先做一點什麼。這跟我們祭拜祖先與焚燒紙錢的心意，並沒有不同。……當然，開棺淨屍的習俗，只限於Pangala地區，其他地區的托拉查人，尤其是年輕一輩，未必可以接受。我後來跟神學院的男孩們分享我拍的照片，他們都嚇壞了。有一回全村的婦女帶著小孩坐在東閣南底下，男人則坐在穀倉底下，氣氛相當溫馨。我好喜歡這種小村小落的聚會，每個人的神情都很純粹。禱告結束後，大家吃竹筒烤豬肉配白飯。用完午餐，所有人便前往墓穴舉行天葬的馬聶聶儀式……

這次，換一位會講英文的T先生載我。他在印尼的巴布亞省工作，特地回托拉查參加馬聶聶。今天禱告儀式所在的東閣南，便是他的老家。到了墓穴，已經有家族的人在幫四具遺體包裹新的花布了。男孩的導遊叔叔，剛好也帶著兩位客人來到現場拍攝。有些的馬聶聶儀式不會露出屍體。

……棺木被下放之前，他們已經先用花布把遺體蓋住了，所以什麼也看不見。小男孩說想要見死去的爸爸。於是一個男人迅速掀開爸爸臉上的布，露出憔悴的骷髏頭又蓋上，小男孩掩面大哭。我就站在頭部的正前方，當時，我的相機正在錄影。這一切發生得那麼快，只有幾秒鐘的光景，竟然被我捉捕下來了。有時回去還沒有勇氣把那個檔案打開來看。

……T先生的家族，今天從三個洞穴裡，抬出十一具遺體，幫他們纏裹上新的布。其中，有一個洞穴較矮，T先生邀我爬竹梯到墓穴裡去。我真的爬進去了。當時三具遺體已被抬出，只剩下空空的棺材。兩個男人在裡面製作綑綁屍身的繩子。我竟毫無畏懼之感，還蹲在棺材板上與他們合照。一旦遁入那個情境裡，也就沒有所謂害怕了。

今天，有一個家族舉行馬聶聶，因為規模較小，沒有教會的人來，只由一位女性家屬帶領禱告。

……其實每個墓穴裡都放著很多遺體，不可能全部都裹上新的布，家族的人通常只挑幾具來馬聶聶。換句話說，每具遺體都要隔很多年才輪得到。他們挑了兩具，父親和兒子。兒子的部分，他們還裹上香菸與衣服，父親的部分，則只有單純的包裹。一個膽大包天的男孩，從墓穴裡拿了兩顆骷髏頭，在手上玩弄，要我幫他照相。明明是很驚悚的畫面，不知為何，竟有著強烈的戲謔成份。當然，不是每個托拉查人都可以那麼自在地看待屍體，我遇過一些人，他們都感到懼怕，甚至連自己家人包起來沒露骨頭的那種，都不敢靠近。可是，大部分的人，真的已經把死亡當作生活的一部分了。

……上次，我被帶去三具陳年遺體旁吹頭髮，其實一點都沒什麼。後來，我看過幾個小孩把包裹起來的屍體當抱枕一樣靠著，看電視。……每個涉及屍體的儀式或工作，都落在男人身上，他們也總是嬉笑地做著。我不認為那是對亡者的不敬，他們的輕盈與無懼，反而更加重了亡者的存在感。

『我老公生前對我非常非常好，所以，他死後，我也要把一切做到最好。』她是這麼說的。她說，包裹屍體時，除了衣服和高爾夫球桿，她還放了一個黑色塑膠袋，裡面裝著香菸、打火機和可樂，都是她丈夫所愛之物。

……那回是早上八點半，印尼裔美國攝影家AN看見我們要出門，就說：『他們通常都會等陽光出來，才會開棺曬屍體，這麼早去，應該看不到什麼吧。』AN說他十點的時候，想到當地最大的墓地Balle等待，說不定碰得上。S認為越早出發越好，所以我們還是走了。民宿老闆娘說，某個村落今天可能會舉行馬聶聶，於是，我們往那個方向騎去。途中，我們經過一處墓地，剛好有一大隊摩托車騎士護送棺木過來，於是，我們停車，走進去拍攝。一位老伯告訴我，四具棺材裡，有兩個是他的父母親，他們本來被葬在別的墓地，因為家族蓋了新的墳屋，就遷移到這裡來了。

『為什麼棺材那麼小？』『因為只剩下骨頭啊。我們把他們裝進新的棺材裡。』我跟S忙著拍攝的時候，導遊四處打探馬聶聶的消息，有人告訴他某個村落正在舉行，於是，我們立刻往那裡出發。導遊很會探問，他邊騎車邊問路人，那個村子是否真的有馬聶聶？一開始遇見的幾個人都說不知道，這讓S有些焦慮，因為陽光出來了，他怕我們騎到那裡之後，發現是一場空，再騎到別的地方會太遲。導遊堅持要先騎到那裡再說。他的堅持果然是對的。……到了墓地，S和我都被眼前的景象眩惑了。那是一個小小的家族的墳屋，他們把墳屋裡的屍體，全部搬出來了。總共有十四具屍體。這個村子，每三年才舉辦一次馬聶聶，因此，我們可以這樣撞見，真的非常非常幸運。有個會說英文的女孩過來跟我們攀談，她說她在工作，這是她人生第一次參與馬聶聶，覺得很新鮮。……家族的人把骷髏奶奶立起來，開心地跟她一起合照。原本放在棺材裡的奶奶生前的衣物，全部被拿出來，堆在地上。他們先在棺材裡鋪上乾淨的白布，把奶奶放回去，接著用紅布覆蓋她乾枯的身體，只露出臉來。當地人會幫屍體換穿新衣服。不過，這家人並沒有這麼做。

除了老奶奶的衣服被脫掉，其他人都還是穿著原本的舊衣裳，只有棺木裡的衣物被清掉了。那些衣服，後來被集中收到一個空的棺材裡，放回墳屋。如果軀體已經變得殘破，他們就用布包裹起來。

有位穿西裝打領帶的爺爺最妙，他們讓他站立，拿棺木裡的梳子幫他梳頭髮。我在想，那可能是他生前最愛的梳子吧？有幾位躺在棺木裡的爺爺奶奶沒有被拉出來，家人只在他們的身體覆上新衣和新布。

我和Ｓ在那裡整整拍攝了兩個小時，一直拍到他們把每個棺木蓋上，一一運回墳屋裡去。跟十四具屍體共度一個晴朗的早晨，這是我來之前，完全無法想像的。網路上的馬聶聶照片，看起來都十分驚悚。老實說，我看著覺得害怕，每次都要速速把網頁關掉。可是，既然想充分了解托拉查的死亡文化，沒有親眼目睹托拉查人如何淨屍……

假如他們一邊淨屍，現場的氣氛實在太過溫馨了，那幾乎就像中秋節，全家族的人一起聚在一起烤肉、賞月的感覺。這些屍體是像活人一樣被悉心對待的，整個過程盈滿了歡笑與愛。我第一腳踩進去，就順利溶入了。我成為戲裡的一部分，而不僅僅只是觀眾而已。既然這是一齣和樂融融的家庭喜劇，便沒有理由害怕。……

回到民宿後，ＡＮ跟我們說，Balle那裡新蓋了一座可以放置所有棺木的巨型墳屋，今天是落成典禮，大家殺豬慶祝，所以沒有馬聶聶。我和Ｓ都覺得，我們賺到了，若是當初沒有停下來拍攝無關的移棺儀式，導遊也不會探問到馬聶聶的消息。吃飯的時候，民宿老闆娘說，下午，Balle有一個鬥雞比賽。兩位攝影家對於鬥雞比賽都興致缺缺，雖然我肚子悶痛，需要躺下來休息，還是決定撐著病體去拍一下。……前往Balle的路上，有人告訴導遊，鬥雞比賽是明天，可是既然出門了，我對這個墳場很好奇，想逛一逛。我在墓地隨意走動、拍照，導遊坐在他的機車上等我。後來，我經過一個新的墳屋，幾個男人在那裡粉刷油漆。他們示意要我到墳屋看看，我身體不舒服，本來沒有很想，但還是走過去了。一個女人領著我走進墳屋裡。她指著左右兩邊的木架，掀開花布簾子，讓我拍攝裡面用紅布包裹的屍體。……

我拍完要離開時，女人忽然要另一個男人把木架頂端的一具遺體抬下來。他們解開上方的繩結，秀出一位老爺爺的臉，給我看。老爺爺只剩骷髏，沒有皮肉，戴著一副大眼鏡。他們幫老爺爺扣上帥氣的警察帽子。我驚喜地在旁邊猛拍。他們把老爺爺送回去之後，又把一位老奶奶搬下來。她依然有皮肉和頭髮。最特別的是，老奶奶穿著美國國旗。從鬆緊帶的皺褶來判斷，那應該是一張床罩。經過了十四具屍體的洗禮，我幾乎對木乃伊免疫了。我大膽地把手輕搭在老奶奶身上，與她合照。

……她說，他們清晨六點就來開棺淨屍了。女孩一一介紹每個屍體的名字，彷彿這些爺爺奶奶都還活著似的。有位奶奶在一九八一年過世，也就是三十六年前，她是所有遺體裡，資歷最老的。因為福馬林的關係，許多屍體都還看得到乾掉的皮肉與頭髮，這位奶奶，就真的是一副骷髏了。一個男人把奶奶身上老舊的衣服剪開，然後脫掉。拍攝過程中，一隻蟑螂在隔壁爺爺的臉上爬行，我把相機特寫牠的瞬間，牠就鑽進爺爺的嘴巴裡去了。那畫面比屍體還要嚇人，隔著相機的小螢幕，我的眼睛顫抖好幾下。後來，有一隻蟑螂也跳到我的頭髮上，我強烈懷疑是同一隻……」

最後，老道想起展覽現場出現的一段很接近回應那藝術家多年多回田野調查發現天葬島的苦心文字說明：《天葬島遺跡》這史詩般的場景無疑適合人們去懷想國族淵遠流長的那一面，這一面或也導致這個創作計劃成當代藝術家參與國際性大展的絕佳案例，藝術家還難得地站在對等的立場並獲得極高的讚譽。

另一方面，當人們更貼近「作品」，《天葬島遺跡》歸功藝術家傾向肉搏的創作態度，關於遙遠時空的想像性凝結畢竟是在當下，《天葬島遺跡》不僅讓我們感受到耗費大量勞動，這些古老神祇故事或許仍糾纏著來自島國上空盤旋不去的主體性幽靈，但在另外一座更為南方的島嶼上方，卻彷彿忽然塵埃落定……

《天葬島遺跡》提醒人們應該記得死亡，記得這些死亡的殘忍暴行，所以他們要去緬懷或是去警惕，用博物館來把那些殘忍暴行的死亡記錄下來，因為死亡本身太殘暴，甚至不應該出現，也不應該在那種死亡的太自然發生持續延長的怪異狀態被見證……

《天葬島遺跡》逼近了過去人類文明避諱死亡的狀態……就是死亡本身完全不應該被看見，為什麼死亡在文明中用種種問題重重的被避諱方式消失。活人不應該去也不應該知道。《天葬島遺跡》逼問博物館不應該見證死亡發生一樣的問題，就像人類應該被理解到這種紀念館如何逼問紀念逼問「死亡種種被避諱」的狀態，他們用語言、用文字、用照片記錄鉅細靡遺地用心去見證死亡本身，那死亡跟死亡持續發生狀態的那種種介面的無限延長摺曲剛好就是在《天葬島遺跡》現場的那個鬼地方。

相較於天葬島的神話遺跡中出現的諸多博物館配件來看，這件《天葬島遺跡》作品不由得讓人聯想系列同樣透過藝術家特有的轉化屍體的「古物化」，因而在產生懷古情緒的前提下忽然讓人意識到《天葬島遺跡》故事本身是如何被敘說，而展示故事的框架與事實之間的距離就會成為他們進一步思索的重點，可以說，在《天葬島遺跡》中，引起思考的關鍵點正在於創造出這種懷古情緒的體制性因素，就像在全球一度十分盛行的古文明特展，雖迎合了尋常觀光客群眾的獵奇口味，卻也同時喚醒了某種村民的批判潛力。

然而，《天葬島遺跡》作為博物館的體制性因素反倒成為加強作品真實感的媒介，這是由於天葬島的過去也曾有遺跡出土，即便所謂的作品確實存在虛構成分，在現場卻更不像是無中生有——或者說，由於藝術家縝密的製作技藝，反而襯托出既有的那些基於實證資訊的「天葬島」博物館物件是如何的缺乏真實感只是假裝仿如舞臺道具充滿荒謬感的賣力出演……

帶來了難以置信的「『時間』在死亡之前永遠是消失的……」S的《天葬島遺跡》這個藝術計劃……逼問觀眾天葬島為什麼變成了一個博物館，為什麼藝術家可以把死亡變成博物館，變成了紀念公園的紀念……紀念什麼的某某某紀念館、某某某博物館，都好像人們對某個人某件事的理解掌握，是可以想像的，但是如果天葬島揭露的死亡本身的太過尖銳逼人……是人類不應該理解，那人類怎麼可能去想像？

然而，或許永遠不可能發生的遺跡的悖論本身：如何遺忘……「死亡」自身，隱喻著《天葬島遺跡》其實就是沒有遺跡的時間永遠消失的……天葬島。

第四部

空

奇門遁甲或是怪力亂神般地那麼令人費解和鬼藝術家的藝術好像都有關係又沒有關係，可能盜用誤用種種鬼怪收妖的恐慌混亂的隱喻，就好像符號帝國式的空的隱喻，沒有符旨的符徵，無法理解的禪門公案……或許更是莊子式的……無死無生未知涅槃。

最終的地獄的「空」有沒有一種可能是地獄既在人間之外亦在人間之內的無所在但無所不在。

地獄不空誓不成佛允諾般的無法還原的藝術經驗找出的棧道半空中的「空」。

或許完全無法忍受的詛咒般無端失控長出了一個結界失控的後花園地洞……只像是一個法術太爛太低階曝光過度託夢解夢不了訴求不明的「空」的無限無奈夢境……

地獄變相

第四部

第二十二章。災難。

災難的憂國憂民的可能切題就是離題……藝術是一種收驚，一種放血般的找尋痛。他的災難藝術同時是悲天憫人也是傷天害理地必然充斥始終無法理解的兩難……

災難在美術館展覽，尤其是在彷彿只要涉入任何某種夠巨大的災難，藝術就好像都變得充滿意義重大的護航。另外一種可能的懷疑就是，一如新聞或是深度報導的追蹤拍攝的記者的不可能的任務，越接近災區現場，災難越可憐越可怕那就越成功……甚至對抗的是災難發生的原因如果是一個地震或是一個洪水或是甚至一個戰爭或是這個時代的陷入地獄不得不的兩難……或許就是一個最成功的藝術，即使觀眾或是藝術評論家們講到作品兩個字都可能會不安緊張地覺得好心虛……所謂的藝術計劃，或是所謂的策展觀念，充滿太過度社會關懷政治正確的正義感……就可能深入某種憂國憂民伸張公義人權政治解決不了的不可預測性風險……但是這又顯得那麼的刻意而做作到即使是切題也是另一種離題。

他拍的難民的紀錄片很多的接起來。充斥著更艱難辛苦的狀態……枯骨，屍體，人流管制，飢餓，疾病，寒夜穿著舊衣破鞋子的海上的難民船登陸後一路的可憐難民在荒煙蔓草野外走路的時候被軍隊所驅趕，太多人悲慘的倒在路邊或是被關到另外一個地方去的集中營……等待發落種種非常可憐的狀態所拍攝的紀錄片。

這個作品變成是這幾年最有名的一個關於災難的國際性作品，他變成了一個環繞在全球最著名的異議分子神經病反抗暴政的烈士，但是老道在看他拍的那些難民逃亡的過程所想到的類似很多人也拍過的紀錄片的感覺其實差別並不大。

災難發生越逼近……講究某種困難重重的拍攝影片鏡頭燈光種種的技術上的考慮其實都是問題但是也都好像不是問題……

其實面對災難藝術……老道始終害怕的其中一種兩極化的焦慮，就是太接近災難的真實所產生的藝術其實不能夠做什麼或是怎麼做都沒什麼了不起的焦慮的情緒低落……或是什麼藝術家做都一樣都差不多，做得好或不好其實不重要，倫理學的難題比美學的難題被關注的多很多，甚至藝術家在那災難之前根本不應該做藝術，反而應該要去參與救災或是進入災難狀態……藝術顯得不得不承認自己錯誤地接近災難發生地多逼近都那麼遙遠那麼疏離地多餘……

如何決定要去或是要逃，人們永遠困在災難裡卻仍然還要再去看災難的前兆餘波發酵般的存在。

在地獄變相計劃前……他的災難藝術顯得太尖銳太刻意地引發另外一方面更大的問題，策展人或藝術評論家如何面對災難發生如何切入……如何用悲傷但凌厲的眼神打量。

他說：或許到了展覽場的觀眾會發現好像又跟災難再度發生遭遇的困難就是一種雷同收驚的佛學或心理學式的冗長療程，因為或許受傷的人為了要治療那個太深的傷，就需要再受傷一次，再挖開皮層找到病根，禍源可能瘀青可能化膿可能找不到了只是仍然隱隱作痛……必須再更艱難地深入那痛楚難耐縫隙洞口的尖叫聲連連發生的更內在深淵。然後用另一種新的鼻息另一種新的痛覺殘留的異味繚繞不絕的餘緒去面對他的舊傷，一如放血才能救命的某一種怪異的新傷為了解救舊傷的痛要用痛來醫的歧異更新的怪認知。

雖然必然仍然困難，生命是不變但是靈魂是不同的另一種更疲累不堪負荷的倫理學就是美學的兩難，如何用不同的肉身去重新面對艱難辛苦難熬的災難……之後才會發現我們的人都來不及應變這些災難的後遺症，卻又去找尋陰影籠罩的災難發生竟然是續集般的可怕系列的可能永遠無法理解又無法忍受的痛苦影響……

如何去應變，當代……工業革命之後的人類怎麼去面對這個世界的人類在艱難辛苦的演變，如何把在那受難的光譜拉開……

他的災難藝術顯得深沉面對逼近人間的無常的必然無力地永遠自嘲……如何去面對也永遠擔心到底有什麼災難會再降臨到我們身上發現一如神的天譴就是神的恩典的應許使人們理解災難就是無限無奈的人間的無常……

一如他解釋他的災難藝術源於他的三個早年的惡夢……

第一個夢。

不知為何……突然發現某種奇觀般的異象……

一個極端夙慧世故又道貌岸然憂國憂民的啟蒙他的老藝術家教授竟然赤裸下身走進藝術學院辦公室，那時候很多人在場忙碌於上課前的最後細節安頓的其他師生助教的大家都看到了，但是太過奇怪的光景，只好所有人都假裝沒看到，後來才發現原來他受傷，不知道為什麼下體燙傷，後來一直在善後，相識二十多年來極受師生敬重的前輩的老教授的他雖然嗜菸如命但是始終安分謹慎……一生為校爭光也未曾發生什麼事過認真研究教授藝術理論甚至是涉入道家玄學風水奇門遁甲的專家多年地令人景仰，怎麼會出現這種令所有人都不知如何面對的尷尬狀態……

更後來的老教授說已經有去醫院上藥已然止血結疤好癢好癢但是沒問題，可是醫生交代千萬不能穿褲子，跟重度燙傷的傷口一樣必須由暴露在空氣之中才會好不然會發炎惡化……

更晚的時候……就跟老時代的當年到更後來的多年來一樣的他在開始入座前澆花打理書桌上的厚重書冊，在藝術系教授辦公室很空曠的大廳，在每個教授的老研究室長廊的舊木桌末端的感覺始終無法理解地怪異……有種中藥味瀰漫在老教授的身上進而飄散濃濃的氣息在大廳的每個角落。他和其他的來幫忙在打掃的藝術門徒們不知為何越掃他身上掉落的瘡疤碎片一如大樹遇風掉落的樹梢落葉越多般地骯髒……但是那陰沉的老藝術系館冗長走廊上走來走去的人們完全無法理解的現場越來越冷清，不知所措但是上工好像只是為了打理什麼怪現象般的鬼東西。

但是更後來卻掃到更多前一晚的碎紙屑團充滿長廊的一路，異常誇張的現場，無法收拾地令人擔心，但是老教授卻完全不在意，仍然裸著下體還是好奇地撿起地上的紙屑，更仔細打量竟然歪歪斜斜的紙團卻彷彿有形無形的什麼充斥著……甚至他挑出幾個弧度交錯的長出翅膀或長出雙手雙腳人頭人身的紙樣，竟然像是學生的剪紙或用紙捏的怪人形，甚至像陣式一樣地作法施咒地放上了門前有一長板凳的椅面上，後來他開始在長廊抽菸，嗜菸如命般地緩緩地捲菸點菸之後，就好像廟中起乩點香那麼靈驗，之後煙霧瀰漫濃濃的菸草的味道一出現，那些歪歪斜斜躺臥長廊上的小小紙人們就開始爬起身，來來回回地神魂顛倒找不到方向般地原地踏步許久，之後才緩緩回神走路甚至最後朝向裸下身的老教授的煙影開始狂歡跳起祭典儀式的怪舞……

第二個夢。

生重病的他始終想躲開太多太多故人們的一個太複雜的問題重重也內心深處無法理解為何困難重重的盛宴……後來老躲在角落的時候假裝沒事地看向窗外的雨夜悲情的風光一時失神好像看到開始下雪……心想怎麼可能的心慌時，就逃不了地遇到了某一個他很想避開的研究所時代刁鑽的老同學還是另一個小時候始終無法忍受被嘲笑的老朋友。進門時就不斷地因為重病纏身咳嗽咳血還猛打噴嚏的他不小心握手時就把帶血鼻涕倒流在他手掌上，後來急著找到衛生紙給他跟著深深的道歉。但是不知為何他顯得異常不在乎他的失態，只是更多情緒在他心中充滿過去的不快……甚至不知為何他還是跟盛宴上的故人們用流滿他鼻涕的手掌握手但是沒人發現……他覺得他的重病纏繞著的不快已然變成什麼更可怕的狀態傳染開來……

第三個夢。

那天晚上找了好久才收到的據說是紫禁城宮中流出的鮮血淋漓沾過的龍袍老件，他沒有任何心眼，只是覺得好玩好看的那一件太怪的手工刺繡老袍子還真是有點離奇地複雜的心情忐忑不安，還沒說話地拿給多年來幫他改衣服的好心的一生充滿傳奇色彩佛堂供養佛祖極端虔誠的老阿姨，本來想仔細討論如何改這太寬大又太多蠹斑的怪衣服的部分細節的問題重重，但是不知為何那天的她竟然完全明白那老袍子的華麗過度的衣領細節的不用解釋就都知道，用比的就可以上手……但是要放這滿清末年的手工刺繡怪龍袍龍身的寬袖口領口可是要等上一整年，很邪門，她安慰他要小心……仔細叮嚀著很多老時代的顧忌罣礙……她說：現在沒有人敢穿這種老袍子，尤其是皇族流出的老件，當年穿的人多半命多坎坷崎嶇，一生身世奢華富貴但是時代變得太壞太快地悲慘……尤其是後來多半橫死……

老件上會沾黏著厄運纏身的什麼……因為穿上這種老時代繡龍身收邊的怪衣服要命夠硬，如果沒補繡好龍頭上的亂針刺繡的龍眼，還會不祥地可能會影響他的下半輩子的命……

❖

一如某一個藝術家巨幅的照片中的一個枯骨全屍躺在一個沙漠末端……永遠包圍他們的……卻只剩下最後的殘影……或是另一個藝術家的默片裡變化多端的幻影一開始是山崖峭壁邊的野花盛開，最後卻是另一端山壁崩落掩埋的河流湍急洶湧波濤……引發了種種異象般的景象奇觀。其實屍骨橫肉滿地……必然是混亂的災難發生的鬼地方都充滿隱喻。

還有更多災難藝術家一生找尋揪心的自己無法逃離的災難的發生及其後遺症更多更狂暴狀態……

在同一個策展就是災難藝術為名的深入主題的巨大展覽的現場……還有很多災難。藝術家他們找尋為何更後來的未來……一如過去，災難的依舊發生，永遠無人關照的種種前兆餘緒後續災情頻傳……

但是無法理解災難為何會發生？為何人在災難後更失去同情失去心碎的心……每個人始終會失落到不得不承認充滿無力感，甚至因為設防救災不了地充滿敵意的打量或是不得已的威脅？

如何記下災難的更沉的發生前後的胸口悶燒般的抽痛破口，找尋自己一如世人的壞的影響力或是世人對這個人間的暴力，找尋藝術家和災難的更神祕關係……

藝術家說：一開始為什麼會有這個想法，是因為那個災難的發生和地震颱風火車出軌這一連串發生有關，可是和災難不斷有關的部分永遠無法理解也無法接受……悲傷是為了天的原因外都還有人的原因。

眼睜睜看著災難發生……一如那年每一個人都眼睜睜地在電視上看到不斷重複播放……大洪水淹沒大馬路中間到甚至讓整座混凝土建築的高樓旅館竟然就發生慘案到被洪水流走，甚至整條筆直的最堅不可摧的鑄鐵高規格工業製造鐵路和撞毀地出軌意外近乎不可能的那一節節老火車車廂都扭曲變形……

有一個藝術家提起那一回最著名的地震，災難在陰暗角落的命名……地震古代稱地牛翻身或是鯰魚翻身的荒謬入侵了當代……但是也已經過了好幾年到現在無人問津般地竟然人們都遺忘……其實是沒人想去回想……

更後來發現……荒謬依舊……只是平行地深入……時間過了更久之後，甚至土石流從山上把整個村落都流光了，全村都搬走了。沒人想去回想起……那回地震，那回災難……荒謬是反諷的消失殆盡但是依舊尖酸刻薄……

異常的災難變成了他們村落的日常。

那個藝術家，他想到自己是原住民山中部落遇到這種颱風或是地震的時候土石流淹沒了整個村落，他們是如何每天都必須要去面對這些恐怖的狀態。土石流掩埋過的村莊建築。變成日常生活的細節……如何讓收拾殘局的破舊不堪腐爛變質的災難發生後現場，如何在場的群眾悲傷又艱辛歷程的拾荒……態度也強硬不了地面對自己內心深處的痛……

八八風災之後老家和故鄉的山地村落都完全無法抗拒地崩毀的他常常做夢，夢都非常可怕。永遠惡臭飄散陰霾籠罩烏雲遮蔽的天空下肉身阻擋不了黑暗的生靈給他的非常強烈不滿的情緒激動落淚……她開始編織……不是山地部落老時代傳統的編織而更是糾纏山中燒黑藤蔓攀爬揪心的種種觸手延伸蔓延擴散使他深感遺憾的編織可以召喚惡地形地貌又卻矛盾地見證安頓她的心。一方面也又深深覺得編織這個動作的重複沉浸上手上身對她而言一如長出新的什麼的某種繁殖的意思，所以她不停地用她的手老在遺憾中編某種不明的老東西，彷彿被附身地深深感受到困於其中莫名的某一種內在渴望不安緊張情勢需求慰藉療癒的什麼的必要糾纏……

另外一個藝術家去深入大自然裡的惡人的力量，如何深入到某個鬼地方去，深入到人群裡記錄去發現很深層的惡人對這個惡世界的影響，汙染或是可怕的髒東西充滿在山川河流水位暴漲的溪邊海水稻田裡。

另外一個藝術家的作品在表現他不斷地在搬家，藝術家的他從小就在逃難般地搬……永遠的遷徙，學生時代的她用紙箱搬東西，從某一個爛地方搬到另外一個爛地方，越搬越慘，她說她永遠無法忘記的是她搬到臺北來工作的第一年非常的冷，她幾乎把所有的衣服都蓋在身上甚至連紙箱都蓋在自己的身上還是太冷太睡不著，始終冷到失眠還整個晚上都一直哭，所以搬家是她的人生的一種處境，所以他全部用紙箱子去編織，把紙箱子裁成一條一條去編織，一如她的兄弟們都在都市裡面當模板工人很危險，他們用樹枝去編織一個鷹架中一層樓高的巨大的心臟，吊起來在骯髒的鷹架中間，枯萎死亡的時候是藤身變成血紅色。這種遷徙的永遠流動的隱形災難就是她們族群的某一個悲劇發生糾纏的隱喻。

或是另一件香港在臺灣的學生做的有關反送中的文件展。無差別的攻擊第一場，警察跑到學校去打大學生，這兩場令那個策展人大哭了兩場。從香港回到臺灣之後，怎麼樣繼續去思考或是讓臺灣的觀眾知道他們所遇到的問題當時在香港發生的事，想在香港思考香港跟臺灣的關係有一個非常重要的切換，香港人面對中國的崛起的時候跟中國和美國之間的激烈衝突，一整年整個城市的對抗這一個也很像行動藝術的切換，但是這是牽涉到他自己的命運，他們在路上表達不滿甚至會被警察抓走或是不明原因就消失了……

甚至展覽的美術館正門廣場的老建築門廊入口有兩艘破船，一艘是從臺東運過來的。那是日本發生三一一升災難之後花了一年兩年漂流到臺東的一艘破船，竟然是因為氣候或是海洋海流的原因意外飄來到臺灣。

另一艘是香港民主的災難，兩艘船的宿命和地球的麻煩，把不同的國家的鬼命運意外地綁在一起，聯繫在一起，其實是可以看到另一個鄰國也可能是本國……可憐地正遇到了什麼衝突切換的災難。

有另一個日本的藝術家所做的跟廢墟有關的其實是都市更新之後的一些關於拆除工程的背後的困難……藝術計劃會轉移到和東京奧運有關的一系列都市更新的怪案子，這個背後都有非常強烈的關於人類的慾望的扭曲。就在災難的廢墟之中，他要去拍攝了一個怪手在挖那個地方的廢墟，但還是可能有汙染的狀況，要自己想辦法去面對，可能也完全沒辦法面對。展覽現場也變成廢墟，故意在視覺上打造成破房子拆遷破壞的一種雜亂的狀態。而且有強烈的對比，人們在這些災難的背後藏著什麼樣的理解。

另一個作品。有一個藝術家說他拍了七十幾個小時的搶救災難發生現場。一開始只是拚命想去看看也拍攝現場的太多太多可怕的畫面……但是過了一天一夜他去找人幫忙控制現場的災難，再回到了地震災區倒塌意外發生的鬼地方，才感覺到害怕。

眼前的問題重重困難重重的那個破大樓還正在搶救……工作壓力很大程度忍受不了倒塌了一半的可怕隨時會爆炸燃燒，還有崩毀的裂痕出現擴大甚至也有瓦斯外洩的味道。但是不知道為什麼還是很多人都在旁邊看熱鬧……可怕的高聳的整棟大樓混凝土建築物也出現了非常高的裂痕……那是一棟貼滿馬賽克鑲嵌磁磚的臺灣所有大樓典型的那種混凝土的醜房子，突然傾斜角度的問題……名稱是當年最聲名狼藉的震災發生的雲門翠堤大樓……紀錄片中的現場充斥著大雨滂沱中的可憐消防人員和警察甚至還有救援的地震學家、地質學家。那隨時可能爆炸的破房子現場的雨還接連下了一整天，始終無法忍受地也還有一大群的媒體攝影機在那邊拍，現場的警察消防人員也不知道怎麼處理，災難發生竟然就變成一種奇怪的循環奇觀……，媒體看警察報新聞，但是沒有人知道什麼新聞是正確……搜救人員千辛萬苦找尋倖存者的最後還有一臺怪手撈到壓在大樓末端防火巷飄來一陣陣寒意的屍臭和屍體旁邊的一臺染血龍頭壓碎燃燒輪胎破爛不堪的泥沙淤積嚴重的破摩托車。

更後來還有更大型機具來現場，在教會旁邊的那災難現場，很像是一個拆除的現場，但是卻非常的殘破不堪，搶救無效死亡人數增加但是仍舊不知道什麼時候會停。無力回天的現場，所有的筋疲力盡的人們都在旁邊繼續幫忙，還有救援的警犬出現大聲吠叫那些好奇的路人拿著手機在拍屍體的令人難以忍受……但是一團混亂場面相當壯觀的可悲過程都非常費解。

太多太多時間的考驗拖累延宕多時的古怪任務到了尾聲……

其實最重要的搶救時間已經過了，七十二小時黃金時間的流逝……明明任務終了對大家來說是一種解脫，卻沒有人感覺喜悅，一部部尖聲呼叫的死白救護車來了又走了，終於載走了最後一個罹難者，那藝術家說他終於放下了七十幾個小時的沉重攝影機。那個災難發生的現場直播般的狀態召喚全球彷彿都來這邊救援但是仍然永遠不夠地有人持續死去……

那藝術家沉重地旁白說他萬般無奈充滿罪惡感，即使冒著隨時可能爆炸發生而陪葬的危險……但是始終幫不上忙卻只是在端詳，那破房子倒塌的過程有很多破碎的家具門窗天花牆壁歪歪斜斜扭曲變形……一如雷同破碎的他的家……

❖

策展人的補償……藝術家遇到災難的光譜，如何產生一種修補，重建和修補，藝術參與到這些人類共同的經驗變成很重要的一環，讓我們的內心不會永遠無法理解為何一生都無法逃離地變成災難的現場。

那個策展人說他去威尼斯雙年展看到三一一海嘯大地震之後的一個藝術計劃就在日本館裡的災難發生……扮演重要任務的怪角色的藝術一如化療或靈療……對災難發生修補手術治療般的療癒的力量，在美術館展覽的災難……存在是一種非常不可控制的找尋受災人如何在內心充滿被關愛的補償挽救艱難辛苦過程。那個過程也是拯救災難的過程……也很辛苦如何用藝術來讓受災嚴重懷疑自己到底是不是真的逃離災難的倖存者心靈得到安頓。或許災難都是更自相矛盾的揭瘡疤般地揭露人類的悲哀命運低頭的悲劇性的自我……如何更深入認識深入面對另一種非常弔詭的危險……

可能解藥就是毒藥一如抗生素也就是另一種細菌，可能朋友就是敵人一如救災者使災難更悲慘……或是，我們為什麼不起來反抗使所有的災難不要發生……

一如三一一之後，那個自己就是受難戶的藝術家的他始終就在思考如何透過他的新的裝置藝術計劃，能夠跟災區的老房子老居民群眾深入更多的合作，如何在打造一座高塔過程，可以像真的消災祈福儀式真會令人感動到最後的狀況，他們必須要能夠一起做一個很像廟會陣頭消災解厄水官大帝金身安置的塔……

藝術家如何有新的藝術計劃，但卻是發願救苦救難地救命祈福儀式……用盡心力和時間跟一群受難的災民如何去進行改變挽救對災難發生現狀的不滿……即使災難發生後必然揪心，還也更就是引發災難後的……遷徙，難民無論是自願或非自願的，其本身在這一種全球經濟前景惡化的資本化地緣政治風險下的一種不得不承認的狀態之下，被迫去發生，另一個千禧的這個鬼問題依舊令人擔心……

災難持續發生？如何因為這些人類可憐可悲經驗的積累和沉澱而變得比較不悲慘地不悲觀……或只是不再越來越黑暗……

其實在這個災難展覽裡非常重要的部分是彷彿是所有人都在哭泣，大家都在感受集體陷入困境地走向了一個莫名的可怕地方，都可憐地不知道如何是好……未來怎麼辦？都在走路，都在逃難，都在疲累不堪地即使始終無法忍受地持續走路，走向他們想要去的那個可以逃離災難的遠方，可能未知的地方。

災難發生之後的逃離向遠方的悲慘命運最終必然是遠方的警方或是軍方叫他們一定要……離開，不然就會被淘汰或被迫離開，威脅地取締，不管是他們自願離開，不然就要被逮捕……

最後有兩個藝術家的他們透過一本可怕小說裡面美國所謂的非常象徵性的用白人男人的方式去看到資本主義背後的暴力衝突的風險。裡面有很多做炸彈或是在做攻擊之前的裝備器材的測試……實驗室充滿著低科技的地圖儀器的種種準備的恐怖組織的活動空間。

那一部宣傳影片釋出的訊息是可怕的專心他們正在一個地下室的密閉空間空氣沉悶的暗黑工作室裡面打造一個歷史上的著名恐怖分子的當年炸九一一的最後工作室，打造一種殉教者的最後心理狀態，可怕的鬼地方的藝術家他們的藝術就是……災難。

❖

多年以後老道才發現當年的《福音戰士》竟然隱藏了某種「毀滅人類然後才能拯救人類」的極端悖論的末世福音顯學。《福音戰士》已經大概是老道最後看到的日本巨大機器人漫畫了，那是某種老道青春期最終端的烙印，有些故事或隱喻已然太過模糊了，過了那麼多年，但是老道仍極印象深刻的，是那男主角性格深入的懦弱，遲緩，矮小，而老被欺負的太可憐。那女主角們的肉身穿上駕駛艙中緊身服的太性感，敏捷好強近乎潑辣。其實裡頭種種，一如陰沉的科學家父親及其陰謀，EVA和使徒的修長機械人形的極速殺伐空襲對決，引發的衝擊近乎核爆的毀滅，都還更用力地涉入了更多用毀滅來救贖的種種末世神學或哲學上對死亡的兩難詭辯，常常在快速的畫面翻轉炫目疾光的大爆炸中卻突然出現宗教古樂或交響曲的緩慢管弦樂，慢動作的畫面中所有的噴血殺伐都變得異常地艱澀疏離，死海文件圖籙一如外星文明降臨頒下石碑的啟示錄所啟動的末世預言種種……都太膾炙人口太多年了。

但是，老道所最難忘的，仍然是那個死角般的角色。一種投影的最末端光影中的陰影。一如福音戰士幾乎是所有宅男的退到子宮般最深的胚胎原貌標本，心理學分析的樣本最完美雛形，一種完全不想長大也不會長大了的精神狀態，一個害羞而退縮的男孩原來的天真善良但卻毀滅了全世界的末日故事主角。

老道覺得，他老得太快了，這世界也變得太快，他根本還沒有打從心裡去面對或接受，這些世界或人類長大之後的改變。其實，少年不是鬼魂，成人不是超渡者。但是，這種困難重重很像某種更諷刺的暗示。一個人心太複雜的無法天真，惡德逼身的逼近，長大之後必然龍困淺灘的仍然倔強，不可能的信任又不甘願不信任，懷疑別人又懷疑自己，傷害太深的無法療傷。一如宇宙的令人困擾到難以想像的反物質般的崩潰塌陷，把黑洞旁邊所有星球及其星系的所有生態都完全吸盡那種無窮無盡的闇黑之中。這些一如物理的難以描述。一如《福音戰士》那種所有的必將毀滅地球災難的第一二三四次衝擊，都是由於那懦弱少年的一念之間的倔強或逞性子或徒然的憎恨。

也一如老道某一晚還看到了的另一部叫做《超能失控》的重播在電視上的舊電影，也是在這種少年們意外地擁有了超能力之後的人生仍然懦弱庸俗悲慘，而且被告誡千萬不能被發現有超能力，不然會引發更糟的狀況。後來，就真的失控了。那少年在被女孩嘲弄，被同學欺負，被父親修理之後，就暴怒發作了。那是某種更古怪的時刻的自我想像，極端自卑而出現的自傲，他最後竟然就把自己想像成生態系獵殺食物鏈中的最高物種。然後用超能力在瞬間就把這些身旁的家人和友人都冷血地秒殺了。老道看了那種殘暴的殺戮現場的血肉模糊，卻只覺得好悲傷。這些少年們都好可憐，他們是這個時代的縮影。太超能力般聰慧而引發的暴戾永遠無法隱藏的無法無天，但是卻被封印在這麼平庸的不可能不誤解他們長大的世界。

所以老道真正的問題是他太喜歡那些福音戰士般的少年們，一如幻象般地始終同情並耽溺的那種狀態裡頭，或許老道自己也是，也始終沒有長大，也太入戲到覺得這世界就是應該如此殘忍，無法逃離，無法無天地傷害，無法挽回，更無法療癒。最後就不免跟著陷入某種一如自虐自殘般的愚行，陷入了那種瘋狂，那種撞入彷彿捕蠅草放大數萬倍陷阱之中的瘋狂，在那即使長出了複眼羽翅疾飛也逃不掉的飛行，注定在沉迷於花蕊花心一如快轉畫面中瞬間長大盤旋入雲的華麗美絕之中，即使以為可以逃離但是就必然殉葬在那種「毀滅人類然後才能拯救人類」的末世福音裡頭。

也想起某一天在整間地上黑壓壓地充滿頭髮的光線死白的老派理髮廳裡，老道疲憊不堪地坐上椅子上就快睡著了，但是，那天那幫老道理光頭的六十多歲客家阿姨卻用一種又好氣又好笑的口吻罵老道，年輕人別太貪睡，她說到了她今年一百歲的從來不相信有神保佑的種福田或傳福音的一生充滿災難傳奇色彩鮮豔濃厚的怪媽媽，當年竟然生了十二個女孩，她是最小的女兒，她的大姊今年已經八十歲了。那是難以想像的艱難，那個時代，那個家，像一個搖搖欲墜的鳥巢懸在一棵快倒的樹上，沒人相信是可能的。

當年她那辛苦到每天近乎崩潰邊緣的媽媽為了養這麼多小孩，除了做不完的家事之外，還跟她父親一起去苗栗的軍營裡面硬做粗工，什麼工都要做，搬磚頭石頭，灌漿，甚至要扛鋼筋。

當年軍營的人看她媽媽可憐，家裡小孩多，就把剩下的饅頭和飯的鍋巴都給她帶回家。那阿姨說，她們家的兄弟姊妹從小就是吃這些軍隊裡剩菜剩飯長大的。她媽媽每天要做多少工，洗多少衣服，連鋼筋都一次可以扛三根極粗的又長又重的幾號筋都行，比男人還拚也還有力氣。所有人都很尊敬也捨不得她。那阿姨說，我媽媽的命真的非常硬，甚至在她那輩分的人都死光了二十多年的現在，還仍然神智極清醒，打麻將仍然沒人打得過她。在牌桌上的仍然閃爍眼神狡猾極了的餘光看著陪打牌姊妹的她媽媽常嘲笑常加班到晚上的她們說，你們現在只做到這樣就叫做累啊？這使老道想到之前所遇到的另一個一如聆聽到歪歪斜斜福音般的遭遇。

「你有沒有去買上回我跟你說的那種像仙丹一樣的麵包？」那個道姑般的去上靜坐課偶爾會遇到的老女人又出現了。老道也又躺在上靜坐課等候區疲憊不堪地動彈不得，剛剛動作太難而全身汗流浹背，如窗外滂沱般地湍流雨下。然後她又路過跟老道問候，一生充滿災難的她的頭髮更蒼白，臉孔更素樸，神情更索然，老道真的很虛所以就更沒力氣去客氣應對，但是她又很熱切地靠過來。剛剛在躺下來的某瞬間，老道好像有看到她在很多路過的也正要去看病的人們之間，不起眼。甚至，老道還恍神了一下，想了想這個人有點眼熟，老道甚至已經忘了，這一兩個月發生了太多事，老道好像記得她跟老道講過一些很重要的事，但是卻記不太得了，或是這個臉孔是老道記得的上回那個道姑般的教老道如何吃素的好心女人嗎？如何吃那條街巷口賣的完全沒添加物到完全不像麵包的麵包！如何乾溼分離地守戒律般地吃！甚至如何斷食才能把身體調節到另一種修煉境界的可能！彷彿老道錯過了一個仙人的撥點，一種神蹟的見證，一個頑冥不化的潑猴或垂危病患，病入膏肓但終於遇到了被救贖最後的機會，觀世音菩薩又再出現。所有的事情不知為何在非常沉重的同時也都變得非常的荒唐。

一如在路上，雨水太離奇如傾盆而下的窗面卻完全聽不到的極端沉默，彷彿所有捷運上的人都在那裡呼吸非常的沉重而沉默，但是卻在靜坐課中最後躺下一片近乎太過疲累的鼻息中傳出了有人竟然馬上開始打呼，非常非常誇張地響過全場，一如福音戰士啟動前巨大的機房設備緩慢移動機械噪音的低沉而轟然那麼地令人髮指地難耐，將老師好意放出最後的冥想音樂的恍若在大自然中的蟲鳴鳥叫的輕輕撫過，風吹草動極細膩的風聲尾端，種種微微的音色底層的迷離，完全地破壞了。

但是太疲憊不堪的老道就只能躺在那裡，繼續聽著打呼不斷的呼聲，想像那是災難後屍群遍野中唯一倖存者的呼救鼻息，忽遠忽近，但是卻完全無力而難以逃離。

第二十三章。老照片。

因為幻象並不和現實相對立，它只是另一種更微妙的現實，以其消失的記號圍繞著它……每一個被拍攝的物體不過是所有其他部分消失時所留下的痕跡。這是一個幾近完美的犯罪，幾近完全的世界終結，只留下這一個或那一個物件在輝耀著，這時它的影像便像是一個令人無法掌握的謎。……在這樣的否定性氛圍中，攝影不是一種呈現的藝術，而是一種消失的藝術。

——布希亞

老想起那一年……不知為何感覺到太快太多的什麼消失無蹤地無奈的老道老想起老朋友老葉的慘事。一開始只是因為收到他從歐洲來信，說到他的行李被撬開Leica的相機都被偷了，一路買的古董錶古董蛇腹機也都沒了，他剛去警局做完筆錄，他說他人生要重新來過了，完全從零開始。

老道安慰他，不知他現在怎麼樣了……人生的意外很難想像，尤其是旅行，太多太多狀態的可怕。老道也想起一件已經忘了很久的往事，十多年前的那一年在紐約的時候，聽說有一個綽號也叫做老葉的藝術家相機是被搶的，而且是在晚上走回旅館的路上被後面打了一悶棍，昏迷不醒，那是在地鐵站的橋下老道也常常走的路，所以聽起來非常的恐怖，因為那個人可能也是老道。

橋下那個地方有很多拉丁美洲移民討生活，一路都是髒髒的怪人和死角，但是因為有個大陸人開的破旅館便宜而且他們都剛落腳，紐約文化中心的人都會叫剛到的臺灣藝術家去那裡住到找到租的房子。因為是中國人可以說中國話，剛去的人很多事可以問那個旅館的老闆，但是因為老道就是不想找中國城那邊的房子，所以就拖了好幾天。每天在紐約的很多郊區走來走去找租房子的紙條，那些紐約著名破爛的郊區都很可怕，布魯克林皇后到處亂跑亂找……很絕望。

那個紐約的藝術家老葉醒過來已經是在醫院好幾天以後的事了，醫生說他命大，如果下棍的位子再偏一點，腦子裡出血的現象再多一點，他就醒不過來了，後來跟老道說他的衰事連連，也已經是在一個月之後了。

那時候的每天去做復健治療甚至做電療很可怕，醫院那老死角般的復健房裡永遠無法理解，老都是拿東西手會抖的各種族老人們，有一次去都是燒燙傷的孩童，每次看到都傻眼地心煩。

那個藝術家在他的工作室裡面貼滿了他的腦部斷層掃描，用一種奇怪可是亢奮的方式在跟老道解釋那個被襲的慘事，他說他要把這衰事做成一個怪展覽，因為他已經死過一次，這種死法不拿來用在展覽真可惜，甚至說得太用力還竟然有一種好像挖到寶藏的感覺。雖然後來還有一些副作用，常常會暈眩，併發急性症狀很多……怪異的恐慌症到頭昏腦脹還開始會記不得一些以前的事情。甚至他已經記不太得被搶的那臺他出國前花了一大筆錢心疼地買的高階 Leica 相機長什麼樣子了……

那是害他出事的主因，但是也不能怎麼樣了。

老道印象最深的是他非常亢奮的那個笑容……本來是很木訥的沉默寡言害羞的他，突然變成另一個人般地囉嗦瑣碎的他的衰事。

但是，他也可能是老道，這比那慘事更慘，被襲昏迷狀態醒來後變成另一個人。

老葉突然說到他在醫院的絕望時光，迷上了每天半夜看一部怪影集《無間警探》。他永遠記得第一季第七集劇情中的老照片。非常怪異地動人又嚇人……令昏迷狀態醒來的他突然發現自己的人生彷彿還是可以忍受……

那一集裡的那兩個當年糾紛決裂的男主角他們重逢在十年後，人生都毀壞到骨子裡頭地難以想像。他寫下一些破碎的筆記：「時間懲罰每一個人的方法不太一樣……」、「你好像看起來很憔悴很慘烈，我十年來一直在吸毒和喝酒，我沒有虧欠你什麼。」他們找到那一個「光之路」托兒所。牧羊人的羊群教會牧師。一個長大之後變成男妓的托兒所小孩。那麼久以前的事情警察們誰會記得，……「他們都睡著了，有時候我好像沒有睡著，有些男人進來了，他們都戴著動物的面具，所以我想那應該是夢，但是也有人沒有戴面具，像有很多疤痕，那代表我是在作夢……」受害人恍神狀態地喃喃自語。

那個教會旁邊有一個很大的農場，一個很有錢的家族，那個地方以前是海洋，他們的家族會舉辦冬天慶典。很多奇怪的當地人會聚會舉行瘋狂的崇拜儀式。騎在馬上面戴著動物的面具老照片，這些牽連可能只是有些瘋狂的聯想……「這些都可能只是你喝酒之後的想法，我也曾經一度懷疑這是我的幻想，幻想這些事情根本沒有發生，但是那個時期已經過了，過了十年了我又回來，你一定要自己親眼看到。」

男主角說他過了一段很苦的日子，他一向都會折磨自己，過得苦，他說服了喔。那個家族，誤會醫院……「我的人生像是一個不斷重複的爛攤子……」

他去找他的前妻，「我很高興你過得很好，我記得你以前從來沒有問過我私事。我的人生其實過得很累……」提及十年後兩個人都很慘。

男主角說，「我想我本來可以變成畫畫的畫家，我也喜歡歷史。可以作為我畫的場景的背景資料細節。但是，人的一生只夠我們擅長做一件事，所以要好好選。但是，我還是選錯了……」

「我記得那張臉，鼻子以下全部都是疤痕，那晚上他都盯著我看。他們都說奇怪的話，我父親帶我去打獵，那時候才十一歲，他們都喝醉了都在胡鬧。」

「以前的人會留下東西，小孩。死亡不是終點。真希望他說的不是真的。你認識他……卡薩米斯……一個先知，他的袍子就像風聲不斷……」那是一個名為「人生之子」的教會。一個黑人牧師。他在找教會，在找一個像教會的房子，「你好像對這一帶很熟，我的家族就住在沼澤旁邊，而且住了很久很久。」

最後他潛入了他們豪華的住宅，在保險箱裡面找到一些老照片和一卷錄影帶，裡頭有一個小女孩被活人犧牲活活的殺人，一群人戴著動物面具動手非常殘忍手法虐待兒童的可怕狀態。

兩個男主角對峙：「你為什麼辭職不幹？」「你為什麼回來？」「你說我就說……」「為了我必須弄清楚的事，我想找一些事情做，我的一生都和很暴力墮落的事情有關。我想結束這種人生。」

❖

或許，老照片的隱喻太過複雜深奧……就一如以前老道看過而始終無法忍受的那部恐怖電影《鬼照片》提及靈魂被身體拘束著的更深入的恐慌……

電影一開始的命案發生男主角追蹤意外發現那時的一個日本靈異照片雜誌社，那創辦人拿出一張拍立得是他小時候媽媽過世的時候還站在他旁邊的鬼照片，但是後來這種真的靈異照片很少，剛開始反而故意用電腦做很多假的特效的靈異照片，而且他們也看不出來是真的還是假的，只有拍立得確定是真的。

後來更深入了解後的怪社長才帶那主角去他們雜誌社後面有一個老房間裡頭全部都是真的靈異照片的極端可怕……各式各樣從歐洲美國中南美洲一直到亞洲日本都有，他提起了靈異照片的歷史跟拍照的歷史一樣久遠。甚至那個老房間入門的地上有兩堆鹽巴做成的儀式性的小塔。他還提及了他有一個老朋友的靈媒，可以從照片看得出來真的還是假的……後來主角他們去找靈媒的時候他其實已然變得更加嚴重地小心謹慎到近乎瘋狂地孤僻而猶豫，甚至不想跟他們講話，靈媒在不得已的苦衷之下勉勉強強答應試試看，但是一摸到主角他們的鬼照片全身發抖，感覺到背後還更另有隱情的牽掛而跟他們講了一些氣話，之後那個男主角就走還生氣地指責說他是騙子才離開，女主角還完全搞不清楚狀況，猜想或許還有內幕他沒有講出來。那個男主角是一個非常有名的攝影師，被那個國際公司請到東京去拍時尚模特的照片，他們有一個走秀場景就是某一個廣場後面都是摩天大樓現代城市的摩天樓，但是所有女模特兒卻全部穿著古代華麗登場西陣織和服，在樓梯前前後後站著，穿著紅色的紙傘，打扮得跟藝妓一樣，拍出場面異常盛大時尚走秀照片，但是拍的時候卻一直看到有模糊死白的影子也在照片裡，出現異狀，甚至糾纏到後來竟然拍了許久的照片全部底片曝光出了問題。

男女主角他們住在一個東京非常有名的老時代斑駁建築改建成的攝影工作室……那是現代主義初期那種工業風很像工廠的老房子，光線在走廊窗戶的感覺非常的幽暗離奇，長廊末端有一個暗房，那個男主角在那邊洗照片，常會看到奇怪的影像從紅色的藥水裡面浮現。有非常多的細節處理得很細膩繁複的這個導演對於日本有很多都市裡慌亂的人有很多奇怪的拿捏伏筆……和老道以前去東京的時候看到的鬼東西很像，但是加了更多細節的太過敏感的尋常日常生活斷片……一如在公園裡面跟爸爸媽媽玩耍的小孩故意跌倒小動作，一如他們去餐廳喝清酒或是到明治神宮的一路成群出沒的路人、一如原宿的那一條都是蘿莉塔裝的奇怪少女在彈珠玩具間恍神，一如很多河流和摩天樓夾雜著高架橋的馬路旁長的青苔或是雜草的老房子……彷彿是老照片的空鏡頭前的城市角落場景竟然變成比男女主角們更重要逼近的主角……都充滿太多太多伏筆……

也一如後來坐地下鐵的時候小孩一直看到那個女主角後面的鬼東西，好像地下鐵的車窗上面導引的一個幻影那個女主角被糾纏的鬼魂。

更一如命案發生更多的隱情才出現……是後來他們去了一個郊區的日本老房子去找那個古怪的女生死在一個傳統的日本和室。才發現那死去的女鬼生前太愛那個攝影師，死後還是糾纏他，種種鬼照片的陰影籠罩原來是一段孽戀般的過去……他們在一起的那段時間變得非常的投入而她糾纏那個外國的攝影師到變得爭吵難看。後來那個女人怨恨地自殺而變成那個怨靈的女鬼回來復仇的故事……一開始男女主角他們開車在森林的山路裡面本來要去度蜜月，卻在半夜的路上撞到一個穿白衣的怪女人，所以那個女主角非常擔心，但是後來只以為是幻覺，也並沒有看到真正的活人受傷。只是之後男主角的脖子傷痕累累，好像扭傷很痛但是查不出原因。

或許，靈魂的情感太深，她沒辦法離開，只有鬼照片的影像會留下來訊息指引他們在什麼地方或在老房子的什麼角落找尋，後來那些鬼照片發酵……靈異照片剛好可以找出那個命案的線索，才指引他們找到了那個女鬼被害細節的破案……

但是，老道比較感興趣的是跟老照片或是鬼照片有關的某一種日本的恐怖片的老氣息，但是這部其實是好萊塢電影而變得更多的外國人進入的細節，異國感中仍然充滿了暗示的恐怖電影，但是照相的部分剛好可以跟瘋狂近乎著魔的老道迷戀那些老照片老相機連在一起想……或許，也可以想成是有一個藝術家都在拍這種奇怪的鬼照片。甚至，故意作假照的靈異照片來當一個展覽的靈感……

因為，關於鬼照片，即使只是故意作假照的靈異照片也可能是關於鬼魂纏身的作祟狀態……

老道老是被那部電影中的走秀出現鬼照片的貓步舞臺所揪心……他老是覺得時尚攝影師男主角出事前如何面對更多恐慌的伏筆暗示……他的內心深處的感動太過複雜怪異：貓步的祕訣是空洞，你不是你，走不是走，空間不是空間，音樂不是音樂，那種種出現和變化都只是衣的道具的幻術操演，沒有我，沒有純粹而個人的想像，只有不斷上場太多套衣需要的太多等待換上的流動狀態中的浮游群落般擬真人臺或等身比例衣架的假設，芭蕾舞團的伴舞，伴唱帶那卡西的恰恰恰配角不能搶戲的徒然乖角色，群飛雁群的尾隻仍然比翼滑翔，企鵝團出在冰河前的晾曬薄弱夕陽的落單小隻，但是卻又一定要從頭到尾地跟上跟蹤那般緊湊，一如一部戲劇的戲劇化，但是沒有劇情也沒有內心戲，歌舞劇的過場，華麗而不扮演，刻意在秀中只留下的流動而氣息必然的空洞。

走秀，這畢竟是一種太疏離的美好體驗，這個時代的獨有時代感的敏感帶。

一如，上妝的時候，臉不是自己的。走路的時候，身體不是自己的，照相的時候，姿勢不是自己的，進場出場的預先種種定格，一如後臺等待，定位，那裡停留，那裡轉身，都不是自己的，是一群人的，浪潮的浪花一剎那的回眸般。

還有更多交代，專業的在乎假裝不在乎，走路是刻意地自然而然的，不做作，不唐突，不要刻意……自相矛盾。然而，聚光是精密的，走秀不能注視，只能閃爍目光，走的祕方，用餘光看見牆體上A的字樣時候回頭，B的字樣時再回身一次，長秀場要沿側邊走，不要太逼近前後的走秀的人，錯就假裝沒有錯地繼續，共謀的那種投入又疏離，冷漠又激烈。走秀，令人發現，衣也好，牌子也好，秀也好，模特兒也好，展覽地方也好，秀場設計也好，開幕的秀的影片也好。都是一種共謀的疏離，近乎虛構。

但是，對於男主角的太疲憊不堪還是療癒的，或許也因為他自己是用一種不好意思的低空飛過心情去的，或許他因為鬼照片還正在養病，那種有點遊戲的姿勢。電影秀場中太奢侈了地在乎這麼多這麼細膩的衣的細節，版形日本古風一如古陶瓷或冰花結晶般的怪異，花布手工繪畫印花一如巴洛克斑斕開到荼靡的講究，織物像是風或雨絲或雪或雲朵的纖細華麗，就像那種收古董的行家挑剔著所有的穿，這時代正品難尋而贗品的連仿古畫行家都退步了的時代感，或說，更深的哀傷是真的好的鬼東西已然找不到了的感慨。

然而，女主角發現，秀的現場其實所有的眉眉角角是另一回事的折射光影，鏡像的另一端，和女模特兒們的穿的猶豫不決的遲疑講究不同極了。反而是另一種狀態的煙花，速度感的再加重低音震盪的加速，種種繁複的走位，迂迴曲折的燈光閃爍其詞一如更炫目炫耳的炫耀電音，及其叮叮噹噹長列的不能出差池的出場序，貓步的一如天女散花般群魔亂舞卻走位精密的隱匿節奏，太多太多行內的繁忙假設都早就被決定。電影始終都在一種像他很小時候跟著去廟裡拜拜般跟著拜的那種想像的搬演……即使女主角充滿想像但是並不知道他們如何喬如何殺如何調度使美學上可以更開心一點，其實，他卻像是徒然地完全發呆。只是保持僵硬而出神的淺淺微笑，假裝或那些肉身如獵豹般曲弧度太接近不可能漂亮的日本模特兒們卻充斥天真而入戲的從容。因為，這一切的講究，一如一種找尋鬼照片的靈異事件罪行的完美，追蹤破案都已然寫就。

而在老道腦袋裡，一如犯罪感滲透入想像破案的可能，穿的，衣的，一如秀的，發問，懷疑，老照片繁殖出繁複的老相機可能種種細節裡的暗示的精密寫就的變態陰謀。但是，對於所有在那部鬼電影中走秀現場太過喧囂的孤獨所環繞的熱鬧而言，這些陰影般的老照片體驗都畢竟完全是看不見的日本城市的幻影，是某種不存在的，卻是華麗極了也開心極了的老氣息。

一如老道對老照片或是鬼照片的胃口變得太刁難地刁鑽，但是，又能如何，忙了一天攝影展脫逃之後，心中彷彿有一個大洞，又累壞了。最後，想去消怨念，而就坐車到最近的夜市晃晃，晃頭晃腦又晃來晃去了好久地無奈難過。

最後到了夜市出口的椅子上抽菸，發呆，全身不對勁，像是作噁的逆流，心裡充滿了無法描繪的黑暗，陰霾充斥，但是，好多路人都好開心，尤其最後，眼光就停留在眼前，某個角落的無人問津，卡通圖案的拼裝玩具電動機關，但是，還真的有一個阿嬤帶才開始學走路的跌跌撞撞孫子坐在那裡頭正中央，那直徑一公尺有四個小座位的破舊摩天輪電動遊戲機，邊轉邊放費玉青唱的老歌的那卡西伴唱版，老小都好開心地手舞足蹈，充滿幸福感地大笑，看著很開心的他們，剛才療癒感很快就消失的那一剎那又老覺得自己真的有病時，就開始下雨了。

❖

「……如果一個事物有意被人拍攝，那正是因為它不願意交出它的意義，因為它不願意被思考。它只想被人直接地捕捉，當場被蹂躪，以其細節被人照亮。

……這是物體持恆以細部出現所形成的暈眩。這是細部魔術般的怪異性。在攝影影像的世界裡，事物是一種技術性的操作來連結，正好呼應著它們以其平凡性格所作的連結，一個影像對於另一個影像來說，一張相片對另一張相片來說，正是一種片段和片段之間的緊鄰相隨。於是，「世界觀」消失了，觀看消失了……」

——布希亞

那是一個奇幻的一如科幻電影的誇張時光，所有咔嚓咔嚓般地荒唐可笑的錯誤記憶重組的深謀遠慮不了的老頭故人重逢，一如無奈無間地獄感，但是卻是鬧劇款地永劫回歸……

或許也因為他們落腳敘舊嘆氣連連吵嘈聲不斷不知如何好好講話的鬼地方，就在一個誇張到很像機器人外形的高科技怪建築物旁邊，是一個專門賣電子產品的大賣場，真是令人難以想像地龐大……

一開始只是意外……

多年不見的老葉不知為何這幾年開始瘋狂地沉迷收藏那種華麗的老相機，一如無人知曉的祕密，祕密到搞得像是收藏武器或法器。

老道老想起太多，一如英國的自然科學博物館多年前他去倫敦的時候……著迷地端詳那幾百臺古代蒸汽機和工業革命最認真華麗歷史的那些古老機器鑄鐵零件的每種老國家的每種老品牌。對於種種太古老太專業太複雜關於老相機的知識，沉重的長相為什麼長成這樣怪現象般的怪光圈快門鏡頭螺旋，一樣難以理解……

一如他說他岳父已經老人失憶症狀很久，都不太記得誰是誰，他太太每一個禮拜後來變成兩個禮拜要回彰化一次，開車很累，有時候他會陪他太太下去老家，他說一個小他十歲左右親戚的右眼視網膜剝離眼睛看不見，準備要退休。老道安慰老葉說：「我姊姊也是。我也是。」

一如老葉的化緣僧侶般化緣的街拍……他說他拍照並不是在街上要常常去找人講話講很久跟他們變得很熟之後才拍他們的那種拍法，他其實也可以跟人家講話，但是他選擇的拍照的方式，卻故意是自己一個人在街上走的狀態，他不希望他去干擾別人也不希望人家來干擾他，一個人拿著相機在街上走是一種很像亡魂失魂落魄的狀況發生。

老道一直想要問他說他對古董文物珍品奇貨可居的神祕老相機知識考古學般的繁複是從哪裡來的？或是從什麼時候開始？

老道三十年前和他在一起拍照的那個大學同學的窮學生時代，一起年輕過的同學時光的經驗非常可憐，只有少數對於單眼相機的操作性入門款了解，只記得些簡單的專有的字眼，例如光圈例如快門例如感光度例如打開裝底片的那個盒子所需要用到的零件，或是轉動計算軟片格數的那個怪癖，B快門時間拉長成一種不斷地咔嚓咔嚓的怪聲音。

但是老葉現在卻可以很精準仔細地講出來老德國品牌和老日本品牌如何不同的差別，某種神奇機型如何出現的某種神奇特色，演變過程的艱難時刻某些款是如何奇蹟般的奇貨可居，第一次世界大戰跟第二次世界大戰之間或是更早以前的神相機的怪功能和它的工業體系競爭如何白熱化，製造照相機的大公司如何都跟製造武器的大公司或國家神祕兮兮地有什麼雷同或是不同的更尖銳問題……

他說那三樓竟然就有賣老相機的很像跳蚤市場的怪地方，非常多的年輕人來這邊找電腦的周邊材料，老時代的光華商場和新時代的生存廣場線上遊戲的曝光機會破關的現場轉播，促銷新的電腦產品的女主持人大聲地喧譁，用非常奇怪的撒嬌的嗲聲嗲氣站在廣場叫喊，天氣忽冷忽熱，天氣忽晴忽雨。

他們一開始亂約的鬼地方竟然旁邊還有一個古董字畫法帖碑拓本古玉細工雕塑藝術古董市集。

老道已經太久沒有跟他見面了，那天也是在一個奇怪的狀況之下約見面的，碰巧他要從他去拍照的一個名字叫江子翠的鬼地方回來，在等著要去跟他妹妹從美國回來拿他網購拍賣的那些大牌老相機鏡頭的時間差之中約的，其實他們兩個斷斷續續都有在聯絡，甚至老道老跟他在LINE上討論街拍有很多細節，老道某一條路要去哪裡找某一些鬼東西……只要問他這個老江湖。

他說到了好多他們失去聯絡的大學一起拍照同學的舊事：包括有一個後來就留在雲林教書的老同學本來也是一個非常硬調的寫書法的老文青，非常的冷門的怪異，但是後來很快的開始教書從美國回來之後就放棄街拍買了透天的大別墅，開朋馳的大車……在國立大學認分教書，已經教到快退休了，可以領很多退休金過著很舒服的日子。讓他們兩個人這種還在很有限的條件之下淒涼落寞生活的人，老在講別人的壞話和抱怨自己的人生失敗的老照片已然褪色破敗不堪的回憶經驗……白開心。

這種白開心遭遇真的很奇怪，但是老道已經沒有力氣面對，也好像對自己現在在經歷的所有的事情都完全失去了過去有自信可以判斷的那種理解都不應該那樣悲觀……

一如那一天老道正好丟掉皮夾，一路想如何找回裡頭證件信用卡所有東西的時候絕望極了的事，過了很久沒有找到仍然在找。其實來不及了，老道第二天要出國，就在出去看病拿出國要用的藥的路上丟的。心中無數遍想過還是想不起來也找不到，老道好像只能夠在非常短的時間非常不好的狀況之下應變，解決所有那些必須要在很短的時間之內解決的麻煩，所有丟掉的證件和卡片信用卡。種種太不現實的麻煩，現實的問題，老道甚至去了警察局報案，趕快把所有的問題先解決到一個不會太麻煩而且太嚴重的程度。

但是老道更深入的一種奇怪的懷疑或是領悟是另一種更形上學的懷疑或是方法論上的懷疑，到底消失是什麼意思。要用一種找不回來的心情去找，還是用一種找得回來的心情去找，其實是完全不一樣，但是這個決定很難做，難過的是那已然消失不見的事實。

就一如老照片拍到的那風光後來已然消失不見的事實，不想面對，也不願意承認……

❖

「已然不太像收藏，而更像收屍……」

因為收老相機的曲折離奇過程的意外太多太亂……

老道嘲笑老葉也嘲笑自己地說……他們那麼認真地端詳撫弄把玩甚至在近乎侵入性地萬分疼惜眷戀擁抱每一臺千辛萬苦地收到老相機……一如收到不世出極端珍貴的玉珮天珠青花瓷多寶格，甚至更專注深入到一如撿骨的老法師非常仔細的在把放入厝骨甕裡頭每一個火化人身骨骸碎片的小心翼翼……卡入方位都要是極端講究，不然會影響子孫的風水和未來的各房財庫五子登科弘圖大展的可能……

更多的曲折離奇是……老道對老葉說他多年來始終會陷入一種一再出現的惡夢，就是不知為何老道的相機出問題了……近乎失控的死局，拍照的條件狀態種種問題不斷發生，拍照的鬼地方非常的困難，光線溫度潮溼甚至滂沱下雨，然後就是相機突然發現出事，某個鏡頭轉不動或是轉不停，某個按鈕或是刻度記號系統看不懂，其紋路深淺不同無法理解，甚至是打不開來或是關不起來。或是，只因為找不到一個卡榫或是勾縫或是手勢操作用力的動作分寸，完全無法忍受地失控。

一如某一個關於老相機的夢……在那一個夢中。那個人叫老道幫他和女明星C拍照，那臺怪相機太不尋常了，有一根歪斜的橫桿不知是否為拉膠捲的，快門不知是否是連拍，機身和鏡頭也不是老道過去用過的單眼相機形貌，很怪異但是看得出來極端昂貴而高階到老道從來沒碰過。

觀景窗裡的他們會視覺暫留般地有殘影，畫質顆粒很粗，黑影暗部很深，反差太大……失控。畫面像王家衛電影裡的特殊效果又快轉又慢轉……

那人彷彿是香港人，說的話老道聽不清楚，有點怕生，衣著低調昂貴大衣，貴族氣質，但是優雅太過地惹人厭惡，緊張兮兮……他和C好像也不太熟，旁邊也還有人，他們始終沒有站在一起，看鏡頭，只是進到相機框中，前前後後移動著……

C始終很不耐煩地在抱怨，甚至罵那個人，也罵老道，拍什麼鬼照片，還拍那麼久。

老道始終亂按，也不知道有沒有拍到，拍成什麼，怕把拉桿拉壞……機械發出卡卡的絞動聲響，老派怪相機的某種手感，太感人又嚇人……老是心中忐忑不安，怕弄壞了。

其實老道覺得老相機一如老攝影術應該都快要消失了，不只是純器材控的科學理論光學，元件物理研究的科學工業設計革命講究的百科全書式的考究，而涉入更複雜的引用黑洞般的工業革命外掛程式的美學跨領域知識史式的或是科幻小說未來學前兆人類學式的小心翼翼……一再逼問切入敘述相機鏡頭歷史博物館式的什麼……那麼艱難。

「象限科學儀器是什麼鬼東西啊？」老道對老葉抱怨……

「象限」這個字讓老道最近老陷在這種對於每一個參考知識狀態門檻的專業字眼的不斷降低的焦慮，一開始可能是因為數位化相機鏡頭的時代對神機理解無限降維的那種焦慮，老葉必須要去解釋很多他覺得重要但是要讓別人聽得懂的攝影專業字眼的敘述狀態，引用的典故參考點的下降壓力線，或是比喻的可能影響，比喻的不可能……

一如老葉從維基百科轉貼給老道看的古老稀奇近乎科幻小說複雜離奇的「象限科學儀器」歷史……一如象限科學儀器……老葉始終在覬覦這兩款最搶手的神機……

但是他也同時內化成自己的另一種對自己無法理解的太新領域知識學習的焦慮，一如老道老是回想什麼是景深和快門的考慮判斷的假設，如果是進入了沒有連動的相機狀態，測距功能，對焦功能，裝捲底片的功能……的失誤或是失控。

數位相機的狀態很像是天人五衰前的天人的天線寶寶式的無憂無慮，不知道為什麼就是沒辦法，天堂的天真無邪令人難受……

另外一種老道的懷疑或是因為參考點失落失守的自暴自棄，就是不要理會那些人，跟沒有準備好的分心旁騖的，跟意外走錯教室的，跟完全沒有好感沒有動機的對象，理會他們的不可能理解……

甚至跟文盲解釋什麼是詩……或是跟外國人解釋沒有共同語言可以辨識的溝通，甚至變成手語翻譯給聾子的比劃來比劃去……

一如查了四分六分儀，測量儀器，導航儀器，天文觀測儀……過去上老工學院時代的回憶，甲組的，聯考的，青春期讀書硬塞的滿滿的物理數學的那種種會考的會算的更遠更多科學研究早期辭典解釋，但是時間拉太長之後，老道也開始回想過去自己所記得的或理解的象限科學的象限這個字……顯得相當疲憊的陌生。

當這些老神在在的老神相機要跟一個從來沒有任何近代現代數學物理學背景的人解釋，怎麼辦？這問題再更進一步深入的分析會問到另一種介面的機械倫理學難題：「開槍的人不一定要會做槍，彈拉樂器的人不一定要會製作樂器……」老道在非常著迷這些老相機的同時，也在回想過去他們拍照的年代，有些不同相機的條件的限制和改變的懷疑……怎麼影響他們拍照時的判斷。一如老葉分析的古大提琴和大提琴拉巴哈的差別。

其實有另外一種完全不同的角度就是玄奧自閉的爽度的問題。即使畫地自限也沒關係而且是越限制越好，越偏激越好。

每個人進入的方式和喜歡的方式都不一樣，甚至限制也不一樣，各人喜好不同也是因為錢有限或是因為體力和耐力和精神分裂等級條件，充分必要條件。或許，老道應該跟老葉學一學這種條件的意外就是意內的切入正題法的反差美學，這幾年越來越明顯的驚嚇……甚至到那種反差是完全顛倒，老道覺得美學等級越高的他們覺得等級越低，就是「老道覺得美他們都覺得不美，他們覺得美的老道都覺得不美……」

每次在解釋老道的理解過程來說服他們，老道都快要累死了，可是後來說服越久老道在想的問題不是怎麼說服的技術性問題……而是老道為什麼要說服他們？

最具代表性的自嘲近乎昏迷狀態的可笑說法，就是「見仁見智」那種完全沒有任何期待的自說自話或是自暴自棄……

另外一種就是老葉說的那種……器材控，他們內部有一種更內化的無限接近臺灣真實的共識，就是某種不世出的庸俗不堪媚俗奇醜的美學。

現在已經變成可以擴張到照相自身內化的泡沫化審美能力。

老葉說：這種字眼老道都不敢講……怕會被人家告歧視，其實大部分的人所看到的老相機做得好不好都很外行，認真講就會得罪人。老葉對老道說，他也常常想起來那時候跟老道在越南相遇一起去賊仔市裡……買到的那個ＩＷＣ的缺分針的殘廢錶，回臺北去找了那個修錶的老師傅不想修之後就一直躺在那裡……

老葉和老道的老相機的神機長物志不免就像是刻意隱瞞真相地王爺穿乞丐裝破爛出門，其實老道對收藏這個字的理解也好像是充滿錯誤的……買相機到收藏相機，以及買衣服到收藏衣服，好像是不太一樣的理解相機用來拍和衣服用來穿的纏身黏著在日常生活的不得不的狀態到底就是收藏的敵對象限，切割的就算是不要太完全不相容的狀態……也還是會影響。像是說當廢機賣出去，或是以前那個鐘錶師傅說老道的那ＩＷＣ指針掉落的老錶其實只是「屍體」……

這種順差逆差的面向……讓老道想到更多他的穿不出去的破衣服，爛古玩字畫法帖，這好像連收藏都說不上，但是那種心情跟老葉在eBay上看這些老神機的心情好像不太一樣又有點一樣……

甚至像老葉嘲弄的要害心虛：「從買了一幢房子到收藏一幢房子」如果不是考慮器材控的市場機制的好不好賣好不好炒作的主流機種風靡的問題……而是審美疲勞般的存在感超低的逼近歷史，那麼，收藏會從名貴稀有珍寶的搶標飲恨落敗最後一分鐘的到手遺憾，變成只是某種民族學標本的采風獵奇的奇幻冒險奇觀錯過。

但是，那從到不了手最後到手……擁有是什麼收藏的變異狀態……

老道想到了這種收藏的極端狀態就是收藏老佛像的兩難……

老道始終記得他在泰國有看過廟旁邊有信徒貼給外國人看的拜託拜託不要收藏佛像，海報的樣子很像拜託不要買象牙保護野生動物的那種勸說……

可是一個沒有神通的佛像神像，卻因為審美價值或是品項專業評價極高而被收藏。

這落難神明地是在那好幾層悖論的自相矛盾：靈或不靈，美或不美，老或不老，真或不真，貴或不貴……都很難想像地複雜！

之前有一個臺灣的藝術家就是去借了數百數千個這種落難的神明放到美術館去展，後來還到國外去展，極受到好評……他幾乎完全沒有再對這些落難神明做什麼事，展的方式也很像老葉用老相機拍的老照片裡的那些神明的可憐潦草無法理解的鬼樣子。

在當代藝術美學上，老道可以理解也欣賞這樣子的引入怪異臺灣的社會怪力亂神失控的行動裝置藝術作品概念……

但是從收藏的切入悖論而言，沒有人可以擁有或買賣甚至收藏這種鬼東西的審美觀好像變得很抽象……

那種感覺好像是老葉以前說網拍有時候會出現某一種怪異的特惠方案……一次貼出了二十臺老相機或是五十臺老相機……有人出清存貨，會有一種好像很對不起這些老相機的心情……

其實老道家裡還有Minox的一臺小機，好像還有一臺Leica的老相機的舊機身和幾個鏡頭但是都大概二十年沒有用，應該都發霉生鏽長滿灰塵，有些都不知道放到哪裡去了。有時候也想把它拿出來再拍一拍，但是光要整理要花的時間和金錢就不是一點點……想一想就放棄了，其實像這樣放棄的事情還很多，像寫毛筆刻印章畫國畫太多太多，他們這種年紀留下來還能夠做的事情其實非常的少……

昨晚因那連結點進去老葉的古董相機專頁拜讀了一陣子之後也不敢說讀完或讀懂，才發現原來已經這麼多篇這麼多臺的嚇人規模，最早只是聽他說要寫，沒想到才沒多久，已經這麼多這麼大這麼複雜，古董機一如神機和神機照的照片充滿靈光般太過細膩繁複的細節光影變化質感講究真是令人感動到快哭了……

老照片引發老相機攝影這種最講究神機的怪異藝術……認真拍這種極端分子攻擊般審美疲勞的身心屯田駐守蓋巴別塔工事的可怕繁殖祕密基地組織怪現象九頭蛇實驗室等級的賽事，或只是集體希望或失望於無解的問題重重的政治性別倫理學兩難生態的攻防焦點失焦於低階的盲從大拜拜的分香感染。困難重重的「不再逼問為什麼有神」的神學的……更激進的責難。

但是弔詭的是，越來越兩極化到……收藏的文獻研究越來越稀有地驚人，無限崇敬地珍貴收納，或完全無法理解地報廢棄置。這是一種內在於古老科學永遠的悖論。

混入光學，材料工程，礦冶，機械系，機構學式的行話……一如量子力學星際效應無人知曉的龐大內行術語。就像解經的經書，讀經引經據典的更後來……卻只演變成另一種竟然完全無法理解地沉沒於小狗小貓小孩小時代式的自我感覺良好或不好的也不會不好意思……

老葉收藏老相機的神機部落格式的老派部落真是可怕的清流像是阿凡達洞天或黃老邪桃花島，裡頭本來的膽小被欺負的拿老萊卡相機的戰地記者式攝影師在中彈之後，意外被施打了生化武器針劑，變成了殭屍不死的肉身，不應該只是變成失控的神經失調症瘋狂怪物。而更應該要進化成另一種神機的變型金剛……才切題。全身都長出機械機身殘骸蛇腹筋肉半裸筋膜式的白南準級怪螢幕拼裝的頂級奢華古老二戰時代老機的祕密鐘樓怪人式致意……

老相片，一如老葉對過去的殘念，一如老相機的神機費解……老讓老道回想起自己現在什麼都不想拍也拍不出來的感覺……一如《神隱少女》裡提及的安慰自己的想法「發生過的事都不會忘記，只是想不起來……」的反差顛倒的報廢感：「發生過的事都忘記了，更不想去想起來……」的那種更自暴自棄的無限荒謬的感傷……

第二十四章。拜火。

或許，燒……永遠是火化遺體般的「遺」的懸念，燒是火也是煙，引發固態變氣態的變態，是香味也是惡味，是毀壞也是淨化的……拜火教式的要拜的什麼，送走又留下，消失又沒有消失，痕跡的寫就，灰燼散落的暗示，形銷骨毀，但是得意忘形的……行動裝置藝術式的為難自己，不免的自我感覺不良好，劇場搬演，接神送神般的……儀式的可能暗示，老是想又不想，燒什麼……在這一個覺得萬念俱灰的時候，狀況都不對的狀態，最後還是決定要去燒……

燒……對老道的一生始終同時是一種命運的祝福又是詛咒地充滿嘲弄的暗示……他一開始燒就開始召喚厄運纏身……一如用燒做他的鬼藝術的時候，他的一生就充滿詛咒般的犧牲奉獻地很久以後發現多年來他不自覺自己人生就是藝術之外的其他的人事全非……甚至禍及其他人的肉身受傷或大病，情人吵架甚至分手。燒的無限可能的毀滅撲火的異常共鳴……他的厄運纏身到甚至後來每次展覽時他每次都會有一個親人過世。或是一個要好的朋友過世。一如那一年最疼他的外公過世……他都要去火葬儀式看他們肉身被燒盡成灰燼……燒……那麼美又那麼醜……那麼浪漫又那麼殘忍……那麼永遠又那麼剎那……那麼多情又那麼絕情……

燒……一如技術上的不可能，違反物理定律逆反重力狀態般地用力……他始終無法理解地想燒……燒可以化解矛盾……可以放在一起和不可以放在一起的，燒同時鍛造打鐵如銅片，木頭和石頭，竹和金屬的質感混種的可能……近乎瘋狂的不可能……用火燒過的狀態就會出現變化……火的遺跡的變化可以混種，可以感覺到如何緩慢燒盡……

一如演奏樂器的人要自己做樂器的矛盾，同時地費心費力就要精準地引用最細膩講究……一如風起一如櫻吹雪般地繁複來發出聲音，還要每天做的事很疲倦還爛事很多還想做更深入一點的什麼。一如要做一種弦樂器的改良要有共鳴腔的弧形相思木箱的岔氣吹笙地變卦實驗音色變化的變幻無窮。或許只要隨時做隨時拿起來演奏，但是提腿提肘的講究姿勢不良的種種偶然發現的……甚至，同時，比較玄像教派高人指點迷津地調音或……調的更玄奧……要做什麼一如百工的高手的工匠也竟然是巫師的一種……同時的器的形和同時有聲音變幻很麻煩，考慮聲音如巫音地困擾，但是……現在沒有人會如此玄機充滿地做和想聲音。頂多是同時演奏兩種樂器，同時吹也同時彈……但是更可怕的是更後來的同時是宿命般的不幸。一如要煉一把劍要煉出極端犀利地砍斷什麼但是自己心中充滿危機感是終究會砍死自己的恐慌……

一如小時候他念書太困難但是同時也生了一種病，非常痛也非常苦，但是，跟母親說，糾纏了很久才去看醫生，但是診斷太多回做了太多檢查結果卻說沒病……但是他還是仍然痛苦，就這樣竟然童年完全無法忍受地被困擾了十多年。

很玄到甚至最後他開始燒也每次都會出事，就不再太困擾他的決心死命的一意孤行，一如默認某種倉頡造字鬼神哭的災難。但是他也不再深究其中地不在乎……因為他知道自己必然最後還是必然像那些紙人俑感嘆難以置信的隱隱，終究還是逃不了要陪葬入火燒毀全身地宿命……

後來等到天快要黑的時候，黃昏盡頭，人鬼殊途同歸，或是塔羅月亮牌的狼狗時刻曖昧衝突，矛盾的拉扯的怪時光，時間其實不對也不好，市井永遠入世的想過好日子的反差嘲諷，怪異的國不泰民不安的什麼日子，天氣也不對，感覺上快要下雨的陰天，但是勉強偷渡淺淺日光的時光……一如應該是會下一整天雨的意外但是依舊偷偷地偷渡了一點點陰沉到成天灰頭土臉但竟然仍還沒下雨的時光。

老是想借東風又借不到的那種宿命感，老道始終自知不會神通可以洞悉天機，更無法神機妙算般地掐指一算那般的神算，也只是像在等天黑的時候，等來等去等到最後的餘光夕照的幽美靜謐……那麼人算不如天算的一算，時光一如《怪奇孤兒院》那般的裂縫，勉強維持現狀的無奈的無以名狀，只是滲入，那天

整個下午都老在這種快要下雨的毛毛雨的狀態，天氣忽冷忽熱。變天的末端，死角的美術館展覽祕室一如後山苔蘚攀生的霉斑長滿的長牆暗影……老是變得很像充滿不知民間疾苦的家家酒般的兒戲作為開始，空氣中老充滿燃燒的勾魂般乖張味道，燒焦很多不知道什麼混亂汙濁的怪味道……

不免讓老道老回想多年前他在瓦拉納西恆河旁，好幾天老聞到的火葬場的燒屍體的某種又濕又乾又冷又熱的雷同怪味道，在那個最著名濕婆神三千年沒熄火過的老神廟旁，塵世隱喻充斥著的廟前廣場灰燼散落滿地，像是火燒不完塵埃落定不了地打開死亡的入口，燒肉身燒到最後骨骸骨灰流入恆河之前，還同時有很多野狗在那邊吃屍體的煙霧瀰漫的況味，河畔所有入神又失神般的人們觀望那種奇幻的荒謬的可怕找死的……燒的另一種隱喻，引入蒙太奇式的更多細節曝光，畫面的角落，老道也老想到小時候跟他母親到很多廟宇去拜拜，也不知道拜什麼或是為什麼，只是還是跟著她拜了一輩子的餘緒……因為所有的拜拜，永遠會點火燒……像是叩首地虔誠召喚，最先燒香最後會燒冥紙……

焚燒才能呼請異常的狀態，專注地可能可以更起手引發點什麼，好像明火一點，儀式才能開始，才能召喚神明保佑，才能打開一個通往另外一個世界的出口和入口……甚至超渡亡靈的普渡拜拜，燒給好兄弟的孤魂野鬼的善意，人間的條件兌現不了的縮影，燒的幻覺中的種種困難重重……送出紙紮的雞鴨魚肉山珍海味，送出紙紮的車子房子金子銀子更多珍貴稀有財寶，燒是供給祖先的鬼魂或神明，苦苦央求不明的遠方庇佑、祈願……

拜神的拜拜一如可能只是拜火……光火的無限，無窮無盡的虛幻的神聖不可侵犯又想叩請接近神明神通庇護的願景……燒，那種兩難局面就好像老道整個小時候的完美縮影，跟著去廟裡拜拜或是在家裡神明廳拜拜，那其實是非常神祕但是卻又好像非常的親密……都會聞到這種燒的異味飄散濃濃的瞬間疏離現世的狀態的迷離……

❖

拜火的他……充滿了太多太多傳說中的謠言滿天飛的奇譚。老道的這個怪堂弟到底是半仙、神棍、天公的乾兒子。還是怪神廟的修羅場的守門人……小時候就老喜歡玩火還曾經燒掉過老家後院倉庫的他老說他一生的夢想卻反而是要千辛萬苦地……為人類找活路……

一如那則怪異的廣告及其報導的充滿爭議……「羽龍羽蛇」飛碟時光機研發工作室，尋找精通英語、日語、德語和俄語四種語言的國際解說員，也詳細列出工作室研發進度，包括飛碟（空間轉換器—時光轉換器）三十％、時光機（時間轉換器—穿梭過去與未來）三十％、時空門三十％、ＡＩ母體科技三十％、人造黑洞公式六十％及全球麥田圈解密六十％等超過十數項神祕研究。

讓人匪夷所思的他坦承他曾經多年前請人登報，也已有上百通電話打給他，但大都是詢問廣告真假的民眾，酸言酸語居多，不過這在他預料之內，因為懂得這些科技想法的人太少，他指稱自己是「轉輪聖王」在世，有救世責任，透過現在研究的領域才能為人類找活路。現在怪科學研究室這麼隱密……外表只是掩護地懷疑他就是奇異博士……

他是老道的遠方親戚的太遠的同輩分堂弟。彷彿一個救世主傳說的最終詐騙集團……算是守護著老家族很多房的子孫裡的最後一個兄弟們的託孤。他卻只是偷偷地當奇異博士式的祕密任務完成中竟然好像一個恐怖分子一樣把自己的老家或是故鄉完全地破壞爆炸，然後就逃走了逃得遠遠的，幸好沒人留意他的怪異或是那麼厚那麼難看的邪教組織般的存在感，他也裝死裝客氣不談他那近乎變態的奇異博士般的奇譚種種怪事，偶爾回去掃墓祭祖更老的一輩長輩們一個一個過世的這十幾年的喪禮的時候，他偶爾還可以講幾句話就已經很不容易了，有時候中間忙完從山上下來在等著吃飯的時候，老道會客氣地問他那些每一年都會像新長出來多出來的那些奇奇怪怪木雕神明木各種不同類型的怪異妖怪變形的雕像他還說他曾經很迷八仙過海各顯神通，濟公、三太子、囝仔仙最像他小時候的綽號……甚至還收鍾馗的……迷到他連公仔Q版神明都收都保佑。老道和他們小時候的神明廳變成一個更怪異滿天飛滿天神佛的民間博物館，所以老道才說到他說的那個廣告，救世主傳說的詐騙集團，就有可能是他想出來的一個不一定是噱頭而可能是真的想要拯救世界的祕密組織，好像看到平行血統長出來的另外一個編號的怪物實驗出來異形的自己。

常常回老家也有聽過一些類似像這樣的神經病的故事吧。小小的外婆和祖母甚至是神婆，真的住在山上的三合院老家有很多鬼故事，因為老道想到他那個堂弟就是聰明才智過人但是到了十年前就突然咔嚓一聲完全報廢回家照顧老人外就大多時間閒到抓蚤子相咬的那一種怪現象怪人。

如果是老道呢？

他……那一個後來數十年待在老家照顧老道姑姑和伯母老人痴呆症或是坐輪椅八十多歲的當年還曾經七個遠房親戚童年回憶裡阿基拉超能力兒童們不同編號但是同梯的堂兄弟姊妹感情不錯的一起長大的最小堂弟……就有可能變成這種神經病。

他養等級還算高的各種爬蟲類，烏龜，變色龍，收出處不明的怪異古董和民間藝術品拍賣的賣家很臺的那種神祕兮兮的鬼東西，像樹根刻的佛牌聖物佛光塔廟口拜拜順手去拍的扭曲變形的漂流木椅、巨型咬銅板財神閃亮亮蟾蜍，跟著老道姑姑去八卦山大殿小廟萬應公祭壇種種能拜的都拜過了地拜拜。

小時候他們還蠻要好過地一起幹過一些蠢事，例如角色扮演科學小飛俠去一個惡魔黨基地要救人質，在老家的舊倉庫前門攻入走廊到後門，邊跑邊開槍好像還有雷射槍對準暗角拳打腳踢巨大尼龍散發刺耳惡臭化學物質氣味布匹，當成核子反應爐爆炸發生前的最後攻堅。

因為太小了，還沒上學沒事幹的童年遊戲，他哥哥和老道哥哥中間隔兩個同年的堂姊姊，大很多，老道和差不到一歲的堂妹，和這再小兩歲多的堂弟，變成像是最後一梯的部隊或馬戲團或Xman超異能實驗室靈童轉世投胎的同梯，被前輩們的哥哥姊姊們遺棄之後，在那老家老天井有幾年還一起玩一起吃一起洗澡過。

他完全不念書，重考大學三次，最後下重誓吃素還願，才勉強考上東海大學夜間部的社會學系，但是，他完全不是念老道問他的社會學的研究理論左派涂爾幹馬克斯法蘭克福學派什麼的……他說他比較感興趣的是社工的慈悲與智慧……後來大一下就跑去臺中的TOYOTA最大規模的公司旗艦店開始當業務拚到最後變成超級無敵業務，也才大三。

他說要巡田水才會知道民間疾苦。看車就知道一切的可能，他變成那種講話非常世故練達的號稱最厲害的TOYOTA小哥……知人知面也知心。老道堂哥在臺中在建設公司賺大錢一年賺好幾億的那個時候，換車一年開寶馬第二年換賓士的時候，老道堂弟的他就跟著變成專門在負責這種在那個時候幾乎是不可能的任務式的老道堂哥不管車子出了什麼事打個電話他就會來的那種超跑的超級業務。後來老道堂哥跑路了，堂弟還回到老家老地盤那邊開了一家安親班還很受街上醫院都是小學國中同學的那些醫生和醫生娘小孩們歡迎賺了很多錢，娶了還算漂亮的老婆生了兩個小孩，本來住在臺中老道堂哥他們建設公司蓋的豪宅算舒服，後來回來照顧變成老年痴呆的伯母，因為老道伯父心臟病去世，姑姑又跌倒摔下樓梯開始坐輪椅不能動，老道堂哥跟老道堂姊和堂姊夫他們出錢讓老道堂弟就專心的在家裡照顧兩個已經半死半活的殘廢老人。老家老房子前後棟有十一層樓，只有前棟租給一個怪皮膚科醫生之外還有十層樓是空的，有一次回去清明節掃墓的時候他還跟老道說他計劃十一層可以留兩層到三層給老道堂姊的兩個已經在當臺大駐院實習醫生的兒子回來開醫院，可以開托兒所或是老人院，老道哥哥姊姊配合去開MRI健檢中心，變成一個綜合醫院，或是加安親班也可以……

他還笑說可以幫老道留一層給他當藝術家工作室雖然他也不知道藝術在做的是什麼。雖然他是他們老家一起長大的七個小孩裡面最小的同梯老交情，他也已經是五十歲了，還笑著跟老道那個坐在輪椅上的八十幾歲的姑姑說現在他抱不動你了。

因為他的腰也在痛，而且也五十肩。他們的老姊姊轉述姑姑給老道聽的時候，正好是他前幾年的五十肩之後或是老道也開始五十肩的時候，很像同一種廠牌或型號的機器人開始出問題，都是出同一種故障的老問題，但是再怎麼說他前半生出去玩出去闖蕩江湖也還算是個聰明過人的壞孩子，下半生回老家，但是卻也還仍然是孝順的孩子。他們其他六個小孩，都跑得太遠，因為各種原因或是各種命運的巧合，老道堂妹嫁去新加坡，老道堂哥生意做在重慶，老道哥哥跟老道姊姊變成是基督教徒，而老道變成一個神經病的什麼藝術家怪咖……但是如果老道不做什麼藝術家之類的這些鬼東西，老道會做什麼，會認真考慮養難養的蘭花嗎？會迷得獎凍頂烏龍茶嗎？會養烏龜變色龍紅龍嗎？

老道還曾經看著他推老年痴呆症的那個伯母的輪椅去過某一些比老家更鄉下更遠更怪的妖怪村式的主題樂園，老道完全認不出來是什麼地方，即使是附近山上重新做的那些閃亮佛像遊樂園，老道也完全不認得了。他的兩個很胖的怪小孩現在也已經長大到比老道還高了，功課跟他一樣爛，但是長得跟他小時候真的很像，老道有一次在樓下吃老街那家最有名的碗粿的時候，跟他姊姊要回去看老姑姑，看到他那小兒子騎著摩托車載著他媽媽，好像時間完全都沒有過去，跟三十多年前一模一樣，老道甚至還記得這個堂弟出生那時候從彰化基督教醫院抱回來老家的時候還非常非常小像囝仔仙的嬰兒肉身，他也好奇地幫忙還有抱過他剛出生的熱熱的嬰兒肉身。但是，那已然是五十年前，他現在變成是一個地下祕密組織的就是救世主祕密宗教的頭子，一個老家的臺版奇異博士。

上次回去老人痴呆症的伯母還是盯著六十吋的還是八十吋的非常巨大的液晶電視在演好像還是演《臺灣傳奇》鍾馗收妖到蜘蛛精的特輯，那種奇怪的節目畫質太細太逼真播鬼怪傳說但是很臺的妖怪出來的時候看起來其實很奇怪，他泡茶給老道喝，在那個老大廳，地上還有很多烏龜爬來爬去，但是伯母一直重複的在問老道結婚了沒有的一個鬧劇，老道就坐在那個鍾馗嫁妹的木雕的旁邊的漂流木換椅子上還非常不舒服。

他還說有一個木雕師傅是著名藝術家朱銘兒子的徒弟，曾經跟著一起去做過金寶山的那些靈骨塔旁花園誇張地據說可以辟邪鎮魂神通的神明浮雕，後來出來自己做佛像還得過大陸的很大獎。老道內心糾葛，心想著不知道要認真跟他講還是開玩笑的跟他講，看起來很像是一個朱銘雕刻切割刻意隱瞞形象近乎瘋狂但是從未完工般的那種雕像的投影體內……卻又是山寨版。老道還是覺得他可能是在開玩笑或是在說謊騙老道或是被人家騙。

因為在大陸的那種太抽象概念的朱銘雕塑風格根本就不可能得獎，他是那個人真的是朱銘嫡系的徒子徒孫相傳的。老道也不是很在乎，但是他好像還把老道當成是知音，以為老家族裡的很多房的同輩只有老道懂這個。做生意的老家族裡沒有其他的人可能懂這個，他讓老道想到他曾經看過的一本書，在講全世界各國怪力亂神的建築神壇祭典的那種民間神像雕刻樂園的書。充滿了老民族學研究的種種墨西哥死神泰國象神印度濕婆神日本地藏菩薩拔釘地獄，或是東南亞柬埔寨寮國馬來西亞印尼的邪神廟宇，很臺很怪的近乎西班牙高第聖家堂的各種怪廟怪塔的十八層地獄花燈壇祭拜儀式塔城。小時候老道最喜歡跟他一起聽可怕的伯母最喜歡講的那種嚇小孩的蛇郎君虎姑婆的恐怖故事，他因為是最小的俊美夙慧可愛小孩，他的伯母非常疼他甚至所有的姑姑都很寵他即使他功課很爛可是還是很得寵……

一生又愛聽鬼故事又很害怕聽，他很像是那種長歪歪斜斜的變形的臺版貝勒爺，或許老道有另外一種遺憾或是嫉妒，就是那應該是老道而不是他，可以這樣子過人生這種奇怪的自暴自棄的狀態。奇異博士的怪異作法……而且還可以抽身離開到全身而退，祕密做一個教主。他曾經給老道看過他切割巨大的保麗龍板做成的九隻龍年的蟠龍，頭飛起來的鱗片都很寫實還裝聖誕燈飾那一種會三頭發光的巨大噴火龍，給他開的安親班的小孩過年過節，他認為自己就是一個神聖的任務完成的另一種偷渡的囝仔仙。還老炫耀小孩最愛噴火龍像《冰與火之歌》的那種燃燒的閃亮亮的火焰……

五十多歲的他後來也開始五十肩。但是他好像有一種奇怪的天真樂觀可是現在也不行，有一種電動的跑步按摩像外星球機器的機子……把玩那一個朱銘的姪子刻的樟木老虎，他說他對城中街有印象是因為那條街以前非常的有名，主要是舶來品店全部在哪，但是他常常去的原因是因為跟著伯父去看那時候ＶＨＳ大概只有日本錄影帶的日曜土曜劇場種種劇場的……那種凶殺案的推理劇或是武士道的怪電影，他都會跟伯父和朋友去看一次五塊錢還會送一盤花生，就在那邊跟著看，一路跟著看還有一次還在那邊遇到初中的老師，也跟著要去看怪電影。他很不好意思躲開，那條老街原來是老家故鄉跟這個新的怪人間在最時髦最先進的時尚服裝或是電影及其幻想的世界連結的一個狹窄的結界。老家透天厝一樓所辛苦經營的一個怪店。

老道對城中街這個名字的印象是因為老道母親的結拜姊妹有一個信仰的Y伯母家裡就住在附近，是一個非常時髦的老阿姨，常常穿漂亮的華麗的衣服，還會戴很誇張的墨鏡鞋子還帶老道媽媽去游泳。兄弟會裡母親就跟她最要好。她們好像是最常在這裡出入過生活。那好像是老道的上一輩子的事情，老道本來應該要跟著那個時代那個老地方進入了文明的另一個階段更高階的進化的版本，一如故鄉這個古城的命運，但是奇怪的是卻完全因為出差錯，變成了另外一個報廢的版本。

他常常神龍見首不見尾式的露臉，老道看到他在臉書上貼的那些他買的新的長相奇怪的怪獸或是妖怪或是西藏的怒目金剛或是印度的濕婆全身藍色的雕像的時候，心中無數回閃過腦海的念頭……一如某種神諭的機遇和巧合，或許他就是老道，只是他的好運的夙慧仙術查克拉用錯地方了或是他的紫微命盤身宮或命宮潛入偷爬進來了一個躲不了的煞星，現在變成了一個這樣不死不活的怪咖，養噴火龍當囝仔仙，令人嫉妒的這種快活的奇異博士般的怪人生。

❖

燒……是一種引渡……引渡另一種空間，他方非人間，陰間，神界。引渡另一種時間。

時間……從永久變成瞬間，時間縮短切斷，相對的野心想完成的作品，時間是永恆。成形就是最後，時間拉越長……讓做事情產生化學變化，沒辦法更投入或更專注，用過去的方式面對。燒會遇到這種麻煩，拜拜要燒香都怪怪的……脫離現實的暗示。

燒……一如拜火一再提醒火的焚燒的物理性……火就是燒香的燒，老會有火的焚燒紙錢祭拜好兄弟般死的氣味，即使是一種儀式……船要燒這件事很奇怪，燒這件事就很奇怪，燒船更奇怪。引用這件怪事紀念也很奇怪，是要把瘟疫的瘟神送走或是燒東西紀念給神明，開船的人最怕船出事，迷信，燒船是很不祥。

燒。另一種概念隱喻的不祥，就是說花那麼多力氣做那麼多細節結果一燒就不見了，藏教沙畫曼荼羅的概念奇怪的無常，應該很認真做卻把做很久的聖物一完成就燒掉。揭露的這個概念顛倒，不留下。燒是顛倒，燒是破壞，消失的捨不得，一如生下小孩就要死，被燒死，要燒掉很奇怪，一開始就知道要燒掉，做的力氣不會不甘願？一如養一個小孩卻明知小孩會早夭的預知死亡紀事的心情會不一樣嗎？會甘心完全一樣或完全不一樣嗎？

燒……毀壞就是打造……打造作品就是毀掉作品，或是以毀掉作品為前提來打造作品。最好狀況就是不斷要毀壞，毀壞才是真正的打造……更後來會成為哲學觀念上的自我矛盾。可是他卻覺得這自我矛盾還蠻深刻，因為人不斷在長大過程毀掉自己。藝術發生過程的一路也應該對其自身懷疑。像是他老想畫一幅畫成形的同時要畫破，怪異地得意忘形，燒本來就是真實性又概念性地快轉反動，那必然會影響到最後成形的形貌，像燒的破壞致使本來很可愛的東西變得可怕……地連內在的什麼也被深入改變。

甚至像是莫札特年輕的曲子都太歡樂到他快死了作的曲子太可怕地反差的一如安魂曲……那麼如果他年輕就知道要早死……反差狀態會改變嗎？

燒……也充滿太多意外，也太像是一群烏合之眾，就做一件沒有人知道要怎麼做的事，還是先試試手氣……為了不要讓自己和不對的人陷入一種更不對的對質……因為燒這件事就始終太陷入質變地尖銳。他以前沒有燒過……在概念上破壞遊戲規則的麻煩。更有破壞性影響的什麼……

燒紙人或燒紙船……燒涉入的隱喻自以為是蒙太奇敘述的三寶殿的自毀歪斜。

病態……一如燒王船，從一開始就問題重重，勉勉強強終於到了這個階段，感覺到一路上充滿了很多不確定的麻煩，人的事，地方的事，他老是上工時間可能太早又太晚……老好像做壞了，或是還沒有做完，太多沒有成形……始終無法抗拒地他又想多試或多做一點什麼，概念上的燒王船要燒到什麼程度，是什麼意思……他也不清楚，感覺自己正在放棄過去的做過的老東西，但是又不知道怎麼取捨或拿捏分寸，燒到什麼程度，畫到什麼狀態、紙紮到什麼狀態。出巡繞境儀式什麼時候出發或什麼時候回來……

縱火狂是什麼？

如果燒只是一種病態的壞習慣，一如燒一個物。老道老會想他會燒什麼？燒一張桌子，燒一棵樹，燒一件衣服，或是剪一撮頭髮來燒，光燒……就可以做一系列的燒物追蹤……燒，或許是跟儀式有關的暗示，但是縱火狂的縱火可能性提升到另外一個完全不一樣的等級，更偏執狂式的隱喻毀滅性的，強迫性的，燃燒的火焰的暗示，危險，火的非拜火教式的隱喻，即使是非宗教性的歧見，缺乏祕教古傳祕密，或是沒有天譴的可能只是純粹精神性疾病的發生行動，沒有宗教政治動機的恐怖攻擊，一種三島紀夫的燒「金閣寺」芥川龍之介小說「地獄變」畫到最後畫家自焚……或是村上春樹短篇小說燒穀倉的縱火狂的怪事懸念還被切割出來的什麼……

扛著巨大的王船紙紮船身去河邊燒的一路上還有很多狀況甚至還有路人和警察來問他們到底在做什麼怪事？他就騙他們說只是聖誕節要去河邊拍照的歡樂慶典，而且交代都不要說到燒的陰森恐怖的外延的聯想……甚至在河邊燒的狀態也充滿變數地夜長夢多，他覺得這樣一群人上路就想法子解決問題重重困難再偷偷的燒完趕快走人，千萬不要驚動更多官方警方干預……一如偷渡或撿破爛，一路老在很差的狀態的小心，懸吊在天井的龐大紙船身的施工始終無法理解地忐忑不定……一個多月和別的工地單位的協調展覽太多摩擦，別的成色不好但是占領最好場子的其他鬼東西。他老分心和施工的別的太多太多夾板切割零件等待拼裝的現場，他的燒了一半的每每都歪歪斜斜扭扭曲曲的竹編紙糊王船早就殘遺燒毀，殘體懸空太過複雜地刺眼，懸吊的繩索斷裂造成傷害重來的他發現自己變得始終害怕。

燒……這怪事越來越嚴重地就變得兩難，想講清楚反而更模糊，燒無法把不清楚的都講清楚，或是把清楚的講不清楚，像催吐到吐血比較能感覺到自己的力氣都退化，尾獸放出就回不去地退化。查克拉跟內分泌同樣都失調……更像祕密宗教所祕密地從事非法事會發生麻煩永遠都不得不要偷偷地燒……

❖

宿命論者般的老道始終沒有能力理解他的拜火般的……燒，那像是不應該被解的謎，之前遇到的一個個怪人是靈童仙姑，但是老道還是覺得自己仍然很難想像，或許就是老道問錯問題，不是好運或厄運降臨的期待或恐慌，而更是這種種怪異現象的現象學般的存在是為了修補什麼的修行……

參什麼？看破什麼？如果用這種最灑狗血的角度來看，他那個涉入燒的鬼展覽到底是為了什麼，要去改變什麼，要他看破，放下藝術……這種種種種細節心中充滿費解不了的罣礙，更參破無礙地去出家嗎？

這一回他好像到了另一個折射鏡面扭曲變形的投影狀態，所有用力的過去有把握的環節都沒有把握，失控的不知如何是好，但是又已經來不及了，這好像是他這一段時間以來人生狀態跌跌撞撞傻到不相信宿命的對決縮影，好像想要改變的事又變不了，或是也不知道怎麼改變，放棄了很多過去好不容易做出來的，擅長做的鬼東西，現在又想試做完全不會做的鬼東西。

很像中世紀的煉金術士可能是法術超強的講究，但是卻可能也只是像行騙般的自欺欺人地找尋著未知的恐懼，尤其他好像做的展覽老是和鬼有關的更遠更怪的傳說謠言滿天飛般的未知，更怪誕也更無法無天，老道其實很期待看到其他做鬼的藝術家會做出什麼樣子的鬼東西，這個或許是完全錯誤的怎麼樣都不可能對的鬼展覽，但是或許是一個隱喻……藝術怎麼可能找到人找不到的鬼，痴人說夢地刻舟求劍的不可能，如果是把鬼當成一種隱喻，找尋人間的種族的文明的更深更複雜的什麼……到底可能是什麼？像是一種遇到想解其實是完全解不出來的數學競賽高難度挑戰，近代物理的奧妙與其他瘋狂玩家們著迷的測不準原理，或是自老道矛盾的從古代到當代的形上學逼問的：人怎麼活怎麼想活的存而不論……反常就是正常的無常哲學悖論。

一如他老是心情爛到要看那麼可怕的恐怖片來分心。看完電影出來之後老看到坐發光摩天輪或唱歌旋轉木馬的蠢小孩和傻夫妻一家人在一起尖叫吵鬧要買仙女棒玩火夾雜棒球賽的歡呼扼腕的苦惱還是都覺得好好彷彿才重回人間……反常就是正常地再悖論地循環。

❖

燒的細節……這一次展覽老令他擔心前所未有的矛盾，因為是要燒的東西，怎麼做，都做不細，紙和竹編和鐵絲的關係都需要時間，人形的難成形，不能太像也不能太不像，其實自相矛盾的部分很多，還有更直接的是竹子接頭全部都只是糊的，和紙的連接也是糊的，沒有關節技式的接頭扭曲變形掉落可能的切換的講究，好像用一種最混的法門在做羅丹的嘉那市民肉身模糊曖昧不明關係，或是廟的木結構梁柱之間的木雕神像般的木雕花鳥蟲獸番人像……

另一部分的懸念……紙紮人如何成形？能不能或是要不要用水墨勾勒的紙人臉？要更倚重畫出的五官筆觸還是倚重曲折的紙形的半立體拼接可能？紙紮人形的身軀四肢要仔細畫嗎？仔細做到什麼狀態才好？甚至送去仔細燒要燒到什麼程度才切題？燒完的紙和竹和鐵絲纏繞著的關係是怎樣才好？紙紮的人一仙一仙之間的關係是怎樣才好？

紙紮的人和船的關係是怎樣才好？但是這些鬼問題都沒有想清楚就已經開始做了，而且做的一路一直都在趕？也還一直都沒有最後的定論？

他好像也覺得老都沒有做好，也不知道什麼才叫做好。那時候他去基隆看放水燈的時候，其實他們做的那些紙屋俑人俑也都很潦草，老紙紮工法已經很少看到，比起那種老師傅做的細節很完美的狀態老道根本不敢想像，他們這群烏合之眾就一直在摸索，但是老道覺得問題還是他自己。

老道覺得他做的就是破壞這種行情規格，再拉高到另一種層次的矛盾，但是，這種細節講究的卡榫結構調整力度不斷增加的太多太多零件組裝的焦慮，一如蹲馬步勤練武功招式……怎麼忘記自己過去的在乎。

紙紮屋……一如艋舺老紙紮人俑屋俑燒的老行情，可以燒給祖先的讓死人很高興的那種反而是另外一種反諷。民間的那種傳統紙紮屋的老時代規矩的再小的房子也要做得很細很寫實……像是極度寫實的微形模型或是娃娃屋一樣……但是另一種燒的隱喻卻是更不同……他想起之前看過一部恐怖片，女主角就是做這種極度寫實模型的藝術家，後來她的兒子女兒都出事了變成邪教附身的神。每次電影畫面隱喻蒙太奇充斥著的極端死寂上工的她的特寫，在她焦慮用心專注的臉，仔細做那個模型的很多極度寫實的家具走廊屋頂壁爐桌子椅子……突然發現她的始終沒有表情的臉的時候，好像有什麼正在發生，但是他們看不到……那種感覺充斥著全片的頭尾基本款式的荒唐可笑但是看起來卻真是非常恐怖。但是那是另一種狀態……歪歪斜斜的栩栩如生，和老道想的成形不成形不一樣。

神通……如果老道是真的可以看到陰間前世來世的觀落陰，或是有神通可以看到全部局部的妖魔鬼怪投胎轉世死不了或活不下去的陰陽眼，真的靈驗的通靈神算可以卜卦測字算命問事看風水命理老師告誡自己的不要理會別人但是也別錯過修行的道場落成不了的嘩變異常。那老道還會持續陷入衰弱到困難重重包圍的不幸地做這個展，這種展，這種鬼的折騰。

這種感覺很像他小時候跟著大人去看一部部鬼電影，在不知道劇情，也不知道可能的結局之前陷入的那種每一分每一秒鬼都隨時會出現的鬼屋裡頭的慌張驚嚇眼睛都不敢張開的那種不知所措……是另一種困難重重。

有時候也覺得很厭倦老道自己好像每次都會把自己逼到這種鬼地方，或是逼到這種神經兮兮的鬼東西鬼頭鬼腦沒什麼用的老瀕臨崩潰失敗程度。或許是因為在藝術圈子太久的那些老花樣都看得太厭倦，總覺得好像有某些更過火的鬼東西可以挖坑跳火。

但是其實老道都是老江湖地也了解這種絕境求生意志太辛苦，需要的條件太高太不可能。一如所有的退化到只剩老道一個老鬼的彷彿曾經生猛前衛的人地事物都因為種種問題始終在退步的狀態，光是維持在原來的條件或原來的講究就已經很困難地老想放一把火燒了地始終絕望……

❖

這個燒的鬼展覽的恐慌……或許是因為可笑的老道偷偷地借用從草船借箭到刻舟求劍的……土法煉鋼式的偷渡狀態。

這種狀態非常像是某一種老派香港喜劇妖怪片的愚蠢劇情，也就是假道士作法和假妖怪串謀詐騙村民，大家辦法會出錢出力支撐出盛大的場面相當壯觀的祭典儀式……在那麼多搶孤大賽普渡拜拜的大場子，真妖怪偷偷趁熱鬧偷吃人做小亂……卻只有真道士明白其中曲折複雜的狀態，但是也不能說破，大家都假裝沒事也沒關係，只要想法子不要讓真妖怪下手狠心大鬧的肆虐……但是時間過了更久之後，真道士們都老了死了也走了的最後妖怪真的大鬧天宮地府的恐慌……但是每一個環節都是爛喜劇的笑話，出手過招假裝硬碰硬對決時飛來飛去的開玩笑地從頭到尾地白開心的過火鬼喜劇。其實老道想過一個更激進的荒謬劇場式的鬼方法，樸素極簡乾燥到只就是放那一小艘紙摺船在展場就夠了。

老道覺得燒已經完成，關於燒的所有的可能也都夠了，裡頭甚至虛構情節的出現一個燒的藝術節有幾十種關於燒的不同藝術家做展覽的短片，當初想這個燒的怪展覽的時候，也有提過，但是後來還是沒有這樣做，或許他的膽子太小，燒也始終沒有被好好端詳地埋沒，他們本來也就是想要做一個回去幫老道父母沒祖先牌位重新找法師引魂入廟裡拜拜普渡的另一種鬼的行動藝術式的什麼作法，因為主題就是鬼，其實不一定是燒，想了好久後來還是決定用燒，本來就是很冒險的，他們入手再燒王船紙紮人紙紮船的主題切換疊層換喻的拼裝法門入手，用這種麻煩來取代因為那種展覽的麻煩還真麻煩他在點燈，他的道行還是比老道高，總覺得他好像對於燒的理解比老道更抽象又更疏離，老道覺得自己花了很長的時間才從體術進化到忍術，他卻始終都是忍術進化到幻術，其實他才是真正的老妖怪，老道常常用他來當一個天線或是測試的羅盤，渾天儀，文公尺，看風水符不符主人的命盤斗數八字命理卻不測量基地的放樣丈量，一種祈雨歌舞加觀落陰式的卡夫卡的《城堡》的土地測量員的另一種測不準的焦慮。

但是他卻只是……縮減到幾乎沒有主題沒有故事沒有情節沒有角色，只有……樸素的……點燈、喝茶……躲在老家祕密地當奇異博士或邪教教主的隱藏版孤注一擲式的修煉……

老道的唯一想到放火拜火那險招，更弔詭的是燒這種險招或道教點燈……在不能用明火的正常規格大型當代美術館幾乎沒辦法展，沒火沒法子燒的自相矛盾……或甚至在本質上的內耗空轉到好像從太極進入無極，他好像是退回神隱之前的最後跡象找尋的神祕失蹤事件考的疑神疑鬼推理小說版本的故布疑陣。

老道交代這些細節的時候才想起來以前每次展覽進場之前的最後這個階段都會有很多囉嗦的細節，就算再怎麼樣普通的展覽都會有這種麻煩了，更何況一個正式的美術館等級的地方，或許他已經太久沒有在這麼正式的地方辦展覽，所以就變得很像流浪漢打帶跑到處跑的那種緊張兮兮……永遠還在協調進場出場交代事展覽退讓到光調度一艘破船就會搞成這麼麻煩，他也還都讓了。

老道也不想惹麻煩的另外一方面其實還是分心一直在想鬼展覽如何燒的事，一直想把幫他在做這個燒的怪展覽的過程所發生一些奇奇怪怪的麻煩放入自己的地獄變相計劃，有時候會變得更深入認識「燒」內在外在都可能嘩變到走樣到面目全非的解脫感……以前感覺不會這麼尖銳的部分突然變得尖銳了起來，或許……燒，始終比較不像一個展覽而更像一個儀式或是祭典，必須有更多的準備，無形的無以名狀的麻煩，看不見的什麼，命運交織的什麼。

但是另外一方面剛好完全顛倒的老道根本就不希望他有太多的意外發生，尤其在那時光這種老道的流年那麼不好的時光，老在處理一些大大小小的問題，就變得非常的疲倦不堪。

更深入出世的「燒」越來越久的副作用是對於要跟入世的群眾打交道突然變得非常的陌生或是膽小，甚至想要逃避，但是好像又逃不掉，尤其是到了最後這個階段，好像已經不得不要去面對那些最後的決定跟麻煩。老道還是因為沒有什麼條件去跟人家爭取更好的狀態，都是在得過且過的前提下想辦法做一點不要讓自己看不過去的鬼東西。

像他做的那一艘燒壞的破爛不堪的船，對那些專攻精密功法細節零件拼裝的更為像變形金剛的藝術家們那種結構狂而言，或是同一個聯展的他們講究的那種有一個明確的是後殖民論述解釋明確的概念明確的藝術作品造型曲線耍帥的那種講究的那一整套建築的華麗習氣而言……

他做的「燒」的破紙船……還真的是很破的鬼東西……

❖

最後冷感甚至到連他自己也都沒有什麼把握，也不覺得他真的在做一件很驕傲或是比以前更厲害的鬼東西，只是跟以前不太一樣，小小的醜醜的髒髒的亂亂的，而且好像拖了很久很多事情也一直都沒有什麼更厲害的出手，拖得更久之後好像就覺得想要趕快把它結束掉的那種不堪。老道覺得他真的年紀大了，或是因為流年不利太久了心情已經快掛掉的副作用，甚至都一直很想放棄這個展。以前都還有那種好強的想要去跟別人決鬥或是在一個很多藝術家的聯展大展美術館裡面把對方都幹掉的那種豪氣，現在都沒有了。只是想要躲在一個小角落做一點自己想做的小東西，唯唯諾諾的，苟全性命於亂世不求聞達於諸侯。這些話老道都不敢說，以前年紀輕太好強，也太好動好鬥。現在真的是非常沒有信心可以跟別人過手。

那次做的那個「燒」的展覽主題又不清楚，他又貪心想要多做很多抽象的麻煩的把成形的什麼更是弄破的自殘傾向的下手。

老道還笑說他那艘破船要好好收好，如果放在不對的地方，路上遇到的問題重重，路人發現旁邊的這種髒亂暗黑漆黑的焦黑屍體般的竹筏翻覆意外發現的殘骸，或許會被人家當成垃圾收掉。

他們老還在喬進場的事，每一次喬這些事就覺得很煩，就不太能再做什麼……老道和他那一大堆看著像垃圾的東西的那天為了不跟其他藝術家搶場地，他那艘船也先拆下來放到地下二樓停車場旁邊借放一下，都很擔心萬一有人把船直接拿去垃圾場丟掉就完蛋，或是停車場那邊有人路過去玩或是破壞……因為那個停車場旁邊是在放一些展板角材料件的倉庫區域，什麼事情都可能發生地令他實在很擔心，但是也沒有辦法。

尤其在那些小小的其他藝術家小幅作品上面放他們的一艘天空很大的燒王船大概會嚇死人，或是就是很討厭他，那些藝術家看到了好像會很恐慌，他們好像是無法無天的一種失控的妖怪。或是昂貴華麗登場的藝術品的物體系，花很多錢去找工廠烤漆電鍍雕塑，他們看了大概會覺得他的鬼東西做壞了或就是沒有做完。

一如他們小時候的太多太多過去一起去看了種種恐怖的電影，或是國際影展各式各樣重口味變態電影災難電影恐怖電影鬼電影，其實對於他的鬼藝術的幫助以前還蠻大的，但是現在好像變得越來越稀薄……他和老道都覺得自己的胃口好像變壞了。也沒辦法解釋得很清楚，那個以前覺得好吃的現在覺得不好吃那種悖規矩的切換……喜劇電影以前覺得好笑現在覺得不好笑，戰爭電影或愛情電影或史詩電影以前會感動現在不會感動，色情電影以前會勃起現在不會勃起，其實他的鬼藝術也是……慢慢地已經越來越孤僻，偏食行為乖異空空盪盪的……老道越來越覺得對很多人事都變得很冷感。這是他更想要燒的最迫切的危機感起因嗎？

❖

老道始終半信半疑地猜測……他太多太多的異教的基本教義派式的堅持到底是什麼……祂讓他來完成他的更怪異歪斜歧出的非波斯古拜火教非中國祆教摩尼教的純臺版的拜火計劃，讓老道一如臺版古一大師來幫他這個臺版奇異博士完成他的「燒」的怪展覽，難道是他所宣稱的其異教更曲折奧義體驗……其實不只是要去完成一個外人以為只是接近他所想要的可能展覽的狀態，或是依他所想要可以得到的藝術計劃的完成的回應……而更是要體驗某種更後頭的異教基本教義派組織更恐怖的預言……其異教的神的也雷同老道地獄變相的啟示錄式的終極天譴即將完全啟動……更完美地繁複神祕法門的無限逼近及其完全啟動……

他老跟老道說，燒……太殘忍，一如他的異教比基督教更尖銳也更誠實地神祕地殘忍……或許他要進入祂的天意，太過複雜殘忍……費解地打開那一個個災難，因為他要完成一個更大的任務，所以他就必須要去害人殺人地不得不要傷害人……來體驗更深惡的自相殘殺矛盾的存在……

「燒……太過深奧難解……」一如他老跟老道說：「神的應許太過深奧難解……」

最後的更恍神狀態的他對老道說：他的神也仍然沉默，一如在他的「燒」的拜火鬼展覽的永遠雷同的無限無奈……一如摩西，基督教的祂逼他要面對的問題重重的困難甚至進行的任務其實是一個毀滅性的任務，甚至是要去殺人。因為在那個摩西的故事裡的旨意其實是不可能不用傷害來理解，殺人也是神的意志或是神的理解，這些事的善惡因果循環報應的曲折複雜狀態，完全超乎我們能夠拿捏跟判斷。甚至還有某種更內在的衝突，摩西他覺得神太殘忍了，那時候他就沒辦法再做這些事了，後來神還自己下手，降下瘟疫和災難的發生，這使摩西很痛苦……打開地獄變相的他的現在更可以感覺到摩西的痛苦……

神不再只是人可以理解的程度，還更可能是在一個不同的層面上所出現的一個變化，然後這個變化……只是其中的一個環節，所有參與的人所扮演的角色應該比較有可能只是這樣，人們都只是天意的一小部分，而且不知道是那部分。甚至祂的打開，跟他們以為在場或進入的那部分，是完全不一樣，甚至是完全矛盾完全相反的狀態。

一如人們自以為自己可以理解的天意或是天譴……都太過膚淺地化約。他說他覺得神跟人的關係或神跟他的關係必然還不只是這樣……就是人們不應該用人的方式去理解祂。那都不免太低估地太化約……但是祂的方式到底是什麼？

他覺得他還是想像不了更深的複雜度……他知道基督徒的合神喜悅的事情很重要而且很關鍵，可是他老覺得只在這樣的前提條件的限制太淺，一如《命運規劃師》還是有假設上的缺陷，因為那電影中還是把神當成只是一個能力比較高層次的人，或是一個知識比較高的人，或是一個一生比人們強大而複雜度高到可以安排所有人的事……就像是一個強人，通人，總裁，大公司的大老闆。但是還應該要更複雜曲折的……一如祂對於這些事的安排，祂讓它打開或是出現的方式，有其奧妙曲折離奇地費解。那合神喜悅因為「喜悅」這個字是相對於人……神的喜悅卻是用人的喜悅去理解。因為喜悅這個字是人的字，人的狀態。所以應該是說，神的意志……太費解，神想的打開必然是有一個更深層次的原因，或是說是有一個神想要讓事情出現或是發生或是進行的狀態，所以可能神的喜悅完全不是人的喜悅，可能完全逆反地神這個打開的原因甚至是要來殺人或毀滅人間的悲哀。或許，就是他隱隱約約越來越感覺到是神派他來毀滅這個人間的無常式的悲哀。

很像某種天師鬥法的奇門遁甲的電影其實越來越退步到只剩雷射光噴火的鍾馗變成線上遊戲變身男主角的花樣，花美男變成獸人般的猛男惡鬼人形。像是綠巨人浩克的變法……一如太多太多古代歷史神話鬼話連篇重拍的大陸劇或是神怪片的更誇張也更大肆無忌炫耀世家出身賣祖產的用力法都很可笑。其實每一種電影或是藝術都有原來操作介面的舊規矩，或許他們也不能說什麼。一如他和老道之前看的那一部神怪電影也出現了一個附身在仙姑身上接受電視訪問時突然透露自己是八仙彩的八仙其中之一下凡救世的繪聲繪影……老道始終都不知道如何面對這種狀態，就像電視轉到一百臺以後就會看到很多法師出來講經說法或是算命的節目裡面很多道士作法接電話解決問題祭改命運的玄機，或許都是真的，或是老道只停留在小時候跟著他媽媽去廟裡面拜拜的那種童年的陰影或是妄想症般的眷念更古老更神祕的什麼。

但是他母親深信的淨土法門罣礙的生死觀未卜的佛門修煉是她的，生死一如不明原因起火般關頭到頭來老讓跟著拜但仍始終懷疑一生的老道永遠無法理解地不迷不信。說起佛法老道也看過佛學某些經書抄過《金剛經》的那些修行道行極低的悶頭引渡不了的一生的業太深無法自拔。或是他姊姊哥哥變成耶穌教派上帝教會門徒的完全另一種生死觀的切換……老道怎麼面對。一如老道真的相信來生嗎？老道真的相信因果嗎？老道真的相信原罪嗎？真的相信業報嗎？或是更尖銳地逼問……陷入這一個死命做的展覽的老道……內心深處無怨無悔地……深信拿香拜火之後會真的出現超渡過的……鬼嗎？

第二十五章。鬼臉。

一如道場的現場……鬼臉無所不在也何處都不在地隱藏與移動的怪現場。誤入的他們一開始只以為那是一個掛滿肖像畫的尋常老咖啡廳，甚至只是疲累不堪的他們無心地意外走進那個但是開始覺得肉身恍神暈眩的A始終在注視著四邊的牆壁，老是覺得有人作祟般地隱隱約約地在看她，不知道的他們其他人只是覺得沒什麼好奇怪，因為那只是那一個怪老闆很喜歡收藏肖像畫，所以把那個老咖啡廳的斑駁的泛黃牆壁上掛滿全部都是那個他故人的怪畫家用各種不同的華麗卻險惡的詭譎風格所畫出來的各種男女老少臃腫的枯瘦的微笑的哭泣的情緒激動落淚發噱肖像畫的……臉。大耳小耳招風耳穿環不穿環，印堂發光發青發紅發黑的，充滿魚尾紋法令紋抬頭紋皺紋或皺眉蹙額太久太深無法自拔，眼珠顏色靛藍灰暗淡青淡紅有光無光小眼大眼甚至瞳鈴眼般突出帶血絲賁張的炯炯有神，表情動人極端地深情款款或是凶殘惡意或是天真無邪或是世故嘲諷或是陰險狡詐的種種跡象神貌……甚至還有諸種人類學華麗黥面刺青刺上各種古文明文字圖騰符籙系譜學式的複雜狀態，但是，最陰森恐怖的死角卻是老咖啡廳幽暗長廊最角落鬼地方的牆上的畫卻不知為何出現了同一個畫面中的兩個怪臉。她說那兩個怪臉的表情其實不太一樣但是在同一個臉上出現，很奇怪出現在這麼多只有一張臉的肖像畫那麼多的斑駁的牆上，是最末端的詛咒般的結界底層入口，「最好不要靠近……」她很不安地提醒不解的他們：「這地方是鬼地方，而且這個怪畫家是一個通靈的神人般的怪人。」一張張的都像是鬼臉的令人難以想像地被注視被端詳……鬼臉越打量越久就越令人不免毛骨悚然。「我們最好假裝沒有看見什麼鬼東西。」她用著極低音近乎聽不見又極不安的小聲跟他們說。

就在悻悻然離開前囑咐他們……在大家的臉上頭頂的天靈蓋的靈犀被悄悄打開前，千萬不要驚動現場其他人地小心翼翼離開……

她說她最愛也最恨「臉」畫……所以她老是在閃躲像是這種老咖啡廳的鬼臉畫……

或許也因為專業藝術評論家的她還曾經有一段時光專注於研究過完全無關她感應陰陽眼神通的「臉」畫的另一種怪異的當代理論……就是想要用另外一種人間的現世曲折美學解釋，來逃離非人間的一如咖啡廳現場這種意外撞邪式的鬼臉的出現糾纏……尤其是專注於繪畫中的「臉」。她打開電腦檔案找出一段她論培根的畫的冗長又拗口的藝術評論片段，一如繪畫的非主體性現象學……非常的曲折的關於培根怪異油畫中充滿像是被打爛扭曲變形鬼臉（竟然也好像這咖啡廳裡意外切題的鬼臉）的解釋的同樣怪異的人間藝術理論……但是卻越解釋就越誤解般地萬般混亂……

老道突然想起一開始在那鬼臉充斥的怪現場……只是她討論到藝術評論的翻譯充滿了不免充斥著永遠差異的差錯……中文翻譯成英文的兩種語言的差異，更使得翻譯的人應該要讓自己變成是一個容器一般把要翻譯的語文放入自己的語文，或許更就像是她每天早課清修時間的流逝狀態的深入靜坐，想像自己感覺自己深入自己到內心深處應該完全是空的……。

那個她去參加國際研討會的新加坡藝評家A本來只是心情不好的解釋她花了很長的時間在翻譯那一篇香港藝評家的關於中國祭祀宗教畫和西洋聖經典故肖像畫的美學差異的中文翻譯成英文的冗長評論，一開始只是在討論那天研討會有關老道的那一篇涉入吳道子的「地獄變相圖」的獨特風格鬼臉畫毛筆運筆如行雲流水般的神祕感奇幻一如有神助的極端高明，甚至過長又充滿過多生死末卜隱喻蒙太奇敘事般的藝術評論文章極難被翻譯及其入戲太深的困難重重……

就像她參加國際藝術評論研討會住了幾天的這個老旅館太舊太陰。如果沒有人的時候，A說其實就不太想靜坐……因為不想意外召喚到作祟的什麼……

她本來是每天都會起來在一個二樓提供旅館客人們打坐的房間打坐，那個靜坐的房間竟然就在她住的那個房間的底下，二〇八跟三〇八房間的巧合。害她心裡毛毛的。每天早上打坐的時候其實可以感覺到那個怪地方的狀態，充滿變數的感覺氣息……每個人打坐時的氣場不太一樣，有的強有的弱，有的善良有的厭惡有的太過敏感有的太過尖銳……但是如果很多人在場的時候就沒有關係，但是那一回所有人都去紐奧良的時候，沒有去的A只有自己一個人在旅館房間的時候，她就決定不要打坐了，因為這個旅館有很多老東西……，她不想看到過去上百年歷史的痕跡中這鬼旅館的鬼東西。

「其實我也不想看到……雖然有時候還是會很好奇的想看到，但是有時候其實疲倦不堪到無法好奇……」

提及了那天那個朗讀的女藝術家的故事很可怕，全身還有傷痕的彷彿萎縮的命運及其肉身同時現身依舊還困在回憶現場的她寫到一場當年的可怕火災，意外發現自己悲劇的發生……因為太多太多年前的當年她們姊妹被困在火裡，只有她全身燒傷地生還。多年以後的她把那天的火燒的現場重新寫成的小說在那個光書店朗讀的時候被這個新加坡感應特別強的作家A聽到之後，說他那天在靜坐的時候還感覺到其實這個作家仍然沒有離開那場火災的陰影，他的心裡面充滿了會很痛苦，在打坐的狀態中，A可以看到她姊姊還坐在她身邊。像她小時候的那個樣子完全沒有改變。但是A感覺到她其實從來沒有離開過現場，她姊姊其實不是鬼魂，而是一種怨念，被燒死的姊姊那麼在乎……感覺她自己就是火。

最後還是忍不住的A提及了她的老家族有很多雷同的神祕色彩斑斕又華麗登場的過去……一生充斥著像這樣子恐怖可怕卻太迷人的老故事。尤其是在她那一代，是全部神通都傳到她那個從小就非常天才的弟弟。但是她弟弟以前其實更是一個陰陽眼，可以看到很多奇怪的東西，長大之後已經不太一樣……長大的他自己可以解決所有的怪問題……還變成一個很有名的擅長拼接新舊珠寶首飾的怪異設計師。他們老家族傳說很多涉入舊殖民歷史還曾經是以前老時代留下來中國人在南洋娶老婆之後的娘惹後代。

她弟弟還曾經用他的神通注入古董而以種種變幻無窮玉色晶瑩剔透的清朝甚至明朝的古玉和象牙拼接成某種不同的仙人指路的一生充滿傳奇色彩鮮豔的假山上，還因此參加過無數著名的怪異珠寶比賽得過獎，他弟弟後來在印尼找到更多印度教法器聖物傳承文物加入一如神殿遺址出土文物打造設計過很多珠寶之後，還更收古董收到變成策展人。還著名到曾經在九龍博物館展覽其神通收藏……

他們本來也不知道，那是一次意外……有一次是因為她媽媽來住，她跟她先生去住在她那個小兒子常被鬼壓到無法呼吸的房間，半夜也被鬼壓了才真的嚇了一跳，她媽媽才去找人幫忙最後找來的天主教神父來收。

第二天就沒事了，但是他們坐在那個天井的時候看到樓上的另外住家的印度人卻掛滿儀式用的南瓜扮人頭，火紅色的頭髮一如滴血滿面地過度可怕，也在作法事，A笑著說：「原來我們家的鬼被趕到樓上去了，他們也只好開始用印度教法門在趕鬼……但是在不久之後就搬家的我們家都沒有跟他們家說，一如他們家也沒有跟我們家說……」

他們全家族都可以觀落陰，也都可以感受到驕傲而奇怪的老東西，她的媽媽她的祖母她的弟弟她的小孩尤其是她舅舅……對種種神通都夙慧繁複地非常感應……還也竟然是建築師。更加瘋狂地收老中國人的鬼東西。一生收古董門收所有的古蹟古物。他們家的多進落多天井中庭廣場的怪豪宅就像一個老博物館或就像一個充滿神通的老廟。

她說到她自己也寫了很多鬼故事，但是自己很怕無所不在也何處都不在但是始終隱藏與移動的……鬼，她說，她花了十幾年的時間寫了一個個很奇怪的女人的故事，很嚇人的恐怖經驗，她始終無法釋懷，一如她說她寫的第一本很長的小說就是寫一個女人住在新加坡的充滿鬼魂巫祝的老叢林裡，可是她是從來不敢去叢林地……充滿反差。

最怪異的反差卻仍舊無限動人的是A最後提到她那個一生另一種波折重重難關打滾的著名越南老企業家的老公，完全是另外一種人，這樣其實對他或許對她來講反而非常好，跟她的老家族完全不一樣，她的著名企業家老公老不同情地說：你們老家族都收這種鬼東西般的老東西，所以才老是出事，沒辦法，因為神祕的神鬼都住在古物上。（老道突然想起來更多A之前說過的離題但是更深入的她先生的冷戰時期怪異的近乎瘋狂的冒險故事，包括第二次世界大戰的時候曾經日本人占據的時代他在越南叢林祖墳逃難過的祖

先的複雜故事，還有越戰的時候曾經幫忙做過地下工作但是從來沒有承認的怪事的他，A之前講過她老公可能是間諜的那個故事其實非常懸疑驚悚地迷人，在越南做了非常大的生意甚至接收戰後的美國百事可樂公司的經營權），他後來的一生都非常有錢但是完全不收藏東西，不收藏古物鬼東西，他常常嘲笑A：人家都快餓死了，你還收藏這種種鬼東西……

充滿另一種洞見的他老嘲笑A說：「收藏東西很麻煩，我只是收藏……錢。」

❖

A說她有錢的老公帶他們全家曾經去住過一個一如是一種夢的頂級奢華旅館，她想把那個旅館寫成一篇鬼小說的場景，但是始終無法理解為何因為太害怕了就好像寫不完……

雖然她一開始寫得那麼像在寫一個斑斑駁駁妖精妖嬈一如蘭若寺的老廟或一個正在普渡一如近日的不明古村般地……政治歷史美學旅行人生觀統統不正確……一如一個收藏太美太怪異的玄奧博物館，一個神明長相太出奇又太懸疑的老廟，一部王家衛式的蒙太奇太多色澤太飽滿動作胡亂快轉又慢轉的怪電影，或就是一個場景過度鋪張華麗的夢……都太不可能地迷人了，或許，在裡頭，一直在享受這種極端炫目的剎那，只是一種瞬息萬變的瞬間，幻起幻滅的幻象，那麼短暫一如一種隨時就消失的怦然心動……

面對這個太昂貴的旅館……對她那種一生在找尋種種再怪異再奇幻再絕美旅館建築體驗的極限運動般地極限的癮頭太大的怪人而言……就像面對暗戀而迷戀太深的女人，或面對身世恩恩仇仇糾纏太久又太離不開的世家老家……那般地不知如何是好地眷戀而躊躇不決。因此始終在一種矛盾的心情中擺盪，去越多回就想多停留流連忘返更久到完全不離開，但，或許就賭性子完全放棄不去……就這樣，越來越迷戀也越遲疑了。

她是在這種極度矛盾心情中跟著她老公進入那昂貴旅館的，而且也幾乎時光荏苒到近乎停歇了，甚至待太久都像只待一會兒。所有因為太接近完美體驗的忐忑不安在那旅館都太浪費了，但也因此而容易令人迷惑到彷彿太不解又太不捨了。

白晝海風搖曳的天色或夜晚燈火如鬼魅般的光影時時變換，最輕盈樸拙或最迷離妖嬈的音域配樂室內迴音嬝繞，房間是某種幻術搬演地無懈可擊……建築，就一再一再如夢地吐露，所有裝潢妝扮都太精心地完美無缺華麗打點地登場，有的一如老王府一如古殿堂一如迷宮如種種的幻想中的最完美的鬼地方，令人髮指地著迷到永遠精疲力竭……

建築的風雨可飄搖深入的門廳、林蔭中迂迴曲折的長廊、出簷如騎樓、涼亭……的每一個角落的撫慰療癒太多的觸感太深深植入，其實，這種種昂貴極了的安緩每一個細節充滿講究的微小地方所提引的，所有的旅館的老小管家都應對進退太得體講究到像能劇或傀儡戲中最動人的演技，形容不了也描述不出那種更難以明說的陷溺，像被下完美咒術般，而整個人被迷惑地一如被入侵的極端寂寥靜謐卻又同時感人地如此怵目驚心。

在那旅館待得更久或走得更慢，更不留情或更多留意，只是對這個地方更深陷地打量，只覺得打招呼般地打開了更少但或許卻也更多。

但也因此，某些旅館的無所不在也何處都不在但是始終隱藏與移動的種種角落顯得更令人不禁想多待一會兒的心情沉湎，揮之不去，纏綿悱惻，是那麼明顯……一如：那天空倒映如古玉古鏡般天光斑斕的游泳長池，那諸多畫冊史籍老書收藏規格出乎意料細膩的優雅圖書館，那像博物館的收藏太多藝術品古董手工文物的氣派精品店……都打點巧妙到令人難以置信的近乎苛求的完全幻境。

令人懷念的是那裡乍看那麼不起眼卻充滿隱隱約約的玄奧感，一如京都的龍安寺那枯山水的那麼樸素拙枯地自甘侘寂修行地禪機寞然，一如北京最龐然帝國紫禁城最深的皇帝書房三希堂卻刻意那麼窄小自恃的美學孤高眼光……

或許，就一如到了其坐落的峇里島那最具藝術高度Ubud老村落所等候到的傳說中古舞劇Barong怪獸現身夜幕廣場前初始必然在古廟門正中心如被神明劈開的山牆縫隙中的石梯末端上的極窄狹極陡削。

那昂貴的老旅館始終太過低調……太過幽微地講究的古建築群融入霧靄中老聚落那麼伏入林蔭地深處沉潛氤氳，宛若蟲鳴低音環繞的空蕩蕩入口柱廊庭院大氣盎然，巨大神祕一如古廟神祇的猙獰臉龐爬滿苔蘚的石雕Barong怪獸的從容寂寥，手工打造竹簷木柱長廳的坦然氣派，荷花盛開水澤與泳池畔的波影婆娑。

甚至精心打造的皆沿坡築成每一客房每一院落建築線庭園完全隱匿感的小心翼翼……初入闌珊狹隘的路徑依山傍水，但是迂迴曲折之後往後鳥瞰出的縱谷竟然是令人出奇胸襟開闊的視野，可以在每戶皆那麼寬敞王府般亭臺樓閣的斜倚氣派涼亭的望出……一如後院即是梯田層層的峽谷縱深，及其所折疊纏接了整座荒山星空的無限浩瀚……的種種幻境……太像她在一種高難度逃離人生的狀態。也……太像是在陷入自己往往匆忙慌亂的情緒而變得扭曲的不太理解的人生狀態。而那旅館卻在月光中帶她到了一個老時代出奇氣派卻那麼不做作而不炫耀地令人極度寬心，那是彷彿最講究古董店的過人風雅。

一如在時差中好不容易挽救的某一個古鎮或據傳說是某個老王府，揭露了望向窗外遠方那一帶最大的老街老店家群，沿著極美極考究完全逼真古代的古橋河渠及其沿岸舊屋簷長巷地無限曲折，一路綿延到看不到盡頭……

但是往後頭一回身卻就變換成另一種講究極了光景，一如大多古國的偏遠荒廢的小城沿途的一個個破房子裡好多人住，像是太多苦惱累積了活在這老城太多世太多代的老家族遺址，所有這時代不免都變快變膚淺的人的身世的困住了，屏息無法呼吸又陷入擁擠不堪而充滿庸俗緊張的氣息。

繞行太多巷弄的迂迴曲折，後來迷路許久，找路的最後，在一個死巷的尾端，找到一個後門，某個廢墟般的破房子。

她小心翼翼地低聲走過時，還不經意看到老房間角落有散落的棉被單床褥，充滿了不可思議的畫面，現場那麼迷離，但是沒人張揚，假裝沒看見……但是，過了好一會兒的徜徉徐行在那老院落的斜亭間，呆呆端詳沿窗口廊柱下的蚊香中蟻群的行列漫漫長長……許久之後，汗流浹背慢慢清風徐來中化開潮解的心悶緩緩消逝了……一如那窗櫺外枯樹枝頭懸起明月幽微中的螢火蟲群飛，迷離氤氳的螢光和月光都如影隨形而揮之不去……

A提起她弟弟一生充滿傳奇色彩繽紛……一如他小時候還不知道他的神通可以這樣子應驗的通靈。在那一個昂貴美夢般的美麗旅館海邊玩。但是她弟弟那時候還很小，全家一落腳不得已入住到那個舊時代旅館冗長走廊最末端的舊房間，本來乖孩子的他到半夜就死命地一直哭，本來以為只是因為換了房間小孩怕生因此在陌生的地方睡不著，後來第二天清晨才發現原來太過擔心出了事的原因是什麼意思……他們天亮才看到那個昂貴的舊時代旅館沿著海邊的很多更老的怪異房間甚至很多床頭都貼滿了很多符咒。

A的父母就覺得這樣不行還是趕快離開吧，原來那個海邊以前是一個日據時代的古戰場當年搶灘跳島戰術中血戰退敵攻堅一路喋血死了很多日本人。一如第二次世界大戰始終無法理解地在海邊發生過很激烈的戰爭期間始終出過很多事死了很多人……

A還提到她在小時候在新加坡就有很多類似像這樣的怪事，他們家曾經買了一個很大的老房子，在新加坡非常的豪華的故居紀念館般地竟然完工於四五十年前外國人用巴洛克式仿古典主義風格的蓋在某一個客家墳場的奢華多院落的奇幻龐大宅院。她的兒子一如她的弟弟也在小孩時常看到有男人坐在廚房樓梯上。才五歲。年紀很小看到很多人在天上飛人在窗外飛。以為人本來就是可以飛地，他不知道原來那就是鬼，尤其那個地方是個老墳場死過很多人那麼悲慘糾纏地永遠不會離開……

一如她在那旅館的夜晚所做的兩個糾纏的像是鬼壓床般的怪夢：第一個夢。在旅館附設的小電影院裡看的電影中的女主角是主演過《慾望之翼》那個馬戲團空中飛人的著名演員，甚至她說她記得那是一個令人難以理解的德國女人非常的高貴又奇幻的優雅，雅利安品種的金髮，肉體還有一種特殊技演員的怪異感的美麗，彷彿是一個大天使都會喜歡到為她放棄翅膀而下凡的聖物般的女人……

但是她應該已經很老，甚至後來數十年在電影裡也很少看見到幾乎消失了，因此在這部電影裡出現的她依然年輕到老道甚至好久都沒有認出來，但是因為她的怪異感優雅也近乎完美地消失，之後在電影成了絕響地已經好久沒有出現過了，但是她所在那部夢裡的電影的角色太過強烈，一如扮演遊戲卻非常奇怪地變成一個狂歡派對裡的不起眼女歌手，還一開始就是在大銀幕特寫巨大畫面中專注地閉眼睛認真地幫一個國王扮相的黑人男人裸露下體勃起的近乎小孩手臂那麼長的陰莖沉迷般地口交。

開始有點緊張的她突然發現老旅館電影院裡好像有一點騷動，聽到一些奇怪的窸窸窣窣的討論低聲問過他們的朋友怎麼可能這麼這樣……甚至，看到旁邊的觀眾有的擔心但還是有的開心。跟後來是一部愛情電影般的談戀愛過程出事引發更多情節複雜的故事，過程迂迴曲折起伏，更後來終於兩個情人可以長相廝守般地感動而擁抱對嘴親吻完，但是瞬間，她突然聽到空氣開始凝結潮濕，一如傾盆大雨般的前一刻，還發出絲絲的低音，就在那一剎那，還來不及回神，突然發現難以描述的奇怪光景，竟然全電影院的人瞬間消失不見，變成水，從椅面流到電影院的地上，就像一種廉價的電影特效，或是廣告的噱頭，但是為什麼會直接發生在電影院裡，到底是哪裡出差錯了，她不知道為什麼，等她回神只剩她一個人坐在巨大神祕一如古廟神祇的猙獰臉龐爬滿苔蘚的石雕Barong怪獸座椅上。她嚇壞了不知道發生了什麼事。

第二個夢。陷入困境的她看到了夢中的某一個靈童的怪小女孩。那老旅館的種種幻境……太像那一個在旅館晚上所做的一場夢：一開始是陷入自己一生的很匆忙慌亂又很破敗可憐的情緒，一如很多破舊的地方裡窮苦的人們，及其因為窮苦而變得扭曲的她不太理解的人生的狀態。

而這個夢卻在月光中帶她到了那一個老旅館裝潢成的出奇氣派的昂貴茶館，那地方是那麼不做作而不炫耀地令人極度寬心，那是彷佛最講究古董店的風雅。那是一個在時差中好不容易挽救的狀態……但是所有客人都正邊喝功夫茶邊觀賞道場現場演出的劇場般的不明宗教的某一種詭譎氛圍的法事……

但是那小女孩卻在法事的道場末端死角，全身被放入花圈祭壇之中。冗長的祭拜儀式細節，還有另外一個老乩童在現場，喃喃自語的控制狂般地埋怨整個道場人很多，正在進行她看不懂的儀式，但是她總覺得有什麼陰謀在後頭。她不知道。最後，女孩放入花圈之中的娃娃被嘴巴插上一根鞭炮，如果點燃炸開了應該會很慘，甚至會死。她替那麼小的眼神天真無邪的她非常緊張。但是不知為何她始終還是很開心地盤腿坐在花圈的菊花瓣朵環繞成塔狀怪祭壇中，彷彿沒有感覺到蒼蠅環飛發出半腐爛發臭肉身花香油香線香混濁的怪異狀態，環身的許許多多祭品鑲嵌全身變成某種拜神豬三牲祭神的祭品犧牲者而牽絆她的四肢癱瘓狀態到完全無法離開。

甚至老覺得肉身恍神暈眩始終在注視著四邊的法事道場的怪牆壁，也老是覺得有人作祟般地隱隱約約地在看她……乩童解釋他不能接受不了解天機玄機的別人安排的太多太多細節，有一個環節出差錯或許可憐的她就會變成厲鬼而死掉，但是廟方道場外行的別人有些法事細節的複雜要小心點安排都不能管，所以他其實只能擔心她也擔心他自己。語氣中有一種奇怪的憤怒，彷彿太多年看過太多這種悲劇發生，然而始終又無法改變什麼。

想起來更早以前的某個剎那閃現的邪惡又模糊曖昧不明的回憶中的畫面，要前往另一個道場落成祭典主持的另外有一些更怪異喬裝打扮的華麗登場的祭師，帶著靈童轉世投胎的她，卻穿著好可愛的蘿莉塔蕾絲童裝盛妝……

那時候她還沒有意識到自己為什麼會在那裡送行，她和祭師們還沒出門。她也在那門口認真地幫忙準備法器聖物箱的老時代鬼東西。

最後才發現她竟然就過去一生就活在那一個像老廟廢墟收留流浪動物般的孤兒們的昂貴老旅館。臨行的她在老廟般大樓梯旅館大廳前廣場的巨大神祕一如古廟神祇的猙獰臉龐爬滿苔蘚的石雕Barong怪獸前……回眸一眼彷彿無所不在也何處都不在但是始終隱藏與移動的那個怪小女孩的既天真又邪惡一如那老咖啡廳的充滿感應神通的……臉。她知道小女孩會出事但是小女孩不知道……或許那小女孩就是另一個她自己也不知道……另一世的靈童轉世般的她自己。

第二十六章。普渡。

之一。放水燈。

老道到底是去找尋什麼還是去遺忘什麼……放水燈……那更是完全無法想像的那麼難受那麼龐大到令人入迷近乎瘋狂著魔無限深入陰暗的最古老狀態。

鬼，水鬼，鬼節的最瘋狂的……怎麼可能……在那不可思議地妖幻絕美的夜空汪洋但是又觸鬚蔓延擴散的黏著混亂場景失焦於夜中煙中火中的蔓延擴散岸邊拉長霧中風景地更無始無終的……那現場的令人完全無法呼吸的窒息感。一如最後放水燈的港口岸邊，有一種放出什麼最可怕的惡靈的忐忑不定的繡補每個活人鼻息化入拼綴斑爛亂針刺繡的水鬼影幢幢的狂歡慶祝暗黑花布底端，一如意外發現自己在外太空的漂流太久之後迷惑不解地終究還是陷入困境失重太空船墜毀後被吸入黑洞的無限無奈……

可是這個放水燈的舊港午夜風雨飄搖的鬼地方其實就必然是老道無心卻意外誤入的中元祭最盛大最深的奇觀。

鬼地方一路沿路的夜海稀稀落落的沉沉的潮聲，太久又太快……太多太多光影暈炫風光的背後還有看不見的什麼……更擁向活人的他看不見的更多鬼門關大開放出的滿天飛舞的螢火蟲般光暈殘焰晃晃然恍神狀態的幽靈、亡魂、鬼魅、好兄弟們的什麼……更涉入人間煙火的波及的什麼……

奇觀的最深末端是風雨飄搖最深的迷離妖幻地無限擴散……一如火光熊熊燃燒著水燈的火必須燒到坍塌前的最後絕美一瞬間的張望……度牒咒語符文及其那老基隆各宗親大會們的十五大姓諸姓大字所在紙牆大門上頭的祭品建築……其殘破不堪的屋脊梁骨柱身三川門扇龍柱長廊側廡合院山門盡頭過半的時候，才慢慢變形地揭露……

火中燒毀的光景突然可以看到的紙製人形木製骨架屋形，剝離的火光中煙霧瀰漫，海聲，火聲，雨聲，人聲，或許還有鬼聲的神劇……最荒謬劇場表演但是又不是表演的現實的超現實感充斥著的……成群花燈水燈一路抬轎步入……更大的風吹起的更大的浪，最終的更燒起來的成群浮動下海紙紮屋群就像一艘艘王船的充斥……

岸邊擱淺般的人群。看向暗黑雲端天空的無限陰霾籠罩著的長空……（放水燈遊行熱鬧結束各宗親會水燈頭花車深夜才開往八斗子望海巷施放水燈在法師焚香祝禱後水燈頭被依序送到海上用以焚燒邀請好兄弟到陽間享用中元普渡……一路火燒水燈頭隨著潮汐往外海漂去的民間相傳的水燈漂得越遠越大該姓氏子孫也會越興旺或越衰弱種種神祕祭拜儀式充滿暗示的繪聲繪影……）

更一如修補剝落燒毀的建築火影肆虐通天，狂亂海風吹船離岸越來越遠，那麼危險浪高漲潮的岸口接過長列水燈神轎……還有很多轎夫們就冒險直接跳到水裡頭去幫忙把那些王船推離岸邊，活人也像水鬼般地入水投入更深的儀式的莊嚴肅穆趨吉避凶消災解厄解悲傷的太多不明隱喻……

中元祭……放水燈太過陰森厲害地可怕……但是老道到底是用什麼再可怕的角度來理解，或許也不免仍然充滿誤解……

一如基隆中元普渡山頭被竹篙搶孤豎孤棚高塔祭壇引發被召喚的好兄弟們保佑，孤魂縹緲雲霧繚繞的野鬼……在鬼月禁忌的難得回鄉般地……探望餓鬼吃鬼東西捉交替的迫切感。

這回更尖銳怪異的動機始終無法兌現……找尋什麼「地獄變相」般鬼展覽可能打開的瞬間最大規模最大限度的浮動感染……充斥著疾厄病毒感染併發急性慢性疾病式的蔓延的更好……就叫做「普渡」祭典儀式普渡眾生眾鬼的眾神保佑平安喜樂。

但是即使最陰森恐怖詭譎魅影幢幢極致的放水燈海岸祭亡魂的夜半，或是最歡樂溫馨感人的眾宗親會中小學大廟小廟滿街跑的醜陋不堪俗豔扮妝遊行花燈的白天到黑夜降臨……都同樣那麼地驚心……

老道的始終無法更入戲深沉點的狐疑……（不只是相對不久之前去一個個大祭典也是悼亡魂的萬般華麗的神轎聖駕神社參拜同時的工法祭品千年歷史到幕府到今天依舊的更古老美學神祕如博物館驚魂的出走但栩栩如生的古代古蹟老件無窮無盡的絕美夢幻奢華昂貴的講究……自慚的不知如何是好）而更是覺得自己好像問錯問題走錯地方投錯胎式的荒唐可笑……卡夫卡式的土地測量員千辛萬苦前去城堡丈量某種不可能丈量的結界般死界依舊用力地找死……

初到基隆就在很多岸邊長出人面瘡腫瘤細胞分裂般的花燈製作可笑但是不知為何又走樣的卡通人物動物明星充氣娃娃般巨大公仔娃娃……那麼難以想像的荒謬Q版神明保佑妖怪現身的現場……覺得所有那些旁邊的蓋得潦草馬賽克鑲嵌脫落廉價匆促長出數十年來的不新不舊的大廈長街屋甚至摩天樓，看起來也變成是馬上可以拿去燒的鬼東西的怪感覺……

一如過去的每回去基隆的更緩慢更落陷困入什麼的時光，老散發出了某種潮濕沉悶的淡淡淺淺的莫名臭味，風吹過來海水的鹹濕難耐高溫的火焰悶燒感，或許就更只是老道自己太想不開的老都有一種感覺好像在擠青春痘流血還擠不出來那塌陷火山口冒出死白濃汁的膿頭焦慮，或是擦地板擦到太多灰塵蟲屍骯髒的死角……然而普渡又把這種焦慮感晉升到更奇怪的狀態。焦慮中的他依賴這種落魄潦倒的氣味，投影人生這麼雷同困頓的無奈……召喚更殘破不堪老舊的生鏽菜刀砍不了任何雞鴨魚肉甚至砍不了任何人的自嘲幻覺……

一如喧囂繁華落盡的舊港岸邊擱淺死亡的鯨屍臭味瀰漫觀望，承認這種承諾的黃昏親兵衛的山田洋次的男人真命苦的那種辛酸很難被理解的困難重重，一個劍術極高劍客對決那個幕府末期末代武士衰亡墮落的苦難而苦不堪言的可笑可憐那種失意的破舊大街暗巷尾的怪現象般怪房子，充斥的老人們仍然沉迷於永遠無法理解的多油多味精重口味的老市場湯圓炒飯炒麵魚卵生魚丼鹹鹹甜甜老喜餅李鵠咖哩餅老公餅老婆餅的黏稠濕潤口感的依依不捨的……託夢式的想不起又忘不掉地……到底離開不了的什麼……

一如那一年因為去的時間跟狀態都變得很奇怪，一路聽到太多外人甚至外國人這些可憐的膚淺的意見也是放水燈數百年來保佑災難發生的不免被誤解的一部分。

或許老道所看到的這些太陰森太自己嚇自己的部分，是不是老是必然那麼用可怕的狀態去理解，跳鍾馗放水燈的消災解厄普渡眾生的神通依舊廣大……但是老道還太膚淺也太看不懂又假裝看懂地始終慌亂……

或許應該想想一路上遇到的那一個上師跟老道說的那句話：「地獄不一定可怕恐怖，也不一定在很遠的地方，可能就在你家隔壁或是就在你的心中……」

那一年雖然也是從另一個大祭回來，然後到基隆來看中元節，匆匆忙忙……一如前一年的慌亂……但是前一年對於好像花車花燈的節目或是裝置很俗氣的這件事情很在乎，但是那一年卻不太在乎了，那天聽到街上一直都有臺式電子舞曲謝金燕的那種還是電子花車的舞曲覺得還蠻切題的開始的時候，在廟口夜市的某一家鹽水雞的攤販，喝珍珠奶茶的時候坐在椅子上聽到旁桌的那個少男跟他同學炫耀他手臂上刺青很複雜，還討論廟出事但是他們也還是要去表演普渡拜拜花燈遊行的事，那些高中生說：我覺得中元節有什麼可怕，不就是現場表演的練習街舞的另一種成發的活動熱鬧登場……還看過走到廟口市場這邊來夜市的人陣頭隊伍舞龍舞獅有三太子，還有法輪功的鼓號樂隊，那個年輕的店員一邊咬著檳榔，竟然身上穿著明聖宮的T恤上衣。後來走到街上來看遊行，在海洋廣場旁邊走過馬路的時候才發現小孩子都坐在地上很多表演謝金燕的歌，玩電動竹蜻蜓的小朋友全家的他們在玩一種新的會發光的燈……旋轉的竹蜻蜓飛很高的大家都很開心到連在旁邊偷看的太好奇的老道都很想去玩玩看，彷彿某種全新的廟宇參拜祈福儀式另一種涉入法術的幻術登場……

馬路在高架橋旁邊的那個大馬路都清出來了，所以小孩很多的大家都玩得很開心。很多人都拿著一把把紙扇子，爸爸在想辦法把竹蜻蜓起飛教給小朋友看，教他們一起玩也都玩得很開心，或許也因為這些小朋友年紀大概都是在念小學一二年級左右，還願意跟著爸爸媽媽旁邊的那種年紀的小孩，這是老道這次來基隆一路看最多的這種小孩，大概也因為再大一點就沒有人要跟爸爸媽媽出來玩的遺憾……

老道就這樣跟著人群擠來擠去，竟然往前就走到了海邊的司令臺前，仔細聽他們大聲的廣播，才發現那裡就是司令臺，有市長在那邊閱兵般地觀看著所有的隊伍一臺一臺的經過的花車，剛好老道看聽到的這一段就是中東舞舞蹈：「請大家擺出漂亮的姿勢，基隆不再憂愁了，大家一跳舞都很開心。」但是現場其實是成群中年的女人肚子都很大，可是還是穿著肚皮舞的兩截性感露肚臍的傳統衣服，變得很詭異氣氛濃厚地既美麗又醜陋……在那邊很業餘的跳的她們卻還是都很快樂，還擺Pose給一路的觀眾拍照。

老道最受不了的是那個女主持人用的一種在賣藥叫聲很開心的方法或是在選舉的時候放送的那種口吻在招呼大家，持續擴大為放送的麥克風大聲地……大家都開開心心但是也要乖乖……在基隆每個角落都看到他們熱情舞蹈開心。介紹各個宗親爭取這個普渡族譜的位置其實還蠻辛苦了，還有很多姓氏想要擠進來現在是十三個姓。雖然說基隆的中元祭是臺灣最有名的十二個慶典之夜，老道甚至看到有直播剛剛在基隆中元祭路上有新的三個小時的基隆市長跟那個女主持人老調情又玩笑在聊天現場。

更多的陣頭表演團體不斷增加……，扯鈴往前，中正國中的雜耍技藝團隊。跳繩是可以增高減肥的作用的運動……跳針跳針……舞曲表演的舞臺竟然是一臺觀音的車子，全車都是閃亮的燈，一整臺車，後面的那一臺是有一隻火龍被一個穿著道袍的神仙手上拿著拂塵……穿著黃袍的花燈，收龍王……金光閃閃的花燈。最主要的波浪的效果。太多太多怪力亂神傳統宮廟花車，竟然也是放謝金燕的歌，電子舞曲，還有很多中年婦女在前面後面跟著跳的舞曲舞群動感舞曲……

每一種吆喝聲音的說法都很怪異但是又很切題……更後來就在海洋廣場這邊待了一段時間，老道想提早走就走不掉，因為交通管制所有的人好像全部坐在河邊，老道甚至走到火車站公車站那邊也完全管制，還有看到一整團的人不知道是哪裡來的……司機說交通管制，其實很不對，沒辦法回頭載客人，老道上車的地方在文化中心上面那邊其實很多人都在等。更後來問了警察才發現司機全部管制，找計程車去八斗子望海巷，連要叫計程車也還要走很長的一段路到另外那一邊去，才有辦法叫到車，整個市區都交通管制了，他說中正路跟中船路交會口，老道說他雖然聽到，但是不知道那一條路是中正路，那一條路是中船路……

一路找路……還路過的巨型公車的車廂廣告的華麗登場的星星安樂園，靈骨塔是個往生後升天的好地方，電視弘法正式立案。蓮生活佛電視弘法的真佛宗網路電視，盧勝彥……蓮生活佛。一如某種祕密宗教的教主的奇幻感的奇幻冒險……

放水燈……一路去八斗子望海巷的車上，一路上還經過了港邊有很多貨櫃的吊架貨櫃碼頭的一個場面，沿著還蠻壯觀的海邊倉庫去，還有也很多軍營。後來還經過海洋大學那個有名的爛學校，但是在海邊還有很多新蓋的很閃亮建築物……半夜的校園，旁邊還有操場，還有很多人在打球，有一個地下道的走廊屋頂還做了很多高科技的花樣燈光閃來閃去，好像很臺的自以為是的未來風……老道想起以前當兵在工兵學校的時候有幾個同梯預官就是念海洋學院的碩士，他們說日子好過得要命，在海邊這樣的好日子應該很好玩，海洋大學，名字好好聽，每一個學生都自稱是帥氣的小龍王小龍女或海王子，然後大概是往八斗子的方向一直開，其實八斗子到底在那邊，老道也不曉得，就只是開往海邊……記得去年來的時候，老道也搞不清楚車開的方向，只是就讓計程車自己找，就這樣一邊開一邊找，經過了很多店家，大概是讓人家來這邊釣魚的小店，看起來就是很熱鬧的樣子。有些買釣魚具的店招牌上寫著斗大的字樣「活餌，現流肉餌。」有點充滿隱喻的生猛冒險感的感染……

去八斗子的路上……在計程車上看到民視的《大時代》，就像《臺灣龍捲風》那樣的劇情的起伏不定誇張到連說話都很大聲很用力，劇情都很滿，吵起來時候就說「我給你跪，請你原諒我……不然我就砍你」的那一種不世出的不幸福又很幸福……

後來計程車司機提早到了，就只把老道放在一個八斗子旁邊的荒涼休息區，旁邊有一個土地公神像的小廟，還一個炒海鮮火鍋料理喝啤酒下酒菜的露天廣場山邊望海餐廳，老道就坐在這個荒涼的怪餐廳這邊叫了一杯飲料，等放水燈，好像離那邊還有一點距離這邊的視野最好，老道不太確定，但是因為時間也還沒到，就在這邊等了許久。心想自己等真的開始燒了之後再決定要不要過去看，去年來的時候因為太匆忙，所以跟著所有的人擠在那個鬼地方，也不太確定是不是有機會像去年那樣去擠到最前面。去年拍的很多照片都是在時間非常短的時間之內拍出來的，放水燈突然覺得奇怪起風很大，但是也不知道感覺到什麼，這次時間拉長，距離拉遠可能可以看到更深入的更遠更大的什麼……傳說中奇幻的風光或視野。他想就再等等看，在這個地方，聽著音樂是老的濫情的情歌，老道好像都聽過，一些大概二十年前的靡靡之音的比較不帶傷害性的情歌，旁邊一直有人在叫來的客人不要停車在他們這個地方，人開始變多了。拍賣會的路邊歐巴桑辛苦叫聲音都沙啞失聲還是叫賣蔬菜水果玩具廚具也很辛苦……

後來還是往更裡面走了，有幾臺電動花燈非常炫目的花車過來了，老道坐在那邊一過橋頭到另一邊就都看不到燈的變動的光影……，老道就覺得這還是離現場放水燈的地方太遠。

也想去看看再說……都已經來了想一想就往裡面走吧，一走就走好久，果然還有一段路，而且人很多，也越來越多。旁邊經過一個小漁港邊有很多漁船上的燈實在太奇怪，懸浮的球型燈泡的ＬＥＤ很亮的燈……遠遠看，成列的大到無法理解的像人頭那麼大的球形玻璃燈，一排排奇怪的什麼鬼東西，像人頭成排懸浮在半空中……

也問到竟然有跳鍾馗，但是卻在第二天晚上十一點，考慮那晚上要不要再多住一個晚上。老道問了跳鍾馗是怎麼樣……好看嗎？他也說他不知道……（坐了一下，老聽到很多人說話，有一個是店老闆的兒子……好像跟同學大聲地講電話：「戒菸戒一戒，不然的話，痘疤不會好。」電話中的他們嘲笑別人，「長青痘最好不要抽菸，五官好看就好，長青春痘沒關係。會變鍾馗很帥到……神威顯赫。」）

走到八斗子望海巷的更裡頭，擁擠不堪的群眾已經太多了……大家都等太久了……有些要燒的水燈，是用大臺的花車燈送進來的，到了這個地方突然想起來去年人都集中在岸邊比較好的位子都被占滿，往另外一邊走，岸邊太多人到連消波塊上有非常多人都已經占據空位坐在上面，有一臺花燈上面的水燈在路上就可怕意外地突然燒了起來……

有人說：「好兄弟急著要住，煙開始冒起來了，趕快送走！」

另外一邊又開始有音樂出來了嗩吶的聲音，形似放水燈的拜拜的作法，一些師父在念經，放煙火，在橋另外一邊放煙火蠻好看，然後煙越來越大，波濤洶湧也越來越大。

有一個老外好像醉了，始終無法忍受地大吼大叫，他長得像死侍也雷同無禮地大聲吆喝。「放炮好聽！……再來一次。我們喜歡。」

老道旁邊站了幾個外國大學生那樣子的在彼此介紹我是大衛我是約翰式的美國派的那種大學生不在乎的交朋友的打招呼……另外一側卻是那半夜開始放水燈前的放送聲音越來越大在念經超渡儀式……

飄起來的和燒起來的船，下水了，燒得很大又很快，一臺一臺水燈的放下來。仔細想想也還有人在水底往下推，還有一艘船從外海來，還穿拉繩子再往外拉，最大的那一臺燒很久有時候飄很遠，有一隻舢板還從外海進來幫忙，放炮……空中有很多臺無人機在拍，一臺兩臺三臺四臺其實還都蠻危險，風蠻大的，水燈船有時候燒不起來，但是有時候又好像多了什麼或少了什麼……老道也忘了去年是不是有放煙火？有人說今年浪太大代表鬼太多，但是拖到最後也終於大部分都走了。人潮越來越遠已經收到差不多是尾聲了，很多人都走了但是老道卻感覺浪潮還越來越大……其實就是因為火光才入海的巨大顯得更為後來跟著人群走，或許老道不應該太擔心太多人太害怕時機不對，所有的時間都會在對的狀況遇到對的事情，這一年真的所有的事情都變得比較不那麼困難重重。

一如聽到旁邊也沿路順路走的人說到：「我跟家人小時候來過，那時候路非常的難走……現在太進步了，來和回坐車的一路看到了巨大的高科技建築物就像海洋科技博物館的光芒都好像很厲害的科幻電影的建築……唉呀！從臺北坐火車到基隆才不到一個小時的時間，就好像回到古代……

老道老覺得放水燈太艱難，或許都只是因為老道想要面對那個艱難而複雜的老時代部分而創造出來的幻覺。

在這幾年不知為何剛好時間撞到了那麼多的展覽或是那麼多的大型的主題展覽都跟鬼月有關……老道

突然開始有一點想保持距離不要那麼快的跳入那種太過於灑狗血式面對恐怖地面對鬼魂和鬼月的方式。或許這是一種提醒的巧合……

一如浪花拍打上岸的老道旁邊的那一個父親跟小孩說的話的玩笑：「好看嗎？漂亮嗎？都是人。在地人鹹酥雞歡迎你，冒煙了，燒金紙，會不會很臭，不知道在等什麼，誦經誦完，擲不到筊，好不好看，等一下就可以看到，船燒完就會沉下去，好兄弟，水鬼喔！水鬼會不會沉下去，不會，來了來了！好可怕，什麼來了……」（噓噓噓！用一種像鬼來聲音感覺很可怕的嚇小孩說……）好可怕好可怕……兒子對父親說：「不要嚇我了……別鬼叫鬼叫！鬼可能真的會跟鬼叫跟來了……」

一如老道那回去基隆之前老在想……會不會今年看到的跟前幾年都完全一樣？結果不但大部分都不一樣，連進入跟離開的法門也不一樣，主要是連老道自己……也變了，也不一樣了……

老道想到那老朋友說到他帶著他剛滿一歲的女兒來看主普壇搶孤臺她卻完全不怕的，女兒只覺得好玩，只像是夜市或兒童樂園的亮亮的顏色鮮豔亮麗登場的喜慶氣氛濃厚開幕，如果老道這次來基隆可以完全用一個小孩的狀態來理解鬼魂纏身滿天神佛抗拒不了陰森恐怖種種事情發生其實只是一種主題樂園式的荒謬……

或許，找尋的這種地獄的入口或是鬼魂的驚嚇或是古老的恐懼都只是把老道帶到這邊的一個藉口，到底老道是來找什麼的這件事情只有越問越為逼近，但是也可能是越問越為遙遠。

路上，看到有一個媽媽帶著她的小孩，本來老道有點討厭小孩，但是發現他手上拿了一個玩具玩得很開心，還一直講話，開心就好，都是在玩，一隻寶可夢式的Q版惡鬼手上還拿著塑膠的狼牙棒。他說：鬼好好玩……

❖

兄弟變好兄弟……去看跳鍾馗之前的一整個下午，老道在那個基隆的老市場，聽到這段時光中兄弟變好兄弟的故事，他就只坐在一個老市場在高架橋旁的小店等著……來了隔壁桌一對看起來超過六十歲以上的老頭和老太婆老說抽根菸再來說……始終用臺語在說的那個男的長得江湖味極端生氣又焦慮到像印堂發黑般的侯友宜的平頭一臉凶相……（老道不小心看到的手機電話螢幕上出現的名字是：珠姐）口頭禪是……幹你娘，好久沒聽到的老道聽好久，才感覺到好像在小時候聽店裡最底層辛苦文盲的長工大人們汗流浹背的時候老用力罵人笑人家的那種說話的臺語，主要老道好久沒有這樣的深入民間疾苦……但是老道卻只是潦草寫下他斷斷續續地聽到鄰桌抱怨的瑣碎焦躁的近乎荒謬劇的某些不連續句子的字眼：

「幹你娘！借錢，什麼賭腳……我對兒子說，我要去找叔叔，過好日子……我們兩人在一起好到什麼程度，你們又不知道，他們的店被抄了，名叫太空梭的電動間，看那個店一個月三萬而已，去看臺子，人頭是我家阿如的，出事，還被捉去關過，既然要做這個，就要有心理準備，做人頭可以賺很多錢，怎麼會不知道，假會，你這樣，我怎麼幫你處理事情，幹你娘雞捌，他們很早以前價錢就談好了，也包介紹客人，兩顆牙齒八千，牙套五萬，本來賺一萬三千，後來就變成沒有賺，我們合作三十年，現在這樣玩我，你殺人不用拿刀，沒行情啦，貓毛，別人賺的就要給人家賺，我弟弟我也賺，做朋友做到喝酒喝醉我還用計程車送他回家，現在還這樣，太過火，這個人我也不想跟他做朋友，以前有時候還下午就打來：亂拗，阿山，去幫我拿一下藥，我跟她說：你先生都沒對你那麼好，幹你娘，上次大家一起吃牛排我請你，介紹生意給你賺，很開心，打牌，沒賭腳，找人就到，賭一下，又愛嫌人家，打太慢，耍賴耍嘴，耍大牌，又愛說，一說給她聽，全基隆都知道，幹你娘，沒錢還打，房租也在借，不要賭了，還在賭，說不來還一直來，問她，只是回說：我番仔沒辦法，番仔他姊最近還跟我說，要去吃一頓，現在，阿如和我們不同國了，不去，叫我去道歉，不知頭不知尾，怎麼處理事，亂來，不會處理事情還愛管閒事的，喬什麼，朋友也只是表面上的朋友，什麼時代了，你兒子當兵都亂來，還有人更亂來，我當兵三十年沒聽過，現在什麼阿兵哥辦同性戀結婚，還申請補助，請假。快退伍了。什麼都敢，幹你娘，好像現在，二百萬在湯姆熊燒光了，還要跟我們要錢，不想污了，就標一個會去還，以前出事，有一個女人被那個男人騙幾百萬了，不知道打了多少電話，討到現在，還是會繼續打，房子也抵押，小蘭也跟過他，出事，別玩了，你再說，你再說，他老婆帶他女兒去捉姦，跳舞跳到在一起，一起睡，幹你娘，我不管，他家的事，但是，欠錢兩個月了，趕快還，吃到這麼大的歲數，別被人說話……，不還，斷手斷腳，幹你娘，再下去……兄弟變好兄弟。」

他們的底層人生在底層生意糾紛語氣用力彷彿置身於三十年前，一如之前老道意外看到那一部怪電影叫做：《小美》，就是在基隆拍的很像的情節曲折離奇的命案，某一個當地的少女失蹤，找人找到師公上人的時候遇到的所有的基隆人就是這樣底層人生討生活的可憐人。也就彷彿是影集《雙峰》的推理劇般的臺版……老道好像太久不知民間疾苦地閃躲這種麻煩（一如《小美》那電影在基隆拍的……充滿了險惡用心的陰沉的什麼：基隆的下雨的天橋下某一臺鄉下小KTV賣襪子的破二手車燒了之後追蹤調查發現太多太多怪人怪地方：某一個同父異母的哥哥，某一個房東是香港人的父親留一個破房子，房間的味道不散的汽車旅館死角，在海邊廢棄的房子搖鈴燒草人的火，找不到有怨念的鬼魂執念的火燒車，坐火車回去過山洞裡的慢火車……那都是底層古城的海岸的鬼魂永遠糾纏不斷般的老基隆）……

老道那段時光老為地獄變相計劃還在忙，老覺得鬼東西本來就不討好。苦守寒窯多年也沒辦法，其實所有現在的事情原則上就是這種死樣子，老道也不能說什麼，只能躲起來，不要惹麻煩，根本也沒用……最近看著天災人禍發生，老道做的鬼東西看的人實在太少了，或許根本沒有人看。最近逼自己在鬼節而勉強找的鬼東西整理出來可以看到更多的什麼……其實根本就不太想動。那幾天的禮拜四禮拜五禮拜六禮拜天，幾天情人節父親節又颱風又暑假到處都是小孩子人潮超凶……到處都是另一種怪異的歡樂感自欺的鬼城災區。

在基隆一跑，拍照的老道都是在菜市場偷拍的……只是假裝在看手機打手遊就趕快亂拍偷拍一下。最近其實完全都沒力氣拍照片，只因為路過那個老地方吃東西實在太怪太動人。就亂拍了一下。

本來前一晚看完放水燈……那天中午就要回去了，但是看到這個跳鍾馗的場子剛好在那晚，想說就等到看完再回去，不過也要到晚上十一點才開始，半夜三更場的老規矩。

第三天了累到有點想要趕快回臺北，主要是因為太熱，而且人太多，太沒力的老道本來去看放水燈回來就累死了，更前天去看山上的普渡主祭壇。半夜去看崁仔頂魚市人煙。他老感覺年紀大到大概一次都只能做一件事就累了，到處都在排隊，這回吃比較多次之後，也覺得仁愛老市場的東西就是小時候吃的那種東西再好一點點，老道有時候不想點太貴了其實就生魚片也不太好吃……

找出很多鬼東西的入手好像找到刀口可以下手，但是一用力就當機。也不知道怎麼辦，拍點鬼東西老道好像在騙自己一樣催吐苦水……，覺得自己腦子和身子都越來越透明到變成像無聊男人或無臉男的厄運纏身……一如內鬼纏身……像那晚看到的那電影……都是鬼，都是內鬼，那充滿變節的紛爭不斷的電影的每個情節，每個場景，對白及其旁白，都內心戲滿布而無懈可擊地講究，充滿陰謀滲透入最深的陰霾，沒有無辜的人，也沒有破綻，太多太難預料的曲折，在每一小段就又迴峰再曲折一回，不曉得誰變節了……那幾天的晚上睡不太著，一直在找可以療癒的分心。就在太沉浸入的半昏睡狀態中看了一部冷戰時代的特務電影，那是太奢侈的老電影式的細膩，沒有飛車槍戰的視覺特效的炫耀，完全是老派的曲折，扣人心弦的心機，其中的每個角色，代號，錫匠，裁縫，軍人……種種密碼式的推理，繁複的線索引入了每個最高層的情報決策圓桌上的內鬼，但是充滿詭辯的試探，臆測，如何找出，如何應對猜測懷疑的未知，漸漸使整部本來就太繁複的美俄冷戰的歷史冷峻如冰點的氣息滲透到英國情報局的部署太困擾充斥的詭譎，也滲透到變成了老道腦袋一直塌陷的無窮無盡的黑洞的填補劑般的甜美的不得不。

老道太喜歡這種陰謀的陰霾所攀入內心的陰沉。尤其是那個時代感的疏離又遙遠。尤其對比另一部叫《同謀》的爛動作片。所有的不應該講究的其自稱為偵探片中的多餘的強調復仇的追凶，飛車，槍擊，拳術，種種太炫目卻套得不太流暢的橋段反而變得主角。但是，老道還是用他的分心來療癒自己，由於整部電影的現場完全是在那很少出現的逼真於老道過去長大那種髒兮兮亂糟糟的氣息氾濫的現在馬來西亞和泰國，廣州拍的。所以，老道刻意完全分心了。對老道而言，那場景中的東南亞國家的破爛不堪的髒亂巷弄，攤販，廉價歌廳，老舊公寓，老一路追逐中的不太行的演警察，偵探，歹徒的黑黝黝髒兮兮臉孔的恍惚反而才是主角。像上回去曼谷時自己走入了陌生的舊城迂迴曲折的難以明說的古老角落，死巷，河渠，隱隱約約的犯罪感，或是百年前殖民或移民的老故事糾纏不清的餘緒。

一如那天，老道坐上公車到基隆一路上窗外看出去都是灰撲撲，以為有人在拜拜，燒金紙煙太大。老道因為上車太趕，有點慌慌張張，就沒留意，那司機還亂飆車式地一路周旋了一會，之後老道坐定下來，一身汗的衣服的穿太多太重。很難定神。後來，走很久，到了山洞出口，還是這樣，空氣灰沉得不像話，更仔細看，才發現是他那髒兮兮的車窗上，還貼了一種灰暗極了的薄膜，使得所有的視野都因之而陰影充滿地陰沉了起來，像偌大的鬼霧或深山的狼煙，老道才發現，是他自己昏暗地打量世界的狀態才曄變是那麼地陰霾充滿而揮之不去。但是，好奇怪的是，那車上的音樂卻挽救了老道，那是那卡西版的歌詞是我想死，但是我也想死你了的恰恰舞曲的又俗氣又歡樂。

老道常常在想為什麼爸媽帶小孩來看這種鬼東西，這是什麼意思，這不是會很令人害怕嗎？還是因為越來越不害怕，越來越像某一種節慶歡樂的感覺，所以所有的普渡祭典儀式的可怕都比較容易接受或理解。

那年本來光考慮要不要來基隆再看一次普渡或是放水燈或是遊行都想了很久，甚至要看一天還是看兩天，都決定了好長一段時間。幾乎是一種已經不只是本來跟主題有關的鬼節日，或是古老的傳統所可能留下的暗示，或是很多意外可能遭遇什麼的啟發……始終太多太多差錯……一如老道看到現場主祭臺前，也有老人拿著很大的腳架和好幾臺專業的相機鏡頭，在某一個架設好的點，等著要拍專業照片。或許專注於攝影的那些老人的無奈，是不是也跟老道也很像。或許這些越來越鬆散歡樂開心的效果，老道也經歷了好幾次。

到底那跟老道想像的……來這主祭壇普渡好兄弟的現場找尋變相地獄的入口有什麼關係或是有什麼老

道看不見的關係？或許他們都已經在另外一個時代用另外一種史觀或是美學打量，但是鬼的普渡不了的怨念並沒有消失，只是用另外一種更抽象遙遠疏離的鬼方式出現……但是老道始終看不懂或是看不清。有的媽媽帶著一個小孩，有的女人帶著一隻約克夏，或是帶著老媽媽幫她拍照的兩個女人在討論照片的角度要怎麼調。男朋友和女朋友騎著摩托車幫彼此拍網美照但是後來就吵起來了。大陸的遊客，也好奇地在那邊辨識所有關於中元節活動的花樣和有些中國古代成語像風調雨順國泰民安很難想像地像，他們有些看得懂，有些看不懂。一如「許」是今年主祭的姓氏。應該還有更多拜拜的老規矩……老時代的更多規矩，在他們這個國不太泰民不太安的時代，可以這樣子胡鬧，還真的是開心。

或許地獄不一定是可怕的，也不一定是遙遠的。也不一定在過去，就是在現在也在未來。

「這主祭壇前以前很多鬼東西都沒有了，本來有一個蓮花臺，我很喜歡跑到上頭去拍照，那是我的童年……」那個女生笑，還大聲的說的時候，她媽媽說：「那也是我的童年，已經有四十幾年了……你看有多久，以前那個主祭壇的建築一下雨就很髒很亂，上面藏汙納垢，但是很有老時代的鬼氣息可以華麗冒險登場……後來不知道為什麼有一年就被一燒冥紙也跟著火燒光光……」

❖

普渡的半夜夢中……老道在那個極端空蕩蕩的古蹟房間裡，他看到了金剛狼而老道就是金剛狼，而且就和某個有點印象的像是演《加勒比海海盜》的女主角但是卻穿基隆陣頭的仙女裝，但是又好像另一個老道不記得他在那裡認識的女人。就在太奢侈的以為是威尼斯但是其實是基隆的老旅館……他們還沒做愛但是睡同一張床。早上醒來發現彼此都很困惑。一如她出現了，到他那地方，進浴室，關門，太美麗的旅館房間客廳，外頭是威尼斯古運河，非常奇幻的美麗光景。

但是，這使他陷入困境，他沒有那麼喜歡她，她也不知為何會來，半夜三更還一度騎坐在他身上，他勃起，但是始終沒有下一段的性愛動作，他太累或是太陌生。他只是和她敘舊，提及太多事，為什麼她都知曉。他也很奇怪。晚上太長。她說她很快就會走。他睡了，但是，醒來她卻還在。不知為何。忐忑不安，他知道她沒鎖門，但是他進去就會死。而老道就是他。

另一個夢中的老道被訪問，輕薄好笑。女藝人的感情狀態，老道回不出來。她們的笑話很愚蠢但是很輕快。K呢？H呢？T呢？老道必須假裝他認得她們每一個人，而且認得很久了，稱讚又帶挖苦。話語中充滿不屑，但是又樂在其中。待了一會兒，老道就很納悶，為什麼出現在這種地方？他怎麼會在那裡那麼緊張？下場都一樣，原因和後果，人的出現，老道的離開又離不開。充滿了不捨又不得不走……這種，整套人生觀的人生重來一回，但是三種完全同時發生，進入，發生困難重重，想離開但是在旅館和在森林老家和在電視臺錄影其實是同一種教訓的打開。可是老道看到了卻還是嚇到了。醒來就全身打寒顫……

最後，老道困在泳池末端。過去認得的官員L，不知為何出現。他說是意外，他陪小孩來，玩水，度假。其實是帶情婦來，但是不想被拆穿。老道也假裝不知道。他找老道敘舊。說了一下午，天氣太熱，人太多，過去太快過去的人生種種。有很久時間沒看到老道，老道說他離開好久了。最後，他竟然問老道為什麼會游泳，他不會。老道安慰他。但是其實游泳……就像日出或下雨，坐車或坐船，決定，過去人生的發生，所有的原因都有原因，太過尖銳而充滿寓意。所以，老道說不能勉強，他開心地點頭……而且在游泳池的光影之中人很多很吵，老道竟然發現他沒穿游泳褲，只好潛入水中把下體也深埋入水中地始終小心翼翼……但是從來沒人發現。

也在另一個夢中夢見一個人上路，不知為何，竟然是騎破爛的電單車，心裡很混亂，但是卻是要去環島看各地普渡的放水燈。卻一點也不浪漫，只是疲憊不堪。還騎了一整個晚上，騎上了高速公路，但是有一段在交流道和一般公路之間的切換找不到路，後來還是老道哥哥出現了，才帶著沮喪而想放棄的老道開始找路的，那是一個臺灣中南部的小鎮，完全骯髒灰暗的地方，充滿了垃圾，沙塵，汙染的河流，廢墟的房子，他們只是繞過，再從密集的巷弄中某個地下道迴轉，然後再轉向另外一個方向的入口。竟然又上了高速公路。一路上都很累又餓，就找東西吃，老道一直沒有那種看人家穿得很帥然後騎重機兜風的樂趣，只是一路都在趕路。

另一大團塊，是另一種疲憊不堪。因為不知為何，老道一回來，就被要求要把騎車環島的過程，做成一部舞臺劇，而且，是在萬事俱缺的狀態中進行的，排演很久，可是一直出差錯，最後，來不及的上演前道具舞臺出問題的時候，老道還要想法子去解釋來拖延時間。對那個負責場控的老朋友解釋他們在做什麼的時候的忐忑不安時。

他說他知道，這跟老道以前做東西的麻煩很像，也和捷克一個做傀儡戲的導演很像，但是叫做什麼名字他想不起來老道仔細想了好久也想不起來，只想到他以前做過一部放水燈電影中有一個人摔到皮開肉綻骨頭都露出來了，可是因為用黏土做的，所以雖然一直肉身毀壞但是卻一點都不可怕，還一直笑，老道就醒了。

W的奇遇更壯烈犧牲地奉獻心力……令老道想到更多神祕主義式的入迷狀態……這反而更接近艾可小說的《昨日之島》的兵器膏藥治癒海中船上狗傷用來測試航海緯度的引用曲折離奇的神祕主義來切換逼近啟蒙時期科學家發現實驗的知識論假設辯論終結不了的莫衷一是。

想到W好慘啊！他果然是老道的上師加持他……怪異地巧合……還用他的慘狀來療癒老道的遭遇。他是故人，一生都無法想像地辛苦，但是好像靈魂的級數比老道規格高得多，從小就是特異功能更強大也更多副作用的靈童……一生都在渡人。

他說他去年也來看中元普渡拜拜……晚上也看到整個自以為憂國憂民基隆市花燈遊行花俏的全新規劃的開心，喧鬧Bling Bling閃亮登場綜藝節目主持經驗突然都變得很可笑很膚淺……

老道所傾信景仰的老基隆海門天險般的歷史定位地理學……海天一色港都夜雨式浪漫滄桑的老派十三姓宗親會壯烈感……

老道想到現場的歡樂……相對於W的慘狀，都異常遙遠而疏離。W說他一到基隆就出事了……那回在基隆才過了第一天夜就覺得彆扭，在廟裡他好像更是喜歡大逆不道地有種輕蔑，因為都是山路他其實不是很有體力腳也開始痛，所以一路上幾乎都在跟別人聊算命的事情，一個仙姑算了他的八字，說他命中完全無火，所以體虛，除了肝以外其他幾乎都不太行，而且後天因素會反應在皮膚上，他想起這幾年來，確實身上越來越多黑點，那陣子，還為了省錢住在鬧鬼又長蟲的宿舍，每天清晨回去洗澡時，熬得越是凶，沿著頸邊越是會裂開泛著組織液，嚴重一點還會摻著血，所以他常常要躲起來拿從家裡偷來的止血精油或藥膏擦，後還休息夠了癒合沒再繼續爛了，卻沿著裂痕沉積著黑色素……不然就是腿邊的黑痣周圍的皮膚偶爾就會發癢刺痛，這種毛病實在太怪又太不致命，以至於他也從不會向別人提，何況傷口也是藏在不會被看到的地方，然而W的永遠不信邪與不信任科學，就和一年前在澎湖遇到的另一個仙姑說的一樣，那顆痣的問題不是先天的，反而應該是來幫助你的……但說也奇怪，正在第二天晚上逃回家，睡前蠢呆地發誓要好好養身之後的隔天就感冒發燒了……

前一天其實他又去了一趟靈骨塔，因為一個過世的朋友遺書裡提及的其中一個朋友，特別從日本回來說要去看他，因為情緒淡去又再度陷入心虛的W，看到這看似輕率的人生勝利組花花公子朋友，竟然在香爐前講了五分鐘的話，才知道原來就算只用一秒鐘的真正面對死亡，並不會因為十年的遺忘而絕情或顯得對生命的不虔敬，即便自殺是無法用任何思想觀念或宗教來抗衡的無解與嘲笑，但死者燎原的意志，餘燼後的繼續衰變，卻足以讓自己回到這輩子第一次的那未名狀的悲傷，在那狀態裡其實誰也都還不認識，正因人類和老道一樣貪戀於時間線性不可逆所帶來的莫可奈何，莫可奈何才成為了真正的豁達。

自從過世的他爸爸跟W聊過之後就再也沒有夢見他。W的父親一聽到他發燒就又一口咬定一定是在基隆的宮廟出事，煞到了或是水土不服地地氣磁場不合。

W還有一天不小心跟基隆老廟裡的歐巴桑聊了幾句，他們就滔滔不絕地跟W講了這個廟的王爺有多靈多厲害，因為文化大革命神明在大陸待不住，來基隆港也是最近的選擇……所以很多對岸神明出巡都從這裡上岸……那幾天剛好是對岸的媽祖來臺出巡……放水燈般地海上神通無限燈火通明……

之二。跳鍾馗。

跳鍾馗……老道始終無法忍受也無法理解為何……一如老道也始終老想到的那一個面對這個世界末日危機的電影中的那個著名的康斯坦汀。鍾馗……或許就是那電影康斯坦汀那種不人不鬼的角色扮演不好的混入現場不小心又跑不了地始終無法忍受地用心用力想救又救不了人地……死去活來。

一如神通出錯的年老神明，困於殘缺不全肉身的奇幻仙人，甚至是妖法失控的妖怪，所有的亦正亦邪的怪力亂神的出亂子……太過複雜的情緒激動近乎落淚還是笨拙的出演、那麼多的主祭壇兩側的電動舊時代花燈，還是一樣會動的四肢癱瘓狀態還是勉強動地可憐兮兮，五官端正但是破損泛黃斑駁的臉頰眉心破洞白蟻群出的老時代扮妝長相看起來怎樣都還是怪怪的慈眉善目長眉大耳佛祖、娉婷回首婀娜多姿的仙姑、仙風道骨道袍拂塵莫測高深的道長、太上老君般的白髮皤皤仙翁們保佑不了自己的大神大仙們，或是忠孝節義那些古裝扮相將相公侯的，還有三個不知道為什麼是穿陸海空軍威風不可一世的舉手禮敬禮的現代三軍儀隊表演軍裝的軍官們……出事了、被下咒、動過手腳地古怪金身啟動但是動作姿勢卻那麼出奇笨拙，所以看起來就更為荒腔走板地可笑。

而且他們嘩變成只能原地踏步旋轉一再重複某種古怪動作的那個荒謬舊機械感，和他們呆滯的失神落魄半哭半笑神情，還是充斥著某一種奇怪的很難解釋的令人害怕的餘緒，就像老道小時候最恐懼的鬼影幢幢的著名十八層地獄的十殿閻羅殿受刑虐身虐心哀嚎遍野的孤魂野鬼。

跳鍾馗很凶險……那一個老先生在拍照的攝影社團或許是另外一個切入的險角……他說他們在拍這個跳鍾馗的過程大概拍了幾十年不知道為什麼老是會拍到什麼怪事或是奇怪的髒東西……

等太久的現場多年後卻竟然變成拍照俱樂部的老先生們最喜歡的一個拍照活動景點，那天看到那一群去拍照的老先生……陷入某種幻象般的奇觀：因為在等兩三個小時在那邊聽他們講話的驚嚇地深刻……老道看到了他們分的那一張A4講義：「跳鍾馗目的在驅鬼除煞，因此演出時間多半選在午後或夜晚，由於『驅鬼』、『除煞』事關重大，因此儀式規矩繁複且禁忌頗多。一般都是採先懷柔後強硬、恩威並施方式，也就是舉行普渡祭典再進行除煞驅離。除煞之前，必先請神降臨護衛，再持咒勒符、摔鹽米、灑淨水，清淨法場，操弄或扮演鍾馗者要腳踩七星步、手持黑雨傘代表八卦，傘面再貼上符咒，保護演出者自身安全，演出時，現場工作人員、樂師也必須頭綁符咒，免遭犯煞。『跳鍾馗』的演出，一般是經由藝師操弄傀儡戲偶或由演員直接扮演鍾馗一角進行。其中以操弄戲偶除煞較安全；由真人演出跳鍾馗的角色，通常是由道士或伶人扮演，儀式進行中如感覺法力不足而無法鎮壓邪煞，則必須咬破演出者中指，血灑四方以求自保。」

其實他們也不全是老先生，甚至年紀只跟老道差不多，有的還是學校的老師……退休快退休的大學教授跟博士都有，他們好像很熟很久了，而且好像常常一起出來拍照，所以就變成好像牌友山友賞鳥賞花友一樣。有的相機也都很大專業鏡頭很長，雖然沒有到更誇張收藏家器材控的等級，但是全身的行頭裝備也還滿多的，連穿衣服的方式都很像，很多口袋小袋背心，T恤POLO衫短褲球鞋。大多是男人，少數女人是來陪老公的老婆。老道心想……他們相對於凶險的普渡拜拜現場，始終太外行了……

老時代，其實真正作法會現場所有重要的人和事情的發生很進入狀況的所有的細節的進行掌握拿捏，從主持儀式的道長到所有跟拜的人們，拿著香燒著冥紙打理供品祭品……是沒有人拿相機的。也不會有人像他們或老道的拿相機，或許對老基隆人而言……他們是同樣的，也只是純粹湊熱鬧的觀光客式的好奇或是主題樂園式的開心……但老道在想的鬼展覽的事還更怪異而遙遠。但是現場躲在他們一群人的旁邊，也還算是有被觀照到，相對於旁邊在普渡好兄弟的法會現場中元慶典的麻煩……

老道覺得他的角色比較像是一個虔誠的朝聖之旅的門人信徒或是一個間諜來出任務的那種神鬼認證之類的特務，好像要找尋什麼，不是現場看到的狀態可以解釋或是某種人類學家的田野調查的探索，或是外星人入侵蒐集地球情報的慌亂……

老道突然發現自己的人生和別人太不同。也才意識到老道從來都不跟別人一起去拍照，或許拍了三十多年來的老道老覺得拍照是很私密的事情，極度個人的事。即使是在很多人的地方拍照也還是很個人的事情。即使現在老道已經不太刻意拿什麼專業的相機出門，也還是覺得是老道個人的像壞習慣一樣的事……完全無法理解地孤獨才能切換到腦袋的洞口下水更深地伏潛，怎麼可能糾團、結伴同行（就像老道覺得旅行或是看電影也是很私密的事情一樣）。也或是老道已經變成很孤僻的怪老頭，所有的事情都變成是老道個人的事情。即使是街拍，過去老道覺得跟別人一起都太累，還要顧慮到別人或是很多人的招呼的狀況會分心或是一定要費心。等待的時間太久，中間有聽到一點討論攝影的技巧其實都很入門膚淺的部分，其他的部分就更嚴重他們老是在開玩笑或是互相漏氣求進步的中年男人的冷笑話互相嘲笑的那種令老道緊張，尤其天氣又很熱，現場老是普渡在拜拜作法是非常吵非常多人充滿著老派規矩的地方。

甚至還有很多好兄弟在場的那種奇怪的陰森可怕隱隱約約的氣息，老道始終沉默隱藏自己，因為害怕犯錯出事而更擔心到一路疲累不堪負荷過重地不可能……他們為什麼不害怕……怕做錯什麼事或是說錯什麼話。老道連站在什麼地方或是等到什麼時候可以拍不能拍都還要問。

他們的攝影師糾團隊中最後還出現了一個好人的主持人一樣的老先生。一邊不斷重複的招呼客人解釋什麼是跳鍾馗，什麼是普渡，為什麼全場都不能講話，為什麼不能講出名字，不然煞到了好兄弟就不好……

其實他滿身大汗，好心好意的照顧場面，就像是普渡現場有很多基隆今年主普許姓的宗親會的老人帶人們辛苦的作法的現場跑來跑去……越看覺得越累。

「請客送好兄弟，要道長來解釋。不要再進去，聽不懂的舉手，我再請李道長來說話……」

有一個人跟那一個主持人說好久都沒看到你，他說他七月十五到現在才出門。那群老先生好像是攝影師，一整群人說：「這裡面有沒有人是第一次來拍了。千萬一開始不要說話，會有好兄弟來找你。別叫名字，安靜地看，一直到放炮。」

但是有人鬧他，一整群人開玩笑叫那說明的主持人阿超老師，大聲說：「阿超阿超！各位好兄弟，兄弟就叫阿超！阿超……趕快幫我普渡！最好順路也超渡……」

主普壇下的老道始終覺得跳鍾馗不是最後那十幾分鐘的現場，彷彿意外發生的神祕神啟……打開玄機……之前那一個小時開始開臉，化妝上妝花臉的每一個過程的細節都算，放鞭炮的開始跟放鞭炮的結束……那般殺氣凝重震耳欲聾的神鬼無言煙霧瀰漫的無限逼近……

一如老道最後去看跳鍾馗也是個意外，但是又好像是個最後的最關鍵的重頭戲，最後的十幾分鐘其實是之前到基隆的三天三夜所累積出來的那種普不到渡不到的孤魂野鬼般的怨念，老道的鬼小說的逼問一再失落的內心想獲得的解答跟切入的方式的問題的煩惱，都在最後好像有了一個奇怪的不是答案的答案，還是另一種切換成鍾馗式的換喻……引用了怪力亂神式的動物和草蓆變成武器的隱喻的切換，荒謬，尖銳，又可怕又可笑……

之前太乙救苦臺前……老道士說：時代不一樣了，這種主普壇的大場現在有一些道士不太喜歡接，也不敢接……會出事，因為道行不夠，撐不住場面，現在搶孤臺的黑旗越來越高，拜的東西就要越多，如果拜的祭品不夠的話好兄弟不高興就會出事。

那種普渡拜拜的入口祭壇廣場兩側都有架起了很高的竹篙懸掛著老黑旗。以前甚至普渡拜拜的供桌上千桌，三牲帶血，規矩很多，規格很高，最大規模的都有賽神豬式的醮場比賽大場面，還有幾百斤比賽冠軍寶座拜豬公的熱鬧登場，現在都沒有了。

好像小時候跟著媽媽去鹿港普渡拜拜的老道並不陌生或害怕……

他說：舊的主普壇在現在高速公路下來第一個轉彎的地方，以前要換的時候好兄弟很生氣沒有筊，不給換，還叫老兵去拆場犯禁忌出事死了很多人到鬧很大……

以前辦桌排到山腰的整個籃球場都是醮會供桌很壯觀……

那個老基隆的老人說：這山上很多事，他小時候家裡的人不太喜歡讓他們上山來看。怕惹麻煩，沾黏髒東西，小孩不知道不好。煞到就要收驚……老時代規矩很多，解厄消災到底場子有多大……十五年前出普，要花一兩千萬。那一個穿著唐裝白色的衣服的老頭子跟另外一個年輕人……說到他們當年普渡的故事。

老道從來沒有在中元節普渡當天的晚上法會送神儀式的特殊傳說的這個時間來過，其實那些供桌上的供品，是到那天晚上才擺出來，因為要法會誦經儀式的講究……上百桌上有很多祭品，不過現在比以前要簡單很多，變成很多三牲祭品都塑膠袋套起來，還有很多小隻的一隻一隻的捏出來的鬼東西前……震盪逼身的嗩吶聲。師公一邊念經一邊丟供品，那時候拜拜很多鬼東西……，撒錢以前還有現金，迴向給爐主……小鬼頭搶得火熱打破頭。

那一個老先生說：跳鍾馗……現在才跳十幾分鐘。沒有以前厲害，以前在山下舊的主普壇的時候才厲害，像是前天本來颱風要來，鍾馗公用草蓆拍幾下，差了五十公里後，風風雨雨就到高雄去了……的神通。

老道士說老時代的規矩太多太多……最後也是請別的道士來拿老時代的麵線和桃子，慶祝地官大帝生日，可不是天官大帝誕辰放天燈……這是普渡完好兄弟上路的最後一頓。電動花車上面有一排字是高雄的全能藝術社，普陀岩的後山前有兩個鬼。中間有一個紅斗篷。女妖老在晃動。問對神，擲筊。才准。有一個小鬼背著一個黑色布包包上面有荀子的古書印文。載去八斗子燒頂竹篙……開始在拆竹子了，因為已經送完神明走了，斗以前出過事，受傷的斗燈。要小心……

還是有打電動的年輕人，拆臺分供品，拚命去撿撿到餅乾糖菓，跟著主祭的師父穿著古裝道袍，跟拜的還有宗親會的理事長背紅帶過肩鑲金邊。有人衣服上繡字：玉勅北巡池龍宮。主祭臺的九點的那一場已經結束了，很多人都在離開，連供桌上的東西都在收走，有很多人拿菜走。後來已經開始在布置跳鍾馗的舞臺了，還有很多人坐在那個鋪著紅色的地毯的舞臺上，之前這邊也是另外一區的拜拜的地方。（中場換場時的現場音樂竟然突然換成喬治．溫斯頓的爵士鋼琴演奏音樂，跟之前法會的嗩吶完全不一樣，現在是過渡時間所以不知道為什麼喇叭就放這個流行怪音樂出來了。）

把桌子搬上的那些徒弟穿著黑布鞋白襪子和功夫褲，從紙箱中拿出一樣一樣的作法的工具，一開始是之前一點一疊的放在舞臺的最前面，看鍾馗的舞臺正前方有一排椅子有一些老先生駕著很專業的腳架和相機已經準備好坐在第一排要拍跳鍾馗的戲……

臺上布幡五個顏色。金木水火土人的元神。四神獸來拜。有兩個不同版本。左青龍。尺。右白虎。秤。南朱雀。紅。剪刀。玄武。銅鏡。黑。

道場報告。九點半，要送神委員會理事長來拜拜。開始作法之後，主道士誦經儀式。拿香跟拜。捏劍訣天劍，五面旗，香插在木斗上。可是有很多人跟著拜。拍照記者們他們回頭一起拜向外的天空。口含符水噴霧劍上。白雞、黑鴨……送神的儀式結束之後換到另外一邊在準備跳鍾馗的開始……有一個穿著長袍上面是孔雀的圖案的中年女人好像是那個團隊的負責人，長得慈眉善目。穿繡花鞋……之後一小時是她幫鍾馗上妝畫臉的時間。已經點香了。在冥紙上面，放了三杯水。成壇。五色布旗，金爐中有令旗。顏色畫得很慢，很多人圍著拍照，用白色的畫在臉上……另外一邊已經在差一個帳篷裡面的神像六丁六甲神，科儀。就是這樣上場……

時間越來越接近……那一個拿拐杖的老頭子上場，原來他是南管鼓的多年歷史的長者……放炮燒香。布幡下開臉……到了最後一個階段了，妝已經畫完了然後他們到主要的舞臺五色旗後面去著裝穿衣服，把頭髮紮起來盤上去。鍾馗公穿上七彩繽紛法衣，紮緊帽身兩端帽沿是銀色，紅頭髮紅鬍鬚變裝臉了……跳的過程很怪異地甚至掉落兩次官帽，或是念白的部分始終一點點差錯，都算是其中的一個部分。一如老道在南印度看的古舞蹈也是畫了好幾個小時的臉。穿著鍾馗的衣服跳鍾馗的舞其實還蠻講究的。用雞鴨草蓆上臺下手去作為送神送鬼的道具的象徵。

一如現場始終有一個小鬼般小孩跟母親大吵大鬧地吵架，演出中的他完全不聽話，只是一路在臺前跑，最後坐下來還去玩雞玩鴨……學鍾馗說話動作栩栩如生，用雞頭用鴨頭張嘴畫符面向舞臺的東西南北四向，用草蓆是邊打地上，還用那一個草蓆變得武器亂打亂跳，學鍾馗的念白是用臺語亂念：「我是奉玉皇大帝之命來基隆……抓鬼馗公大展神通抓小鬼……」

❖

腦子裡都是老道士說的死去活來的鬼話：「跳鍾馗演出儀式，主要用來驅鬼、除煞，由於禁忌繁多，所以老時代的老規矩……並不給外人看……」或是發給觀光客的摺頁上的入門說法：「鍾馗乃治鬼之神，『跳鍾馗』常用在『送孤』、『除煞』和『壓屍』之科儀表演。所謂『送孤』意即普渡完之後送走孤魂野鬼用於醮科較多，以免好兄弟駐留不去。『除煞』則用於安座開廟（廟宇新建或重修落成）、開臺（戲臺開臺首演）、開地（拓墾新開發之地）、謝土（新居或新墳完工）；除了基隆……臺南、高雄沿海地區在結婚、做壽、彌月祭拜天公之前，也要先跳鍾馗除煞以表慎重。『壓屍』則常見於臺灣北部地區，每當發生車禍、礦災、溺水、自殺等意外事故，為避免『枉死鬼掠交替』就必須『跳鍾馗』驅鬼，以免事故重複發生。『跳鍾馗』除煞常用法器包括『白公雞』、『白公鴨』、『七星劍』、『草蓆』、『掃帚』、『鹽米』、『五方符』、『八卦傘』等；其中『白公雞』代表陽氣；雞啼破曉象徵破陰陽、剋陰煞；『白公鴨』則取其諧音有『壓』制之意；七星劍用以斬除惡煞；草蓆俗稱『草龍』，在其兩端綁上冥紙，用火點燃後揮舞，並拍打地面以嚇阻鬼煞；『掃帚』則意謂掃除不淨之物。」

老想到那天電視最後看到的：水晶骷髏的祕密，瓊斯博士……幾十年之後很老的傳說：某一個考古學家變成一個傳說的探險家英雄……老道更動心的插曲……卻是情節裡頭始終有一個老人，因為知道了祕密，但是卻變得完全瘋狂。認不出來所有的故人，只是一直喃喃自語，手對空寫的字，就是謎團的解謎的破口。

但是因為他被關在精神病院裡太久了，所以老是講出或寫出別人都聽不懂的鬼東西。最後瓊斯博士遇到他才開始想辦法解除他所要傳達的訊息……老道在想的是他的頭腦被放進去太複雜的東西之後，變得完全沒辦法跟別人解釋，他所知道的祕密或是如何去找尋那個祕密的方法都太過困難，到最後他的腦子的部分開始消失，他的回憶和他的知識都不夠用，最後人就壞掉了……一如老道。

老道也想到在曼谷的時候看到一個和尚，在老道都已經覺得無限炙燒炎熱的天氣之中，他還打赤腳在曼谷的街上走，完全沒有帶東西，而且不是流浪漢，老道覺得他始終在提醒他也用他的眼神跟老道說一些他一直都沒有留意到的神祕的狀態。不害怕，不預設遇到什麼就遇到什麼。那幾天看電視還是令人煩躁，始終在講香港的事情是在講總統選舉歹年冬厚瘋人太多太多現世的活人一如死人地好兄弟出來亂的怪事情，使老道變得非常緊張，充滿對抗壓力的語氣，甚至還有一篇法國哲學家在講香港的政治動員的麻煩是一個哲學觀念去解釋政治的問題就是鬼魂的問題的更為離奇。

那幾天在基隆快要累死的那麼熱有那麼多人的普渡遊行放水燈的麻煩裡面……或許跳鍾馗是最後一個意外的結局。另一個意外發現太晚了，決定半夜老道回臺北回來的路上決定坐Uber車，異常疾速，又因為高速公路上的燈很暗所以好像進入了一個黑色的隧道……迅雷不及掩耳般的晃然流動的光影在黑暗的夜色之中快速地趕回臺北，從基隆回臺北好像是回到一百年之後的人間，那麼傳統的祭拜的儀式，在那麼熱的夏天的鬼月裡面，突然快轉，一如一種視覺特效，計程車司機有在放一種奇怪的流動的舞曲，低音很重，但是又很快速的臺灣舞曲跳舞用的那種年輕人的節奏，非常的荒謬但是又好像很扭曲的切題。

就這樣意外地用一種科幻電影一般的塔可夫斯基太陽系那部電影裡頭的怪感覺……從外太空一下子就回到地球或回到人間的無常迷幻……

❖

老道老回想到普渡現場的第一天……天快要黑了，走到基隆廟口的夜市，有一種詭異的陰暗但是天還沒有全黑，後來人也開始變多了，老道一路吃，因為太餓了，肚子空好像是最大的好處，一路看到很多店，有越南的河粉店，有賣水煎包，賣電子零件，賣可以給小孩子玩丟圈圈的玩具店，還有更多潤餅，水煎包，清蒸肉圓，豬腳湯，很多很有名的老道都還來不及吃，因為人實在很多而且老道不想排隊，而且分量太多了老道一個人也沒辦法吃。

後來還是走到最尾巴的廟口旁邊的店，老道吃了他一直想吃而從來沒有吃過的基隆的炸麵包三明治，其實有太老了皮太硬了其實不太好吃，但是還是排隊排了一下子，這或許就是來吃夜市的一個前提。後來老道只吃了人少的可憐的廟口廣場旁邊的羊肉湯，以前吃過覺得還不錯但是今天吃了覺得羊肉好老。老闆是一個胖子，他的心不在焉的瘦老婆在幫忙，有一個很大的電風扇但是吹出來都是熱風，一邊吃一邊流汗很不舒服。

其實這個老廟口還是蠻壯觀的，走到後面看到壁畫開漳聖王的傳說裡頭完全用金漆畫的騎著馬的將軍在打仗的壯烈犧牲奉獻心力一生的感人故事。但是還是有一個招牌：「請觀賞不要觸摸」來喚回老道的感動……賽錢箱裡有很多人捐獻，老道始終在猶豫要不要捐錢……因為老道一開始走進來廟裡只能洗水果供品的洗槽去洗臉擦一身汗，但是還是怕冒犯，罪惡感多到怕遭天譴，對不起神明。

廟口的這個廟原來叫做「清寧宮」。龍柱和螭壁的雕刻的水池一如尋常廟宇拜拜的所有典故行情，只是其中的古人將相公侯扮相是當年神通蓋世英雄開漳聖王的傳說。雖然老道沒有心理準備，還是看得有一點點認真，太多太多的神祕的神人們顯得好像熟悉可是又始終無法理解為何好像不太熟悉的感覺。

更驚嚇過度是後殿的額外出現的另一端太歲君星除了可以安太歲的壇位旁還可以抽籤拜拜，旁邊的上頭還有對聯：「風調雨順國泰民安」甚至前頭還有兩個高聳透明玻璃的撫順將軍和富盛將軍，顯得特別珍貴的歷史神話傳說人物威風不世出英雄們般地率領廟門上眾多其他木雕華麗天兵天將共同登場……

天快要黑了，有一點風，所以比較涼，路上的人好像越來越多，老道還是一路找東西吃，雖然一開始也不是很想吃什麼，但是老是好像人來瘋一樣想要跟大家搶一搶一路的刈包豬肚湯肉粽燒賣……還有媽媽帶小孩背小孩在找的太多太多鬼東西吃。

山下走太久太遠太累，最後決定直接坐計程車上山了。一路還有一臺垃圾車的音樂因為聲音很怪異，聽起來好像在哀嚎的〈給愛麗絲〉鋼琴的聲音變成的破爛電子音樂。詭異一如魔音穿腦……

在上山的路上，看到很多血紅燈籠，老道叫計程車上山，因為車的走法跟以前爬山的人的走法慢慢沿路攀爬樓梯不太一樣。坡道經過的地方彎來彎去的山路，還經過了很大的建築是人間末端的很多窗口人影燈火通明的巨身醫院或是警察局或是學校越來越灰暗的長屋。

一路旁邊還有人騎摩托車，好多年輕人好幾臺一起飆車上山來看這個中元普渡的花燈故意很誇張浮在半空中般的在山上最高的鬼地方。

但是其實建築物是在這個主燈壇的後面，外面等於是很多小燈華麗的古時候的燈塔樓。左右兩邊立面上還站著兩尊很大的真人白頭髮白鬍鬚穿著古裝的仙翁老人，正中間一個塔樓斜屋頂中國古代建築……中元節聖誕慶祝聖讚花燈，因為太過漂亮而華麗的閃亮所以變得一點都不陰森，還變得很像是主題樂園的入口。一路還有很多爸爸帶著小孩上山來玩小孩坐在爸爸的脖子上，拍全家福的照片。大家都很歡樂的在拍照，或是在講笑話或是有一種國泰民安的奇幻的歡樂感，甚至是在很高聳的搶孤竹棚前兩邊還有幾個小廟前搭建帳篷攤位，老道記得前幾年來的時候，甚至光影炫目外古祭臺其實還蠻仔細講究依古法製作所搭建帳篷的天兵天將護法起來所有的排場，某些掛布幡連主祭陪祭神明都在……

那一天好像還太早了所以還沒有開始搭建帳篷裡的神像。只有祭壇旁的招牌上寫著歷史最悠久傳統的故事：「基隆在歷史上從中國漳州、泉州的移民械鬥，到西班牙、荷蘭、法國、日本等列強的侵襲，基隆經歷過了無數的戰爭與死傷，為了弔祭這些孤魂野鬼，基隆中元祭從一八五五年就開始舉行，是臺灣第一個舉辦中元祭的地方，至今已經舉辦一百六十三年之久，參與人數也逐年遞增，宗親會更是一路增加到十五團的聲勢壯大。中元祭期間幾乎每天都會有大小不同的祭祀儀式，主要儀式的活動都會在農曆七月十二到十五日舉行。十二日主普壇開燈放彩、十三日迎斗燈遶境、十四日放水燈遊行、十五日中元普渡……

農曆七月十三迎斗燈遶境，『迎斗燈』可以說是中元節主要活動的開場暖身，這依循古制的盛典約在下午二點至五點舉行，平時安放在各姓宗親會中的斗燈，都是聘請專業工匠古法製作，有精美的雕花木紋，按照比例分成天、地、人三部，並分層放置刀劍等物，斗燈在遶境活動這一天坐車遊街，為民眾祈福，各姓會館的斗燈在遊街後，將安奉在慶安宮內。」

老道記得前幾年上山的時候，都是走後山的曲折蜿蜒山路，那種離奇的山路崎嶇難行一路，始終走了很久又很黑暗就變得害怕，今年所有的事情好像變得容易，或許是因為他自己一個人來，所以一想到不想上山用走的，就直接叫計程車了，老道的膝蓋受傷不太好是偷懶的藉口……變得去年的麻煩都消失，曲折離奇都減少的跡象……

後來下山的時候，竟然還有很多很多的路人，也一路這樣子走路走下來……有時候還看到路燈越來越亮，往前一看，竟然是一個大型的運動場廣場的一群年輕人在那山邊打球鬥牛的籃球場，原來那是山腰的著名當地樂園的基隆市中正公園籃球場……老道一到，就還有一個小孩來幫老道開門，叫老道進去一起打球……陪他阿嬤陪其他小孩在那邊玩耍。他們把他們的童年就放在這個開心的地方，這是基隆當地住一輩子的過生活的後花園的後山的人間煙火……

還看到了一個扶輪社的涼亭，好像是以前老道走過的地方，還有一個山路休息的長椅彎道情人眺望遠處山下基隆燈火通明閃爍奇觀的景觀地。就像山邊的蚊子一樣多，天氣一樣熱，老道一樣走到最後一個很高的樓梯。但是老道卻只是切入歧途刻意又走到黑暗的路了，離開了那條大馬路，因為幾年前老道來過基隆太多次了，這裡變成是某種老地方的回憶，來這條路也走好多次，老道想起來，路尾的忠烈祠，往往路邊還有一隻大黑狗在睡覺，來過這邊很多次都會遇到，像是廟公般的山神土地……

但是那個山腰蓋起的傳統中國建築的忠烈祠都沒有人，或許成仁取義的國家喜歡的梅花雕刻加上上頭雕刻書寫著忠烈春秋的楷書匾額……還是都沒有那麼香火鼎盛有求必應地像普渡的主祭壇那麼令人感動或是令人害怕。甚至還出現「本處牌樓上方結構風化。有崩落危險。請勿逗留」的標誌，出現在牌樓快崩塌的柱間上頭。

然後是下山的廣場前的坡度陡降到離譜的高樓梯，一路往下走還一隻手扶著欄杆，這裡老道之前來走的時候，害怕的要命，因為那時候路又很黑又陌生，而且是往上走，不知道要走到什麼鬼地方，陡壁般地攀爬在又黑又暗的山腰間，甚至老道那時候的肉身太多毛病，腰和腳和膝蓋都不太好，老是一走起來就怕自己會更受傷。

始終有一種奇怪的恐懼，不知道為什麼，一如過去幾年一直這樣子，過得很不順利地……自己嚇自己。變得很沒自信地猶豫事事遲疑……

這幾天一路在基隆聽到他們講臺語那種奇怪的自信，老有一種很不在乎的只是想好好活著和好好過日子的堅持什麼……老道的半信半疑人生多舛的自欺自溺的直覺反而還蠻受啟發。

一開始一路都在拜……拜的供品很多、燒香的煙很大，還有旁邊那老銀樓創立於民國二十六年老店門口供一隻豬公好幾桌的供品的做生意的老闆很認真的在拜……老道開始亂走來，看到另一邊的旁邊還有媽媽抱著小孩在看店，那一路都是最熱鬧的廟口旁邊的生意，種種小店肉羹、滷肉飯、天婦羅、泡泡冰……還有少女服飾店也還有藥店香店雜貨店甚至打電動的電動間……不知道怎麼說老道心中總覺得今年那麼不容易來好像應該要再更不一樣一點或是老道還是覺得要認分一點面對這些民間疾苦，尤其肚子始終很餓……一如餓鬼。

後來還是到了仁愛市場裡面去吃東西，那天很多老店都還有開的，還是吃的那家炒麵阿嬌炒麵的炒牛肉炒什錦炒麵。後來在吃冰的時候跟那個老闆聊他在削芋頭的皮很麻煩，他說一天可以賣掉三十斤的芋頭，到中午芋頭就已經沒有了，但是湯圓是剛煮起來，還是熱的，可以請老道吃。他們夫婦看起來都超過七十歲的老頭子老太婆了。旁邊的老店還有新娘美甲美容中心，有按摩的，有賣念珠的，完全沒有變的老時代的舊裝潢店面，靠窗的燙頭髮的店的那種老式的燙頭髮的機器……甚至那些老太太講話的方式，講臺語，吃鯊魚煙，吃生魚片，喝牛肉湯，吃牛肉麵……最重要的感覺是因為那老地方太像回到老道小時候的樣子。

那回去仁愛市場，感覺真的不太一樣，那天注意到那個之前來吃的那家日本料理店的招呼客人的女老闆是一個有點年紀，動作非常的從容緩慢但是又可以打點招呼。但是穿著樸素像道姑……還看到樓下的那個菜市場在收攤的賣魚賣肉的老攤一路……還有一個流浪漢還是看起來有一點點精神病的人還是站在樓梯口看著路上的路人走來走去。喃喃自語什麼……

後來一下來了開始看到了花車，剛剛在走經過那些開始收攤地點的時候，就聽到他們在說晚上要去看跳鍾馗，好像那個是每年老人們的一個湊熱鬧的場子。後來回到破旅館來找電池充電，因為手機已經用了一半的電，這個破旅館實在太像老道當兵時代的那種QK的爛旅館，使得老道對它完全沒有期待，但是至少冷氣是冷的，電視也還算大臺，櫃檯的小姐還算客氣，有一些來住的人也看起來像是阿兵哥，或是學生或是鄉下來的要來看熱鬧的老夫妻。

那一個旅館的大廳最奇怪的是有一些老東西，不只是一個髒亂不堪的舊木櫃子裡面的銅管樂器薩克斯風場中央喇叭聲說喇叭小小喇叭還有一把中提琴還是大提琴。旁邊甚至還有機臺老師帶的點唱機和一個小蜜蜂電動玩具機器，還有一個可口可樂的老冰箱，舊金屬感的老酒吧的怪異感覺。那次訂的時間忙完的，竟然還訂到，而且是那天晚上拖了很久決定要不要提早一天來的時候才決定半夜兩三點的時候才定。有點後悔不會就這樣吧。

住到了這個旅館很像是做QK，在某一個廟口夜市旁邊很小的小巷底破爛高樓，找了三層樓，剛剛坐電梯的都像放假的阿兵哥的人，身上穿著背心上面還在流汗……

突然想到在電影裡老就是拍基隆的很多問題重重困難重重的人間蒸發不了的人間煙火場景，很多小人物活在一個艱難的都市討生活，裡頭很多基隆的人討海討生活辛酸過日子的更裡頭的內心戲的麻煩。或許基隆普渡眾生的問題不是在死人……更還是在活人。

也突然想起……那天走出老市場……基隆午後的天快下大雨前一直在打悶雷的下午。走了好久地路過一個廟口十字路口。竟然看到了一幕極令人緊張的畫面……

那是一個非常引人注目的老歐巴桑。走路極慢……她推一臺嬰兒車。小孩極小。看起來才剛出生不久……。沉睡。她還更奇怪地牽三條狗鍊牽三隻吉娃娃。太小隻了。晃動地跟著她往前走。像假的動物。玩具。廉價地只會晃頭晃腦晃來晃去。那種像走快一點就會解體地……脆弱。奇怪。瘦小。

那老太太。很瘦。眼神恍惚。好像沒洗臉地素顏。燙三十年前的捲髮。很髒。很久沒洗。而且穿老壁紙那種花色的鬆鬆垮垮洋裝。看起來。就是……女鬼般的肖仔。

但是。她卻仍然推著剛出生小孩的嬰兒車。牽著三隻太小的狗……整個人看起來。跟牠們一樣脆弱而瘦小地……遊魂孤魂野鬼般慢慢地過斑馬線。

❖

三D無限歡樂佛的那晚老是害怕會發生什麼……回到旅館房間隔壁的怪聲音，老道太累了，又太擔心……完全陌生的地方。又是普渡拜拜的一天，鬼月的靈異感，放水燈的太過龐大恐怖地心有餘悸……跑了一天太忙太累，最後還是沒有辦法馬上睡著……甚至還有一件怪事……洗完澡躺下來的時候，老是聽到鄰房的笑聲連連發生什麼事的半說半笑……有一個少女的笑聲，覺得很奇怪，靠牆壁去聽又聽不到他們講話的聲音，老道在看電視，好像時有時無也時大時小的笑聲，甚至時間久了，也和老道亂看電視的節目有著怪異的忽大忽小聲的什麼關係，老道有點害怕……

或許也只是老道胡思亂想……那一段鬼日子忙鬼展覽老是太迷信地亂入太入迷的種種可能……怪力亂神的應許之地的基隆又是中元普渡的太過複雜的情緒激動的暗示什麼太多太多……

甚至，那次來看放水燈遊行的最後決定的時間太匆忙，訂旅館已經訂不到，亂訂到的某某新的鬼商旅，看照片還好，但是一到了現場，這鬼地方老道從來沒有來過，一開始就亂轉遙控器，國際新聞中美談判破裂導致無法理解的波動幅度、香港抗議示威的機場癱瘓狀態、摔角聯盟大賽冠軍寶座爭奪戰一觸即發……，有一臺在重播旅遊節目拍到八卦山在日據時代留下的痕跡的民族英雄傳說和繪聲繪影的鬼故事，更後來就慢慢變成在亂看這個怪旅館內建的災難片、動作片、愛情片甚至色情片……

或許是因為剛換新的液晶電視螢幕很大臺，而且他們大概為了吸引更多太苦悶的阿兵哥就特別用心地內建了很多A片，竟然節目多到有五六個種類西洋片，光是日本片還有三臺，各別有四十八部，但是都是沒看過的冷門電影：劇情片，動畫片，AV女優，無碼的。

老道太好奇到最後就只是亂轉，當成是在外國，甚至是東南亞或印度那種落後國家的奇遇，某種異國風情的異象連連發生的奇幻感……

那天正在想一些更變態的事情來讓自己可以更激烈入戲的恍惚慌亂之中……電視中所意外出現了的太多切換各種招式女演員的演技扮演角色甚至類型，那晚所看到更多更狂暴喧鬧更多超現實特殊第一人稱視角加三D透視立體影像的某些更離譜得很但是反而更亢奮狀態……尤其是出現了荒腔走板孔武有力近乎瘋狂誇張的肢體衝突的妖怪的雞巴巨乳長腿性器官……有些應該是設定成著名的線上遊戲的性感動人女主角或花美男肌肉男的男主角被刻意剝光綑綁……被某一些網路惡意破壞的視覺設計高手花了很多時間故意做成三D的色情版，他們大概仍然一開始都穿著破關的衣服那種突擊隊或是《古墓奇兵》的裝備有一點SM的風格的設計的緊身皮衣皮褲長靴，但是後來出事的他們相遇的瞬間卻是在某一個非常困難的關卡就完全變身……變得越來越像受害者的無奈無法理解為何地無限淫蕩……就在遇到太過厲害的魔王惡鬼妖怪種種猙獰可怖臉孔觸手延伸爪牙尖嘴利牙獠牙刺入剝開乳房陰唇，女主角非常用力但是還是被刑求般的美麗光景，痛苦的神情中卻滿懷感激不盡完美的呻吟淫蕩的參差迷離目光，以前老道都會避開這種很暴力很殘忍甚至離譜的妖怪造型的刑求性愛，比強暴更強暴的誇張版本，妖獸的形象和風格的異形怪物的長舌獠牙斷裂的扭曲變形肉身，所有的手指腳趾都變成龜頭的陰莖活生生像寄生獸地噬血狂襲但是卻又無法理解為何留下了性愛的暗示，某種狂歡慶祝裸露性感交戰過手一如交歡的惺惺相惜，扭身交纏不清下體淫水流瀉如歡喜佛的神女犧牲的倒錯遺憾……

那晚的老道內心深處始終充滿懷疑……他以為自己從小太過馴良地長大成人害羞恐懼在性愛上永遠缺

乏自信地膽戰心驚……或許就是所謂的被虐傾向本來是M卻在這麼怪異的看完跳鍾馗的普渡拜拜之後卻彷佛因為太累太深太不同的情緒激動到性的亢奮意外切換成虐待傾向怎麼變成了S，還是更變態離奇妖獸式的S，充滿二頭肌三頭肌人魚線八塊腹肌的魔獸黑妖白妖的妖嬈身影，竟然就是因為雞巴硬不起來射精射不出來的不夠亢奮的半夜快天亮的時光，老道在某種人鬼殊異的交界彷彿是已經走火入魔……從和尚修煉過久出岔竟然變成妖怪……到底是哪裡出事了般的老道腦袋好像被植入了什麼更奇怪的病毒或是植入惡意破壞的神經元損毀痕跡而變身成為另一種變種人般的存在……

最後竟然停在印象深刻的最難以理解的是某部怪動畫，那是某種妖獸類的三D妖怪的畫風，老道以前都不太喜歡看這種類型……以前三D動畫那種看起來很愚蠢很難想像地近乎騙小孩的科幻感地暴力色情的變態完全的自欺……

但是覺得這鬼地方的意外的有一部這鬼電影還蠻特別的……但是因為畫得跟過去看過的完全不同，出奇地精密繁複，充滿細節，肉身的光影變化毛髮肌膚都令人感動地入迷到……竟然很寫實又很逼真，所以始終無法忍受地好奇怎麼會像是看阿凡達那般的入迷到有種奇怪的真實感，太逼真……到跟過去感覺不太一樣，有點曲折離奇的故事也有些動作遲緩抒情的細節，那麼多的情節充滿了深沉無辜或無心誤入陷阱竟然是神啟遭遇的種種種種問題煩心表情還蠻生動彷彿置身其中的真實感……

那電影也始終無法抗拒誘惑地一路女主角探索追蹤跟中世紀歐洲的邪教儀式有關，歌德建築的神祕列柱間的柱頭充滿惡魔的謎語變奏教堂的地窖，長廊末端深處的最奇怪的是那現場的怪物肉身都和建築的弧度彎曲變形賁張的列柱長在四肢癱瘓般的連在一起……很像都是一些魔獸世界的奇幻詭異造型。

最後畫面中現形的暗黑神信徒們跪拜成群的盡頭，終端祭壇禱告的美女大胸部裸體女主角被三隻很大的獸人拉開，口交、肛交、七孔流血又孔洞全開到性感美女的理解完全改變……修長雙腿之間的千手觀音般的手腳不斷地晃動震盪，一如西藏歡喜佛怒目金剛（甚至就像那晚去看的跳鍾馗的猙獰可怖神情的巨大凶神惡煞怪身影）那種雙修半人半魔古代佛像的栩栩如生的龐大妖身……

但是老道仍完全困惑地困在隔壁房間的羅曼・波蘭斯基《失嬰記》或是大衛・林區《我心狂野》版本的幻聽意識慌亂的怪笑聲連連的恐懼……卻也完全困惑於眼前的三D的阿凡達祕境動畫的肉身和魔獸們的交歡彷彿在作法又在做愛，充滿了驚人的暗影閃爍不停地極光般的異象，她好像有點被強迫可是好像是甘心犧牲奉獻……充滿熱情奔放笑容的女主角又有點擔心又有點開心，有點強迫又有點入迷地……卻一如另一種荒唐跳鍾馗驅鬼儀式……歡喜異常。

第二十七章。遊地府。

之一。十殿閻羅。

遊地府的地府到底是什麼樣的鬼地方……地府一如地獄都不免令人憂心忡忡地永遠無奈的煩惱……一如陰風慘慘戚戚……或是受刑動作非常拙劣粗糙的行刑即使切開肚子割頭抱火柱上吊刑都顯得只是地獄……無論是人的還是神的，無論是內部還是外部的，都一再發生死亡的某一種更簡陋粗糙的變奏曲場景……老道只是參與了這種變奏地更荒謬的過程，一種公路電影到最後還是沒有找到要去的鬼地方或是找到的那個地方其實沒有他想找到的鬼東西……始終充斥著種種的徒然與惘然……

也一如找尋代天府的地獄來支撐老道的地獄變相計劃的瓶頸……或許不免也只是他覺得要想法子更支撐點的自欺欺人。老道始終有一種在某種奇怪的結界看不清楚後頭有什麼的入口……十八層地獄這鬼地方不免是一路迷路接近尾聲的煩惱……從過去到未來的地獄。

他跟老道說他一生好像就活在那這個島最著名的這奇觀般的遊地府主題樂園般的地獄旁不遠的人間……甚至，他還去過十八層地獄門口旁那代天府廟前廣場吃過盛宴上百桌的宴席料理盛況空前激烈……但是他太小太不知那老時代老地方的老規矩及其太多太多幸或不幸同時發生的既開心又凶險……

他說他小時候常去那代天府五千歲王爺廟拜拜或普渡或就是去玩……甚至，有一回還跟著家裡的大人去吃過非常驚人的頭人長子結婚喜宴盛大登場的最體面上百桌的場面，可是父親到了第七道到第八道菜就說要走了，他很捨不得，心不甘情不願地抱怨但只還是跟著大人回家的路上，他那個交友非常廣闊當過多年里長土地公般的父親最後到家才說那盛宴太招搖太不像話到很多桌有很多小弟都帶槍上桌，實在太不安緊張，也因為那一陣子傳說有地方幫派派系因為選爐主交接糾紛可能要來找麻煩尋仇，所以非常的緊張局勢升溫，太多人穿西裝還是可以隱約看到身上刺龍刺鳳的刺青還配槍……

他小時候還老跟著媽媽去拜過代天府那地獄旁高聳入雲的用大悲咒文八十八尊佛像浮雕的怪觀音塔樓而且發願要抄大悲咒，還要一邊用毛筆抄經一邊念經，寫太久就會越念越暈，腦海老會出現那個怪異的弧形天壇塔樓身上的大悲咒咒文那些佛像太過奇奇怪怪的像妖怪的浮雕。他父親當年捐款幾百萬蓋塔到贊助人的他的名字還在佛祖旁邊出現在那個塔身上。他老炫耀這種寄付可以光宗耀祖到一生保佑他們老家族的平安喜樂到大富大貴，甚至種福田夠用好幾輩子……

他說這種抄經許願是他童年費解的怪事。為何要用王羲之的娟秀雋永集字聖教序書法。為何要抄經只能抄奇數次。一次三次五次七次九次。他還被當懲罰到抄了九十九次大悲咒到都像九九乘法表那麼熟到甚至會背的那些拗口梵文的佛祖神明名諱……

南無喝囉怛那哆囉夜耶·南無阿唎耶，婆盧羯帝爍缽囉耶·菩提薩埵婆耶·

摩訶薩埵婆耶·摩訶迦盧尼迦耶·唵·薩皤囉罰曳·數怛那怛寫·南無悉吉慄埵伊蒙阿唎耶·婆盧吉帝室佛囉愣馱婆·南無那囉謹墀·醯利摩訶皤哆沙咩·

薩婆阿他豆輸朋·阿逝孕，薩婆薩哆那摩婆薩哆，那摩婆伽，摩罰特豆·

怛姪他·唵·阿婆盧醯·盧迦帝·迦羅帝·夷醯唎·摩訶菩提薩埵·

薩婆薩婆·摩囉摩囉·摩醯摩醯唎馱孕·俱盧俱盧羯蒙·度盧度盧罰闍耶帝·

摩訶罰闍耶帝·陀囉陀囉·地唎尼·室佛囉耶·

遮囉遮囉·摩麼罰摩囉·穆帝隸·伊醯伊醯·室那室那·阿囉參佛囉舍利·

罰沙罰參·佛囉舍耶·呼嚧呼嚧摩囉·呼嚧呼嚧醯利·娑囉娑囉，悉唎悉唎·蘇嚧蘇嚧·菩提夜菩提夜·菩馱夜菩馱夜·彌帝唎夜·那囉謹墀·地利瑟尼那·波夜摩那·娑婆訶·悉陀夜·娑婆訶·摩訶悉陀夜・娑婆訶・悉陀喻藝・室皤囉耶・娑婆訶・那囉謹墀・娑婆訶・摩囉那囉・娑婆訶・悉囉僧阿穆佉耶・娑婆訶・娑婆摩訶阿悉陀夜・娑婆訶・者吉囉阿悉陀夜・娑婆訶・波陀摩羯悉陀夜・娑婆訶・那囉謹墀皤伽囉耶・娑婆訶・摩婆利勝羯囉夜・娑婆訶・南無喝囉怛那哆囉夜耶・南無阿唎耶・婆嚧吉帝・爍皤囉夜・娑婆訶・唵・悉殿都・漫多囉・跋陀耶・娑婆訶・

那天在廟埕廣場吃上百桌喜宴時，他還老分心在看出現在塔樓身上的佛浮雕臉孔陰沉歪斜變形眼神怪異盯向地上的信眾……太多太多的神明在大悲咒文繞口令般的佛祖名諱……

❖

他從小老想像自己可以拍一部關於代天府的遊地府的著名下地獄B級片式那麼重口味充滿善惡痛苦妖怪神仙從頭到尾緊張兮兮對決廝殺激烈血肉模糊的爛電影……

他跟老道說他想拍的一部可能是又神又火的大賣座的完全是自己小時候見鬼遭遇絕對不抄襲別的鬼電影的影子的本事：

「一開始是男主角某一次太久沒有回去老家意外遇到的外公外婆的故事，或是意外發現他的老家過去從來沒有被談過的歷史，就老房子的屋簷上太多看起來非常陰森的黑白照片裡面的祖先，曾經做過什麼壞事，發生過但是從來沒有被記錄過的恐怖的怪事。

他只是一個無知的後代，意外帶情人來地獄玩，後來出事，就只是很害怕的想要逃離現場或是其他的不可能的閃躲反覆無常……

主要是男主角始終不知道自己老家族就是蓋這個百年前的地獄的頭人……

一開始，怪事都還沒發生，彷彿是一種惡作劇，他們充滿天真無邪的笑容的年輕的學生情侶開玩笑的冒險探險而走進地獄……

他帶她去看地獄的時候其實還是有點害怕，因為太大又太黑的地獄裡，人非常少，之前她還吃了一點東西甚至有一點點反胃想吐噁心的身體的不舒服，或是那時候他們陷入感情問題瀕危地分心干擾。

他太久沒有回老家看代天府地獄，好像想要帶她去玩什麼或是找什麼但是也不知道，到了那鬼地方，結果人很少很怪，氣氛怪到好像那主題樂園變成真的鬧鬼一樣……

或許女主角也是另一個切換的地獄入口，充滿奇怪的機遇……她忘了她小時候也是仙姑，也常看到鬼東西，但是長大因為曾經被某一個師傅怕她長不大就封印了她的開過光的天眼之後好像就失去了那種仙姑的特殊能力，而變成正常人在過日子。

可是在地獄的那一天所發生的怪事好像又把她的仙姑內心的某種應驗的靈感召喚回來，開始有很多她看不到的什麼在找尋她……出現的種種跡象。

但是所有男主角老家族的老人都不跟他和她講到底之前發生過什麼事或是之後有什麼樣他們老家族的後遺症般的種種問題，百年前蓋地獄發生過什麼麻煩而開始有老家的老人們一個個死去……

她問地獄裡的一個躲在死角的老人：「你為什麼跟著我？你是誰？為什麼他不知道他的身世？他是誰？他為什麼會帶我來？」

那個通靈的老人對她說，他還是不要說好了……因為地獄的判官鬼吏牛頭馬面們都叫他不要說。已經夠難受了，一如恐慌症發作……

她不知為何就只想跟老人一起唱他唱的她好像小時候聽過的兒歌。那個不認識的老人最後同情她才叫她，快逃快逃，厄運要來了。老人對她說：他們這老家族是怎麼回事？你不要知道，知道也沒有用……你是仙姑，會被牽累陪葬……

果然後來離開地獄後的她開始出事了，精神恍惚無法想像，還邊走邊尿邊唱邊跳舞……

那個女主角少女對她的情人說：看完代天府的地獄，我們的時間就快到了，我先走了。她就跳樓自殺了，之前他們兩個人一起進入了那十八層地獄的事情一直困擾她，到最後還是想不開太久，有一段時間變得有點精神不正常，但是他完全沒想到最後她會這樣子死在他面前。

原來他的祖先們早就出事了……他們是一個古時候在代天府旁邊的出過事被詛咒的老家族。

後來才更發現，那地獄的原來地底的遺址竟然是一個古時候曾經存在過但是後來不知道發生什麼事就不見了的老家族院落古蹟，後來就成為了一個傳說中的不祥的預感從地圖上消失得無影無蹤的老家……

即使就只是說出來都或許也會被詛咒那麼陰森恐怖……

百年前有人死去，就是用這樣的死法，不斷死亡。但是這次又發生一連串的意外……百年後還可能更多人會被牽累而死去……

但是只剩下老人知道，在被封的門口破爛不堪的地獄隧道出口……她最後感覺有人在看她……問她死是什麼感覺？

她因而想起她小時候就常看到鬼東西，她什麼都知道，跟她外婆一樣……她也看得到鬼魂，但是，別害怕。外婆對她說：她們家是古代的仙姑，可以預言成真太多太多怪事……

但是全死光了的她們家後來發現自己已然被牽連厄運纏身到最後竟然完全沒有親戚。

那個老人說起那可憐的往事不堪回首的悲劇……蓋地獄的人們都陪葬了……

老祖先的鬼魂們拜託他說出來他老家被滅族……那時代太古老，太多代以前的史前史……老家族不知道為了什麼原因被什麼人殺的……

老祖先們死得很悲慘……只知道附近的野狗來吃屍體……最後老人在地獄前廣場的太多屍體中救出還是小孩的還沒死的祖先。老家族最後的命脈不能斷……因為老人用幻術帶他跑入一百年前救出了他自己的祖先。但是最後他為了救祖先們。自己也被惡鬼捉走而殉身在剛剛蓋完的地獄的門口。

地獄的判官鬼吏牛頭馬面們押著他的情人的鬼魂都來接他前的最後一個鏡頭……正是他斷氣闔眼前打量到不遠處的飢餓的野狗也跑來吃他的屍體的眼珠……」

❖

他老說到……連他這一輩的野孩子們……老在代天府一帶一起遊地府般長大的好幾個小學怪同學們……都好像都是天生的怪人仙姑老老小小的乩童神婆。一如他說再去十八層地獄完的那個晚上他們去的那個露天的小店混一晚喝酒吃飯的時候想起來的他的也充滿神通的怪咖老同學們……那是一個代天府旁田間尾端用兩個貨櫃做的很聰明的可以唱卡拉ＯＫ的一個半露天小酒吧，在兩棟老房子拆掉的牆之間，很巧妙地搭出一個很像加勒比海毒梟會住的那種闊氣的房子的怪庭院，所有的椅子桌子燈具家具都很簡單但是選擇都是對的聰明的復古風，竟然很像的某一種充滿的民族風代天府分香養小鬼的主題樂園的古怪小酒吧。

他從天空線看出去……對街在夜空中閃爍不停的仍像三十多年前開始興衰浮沉多回無法理解為何再挽回不了的……仍是像代天府旁的老街那破舊不堪的大樓充滿了關閉邊間賭博性遊戲電動間，接客的破爛不堪ＱＫ旅館，壓克力招牌掉落大半的老掉牙保齡球館，充斥著色情暗示的老派舞廳……一如臺北西門町已經很老舊的龍蛇混雜的獅子林大樓長滿壁癌細胞擴散的絕望感的那種老時代的不良場所，外面很多冷氣機的生鏽機身外露殘破不堪的馬賽克瓷磚……突然變得很好看，有一種荒謬的很像科幻片的場景的格格不入，但是還蠻有意思的，就是代天府旁老街的新舊青黃不接，荒謬的不安又安心的感覺……就像那個雞姐的不談心只談臉的自嘲的更低沉又高亢嗓音般的人生觀。

他想起那個外號叫雞姐的老同學……竟然用這種當土公主的方法在當仙姑，還說到那一個小神婆般的仙姑小學同學的怪故事……

那一個最奇怪是開小酒吧的雞姐……一生就是怪異的土公主……一開始小小意外他提起的回代天府開老同學會的一個插曲，那個週末他們老同學碰面的一個聚會……他遇到當年的小學同學雞姐，她很一生都無法想像地既開心又傷心……人的個性一如她那很奇怪的外號。又軟又硬，不軟不硬……一如她從小的回憶中的底色配音式數十年如一日的家族遺緒……就是太安靜夜晚到了一天亮就雞鳴不已的又低沉又高亢，從小到大夙慧刁蠻任性地看什麼都不順眼，個性很倔強但是還很難想像地老會把事情做好做完……然後再繼續囉嗦抱怨碎碎念……或許是太軟又太硬，始終外柔內剛難受地老想過好日子但是又過不了的無奈。

她家好幾代都是做養雞場雞隻滿天飛滿天跑的老生意，從小就跟著家裡在賣雞殺雞，拔毛扭翅膀拉彎脖子下刀放血細節太多太多也太熟練掌握半煩躁半炫耀自己從小就刀法了得的全村都傳誦好奇的菜刀妹……

尤其過年的時候忙得要命，老客人指定菜刀妹放血的老母雞要做燜雞湯佛跳牆底的最豪華版年夜飯……一如她來經後少女時代每次大姨媽來的時候她媽媽都會燉給她補身子和補血的神效奇補的那一種老母雞。

從小到大得寵的她穿出去玩的童裝華服都比其他女同學要更挑剔更高幾級，極端品味連當年小學就每回走秀般穿來小週末便服日炫耀身家的和服洋風蕾絲公主袖長手套舶來精品甚至蘿莉塔式歐洲日本進口童裝，令人羨慕又嫉妒……

或是長大以後的生活仍然奢侈到……吃好料穿好衣開好車住老家透天別墅的豪宅……連出去旅行也永遠都要住昂貴旅館等級最高的房間，義大利日本峇里島的奢華古蹟修復成的頂級奢華旅館……非常會享受生活的人生。

畢業之後，土公主的她一生所用的東西都比別人家好，她承認自己就只是一個有某種公主病的怪朋友，我不要談貪心一生榮華富貴……我只要談臉蛋。

她說她男朋友太多太多就跟她愛吃冰消暑解渴一樣……愛吃卻又傷身有時還傷心。

她說沒辦法我就是膚淺，我只喜歡漂亮的東西，連男生不能長得太醜……心中納悶一生想要交男朋友想要嫁人，過好日子，但是為什麼這麼困難？

後來遇到臺南衙門裡的官的男人老老小小不免相對於一生當公主的命的她都長得也穿得很土，或許因為他們都吃了一輩子也近乎很土的鬼東西，例如肉燥飯虱目魚粥鱔魚麵棺材板……很好吃但是很土就是沒辦法……或許也愛吃的她自己也不是真公主，也就只是土公主。

每天其實都不想出門地只想在家鬼混的她抱怨自己還是浹命……然後又意外念了古蹟維護……她的碩士班老師就是某大建築系的古蹟修復保存界大老的最有名老師，甚至退休後還非常疼她，她都叫他乾爸爸，出國的時候還會幫她求好婚姻繪馬的牽紅線神明祝福籤。但是還是沒人追的後來被找去衙門當官式地在臺南市文化局古蹟部門上班，還在爛大學的大一兼課，十二個老師一個人教十七八個學生修古蹟老廟涉入建築設計的怪事……，但是年輕學生非常的混，教得很困難而且不能凶，有一次她一生氣地責怪混到太離譜的學生說了你做的只有幾根牙籤就當龍柱講那麼多廢話還真有點像三太子，就被那個家長打電話去大學痛罵一頓。

後來她只是跟著混，教修老廟修古蹟都好像只是講古地在陪學生玩，也不想要花太多力氣在學校，反正一個禮拜只要去一天當成普渡眾生小鬼頭……

更後來承辦的怪業務就是那種衙門裡市政府補助破房子改建的怪案子，甚至可以補助太多額度，難怪有很多舊房子的改建修的眉眉角角好細心設計做得很好，補助的很廣到像在迴向做功德……

甚至後來十幾年就因為有一回太多太多破房子的案子竟然就太巧地竟然要回到老家代天府地獄附近鄉下去看。

那麼多破舊不堪建築群保存的怪土地……後來到了現場才發現那附近其實或許因為代天府的風水太旺了竟然到處都是道場墳場骨灰罈靈骨塔很多的大廟小廟，她才感覺到她自己好像是回代天府參拜祈福迴向眾神保佑……她的曲折離奇的人生竟然回到老家故鄉的怪事……做工的作法是幫人做功德無量無邊誓願救風水一樣的一個奇怪的自以為是公主的仙姑的人生奇遇……

雞姐最後說她其實打從心底明知不可能變成公主……但是仍然自欺欺人地自嘲……或許也因為她看到了真正的天人仙女般的公主命的女人……一如她那天跟著同事上瑜伽，旁邊有一個好久沒見的女人，她手長腳長，身體極柔軟，而且已練到難度極高的動作，人很客氣周到，難以想像地和藹可親。尤其她長得極美，臉蛋身材幾乎是模特兒的等級，但是，妝極細，睫毛極濃，仔細看脖子和腳底的細紋，她的年齡應該超過四十多。

尤其好像多年以前也曾經看過，還記得第一次看，那胸部太大到應該是假的，而且這回仔細看，她的眼睛的眉宇之間，彷彿也又不太一樣了，或許也又整過。

總覺得有點怪異。想起之前在電梯間看過她，她穿著的衣服和手拿的包包都是極昂貴也最有名的品牌。從容，優雅，走路彷彿有風，但又不令人不耐，像是太美的開到荼蘼的花朵或展屏的孔雀，或說，就像是比她這種雞姐土公主進化了太多的用力喬過的更進階到鳳凰級人種。

所有的肉體和心理的裝備或理解世界的調度與切割與進入的可能都比她繁複太多，像是某種馬力扭力都大太多的車種，條件萬中選一的跳水或游泳奧運選手，那種你站在她旁邊的水裡或車道旁，就覺得沒望了的對手，甚至不是對手，像是馴良的牧羊或麋鹿不小心所看到的哺乳動物中最頂級掠殺物種的豹子。或許，又更是基因已然修改過的實驗室版本。

因為相對於她，太多尋常人的倫理的牽絆又更消失了，對於人生可能的冒進到更激進的整容、多金而敗家、美麗而青春永駐的擅場……種種，她的擁有而如此地不在乎地從容，更令人不安。

後來，在瑜伽中心的沙龍，她因為練完太疲倦而躺在某一個角落閉眼打盹，卻不小心聽到她在另一邊的沙發跟另一個神婆般的素顏老女人說，她自從練到第三級了，每個動作都是手或腳的繞脖子，太高難度的動作都會碰到某些很深的點的內傷。但是，最近有了很不同的領悟。

因為，練了更久，她發現，臺灣是一個瘴癘之地，太潮溼了，身體很容易就壞了，要想法子換。或許，神婆安慰著她還微笑地說，我們都投錯胎，練錯了瑜伽，甚至一輩子都吃錯東西，或是用不對的方式吃東西。因為，最近的她開始用了一種奇幻地叫做飯水分離的養生術。甚至，每天早上只吃某種國外進口石炭而做成的一片極昂貴的麵包，三十粒頂級北杏，什麼都不吃，就可以撐一天。而且頭髮由白轉黑，臉上的斑變淡，甚至，那告訴她的上師還提及，吃了兩年就可以有非常不一樣的進化，據說，吃了七年身體會變成靈體。什麼都不用再吃，可以只吃空氣。

她那麼投入地在講這些給人聽。不像是在說笑或說謊，那使得她更心虛。

她想到之前有人跟她講過練瑜伽要有突破，要從瑜伽外頭的人生開始改變，尤其是吃的種種戒律和種種放棄，種種更深的一如修煉的完全難以想像的退化而才能完成的進化。

吃素可以吃到什麼程度，或是斷食可以斷到什麼程度，飢餓可以使人更清醒，這種種的說法她都曾經那麼地好奇過。但是，那些可能都那麼激進到只是一種奇幻的夢境。

使得雞姐心中一緊地回想起一心情不好就老喝老母雞湯的她開始懷疑起過去那麼疲憊不堪又緊緊守住什麼的一生，彷彿都活錯了。

❖

她其實也是一個帶天命的小仙姑……

但是遇到另一個仙姑SN或許幾年前發生的事才讓她感覺人生打開天眼般的狀態。

她有個學妹SN，也是出生在屏東九如那種鄉下中的鄉下，搬來代天府附近，SN是雙胞胎中的姊姊，倆姊妹在單親家庭長大，爸爸在幼稚園時期肝癌病逝了

因為家族遺傳疾病，爺爺奶奶也都得了肝癌，SN的姑姑和叔叔沒有能力照顧爺爺奶奶，一切的重擔都落在SN的媽媽身上，因此跟廟裡很親一如占卜對沒安全感的人的效力……在SN上大學這年，奶奶癌症末期，她自己原本偏向無神論者，為了讓奶奶到陰間有更好的照顧她自己跑到代天府的觀音殿裡祈福……

然後殿裡的老廟婆一見SN就說：「我建議你現在馬上放下你的所有事情，如果要讀書的話就去宗教系，你是帶天命來這一世的……」然後拉著SN繞到觀音前面心中充滿複雜的情緒激動近乎落淚地對菩薩跪下叩拜地說：「觀音佛祖保佑……您看，這個小龍女是不是跟您很像？」

然後更語重心長地回首對SN說：「您上輩子就曾經發願多年牽掛到老吵著要下來人間看看，您這輩子就要幫觀音完成祂觀世音的天命……」

SN那時還沒有感應到這種發願救苦救難的沉重允諾感的牽掛，甚至當下沒有太放在心上到回到臺北之後，SN的母親讓她在臺北也找一間觀音壇廟求平安，她出於好奇，在第一回去拜拜時故意擲筊問了廟中的觀音。

「我是小龍女嗎？」結果得到三個允筊……一如是某種不甘心人生被預言成真的明嘲暗諷或是年少輕狂叛逆只想逃離宿命的勉勉強強的倔強……之後的ＳＮ就再也不到那觀音廟裡拜拜了，甚至連回老家也匆匆來回就是硬不再上代天府朝香，和母親的虔誠禮佛保持距離地客套逃離……甚至另一種更深的不解為何的不平衡是：為什麼同是雙胞胎的紫微命盤八字完全無法理解地雷同的親妹妹卻安全沒有這種帶天命揪心纏身的疲憊不堪的發願到無限沉重的困擾……

她說她永遠還記得十九歲那年夏天剛鬼門開，她跟ＳＮ坐回代天府附近的某一間老居酒屋裡說的，那間店沒有訊號以至於她們能興致的說起肝癌嚴重能到吐膽汁程度的話題……

說著說著ＳＮ就說：這裡好多人太亂……妳今天能陪我回家睡覺嗎？無論ＳＮ是不是小龍女轉世，可以至少確認她的感覺比常人敏銳，而且聽著ＳＮ的故事她更感覺仙姑帶天命的宿命是存在的……首先ＳＮ是一個花心調皮愛玩的戀愛遊戲超殺女……換過太多男主角們的種種高端神貨色：ＡＢＣ、文青男、家教老師、男模都試過……但是奇怪的意外卻是竟然無論壯的帥的高的都接觸過但是最後交往的都是平頭，身高一六八，不知為何長相都無限巧合地微微精壯結實飽滿甚至貌似喇嘛羅漢尊者降生並且都有特異功能……並非他們之間有過多的化學或者是情感，ＳＮ第一任情人感覺和她一樣敏銳，並且第一任情人的母親也有神通到能憑空想就知道他們那天去了什麼地方，幹了什麼事，知道他們身上或身後跟了幾個什麼冤親債主找上的亡魂，還想法子偷偷地施法幫他們收拾殘局處理掉……第二任情人和ＳＮ交往的條件更是，每夜晚課要和他一起打坐，第二任情人有個更獵奇的能力是讀心術，他不知為何老可以知道ＳＮ在想什麼……又加上她的好朋友是另一個休學的學妹，也被宣告是一位小龍女轉世，馬上開始吃素之後每每見到她都是喪心病狂的模樣，上一秒笑著和你說新出的腮紅，下一秒就爆淚問：你為什麼要害死他……

可能因為她也是仙姑，太過意外地默默參與了這個帶天命的宿命難受又難逃的往事不堪回首的童年到成年的太多太多鬼故事的細節……有一晚，ＳＮ來住她家，原本她打算早早睡覺，大概在凌晨兩點的時候她們躺在床上，不知不覺聊起了天，聊到之前她們小時候給一個代天府地獄旁太歲殿很靈的神婆看手相，她說她應該只會有一個小孩，而ＳＮ不會有小孩的事……

ＳＮ跟她說：「其實仔細想想，我好像從小就知道我不會有小孩了。」

她說：「其實我也感覺我以後會是一個兒子，因為我完全沒有女兒的畫面。」

「我也覺得你的是兒子……」

「你怎麼知道？」

「我看到的……」

然後就在ＳＮ說完這句話的時候，她突然覺得非常非常不安，心中充滿某種未知宿命又找上門的忐忑難受的她很輕的讓自己整個身體包進棉被裡，不想讓ＳＮ發現她很緊張。

然後她繼續問ＳＮ：「你看得到我結婚之後的樣子嗎？」

ＳＮ嘆了一口氣緩緩地說：「我看到你在一個有極高格局的夫家裡，你跟你老公，好像很不親，自己忙自己的事，感覺不是很有情趣，沒有像田園生活、彈吉他、有狗狗小孩那樣……」

她很緊張的閉著眼睛，房間很暗但卻覺得很刺眼……

「然後呢？我做什麼工作？」

「我看到你白天就穿袈裟道袍當代天府觀音殿的廟婆，但是不知為何一離開晚上卻是福音戰士的傲嬌系女主管明日香女強人。」

「而且你老公，好像蠻帥蠻黑的，好像你現在喜歡的那個演《我是傳奇》拯救人類的威爾．史密斯……」

然後她安靜了很久……

「你知道我剛剛超緊張的嗎？」

「我知道啊，我覺得這個房間的磁場因為我們講了這些變得很奇怪，我覺得我們應該馬上睡覺。」

之後她很認真的想入睡，但一閉眼就覺得眼前好亮，像是彗星的星塵一樣，有很多折光，不斷的閃爍耀眼奪目到令人不安緊張的華麗星圖……彷彿她們兩個仙姑意外地打開了未來的一道符而引發的風波……

她說：「為什麼這裡這麼亮？」

ＳＮ說：「幹！我也覺得！」

直到中午她們醒來時她問ＳＮ：「為什麼你明明知道講這些會招來很麻煩的鬼東西，但是，我每次問你，你還是都會回答我……」

ＳＮ安慰她：「因為祂們也知道我們身上沒有祂們要的東西，所以祂們也不會太靠近逃離帶天命的宿命的亡命太久的我們……」

然後又瞬間覺得很焦躁不安緊張到雞皮疙瘩都起來的她又再問ＳＮ：「為什麼我每次跟你提到這些事我都覺得很緊張？」

ＳＮ說：「我要相信自己的第六感那是因為有人在保佑我，如果沒有受保佑的人，會整天被鬼東西的祂們所糾纏而影響到諸事不宜，過度就都會變得很消極，沮喪地失魂落魄潦倒失意……」

「那我們昨天是在預知未來嗎？」

「我昨天的更內在揪心的感覺是……我們講出那些話之後，未來在某種程度上被改變了……我們同時是福音戰士的傲嬌系女主管明日香又是代天府觀音殿的累世投胎轉世的小龍女廟婆。」

自從那天開始她才比較甘願地面對她的天命……好像找到了仙姑的開天眼的靈驗感應一如第六感的法門，變得有點荒廢課業心不在焉……而反而常常會夢見代天府地獄旁的觀音壇殿的老神婆也會來夢中很認真地教她這小龍女如何感應觀音的種種法門……

❖

他老記得最後雞姐半醉半醒之間說的那個彷彿代天府觀音佛祖託的兩個怪夢……她說她太冤了的最後還放聲痛哭……

「第一個夢中……我不知道為什麼我假裝自己是腹語表演的術士，還帶兩隻雞去表演，不知為何意外的發現，我很笨拙，但是效果卻很難想像地好受歡迎……一開始我坐在破舊沙發上手上抱著一隻毛絨絨的玩具雞，但是後來椅背上出現了另一隻瞎了一隻眼睛的真母雞在我的背後鬧我，變成兩隻雞在圍毆我的鬧劇。

觀眾們太喜歡那一隻真正的雞。

其實那是一個地下室的樓梯走下破爛不堪的假劇場，光打在我身上，我應該也只是一個假人。

但是那天只是我幫沒有來的朋友臨時頂替他們的業餘的譁眾取寵博取掌聲和熱情不再的舊時代雜耍交換禮物派對的氣氛暖場表演，我只是替身，只是一個假腹語術士表演雞說人話湊熱鬧的出場，穿著像卓別林般的過小破衣服表演歌曲看得到現場觀眾的歡迎。

那天其實是表演狀況最差的時候的我。

第二個夢是夢到不知為何被要求要認真地去體驗我要死掉的那種心情……

自己一個人先入住了最昂貴的阿曼旅館，因為陰錯陽差的時差般的差錯……只能苦笑裝傻地隻身在旅館房間等包養我的男人，後來受不了就自己一個人到旅館的大廳去風光如詩如畫奇觀般地日出日落眺望光景著稱的大廳散步散心……我以前小時候跟養雞場的父母有一年過年生意太好忙完後也曾出國去過那種等級最高的一種大廳……充滿瀑布步道有鮮花祭拜儀式的神壇糜爛現象……神祕宗教冥想音樂現場充斥著穿著傳統衣袍母樹般舊樂器古琴古箏古嗩吶般的老時代樂器演奏的氣息……始終無法忘懷那種彷彿人間仙境的老家代天府地獄旁也出現另一個誇張炫目的天堂光景的無限動人……

多年後等男人的我在沙龍的另一區等候多時，還遇到了大學的另外一個不太熟的教古蹟修復只是點頭之交的老師。

在很大的那個大廳附近休息的時候，他們準備了兩碗顏色不一樣的飯，放在我的旁邊，我好像睡著了，他們沒有叫我，只是把碗放在我旁邊而已，而且沒有筷子。也許他們客氣，也可能是他們已經在準備參加更大的晚餐太忙。就只是很客氣地放在我旁邊吧！

我不太記得後來的狀況或是後來幾天的狀況，應該是有什麼事。為什麼只記得第一天男人還沒來，那老師的父母來了。我只是客氣地跟他們問候，說話時很緊張……

那幾天本來就是我狀況悲慘到全身無力昏昏沉沉的時候，疲憊不堪到好像是我快要死掉。或許只好像是我的死掉的前體驗。就是在峇里島那種很大的旅館，但是也可能不是峇里島，而是在更荒涼遙遠的麻六甲海域、印度、北非突尼西亞……我在夢中也不是很清楚，本來應該到了的飛機降落後的男人不知道什麼原因還沒到。

好像是我自己的身體持續太久時間回老家過年幫忙殺雞放血的狀況不好到一個很可怕的程度，內心深處無奈地完全的自暴自棄，所以去了那個荒涼的鬼地方，因為那阿曼頂級奢華旅館沒什麼人，也沒什麼客人。

我在大廳很大很空曠的天井中漫步，端詳這著名老帝國貴族皇城官邸王府般的古蹟修復成講究細膩的異國風情怪旅館裡的花鳥蟲獸在庭院深深的花園中也隨我緩緩漫步……最後夢中最奇幻的一瞬間的奇觀……竟然是原來低頭吃米的畏畏縮縮的母雞吃到不知什麼鬼東西竟然昂首挺胸咕咕叫了幾聲清脆響亮像是歌唱的嗓音……後來風吹草動風雲變幻萬千之間那低音清唱越來越好聽到像是天籟美聲啼鳴……最後從容伸長雞身彷彿魔法幻術地慢慢地對我微笑清唱獻藝之間竟然就長出翅膀羽翼豐滿七彩繽紛張開……變成了不可逼視的璀璨開屏的無限動人……孔雀。

彷彿是想到一生永遠無法變身只是雞姐不可能變孔雀的我就在剎那……不免無法控制情緒地拚命忍還是忍不住地……放聲痛哭。」

❖

他也說到自己回到代天府的某一個夢中夜半遊地府般的怪光景……

太多長大後陰沉時光的多麼希望不要回老家的始終在場也始終還是小孩的他……老永劫回歸地一再又

回到代天府十八層地獄，不甘願地老跟一群小時候老家族遠房親戚和村民們要去地獄前大廳舉行的很像出事的鬥爭，涉入其中最後的決定準備十殿閻羅天子要審判罪行不明的暴徒被捕的嫌犯落網什麼的怪異的大型判刑開會，有一個好像第幾殿閻王旁的師爺很客氣但是也很難想像地擔心跟他交代不清或許他光聽就好最好不要講太多，好像是一個審判氣氛的有點緊張的事情，涉及某個他們都認識那麼久的老時代老家族同輩不同房的一個逃犯從地獄越獄失蹤了……

就這樣跟他們出發的很多鬼兵鬼卒牛頭馬面去一起找失蹤逃犯，經過農田，很多很多老房子，經過一個不知道拜什麼神的陰廟宇拜拜廟埕的前面，太多太多不明的施工中的怪石礎石碑狼藉列在廟前廣場的石柱，正在刻……他很感動但是沒人理會，他正想問那是蝙蝠柱還是龍柱還是八仙柱的時候……好像是很神聖的神祕時光正要打開的瞬間好奇……工地的工事現場的氣氛古老的傳說他小時候好像曾經來過但是也記不得了的過去……

但是著急的他們都急著去找逃犯而離開了。

再後來黃昏的天空遠方他老聽到嗩吶法會問事作法儀式複雜的聲音，睜著眼往前看又看不到，感覺好像在更前面的地獄一帶，在往代天府那個方向走，在五王廟的前面演出，他不知道確定是在哪一區，只是跟著走……越走越遠不知道走到那一區……又仔細想想，那一回來太久的他回去地獄好像是要住下來了當差，他事情都還沒有安頓下來就已經開始跟去閻羅殿忙進忙出，而且和一群新的鬼卒開始一起上工，他一直想要避免跟牛頭馬面黑白無常他們打交道，但是有時會聽到他們在說他的閒話：有人說他都不理人，太自以為是。他想過，只是心中充滿不開心當聽到他們在討論他過了好日子來地獄實在是太委屈了的那種尖酸刻薄的諷刺話……太多太多細節，那種斤斤計較的好像又回到地獄那一整群人困在同一個地方離不開，他想起來當年他就是因為這樣才離開代天府，實在不想跟他們活在一個小地方用這樣的方式斤斤計較地過日子。好想就這樣混著混著困在那一個地獄裡頭……

好不容易地獄放風的時候出來，才發現原來整個代天府變成好像一個小學只剩下一個操場小學生般的

老家族遠房親戚和附近村民擠在好不容易下課的操場，不知為何很難想像的很多攤販集中在那邊，他突然想起自己一天都沒吃什麼，覺得很餓想要買點東西吃，但是很多人要排隊，有一家賣地獄受刑人刑罰完的人肉做的人肉十吃的口味太重的料理不好吃，所以好像人比較少，就想法子去排隊等候多時，但是不知為何越等越餓……

但是夢中的他老覺得回到老家附近的代天府還是驚魂未定，去了五王廟裡的東嶽殿和府城隍，最後才看了鬼地方，其實地獄已然變成遺址般的峇里島天葬村母樹可以吸收屍臭的奇異死生象限切換的什麼……都太過複雜地逼近他。

但是還是無法抗拒地被某種縫隙風光一如《怪奇孤兒院》的封閉結界意外發現的打開時間和空間的虛構般的亦真亦假的懷舊懷到了鬼地方的破洞的更下層甚至底層的暗示。

他以前住過的附近麻豆鄉下，從一路往後來統一工廠改建的夢時代的那一區的嶄新透天厝的路上，好像路過當年每天上學完去地獄玩的老路，但是現在卻不太清楚那老路盡頭的十八層地獄鬼地方在哪邊了……

他的小孩時光童年玩伴長大還騎一臺很帥的ＤＴ《阿基拉》電影裡高科技飛行物般很高弧度交錯拉長如太空梭頂級飛車的機車，那個時候同學們騎的只是又破又爛的舊小綿羊機車，當腳踏車騎二三十時速地可憐……

他們想回到老時代裡要找老地方認路的盡頭想到三十多年前的往事不堪回首的回憶……

他說，在夢中，他和雞姐一群老同學的他們為了找代天府的十八層地獄迷路就去了更遠的臺南，一路找路地騎了很久摩托車……天黑前意外找到那一個很奇怪的講究的老料理店，有日文的「地獄」字麻料舊時代布簾，考究的金漆錦緞鑲嵌著樟木雕花裝飾古招牌，諸多著名菜色名稱，幾桌的長得像牛頭馬面獄卒的客人們都很開心，也點了好多菜，玉子燒、烤下巴、握壽司、和牛燒肉……但是吃之前再仔細看都是地獄受刑人的人肉做的料理。

但是後來他一問，那是多年他和朋友一個日本料理攤，想要自己做，有合夥的六七個怪人，他們說要頂下來，要給他們每個人五十萬，那是在一個代天府的空地附近開的接過來的古蹟巡禮區域。但是太尾端了，很冷清，附近還有墳地，半夜的時候，好奇怪，應該根本沒有人，但是還是很多人……他在想怎麼幫人周轉借錢給他們……很煩惱。

另一個夢是……夢中他不知道為什麼回到代天府，就像以前到處吃吃喝喝逛逛，要回地獄去晃一晃，嚇了一跳，從太歲殿往角落看過去，竟然發現一個龐大的廢墟，走近一看，入口就看到已經拆了一大半的十八層地獄，眼看就完全要拆光了……後來又待了一會看一下怎麼會這麼慘，意外遇到的童年玩伴跟他說，十八層地獄太老舊太差本來就要拆了，現在連地獄殿的名字也可能留不下去了。地獄就要廢了或是要改名成什麼地獄藏寶遊戲主題樂園之類的笨名字。他完全無法理解為何會這樣。但也不能說什麼！只能笑笑的說點風涼話自嘲……

❖

老愛說風涼話的雞姐也始終愛說起太多外人對代天府的誤解……

外人老說代天府的十八層地獄太多太多小孩喜歡去……另一個玩伴的他開車跟他們說，臺南有五多，廟多，飛機多，小吃多，老人多，洗腎多。

但是有一回她一個帶小孩的衙門媽媽同事回去看地獄時……充滿了驚奇的發現……她說這代天府是很有名的鬼地方，連拜拜的時候都要收費，拜不同的地獄和天堂還分開收費，其實也沒有拜，只是看，只是玩。

那媽媽問她一歲半的小孩：你記得我們去過地獄嗎，記得你跟這個雞姐阿姨來的嗎？來，怎麼去坐車來，看地獄，上次來是誰開車？雞姐阿姨帶你來看什麼？看鬼看地獄……然後才轉頭看雞姐嘆了一口氣說：小孩長好快，現在他都聽得懂了，都不能講他壞話。而且他還很記得上回來看很多鬼很好玩的……十八層地獄。

媽媽因為很怕黑。她跟雞姐說她很怕。但是小孩都不怕，一層一層地獄看，小孩老是問這是什麼？那是什麼？每一個鬼地方的每一層的閻羅天子牛頭馬面都會動。嘴巴被拔舌頭的犯人，一邊動一邊求饒的聲音真的很好笑……小孩學著用可愛的臺語跟著說：「大人啊饒命，別殺我，很痛，我下次不敢了。」

媽媽說她上一回來地獄這鬼地方……身體不聽使喚，像是被煞到的眼前很多黑影幢幢，昏倒前。眼冒金星，層層發黑，發白，就趕快蹲下身……

但是為什麼小孩什麼都不怕？小孩甚至出來的時候還說……他長大要帶穿著性感衣服女同學一起來地獄夜遊玩通宵……

❖

一如還有一種外人的誤解……太多的代天府的拜拜竟然用另外一種混亂的怪力亂神方式來理解其實是誤解十八層地獄……

他看到了雞姐的衙門為了辦討好觀光客而辦的愚蠢活動：闖關遊戲……遊地府。

「闖關遊戲：遊地府……小地獄藏寶圖」是以章回形式進行的城市解謎遊戲，以代天府的十八層地獄為題材，結合臺南市區廟宇、古蹟地景為背景，將行動藝術與宮廟地景以遊戲方式結合。遊戲中，玩家將扮演故事中的闖地府主角，在不同的十八層地獄地景中與各路神明、妖怪相遇，並解開「小地獄藏寶圖」隱藏的祕密。設計了「小藏寶圖」這個遊戲，並透過遊戲傳達「黑氣」的真相，關於得知陰謀的經過，我也透過「小藏寶圖」的眾多謎題披露出來，對此有興趣的各位，可以參照下面「遊戲紀錄」的連結。透過這場遊戲，我募集了與我一同對抗「黑氣」的夥伴。現在是反抗的時候了。

《小地獄藏寶圖》解謎遊戲時間白天（建議遊戲時間：週二——週日）遊戲地點——代天宮五王爺廟的十八層地獄。（【代天府限定】只能到謎題指出的地點解謎？）

「小地獄藏寶圖」的遊戲方式是將「解答」輸入「搜尋欄」以推進闖地府劇情。

在搜尋欄輸入「小地獄藏寶圖」進入第一回後，每一回最後都有一個題目，只要將題目的解答輸入「搜尋欄」，即可推進劇情。需要注意的是，大部分闖地府題目都需要到該章節提示的地點，才能解開謎團。一如第一回解謎時的場景在五王廟地獄入口前的天井，如果只看題目是解不開謎團的，必須結合題目與隱藏在五王廟十八層地獄中的提示，方能解答。因此這是只能在代天府十八層地獄裡進行的遊戲。

遊戲需要的時間約一—二天，若遊戲無法於短時間內玩完，只要記得最新遊戲進度的解答，並輸入搜尋欄，就可以接到遊戲進度關卡。貼心小提示：除了主線故事的解答以外，試著輸入其他關鍵字，說不定會有意想不到的效果……？

「地獄將被關閉」是預言，是困境，同時也是我們務必迴避的未來。各位好，也是繼承預言的人。謝謝你們來到此處。現在，玩家的我們正處在重大的危機中，因為臺灣地獄正受到可怕的威脅。其實臺灣地獄不是第一次受到威脅——臺灣地獄已經遭受過幾乎致命的重創了！證據就是，過去某段時間，每當有人提到「臺灣地獄」時，人們的反應很可能是「咦？臺灣有地獄嗎？」直到現代可能還是如此。為何遊戲主人知道這件事？因為他曾收到來自過去的預言，預言中，臺灣地獄將被關閉。為此，他設計了「地獄小藏寶圖」這個遊戲，並透過遊戲傳達「關閉地獄」的真相，關於得知陰謀的經過，我也透過「小地獄藏寶圖」的眾多謎題披露出來，對此有興趣的各位，可以參照下面「遊戲紀錄」的連結。透過這場遊戲，主人募集了與他一同對抗「關閉地獄」的夥伴。號召玩家現在是反抗的時候了。

但是他和雞姐不免在那回同學會裡頭訕笑衙門習氣誤解的他們在裡頭從小長大的代天府……也仍然老嘲弄那闖地府遊戲擔心的「關閉地獄」到底是什麼意思？

地獄版本比較還有一種誤解中的誤解……近乎受不了的雞姐說：他們就愛比較地獄的版本？太多太多外人甚至把地獄誤解成恐怖聊齋志異主題樂園般的在分析彰化和臺南的十八層地獄的驚膽顫心的恐怖版本

有何異同……令人髮指：網路上的地獄版本比較異常乖異……

雞姐充滿了費解般的自嘲：他們都自欺欺人地不怕地獄嗎？

一如老回想起那個時候他們也還有那麼多的時間可以浪費在代天府的浪漫……那就是他們小時候度過極奢侈的落陷在地獄的那舊臺南的近乎可笑又荒謬的奇幻昏迷的鬆鬆垮垮的氣息。

後來長大的他們也不能怎樣太懷舊扼腕嘆息……因為連代天府像是衙門也才在數十年不到也都走樣到害怕地獄關門……一如他們過去鬼混十八層地獄的青春時光隧道也落陷的消逝感。

❖

好久沒有夜遊……他說他騎機車回地獄的路上，永遠充滿預兆地驚險刺激……他那一回是騎摩托車一邊恍神一邊騎地充滿神祕天譴般應許的危險試煉……一如他後來人生的不斷歧路亡羊地曲折離奇……

或許，也是因為他老沿著快消失在遠方的消點前最後的公路一路騎去，始終有太驚人夜空放閃的遠遠的異象及其太多太多難以明說的人間消失前的奇觀。

他最後那回騎摩托車去地獄，因為已然是半夜的夜路車很少很好騎，但是，距離感仍然有點不一樣了，可能也因為是太久沒騎變得太陌生而且太晚上路，所以，看得到的，或以前記得的，或可以辨識的地形地貌都有些走樣，甚至都不見了。

他老說……這種異象奇觀使他恍神。

整個代天府或許最好的鬼地方就是那個地獄，關於古代，關於感傷，或關於又劇變又不變的古代的憧憬……懷念及其恐慌在這地獄的古建築荒謬的接近又逃離。

但是，回地獄前沿路的風雲般的怪風光還是很多。一路上太多太多的意外風光……一如有一家名叫「健美」的牙醫診所，四樓獨棟大院蓋得極豪華，裝潢時髦得像舞廳，大廳挑高還有夢幻得近乎迷幻的巨大巴洛克風格舊時代美術燈……放閃。還有一家叫山寨雞的山雞城，有一隻一層樓高的很大的雞，露出詭異的笑，像一個摔角肌肉男展露肌肉的姿勢，但是戴上了公雞頭面具，就這樣站在房子前面正上方，怎麼看都像妖怪。

再過來就太多太多的正港下港透天厝每一棟看起來都很氣派，可是每一間看起來都還是怪怪的，前面有一個名叫「食堂」的怪餐廳，一家名叫「春池」的芳療中心，一個名叫「日昇」的電子廠，都獨自一棟，都很用力地打點門面的花樣，但是怎麼看都像是，某種來路不明的空頭公司，假機構。反正，看起來一定是做黑的。那段路最後看到的一個咖啡廳，名叫「容易」咖啡廳，更在一個看起來更有設計過的很多弧線還歪歪扭扭的透天厝，好像房子地震過了。旁邊還有一戶新透天厝裡竟然一樓就當成關聖帝君宮，入口大廳都是神桌神像，香火還鑾盛的，天花板都薰得黑黑的。再過來一點，有很多老店，一家自稱老牌的周氏蝦捲，然後有一個全臺灣最早的酸梅湯，做了一個很大的招牌然後裡面都是古甕，然後架了一個竹子的牌樓和一個大甕吊在半空中，打光打得很大，還有三樓高那種懷舊的黑白老照片輸出帆布掛在牆面，反正，就做出一種完全不懷舊的懷舊的鬼花樣……

這是在進地獄之前的最後。代天府前的有一段路，還有一家叫「天上人間」的辣妹陪酒都是很性感美女出名的酒店分店在這條路的開頭。但是騎了一陣子才到最熱鬧的這一帶，有一家叫華爾滋，看起來才是最正最夯等級最高的酒店，旁邊還環繞著有一堆一樣亮晶晶的建築風格的怪俱樂部、酒吧、鋼管秀場，種種特種營業的火熱現場。

或許，那是真正的不知幾期重劃區裡的光源，更燈火輝煌更紙醉金迷……地像幻覺，比他一路騎來的那條荒涼下鄉公路要更超現實地多，更臺、更殺、更不懷舊，也更不像在人間。

一路公路，再往下騎……經過酒店之後出現的，沿著河邊，還有一個新的大型四五星級飯店，怪怪的，接旅行團或大陸客的單那種，很大又很臺地誇張著……甚至，在公路旁，還有幾個鄉下硬撐成時髦辦公大樓式的摩天樓，長得又高又想弄成有點洋人玩意高科技的鬼模樣但是又都很土很臺地不對……的那種尷尬。

另外就是一整排的大概二三十層樓的超大型開發出來的全新歐風時尚集合豪宅，算是有型有款的更高更潮住宅區，雖然不像臺北臺中那麼講究。但是，看起來，可是跟老派的舊臺南都完全不一樣了。

其實他覺得以後臺南如果這樣發展下去，所有的人如果都這樣住到遠遠的洋風郊區，老城裡不免就完全會變成是一個像廢墟的鬼地方，博物館般地關於老時代的破舊主題樂園。老的小吃，老的廟，老的店，老的街，尤其晚上這麼晚，風光不再……感覺很像一個真的廢棄很久的鬼地方。

但是，可笑的是，真正道地古蹟的這個府城講究的老地方……反而都留不下來了。

他沿著河邊騎，看到幾個最可怕的改變，一個是以前幾座老橋，現在變成是完全走樣的混凝土重蓋的新橋，而且出奇地大，旁邊都是霓虹燈閃爍俗氣的燈柱，看起來是自以為很行又很潮的那種還有更誇張的是一大隻混凝土做抽象的概念吉祥優雅氣質的白鳳凰，甚至巨大到一抬鳳頭一張羽翅足足一層樓高。但是卻乖張奇醜到遠遠看起來像一大團衛生紙。

而且，路邊的步道完全鋪上滿滿亮漆木頭地板，也叫鳳凰仙人步道，和臺灣其他所有觀光的鬼地方都很像，到處都一樣的鐵做的欄杆上頭洗石子花俏的很，也都有一些特別做的燈，光忽明忽暗。就像下港妖怪的古怪遊樂園……

尤其，地獄前的那一個奈何橋般的冥河式怪水池，燈打起來非常的自以為很漂亮的那種，但是，一點特色都沒有地……令人難耐。所有的老的風光，都不得不撤離這個所謂嶄新的公路旁草率的破公園，也為了保持一點老時代的距離，才足以炫人……

其實，這個地方以前是個老廟口。因為是巨龍出海前這老水池的最後一個轉折，所以是個天險，一如對敵軍，對海盜，對洪水，對要登陸的所有威脅。而且，他記得以前這邊還有很多很多曲折蜿蜒成一彎窄窄的舊舊的河道彎口。

再過去，這巨龍老橋下面可都是擠得密密麻麻的觀光客還在，只是也撤離得更遠些……

從那個廣場往更遠一點，現在還在的那個岸邊有一條路走過去的地方，真正的龍池內的舊木筏麻繩帆布竹桿巨錨種種又鏽又髒的使這一帶還看起來不太像一個完全假的冥河場景。甚至，龍身的怪廟，還奉祀地獄殿供信眾祭拜的神明。這典故其實極怪也極不祥。地獄仍然是無法被忽視的炫目的消點……

但是，和代天府這旁邊有好幾個別的小廟不同的歧路，他記得他以前可以在幾個角落找出公路彎道的種種捷徑，因為這些廟埕是全部用老巷子連起來，雖然巷弄太歧異，但當年他在裡頭跑了好幾年，可以像住在那裡的老人一樣到處散步而亂走。

但是現在去看，他卻已經都辨識不出來了，以前的那種老房子全部都改成是混凝土的兩樓三樓四樓的透天厝，裡面的巷子以前有一些老磚、老瓦、劍獅、照壁……出現在街坊角落或是在合院裡的老房子，也都完全不見了。

那個地獄口的老廟門前，現在竟然也變得很熱鬧，開了一個大店賣吃的賣喝的，吸引了很多人跟他一樣騎著摩托車夜遊來這邊。

可是他們都是在玩，年輕人或是情侶，在約會或是在過暑假，開心極了，就像偶像劇一樣的歡樂，有些少女還在那邊尖叫，坐在發亮的椅子上，旁邊放著漂亮的機車，而且就像電視廣告的那一種，最新最夯的，也發亮著機身的心不在焉的恍神狀態式只是來玩來晃的新時代的荒謬……。他們完全不在乎他所在乎的地獄口的恐慌暗示忐忑難安的什麼……

甚至，地獄口也仍然有另一種老時代的荒謬入世……也還有一些當地的老頭在旁邊碎碎念，胖胖的那種歐吉桑歐巴桑來遛狗的，或來騎腳踏車的，用另一種完全不一樣的不在乎。在這個老地方，在這許多老人或許多年輕人的笑聲之中，他好像有些餘緒更過不去，因為，這裡，這劇變的……他想留卻留不下來的這裡的……種種，對過去曾在這裡在乎過某些難以明說的地獄暗示的更深的什麼……的他而言，尤其地感傷。

對他而言，反正就是走樣了，整個地獄……完全的走樣。

可是這一帶其實最做作的還是代天府更旁邊還有一個個透天民宅的怪房子，是一個模仿現在外國雜誌最潮的建築物的蓋法，應該就是所謂的一個歪歪斜斜的又長又高的涼亭涼臺，很多的樓梯跟平臺，他往樓梯的這邊走，往下看下去就是以前的老街，但是好像老東西都不見了。這裡尤其是一個看起來很新設計過的亮相怪異金屬屋頂，很多類似像斜斜的柱子，曲面的像太空船一般的又長又折的玻璃樓梯，看起來很帥的那種側面打光像夜店或是像那種很時髦的那種百貨公司廣場的作法的得意揚揚……實在令人髮指。

那鬼地方整棟看起來就像暗夜海岸的一個出奇招搖時髦的夜店，地上的地板都會發光，還有故意做成一點一點的破洞，然後有些地面是透明的，非常怕走過去會跌倒，另外還有木板的地板，一個屋頂是用石板，這個時代的錯亂就是所有可怕的東西都好像很潮又很和藹可親，這種自以為很潮的和藹可親……其實更可怕。

然後更荒謬的是……到了快半夜了，還有阿桑在裡面唱歌，那二樓做成是ＫＴＶ還有伴唱和看字幕的電視，那裡本來顯然是一個大會議室，但是，夜裡變成別的，唱得極大聲又極走音，但是，老人們好像都很開心。

整個現場的又新又舊，又亮又吵，實在是又切題又離題地荒誕著……

他還記得，從那華麗閃爍無比的鄉下大屋頂往下看，看到之前他印象中的一個比較大的老廟代天府觀音壇旁的廣場還在，不過變停車場了，後面有一個老房子，老房子的旁邊有一棵老樹長在一個廢墟，另外一個老樹，極大，極美，也極陰森……但是整棵糾纏的樹幹樹長極複雜而參差，盤根錯節地蔓延開了，龐然的樹蔭和枝葉無比奇幻地……長入另一棟蓋了一半的新房子的窗臺牆垣，也長入了拆了一半的廢墟老房子的腐蛀屋簷梁柱之間。

這種攀生的奇幻，好華麗也好陰森。也好像代天府旁的這個古城這種蔓延的宿命的……無比荒誕。

代天府旁還有一條還開店還熱鬧的老街，薏仁湯老店，伴手禮專門店，非油炸蝦餅店，傳統豆花，他剛剛繞進去的地方是代天府的廟本部的一個新的透天厝大樓，大樓旁邊有一個賣孔雀蛤的連鎖海產店，安平古堡分店，後面還有一個九份的什麼芋圓小吃，某家名羊肉羹的分店，反正都是其他地方的小吃來這邊開分店。

旁邊還有一個名叫「阿子的店」，賣肉燥飯、苦瓜排骨湯、四神湯、炒青菜、炒飯和米糕，從那裡，他往下騎，就決定要進入那個代天府旁的巷子的黑暗之中。因為，再不走就會更晚，而且也真的太晚了。

那個新蓋的靠大街的代天府旁的老店變得很大，他本來想要找巷子鑽進去，找找看某幾個以前的廟，想試試看這條路，這應該是往代天府的路，廟最大，所以路也應該是最大的，但他沒把握……

也經過所謂的老街，半夜了。但是，那條街上竟然有一臺車正在裝潢新的招牌看板，一個嶄新的賣吃的還是賣喝的店，還有一家在對面街上，像是一個舞龍舞獅的雜耍團，還有一些店是賣酸梅湯的賣蝦捲的，他騎摩托車過去時，整條街已然是全黑的。

甚至，他後來穿進去更小的某巷子裡，看到一棵大樹，是一個有祭臺的大樹公，然後繞到後面，還找到一口老井，找到那口井旁邊那個改建得很糟的代天府文物館古蹟怪館，那是當年就改建過的全新的也就是全毀的老房子，現在看起來還是那副不新又不舊的慘樣子。

可是他在這邊要拍照卻沒辦法拍，因為已經越來越晚了，他剛剛騎到某一些路上把車熄火，本來要拍照的，但是都怕有人會出來問，當他是歹徒，後來，雖然人沒有出來，但是狗卻跑出來，就開始叫，所以他只好就趕快逃離……把摩托車騎走。

更後來，他就決定放棄了，因為騎摩托車使得他當年來代天府地獄這一帶的那個時間感跟速度感的曖昧都完全改變了。

一如，那時候一路經過他旁邊還有一些騎摩托車的年輕的男生女生，他們那種要去夜遊的某類又快又找樂子的晃動，其實已然是另一種太進化所以也太退化的狀態的無法挽回……

最後，也就只是緩緩地騎摩托車在代天府地獄的城牆旁繞了好幾圈，那時候，天已然全黑，路上已然全空，像一個鬼城。

雖然還有一些大大小小的仍有人拜拜的代天府旁的更多小廟，還有一些歷史有寫到的老房子，甚至，雖然還有很多新蓋的房子，但是，這暗夜中看起來，都好像鬼城。甚至雖然也可能只是拍成恐怖片的古裝片場景……但還是令人忐忑。

最後，雖然繞了好久，也對他切進去找的路再也不是那麼有把握，但是後來還是看到了，那個代天府地獄旁極著名的……就葬在活人住的民宅旁的那一帶極龐大的墓園……

甚至，遠遠地看，其實地獄主體是龍身。屋，只有一排也是歪歪斜斜的黑鐵欄杆、走廊、步道。但，那更好，可是那個老房子因為被水池龍身占領而更老更廢。

或許那是最接近自然的一種消滅的，沒有被消滅完……但卻是留住原來的最原始樣子的部分的壯闊。暗夜中，路燈雖然還是亮還是清楚，但是，因為，這一路……竟然完全沒有人在，更空，更怪，更陰森。

一如代天府旁田間的意外這個墳場，有一點陰森可是他覺得這是這一帶最氣派的地方啊！在夜半看來，後頭彷彿還都有樹在長，而且前頭也都有狗在叫，冥冥之中，空氣凝結了，他的相機當機了，所有的關於地獄的打量，都停了下來，只能回到那年代的曖昧、屏息、承認、喚回。所有的擔心都不需擔心了，因為，這裡仍然是那麼深沉，那麼完全地古老，好像有什麼在作祟……地守護著。

就這樣……終於他找到了他要找的……這墳場，入口有一座小小的但很陰又很惹眼的萬應公廟。像極了，這個代天府地獄門前的守護神式的最後守護……

這一座老時代墳場。或許才是完全沒有人動過的鬼地方。絕不荒誕，其實……這墳場才是，一個道地的，絕不進化也不退化「地獄口」的遊地府……。

之二。奇觀。

「神不在場密室逃脫」般的奇觀……獵奇般的奇譚奇觀的代天府參拜祈福儀式前的地獄或許也可能只

是想要打造一種虛構的「遊地府」歷險光景，容納所有的不可能的驚嚇，但是不願透露更多典故與其他線索的找尋狀態：到底什麼是地獄？地獄到底長得什麼樣子？地獄看得到嗎？

老道老是納悶為什麼這地獄仍然還只好像是一個古代的場景充滿古代的想像，所有的傳說中的人物妖怪神仙都栩栩如生站在舞臺上，或許不是舞臺而更其實是現場那麼地沒有辦法保持距離，甚至雖然有些鬼地方是應該不可能去到現場的，地獄深淵的死角的不可能深入但是還是深入地機遇千萬不能錯過的光景到此一遊的不免懷疑所有的現實都是超現實的自我抵抗……

或許，想起地獄，使他更意外。其實，愈想就愈覺得這回遊地府般的找地獄，是一種近乎不可能的安慰過去他太過的一路淪落，但是或許更像是一種他所透支預支的存在感超低的祭改。

這件祭改的怪事或許也是這種他即使再這麼小心翼翼再這麼珍惜的不容易所仍然必須面對的困難重重，他始終不敢再想面對「地獄是什麼鬼地方？」困難重重後頭更深的逼問。

❖

遊地府般地一路風波不斷的他終於到了代天府參拜十八層地獄的入口，但是令人疲憊不堪到即使終於到了目的地的最後……或許還是打從心底覺得自己可能要等一會地緩一緩……就在入地獄之前，他還是覺得要喘一口氣地發呆打量著入口旁邊更巨大到嚇人的兩隻華麗七彩繽紛張牙舞爪的獠牙比一個人還高的龐大蛟龍妖怪，龍身扭曲變形顏色極度誇張鮮豔，環繞著水池畔走了好久還是只在龍頭接龍身的肌肉賁張蜿蜒曲折離奇的肉身局部，祂真的有這麼大嗎？或是如果妖身真的這麼大，人能夠逃過嗎？祂有想要吃人？種種愚蠢的揮之不去的怪聯想……

那更像是古代幻想著海龍王的龍宮但是做成一個更巨大的尺度，好像從古時候就留下來的一個傳說，傳說太久了的現場。鱗片長滿青苔條紋拼接般的無奈，神話或是鬼話的現場，反正就是不像真的。

蛟龍的入口是另一端天堂尾端出口，池畔冗長的綿延不絕奇觀式的的用水泥硬糊成木紋斑駁裂縫仍然的質地細緻優雅的形象假假的木製欄杆就環繞包圍在蛟龍池畔的假山假水前，還充滿可以餵很多鯉魚的魚身擁擠不堪的怪水池……爭奪的翻騰魚身的五彩鯉魚巨大得令人難以想像地嚇人，但是他並沒有那麼急著想去看得更仔細，因為旁邊還有更多的混凝土泥塑神像民間故事的八仙過海各顯神通的仙人道士，誦經祈福儀式的五路財神……成列成精般蟠龍獻瑞的龍柱列……

連接著代天府，五千歲王爺的那個廟的後殿上面的交趾燒剪黏三寶佛祖雙龍在旁天兵天將占滿了琉璃瓦的斜屋頂起翹種種中國傳統建築的樣式，所連接下來後面的假山，石頭像太湖石一樣詭譎幽暗占領了大片的後院，尤其是那些仙姑仙人像神明露一手降世神通一樣的神情顯得相當疲憊但是依舊七彩鮮豔的雕像群……

或許尋常小孩們只是把地獄當成是主題樂園老在尋找不同主題的變化……可以餵烏龜或是餵鯉魚的更不同玩法的遊戲，雖然老道也覺得某些小孩跟老人甚至大人帶著他們來玩的那個遊戲氣氛還算比較像在不是陰間的人間……

他先去看旁邊的一個怪文物區，其實是破舊不堪紀念品店擺著許多販賣的更廉價或是更落伍到落漆的神明雕像，有彌勒佛，財神爺，觀世音菩薩，武聖關公……種種的神像畫像還有很多假玉鐲子仿玉戒指的廉價紀念品，無精打采的歐巴桑店員，年久失修的地方後端座椅上還有老人在那邊坐著打瞌睡……

可能是因為種種原因的觀光客變得很少，只有一些附近的臺灣人來這邊當度假的旅遊主題樂園……但是他比較好奇而花力氣的鬼地方卻更多是在旁邊的那一個善書區，充斥著很多佛經甚至各式各樣的破舊不堪宗教書籍，太多太多怪書目：每個人都應該看但是沒有一個人想看的書的墳場，壯觀得令人絕望……金剛經法華經白雲深處人家因果報應了凡四訓太上感應篇民間善書孝道文集放生文集戒淫文集健康文集一貫道經典聖真仙佛著作一聖真仙佛著作二聖真仙佛著作三因果原理古大德著作古德著作釋佛說阿彌陀經佛說無量壽經佛說觀無量壽佛經大方廣佛華嚴經普賢行願品大勢至菩薩念佛圓通章地藏菩薩本願經占察善惡業報經金剛經楞嚴經法華經華嚴經圓覺經藥師經心經佛說八大人覺經佛說四十二章經佛遺教經六祖壇經佛門孝經大乘起信論念佛感應菩薩感應科學驗證名人傳記安士全書藥師佛地藏菩薩觀世音菩薩文殊菩薩普賢菩薩大勢至菩薩彌勒菩薩天堂地獄遊記聖真仙佛著作四經典文學經典傳記一貫道經典二聖真仙佛著作五結緣訓仙佛慈語法會訓文戒殺放生結緣訓二仙佛遊記福星一貫道經典三聖真仙佛著作六英文經典佛典文學素食食譜佛經經典二馮積善堂大道修渡真諦道德精華錄正編道德精華錄續篇中庸證釋道德經道慈綱要坐諦釋義古善書佛陀教育列聖高真寶經匯篇闡微大洞仙經道慈雜誌太乙正經午集青囊祕錄道德雜誌營口道院壇訓錄易經證釋藏經閣王鳳儀善人思想集哲報四書文集國學類宗鏡錄修身治家道藏黃帝陰符經……這麼多的骯髒不堪的舊時代勸世神通充斥的善書冊卻彷彿過度委曲地只能委身於此鬼地方地令人無法忍受又無法理解……

可是還是要走的後來他就去看了著名奇觀的那龐然觀音殿塔樓……塔頂非常高塔身有非常多的半浮雕雕像，觀音佛祖旁還刻上半浮雕表情都有點奇怪但是栩栩如生大悲咒八十八尊的佛像還有佛身旁很多小仙小尊般的常民供養人名字的小人們……但是因為下過雨，年久還是充斥著陰沉的令人忐忑不安會不會活起來的縱入人間的妄想……而且整個佛塔是弧形的，做得有點像印度教的三層的葫蘆形奇怪的天壇，變相的一種奇怪的造型，使得觀音殿那個主樓天井中庭四方搭起據說是全世界最高的點燈的佛塔可以轉動的圓錐形，消災的神通奇蹟般地出現……，旁邊的香管理的那個老先生在跟兩個外國人解釋到三點它就會閃動而且會轉動，幾千個佛像會在那邊發光，但是他卻始終沒有那麼感興趣，倒是在旁邊陰沉的有幾個護法觀音的聖將，甚至是背後的彌勒佛也都有一點表情奇怪的陰沉。

一如到了五千歲旁邊的側殿安太歲的太歲星或是東嶽殿府城隍的城隍爺，甚至還有一些註生娘娘之類的小廟都還是香火鼎盛，有一間比較後面的一個奇怪的好像有紅色的漆滴下來很像鮮血的樓梯往上走到後面一個玻璃門卻出不去，旁門扇上的有一間匾額寫著「特別室」不知道是什麼地方，或許那只是他們一個走向陽臺或是某一個老時代殘留下來的倉庫側房，但是他總覺得有某種奇怪的血淋淋的特殊的暗示不知道是什麼，但是這些訪客其實都不在乎，只是他在這鬼地方待太久才能發現更多彷彿是地獄亡者生還的怪訊息……

那還是在進入十八層地獄的閻羅殿之前的慌亂……太長時間的流逝懸疑驚悚般地從麻豆走過來一路還是感覺得到這個鬼地方深藏在農田或是小鎮透天厝小房子之間隱隱約約出現這個巨大的陰間地府鬼魂纏繞的怪建築群，那就是代天府五府千歲出巡繞境進香的祭拜五王爺老派的宮廟……刻意做成這麼巨大的偽裝是一個莫名其妙的怪異主題樂園式的結界……叫做：地獄。

他依舊不知道他進去十八層地獄的閻羅殿會看到什麼，一路的陽光太好天氣太熱的分心……使得所有的怪狀況都變得有一點點太過滑稽，儘管他坐車坐了太久坐到這鬼地方還是不免充滿意外但是又不意外的疲倦不堪……拔舌地獄、剪刀地獄、鐵樹地獄、孽鏡地獄、蒸籠地獄、銅柱地獄、刀山地獄、冰山地獄、油鍋地獄、牛坑地獄、石壓地獄、舂臼地獄、血池地獄、枉死地獄、磔刑地獄、火山地獄、石磨地獄、刀鋸地獄……一如與神同行般的一關一關過不去還是要過的無限無奈：

（滿牆寫滿典故的諸殿諸閻王的令人恐懼的過度複雜情緒激動落淚的歷史……但是又像是破關遊戲規則魔王城池攻破彩蛋出爐式的解釋祕技攻略的角色扮演角色分析……不知道應該更惶恐緊張情勢緊張害怕沒命地持續地驚心？還是應該更因為洞悉先機對手破綻爭取殺敵技巧地開心？）

一殿秦廣王姓蔣，傳說是東漢的蔣子文，二月初一日誕辰，在三途川上的奈何橋前派無常鬼引領鬼魂至此殿，專司業鏡，照明善惡，使人在此殿服罪，如果行善遠超過惡業的，就直接送他至十殿，繼續輪迴，或者投生門閥，或者升天享福。如果是一般人，就解送二殿繼續審理。

二殿楚江王姓厲，或作「歷」，三月初一日誕辰，專司「活大地獄」、「具皰地獄」。

三殿宋帝王姓余，二月初八日誕辰，專司「黑繩大地獄」、「皰裂地獄」。

四殿五官王姓呂，二月十八日誕辰，專司「眾合大地獄」、「緊牙地獄」。

五殿閻羅天子姓包，傳說是北宋的包拯，正月初八日誕辰，專司「叫喚大地獄」、「呵聲地獄」，同時也是十王之首，負責總管十八層地獄，即八大地獄、八寒地獄與附設的「近邊地獄」。五殿殿中有望鄉臺，供亡魂眺望家中情況，一解思鄉之苦。

六殿卞城王姓畢，三月初八日誕辰，專司「大叫喚大地獄」、「歎聲地獄」。

七殿泰山王姓董，三月廿七日誕辰，專司「焦熱大地獄」、「青蓮地獄」。

八殿都市王姓黃，四月初一日誕辰，專司「大焦熱大地獄」、「紅蓮地獄」。

九殿平等王姓陸，四月初八日誕辰，專司「阿鼻地獄」、「大紅蓮地獄」、「枉死城」，同時目連尊者受理冤屈申訴後，發予此王重審。

十殿轉輪王姓薛，四月十七日誕辰，專司各殿解到鬼魂，區別善惡，核定等級，由孟婆灌醉之後，發往轉世。

一如臺語大聲喊著「大人饒命，大人饒命，我下次不敢了……」的現場的悲劇變鬧劇……他始終無法理解為何現場的荒謬感使得量變到質變地……所有的鬼東西都變得走樣到終究淪落成越可怕的越可笑……

一剛開始走進來的時候，那個走廊往下巨大的門口兩側就是在舊時代破電器旁邊還有很多臉孔看起來像是做壞的等待下地獄的眾歹徒惡人像，但是他並沒有太緊張，因為所有的氣氛好像都還是在可以理解忍耐的狀況，只是充滿著用臺語念著「大人饒命」的配音仍然此起彼落地嘈雜的人聲錯落……後來旁邊還有很多人跟著進來，狀況好像變得不可怕，剛進來的時候從某個反光還看到人影，有一點驚嚇，然後有假裝是吹風的特效的聲音，還有第一殿秦廣王的劇場好像聲音到了一半光線會全暗，一段一段的像劇場一樣的打開，他嚇到的是因為所有的人動的方式並不是每個都在動或是有些其實不同的閻王兵卒或是小鬼在叫救命的都不知道什麼時候會動，所有的黑暗角落都變得非常奇怪，每一個殿的主題不太一樣，有的是割舌頭有的是火炮之刑，第三殿……他還是要跟著觀眾走，不然每一殿的光會熄掉就看不到了，每一個殿的動的狀態，從一開始進去燈忽暗忽亮的感覺每一個殿都好像是一個獨立的荒謬劇場，獨立的時間的打開跟關掉，還用臺語配音的狀態……雖然審判的細節好像觀眾們都不是很在乎，但是都有一個因果必然的懲罰……看多了也大概都一樣，不孝順父母作奸犯科仙人跳或是盜用公款都會遭到幾種最著名的割舌頭抱火柱挖心五馬分屍之類的懲罰，但是在黑暗之中或是在光打亮的時候每一個動作有一點點怪異的轉動或移動，燈打開的方式因為太多細節所以大家都不太容易專心看那些長相奇怪或是長相猙獰的角色，十殿閻羅有十個故事，但是每一次展出的方式，打開跟關起的過程都不太一樣，尤其它放在一個黑暗的空間，每一個走道都變得有一點曲折而轉彎不順暢……

比較怪異的是在聽到有一個帶著小孩子來的拿著長的自拍棒的中年男人跟家裡的人他用學那些閻王判官臺語發音的方式在嚇小孩，所以他的聲音甚至比演出的聲音還大，這讓人覺得荒唐奇怪而荒謬，但是他好像非常高興變成地獄的一部分的陰間鬼魂纏身的怪人……

活人像死人，或是來的人像演員一樣，看的人像演員一樣，他小孩被他嚇得要命，但是那些旁邊的大人似乎沒有阻止他，他一直把自拍棒伸進去那裡面，跟小孩說我會拍一些很仔細的特寫再回家去嚇你的這種騙小孩的說法，他被弄得很厭煩但是也不能怎樣……也沒有太認真的把每一個細節都看完……

在門口有一個老先生坐著在那邊，黑暗的光影的最後面，有一張辦公桌上有一些破文具，在那邊寫公文似的，出去就是地藏王菩薩，門口寫著大字：地獄不空誓不成佛……

還有另一個破口，一邊是出口一邊是天堂，他就往天堂走了，到天堂這邊入口跟地獄是一樣的，只是畫像突然變得比較光明，仙女仙童迎接到了南天門，入口竟然有一隻猴子就是孫悟空，好像地獄始終比天堂受歡迎，所有的問題好像都不太一樣，但是也都一樣，最後天堂走到最高的地方會經過很多很像十殿閻羅的故事，但是都變得好像很可笑的一種對樂園或是天堂的想像，例如說在看仙女跳舞或是在下棋或是在花園裡面遊玩或是在那邊喝茶喝酒打麻將的那種陳腔濫調，最後到了天女散花的樓梯連走四層樓之後竟然出口就是從外頭那隻巨龍獠牙之間走出去，從雲層厚重的雕花樓梯之間往下走，其實有種奇怪的很臺的超現實感，尤其在高處可以看到整個廟的天空線和那個觀音佛塔的特殊佛像奇觀，充斥著小孩們尖叫連連怪聲怪調地過度明顯，他一路始終沒辦法專心，看天堂竟然就像在看地獄雷同情節，只是變得更為可笑地不好看的缺乏張力和刺激感，但是大概就像某一種對於地獄想像的另外一半的反差版本，善惡之間的關係，竟然是一樣的腔調，但是他納悶的更多……他真的是來這邊找尋懲罰人間惡人的地獄嗎？找尋化解自己急需收驚才能夠解決的罪惡感的問題，也不是來這裡解決的他到底跑到這麼遠的地獄變相的原因是什麼，或許他跟那些死小孩一樣也是不斷的被那一些大人用一些非常灑狗血的模仿臺語的閻羅王在指責犯人叫牛頭馬面行刑的那個口語的劇本口白特效的音效所驚嚇過度……

反而一路過來深入更鄉下透天厝裡充斥的奇奇怪怪的人間縮影比較像是地獄的縮影，或是他小時候的縮影，或是他經歷了他也忘記了的他不知道他忘記了的那些東西的縮影的暗示，非常的像是那個變相的主題變奏曲，地獄就在人間而且必然只是主題樂園……他從來沒有用這個角度切入發現自己的無限無間的陷落……

他老想起那太多太多本「遊地府」善書更荒唐可笑的無限無奈的陷落：

那一本本讓他最入迷的是十殿閻羅的怪畫冊，某一本是比較中規中矩規模地引用老派畫國畫技法地畫成很像老時代線裝古畫冊，但是另外一本卻是更尖銳的從頭到尾的鬼漫畫，那是畫了兩百多頁……遊地府的老故事，畫工非常粗糙但是卻講了很多鬼故事，種種畫法很像是老時代遊臺灣那種更民間更臺灣的雜耍特技表演，但是裡頭地府還是非常接近十八閻羅殿的故事，這令他在那邊看了許久捨不得離開……仔細端詳那充滿荒謬感的……地獄。

還有一本古典風格遊地府的《地獄遊記》自稱是臺灣宗教最後的救苦救難大善書，由臺中聖賢堂於一九七六年出版，內容類似於《玉歷寶鈔》勾勒中國地獄十殿的情景。竟然是扶鸞寫成一位鸞生楊生由濟公帶領其魂魄至地獄遊歷的情景。類似勸世善書《阿鼻地獄遊記》、《新阿鼻地獄遊記》、《天堂遊記》、《人間遊記》、《極樂世界遊記》皆為神明告知世人務必做好事或持身修行，若好好修行以後會到好的地方，若做壞事，以後會有地獄之處罰。自稱由濟公帶領其魂魄至地獄遊歷……主要是夜間透過扶乩在沙盤上用中文寫出。根據書目的自序，著書的目的：「除了神明藉凡人之口告知世人地獄確實存在外，也有警惕人諸惡莫做之用意。」此書可在臺灣各大廟宇的善書流通區免費拿取，目前已有漫畫版，其還自稱：「神明同意對地獄之內容以漫畫方式較輕鬆地呈現，只是讓世人方便了解，內容都是十分嚴肅的真實案例。」

奉旨跟隨其師濟公到地獄歷遍十殿閻羅，看盡各刀山火海中亡靈的慘況以及聽罪魂親口敘述自身因犯何罪而下地獄受苦刑。遊記展示了一幅相對切入現代的古代地獄景象，並解釋了各層大地獄中的小地獄。還提出了一些相對異趣的觀點，例如對「六道輪迴」、「地心引力」的解釋均與正統佛教、道教及科學解釋不同。在遊記中，亡者化作的鬼魂會被地心引力所牽引到地獄當中，第一步會來到心頭山。倘若是已經修行健全的修道者，靈魂輕盈，可以輕易地飛升到山頂，進入天堂之中，而一般人則會墮入心頭山下的陰陽界之中。鬼魂聚集陰陽界，便會經由鬼差的指引進入鬼門關當中，來到第一閻羅殿，進行善惡審判。生前造了善業而惡業較少的鬼魂，便可以來到地獄的平民區當中生活，等待陽壽殆盡後可以去到第十殿進行投胎。罪惡較多的鬼魂便會因為各自罪業的不同進入第二到第九層的小地獄中進行懲罰。那些死不認錯的鬼魂，就會被帶到孽鏡臺前觀照生前所造惡業，讓鬼魂無話可說。在世間有修道而未成道的修行者，會被分配到萬法歸宗室中繼續完成修煉，等待飛升天界；投胎成動物的鬼魂則會來到四生輪迴廳當中，重新化為人形，繼續進行輪迴。第二到第八殿之間，有十六個小地獄，諸如割腎鼠啃小地獄、鐵刀割臉小地獄、鐵絲水蛭小地獄、毒蜂小地獄等，在塵世間姦淫擄掠，為非作歹，不義不孝分門別類，根據罪行的不同，判處不同的刑法。其中對於一些只有現代才較多的懲罰，諸如酒駕殺人等，已經有了推輪車碾小地獄進行懲罰。第九殿中有無間大地獄，便是俗稱的十八層地獄。塵世間罪惡深重，無法原諒的人，死後便會來到無間大地獄中，永無止境地在其中受罰。

第十殿便是輪迴轉生殿，所有一切鬼魂都會在此處進行輪迴。無論是那些平民區中的鬼魂，還是受刑完畢的鬼魂，或者是投胎成動物、昆蟲的鬼魂，都會來到此處。他們會先來到孟婆亭喝孟婆湯，讓其神志不清，無法保持靈智，懵懵懂懂地踏上六道輪迴之上。此處的六道和佛教的六道輪迴不一樣的地方在於，它的六道分別是「金道」、「銀道」、「銅道」、「鐵道」、「石道」、「竹道」，金道是飛升天堂的鬼魂去的，銀道是轉生成人走的路，剩下的四道是「四生」——胎生、卵生、濕生、化生，投胎成動物、飛鳥、魚類、昆蟲。都是業報的因果循環的無限無奈地報應苦難……

他還更仔細端詳許久其中地獄遊記第三十二回——遊誅心小地獄……還是充滿令人費解的可笑教訓教條……

一如他老在想自己為什麼來看這個地獄而這個地獄真的變成了主題樂園的某種奇怪的暗示，但是也充滿了缺陷的無限無奈循環報應逃離不了的某種狀態……

❖

一如那一段他老是人生出事的太多太多灑狗血的日子。

天氣忽晴忽雨，冷氣間忽冷忽熱，太多事都太灑狗血般地輕慢疏忽到，荒腔走板，夜市人生風水世家般地快轉，不好睡又不好醒，日子就像吃一大碗直冒汗的熱臺南老意麵然後又吃一大碗黃澄澄像化學毒品的雪花芒果冰。然後就一直壞了胃又壞了喉嚨，然後壞了腦子。

他後來還是待在那一家代天府旁不遠的破咖啡廳，放著蔡依林或謝金燕的舞曲，重音碰碰地響，歌詞就是我愛你我愛你那種副歌的一再重複。然而旁桌就竟然是一家人正在跟裝潢師傅交代他們家的客廳要怎麼做，沙發要長一點，看電視比較舒服，那一道牆要挖掉，窗簾要挑好看一點的，廚房要打通，吧臺用大理石的，以前我有做過，保證時髦，他們的口音差異極大，有的是老外省的鄉音濃稠的舌根直咬，有的是臺灣國語的狠狠放話，還有一個歐巴桑嘮叨碎嘴又哭又鬧，別聽他的，聽我的，他根本不在家，一天到晚去大陸看生意兼看小三啦，我說了才算，坐北朝南才行，財位先想，所以找爐口要找風水師來看，但是和神明桌的方位要躲開。我們這一房這些年也夠衰了。

然而，他還是無法專心地只能勉強自己不要太分心，因為正在想法子上工，已經在最後的階段了，但是所有狀態都變動到另一種切換的困擾，就一直都還是卡卡的，所有的縫隙一再地變形流竄，因為好像本來只是在木頭卡榫的斗拱雀替進入藻井的卡接誤差調節，但是現在卻像是在鑲八箭八爪一百多面體的鑽石切割面的斜度那種需要一如死神般的精準度的準心瞄不準。

最近因為他和老朋友們也又密集地碰頭（也或許是星座書上提及的水星走到一半，冤親債主又用另一種法子找回來了），談起地獄變相計劃的更裡頭的麻煩，源頭，副作用，甚至是完全不同路數的淺淺深深換氣呼吸法，救命丹，安慰劑式的入手到逃離的可能。但是，感覺起來，近年來，他體力不好，內力又更差，遇到這種高手過招的場子就在老快當機的狀態，就像他的手機，之前拍的沒刪除而始終殘留的照片般的殘留物太多，最近就老一用就跳掉。有時候，其實不是投向虛空，而是之前有一段時光出了很內在的差錯，人間其實就是地獄變相修羅場式的……裡外的種種現實太完美地被解釋和經驗到無懈可擊地令人髮指，但是卻老覺得那裡不對又說不出來。

彷彿出事了，出了完全無法理解的事，他自己陷入了一件一件的厄運般的暗示，被收了兵符，被穿了琵琶骨，長了人面瘡種種……但是其他人和周遭的一切都沒有改變，所有的自己旁邊發生的事及其人生觀的種種宇宙觀還不曾式微，而仍都那麼繁忙地進行編制編織成某種不曾被懷疑過的一生的場景。

而他的人間卻一如開頭的楚門的世界般的完全以一種寓言式的天真爛漫在面對可能的繼續被收編的解釋，但是，越來越不行，圓謊越來越難，因為有一天出現了不小心的差錯，一個投射燈意外從天掉落，雨水下錯位置，監視器被尋獲那種荒唐，一如卡夫卡的K那種再更往城堡深處走，看不見的城市裡忽必烈對馬可波羅更懷疑的逼問，到底那裡不對勁了？

一如他有一回躲到一家代天府不遠的鄉下大街市區巷子旁很小的爛咖啡廳，比較沒人，比較偏僻地發呆鬼混。在角落中躲藏仍然老是不小心看到很多怪人，很多怪事。

但是，他仍然不確定這種拋向虛空的狀態，因為，這些不安，也可能完全只是猜測，他的一生充滿災難發生曲折離奇太像地獄變相不斷擴大的人間奇遇奇譚……或許就像異形還沒有出現以前的黝黑太空艙廊道尾部不知道會出現什麼樣的怪物，甚至無形，只有氣味，妖異到無法無天又無法理解。

越來越亂來的他的那晚遊地府在看十八層地獄的最後一眸，有一種恍惚的貿然感覺是，這個地獄如果恍神地看，真的可能會變成一個深入蹲低的鄉土主題樂園，或許對他在代天府旁長大的童年會有點不太認真地懷舊，沉浸於幼年閃過稀釋過那阿嬤的老手藝或在夜市的奇幻不太起來的人生，或許是後來上臺北就學壞了的下港少年變成的查埔，那種有幽閉恐懼症或重度憂鬱症不時籠罩的大尾鱸鰻加臺灣龍捲風的重口味調調。而且可能被當成是落落長的，跳來跳去的，下地獄前的一生充滿挫折感湧上心頭的故事不太感人的，太多雜七雜八的，早應該遺忘的，不乖的，太落漆的，太恐怖的，老展壞的「地獄變相」隨機業報版本。

❖

老道在前往遊地府的充滿隱喻費解的無以名狀的冗長公路電影般公車上路的破舊窗外一路的光景……太多太多斗大的路標招牌看板占滿了天空線的巨型標語般明體宋體楷體黑體忽大忽小五光十色怪字樣出現在一路上，開到荼蘼……就像是無限意外的山神土地公旁白，或是充滿誤解的地誌學註解，或是閃現剎那瞬逝費解的奇觀……或許就是預兆般的符文的符……

兵仔市、中華振興路口、臺南高工、小城隍碗粿，好吃鱔魚麵。大橋站。……奇美醫院大家住的宿舍員工宿舍，吃肉也可以很時尚，俗俗賣的生鮮水果專賣店，永慶不動產，智慧採光浪板，豪爽自助洗衣店，奇美醫院到了，奇美晶鑽級接待會館。中華路。高雄市脊椎專科醫院，主治醫生，興安醫療器材公司，友聯安養中心養護中心，奶奶快回家醫美診所，公園第一排美樓景觀戶全新公開。平安路口的家順大樓安順大樓。

朋馳南部總經銷帝王級周邊商品服務豪華汽車中心，健行鐵材行。一呼百應汽車特殊鋼有限公司，通水賓館，泰瑞汽車，一五洗車，感冒頭痛醫頭腳痛醫腳醫院，行車記錄器批發，Lexus的汽車維修中心，老K牌彈簧床，Honda汽車，現代汽車集團股份有限公司。韓國的現代維修廠汽車車體電鍍，嘉興不動產，中正南路，世界為你開路，永康加盟店。八爺專業檳榔，刺眼紋身，晶華家具。愛買中心。全家福的鞋店。日本燒肉店，更多的檳榔店和賓館，周紫微命盤大師館。保民宮，永康加油站，睡眠王國的店……神明都買特殊的床墊，星巴克旁還有美滿寵物店，深海魚肉炒飯，人民的立委參選人李俊益，現在牛肉湯都生意好。高清珠寶銀樓。雅馬哈機車店，寶島眼鏡，彰化銀行。蔡依林的代言百變彩色日拋隱形眼鏡的大海報，打球王者大橋王者當然熱銷，公園首席市圖總管，阿亮冬瓜茶冰，幸福不幸福家不動產，禹帝宮，陳文為你服務處，永康農會，郵局郵局旁邊的五金百貨行全聯福利中心肯德基，大榮租車中心，輪胎百貨，有一個充氣的很多顏色的圈圈，很像米其林但不是米其林，寫著南部同慶，黑珍珠汽車清潔保養用品系列，公園大院大豪宅超級豪宅中正到了第一聯合特賣會，黛安芬內衣特賣。愛心媽媽。緊握扶手……歡迎搭乘大臺南客運。一路窗外風光依舊無法想像地流變閃過……興和當鋪、三星紡織廠，清心福全烏松店，汽車借款周轉當日給，中油公司，慢行到了一個高速公路的交流道好像是新營的，但是車還沒有上去繼續往旁邊很多堆高機國倫汽車維修中心的馬路開，椰子樹越來越多，檳榔店越來越多的路上，噢耶馬口鐵，地方工業第二研發中心。很愛跟口服液。心事誰人知愛。馬口鐵門公司。統一實業股份有限公司。三百多萬可買的一個幸福透天厝。旁邊的店家是：斬草除根割草機。激情密碼汽車旅館休閒藝術。不鏽鋼做的在新市火車站前廣場的怪異公共藝術巨大發光蓮霧。

老道老想到前一天……他匆促無法想像地混亂快轉般地南下，在高鐵站想到太多的過去，大度溪快曬乾的溪的淺流，到嘉南平原放火一直燒的田，像太空船降落回到近三十年前現場，初中、高中、大學，那乾燥青春近乎窒息的在下港的十六年，對於自己和自己活下去的這世界的錯誤理解，打乖乖針，打到不知道發生過什麼就馴良地長大甚至衰老。

或是，就像是一部好萊塢的暑假大動作片的開頭，前傳當續集，交代失憶或失眠之前的症候，抽搐、麻木、恍神，或近來常發生的那種：老道發現自己是殺手或擁有超能力，但是他不記得自己是誰？那麼地……需要再解釋、搪缸，那麼地……重灌、重開機。

他老早就已經離開市區，出發上路找他想去的鬼地方。他老覺得自己很驚險……

一如一天沒幾班車的開往代天府參拜祈福儀式兼看地獄的那班老公車如果沒有坐到就不知道還要再等多久。之前另一個上車的中年男人就慢了一點就差點沒坐上車，另外那一個胖子老頭乘客在窗口往外看就笑他說，路邊站太裡頭怕曬太陽的老屁股的你根本看不到……

公路到了南科公車窗外就好像是完全另外一個租界的高科技鬼地方……某一座怪現象般扭曲混凝土歪歪扭扭的巨大雕刻成一個好像巨塔的陸橋鐵橋，那是南科高中的校園，連接著另外一個高科技園區開發的另一種乖張的奇觀……

他從來沒有來過南科鬼地方也充斥著另一種真的很奇怪的科技大廠高科技大樓，南科國際實驗高級中學的某一些偽矽谷式的高科技公司的光景……還有其間夾雜某一些奇怪的教會或是很像邪教的小廟。

但是旁邊不遠公路旁的善化的老街上還有很多日據時代留下來的那種像迪化街的巴洛克風格現代主義早期的舊式的可是老房子還蠻漂亮的，到處都是……南無阿彌陀佛或是觀世音菩薩的字眼在大街上。

他老想過說如果真的年老之後要回臺南來落腳的那種奇怪的未來，多年波折終於還是回到過去，最後是不是也會落腳在這個鬼地方。

一如座位旁字樣：公車危機處理六部曲：停車。開門。疏散。報警。保護。送醫急救……一路太多太多太大或太小的荒謬絕倫的風光……一路的他老搞不清楚了……後來在這一個信義路的路口新南路，麻豆鄉公所旁邊麻豆國小……他下車的時候太疲累不堪到一家珍珠奶茶店坐下來喝冬瓜牛奶加珍珠。看著旁邊的老舊的基督教甦醒之家和旁邊有文理補習班，那裡是麻豆國小和旁邊有很多兒童英語中心甚至徐薇老師專門店的都有的小教室才藝班的很多透天厝。老走錯路回頭走，原來要從忠孝路三十一巷轉進去方向才對……他是用Google Maps找到這個地點的，往前走一公里，或許還有更多的路它上面寫道路施工，旁邊還一個破文昌祠廣場前才看到遠遠的路的盡頭的那個巨大的龍頭，其實經過了修路的路段，水利局工程旁邊有一個三媽廟拜拜的奇怪的陰森恐怖的小廟旁還有一個戴破舊不堪安全帽長相歪嘴笑著臉的塑膠人形在那邊提醒施工小心請轉道還有一臺老怪手，很破舊地停在路邊，那是禮拜天，沒有在施工，那條路挖得馬路中間龐大的洞口，太冗長的一路鄉下的土木工程很複雜，但是水利局明的可能是會換水管之類的事，整條路上都沒有人。禮拜天沿街都是透天別墅的都有車。太陽很大所以也沒有人出來。尤其是正中午……

一路每一家都有貼春聯紅紙，也有媽祖廟拜拜的痕跡的保佑。一路的透天厝，看到有一個老人在餵一隻很大的黑色土狗，土狗對他叫，還有一家老院子還種菜的四合院竟然有一個老太婆的聲音用臺語在講老派臺語，問候他旁邊的也是已經歐吉桑的中年男人兒子吃飽沒，太多還有很多路上曬的衣服成排……甚至，還有外勞和老人在那邊擺攤賣菜看路人……也老都看著遠方代天府巨龍怪屋頂的地獄殿在發呆……

❖

就因為是第二天要去找十八層地獄……先一晚就到臺南，又在那個摩天大樓名為香格里拉的怪飯店三十一樓。看下去在老車站旁老大學緊依鐵軌都小到像縮尺模型，像真的又像假的，像昨日又像前世，種種的太過逼真，使這個窗景的華麗變得又現實又太超現實。

摩天樓旅館的經理交代客氣他們還把老道升等到更高階的雙人床的行政套房，還有一張豪華長沙發，怎麼看都太空太大了，是那種可以找許多人來賞月轟趴的那種的奢侈。但，他卻只是關了所有的燈，看窗外，那漆黑的關於昔日的全景式光景，微光閃爍，重建ＣＳＩ犯罪現場般地注視、打量。或就只是更放棄地……獨自發呆。

老道在那個摩天樓旅館旁的老式早餐破小店裡想起三十多年前自己打蛋吃天亮前的豆漿燒餅，在那棟宿舍住到房間發臭都不想回去，在那個操場跑道跑八百跑到腳抽筋，在那棵大榕樹下和情人第一次牽手第一次接吻。

那幾天半夜看到好多片，都一直看，捨不得轉臺，有種奇怪的荒唐，好久沒看到那麼多壞人的故事，有些都看過了，但還是都好好看。《怪醫豪斯》、《沉默的羔羊》、《咆哮山莊》、《絕地任務》，看到主角出手，就好想笑喔！雖然有些已是老套地很久了，但是，令人懷念的那種很迂迴的心狠手辣。

不知為何……他為這些太尋常又太不尋常的場景像電影《啟動源始碼》般地一再出現令他開始不免懷疑起來。到底，他怎麼會在這裡。每天都一樣地……看到這些老派而海派的裝潢，在名字就像虛構的香格里拉下港最戲劇化的這臺南曾經變成爛尾樓多年再被併購改裝成酒店的摩天高樓五星級飯店……在其內部深處四五十層樓高巨大圓柱天井也很像虛構的中庭下，就是他瞠視張望上空圓洞口的雲霧繚繞的天空的……那整個旅館中最著重的奇觀空谷靈山險景的降落地點的天井下怪餐廳，所有的細節講究也最吃重，但對他而言，也不免因之而有點更令人難以明說的暗示在裡頭。

始終無法理解地一再發生的無奈的什麼……那是第幾天早上。他到底來了多久了……就坐在這個著名的二十多層樓圓柱形巨大的天井下，吃第幾回早餐，好怪。因為，每天都很像，像每天都重來一次。場景每天都一樣，他們每天也都坐同一個視野的死角位子，看著許多雷同或不同的人來來去去。

他的鄰桌，從認真開會的德國人，換成一對日本沉默的老夫婦，再換成一個落單的心事重重的印度人，種種……一直地變換……

但是他仍然還坐在那裡，一動也不動……

打量這些人和事和地方的發生，和無法避免地一再發生下去，這和他從來不每天吃同一個店同一種料理的生活完全不同，甚至，他老是熬夜到從來不吃早餐。

諸如，曖昧秋香色竹葉凋零滿地的厚地毯，四株在中庭的移植的六七米高綠葉快枯槁了的櫟樹，透明的酒櫃放入的塵封老酒瓶，中間圓形餐臺很多太用力講究古典式樣的昏黃燈臺彷彿鬼店的庫柏力克式的莫名恐怖暗示的什麼……各種冷盤，各種熱湯，各種甜點，各種水果旁甚至有各種暗色的果汁所裝入了圓柱狀透明器皿有些刻意放入很多奇怪狀貌食材的大玻璃瓶因為泡入液體顏色的暗沉，竟然更像生化實驗室裡的放福馬林再放入動物屍體或血液的大型培養皿，更令他一再分心。彷彿，他從來就沒離開過這裡，他的一生就像這幾天，從來……就都只活在一個想睡卻睡不好想醒又醒不過來的怪夢裡。尤其，其中一段背景音樂是安眠曲，雖然是在許多其他較面目模糊的管弦樂的交響樂團編曲的古典音樂始終無法理解地一大早就令人昏昏欲睡。或許是他前幾晚始終沒睡好，醒來老還很想睡，勉強爬起來吃早餐，但是就在這個太豪華又太正式的奇觀谷底餐廳裡，在這個同時又意外地有點早期科幻片場景般的天井中，甚至這催眠音樂在這地方令他又一再想到庫柏力克導的另一部科幻恐怖電影的《二〇〇一太空漫遊》的結局。一個太空人困在外太空，電腦母機瘋了，把他封鎖在機艙裡，他在死前陷入了幻覺中，一生在他眼前閃過，在那空曠全白的奢侈豪華大廳，從嬰兒到少年到青年到那時壯年的他，卻轉瞬又看到自己老到滿臉皺紋地躺在病床上想睡又睡不著地……等死。

另外，還有一首也是古典音樂，很熟，但他記不起來。他問那個來倒咖啡的年輕女服務生，她說她沒聽過，她問了另一個較大一點的T模樣的服務生。她說她也沒聽過，後來，他問了路過的那一個很胖但穿很正式套裝的外國人女經理這是什麼歌，她說她知道，但也記不清楚，大概是和farewell有關的曲子。

他才想到，沒錯那是一首和告別有關係的古典音樂，他最後一次聽到，是在前幾年的某一個喜歡古典音樂的去日本留學過的老家族唯一的一個醫生的怪伯公的葬禮上，在一個代天府附近的收屍的怪殯儀館，（奇怪，這告別式不是應該在代天府的廣場旁的那著名地獄門口告別儀式作法念經超渡法會聽著嗩吶鼓聲鑼聲響起冗長難聽尖銳吵雜般地做七做到七七才是功德圓滿地切題……但是為何沒有，他不太記得了……）他遇到了那一整群他童年一起長大的乩身作祟一生變種人般的靈童，但是他們後來也都老了，老到像他小時候對那去世的伯公開始有印象的那個年紀。

時光停了。或是，彷彿，時間是喚回了，但是卻是無限縮小卻又同時無限拉長。

在這緩慢的遙遠的音樂中，在他仍然在這裡吃早餐的現在，提琴們合音的依然沉浸沉湎，木管群音伴奏依然的嗚嗚咽咽……

重溫騎摩托車的那種又快又慢的速度感，找熟的老店，但是出發太晚，屢遇屢關了的吃，不得不荒唐地趕路。臺南突然就成了一個攻略本，老道都無法相信他還認得路還認得騎法……一如，暗夜，忽然看到城尾古運河旁的少女們騎機車飛車也機車地大聲尖聲戲謔歡樂談笑，比女鬼令人恐慌地想要去收驚。更晚以後，整個府城，變得暗暗的小小的，他去找故人般的老小吃，某一條老街的最前端的担仔麵三代本店。最末端是已然破舊不堪的老時代沙卡里巴棺材板。「板一塊……」在那瘟疫蔓延擴散的時光中愁容滿面的辛苦老闆娘依舊心酸客套吆喝。

那老街充滿了古城遺址旁料理的典故……路中間有一間歷代拜瘟神著名的五瘟宮。旁邊廣場還有一棵妖氣瀰漫的百年歷史老榕樹，但是樹下的總趕宮前的露天日本料理，永遠是人潮洶湧……一如那廟埕據說就是明朝當年臨海的渡口，風水奇好，求消災解厄護家香客奇多，或是，那攤的生魚片壽司和食料亭手藝也其實只是還好而已，可是竟然還是人山人海。甚至三十多年前的當年老道有個大學同學用那鬼地方做一個藝術裝置展覽參加國際競賽誇張地就叫「瘟疫時間劇場」竟然，就發了，得了英國一個世界競圖的頭獎，或那些廟又小又破但可是因為有求必應，而香火鼎盛地難以置信……還是瘟神比較靈驗。他老心想自己到底在什麼鬼地方啊？太久沒回來地獄……回來這充滿神通的鬼地方……

一如那晚先回臺南想找老的或吃的或災情的暗示的什麼，種種鬼東西的餘緒，但是生太久的病的他卻好像一直恍神……在祕傳教授一秒讀心術的名補習班對角，舊摩托車載穿紅法衣般怪黑狗的長得像廟公的那老人低頭吃老曾羊肉店時，他坐攤位斜前方大口喝著當歸暗黑羊肉湯，眼神中充滿敵意看著他，低頭假裝沒事，只留意到他異常出神，完全不在乎身邊太多人，最後付錢是從口袋隨手拿一個髒兮兮的老塑膠袋，拿一堆破舊銅板出來付的，他心想，天啊！那好像香火錢！廟公偷香火錢來喝羊肉湯……

他心想，這找尋地獄的怪旅行竟然就從這怪畫面來開始找尋種種神通的暗示！

他去臺南找地獄那個太過意外的感觸極大，因為所有細節的繁複瑣碎貧瘠過程是那麼清晰感覺到那個地獄一如現狀中大多的人間種種的太過逼迫而逼真的凶險莫測的善與惡如何面對，但還是要有禮貌地進入打開躲藏入戲深地在場又不在場。

而且，他的命格大限那幾年好像正在大變……身旁好多事都變得要更小心翼翼去打點，老還也是有波折，但是，其實這還好，過去他曾經也去過的太多爛場子……只是這幾年拖太久的時間感正好是他的人生最衰微晦暗的時光，逃離太久不但對什麼鬼藝術或對過去所殺入的種種鬼展覽一如戰事失落到再沒有期待或奢求，甚至已然對真實的所有人和事的現實失望延伸到對更內在自己的失望，幾乎是放棄了他過去幾十多年來那麼死命對平庸世俗折騰拚鬥所維繫的尊嚴。一如找地獄不免有一段時光始終找不到，始終撞牆，始終一再看到脫落到他不想看到的斑駁破爛，那好像是他這段冗長時光多年恐懼的總和，對於一個自己也無力承擔的困境又更用力地擴大蔓延而拖累了所有旁邊的人，而最後在現實支撐的人間的無常條件想起就更是落敗……

❖

更後來的最後一天早上老道check out之後還在摩天樓旅館大廳坐了一陣子。有一個焦慮得很明顯媽媽帶兩個國中生大小的小孩，一直在碎碎念毫不在乎而近乎恍神的他們，一個在打Wii，一個在用手機看哈利波特。就這樣，在等遲到的爸爸，他們那種非常尋常的打扮，不像會在五星級飯店出現的人，樸素近乎草率，只背雙肩背包，甚至像某種週末登山的，都穿很土的牛仔七分褲，短T，涼鞋，包包都是參加某活動送的那種，甚至已然有點破舊了，也不在意，還有一個手提袋，上面就印著旅行社的名字，一如他們的對這一切上路的想像，的不期待，或完全不在乎反而才可以得到的那種散漫，名字的字樣有點糟，但還看得出來，就叫做……理想旅遊。

後來，沙發上。來了兩個中年的女的帶兩個老人，她們極孝順，也極小心，一個去check in，一個陪老人說話，他們大概都是超過八十歲的憔悴的模樣，像剛生重病恢復，或也沒恢復，走路極慢，像隨時會跌倒那般無力，甚至，老頭兩眼呆滯無神，老太太頭髮全白，極瘦，穿著不合身的舊舊的洋裝，臉孔的氣色極不好，糟到印堂發黑，兩頰枯瘦，皮膚乾涸無光，呼吸都有點困難，仔細端詳，甚至，就像快死去前的表情。但是，在這華麗而空曠的極亮的大廳中，他們仍然還待在那裡等人，就坐老道正前方。每回偷偷打量……好怕她就在現場斷氣。最後，看到一個學者模樣的人帶一個女兒，有點生澀，在找路，穿得像來度假，他想到一個在那老大學教書的堂哥，但應該不是他，因為，他應該更老了。而這五星級旅館在老大學大門旁邊，他不可能用這種樣子，出現在這種地方，老道還嚇了一跳，他沒心情現在去面對一個遠房親戚，而且是一個要花力氣的長輩。他剛來念大學時，他就已經是某個系的系主任了，後來變工學院院長或聘去當別的著名大學的副校長，但，老道太久沒遇到過他了，印象中的他是出奇沉默，嚴格，念最好的學校，從出國留學回來教書，無懈可擊地認真，老道在大一去找過他一回，好幾個小時，沒說幾句話，都是嫂嫂在招呼他而已。之後就沒再見過，那是三十多年前的事。後來，聽說他迷上收藏古鎖，在大學裡成立了一個博物館，收藏了上萬個各種從各地找來的奇怪形貌與器械的古鎖。但是，最近聽說還出了事，她女兒極叛逆極美，但後來變成了太妹。

他好像是老道成長歷程的前身，相信努力就可以得到，相信想要變成什麼人就可以變什麼人。

像是還沒出事前的老道，應該變成的那種模樣，或家族的期待，或人生的想像，更具說服力的某種路徑，攻堅，盤踞到完成，獎項，當家的，山寨的寨主，頭手，風雲機種或車種，二郎神及其天兵天將軍團……的無法匹敵。但老道後來逃走了，硬體升級沒成功，軟件完全失效地中毒，中了不知名的病毒般地擱置，撤退。或說，就是……逃走。因而，想到，早餐吃得太晚太昏的時候，中午check out的太趕的時候，奇怪地巧合地遇到那一家胖子，一對長相很抱歉的夫婦帶一個也很抱歉的女兒。但是，惹眼的是，媽媽穿全身的一樣的Pleats Please那種褶子衣，全花，但很難看，像綁粽子一樣，但又很不在乎地那種招搖，連坐電梯擠在同一個密室時都撞見，正快忍受不住要笑出來時，想想，她應該更可憐吧！大概也在想這長得也不怎麼樣的歐吉桑怎麼遇到那麼多次！

旁邊那一桌也很怪，有個看起來很老練的做生意的中年男人，咬檳榔，抖腳，又瘦又猥瑣，但是卻用力地在跟對面的歐巴桑炫耀他跑江湖的本事。他那種腔調太像那種電視裡演壞人演得太傳神的版本，講臺語非常流利，但卻有種損己損人到近乎可笑地滑頭。他老是說自己這種大生意做太久，到了這幾年都只好跑大陸，甚至大江南北走透透，什麼都買，什麼都賣，不一定有水單有申報，像做當天對沖。別想有沒有漏稅啊！但給銀行賺一點是一定要的，或找人見證，或借的，海關過的時候有時候很怕。

他那像極了郎中的口吻，但是老又那麼地顧盼自如：「我有時候還替人洗錢。最好賺的還是跟行內人下鄉去找買古董，要拚，都得自己來，所以我常常自己帶著上千萬現金，過機場，鈔票太重就像帶什麼厚電話簿的行李隨身，但是老這樣硬拚而常就偷偷過關直接去大陸，沒出事過，但是最近竟然是因為自己出狀況，年紀大身體不行，重到我的五十肩又老發作，幹！愛錢的死好。」

另外一桌是四個輕熟女圍著一個圓桌，在聽一個長得有點怪，左手戴佛念珠，黑框老式眼鏡，小平頭甚圓近禿，美人尖極高的額頭，但卻很邪門的怪男人算命。那個被算的女人充滿疑惑和好奇的眼神，妝很濃，但是還戴牙套，穿超短辣褲，長黑皮馬靴。他說：「你媽從小就不在乎你的存在。你個性太弱，長大又變得太好強。」「天啊！」她說，「你怎麼知道。好準。」「呵呵！你啊後來，越來越亂來，」他露出嘲弄的微笑邪邪地對她說，「你這種命的格局的人，結婚不行，命沖老公，沖父母，沖兒女，其實你也不在乎吧！哈哈哈！就是自己好就好，甚至，臺灣整個島都沉了而人都死光光也沒關係。」

❖

老道完全沒想到上車一路高鐵疾風般的窗外風光……還有看到最後一點點嘉南平原的天光，好像是老道那回去臺南看代天府十八層地獄的最後打字幕的既緩慢又疾速地收場光景……一望無際的稻田公路慢慢亮起來的路燈的奇觀，折疊了他的驚嚇，他的疲憊，他的懷舊都很難解釋的那個週末發生的奇怪的公路電影的縫隙拍壞的剪壞的片段曝光，或是他也不曾經打算要重新再一次面對的妄想，到底他是來找什麼的，到底老道有沒有找到，就算找到了是不是原來想找的……都已經不重要了的那種自嘲……

他跟老道說了一個太離奇的故事，他說如果早一點來他可以介紹老道認識一個在麻豆專門做交趾燒那種廟宇屋脊剪黏最有名就是代天府五王爺廟甚至地獄殿屋脊的天兵天將也是他的畢生心力藝術花雕的老師傅，一生傳奇人物的傳說無數……

但是後來卻演變成更多怪異的亦正亦邪的奇人奇事……一如他的太太是代理民族風昂貴奢華時尚品牌形象的衣服的頂級代理商，後來還自己出來用一個那名牌設計師來打點，還自己找大陸的刺繡，變成可以幫臺南這邊的貴婦量身訂作他們個別需求的中國民族風華服，尤其臺南人規矩比較多連成人禮或是婚禮或是葬禮每一個場合出場要穿的禮服等級都不太一樣。但是那個代天府交趾燒的師傅後來發現是癌症末期了，住到醫院去一段時間就是去年年底的事情，才發現他有外遇，在安寧病房等死的時候那個印尼傭跟他說先生都去樓下領錢給那個外遇的女人，但是他過不去的點很奇怪，不是因為外遇，而是外遇女人年紀比他還大而且長得又不好看，這樣聽起來很好笑但是也很悲慘可憐，他就跟他說你就不要說破。已經都快死了還計較這種事情幹麼？另外一個故事更離譜，有一個跟他搶公司董事長當的教歷史的奇怪另一方的頭人，剛上任不久就一直騷擾他旁邊的那些女老師，有一次有一個老師找了一個算命仙姑去他們公司的大樓裡面幫他看他的辦公室風水，因為這幾年的運很不好想要改運，說了好久之後說，那個新來的董事長好像怪怪的，請仙姑也去那邊看一下，這種很奇怪的時光其實也不知道怎麼解釋，只是大家都覺得那個董事長學歷史的好像都會戴念珠佛珠手鍊，後來順便去看董事長的很多佛像雕刻藝術的怪辦公室，那個仙姑在裡面看了很久，說你那個董事長會法術在裡面放了一個法術的陣，是男女陰陽交合的那種催情的陣，很邪門。她跟她說就像她跟我說你千萬不要說，這種事說穿出去不好聽，但是他聽了半信半疑也不好意思說什麼。老道也半信半疑地好奇……只是覺得這地方真是好地方也是鬼地方。怎麼發生的事情都好像是電影才有的刺激的情節，一如老道去看的那個地獄和天堂都有的十八層地獄代天府的炫光令人無法理解的重口味。

回想起充滿了童年太好奇迷信的種種祕教邪教思想偏方大全般的人生奇譚……他說到太多太多小時候在十八層地獄旁的臺南鄉下長大的怪事。太多的怪廟會，神聖神明就是民俗民間……吃完白天一整天好多攤好多菜的辦桌流水席，還可以看完晚上表演好多好多團的金光戲拼場，甚至面目猙獰可怖地誇張炫光跳八家將旁的還有更新潮不倫不類怪布袋戲假裝跳街舞芭蕾舞跳佛朗明哥舞和更旁邊角落的鋼管辣妹嘻哈熱舞亂演ＰＫ式地亂鬧地亂來……

一如附近的田間的更多臺南縣鄉下透天民宅的一樓的看起來只是人家住家的種種怪廟，更多奇人奇事……鐵門拉下來有祭壇也不知道。很多居士還作法信眾祈福儀式很難想像地驚人到有人認為是修密法祕教式地養小鬼。老在透天厝的鐵門內大廳就可以燒香求神問事的縣的廟，又更多更小……

禁忌的忌諱什麼的怪規矩很多，小孩要喝平安茶，很小杯，但很燙也不能吹，要吃飯時筷子千萬不能插在飯碗飯粒上……拜祖先時神明桌上只能放奇數的茶杯……都是會全家折壽的老禁忌。甚至有時路過田間小徑旁也會出現鐵皮屋的萬應公大眾廟到處亂走的過小溪流的橋……過了要拜，也要喊……過橋了。才不會有不明亡魂跟上身牽扯不清惹出麻煩……

他說他小時候的回憶更可怕……有的去世的老家族有事，要作法會，山上，三天兩夜，祭典儀式的聲音很可怕。從早上到晚上。流程要走完。夏天很熱，很難想像地難聽，像嗩吶的很玄很怪的聲音逼人。有人暈了。還進去休息，不要等遲到的鬼魂，永遠很後悔當初沒有好好問清楚的太多太多怪事：祖先病死如果託夢是有病要餵藥，藥粉如果是黑色就要燒紙人替身，如果藥粉是白的就更還要念經超渡好幾天。如果藥粉是彩虹七彩繽紛顏色表示妖怪纏身不乾淨地更凶險到要作法會七天七夜甚至要找道長騎馬頭繞廣場舉行鎮煞大典驅邪避難……最後。紙馬紙人最後還是要燒……再燒更多庫錢買路錢想法子不要下地獄而可以偷偷迴向到孤魂回天上。

還聽說他的祖先的更遠的老家在更多怪力亂神的廣東故鄉傳說極端複雜凶險。他永遠記得聽過祖母交代近乎瘋狂迷信要保佑老家族移民祖先牌位渡河遷土，會意外發現跟著廣東迷信的老規矩到剛搬到這鬼地方的老家每一個一樓房間都有安土地公神像牌位，像傳統土葬墳頭前的后土神位……才可以安那異地在地的邪靈。

那廣東故鄉地名是滿清末年的某種怪名字：電白縣電城的縣城，裝上電線桿就以為是鬼來了，鄉城東南西北護城河邊的為了蓋公路拆城牆建的整個城破了風水的古樓……他祖先的故鄉就像末代的中國。後來就逃難來臺灣落腳在代天府地獄旁的田間破房子……他們這後代子孩就要擔負更多許諾死命要落地生根茁壯地翻身到想把破了的風水再重新救回來的神祕天命。

尤其他們老家族好幾代其實單傳……也還都是紅巾乩身的永遠幫人消災解厄到一輩子疲憊不堪。每年清明普渡都要到這落地生根的地頭去燒香磕頭討神明保佑……也就是必然要認真拜代天府裡十八層地獄旁的神通最靈驗無比的府城隍和東嶽殿的城隍爺們的老殺氣騰騰才能鎮得了那一帶鬼魂陰氣永遠很重的風水。

他從小也是乩身上身前後老有些壞念頭想找死……一如他那神祕到神經兮兮的父親太多太多人情世故交陪當地的三教九流的父親怪朋友，也彷彿都有怪本事……

但是做生意養家餬口的活也很像只是隱藏什麼祕密的掩護的店頭而已……都在代天府附近的老店家……有的開麵店，開車行，開當鋪，開山產店，甚至……開國術館……他小時候有時愛玩太不小心一跌倒受傷痛不欲生就被父親帶去找怪朋友老師傅的老國術館醫手腳……他痛死了邊喬邊看的教功夫教一輩子的舞龍獅探水點水可不只是動作好看的高難度姿勢規矩的驅吉避凶鎮邪壓鬼的老時代怪規矩……那怪師傅也又還是乩王爺身到代天府普渡廟會還出來表演起乩功夫……有時出點意外鯊魚劍針錘起舞過度激烈地血流滿面滿身還是微笑地號稱沒事沒事小小皮肉傷唬人……王爺的真乩身可是毫髮無損刀槍不入地金光搶搶滾。

一如那晚老道睡不著看電視想起這些老師傅像父親那種一生波折的隱喻……因為他意外重看到了那部蘇乞兒的怪電影。最好的一段雖然拍壞了，還是很令人不安。男主角他受重傷，手廢了，完全重練，在山上，本來是完全灰心，但是，後來開始，越來越深，在荒涼大山中，遇到了武神和白鬚翁一直嘲弄他，在一個有大佛如山高的廢墟萬佛崖。又近乎沒命地練了更久，招式越來越險，內力越來越難，每天全身是傷。

一直到後來，他太太跟蹤他去山上，才發現他瘋了。原來，那些萬佛崖廢墟和武神白鬚翁的功夫凶險的最高級決鬥練功，都是他的幻覺。他太太勸他，你不要再練了，哭著說，你已經走火入魔了。他練武是為了報父仇，救兒子。但是，卻練瘋了。那是一個老派的大仲馬式的版本，基督山式恩仇般至今的武俠復仇的最主流的兩難故事。可惜內心戲曲折太少太可惜地拍壞了。但是，他一直困在那他幻覺中的荒山裡。想著，練武，要練深練入更要緊的進化的狀態，有可能不退化或說不瘋嗎？有可能不走火入魔嗎？

這幾年他的人生的變卦都太大，風風雨雨，他落陷久了，也看淡了。現在像從當年的海公公變成瞎眼的謝遜或被廢武功的獨臂刀。但是在下半生也或許是好的祝福，閉關砍掉重練的暗室中他重新練功整骨換狂派金剛的核心核子處理器，最近像從水電土水師傅施粗工進入鑲嵌寶石般古老手工藝講究。拆解當年亂撿黏破碎神像陶片再拼湊出的天空線屋脊剪影，如今要一如換心臟支架手術般細修，最後的這陣子已然校到比較走樣地像樣。要忍耐以及等待密修仙術灌頂中的發瘋，及其退化。

如果這是前奏而不是後記，是怨言而不是宣言……遊地府……老不免令人憂心忡忡地永遠無奈煩惱……老道想起某一個語重心長又道行極深的老學究謝教授寫過的一篇道教建築一如「遊地府」的對地獄理解的混合哲學神學的古怪論文：

「地獄……或許對老百姓而言太遙遠……那彷彿是不可能的懺悔反省，其實不是希望召回的老時代最早的因果報應。那只像是某種不平靜的波濤洶湧的河岸，通過肉眼，朝向河水不斷變換的光影波光粼粼閃爍，遺憾地在離開前是清白守規矩的人希望神明來見證他們的一生清白……或許，那地獄的十殿閻羅的種種人形機器的差錯，就一如傀儡的懸絲：『懸絲就像是傀儡，在另一個層面上充當神和人之間的操控的字符串。投射出的更複雜的成叢迷宮，一如肉身，終究還是一種神聖的隱喻，通過肉身內部的朝聖……人才能達到自己的救贖。』甚至，法師操作懸絲傀儡的開光不只是祂們代表神，相反，祂們就是神。因此被開光的建築的未來平安取決於傀儡如何在開光儀式中用法術調解建築的宿命……開光是一種激活道家祭祀神性的法術。儀式的開光……傀儡戲和一個新的寺廟建築如何被打開有關。因為傀儡戲淨化新建寺廟或供奉供品，重要無論是神或鬼，人或建築……其靈魂的開光儀式是相互依存的。道家追求一種更『不確定』的死亡。正如莊子指出……吾以天地為棺槨。地獄就是天地，地獄就是人間……人們生活在同一個地方，但很快人們轉身離開邪惡的尷尬圍觀，並轉移到宏偉的寺廟，最後人們想追隨神明出廟，從而住進那些寺廟本身。或者無論如何，河岸對岸的陰間神廟看起來也只像陽間建築退化的狀態……或許地獄在陰間永遠是不可避免誤解的理解……但是道家無為是有『目的性』的意圖，老子說：『道說一不二，但沒有什麼是百廢待興……道常無為而無不為。』非不等待，什麼都不做……

道……強調，一個非常雄心勃勃的計劃，那就是通過不作用於自身以外的世界，另一方面集中在使自己的身體完美，而這種成就，即『道體』。道家……有志之人，早當覓身中寶殿，體外朱樓不解修完，看看倒塌。聰明君子，細細察詳。

……然而，像世界上許多宗教思想，道教也從遭受痛苦凡人得出其終極關懷當然是不可避免的，死亡。事實上肉身的內架構代表朝聖地，其中，雖然具有不同的形式，可能是被曼陀羅影響自我救贖的一種特殊形式。然而，肉身的救贖已經成為道家的一種偉大的行動。肉身的投射成包括從地獄到天堂的大門。但最突出的比喻。肉身內部朝聖之路被稱為『真經』。在中醫的古代解剖和風水代表了氣的運作之道……

一如在《莊子．至樂》中有一則『莊子嘆骷髏』，故事說的是莊子在前往楚國的路上遇到一具骷髏，他開始為骷髏悲嘆，認為他在生前遭遇了戰火、刑罰、厄運才會落到這個境地。但是骷髏卻開始說起死亡的樂趣，並且認為活著才是勞苦。骷髏提到『死為休息，生為役勞』。祂最後還是告訴莊子：『死，無君於上，無臣於下；亦無四時之事，從然以天地為春秋，雖南面王樂，不能過也。』一如莊子最後承諾說『古人描述的死亡，當線纜鬆動對神暫停其壽命，古者謂是帝之懸解』。而正是這最後的死結，活人的連結死了，死結的配置是由蘊涵的書的符號象徵。其肉身的道……設想作為一個死亡的『結』或連續的穴位。這最後的死結，我們需要從『大夢』『大覺醒』解開謎團。」

其實，人們在這地獄的傀儡戲般的荒謬至極的怪場景裡入戲，就不用再擔心或懷疑或對抗。一進入這地獄……傀儡戲的開光就已經完成。地獄的造訪就是不需要解釋或證明，該懂的就會懂，不懂也就不懂，沒關係，地獄也沒想對還沒準備好面對自己宿命的人們怎麼樣，甚至沒想要改變他們……雖然造訪的他們最後也會有被某種更內化的他們也不自知的改變。當然，地獄太清楚這鬼地方在給人們什麼了，只是不講破。可是人們不清楚，但是對人們而言已然夠了，或許他們一開始的驚心也只是像埋入了挖空的深山洞窟的內壁，太龐大沉船的貨艙庫房深處，遺址的廢墟的漏水屋身深層太恐怖的黑暗底層，甚至就像是死前不小心竟然意外看到死後的場景……

老道想起他在遊地府最後依例抽了一張籤……一如被地獄的閻王殿判官牛頭馬面鬼兵鬼卒傀儡們意外地……開光。他端詳許久他抽到的籤詩⇓〔兩人在旁，太陽在上，照汝一寸心，仙機曾否明。〕仔細看著解籤詩的說明文字敘述，彷佛充滿了隱喻地明嘲暗諷：

解籤1⇓〔舉頭三尺有神明，與人相處莫欺心，是非到頭自分明。〕

解籤2⇓〔此籤存心忠厚，天神鑒之，仙人指點，益當勤修以求上進，占者毋忽。〕

老道老是在這種舉頭三尺有神明的自嘲嘲人的困難重重中遊地府……或許遊地府應該會是人們這一生唯一的一次。以後也不會再有了的某種墜落、釋放、召喚……預先妄想可能演習未來死後會被地獄吸進去或吐出來的感覺的痛苦或痛快……人們可以一起冒險可以冒犯可以燎原，但是傀儡又不是神，沒必要犧牲自己去救人們逃離地獄，還要逃離的人們再準備重新回到人間的條件，回去還沒下地獄，一如乩身還未起乩前的狀態地老好奇過度地幻想……遊地府。

或許最後被遊地府的餘緒……鬼上身也不好。奇怪，就像每回人們看鬼電影都在看一堆恐怖片的一路從頭殺到尾到全死，但是比起人們大多的過去被遺棄。或許，只是持續地陷溺但不挽回。或許更怪。只是一起去同一個怪地方做同一件怪事，也一樣用的怪招。只是讓人們取巧地一直關在那鬼地方很久很久到一如鬼上身。

老道充滿困惑……遊地府太過複雜曲折離奇的一路老讓他在那不太大也不太空曠的地獄裡，卻像困在老廟老殿那種鬼建築的太龐然的提引，用太戲劇化的深不見底般天井的角色感來刺激，才能激化，作法，焚燒，這是太不像人可能可以進入的高難度的鬼迴路……此回的遊地府或許竟然有意無意地完成某種莫名的隱喻……一如近乎不可能地竟然變成了更像走火入魔的閉關修煉的某種解脫可能的意外……開光。

一如老道老想起遊地府充斥著更多更意外發生的開光奇遇……但是又令人無法忍受地始終混亂費解……一如在找尋十八層地獄代天府迷路許久的最後往遠方的那一條路巨大的龍走去……走了好久看到一個像天壇遺址出土的怪建築……一如上面很多佛像的一個神祕佛塔，一個一個佛像半浮雕顏色鮮豔的神明看起來有點驚人。一如一個半神半妖亦正亦邪的怪異結界。

也一如代天府前方不遠田間路旁竟然有一個怪廟破房子門口寫著：幸福宮……每星期四晚上問事。菩薩保佑。降臨仙姑可以問事。但是旁邊還有一個更離奇的怪遊樂園區……彷彿是「遊地府」的二・〇升級版……竟然Bling Bling電子霓虹燈閃爍發光發亮令人無法注視地無限地華麗登場古怪招牌炫人名稱奇譚式奇觀竟然是：「神不在場密室逃脫」。

第二十八章。引魂。

一如目連救母為了打開枉死城門引母親的魂，卻引出了兩百萬冤魂的恐怖真相……引魂……到底是什麼？引出什麼都不免的災難發生的無奈麻煩都不知道？引魂的魂到底是什麼老鬼的怨念糾紛揪心……涉及自己的過去的業都請忘記或是請不要忘記？

一如沒有發生過的很多問題就不是問題也沒有必要解決的引魂顯靈的偏方療效不怎麼樣也還是令人感動的神祕跡象……

不只是那種惡靈古堡啟示錄般放出惡魔妖獸們的古老恐慌……但是卻在現在變成某種妖怪肆虐上場打怪遊戲的潛規則般的偷偷技術性犯規地始終充滿著不安……

也不只是引出那種人形已然可以鏤空雕花形貌改變但是內在內分泌腫瘤細胞分裂的老鬼們到底是什麼罣礙苦嘆？到底引出冤魂在那種巴別塔崩潰邊緣後的冥界空虛是什麼？……那種像是令人更覺得冷的雨天狀態雨停了才反而就更冷了的恐懼是什麼？

引魂的感覺很尖銳很疲倦，但是他始終老在很疲倦的時候還在想為什麼他會這麼疲倦。

或許也因為局勢變天一如忽冷忽熱的怪天氣變得極端，他太累太昏的肉身的舊傷都發作或是被放大，甚至情緒和過去斷了或遺忘的雷同甚至截然不同的某些餘緒被引發……他的引魂計劃引出的鬼東西牽連到他想起自己一生老招惹無限無奈麻煩的破洞……

要引的魂是他死去多年的父母，他的跟著死去多年回憶的自己從小到大歹命人生始終充滿的破洞……

一種和「解脫」的解脫不了的拗口的近廟欺神的恐懼逼身有關……老道的「地獄變相」計劃就像一場不知死活的更大的「引魂」計劃……死命地逼他始終忐忑地認真到老想起過去，老想起自己的一生充滿差錯的老死抱佛腳的道行太低的可笑……

無法理解如何解脫的他從小卻是在母親虔誠禮佛拜一世或好幾世的狀態中啟蒙的……還跟著念經抄經發願朝山過種種佛國老還參悟不了解脫的什麼……一如變成了怪藝術家什麼的更後來老想起或許因為過去是在煙霧繚繞老宮廟神殿的無限神通中長大而被庇佑的什麼……

自嘲找痛找死的引魂變得更可笑了……

其實他整個童年完全是在拜拜裡經過，因為他媽是非常虔誠的佛教徒，那感覺很奇怪……因為跟著一個大人去奇怪的地方做奇怪的事，也根本不知道會被保佑或是被懲罰，不知道關於神關於鬼關於祖先關於儀式燒香燒金紙拜拜是什麼意思卻只能跟著去拜……地充斥著始終懷疑地虔誠的種種怪事……致使他大概花更長的時間的後來五十年死命做有關的所有藝術的種種鬼東西去理解……，其實用更宿命的角度來看好像是在呼應這個「引魂」計劃，因為這個計劃就好像在跟背後看不到的鬼地方做一種打量或對話，他不知道他在跟誰講話，他老在祈求不知道會不會回應的對話，或是不知道需要還願的可能願望，一如對自己長大會變什麼樣子，或是對世界想像的未來會變什麼樣子……的無限擴張或萎縮，都不知道……

其實從小到現在的他都沒有真正的相信過什麼，更不要說迷信過什麼。因此就這樣不迷信地面對引魂計劃，他老會產生一種不只是知識論也不只是倫理學甚至是一種形上學假設的懷疑……一如他媽媽告訴他，他之所以是他，只是因為前生注定無法改變的宿命找上他被生出來。（多年後想起……難道這是「虛無先於存在」的歪斜變形存在主義式老派基本教義款的懷舊懷疑嗎？）

或許，那更內在的有一種很奇怪的假設，其實是在他跟他媽小時候在拜拜是完全一樣，他跟看不到的世界有一種聯繫，而這種聯繫很難想像奇幻珍貴的一種神祕恩典。

但是這巨大的他不知道的世界所給予的到底是什麼，祂們可能會獎勵也會懲罰他，當他點一炷香或燒金紙在普渡好兄弟，老是有一種很神祕的關係，他也還沒有想得很清楚，但是不是像現在那種比較入世承諾的解釋……「你在拜一個可敬的神或可怕的鬼可以保佑或懲罰你……」一如那種鬼電影或恐怖片的災難那種太化約假設的那些崇拜或是敵對的陣營對立衝突關係，

或許神和鬼也一如人有好人壞人，也有好神壞神、好鬼壞鬼，只是祂們有特異功能或是神通或是超異能，所以人拜祂們的因果報應應該不是那麼容易被解釋，或許那種神通其實也不是那麼容易就被發現或被理解……

但是，引魂……也只是先被另一種理解的聯繫，另一種訊息的發散方式，像後來他媽跟他說的那個神的世界，也很像他小時候拜的觀音像的佛畫，甚至在歐洲看了那麼多的中世紀到文藝復興到巴洛克的偉大藝術教堂，更後來到西藏拜唐卡……雷同的困惑……他不知道在拜什麼，然後他遇到某一種的老派藏畫藝術家，他們在畫唐卡的時候，他們必然是一邊念佛號一邊念經地畫，他認為他可以畫這人間或他進入藝術的可能完全是因為神……

甚至是古傳曼荼羅沙畫……更是體驗無常的最高階的神的提醒……在法會開始就將數個月數十個喇嘛精心畫的沙畫用金剛杵搗散的「藝術的打造只是為了被毀壞的……無限無奈無常」那種神祕的神啟的可能的部分……那是一如他媽最高階迷信地拜的教是最古老的最完整的可能上千年的遺留的儀式，只為揭露神啟：藝術可能就是法術。

也一如小時候的他媽跟他講你要做好事，他第一次拿香的時候，他媽說你要和佛祖講話……

他問母親他要講什麼時……

母親說：就看你要跟佛祖說什麼……如果不知道要說什麼，那你就求佛祖保佑你好好長大、好好讀書、好好賺錢，好好娶到美麗老婆……

那不免就是那個神有一個跟人間現實真實的聯繫……因為那是淨土宗的相信……有一個跟現實的真實

世界的一種打量方式的可能。好像好神祕可是又好像有回應到人怎麼長大，然後人要怎麼跟這個人間相處的一個想像關係，可是那個現實的真實部分其實對他這麼一個小孩就已然充滿神啟的法術了。

一如那一個老藝術評論家的謝寫的一篇關於「引魂的法術就是藝術」的「道教的神學就是哲學」玄奧概念繞口令般的引魂可能就是離魂的老神文：

「引魂……也可能只是掩耳盜鈴式的某一種宗教體驗。通過他的耳朵和眼睛，他的語言和手勢，人和神之間可能的本體論主體間的關係可能已經開始，如果不是狹義的最早的宗教體驗與交流的姿態揭牌。

一如一個村落的廟宇內發生。在這個擁擠和炎熱宮殿建築的熱鬧但令人窒息的外殼充滿了燒香的煙霧，奶奶教給我的第一次祭祀禮儀。

那是一個相當美的一天，充斥著往常那樣暗淡的光。在我的雙手拿著點燃的細香，就在一個黑臉雕像七彩法衣莊嚴的法器聖物前跪了下來，並開始說出我的人生願望，拜神的正確步驟是：第一：『我是什麼人』，『我出生在什麼年』，『我住在什麼地方』。第二：祭拜的儀式正在舉行什麼。第三：我想跟神要什麼，我可以還願給神什麼。但是，當我這樣做，因為我被告知，我立即感到，似乎已被忽視了我奶奶的關鍵規則。剛才開始大聲說出想法，如果不是邪惡的眼睛和鄰近參拜者。對我而言的毫不奇怪的符文般祈文被『密封』，這意味著慾望的語言應該被聽到，但可能是不可理解的，因為胡說般喃喃地說出他們的見證：你希望的可能失望但是卻也可能成真……

事實上，任何神聖的合同必須受到控制或以占卜作為其儀式考驗作證。這個過程更激動，是誰目前已占上風產生神般的幻覺？誰開光？誰顯示神有所作為？誰在轉動命運的門把手並發出了難以忍受的吱吱聲？是誰一如神在那兒悄悄地和你說什麼？

不過，通過我的手，我的奶奶把我從寺廟庭院和那一座小寶塔的光，即使只限於香火的肆無忌憚之內，都是登場……但是也因為通過燒冥紙的燒……登場的神的儀式……某種神祕的劇場也才能落幕。」

甚至，一如涉及那是一個關於他不是人卻是鬼的惡夢。夢中的他說：「我的害人甚至殺人的怪法子沒人發現。因為我自己也不是很清楚，我為什麼或什麼時候會害人，也始終不知為何或如何發生，一如我好像摸絲瓜藤蔓般地摸著某一個男人的影子，不知為何瞬間他就脖子斷了，或是碰到一個女人的手，旁邊另一個老人就昏迷不醒。撞到某個小孩的膝蓋那前方不遠的一群人就墜地。我無心的傷害卻是無法想像地深沉近乎可怕，而且不知道發生的狀態及其原因秩序規則，因為都不是直接發生在我所碰觸的人身上，因此也沒人發現是我造成隱匿疫情般傷害的威脅……甚至更後來越來越嚴重事故發生後的我恍神之中深深責難自己這真的是難免的嗎？但是仍然沒人發現。我也不知道為什麼會這樣而始終很慌亂。

後來又去一個村子，一直有人因為我出手做了什麼而死去。過了很久，始終沒有出現轉機的狀態……直到最後，出現了另一個完全不起眼的老人，他用某種眼神看著假裝沒事但內心深處出事太久的我說他終於看出端倪了……小心謹慎一點你的祕密。我心中充滿感恩和恐懼，終於也竟然有另一個人知道，他說他老想阻止我的可笑又可怕的行徑囂張。跟我用一種敵意很深但是又極度失望的口吻說，「不要再害人了，千萬冷靜點……雖然你不知道你做了什麼可怕的事。」

也一如某部恐怖片的鬼對人的最終對話的嘲弄：鬼說祂承諾讓人毀掉自己，不是虛偽的……鬼太了解人的妄想，有時候人用這種方式來懲罰自己是為了要彌補一些人沒辦法解決的憂傷，人的無奈及其無法原諒自己的罪惡……他害了誰或是殺了誰，最後也還是想終究會有自我安慰的某種不正義逃不了的正義。這往往是人最後的希望，自己的希望，盡頭的善惡到頭終有報的……罪與罰，可能也只是他在精神病院度過晚年死去，成為自己的罪孽的囚犯。終於抵達自己打造鬼的迷宮的中心了。

走入鬼的迷宮只是為了要了解他自己，鬼的迷宮為什麼會走那麼多路是有原因的，逃離不了鬼只是因為自己不想逃離……

鬼最後問他那個他其實始終想要知道答案的問題：「你明明可以走出這個鬼的迷宮，但是為什麼只有你自己的不想知道這個問題的答案的原因？」

「藝術終究不是法術，引魂是開天眼也是關天眼，甚至魂不用引也不用離的，魂無關你的解脫與解說不了……」鬼對他說：歡迎來到「引魂」的最後階段。

❖

他的引魂計劃……其實就會在這種忐忑不安的妄想前提裡變成更奇怪地兩難局面……充滿同時期望與失望，本來其實只是想起某一個他的個人難堪發生的怪經驗，或是一個他自己生命跡象微弱時陷入僵局的奇怪遭遇，他到更後來還沒辦法解釋，可是持續發生，然後他依舊無法抵抗的狀態……

另一種神應許的那段歷史時光，他家破產，被老家族遺棄，自故鄉悲慘遭遇困難重重地遷徙多年後的他姊姊跟他哥哥也終究改信基督教了，他爸媽都過世太久了，然後那一個多年後老家族唯一還仍然有最後聯繫的那一代七個他們兄弟姊妹唯一留下來的這個老姑姑，她生病太久……身心交瘁地始終無法忍受地太想死，身子一直都有大病大問題沒法子走沒法子安心度過晚年，老胡思亂想，永遠疑神疑鬼地覺得自己快死了，但是又沒死地多活了十幾年，然而情緒起伏太大，常常生氣罵晚輩，也常常妄想佛祖保佑接引她回西天……有時還常常會看到以前死去的同一輩老兄弟姊妹要接她回去極樂世界的天上過好日子，不要留她自己一個人活得這麼辛苦跛腳效應……苦命一生的副作用發酵竟然影響到連腦子也跛了……

甚至，姑姑那一陣子普渡的時候突然又更夢見他的爸爸老是回來找她，每回都說他肚子餓，沒有東西吃，然後姑姑就很生氣……老跟他姊姊講說他們很不孝，因為那個時候叛教的他們解決祖先牌位問題的方式是用基督教的倫理觀念的影響……竟然就是把家裡的神明廳包括佛像都處理掉，那個處理掉其實就只是處理掉……毫無遺憾地丟棄到無人知曉的垃圾場。

多年後姑姑堅持要再度找回祖先牌位，還叮嚀必然要仔細地依照佛教古法規矩……請到廟裡去拜，或是請到一個分香的子孫家裡神明廳神桌，也就是說……應該是他放入他的家來拜最後最重要的儀式……千萬交代清楚的細節就是必然要極端慎重上香參拜祈福儀式作法請高僧加持法師來……引魂。

因為他哥哥跟他姊姊已經信基督教了，只有他沒信教，他應該要請回家裡拜，可是那時候他就小心翼翼地請問過……那是下半生的承諾，一種分香的最高規格繼承家業的承諾……承諾他可以請回家。

但是考慮許久的他低聲地小心謹慎地問……著想可是他如果沒有辦法每天上香或是初一十五拜，怎麼辦？

姑姑就生氣了……叱喝著說這樣就不行，因為子孫請回家，就一定每天要拜，不能像其他外人找到什麼佛像神像只是請回家當成一個古董文物收藏擺好看……

這萬萬不可能，完全是不行的，要依古法祖先牌位上神明桌的老規矩拜拜。

甚至他姑姑一生都是每天一早清晨上山佛寺做早課念經禮佛祈福拜拜的人，她其實一生都是非常虔誠的佛教徒，通靈多年的仙風道骨的她甚至是被收做佛祖的乾女兒那種等級的仙姑……

多年前還曾經甚至發願她最後去世的時候，都是要跟老家族其他親戚葬到在那個山上佛寺旁邊的那個古靈骨塔，那山上佛塔佛寺就是他們這個家族的終極歸屬的聖地家墓場。然後到最後，姑姑老了如果病好了也要到山上大佛鎮住那個佛寺裡去皈依拜佛度過餘生的晚年。

然後他姑姑其實那一次就很生氣的跟他講說，你們一定要有人回去引魂，就是要幫他爸爸和他媽媽的靈魂重新引回她在拜的那個古靈骨塔的山上佛寺宮廟裡面去，因為這樣事情才能夠解決，不然她覺得他爸爸在那邊挨餓，這樣普渡的一定不好……沒拜拜爸爸媽媽其實就會沒東西吃。

然後他姊姊跟他講，叫他要打電話給姑姑，他始終沒有打，彷彿是一件永遠無法忍受又無法理解的心事……心虛而很難過了太多年，可是因為他姊姊其實對這件事情的另一種極端教派的看法……基督教完全用另外一個角度去看，人死了就死了，沒有來世，死後上天堂或下地獄……懷念過世的父母是每天吃飯都要祈禱，祈禱都其實用基督教的說法就是迴向給爸爸媽媽或是家人，所以她不應該用另外一個佛教的鬼魂纏身的下葬還要引魂到另一個靈骨塔其實就是一個完全的鬼地方的必然疲憊不堪的異端承諾來理解……

因為對基督教來講其實那個引魂的古老拜法就是異端……某種異教徒的古老拜法，所以他們再怎麼虔誠就是在異教的前提法……就是對他們的神的不敬。這是一個神學或是教派衝突的內在矛盾。

他充滿擔心和緊張情勢持續升溫的老家族糾紛的種種恐懼兩難困局……

陷入危機的這種兩難困局太久太久的他就想說用這種狀態……自嘲地來做一個引魂計劃。計劃中的引魂的他回去代表他哥哥跟他姊姊回家，然後再把爸爸媽媽的牌位重新找回來然後去大佛殿裡面皈依在那裡拜，後來他想了好多年始終無法理解為何如此困難重重……

或許是因為他覺得這裡頭有一個很奇怪的人跟鬼的關係的矛盾，因為所有的鬼的問題其實都是牽涉到兩種神或兩種教的理念的差異，然後會出事，他根本不敢試，若他這個東西沒有處理好，他姑姑會傷心，他姊姊也會很傷心，他不管怎麼做都一定會出事到有人傷心……

因為這是人的問題，其實鬼的問題就是神的問題，也就是人的問題，所以如果他要把引魂……好好當成一個計劃……問題就會完全失控地蔓延擴散般地開始……

❖

魔術……或許只是一種荒謬的未來。太過困難重重包圍的未知未來，或許只是遇到他的子孫的幻覺。他內心深處知曉魔術始終無法理解地彷彿是遭遇太過費解的未來幻術……跟一個國中生和一個高中生的姪子，多年未見的說話。

多年未見的他們正在迷魔術，身高已經一百七十幾公分快一百八十的哥哥。當場用撲克牌表演，十幾種他跟姊姊都完全看不懂，吃驚到只能拍手喝采，太多太多的魔術，而且還幫現在正在念的臺中一中魔術社，拍了一支宣傳短片，自己當男主角，表演炫目的，奇幻，技法解密。

弟弟在吃飯的時候，老跟服務生講臺語或是講英文，就是不講國語，他還以為國二的他臺語非常厲害，問的時候才知道，他臺語完全聽不懂，只是喜歡胡鬧，也算是怪異的可愛。

他們上臺北玩，要來兩天一夜，住他姊姊家，白天，去了象山爬山，還去一個名字叫八〇八的魔術道具店，買魔術的更專業深入的特殊裝備。那個鬼地方，很遠，他們找很久，還說是在臺電大樓附近，他問他們說那不就在臺大附近了嗎，他們說他們不知道臺大在那裡！網站查到的，只知道找到那怪店的，那下的捷運站，就叫做臺電大樓。他跟他們聊到一些當年，他也念臺中一中的往事，三十多年前，或是念中國醫藥大學的哥哥，和他一起住過臺中。念書的兄弟們，在下一代他們年紀的，太老舊的過去老青春期的……好玩，但是或許姪子們已然覺得很不好玩。他還有問到大姪子，他以前非常喜歡畫一〇一大樓的那些圖，他現在已經不好意思說了，那時候他是幼稚園，畫的但小學之後就不再畫了。弟弟後來學吉他，以前是學小提琴大提琴，省交響樂團的大提琴首席的媽媽不想教他，他太愛玩愛鬧，或許也因為自己的小孩不好教。他們一直在看手機滑手機，或許有一些奇怪的話，想跟他講，或不想跟他講，種種的事，其實他也分不太清楚，上次看到他們的時候太多年前，個子大概只有現在的一半，他講到他們父親，他哥哥以前是樂團的指揮，打羽毛球高手，年輕時很多過去，高難度的事，風光一時，他們都不知道。但是教會的事，他們還是非常的投入，主日，小組討論，敬拜神，提起當年，他們的教會，有一個傳奇的牧師，他是父親的小學同學，醫生，布道，去過非洲行醫，他們也知道，在他同時在姊姊家跟八十多歲的生病姑姑講電話問候講了好一陣子時，他們放了的歌，不是周杰倫，或是蔡依林的，那種流行的靡靡之音，而是教會的歌，但卻是年輕人翻唱的那一種，讚美主，但是歡樂氣氛濃厚的腔調，但是還是很投入。主要是因為他對他們的回憶太美好，停留在他們還是非常小的小孩的，那種童年的碎片之中，拼湊不起來，他們現在已經變成了少年，青年，一種接近大人的，想像中的形象，輪廓，高度。

甚至有些彼此因為年紀稍微拉近一點的善意又可以多講一些比他們小時候多的話但是也很有限，最後姊姊講到他的兼任大學藝術系學生，大概就是他們年紀的時候，他們露出了奇怪的表情，好像有一種期待他會多跟他們講什麼，但是他才發現其實他教的是大學生，離那時高一要升高二的哥哥，和國二要升國三的弟弟，還是太遙遠。他們的改變，可能比他們想像的會再劇烈很多，在他們人生未來的幾年，甚至他開他們玩笑說，他已經教大學教了快三十年了，已經非常非常的老，以前剛開始教的學生現在都已經四十多歲了，甚至更嚴重的是，他在學校就是他們會最討厭的那種老師，他們不會想跟他講話，他也不會想跟他們講話。

後來，他和姊姊一直稱讚他們的魔術變得很好，現在變得很帥，也變得很聰明又懂事，他們有一種奇怪的聰明，在抵抗大人或是抵抗外人，講話的時間拉長到三個小時，好像彼此比較沒有那麼陌生的時候，才開始意識到彼此的距離，有多麼的遙遠。但是他也沒有什麼期待，他們應該也沒有什麼期待，他是因為姊姊才去的，哥哥今天也沒有來，只有他的兩個小孩來了，一開始狀況還有點尷尬，但是他覺得好像很多事，也就像是陌生太久或意外遇到的，怪不得的怪狀況，讓他們的過去發生，他能夠做的，非常有限，能夠挽回的，或是能夠更講究周到的，也很有限，不知道他們和他哥哥怎麼了，他不知道，是有事還是沒事，好像都不是在這種客氣地說話，可以問出來的，或許他也不好意思問。

例如他講了週末去的臺中，跟他們說長大的臺中，好像是兩回事。例如第一市場變成的第一廣場，很多外勞的可怕的地方……，他們從來沒有去過，臺中一中的金屬光澤炫光到像金錢豹酒店的，新校門大門口，他們算是喜歡的……(只是花了太多錢)。

一如，他老在回想，姪子變的魔術那些怪動作和怪撲克牌，他的招數不知為何，他完全看不出來，但是他不想問，也沒有拆穿，只是鼓掌叫好稱讚的，整個過程，太像是一種隱喻，一個十七歲的年輕人，引用了太有自信或太沒有自信，在面對他的姑姑和叔叔，在十多年之後殘存的印象裡的善意，彷彿在接受什麼可是又好像在抵抗什麼的，那種隱隱約約的互相打量之中，還仍然有著某種未知的魔法，牽絆，善意的，虛構的，不一定是謊言的。

一如他的後代子孫那種奇怪的打量他的客套，令充滿情緒低落而疲倦的他，發現自己其實比想像的要多愁善感很多，雖然在現場完全沒有流露出來，他跟姊姊講的臺語他們大多都聽不懂，但是他們也沒有追問，就像現在的尋常年輕人，在面對他們父母那一輩，態度的緩慢輕忽，雖然不帶惡意，但是也並沒有更多的敬意……或只是好奇。

連他這個最小的他們這一輩分的弟弟，都已經是超過了五十，他爸爸去世的年紀，也就是他們的祖父去世的年紀，他跟姊姊講到他最近在焦慮地找美國人來翻譯那藝術展「託夢」計劃的困擾，提到很多裡頭的麻煩，最後用一個最簡單的比喻，就是標題是，託夢，託夢要翻譯成什麼？就想了很久的麻煩。

那個哥哥完全沒有任何懷疑的，隨口就說出了好幾個翻譯的方式，例如give me a dream or entrust a dream。

他有點納悶，心想：Entrust……這不是商業信託的字眼，他問姪子這個字是怎麼來的，他說不記得了，但是他卻稱讚他，高中生就會用這個字，其實很不容易了。後來他跟姊姊說其實，託夢這個字，沒法子翻譯，陰霾籠罩的，老時代的，狀態，一如地獄的祖先鬼魂想投訴什麼的焦慮，最深的隱喻。或許對他們而言，只好像是一個恐怖片裡的妖怪，跑到夢裡的故事的，怪說法，或許也只可能解釋成，祭祀，巫女，捕夢網，那種普遍的傳說的可能，但是英文裡面沒有雷同的，字眼，但姊姊有提到他們兩個，哥哥從小就去學英文，所以英文其實很好，但是他所講的託夢……對他們來講還是，太麻煩太複雜，也沒有說，他的參展地獄變相計劃，在「託夢」展覽的最後收尾，大人們多年後，出事，小孩在老神明桌下玩，不知觀音神像，祖先牌位，因為信仰的不再許諾，甘心或不甘心，已然過去，祖宗保佑，被毀，最後見證的荒謬……

他老想起另一部電影《幻喜團》的魔術古代場景的最後，在木製的古樓，可怕的「幻喜壇」，仇人相見的尋仇，二尊羅漢，木製的老舞臺點燈熬油的紅布懸著長幅，仇家在後臺殺人的緩慢移動對決，宣紙長幅畫卷軸懸掛著，但是在老魔術師拉下畫卷時，女人消失，身形變入畫中，有人說逃走了，有人說變成小鳥飛走了，大人對小女孩說，魔法本來就是把不可能變為可能，兩人肩上有鳥，從收到一幅畫後，畫中小孩長翅膀飛走。他們在舞臺前變戲法，那個埋伏守候的戴面具惡人用長戟刺入黑布……

切換畫面到古代，魔術的歷史背景時光的推移……使節團有五百人，嫁公主的長隊伍在義州大雨停留老城，轎子走山路崎嶇地形複雜的情緒，三代沒官做的他的女兒終將嫁到遠方。

人們還真的以為會魔法的他現身前喝攙了鴉片的茶，一開始比較身子好一點，睡眠好一點，但是醒來之後會手腳尾端麻掉，他們一生忐忑，上路之後的一路都是瘟疫之城，避開來到義州，他沒有護身，遇劫……他們老希望人間沒有怨恨，遇到女殺手的身形高大神祕……戴玉簪的髮髻手上有玉鐲，腰佩玉辰劍，某異國高手追殺而來……

最後在森林末端的懸崖邊緣縱下，落水失蹤，再偷偷跑入森林時獲救，他們路過貧民窟，遇到太多太多乞丐，可怕的遭遇感到遺憾，後來，發現一個乞丐長老是老魔術師，他們的傳家之寶的一個老寶盒中有一隻玉蟾蜍，那是古代珍貴的供品被他意外發現，但是窮人的宿命不會改變的，乞丐母親病死，小孩哭著，太多疾病擔心會傳染給村人，村人突然發現，就表示快死了，他知道自己的魔術的魔法其實只是沒有神力的騙子的騙局，清明，之後天氣會變晴朗，之前都老陰沉下雨，這鳥房，在破舊庭園之中，人們也很快就會忘了，已經到了很慘的程度，但是現實是殘忍的，會留下刻骨銘心的痛苦，盲眼的女兒，會算命的針灸的，那個魔術師老人是唯一把他們當人看的人，失蹤的女兒和公主，在那年齡長得都一樣，以後見不到了，未來的事很難說……

最後逃出火場救了的完全空的破木樓門口，他們想跟老魔術師一起走，那地方沒有怨恨，上路三十九天獲救……之後一生躲藏起來變魔術……，每天都祈求神明保佑不要有明天，當年他和女兒想死，直到遇到乞丐長老的玉蟾蜍，才想活下去的依舊忐忑。

他也老想到電影《頂尖對決》的男主角曾經認真研究魔術表演的三個艱難切換的神祕部分，實虛，置換，神奇。

他是一個老時代西方魔術的機械師，發現的遁逃術，人們不想知道只想被騙的感覺魔術一如魔法的時光，充斥著字謎的一個個謎團。只有他知道魔術的本質，但是他不懂自我犧牲，絕不會說出謎底，一開始只是表演魔幻力量的造型炫目但是功能簡單……的魔術。

對魔術家的詛咒般的宿命的他們有很可怕的意義。一如老水手被繩索綁住了放入水中浸泡就好像回家了地等死。

他們一生都是怪人做怪東西，為了真正的魔術，幸福早已不存在，他們易變和矛盾的天性折磨自己和家人。

他問他的魔術師對手高手一生是否想過代價嗎？因為他們很雷同地偏執……「我看得出來你著魔了。我自己也是，我沉迷很久了。你失去了什麼，又是一個祕密，我本來就是祕密，愛迪生的手下，科學充滿變數，不完全依照你的希望，我們都有自己沉迷的魔術的鬼東西。他保護我在乎的東西，實驗成功，房子燒了。留下了那木箱，科學失敗了，觀眾喜歡解不開的謎。」

偷到的魔術師對手的日記是假的他說：「我們讓觀眾起懷疑，那一半的我在旅行中看到了未來，可怕的驚人的未來，這世界正在改變，不知自己會不會消失或是在未來出現而做了可怕的事，但是最後的未來卻什麼都沒有，現實太殘忍，你真的不知道，你找不到。」

那個魔術一如魔法的舞臺就是人間的無常縮影：永遠沒有謊言，沒有祕密，只是增加一些偽裝，一些幻象……但是，一如那一個失敗的老魔術師死前最後說過。消失的最後依舊會回來，我們逃不了……

太多太多魔術的魔法般充滿詛咒怨念的許諾終身的困難重重包圍……他內心深處知曉，始終顯然離他天真的子孫們太過複雜遙遠……

❖

他閉關後來這十年下手更深發現其實中間的太多滲水梁柱樓層樓梯歪歪斜斜勉強撐起樓身般的糾纏……始終無法釋懷地跳入了找尋自己內部的更靈媒引魂引不起的渴望。

後來更怪異地自己人生出差錯般像是鬼上身又鬼打牆般地……去了太多鬼地方找尋碎裂殘體撿屍撿骨

般的痕跡怪奧德賽……

一如被識破的充滿皺褶的時間跳接的異國異地虛構連結的時間空間……也一如扭曲的山水卷軸像被拉長的壓扁的扭曲的古代園林，一個空間到另一個空間像是永無出口的老舊發霉，一個隔間進入到另一個找不到出口的隔間……引魂只是一種不得已的……借屍還魂。

一如某個古老的寓言故事的破洞隱喻……引魂的內心戲彷彿那個老廟的老和尚對小和尚說：我現在講的是你的魂，你的腦洞嗎？還是你這一團手工打造的怪東西，是你的腦袋破洞的鬼東西，那一個的老和尚叫小和尚去化緣，一路去海邊去撿一個東西或是丟一個東西，回廟裡再選擇畫出……撿到的或丟掉的東西及其狀態。因為丟掉，找尋某種充滿暗示性的……機會。偶然。劇劇性。一如擲筊。是始終未決定的狀態。一如斜塔始終快倒了。傾斜難免要抵抗。有的用陶土，會風化，時間。一如偶然，現在，不知道什麼時候會來，不知道什麼時候會走。有人就從旅行中撿到一個人的頭骨開始。頭骨有洞。他想做的是天地人鬼可以通的某個洞。天洞，地洞，找尋人的天靈蓋。那種找尋靈魂出竅的人的線索，就像說一個故事一樣，丟掉，撿回來。一如神丟棄而散布在這個世界的碎片，拼回整體。其實只是一整個龐大天庭的某個破洞細部。有另一個老和尚說，想像你蓋的房子著火了，去感受一下，情緒中是……用燒掉的部分，做了一個東西，再發現另一個東西，雖然不太一樣。但是在那個地方所有的東西後來都燒掉了。燒和丟這兩件事好像在和神明交換一點什麼。甚至有一個老和尚問小和尚，你赤腳會不會踩蟑螂，或是一定要穿鞋才會踩蟑螂……

這問題就是引魂……

引魂……他老想起更多更多……一如被追殺，也一如《末日之戰》的那部布萊德．彼特演的殭屍電影裡的隱喻，為了要找尋那種病變殭屍羅剎惡鬼上身的可怕疾病的源頭，他冒著生命危險一路從美國飛向更遠的病源國線索殘體般的失守的韓國到以色列耶路撒冷歐洲的一個偏僻的世界衛生組織的疾病研究室去找尋一個解藥的實驗室想出可以解救這個世界的盡頭的出口……但是一路都是可怕的像鬼魂一樣的殭屍追殺，那是比恐怖分子更可怕的戒嚴狀態，戰爭的等級升高，就像瘟疫或是災難發生的絕望中還是想要脫離險境脫離現實，要拯救地球也要拯救自己的一路拚命……但是其實也心中充滿恐懼無奈明明知道已經是沒救的那種自嘲還是要拚命救……始終的兩難。

他感覺自己好像變成是太新時代兩難局面的太老的史前史怪物般的怪人的不免無心或退化。講了太多又怕得罪老鬼，講的太少又好像講不清楚，老的老，小的小，很多以前的老鬼的回來或是……

他好像還是太容易被別的老鬼所影響，要照顧場子還要照顧多方的鬼的引魂……太紛歧的行情太拚或太混又不能說破。

他太老了……也老在提醒自己，只要看自己想看的，不要多心，有意思的就多看多想多挖，只說一點話，不然就不要說，不要惹麻煩。

但是一場一場引魂的老鬼們還是像冤親債主找上人生經驗值太不夠的他……太不值得信任的不應該引魂……不應該引出太多太多禁忌的歪斜變形的……老鬼的魂。

這次他還更不知道為什麼感覺得到更多最後老鬼們……近幾年參與入戲太深無法理解一如老鬼們死前的歷史記憶時差調不回來的引魂計劃展覽，找尋老鬼們消失前的過人的險招的動人，他們如何下在自己的地獄，一如下在自己受苦受難的人生惡行遺址出土，一如我也跟著這些老鬼們不得不誤闖禁區……絕命救援不了的攻勢始終不凌厲的怪異體驗……

無限……他說他一生都在想小時候祖父家院落末端的後山前最後的那一道院子裡斑駁的樹根攀生爬滿爬牆虎苔蘚植栽葉草的破舊牆壁後頭是什麼？

為了那一道牆，他說他做了一個乍看完全不知道是什麼的怪樟木盒。

他說，這怪木盒就是宇宙的縮影……一如天工開物的古中國的機關。動了一點局部就無法想像地改變……他意外碰到被牽連。更後來，他用手做，改變一個轉彎細節口訣上的問題卡榫接頭掉落到……某一個洞，一個孔，一個坡道，一個斜。中國建築的木頭卡榫。陰陽。乾坤，對位。刻工，解不出來的感覺。自己找不出來解法，再出來，或是不出來。非功能。非物質性的……最好的狀態。卡得最準，最怪，最找不到，才是刻木頭的神乎其技的講究……那一個搶眼的四面楚歌般的四面木盒充滿怪異的孔洞，大大小小的洞口到底是什麼？通往那裡？是什麼功能？什麼事故發生的證據。那是一排長二寸三厚一寸三算過文公尺的印床般的窄樟木斷片，每一斷片上的小洞都不一樣位子。他想做一種「無限」的東西。只有他知道，不輕易地被理解。不被理解也沒關係，或是也沒有直接被解決的方法或是就始終無法理解地停留在不解決的狀態。

到底為什麼？到底內心深處的他做這個想成就什麼？他說，他始終不知道他在做什麼？始終沒有痕跡也沒有辦法……中心節點邊界也只是一種解釋。或許已經做出來，只是自己還沒發現。做完已經不記得怎麼打開。

一如古代皇帝找神匠的傳說，重金叫他做一個很怪的巴掌大盆栽植物瓷盆上的小花園，充滿了神祕的東西，有花有草，有山有水，花園幽徑通幽，迴廊角落盡頭都絕美可以聽雨，彷彿有神……神匠費心做了太多年，頭髮都白了。皇帝看了感動得不知如何是好，太完美了。還認真地跟他戲說：如果可以進去多好。神匠想也沒想地……就跳進小花園。但是，從此肉身縮小縱入之後就不再出來。甚至再怎麼請國師高僧加持引魂都引不出來……皇帝含淚地對滿朝大臣們傷心難過地說他太後悔叫他去……

一如一個他的老夢，一開始是他誤入旅行歧路在古城意外走在一個陌生的老市場，一路看古董攤上的老東西的一個老木盒就分心……竟然在一瞬間發生的出事，內臂一涼，以為只像蟲子爬入衣中的尷尬，要趕緊拍落前，才發現原來是因為有一個穿破衣的怪小孩把手伸入他衣服的脅下長袖，然後問他要什麼，他很緊張，不知道怪小孩怎麼把手伸進去的，像街頭魔術或是神偷下手糾纏，很慌亂……不知為何找上他，但是他很快抽手，趕快離開，假裝沒事，卻是打從心底緊張到不知如何面對，也沒給錢，心中在想他到底是有什麼想要什麼，或許要錢只是一個藉口，還有很多同夥在老市集中埋伏……但是更怪異的恐懼是他眼神太過沉著而他的動作過度妖幻離奇的迅速俐落，像是某天看的那部電影裡的高手過招推手的一瞬間定生死的狀態的試探。但是他只是一個怪小男孩，敵意不明，陌生的國度旅行太久到有點狼狽不堪的在那個老市場的路上越來越慌亂，一路走，一邊回頭看著他沒有跟蹤他，但是怪小孩好像不是那種一般的小偷或是乞丐的小孩，他轉入一條巷子，還一邊回頭偷看他。怪小孩好像知道他在偷看他，但也沒有再逼身追上他……

就這樣他躲躲藏藏的一路上，閃入另一條老街後巷，突然看到一塊數十米高的巨石上有老人在懸在半空中，一種彷彿攀岩的踩線索麻繩索的複雜交錯排列順序的古法綑綁，套環，插銷，數十個索結點的每環扣環式相連的矩陣般的怪現場，像是玄奧的古老機關陣式，牽一髮而動全身的疲憊不堪而陷入困境……一動也不動。他看不懂，那個不起眼的老人自己在想著如何攻上石頭頂端更有可能的踩位……

彷彿一種祕密的功夫，他待在現場發現自己被迷住了，看了許久，空氣好像凝結，不知過了多久……最後，老人問他想不想拜他為師……他再教他做神明木刻木盒可以引魂的神通……

❖

或許，他的命不像他想的硬，他的八字也不像他想的重……

仙姑自嘲地跟他說：或許在想要用什麼方式展覽之前，應該要想說要不要展覽？展覽會不會出事？一如以前只要看到她展覽的鬼畫的人都會生病？展覽的地方就可能變成鬼地方，還會發生禍延全城禍延子孫的災難？

但是聽她說的時候的他老心想……她的鬼畫或許注入某種神學就是美學就是倫理學式的更入迷的角度而言，這真是太完美到完全無法理解地最好也最神祕的……鬼展覽奇譚。

在鬼展覽的最後……他才浮現到好像該好好面對自己的病與病態。或許他應該回到原來的起點，當無知的死百姓很好，只是假神通也很好……反而不會受害遭惹惡鬼上身般異端邪靈入侵出事或是莫名內化到自己肉身老生病或充滿異變危機。

他的參與鬼展覽的引魂計劃……一如魯莽入侵的風險……危機感強烈到本來只是好奇，以為可以用心許諾一種朝聖般的可能同樣深入絕境天路歷程冒險……與神同行，西藏生死書，打開鬼門關放出百萬惡鬼的目連救母下一世變黃巢的業報奇譚……一如失樂園啟示錄神曲在最後的審判般的屈服……

但是卻始終不知敬鬼神而遠之……不知恐懼登場成另一種召靈版本的鬼上身式的恐懼外傳前傳的意外……

那是這個鬼展覽的最後的仙人指路般的加持關照奇遇……

最後一回的週末藝術家座談會……有一個充滿神通異能一生為陰陽眼所苦的仙姑來看鬼展覽時遇到他。一開始他只是在那客氣的尋常座談會客套地叫也是藝術愛好者的她說說感想……說說這個鬼展覽和她過去的真的鬼上身到需要參拜祭改收驚解厄消災種種怪事……有何不同。

本來也只是他心中對太多藝術家都越來越馴良無聊套招地理解鬼只是反殖民反統治的憂國憂民的學術隱喻……他老想要找出不一樣的鬼的出路，看到一些更不一樣的鬼的奇觀。

但是一開始也是客套但是後來發功般的仙姑越講越多……著迷的他卻好像始終有什麼不同的某種兆頭般的恐懼竟然真的被召喚出來……

像是被動過手腳般的存在感超低的切換出某一點古怪地邪門歪歪斜斜歧路亡羊般地諸事不吉……

一開始也不知是不是跟仙姑有關，或許只是一如過去的太疲累不堪的他的狀態不好。但是怪異地平行某種鬼上身式奇譚，隱隱約約，他在現場竟然就好像煞到了般地出事，一開始不明顯，像是某個著魔的驅魔者的後遺症，某個死角落大意沒有處理好髒東西的鬼屋，或許他本來就不應該談太多這種入魔附魔者繁複細節召靈會般老規矩太多太禁忌的主題……甚至做這引魂計劃同時引出來的舊傷復發的腰痛，背痛，到頭痛，胃痛……皮膚長出斑點病狀……他發現得太晚。

和仙姑談她的過去的奇蹟發生般的神祕經驗觀落陰般的他的最後幾個禮拜來的最近老在生病，也沒多想，這幾年歲變大肉身變不好，他又花太多力氣在同時做太多事，透支心力地費心做展覽，始終都在某種不舒服的狀況，這種病態變成是常態。

鬼展覽的深入或許也只因為他更疑神疑鬼的副作用，不知是否因為他太心虛，本來完全的不在乎到以為自己可以承擔鬼展覽的神通感應，後來現場聽了仙姑說話時想起展的一路自己老覺得有時候太累也會頭痛，或是做展以來也太忙太繁雜，所以常常感覺到好像有些什麼奇怪的更大的副作用在發生，但是他也不知道是什麼在作用……

主要還是他動搖了，那時光剛好是藝術家們也在改朝換代的時代，所有再來一次的那一群藝術家們其實很像永劫回歸一樣的嘲笑他的太過天真的不夠世故想找死般的找真的鬼，往往越用力就覺得越沒力。

他常常會有一種做展覽太久的盲點，沒有耐心而且憤世忌俗的太尖銳又不敢面對自己的更深入鬼的想法太凶的內在矛盾。整個大的當代藝術圈一如當代人間越來越泡沫化的疑慮單薄……或許是惡化天氣過冷過熱現象近乎聖嬰現象更多更狂暴天災冰河時代已經要來臨，他這種好高騖遠的物種應該會最早滅絕。

另一種更深的承擔誤認的可笑，或許其實他沒那種行走在墓地墓碑之間的勇氣能耐或是更切題的神通道行也不夠格。

越來越久之後，他逐漸了解為什麼自己常常像仙姑在講的那種她只要乩身打開就老是身體不舒服或是精神狀況很不好的內在更深層的認識，一如恐怖電影的鬼還沒出現的前半段開始慢慢變慘惡化的她看得見他看不見的差錯延伸的壓力跟恐懼，他每次都用了一種好像好奇一個藝術家或是創作者的內在狀態來理解與接近，但是其實破壞性的影響牽動牽連其中的仙姑乩身起乩規格完全不同。

就像她的也是道行極深老仙姑媽媽交代說要把她小時候的畫都收起來收好……千萬不要見光……仙姑提起她的童年也曾經想當藝術家而曾經認真畫了好久好久畫出來的很多入夢看到鬼臉的逼真鬼畫……卻被

叮嚀交代用紅布包起來封印，不要打開，不要給別人看，甚至不要給自己看，或許就燒掉，完全不要碰她容易發生危險的鬼上身的乩身神通，一如她的業障深重苦難。

但是，在這種平庸無能的人間小地方充滿了麻瓜或是恐懼的村民死老百姓或就是尋常的當代藝術館一如大多尋常展覽館……或許這種自欺欺人反而是切題的……

一種完全避開仙姑提及的乩身神通鬼畫可能召喚出的極度恐慌的災難，因為如果莫名的真的出事，出大事，失控的藝術家們要怎麼去負責？到底為什麼或如何或被誰是解開封印的放出風聲放出惡夢連連的惡魔……藝術家們也只是像那種無知的太晚知情無辜民眾村民意外發現，或是已知可能造成傷害卻又無力負擔無力挽回的鬼影幢幢肆虐的擔憂。

另一種更可笑的史前史的大膽無奈……

仙姑說她過去多年來曾經幻想有些古代藝術家可能就是高僧道長法師們的自以為廟小妖風大的自詡，其實那更是自欺欺人的說法……或許是掩飾著廟太小容不下大菩薩們的焦慮。

當代的藝術家們越來越怕鬼的原因或許更仔細想想他們也不曾不怕鬼過。以前也沒有遇過這麼尖銳的鬼展覽的奇怪遭遇過鬼？但這或許也只是一種推託之詞，以前他常常會解釋成一種隱喻……自嘲自己從來就不是乩身也看不到鬼，只是遇到真的仙姑提及的惡鬼就會完全無能為力的鬼上身的無限恐慌……

或許「引魂」的展覽萬一就像「地獄變相」的展覽……如果規模太大風聲太多到引發惡鬼上門肆虐的更心悸更麻煩，甚至召喚來了惡夢連連般的死靈更未知的陌生物種來犯……

他自嘲無奈又無助地問仙姑……哀求她用她的神通想想……萬一出了事，要怎麼救陷困在這個無端生事的怪展覽裡頭的不知生死不知鬼神的死老百姓般的假鬼假怪地自以為真的引魂入世的……不知死活的老道？

末 部

鬼藝術家列傳

一如種種涉入不明神通的這個藝術家參展就像起乩的「地獄變相」千年大展或許根本不是一個展覽，而只是一種入神又出神的矛盾狀態，老恍神的自怨自艾陷入一種通靈的狀態的可能……一種深入必然更激烈的激動情緒失控的……前所未有的什麼……「地獄變相」充滿變數的要害功課是反穿越劇式的悖論打開的鬼故事的當代部……策展人一再引用古代吳道子畫地獄變相圖的譁變……策展成那樣可能夾雜著外掛的鬼藝術家一個個搜索通靈特異功能角色……召喚幽靈降世神通來找尋一如神爺與通靈乩身的鬼藝術家們神通列傳……深陷藝術就是法術的恍神狀態。

地獄變相

末部

末篇。乩身們。

一如進入這「地獄變相。計劃」展覽，以為想的種種起乩般參展一如乩身的鬼藝術家列傳涉入神通或通靈想深入更其中的老道或許應該變得比較理解或是解脫，變更清楚或變更清醒……但是完全沒有。

只是想起更多自己面對神明保佑理解的永遠太過膚淺又太過分心……這部「地獄變相。計劃」展覽根本不是一個展覽，而是一種入神又出神的矛盾狀態，老恍神的自怨自艾陷入一種通靈的狀態的可能……一種深入必然更激烈的激動情緒失控的……前所未有的什麼……「地獄變相。計劃」充滿變數的要害功課是反穿越劇式的悖論打開的鬼故事的當代……庫官策展人的一再發生什麼地引用古代吳道子畫地獄變相圖的譁變……策展成那樣可能夾雜著外掛的鬼藝術家的彷彿一個個搜索通靈特異功能角色……召喚幽靈降世神通來找尋靈感……找出一如神爺與通靈乩身的鬼藝術家們神通列傳史冊補遺。

老道老是深陷藝術就是法術的入神又恍神的自欺欺人狀態……以為好像被啟發般地開光但是卻又始終難以理解燒腦業力被打開了什麼地奇怪：關於「地獄變相。計劃」展覽……一如法會最後用火鳳凰般的隱喻……群眾用心地在燒祭拜的豐盛金紙和如山高的紙蓮花，仙姑慈悲地對天空的灰燼散落般揪心雲煙的災難亡魂們說：「你們就帶走吧！帶多少算多少……」眾人在哭，仙姑在哭，最後發現自己也在哭，後來又哭了好幾回地哭。

陷入這個「地獄變相。計劃」展覽的老道彷彿始終陷入恍惚狀態……無法回神地恍神，老是好像被關在牢房，抽光空氣……或是被溺水，淹水已然淹沒到海底下吸不到氣……始終無法呼吸，但沒人發現。過去老道對通靈的理解其實一直都有限。對鬼神，甚至更多或大多怪事覺得自己的理解也始終都很有限。理

解神明們如何深入民間的狀態……如何在乎死亡厄運災難，如何解決過去的冤屈，如何可以化解危機。

「地獄變相。計劃」展覽太多太多藝術家引用的畫的拍的那些鬼地方，老道好像都去過或是也去過雷同的鬼地方，臺灣的民間疾苦底層，太多太多宮廟……及其困難重重。

老道也因此老在想神明的事，但是和「地獄變相。計劃」展覽裡始終都在裡頭的仙姑廟公道士甚至信眾們對比起來卻又不是神明的事。

「地獄變相。計劃」一如更多的鬼展覽之前在各國各城大量當代藝術館的「鬼變成顯學」式的展覽般的隱藏性的什麼……未明的奇幻漂流到了異教祕密花園般的異端式隱隱作痛的隱憂……

老道想了太多太多鬼問題……令他充滿懷疑困難重重地始終在想的備忘錄般的無限無奈問題：

「地獄變相。計劃」展覽涉入美學的問題是不是神學的問題？到底要用一個策展人的觀點還是要用一個藝術家的觀點還是要用一個法師牧師上師加持不了的觀點來討論探索講究這個「地獄變相。計劃」展覽？

「地獄變相。計劃」展覽中更好的藝術家會讓人更害怕地獄？會更信仰神或更懷疑神？

「地獄變相。計劃」展覽中的藝術是一種祈福儀式般的馴服等待傾信的神蹟降臨，還是一種反方向的反動的反神明的反保佑的反叛？

「地獄變相。計劃」展覽中的藝術是在造孽緣孽海還是種福天福地？到底發願許身是在做好事還是做壞事？

「地獄變相。計劃」展覽中的善意或惡意的模糊曖昧不清的一念之差，在一念天堂一念地獄之間，是有心為善雖善不賞無心為惡雖惡不罰的判官倫理學焦慮？

「地獄變相。計劃」展覽引發的問題重重包圍：把一個觀音佛祖畫得好，和把一個惡鬼妖怪畫得好……的差異（或是用國畫用西畫的和用裝置用錄像用行為……藝術進入「地獄變相。計劃」的差異）在於何種判決……何種的功德比較高比較無量無邊比較誓願不移？

「地獄變相。計劃」展覽中……什麼是一個好地獄？什麼是一種好變相？

「地獄變相。計劃」展覽觀眾看了會害怕會哭泣會恐懼而不殺生不害命從此驚恐萬分不為惡……就是好的地獄？

或許「地獄變相。計劃」展覽進入另外一種極端的恐慌，是不可思不可議甚至不可說的奧義……如何入世承諾，如何令人感動令人擔心令人悔恨？

「地獄變相。計劃」展覽中的必要的惡，無法接受又無法逃離甚至無法理解的惡的「地獄變相。計劃」展覽能動員的殉身不悔的藝術是什麼？藝術能度什麼惡？藝術家用心用力度的自己的惡？還是眾生的惡？

「地獄變相。計劃」展覽靈驗的法器聖物到了非法事的展覽場子還靈驗嗎？

「地獄變相。計劃」展覽的展事就是法事？

「地獄變相。計劃」展覽場只是一種廟會慶典儀式外哄信徒或騙信眾們的花招或技術支援的技術性犯規麻煩或只是為了分心？一如謝神的脫衣舞表演或是滿地叫賣的市集擺攤硬湊熱鬧？

或許「地獄變相。計劃」展覽也只是策展某種入世的較重口味較切題的主題，鬼月的鬼，線上遊戲打怪的怪，魔幻電影魔幻小說的魔？

「地獄變相。計劃」展覽甚至可以想像自己更入世但是不淑世的不心虛？

「地獄變相。計劃」展覽一如紙紮人的更栩栩如生，做天燈的飛天可以更高更美，做放水燈的水燈燒得更深更火……傳統匠師的匠心獨具的庖丁解牛高度祕技的精妙，還是陰陽師下咒施術的手印轉化為法術的深沉？

「地獄變相。計劃」展覽古代到現代到當代的藝術是離法術更近還是更遠？更參悟參透還是更迷糊迷亂地始終困惑？

「地獄變相。計劃」展覽中的一邊念佛念咒念經一邊畫地獄畫神畫鬼……就會更被加持更法喜充滿更靈驗無比？

「地獄變相。計劃」展覽的這些藝術就可能是法術？「地獄變相。計劃」展覽這種美學就是神學的自欺欺人般的問題能解決嗎？或是這些問題能問嗎？

看這種沒有神通的人策展做展的焦慮？有神通的人是怎麼看這個「地獄變相。計劃」展覽？

一如鬼門關的那一天看到所有的鬼都要回去了，好像是一種隱喻太多的過去的怨念，關於「地獄變相。計劃」的那展覽的或是關於老道的那段時光倒流的過去某種人生的好像應該要做什麼但是沒有做，或是做了也沒有做出來的狀態……的懊惱悔恨莫名……

「地獄變相。計劃」展覽想到應該要找來之前還有跳鍾馗的懸絲傀儡的著名宜蘭老師傅來除煞……比對在基隆看到中元祭普渡拜拜跳鍾馗收尾鬼門關的老場子……好好問老道長他們老道的「地獄變相。計劃」展覽中的畫一個佛和刻一個佛和蓋一個佛塔或佛寺的差別？術的差別？美的差別？好或壞的差別？功德的差別？一如「地獄變相。計劃」展覽的一念之間就入神的元神宮裡什麼都有了……所以好的元神宮和壞的元神宮的差別是什麼？

❖

這是另外一種可怕的後遺症的通靈失常……副作用般的對人間理解上的差錯就是……好像會開始了老道對現實的某些近乎完美的不曾懷疑過的理解的晃動，像那天後來在路上看到的太多人線上遊戲大廠大廣場舉辦大型賽會的這個時代的群眾另外一種法會的另外一種妖怪災難的現場狀態。好像也有些看不見的什麼……在那個現場老道看得見的所有的現實之中晃動，但是老道不知道為什麼會這樣。使更失落的情緒同時沉垮也激動的他開始懷疑更多……

一如太多太多意外的看完恐怖片離開才想到恐怖片開始前的種種：有一個戲院上映前庸俗形象廣告片頭是怪物遊戲很多小女孩主角們和妖精獸人一起跑入可愛卡通造型的機關的闖關的某個影城蠢形象廣告。

總感覺變得很奇怪，這些假的妖怪少爺們都也變成了這部真的眾神眾妖眾鬼充斥般電影的前奏的暗示什麼……

就像Youtube上老道看過那一個紀錄片的介紹訪問某部電影裡的某個仙姑乩身，太真實到不像真的……但是她們的神通那麼地強烈……（老道本來也想過那「地獄變相。計劃」展覽要不要真的拍一部策展過程的紀錄片，因為老道想過這個和鬼有關主題的展覽是要真的去面對鬼，其實，心慌的老道不知道是什麼方法，但是應該是更進入另外一個不只是太多太多藝術家原來畫的或是裝置的那些純視覺藝術形象的美學舊方法。）但是最後還是失敗，老道老是失敗，老是不夠強烈……或許是老道本來就沒有神通或是神通加持的可能……只是始終無法理解為何沒辦法承認。

一開始是某個鬼藝術家在「地獄變相。計劃」展覽前說他家裡的這幾年死了二個半的家人，只是他去拜拜問神明求保佑。才有之後所有的怪事……和更後來還有更多人涉入其中的牽連。也一如某部恐怖電影裡也有一個被謀殺的親人屍體被狗咬爛了，然後要求那仙姑呼請神明想辦法找法師幫他把屍體撿回來，鏡頭直接拍那個被附身的乩童在講的時候全身抽搐淚流不止的可憐樣子非常可怕，悲傷殘忍地無限真實……後來找到的那個厲害的法師，用了一種道教古本古老的法術像是三太子挖骨還父刮肉還母之後祂的師傅太上老君卻用蓮花枝把人形身體再接回來的古方法，真的現場作法，他們說這個古方法現在有很多人甚至法師都不知道。一如裡頭所沿用的老法會很多的古法，像燒金紙紮的複雜的人紙紮的船和殿和……水燈及其更複雜的海岸邊的建醮牌坊竹樓亭臺，以前老道小時候也都有看過也很迷過……那部電影裡還有拍到一個要蓋公廨草屋的巧合的是一個老道以前的老朋友還畫了電腦圖要給那個以前做竹編竹亭的老師傅去做或是另一種困擾更深更煩的是：難道策展的老道也要幫忙下手做這種工事或是拍這種紀錄片電影式的上工……但是，這電影裡現場的氣氛深刻沉痛哀悼深入到看起來還是完全不一樣……因為那兩個主要的仙姑和其他的神明們……始終在現場加持關照打理這些鬼東西應該要怎麼被建起來的過程，甚至還有很多其他地方的廟公也在現場……必然的神通照應加持。或許老道想的策的「地獄變相。計劃」展覽始終太膚淺……老道

最大的感觸就是多年來去過西藏去過京都去過太多古國古都也是為了解除厄運看到的那都還是形象老東西的古代華麗的動人，相較之下的「地獄變相。計劃」展覽始終不夠華麗但是如何依舊動人？……而且更深入老道的一生活在裡頭的現代的活生生狀態。老道太累，太心虛，或是老道太久沒有這樣深入，也因為老道這幾年一直在理解人間的波折重重始終都是落陷在深淵般的存在感分崩離析的異端狀態，一如傳說中的神要從太極進入無極的突破。對於老道過去相信的一久就好像都不再像以前那麼相信……但是，面對這樣的通靈狀態，看不見的「地獄變相」，看不見的什麼……看不見的更龐大更深入更複雜的什麼……到底老道要做什麼？到底老道在乎什麼或是老道能在乎什麼？

一如關於那「地獄變相。計劃」展覽的意外太多……老道臨時被找去看的那個電影的老朋友也是一個有通靈神通的奇怪的人，但是他們已然有近十年沒聯絡。那前一晚他用臉書跟老道聯絡說有一部通靈的電影，不知為何看完了對他影響很大，建議老道去看，但是已經下片了……現在有人包場，可以去索票。（之前老道聽過這部電影，但是沒有認真查資料，後來臨時老道上網去查那部電影的資料，只是意外發現某種層面上的問題誠懇態度用心用力地一再講幾個仙姑乩身神通為神明王爺廟公宮廟的傳奇故事。甚至，本來已然放棄，但是想了一晚，到第二天早上才決定要去看，寫信去基金會始終沒有回，老道怕寄到垃圾信箱，後來他們好心打電話來問老道是不是確定要來，才確定要去，很趕的時間，很意外……）

一如一部部老道著迷的通靈的恐怖電影，跟老道多年來始終無法抗拒地入魔般幻想的事情，或是入手「地獄變相。計劃」的展覽想更找尋或想更放棄的什麼都有關。（馬上下決心又放棄卻又回頭真是一件太奇怪的事情，但是總覺得一如多年來狀況太不順想要找什麼可能可以有點突破盲點的洞口或路徑或只是方向的暗示……就像去古國古都找地獄入口。）

入手「地獄變相。計劃」的策展的過程始終好奇怪，老道多年來身體始終不舒服，雖然「地獄變相。計劃」的展覽其中一個鬼藝術家行動裝置還妄想要最後法會燒王船大圓滿的結束收場……（或許未完未了只是疲累不堪只好先收場），一如老道離開「地獄變相。計劃」的展覽，可是老道仍然覺得自己沒有離開，像是想要吞又吞不下但是吐又吐不出來的怪感覺，或許是老道被煞到肉身震盪太深無法控制情緒又無奈地無法自拔。

（也被「地獄變相。計劃」的展覽降維的光語煞到……一如想展覽卻老失敗因為老想不完也感覺不可能再深入一點……或是只是因為越想感覺越不對，好像一直都沒有修好細節的狀況，也碰到一些更根本的問題跑出來又還來不及寫，想的這些好像也不是最重要的鬼東西只是最早想到的鬼東西，好像還會一直發酵什麼下去……）入手「地獄變相。計劃」的展覽老是深陷入神又恍神的狀態……好像被啟發了什麼般地開光但是又始終難以理解地奇怪。

策完「地獄變相。計劃」展覽之後最奇怪的感覺，其實有很多事情都正在發生只是老道看不到……，很多神明和亡者涉入都在現場老道也看不到，好像後來出來街上看到那麼多人或許都不是人只是都很像人，只是在開心或傷心老道看不到的事……

一如「地獄變相。計劃」展覽起乩般參展的一個個藝術家乩身們辦的最後一場法會，在最後非常複雜而且完整。要把紙紮王船送走最後的拜拜的時候法師說了很多王船上的副官聽命舵公聽令水手聽令……好多好多王船上眾兵眾海員全數聽令，好神威顯赫（老道年輕的那時候有想過但是沒有拍過祭典儀式的什麼……）火燒船的法會。華麗美絕的風光奇觀的夕陽無限的長雲，天光，海岸的……充斥著神祕的神通般的……看不見的「地獄」同樣華麗美絕的什麼……

佛頭。第一個鬼藝術家。

前世在紐約遇過的鬼東西因為一生業障太多只好仍然這世還是留在紐約當土地公般地補救的C說他老做怪夢。

一如他說他很後悔當年刻了什麼佛頭的鬼東西的胡思亂想，那是業障的果報……多年前在紐約遇過C這個狂人……太多太多怪事……

C後來就又談到當年到紐約的時候，他其實年紀還太輕，做了很多事很認真又很拚命但是還是很笨拙，或者更久之後做了太多佛頭又念了太多佛書，終於變聰明一點，但是卻越想越多，越來越麻煩，刻了更多佛頭，其實並沒有用，反而會想更多，出問題的可能更大……一開始的他瘋狂地用舊書書頁做裝置甚至做成一個巨大的比人還高的佛頭。他說他的佛頭一開始只是回收廢棄書過期雜誌雕塑成大型裝置，刻意將書雕紙質雕琢一如木雕泥雕石雕，故意是不塗染顏料紙張內頁的紙質墨色，以雕刻時原始紙張材質書邊緣留白堆疊拋光打磨、電鋸切割與手工雕琢呈現不同的肌理紋路和深淺色調的頭部臉孔肌理講究。

某種佛頭……更刻意引用紐約住宅電話簿裡的不同姓名族裔年齡電話和地址刻成慈眉善目的觀音頭……也有的引用另一種亮黃商業電話簿雕刻成木雕的或是以白色住宅電話簿雕出的像石膏沙頁岩，有時就在電話簿內夾入數量不等的彩色銅版紙雜誌鮮豔的色彩混雜在黑灰白之間特殊效果宛如彩色大理石的石紋……種種反差狀態。一如古代刻佛頭的老師傅手工的考究……

他的撿書切書的引用……其實是一種宣言式地更激進地反諷當代的廢材引用，用紐約每周二次回收丟棄在馬路邊堆積成山的舊書和雜誌，動念將廢棄物回收的他早年常拉著手推車，還要和流浪漢一起死命搶拾棄置在路邊等著回收撿拾的破書。

一如他所雕刻切割的展出另一尊「觀音」佛首……也為了懷念他出身貧困生於臺灣雲林鄉下一家辛勤的在菜市場賣菜拜觀音佛祖的廟宇上香的童年。

C為了刻佛頭近十年來始終過著半流浪的生活，去過歐、亞、美……尤其回中國旅行常在博物館看到無頭佛像，他深受打擊，佛像在古代的東方除了是藝術更是宗教的痛，外國入侵割去尊貴的佛首運回該國的博物館或成為私人收藏……因此C想以佛頭一系列的慈眉善目或怒目威猛的佛的容顏來影射更古老的當代流離顛沛的歷史……

紐約也充滿當代流離顛沛的歷史及其他諸國逃到這怪城市的諸多藝術家……他說他是就臺灣駐紐約的流離顛沛藝術家，待了三四十年了……他說他那時候跟一個臺灣老藝術家李去找紐約的更久更大仙的像土地公的藝術怪咖：謝。他們用心跟他講了三個小時，但是謝還是很不高興，說時間太短，很多人來拜會他，都講更久，講到天黑，講到半夜，講到天亮……都有，講了不眠不休的邊喝酒的一天一夜，二天二夜都有……甚至有一個人找他，還講到三天三夜，那是……徐冰。

所以對他們非常的不滿意。謝……C笑說，他真是個神經病，在紐約待久了……不免人都會變神經病……哈哈哈！他自己也是變成了神經病，不過也沒辦法。

連一輩子做瘋狂裝置著稱的藝術家李也是神經病，借住在他紐約家，連馬桶大解廁所都不能沖水，他說：那是一種虔誠的態度，或許也可以用他大解的糞便來做小佛頭……一種偏執狂的環保意識變成瘋狂自然概念的極限運動式的神經病執念。

那天現場還有很多人，那個收了很多牆上明清甚至唐宋佛頭的老藝術基金會的董事長……其實是有佛心的……他永遠都是個太過好心到憂心忡忡的耳鼻喉科老醫師。人很難解脫得了無罣礙……一生看病看了太多太多的生老病死還是會擔心，充滿不忍心的懸念……一如他說前幾天的剛過六十歲生日想退休的看病看了三十多年的他接到一通電話，大醫院病理科那邊打電話來了……老是不好的消息。那是他自己的老醫

院的一個他從小看到大的病人，現在已經是母親，三十二歲。還有兩個二歲和四歲的小孩……前一陣子找老醫生訴苦，有點擔憂，雖然一開始只是覺得脖子那後端好像有一顆凸起的硬硬的壞東西。本來沒特別注意，只以為是扭到了會痛，可是老醫生小心翼翼地端詳的時候，覺得還是做切片檢驗，比較安全放心，因為以他多年的經驗可能是鼻咽喉有問題。鼻腔可能有壞東西。他很擔心她……他比喻說，一般如果是癌細胞，會好像吃芭樂，有點硬的……但她只是軟軟的。那天先做病理切片檢查。可能是鼻咽癌，如果確定的話，有的有心理準備，但是還是會非常難過，不一定會是，但是併發症很多，傷到口腔潰瘍，有的要拔牙。化學治療。很多副作用都很可憐……聽得現場所有藝術家也都緊張地也開始摸自己的頭的各種死角是不是也有什麼壞東西長出來……

那個藝術基金會的董事長也說他要辭掉了執行長說他六十歲了，可能要提早退休把退休金再捐出來，命要顧好。他要找他們這些也六十幾歲的老朋友的一生充滿壞東西的藝術家們來用他收藏的古代佛頭一起做點什麼怪事……有些是怪畫家、有些是怪舞蹈家、有些是住在山裡還自己種菜的神祕藝術家，每個怪人都在經歷人生最奇怪的一個前所未有的危機階段，很多人都跟他說，每一個怪人的一生充滿傳奇色彩到近乎不可能，這些都是現在的年輕下一代藝術家……完全不知道的事情，甚至這十年之間發生了多少變化。後來卻意外來了另一個客人，不知道為什麼會在這地方重逢。那是那個做佛頭著名的紐約藝術家C。

可是當年的老道跟他不熟，只是聽他在說紐約他所遇到的那太世故的現場。

C後來講到徐悲鴻，講到張大千，那個年代從一九一八年開始，開始講大陸到臺灣來的事情，同時到達師範大學美術系到臺北藝術大學的美術系，全部都是問題重重的。

也就突然講起了整個中國一開始的兩江畫派，成立的藝術學院最早的那個藝術教育體系完全都是錯的，那都是從日本過來的……

但是老道聽得最驚訝的卻更是他講話的方式，一直講一直講，完全不理現場的人，也其實那天藝術基金會現場開會的時間已經不夠了，他還是講得很遠很遠，從段祺瑞袁世凱那邊開始一直講民國初年的現代藝術大學史，甚至是更多當代藝術的全球變遷。他是在紐約的畫廊代理藝術家，說到紐約是戰後全世界藝術家集中地最重要的中心。他是唯一例外的奇葩……可以被專業畫廊代理的臺灣藝術家，真正專業的藝術家。老道記得他十五年前在紐約看到他聽他講話就是這種很神的樣子。

但是現在更嚴重了，他嘲笑臺灣大學藝術系都不行，J根本不行，三流文人畫，只是一個根本不專業的畫家，當初在東海美術系當系主任的時候，騙人的把戲……出了很多問題。

中國的文人畫跟西方的印象派是完全不同的鬼東西，完全不可能結合……就像中醫跟西醫一樣，把脈針灸推拿和外科解剖是完全不一樣的，不可能混為一談或是學會兩種。當年唯一的例外可能是徐悲鴻到後來的鄭問，但是那都比較像是插畫，影響不大……

老道老還是在想，去開會的那天所遇到那個在紐約的藝術家C他那種讓人家非常不舒服的某種狂人的姿態好像印象深刻耿耿於懷，具破壞性的批評，或許他留在紐約，沒回來，十七年後，就會變成這樣。

但是，他也沒有錯……他說到當年……有一個跳舞的L，很會吹牛，在紐約跟著那個有名的瑪莎葛蘭姆跳了三個月之後回到臺灣，就說他好像很厲害，弄得一大堆錢成立了一個叫做什麼門的舞團，然後就弄得更多錢到這幾十年來好像他最行最厲害。

還有一個根本畫畫只有業餘水準的寫散文的人當上東海大學美術系的J主任，書法學那個什麼一的和尚……對，好像是弘一和尚，也很業餘。寫的那種也很業餘的藝術評論，頂多是普通的廣告文案，散文雜文……可是後來在臺灣變得很紅，姓J的，名字只有一個字的那個啊！現在徒子徒孫很多聽說紅到大陸去了，其實根本就不行，畫那個什麼文人畫，三流貨色……

老道記得他在紐約的時候，看完Soho跟Chelsea的畫廊，坐下來喝咖啡的時候他就講到過這個J系主任的笑話，或許因為當年他念東海美術系的時候好像就跟系主任出過爭執，跟他有仇……

那時候現場也是有很多其他的找他來的藝術圈的旁人，有些是策展人或是臺灣駐紐約文化中心的官員或是其他的相關畫廊相關人士或是另外一個當年去紐約的年輕駐館藝術家，他只是其中一個甚至也只是不太重要不起眼的一個更小咖更年輕的藝術家。二十年前他可能連正眼都沒有看過他一眼，就只是在那邊就像二十年後的那天一樣仍然用紐約式的尖酸刻薄一直罵一直罵，完全無法理解為何一直嘲笑一直嘲笑所有的藝術家。一如他說到的那幾個紐約的老藝術家，或是臺灣的那些更老一輩的藝術家的那種令人討厭的狀態。

他也提到了威尼斯雙年展，或是邁阿密的一個很大的國際藝術展，或是德國的文件展，根本沒有臺灣人，嚴格說起來，也沒有亞洲人，都是亂來的……所有專業亞洲的畫廊，除了韓國有國家花大錢贊助之外而且他們有非常早的藝術家就已經到了紐約所以規模完全跟其他的亞洲國家不一樣，還曾經出過了白南準那種韓國藝術先知級怪咖……也才算是紐約一級的大咖。

最後他說到臺灣的藝術大學教育基本上完全都錯了，申請研究所到了美國，作品集看油畫水彩水墨畫也都畫得不錯，可是完全都沒有自己的看法，問題就出在這裡，這種差錯已經嚴重到像電腦原來的主機板，就已經是太老舊版本。人家是Windows，他們還在DOS系統，但是這個世界已經換過好幾次到用iPhone的OS更新iPhone的第一代到現在第十一代系統，他們仍然還在用那麼老的機器的硬體和軟體。

但是他也用了一種很奇怪的自嘲收場，說到紐約的藝術的時候，有些人去紐約待了一段時間其實因為小時候學藝術在臺灣主機板壞掉了所以去紐約學了新的東西也沒用？在紐約待一陣子待不下去了就回臺灣，大多都是這樣子的下場。最後沒有回臺灣的留在紐約，就一定跟他一樣就變成業障充滿的神經病……

❖

老道想起一個在紐約遇過C那晚做的怪夢。

夢中他到了一個歐洲的古老的大學裡，因為一開始是他要去那大學參加一個藝術家展覽活動和研討會，始終很忙的很多天，終於開完展覽和會了，他的和C的好像也發表完了的展覽也告一段落，完全不想要再花任何力氣的最後一天……

老校園是六七百年前的古蹟，很美的草坪廣場長廊旁邊，他竟然意外地遇到C，他笑著對C說他怎麼會到這個鬼地方又遇過你，好像來找你麻煩，那老大學有一個古老的石雕好像是他用書頁刻成佛頭的那極度寫實的精密的怪書雕刻，但是卻是出現在更古老的歐洲的某一個叫不出名字的地方，可能是在德國還是英國的深山裡的鬼地方。

他跟C講，在那個陌生的老大學待了好幾天就好像好幾年……太荒唐，在更高入雲霄的怪山上的深山校園，地方太偏僻了，常常好幾天看不到幾個人，有時候實在快要瘋掉了，但是也沒有辦法去想，到底可以怎麼活下去，好像被關起來了，他們都好像意外地被封在一個說不出名字的結界。

不管怎麼辦還是要活下去，大家都覺得這種太奢侈的鬼地方是神仙的極樂世界，但是反而有一種想要逃離的衝動始終每天都在腦海閃過，但是日子不好過，他也是只有想辦法自己過，沒辦法，就是這樣，只可以認真刻佛頭，也可以去談個戀愛之類的反正日子過得舒服就好，後來他們天黑之前在那大學校園裡走一走，那個長廊感覺很像是一個中世紀的修道院或是放佛頭的博物館，就這樣只是敘舊一般的講講話，有一個很冷清的校園，裡面只有間賣爛的紀念品式的古代歷史博物館的老東西的老時代廣場小店。

C是用開玩笑的口吻跟他說的……他現在很難想像地困擾……好像C變成了另外一個人待在異國遠方的可笑大學校園就變得非常的麻煩，因為所有的人都還是一樣甚至困難重重包圍有變得更笨，那是C後來變成虔誠佛教徒的問題，可是都不能講，實在很想要逃離那個地方很像寶可夢在打怪一樣的感覺怪癖大全……已經打妖怪，打到一個程度之後，C就沒有辦法回去打那種等級太低的怪物。他跟他說，他後來變得比較虔誠之後，好像所有鬼東西都不見了，或是必須要丟掉。

C後來帶他坐上山的那一臺破車，之前在山邊老村子裡繞一下，但是那是多加的行程，最終是要上山那一段，才是真正的問題……很多一起坐車的人講到很多以前的事，說C小時候長大過程裡頭雖然問題很多但是好像很適合當老大，C也不知道為什麼他們好像開玩笑地說忘了當年太多太多事，或是大家都變成了尖酸刻薄的中年失意的老人，其實就是好像是嘲笑C一樣的他們說，C很適合出家當和尚……但是為什麼後來的C就是不想。只是刻佛頭……

在山上咖啡廳遇到另一個老藝術家的長輩，C一直想要躲起來但是又好像不得不去跟他打招呼，因為被他看見了這樣子跑掉好像不太好。C一直很怕遇到他，尤其C刻佛頭之後，就很不想要出去見人，尤其這種年紀比C大一輩的太聰明到尖酸刻薄的藝術家長輩都喜歡開玩笑，當年C或許比較笨的時候還可以忍受，後來日子過得太封閉躲起來刻佛頭之後太多太多閉關的時候就不太願意再去面對這些被嘲笑的狀態或是這些老人。

C說那家老旅館非常的豪華而且也非常的大，壁紙貼的走廊有一些歐洲老時代巴洛克風格奇特的豪華感，走廊非常的長，光線非常的舒服，因為差錯，他們只好被不得已地安排在同一間旅館房間。其實完全不想可是又好像不能改變……

勉強住的那天他和C翻滾一晚，第二天一早的後來，竟然打掃的人就開門進來了，他想要跟他們講說可不可以晚一點才來，但是他們好像聽不懂他在說什麼，後來有一個小鬼就也重開了門，跑進來房間裡面，C還穿著睡衣神志不清就有點生氣，他也不太喜歡那麼早就被打擾，但是好像也沒辦法他們已經開始進房間在整理房間，不得已早上起來，那個隔壁房間的小鬼跑到他們旅館房間來拿東西……

最後他想一想還是就走吧，雖然這是一個很舒服的古老的有名旅館，但是他還是先離開再回來。他在整理他的鬼東西，交給他們，只準備幾樣小東西帶走就好了，之後好像他要和C一起上路回紐約……C說他覺得行李變輕的好好，但是他的其他包包的東西卻變重到拿不動，甚至如果要借放那老旅館，他也不知道要拜託誰放在什麼鬼地方……

最後C帶他去繞到旅館後山回頭看，才發現那是一個彷彿妖氣瀰漫魔山中的古蹟……一個龐大的古典風格巴洛克時期的經典皇家學院改制的老時代深山水療療程的怪異現象的古觀光旅館，他想到更早以前看過的一部鬼電影，拍過那個去山上找一個歐洲的老人退休療養怪企業家的男主角後來就困在那個奇怪的老旅館裡面永遠出不來的恐怖片的那種感覺的鬼地方。旅館的地下室其實通往一個可怕的公爵的祕密刑房，實驗了很多中世紀留下來的煉金術所開發出來的地下水其實是聖水儀式的邪教……

一開始他其實並沒有那麼明顯感覺到這種恐怖荒涼的氣氛，那一天C和他躲到旅館的房間完全不想出來……

天黑了，但是始終覺得很不安，在那一個藝術會議近乎法會的最後，他跟C說那個晚上的他夢中夢是在行李中發現他被C砍了頭，翻模去那個法會般的怪藝術會議去做他的下一個展覽的……佛頭。

地藏。第二個鬼藝術家。

或許因緣就是業報……一如惡夢中永遠糾纏於這種完全沒法子閃躲的一生尾隨不去的激動，傷痛，羞辱，遺棄，只要回去那地獄變相壁畫的某個畫面的某個現場，因緣就是業報的種種情緒的深淵就一定像傷口裂開般地血崩，彷彿老道始終沒有離開過那惡夢，仍然困在那裡，永遠的隱隱作痛……

老道深深感受到多年後在那一尊九米九高地藏王的怪廟畫一筆一句阿彌陀佛的怪時光……畫地獄變相最主要是要對世道人心在千秋的業的顯現提醒……畫地獄變相可不是供人欣賞也不是拿來換柴米油鹽財寶富貴，老道說他很有幸應外國古剎高懸山頂洞口神殿的某位老法師的邀請，同時也曾到法師在另一個更是玄奧天險山顛某中國的古老寺廟參訪，因為在那舊殿道場想重新打造一尊九米九高的地藏王菩薩像下蓮花座曲度周緣滿長牆地獄變相長壁畫……

當年的困難重重纏身的老道太過擔心，能有這種因緣所以他不敢推辭。他學佛多年始終無法自拔地懷疑自己懷疑業障深重的人間……老想知道眾生有什麼願而地藏王菩薩要自己幫祂還眾生什麼的願。

一如盛唐的最盛世人間就開始腐化，往富貴求，殺業之重，道德開始墮落。長安的景雲寺住持唐雲大師請吳道子畫地獄變相圖壁畫。所畫的地獄變相圖，不是畫惡鬼地獄種種現象，是畫現實的人生間種種的果報慘狀，讓人感到看了不寒而慄，讓造殺業的屠夫放下屠刀功德才能圓滿，那老法師希望老道未來有緣畫一幅地獄變相圖。因為老道年輕的時候幾度提筆卻幾度又擱筆，就是畫不下去。在學佛來說……這是因緣不夠。

後來更意外的另一位老法師與老道見面。他告訴老道的家鄉盧江城隍透過靈媒高僧請求他重建城隍廟，城隍廟最主要的是十殿閻羅。靈媒說你找你的師兄弟，老和尚突然想到老道，跟老道談起這個因緣逃不了……他把這個因緣告訴老道，因老法師的交代及城隍請求這個因緣。因緣就是業報……逃不了。

於是他就邀老道到了澳洲要給老道蓋精舍在那畫地獄變相圖。老道說他在澳洲畫不下去，因為那裡只有看沙漠美麗風光，他心激盪不起地獄的深入民間疾苦度厄度劫苦難纏身現象。因此老道希望能夠回臺灣人間市井畫，因為現在世道變壞人心墮落活生生的地獄就現前啊！

畫這幅地獄變相真是佛菩薩加持過百米長的艱難辛苦，多年畫成，從開筆到收筆始終無法抗拒地諸多困難重重……但是永遠在畫的時候遇到瓶頸畫不下去總覺得老法師在遠方給他保佑。畫完之後，老道拜會老法師非常高興。他問老道你怎麼畫得這麼深，地獄還能記得嗎？人有隔陰之迷，老道知道自己犯罪犯戒俱備不然就畫不出地獄也不可能深入感人。

老道內心知道在佛教談地獄的經典很多，但是沒有地藏菩薩所講的《地藏菩薩本願經》那麼樣的深刻示現的種種現象在世間生活裡面把它反射過來就是這幅畫。從開始到畫完才知道，從果畫到因，從人生最莊嚴的蒙佛接引往生極樂到昇天……重返人間到下地獄，一路畫下去畫到最後轉輪王殿又重新投胎重到人間……

畫地獄變相圖裡種種可怕的現象，沒有定力就畫不了，能看事還能看理，只要在人道裡就能看得出六道。有的人仙風道骨的樣子是天界的人；有的人非常的貪就是惡鬼界的人，六道輪迴就在人間。往生畫地獄圖，一定從清淨觀察種種人間亂象才能畫好，但在老道將要送到印刷廠去印刷的時候，當夜就做了一個夢境老道好像進入一個一望無際的冷凍庫深處死角，在隱隱約約長廊之間掛在那裡一條一條的死豬。仔細端詳掛的舌頭還在的豬屍渾身是血……他想到這一段自己漏掉沒有畫，這裡頭都是一些有地位能說善道的人頭豬身……一生行惡造業欺騙所得的那果報，老道用畫補上人在世間最嚴重身口意三業不清淨的罪行，尤其是……口業。

老法師是地藏菩薩應化而來的。「行地藏的願，入彌陀的心。」在這世間的時候，像地藏菩薩無怨無

悔，將奉獻的功德趕快迴向出去最後出名的老道的地獄變相畫出還去日本盛大展出……日本京都總本山光明寺邀請老道，希望在寺廟博物館辦個展。在日本展的時候九天有兩萬五千多人來看是總本山從開山八百年來從未有過。這次日本展覽之後回來臺灣……因畫地獄變相圖老道多年這全身痠痛症狀提不起來，想到南亞大海嘯剎那之間幾十萬人沒了。老道趕快拿起筆來把地獄變相圖重印成「因果圖鑑」。其中用心良苦的老道把數十年前答應法師的地獄變相圖畫完，不染色用白描。最真誠最清淨的古中國畫裡最難的工筆也是白描，畫到很老才畫完……一共畫了七百多萬筆。多少人看了下跪多少人看了掉眼淚。

老道跟老法師說，因緣就是業報的多年來太累太忙，變化莫測的心事人事都一再快轉，疲憊不堪肉身不能用力到像一邊流血流淚中同時在做事，話不能說太少或太多，太愚蠢或太聰明，太乖或太乖離……久了，就不免有點唯唯諾諾起來，怕出狀況地混亂中過日子，怕事也更怕出事的見招拆招。更久一點，老道就只能在一邊安慰自己還好比起過去人生最衰微種種最痛最慘的時光該感恩了，一邊嘲諷自己是爛攤子地攤叫賣歐巴桑或江湖郎中卜鳥卦猛招呼路人或為了衝業績甜言蜜語不堪入耳的俗世糾身那種忐忑。

老道提及他永遠有情緒，因為過去近一年久病的身體狀況好不容易好了一點，但是後來年紀一大天氣一變永遠不對勁了，睡不好入睡也不容易醒，醒來一身痛，好不容易克制的酒癮又回來，甚至牙齦破好多洞，變成有點得過且過，本來想凡事用最不累的法子畫就好，不要鐵齒硬撐拚命一如過去年輕時的自己，凡事拚命做還被人欺負被諸般軟土深掘……或許是意味著老道的過去怨念太深的這傷這病已然一生完全不會好了，其中的困惑及其自以為可以選擇，永遠是那麼地逼真地天真，因為必然是永遠不會好轉翻身的宿命，差別的只有你要承認或不要承認這種一如身陷地獄一生不會翻身的真相。

唯一能做的事彷彿是找到不可能解脫的解脫……老道說他有這殊勝因緣畫地獄、變相入淨土法門。畫地藏王菩薩時一筆一句阿彌陀佛，畫千手觀音也是一筆一句阿彌陀佛。畫地獄變相圖雖然畫業報眾生可憐的受刑虐待血肉模糊地可怕光景……但也是一筆一句阿彌陀佛……了悟因緣就是業報……

一如某一晚老道畫得很辛苦但是也還是睡得很辛苦……陷入老是充滿很多波折的很多惡夢中，始終猶猶豫豫和悔恨不解的某種沉重，光暈在遠方也在近身迴繞不去，裹在某種霧靄瑞氣千條的狀態，老道不知為何會如此發生，只是跟著很多人在很深的地獄深淵的不明死角移動了很久，後來，仔細看那龐然的陣仗，周遭圍伺的旗海和神佛佇立山寨般地獄殿入口的參道，森然的氣息瀰漫了更遠的山中，彷彿有太多的佛祖觀音神祇都被召喚而現身了，只是老道看不到。

那是老法師在用劍的法會，他用非常繁複的手法在起乩起壇，有請神明，之後是可以問神或消災，去厄，收驚種種更多的不同儀式。

夢中的老道並不知道他怎麼會回到那裡，怎麼會在法會裡。那是一個雕梁畫棟而廟身極為華麗盛大的古廟，三寶佛祖金身很龐然莊嚴，兩側的迦藍聖將和十八羅漢也充滿靈感而佇立兩側，斗拱雀替都是極考究的刻滿天兵天將栩栩如生的神明。

那是老道的小時候終日鬼混的香火頂盛的龍山寺，從小老道就跟母親和姑姑常去的老廟，但是自從搬離故鄉，母親過世之後，老道就再也沒去過了。

這回是許久許久以後了，老道是無心的，本來只是跟著去看，沒想到，怎麼會又回到了龍山寺。而且太久沒回來了，充滿了懷念，但老道也很心虛。

始終有點意外，但也只是在旁邊觀禮，一如過去，三四十年前，老道還很小的時候。後來出了狀況，彷彿是那個請神儀式的作法有點問題，但是主祭的法師和桌頭和乩童之間有內在張力的矛盾但是又不承認，神明有點生氣，充滿香火氤氳的現場變得很詭譎，法師念咒呼請還提出了法會某些很客氣的或許要調節的細節，其實老道也不清楚只是覺得有點不對到快出事了。

後來就引起龍山寺裡住持和長老的討論，尖銳而激烈，後來就要主祭的法師自己下壇。祭改普渡……所有的信眾變得惶恐，僵在現場，不知如何是好，但誦經的狀態持續著，梵唱和鼓聲仍然在進行，彷佛只是在等待另一個乩身。

這時候，老法師那從小跟母親最熟的老住持走過來找老道，他謹慎地對老道說：論年紀和輩分，現在

要由你上場。老道完全不知道怎麼回事，怎麼會變成老道，老道只是跟家人來的，只是感覺和小時候看到的法事有點出入才提了一些可能，怎麼最後變成老道要去當作法的主祭乩身。

就楞在那裡，不知如何是好。最後還是只能拿起那把桃木古劍，手上揑了劍訣，心想自己只是拿筆不是拿劍……只會作畫又不會作法地恐慌……但是依舊童稚的身影瘦弱的近乎搖搖晃晃的老道……步伐緩慢地往地獄前拜殿神壇十殿閻羅古卷軸畫羅列的祭典廣場走去，心裡卻完全沒有感應如何作法呼請眾神明保佑地忐忑不安到始終一直發毛……

因緣就是業報的多年以後千辛萬苦完成的老道才認真地跟老法師說，畫地獄變相的多年重複出現的更多雷同的夢中，他每天晚上一入睡就不知為何老跟一群陌生邪門歪道的僧侶道士走入了山中古道，也老會發現了一個山中無人的俗氣破落的老遊樂園。但是，走了好一段路疲憊不堪之後，到了另一端有一個用工寮狀態搭起的大眾廟般的陰霾充滿的怪地方，貼滿佛讖舊紙對聯和仙姑道士濟公種種成佛故事老畫像尾端……有滿牆的十八閻羅殿前刑求逼供作惡多端的人們受刑虐待近乎血肉模糊的古老長卷軸……種種。然而，他只要一靠近那長卷軸畫卻竟然會消失，莫名地變成是空的，牆壁變成已然是剛剛漆上的廉價乳白油漆，還有些煙燻或雨漬或神明香爐香灰餘燼，都還看得到某些空曠的屋身角落，彷彿置身某種匆匆忙忙撤退般的痕跡，漆味極度嗆鼻，死白的老式長日光燈管旁還有長年疊層未清所骯髒積累的蛾白蟻蟲屍。但是，曾經很多大眾廟信眾祈福儀式祭改的擁擠不堪現場卻已完全搬空。老道仍然還記得那個怪地方，一如十八王公廟那般地詭譎荒謬。在那麼遙遠荒涼的廟身尾端的側殿另一邊，窄狹的彎路旁，還有供奉擁擠不堪但是巨大陰森的七爺八爺十八羅漢老木雕像，臉孔黯淡黝黑，神祕莫測的長廊柱身後，地獄竟然就完全走樣地變成所謂的蚊子館的破舊不堪怪藝術展覽館。但是卻不知為何死寂莫名地空空蕩蕩，迴音彷彿充滿地府鬼魂纏身哭聲不斷……地揮之不去。

劇場就是道場。第三個鬼藝術家。

莫名其妙的「地獄」劇場是他多年來找尋的某一種更殘忍奇特的半儀式半戲劇的殘酷劇場式的怪傳統……多年來疲於奔命的他曾向跟他學戲的太多太多太認真的怪學徒描述「地獄」劇場的內在矛盾式的必然莫名其妙……尋常人難以理解的「人間就是地獄」劇場就是道場近乎修行般地必然怪異艱難荒謬……

荒謬一如讓學徒們一開始逆轉過去他們一生對「劇場」或對「地獄」的必然平庸膚淺的理解……就先演一齣低科技也沒有馬戲特技的太陽馬戲團的戲，演一種半默劇半舞踏式的ＭＴＶ伴唱舞碼，演一種殘酷劇場化的偶像劇，或每個人帶自己會的樂器，然後用完全不對的彈撫敲吹的方法演奏，來開一個故意荒腔走板的音樂會。就取名叫做白帥帥大樂隊或黑喵喵歌舞團地芭樂式登場……或是，根本就不要演，地獄劇場的鬼魂們也可以只是在臺上站著，一直不動，三十分鐘時間到了之後才下臺……

但通常答案是很可怕的刻板！一如他問他們對「劇場」的了解……所得到的答案的可怕……例如：演兒童話劇的可愛小熊、小狗之類的天線寶寶式的裝可愛。

例如：在社團的帶動唱團康的炒熱活動時集體不知道為什麼就很high很容易哭出來的亢奮。例如：啦啦隊或熱舞社式的更熱但也更根本地把身體當花瓶擺弄的演出。例如：更糟的儀隊或樂隊或甚至國慶集會用學生人頭排某某萬歲字樣的愚行。這些他們一如過去他也曾有過的關於「演」的他認為荒唐但這個社會視為輝煌的經驗是如此地不堪，但卻都已深深地銘刻在他們的身體上，揮之不去。因此，在每回上戲演出的「演」的過程都還花了好大好大的力氣將其洗褪。

「為什麼地獄和劇場有關？」

變相地獄本來不就只是跟戲的尋常舞臺或道具或造型有關，只是跟處理戲的場景或視覺效果的處理「戲的背景」的另一種狀態嗎？

他其實不太願意更深解釋，也更不願意提及更多可以反駁的典故……他所相信的許身一生的老時代劇場本身更內在的狀態就是……地獄，一如人穿著道袍法器聖物造型道具裝上場並自他調侃地笑鬧演出一如達達主義一如殘酷劇場一如舞蹈那群瘋人鬼才們演出的鬼般的人間就是地獄可能的怪劇場瘋狂演出更抽象更可怕地那麼逼近。甚至，這個更晚近的多媒體化數位化時代，有更多更前衛的變相地獄也變成了和藝術和演有關的事。就像那些：比劇場更劇場的光怪陸離的鬼怪猖狂巨星演唱會、歌德風末世啟示錄風時尚服裝秀、打怪打惡魔打殭屍惡靈種種線上遊戲場景……到長得像動物也真的會動的地獄建築，地獄也變成「戲」的主角之一而非配角或背景。

諸如：在當代的更多的表演藝術和視覺藝術和當代設計也開始互相滲透而出現的新的美學型式流派：像行為藝術、聲音藝術、錄影藝術、多媒體藝術……等等對「地獄」對「鬼」甚至對更根本的「地獄」本身做的實驗，中介於「鬼」與「藝術」之間種種新的質疑與因之開發出來更多的實驗。

他多年來專攻鬼劇場帶學徒們專業演出「地獄」這大戲或許就是這種恐怖實驗。

他已然演地獄演了幾十年了，也每年都要跟完全新的學徒們安排演一次這地獄大戲，那是一種像一再揮之不去的惡夢連連「十三號星期五」式的重複折磨啊，雖然，最後總會演出極令人意外的地獄大戲的好看與驚人。

其實他對這個地獄鬼戲的傳統，也不是沒有小心。因為他不願意整件事變成一種美國學校讓小學生啟蒙式的寓教於樂式的演（小孩演的時候，觀眾就只有同學和自己的家長），也不願意陷入某種救國團或社團常玩的感情交流的活動或熱鬧……

他們曾天真的認為他們會「地獄」就是什麼都會，什麼都行，什麼都可以解決……可以調度。

其實並不是這樣的，只要一用力，就會發現，所謂「地獄」變相的怪劇場是另一種更辛苦一如修行的專業。完全是另一種很困難的專業。只要一演，所有的困難都會找上來。

他們演鬼諷刺鬼，演牛頭馬面諷刺牛頭馬面，有時就演閻羅：諷刺閻羅王也不太願意承認的太凶、太過緊張、太過道貌岸然。

其實，看到這些反叛……對他而言，就像《王的男人》裡那群腦後有反骨到不斷嘲弄皇帝皇后淫行的戲班的冒犯，像《爵士春秋》裡那以舞以戲來邊登音樂劇大堂邊攀談而接近死神的試探。多年來他在腦中翻閱……劇碼，學徒們歷年來拿出過刀、槍、電鑽……等等凶器，衝下舞臺頂住閻羅王……形似暴徒；或大剌剌地在劇中指桑罵槐地說那個閻羅王判官的頭太禿、太凶、身材太糟、品味太差……但在觀眾席的鬼魂纏身的觀眾們只能像被綁架式地啞口無言或微笑以對……那時刻的安靜真是令人心動。

因為這「地獄」畢竟只是一個練習、一門劇場的煩惱，他腦中閃過的卻是古代歷史劇那種演戲歷程的人的往往分崩離析的複雜與出錯的必然。

但事實上也就用這種「什麼都重來」「什麼都可能」的魯莽開始了。當然最後演出的劇，變相的地獄……有的只像鄉下穿得辣得莫名其妙的野臺戲，有的仍只像齣粉墨登場重演或亂演文藝腔很重很重的夾雜崑曲或套用老舞臺劇的鬼話劇，有的像齣練壞的、不斷出錯的怪異歌舞劇，有的更只是像街頭流浪藝人、雜耍、功夫叫賣……種種毫無章法地疊加、引用、搬演的……的鬼秀場。

但他並不在乎這些種種差錯的「魯莽」……因為在這些魯莽中，好像有些學徒心中很拘謹的害怕與教養鬆動了，之後，和鬼魂纏身般自己有關的「魂魄」跑了出來。

一如地獄的無間感……排演一輩子劇場鬼戲的修行一如「鬼魂找自己肉身」始終是很困難的，有一個老藝術家在看完戲後說：「一個人一生第一次『演地獄』是個非常珍貴的經驗，因為在『演』那瞬間，在地獄他突然變成了另外一個人，不再是他自己，不再是他以為的自己，突然所有的性別、輩分、尊卑都不重要了，可以是男是女或半男半女，是優雅或粗野，好笑或可憐，偉大或卑微，可怕或可恨……種種的『人間肉身』的規矩、教養突然都可以暫時放下了。」

對著他，苦笑的他說：「對啊！就在這『演』的時刻的動人之中，學修行最難學最難找的『自己的魂魄』突然跑出來了！」

他老說他的「地獄變相」劇場其實更激進地想拍成另一種怪電影……一如那部充斥裸體恐怖片《禁身接觸》的怪電影……他找尋的「地獄」劇場……到底激進到他所害怕的是什麼？到底為什麼可以激烈到變成這樣他也說不清楚的什麼呢？好久沒有看到那部電影不知道怎麼開始也不知道怎麼結束的……反色情，反性愛，甚至是反電影的怪電影的「地獄變相」劇場演出……

他的殘酷劇場式的「變相地獄」一如這怪電影中充滿太多太多細節的眼神失神，姿勢不良的姿勢，口白像是刀口切割，始終無法理解的低音，下雨的聲音，呼吸的聲音，奇怪的很像合成的電子音樂中，嘶吼吶喊尖叫連連，呻吟的呢喃低語，激情或不激情的聲音，所入戲的配樂畫外音沉浸在旁白……切換場景空鏡頭玻璃窗玻璃門玻璃長廊走路進出開不了門……門口門扇實驗室般的存在感，極度乾燥的特別，畫面有很多地方是完全雪白的慘白的死白的……尤其是在那個很多智障殘廢的實驗室怪人般的他們在互相撫摸對方的肉身和臉的時候，非常像科幻片，早期現代主義的實驗失敗的人體器官衰竭死亡前，羞辱的感覺始終無法抗拒……一如他心目中的劇場中無限接近真實的人間無奈的「地獄」。

他的跟著電影深入「地獄變相之門」般打字幕以前的畫面，使用非常逼近肉身的特寫，緩慢移動地像Discovery頻道播雪地荒山野生動物或荒原奇觀的長鏡頭。只是為了拍了一個尋常男人的裸體，沒有猛男花美男式的二頭肌六塊腹肌也沒有太過敏感的模特兒式的或卡文克萊式的性暗示……老只是像醫療器械掃描太逼近而反而難以辨識的一如狹縫的峽谷，亂石的枯山水，殘雪樓臺，冰河融解的破洞般的，肌膚眼睛乳頭肚臍，甚至到曲弧度交錯著的腋毛體毛陰毛，沒有勃起的陰莖，一如蟲屍的蛆身或蠶體，暗淡無光的軟弱，然後再緩緩前進到大腿小腿和腳踝，像是靜物畫的肖像畫，不起眼的水彩的水太多太暈的淡彩，那是一點都不色情的裸體，而且只是一個太尋常肉身的妓男。

他多年來找尋的「地獄變相」的抽象肉身表演一如這部怪電影跟過去這種跟肉身誘惑或反誘惑有關的

類情色電影完全不一樣，後來拍的女體也一樣地不色情的刻意不隱瞞……太真實到令人感覺過去看的肉體關係都好假好做作虛偽。電影沒有什麼明星，但是畫面太美，非常的講究，非常的細膩，但是卻非常令人從頭到尾的坐立不安，很像是六〇年代性解放控訴女體被性化商品化思想初期憤怒的情緒激動……

那部現世報般的現代「地獄變相」怪電影裡一開始是一個女主角去找的年輕男妓，他身上有刺青，她問他那個刺青是什麼文字，有特別的意義嗎？他說那是羅馬尼亞文，但是那個刺青太私密了他沒辦法跟她說那是什麼意思。「太私密」這個字眼出現好多回，好奇怪地反差悖論式地形容刺青形容臉孔種種太公開太容易太快被辨識的肉體上的局部。或是在那高潮的暗黑時刻……雜交派對ＳＭ俱樂部裡鏡頭速度突然變得太緩慢太瑣碎，他喜歡到偷偷跟蹤的那個少女突然變成ＳＭ女王假面皮帶扣金屬鍊式性感內衣。男主角偷偷潛入一如庫柏力克那部電影《大開眼戒》意外發生……好奇又忐忑難受地慌張，他變得很畏縮躲在旁邊看，還有那個半身殘障男人也在現場跟一個胖女人彼此愛撫對方，他的陰莖好像還勃起……性是一種短暫時光的幸福感，他說他永遠無法忍受也太過擔心……五體不全說話還會滴口水的窘況對他而言。性……甚至是一種奇蹟。

另一個穿著洋裝戴珍珠項鏈，非常優雅氣質，說話溫柔婉約小時候聽他父親放貝多芬古典音樂的節奏長大，尤其是憂鬱情緒的布拉姆斯的作品的沉悶的他……扮演過太多角色，希望表演偷窺狂秀場的現場給她看跳舞跳得荒腔走板，自我陶醉不已的怎麼看都覺得奇怪的中年男人變成女人的太過斯文的變性人。他沒有隱藏假的兩個乳房大小不一樣他還為乳房取名字而且說她們的年紀不一樣名字也不一樣，臉是一個非常私密的器官，撫摸身體本來就已經夠困難了，撫摸臉就更為困難……

另外一個大鬍子的性治療的心理醫生出場問他可以用力一點嗎？可以用雙手嗎？看起來很認真的那個男人問女主角：「我可以觸摸你嗎？如果不舒服你可以尖叫出來……」

女主角喃喃自語：「很多時候我覺得我的身體不是我的……只有在靜脈曲張疼痛的時候還有點感覺。」

其中那一個肉身狀況不好到臉和唇塌陷近半的長髮披肩長鬍鬚瘦男人，他的說話甚至有點模糊聽不清楚，但是語句真誠犀利剖析……不高估也不低估人性尊嚴的細膩卻非常的尖銳而動人。女主角沒穿衣服地跳舞的歡樂時光一剎間地收場甚至最後電影要怎麼結束呢……他始終很懷疑……

「你在講的時候好像你的身體是另外一個人的」，一如看到他們看到醫院慘白的實驗室裡的太多奇怪的殘障的人說：「讓我想到以前和現在的很多時候，還是覺得我的身體不是我的，只有在痛的時候還有感覺。」

他想像的劇場中「地獄」演出的肉身就應該更像這部電影引用大量的肉體變異的樣本，不是化妝不是特殊效果地……反而更逼真，太多奇怪的殘障的人，不用角色扮演甚至沒有扮演，太像紀錄片的劇情片……一邊講話還會一邊流口水……

這始終讓他想到另一個以前德國更怪異瘋狂的老導演荷索拍的《賈斯伯荷西之謎》那部精典老電影。很多怪異矮小穿著打扮自己的幻象般奇觀肉身的小惡魔式的侏儒劇場表演現代舞團演出的高難度動作，但是完全不同，因為完全真實，太難想像的真實，就像充斥地獄感地拍攝很多臉的對話，施刑的牛頭馬面鬼兵鬼卒和受刑可憐的鬼魂肉身疼痛難耐生前惡人的殘忍人肉血肉模糊的現場……在這一部太過複雜太過敏感尖酸刻薄的缺乏存在感的……偽裝死亡遊戲的輕盈又沉重……無以名狀的怪電影充斥著「人間就是地獄」徵兆的極端怪異……

女鬼。第四個鬼藝術家。

自殺未遂的橫屍自拍荒謬劇式的華麗……

自殺多年多回未遂的她永遠想死又死不了……後來就老是在拍她一系列的自殺的死法離奇的跳樓上吊臥軌割腕燒炭身亡種種自殺現場橫屍肉體的鬼照片做她的鬼展覽……

有一回就在一個高山某個紀念性老建築重修變成的美術館裡二個月躲藏近乎瘋狂不見天日地沉潛當駐館藝術家時，在山中一如女鬼般晝伏夜出地亂跑亂走山路打發時光的最後……還故意在那山谷深處行館古蹟的破舊老浴室……蓄意穿著一件Jean Paul Gautier的緊身全身長蕾絲繁複像宮廷加冕儀式才能穿的怪異盛妝長衣禮袍……但是卻又是割腕噴血染紅斜躺浸溼泡入的那一座古蹟裡很大很古怪的老時代溫泉浴缸裡，然後自拍死在現場的氣氛詭譎難受的巨大如電影劇照或是走秀或劇場表演的定裝照拍攝現場的怪照片最後變成她的鬼藝術……

太像女鬼的她老炫耀她的屍體穿華麗禮袍這件怪事讓他好奇，也因此想起，他所認識的人裡是沒有人能穿Jean Paul Gautier的永遠太過華麗繁複的那種第五元素般的怪異美豔而性感地天真。鬼展覽現場裝死的她自嘲撿屍的一系列展場再走秀一回式的驚人劇場表演的誇張開幕發表，當天，又再看到她那煙燻墨黑的大眼睛，慘白的濃妝，但由於浮在水面的古怪拍攝場景氣氛的怪誕……實在太像一具古代貴族的死屍，然而，卻又因此充斥一如她那一個個藝術展覽彷彿恐怖小說的女鬼纏上自己的不想活又死不了的曲折離奇又那麼充滿自殘悲劇式的華麗登場。

CH是女鬼般的藝術家之外還有很多很多怪身分，長得太美而人生太離奇的她曾經是模特兒，她是創意總監，她是小說家，她是演員，她是雜誌主編。但，在他更深層的對她更多面向的理解中。她因為太好玩好強地還是芭蕾舞者，是拳擊手，甚至是拉力賽的車手……她在心智上可能是武士宮本武藏，是伊莉莎白式的女王，是《火影忍者》裡的綱手，《烙印勇士》裡的白鷹……她的獨特是那種臺灣較貧瘠窄義的藝術領域中往往較難辨識的創作者品種的稀有。

在他們共同成長的雷同世代裡，在他們往往迷信用拼裝的自製手槍近乎愚昧的低科技可以拼裝一座歌德教堂或甚至一艘太空船……的世代裡，ＣＨ和他認識太久了，也因為這種巧合交情的奇特，而在某些跨創作領域中若即若離共同地經歷了這十多年，那真是種很難明說的奇特。一如在一起經歷了太多的溫德斯公路電影式去遠方旅行又在原地不動般的空鏡頭的空洞。但那沿途經過的可不只是開車上路找路式的車窗外的風景流逝的冗長與無辜，更多的，卻是「慾望之翼」式的空中飛人與天使的一同升空飛行卻不知何時會墜落的恐懼……

當策展人太久的他屢屢有一種很深的疑問：鬼藝術家的她腦中肌肉思維複雜的強而有力是怎麼來的？她的鬼藝術一如她的鬼小說中那些那麼迂迴的人物那麼迂迴的情節，甚至更迂迴的「人對這個世界的理解」的困難與神祕是怎麼來的？他是在很多很多學院用了很多很多法門才學習進入這些「策展人」這些「藝術家」的多重困難，又過了很久很久的時間和心力才冗長而緩慢的修練才走出這些困難重重的揪心，但，她，一如著名小說《香水》中葛奴乙，不用配方，不用學，怎麼可能完全靠稟賦靠直覺就可以調出那麼複雜那麼多的香水般的作品那種強而有力的迂迴與神祕。

她的初現身就走紅藝壇那時，他們都剛忙完了自己的第一個藝術展，也都還在那個老畫家的工作室工作過，還在各式各樣的文字的非文字的創作領域中試探自己的不夠崢嶸的頭角。像《火影忍者》中忍考試時一起作弊的小火影，為了應付那時候共同的某種輩分較低淺的人生的混亂，與寫小說較魯莽的年代的冒進，而有種特殊的同儕同寫輪眼血統式的情分。

更後來，她還做過一個叫做「聖女降生機器」的裝置藝術作品，在另一個他們多年前共同的聯展裡，那時候，他們談起做起試探起更多的村上隆、草間彌生、荒木經惟……般的當代藝術裡的可能：鬼藝術作品在極度變態色情中仍然可以極度天真可愛，在極度凶殘血腥中仍然可以極度華麗甜美。那是他們一起經歷的更多更荒謬但也更華麗的修煉。

偶爾，他們談論古典談論設計談論美學，但不再是他昔日那種學院學究式的知識的拗口，而卻是更廣義地涉入更多更逾矩更乖張更次文化式的美學在這個時代歧異的蔓延。他們討論起CH所沉迷多年來的製作繁複精美的古代日本國寶級關節人形的評比，逼真昂貴甚至有名字的等真人尺寸的矽膠娃娃製作技藝的高下，蛇縛師的麻繩綑綁SM花樣的著名流派的異同……甚至，一如有一回和她在一起上某電視藝術節目前，在後臺上妝，兩個人都不能動，坐在鏡前，任化妝師擺布那時，她還可以拿出她收集的蛐蛐兒及古董蟋蟀罐身的精密繁複……解釋這種古老留傳下來的癖好的技術、傳說，蟲身鮮豔顏色的華麗與罐身設計巧奪天工的同樣華麗。一如深讀她的小說的迷人，他總在這種和她一起經歷的「完全不能動」的時刻才能更真實地見識到由她代言的這時代美學那種荒謬的華麗，及其在這個時代的現身方式。

關於CH的迂迴與神祕……她的鬼藝術對他而言，並不只是藝術，而更像一種面對藝術態度的麻煩深入的這種既高調又低調的態度的迂迴與神祕。像一種聲音，在一個空曠的曠野……

他突然想起尤其後來這幾年來CH對他而言……也就像如此。她像一種不斷在問他他也還不清楚的問題或無法或不願承擔的問題的聲音。因為，這幾年，他自己發生了很大的變異，由於一些他也還沒想清楚或準備好的原因，但可能也是他內心渴望而自己不承認的動機……總之，變異已經開始了，他感覺得到。

對他而言，CH的藝術始終在面對「變異」太快的這個時代裡這種人內心自我認知認同的「變異」，而且絕不放過這種「變異」的更深的自剖。他一直在裡頭感覺到某種「變強的苦與釋放」某種「自我的發現與放棄」某種「巨大的信仰與背叛的懷疑」……

但他更每每為CH的逼近……令他以為他已經很熟悉卻眼睜睜重新看到她用那麼奇特的再翻騰渲染而起的藝術做出了這麼「可怕」的展覽而震驚。

他仍然無法從展覽中平復由內心升起的動盪。那些無限殘忍的暴力或色情的場景都其實還不太如「藝術」本身態度上血淋淋的曲折地令他動容。往往是藝術做出了她面對愛面對性面對暴力的怪異的態度與因之怪異的轉折與更因之怪異的陷落……才更使他非常非常震驚。

他不知道藝術可以走這麼遠。或說，她的鬼藝術裡頭每每變得好強好壯闊好巨大情節的移動及其中心智的移動，使他屢屢感覺人們很單薄的或很局限的對藝術的理解。

她的藝術打開了一些他內心的什麼。他甚至也還不是很清楚。他害怕而卻因之而珍惜著的什麼……一如她的鬼展覽虛構的故事中的主角往往感覺到自己已經不再是那麼輕易地害怕或被欺凌，因為自己在混亂與奇怪的遭遇中被操練成的邊打邊逃。雖然他仍然不是那樣清楚，發生的這一切對他自己而言是什麼……一如他又更清醒地可以再問起或再感覺到，他的這幾年的變異對他是什麼。真的好強大。他感覺到她的藝術是那麼糾纏的肉體上的可怕欺凌，一如她的猶豫與清醒與混亂。但也因之在想從CH的鬼藝術中的「恐怖」的「變態」的找死……已然走得如此地多遠多深。

有一段時間，在同樣很難明說的奇特交情的雷同的迷信世代裡的另外幾個藝術家們會偶爾聚會深談……，甚至建立了一個找死的Blog……在裡頭非常難得地重建出的一種稀有類老文人的沙龍的百無聊賴。或許也因為CH一再地追問每個人想怎麼死的糾纏胡鬧可以寫上那Blog的很長一段時光……一如杜琪峰電影裡身懷絕技的殺手們在命運乖違而一起被放逐到窮途末路上卻依然的百無聊賴，或科幻片中出任務的特遣隊員們明知去與外星異形戰鬥凶多吉少但在太空船艙中調笑依舊的百無聊賴，也許，更像老火影忍者們老回想起他們昔日在研習幻術忍術時更多更早的修練時自恃與狂妄之餘的一起放蕩的百無聊賴。那百無聊賴的奇特是一種非常狂妄非常訕笑地怪誕但卻又非常專注於細緻深刻地面對創作的族群氛圍的令人珍惜。

但因為種種原因，他們不再上那個找死的Blog。

他老一直會想到他們在自己這一群藝術家像是火忍般怪人的祕密Blog裡的大篇大篇留言。老會懷念起那些大家半客氣半犀利半玩笑的語句進入的關於藝術最精準最繁複討論的冗長的大多是找死般的對話，或是裡頭所嘗試調節出來更多的心力與時間中更深入的招架，或因之可以提引更為勉勵彼此內省與長進的找死般藝術的最逼進這個時代的辯論。

多年以後又上網去找那個找死的Blog，想找回當年發生而寫在上頭的一些事一些激辯，甚至只是一些溫度……但，再進入無名小站時，卻發現那個Blog因為大家太久沒去，竟然已經消失了。這個過程令他悲傷，一如他們經歷的太像年輕時候看的柏格曼的電影的殘酷，有一群人做了一些荒謬的事，但過了好久好久，等到他們都太老了，才感覺得到他們共同經歷了什麼！在這段時日，他們真的經歷了當時個別藝術裡頭畫出來的某種悲傷或十多年來藝術外頭各別人生的某種集體隱藏的悲傷仍然的糾纏……

關於CH的鬼藝術，他還是恍惚於這種他們這個世代仍然的糾纏及其怪誕……一如她藝術與非藝術的一生雷同的迂迴與神祕……及其因此必然充滿荒謬劇式的華麗。

多年來……他還是始終很害怕去說她的找死的系列自拍怪攝影計劃，更不用說去策她的展覽……偶爾在她的展場的時間太久，一群老鬼多年後再相遇，也只能談談淺淺的互相漏氣求進步式的訴苦當問候的自嘲心事，這次死法比較美比較慘比較殺比較魔幻比較超現實……之類挖苦式的讚美……或是比較那一回和前幾回的狀態的差池：拍的太久或太不久，好像或好不像什麼，用力或不用力和用心或不用心，都不應太焦慮，深或不深，進去或進不去，自拍的狀態的入迷或不夠入迷，最後他只說：「就當成是我們在一個不世老市集找出的出土古畫一卷軸一卷軸打開的祕密，老時代封入的毛筆勾勒的女鬼無法投胎轉世的焦慮中所刻意隱瞞又刻意召喚出的華麗結界般的什麼……」

死藤水。第五個鬼藝術家。

著名的行為藝術家ＭＡ找尋種種古文明旅行巫祝法師中世紀教派西藏卡巴拉太多太多神祕體驗裡頭充滿了太多神祕學式的老東西。她一路拍了某一部自己的行為藝術計劃紀錄片……竟然最後就拍出一部像大衛林區和庫柏力克的電影，不知道會看到什麼，看到自己無法了解的鬼東西。

電影中的聲音悲慘的ＭＡ始終旁白著：「一開始，那巫師跟我說，你不是這地球的人，你到那裡都沒有家的感覺。但是你這一生是有任務。你要來告訴這地球的人最重要的事，因為人是透過疼痛來了解這個世界，你是來想辦法超越疼痛。」

最後行動藝術家的ＭＡ到巴西到底找尋什麼……因為巴西有大自然有太多特殊的神祕的人和地方。一開始ＭＡ偷偷參與了印度和怪異神像前的遊行隊伍拿著奇怪的法器，穿著奇怪的法衣道袍，但是最後出事了……

或許這位傳奇行動藝術家ＭＡ的歷險太深……那傳奇的她到巴西找尋什麼紀錄片的或是行動藝術的怪現象表演的巫祝的儀式的……種種最容易發生又最容易偽裝的什麼……但是那個穿著白衣的巫師老人說他在變成這樣之前也曾經做過很多人的事，最後他是一個為人治療的人。這是儀式，不是魔術。他對ＭＡ說：「每個人都有疼痛。來這裡沒什麼選擇……你如果要來，不能只有一個下午，要至少三天。先到治療廳凝神靜坐。」ＭＡ後來就待了好幾天……在那個怪現象的祕教祭典。她跟著很多信眾參拜，從一個小房間到另一個小房間。又過了好久好久……發生好多怪事，有人哭泣不已有人尖叫連連……

最後的旁白說：她坐了好久好久，閉上眼睛。不記得多久。黑暗之中她緊追一個藍色小點跑，跑太久。然後心中充滿著未知的什麼。後來卻看到一片大海，有一艘小木船。她難以釋懷的前夫帶著讓他離開的那女人，有一個聲音跟她說：「你應該把他們放入船中，放入霧中。讓他們離開。就像不曾存在過一樣……」

（MA和幫她拍的導演討論的主題是，如果這是一部紀錄片式的電影，就應該要有一路找尋什麼的怪現象故事主軸，有內心的轉變但是要從外頭的影像看得出來。）

MA說：那個老人把手放在那個人的臉上之後，再放下來他就變不一樣的人了。然後更近距離地拍他的儀式，用徒手拿尋常的刀子在眼珠上滑動。但是那老人他頭朝上，幾乎沒有看著刀就動手了，刮除眼珠挖出來的黏稠液體，充滿血絲的瞳孔。令人不敢相信。那彷彿不是他在動手術。而是祂們。透過他。在現場不知為何，老人讓他沒有恐懼。

MA老感覺到更多恐懼在更高層次的更後頭的焦慮：「痛苦不是問題。概念才是真正的問題。我可以控制肉體的痛。但是無法控制心靈的痛。奇蹟怎麼發生。那些人太絕望了。太痛了。完全沒有希望。也沒有什麼好輸了。才來這裡等待。不要擔心人。感覺時間加速。她說她開始改變。」

有一個巫師作法時對信徒們說：這個世界已經在改變，大多的人都活在三度空間，但是這是第四和第五度空間，要從第四到第五度空間，業力要解……你的身體要改變。一如人類不相信自己可以治療自己。

MA對鏡頭說：「儀式和表演有什麼不同……關鍵是轉換變化。去參加之後離開就不一樣。變成另一個人，有一個更高的自己。」

MA說她在這一路……老是想解決問題，但是問題卻老變成陰影。她的人生和感情陷入困境……她說：「我沒辦法離開第二段戀愛。太困難重重，不想再心碎，她想離開，找到不同力量和信仰，放過自己。」

她說：「人的生命是值得活的。有太多太多美好的事……孩子。狗。蚊子。痛苦是來自內在的。她想做點什麼事。找巧克力。煮蛋。唱歌。可笑的可樂。」

有一個女巫師對ＭＡ說：「我是文盲，我養小孩。養二十七個小孩，接生過三百多個小孩。」這一切都很神祕地來自大自然。她九歲，阿姨癲瘋。她去大自然之中找藥。她聽從直覺。沒有人教她。她的藥草實驗室。不是為了過去。其實是為了未來。

她說，我不舒服就聽不到訊息。她在瀑布下也在山野前打坐。

女巫師教ＭＡ在旅行中的一個古代法則，生病出事就想法子吃洋蔥再吃大蒜頭，就可以繼續活下去，要充滿力量，不要失望。在薩爾瓦多的怪獸神雕像充滿超現實的老地方聖靈，有一個老女人說：「我是用愛和激情做菜。那是神在做菜。」

ＭＡ說：「我不喜歡宗教，那涉及現實性的部分，但是我只相信精神性的部分，不只是信仰，而是接近藝術。我永遠都是只要有想法就走，想法會帶我走。我是這時代的游牧民族。我喜歡在空間和空間之間的更多縫隙滲進的可能，要交給未知，交給失控。一如那張跳舞的黑人照片中旋轉中失神的臉。一如屋頂都是壞娃娃的小孩手腳殘肢。太多老貨架上的雜貨一如古物出土的白毛尾巴和破塑膠袋包裹全臉的木雕無辜表情老神像。」

「那是一個古董文物的舊時代跳蚤市場。」ＭＡ說：「但是卻像是祕密通道的古代平行世界，只要你找到對的地方，對的時間，對的進入方式。」

她在巴伊亞，著名的世界靈魂人物的那個穿著全白衣的信徒長老的儀式，跟隨他跳著上帝之舞。這古代小屋開放九十年的他一百零八歲，在老樹前的他們是神的小羊，他長壽的祕訣是神。因為他們吃的東西都是土地來的。他們不知道……他好奇的不是宇宙。而是宇宙的背後充斥著煙霧瀰漫的畫面。因為小時候，他母親有潔癖。他不能出去玩。所有的客人們要戴面具才能看他。他好像被封鎖在很深的地方。小時候就變得沉默的他和陰影說話和玩，可以看到無形的東西，聽到路上的聲音……好聽但是好哀傷。

ＭＡ最後喝很多死藤水。第一杯是最濃的感覺，但是二十分鐘左右。還是沒有感覺。但是喝第二杯。就像放炸彈到她的體內完全無法控制……她開始哭泣疼痛，腦子完全無法抗拒，完全失控，尿糞失禁嘔吐……就像在一個囚室的痛苦經驗，無人問津。但是她卻在一群墨西哥人之間，那時那一群人嘲笑她永遠逃不出去那個地方。那是她的一生最慘的狀態，充滿變數的無限無奈的錯覺。

巫師幫她閉上眼睛蓋樹葉，蓋白布念經作法，再放滿不同樹葉在裸體的肉身上，後來開始更進一步地塗泥巴，邊敲木鈴。因為儀式中的蓋白布發抖就是去除不好的什麼，透過身體撫觸靈魂。巫師還灑豆子水在她身上，叫她腳踩泥土地。植物才能進入了心靈……

「人的內心需要深度，我們部落的每一個世代要傳下去這法門。」巫師說：「每個人一如你內在有一個自己不認識的人……」在過程中無力的她雙手竟然無法捏破一個雞蛋，她著急地近乎瘋狂而哭泣……最後那麼激動的她說：「在那裡卻好像回到了家。」

她說她和巴西的關係很早以前，年輕時候就去礦場找靈感。那時候的她就坐在骯髒的礦區死角，花了很長的時間，最後還就在那裡躺著……直到有想法，礦工的他們覺得她瘋狂……

ＭＡ在那部拍她的找尋神祕經驗的行動藝術計劃紀錄片最後感慨地說：「大自然不需要我們。終於，我改變了。我打開我的心，面對我所不了解的東西……我混入人群，但是像指揮。我是群眾的鏡子。群眾是我的鏡子，每個人有創傷。孤寂。害怕死亡。我卻抽離群眾探索，走進黑暗，就像走進山洞的洞口，未知的未來。」

最後她再度喝死藤水，卻完全平靜。她看到她的器官血液手腳卻是肉身每一個局部都非常清楚的感覺到……「這不只是行為藝術式的旅行，那更是莫名的令人無法忍受的過度私密的恐怖治療……死藤水擁抱我失控的過去。」

土地公。第六個鬼藝術家。

那個老藝術家偷偷地半認真又半開玩笑地告訴老道……他其實是這山村的土地公……他的老房子最樓上其實是一間像是舊土地公廟的破神壇，而且還拜他自己邊念咒邊做陶的神明和保佑全山村的觀音佛祖天兵天將十八羅漢轉世投胎的種種又老又怪的骯髒破神像……舊廟身往下坡還擴充到連成一體有樓梯上下棧道……或許，他露出一種古怪的訕笑說：為的就是要封印所有山村不為人知地底礦坑內的可憐冤魂變成的可怕惡鬼不能再出來作祟……

他自嘲一生做的是從這深山才長得出來的土地公的藝術……頭髮鬍鬚都花白的他老說他在這山上住了一輩子……七十五年了，六十歲才開始摸什麼鬼藝術，之前幾十年的一生都只做撿破爛做廢五金的活……住山上住久了，老看滿山遍野的山村屋頂屋身都是漆黑的也很難想像地美麗，其實古早只是為了捉漏……黑漆漆柏油是隨便漆一漆，這老山村四十年前都是下坑的骯髒礦工的草厝破工寮，住這裡都是沒錢的可憐工人。

這整片山頭都是一生難得有好日子過的歹命礦工亂住的，自己找地隨便蓋，找不到木頭就用這裡的髒兮兮石頭……那是順手從苦命上工的礦坑挖出來偷來用的，雨下大一點的漏水屋頂卻只能草率地蓋黑紙板，用太久就西瓜皮變苦瓜皮，裂到有縫了，就要換，什麼地方漏很難捉漏只好就再蓋一層，而且一定要用鐵軌和鋼索綁到地上的颱風石，裡頭的小梁用藤再綁一次到石頭，破房子才不會被風吹走。

他說他年輕的時光也還跟老人們進過礦坑，差點死在坑洞底，現在自己變成老人……一生都奉獻給挖黃金的命真歹命……甚至怎麼煉金他都知道，他家幫人家處理礦石，像雞蛋那麼大，就在廚房灶上亂燒，最後還要用硫酸再洗一次，硫酸很臭，很毒，很好玩，不知道怕，叫做孵金子。

但是後來卻變成在撿破爛，孵釘子……

現在做陶做土有時還撿破爛亂做這種釘畫，那是有一次在想自己六十歲以後要做什麼，生意是做收舊五金的，現在也還在做，用蓋房子剩下的不要的釘子，很慢地用鐵釘亂釘在木頭亂做怪人畫像或是怪神像怪獸像。牆上還有一九九七年他的孫子生來的那一年刻的木頭刻符咒抄本般的怪書法字的阿彌陀佛啊瑪呢叭嚀轟什麼的咒語……都很開心。

現在還正在做一幅釘畫，做他去大陸旅行，在四川高原上看到的那裡太遠太高，所有的山都很大，一望無際的馬很多人很小還都就在山上慢慢地移動……的怪風光。

如果要求他用鐵釘做收藏家的自己人像的話，那人要上山來陪他喝茶聊天聊幾天，像是來拜土地公保佑一樣，他才會動手……。

這一個土地公般的老藝術家說，後來他自己念古文，還會解籤詩，會書法，刻字，練的字要很有感覺很有溫度，他還在麥寮遇到另一個也像土地公的怪老人也用貝殼或蚵殼做料理形狀的畫和字。那是一種像土地公保佑巡田水一輩子才有的某種奇怪的鬼力氣。

這一個怪藝術家老是在泡茶，這算是他活在九份的某種第二春第三春第四春。二十多年前他在老街開第一家的時候，還是一個別人都不相信撐得下去的茶館，甚至別人老嘲笑他太相信自己泡的茶，現在卻變成這山上最大規模的老店。

另外土地公廟旁還有曲折蜿蜒山路連接不同層但是罕見穿插屋身的著名景點的四家老店，有開一家專做茶器陶藝，用基隆山茶壺山的形狀做成三層陶壺，可收納的手工壺，一種不會打破的壺蓋，他自己就是茶人，喜歡簡單的東西，喜歡所有泡茶的細節，有人做陶壺，不會泡，不熟茶壺，就做不好。

他老是碎碎念……第一杯熱水，洗茶壺，茶杯，茶母，他做了很多陶器，手拉坯的茶母。要不會打破，特別開模子，金銀花，長的樣子特殊形狀做成杯蓋，斷熱，銅把……什麼都做……

高山烏龍茶用陶壺比瓷壺好，球狀，捻絲狀，壺好不好，看出水順不順，有的通氣口一堵就不出水，壺身是圓的，適合高溫的，若壺口沒密封，一邊倒就會一邊流口水。造型不同，扁平的散熱快。春茶比較香，冬茶比較沉，紅心烏龍，是私房茶，八百種茶種，做成白到黑六種，改良，看適合的溫度和土地，木柵的鐵觀音，看那裡的風水，礦物。讓茶變成作品。烏龍，硬中帶軟。東方美人，溫柔。鐵觀音，硬漢味。他說他去過五百家茶藝館，二十年剩五家。超過五年十年的店太少。飲茶的狀態完全變了。高階的茶葉只能外銷。大陸現在茶價是臺灣的五倍。其實老藝術家說他更喜歡喝酒，但是還是要先喝茶。

一早起床先喝茶泡澡。他喝茶只泡原味功夫茶……有一回店裡有一個外國客人說他是洋鬼子……鼻子還是尖的所以茶不加糖怪怪的，就被他老人家大罵髒話叫他滾……

名字太強出頭的老藝術家，個性反而要像變色龍躲起來不要被看到，不然會太累。

山上這一帶變太多了，人不容易到的地方還保留得比較好。他在這裡的時間太久了，但是，有小孩沒小孩，有妻子沒妻子，有店沒店，他的感覺不一樣，老地方一樣但土地公太老感受已經不一樣了。

因為，很多客人們來這山村老地方玩，不只買一個茶壺而是更想買一個像他這樣的土地公來保佑回家。一如最後老藝術家提起他竟然還用過兩個自己孫子的臉刻成門神就放在土地公廟門上，孫子們還雙手雙肩拿十字鎬背救命燈，帶著身邊的礦坑洞口老鐵軌上的守財貓和錢鼠，做廟門上的天兵天將般的滿天神佛神獸的種種神明。

❖

這老地方土地公般的老藝術家就像是一種活在這鬼地方的一種病的病情，別人卻很羨慕他們更像土地公或山神那麼地道地……

老藝術家嘲笑老道這種自以為是像庫官但是只是像外行客官的老媽媽桑……所謂什麼策展人在外頭跑太久了，已經跳TONE了，壞軌了。

一如對太多想像藝術而近乎自毀的行情，同情會導致軟弱，但是，老道跑太遠太久，也累了，也傷了，也出事到不能不軟弱……只是老道不願承認。老道切割了老道的真實人生了，無家，無產，無父母，無子女，無土地，無故鄉，完全地懸浮。

但是這也不免是種「地獄變相」的縮影，不得已的可憐狀態，一種只能自己跟自己承認的狀態，而這樣的狀態與深入的深度跟勇氣已經沒有太大的關係，只是種狀態。

上山去找土地公老藝術家的那幾天避開了太多會遇到的困難重重的事，所有的人生麻煩好像又快轉了一回，策展的輪廓大抵出現問題到老道彷彿剝了一層皮般地血肉模糊，那麼深地變態地變形了一回，死去活來，妖異又沒神通地跑了一大趟無人的馬拉松，但是，卻又回來了，人間一如過去，就像輪迴存在這件事。狀態的平行宇宙的切換有比較熟練一點，但是還是有情緒，因為下地獄般地變相入戲太深。很難無感地去折騰參不透的這些人間苦難。

老藝術家的人生好老好樸素到就像以前的土地公……更喜歡和厭惡這個人間的方法都好像也好陳舊，一如一百年前。

老道其實記憶體裡也有一大團塊這些殘存的雷同部分，但是，老道想像蜥蜴一樣地斷尾求生，但可能也會因此而常無故當機或終究會流落成流浪漢般地暴屍街頭，好奇怪，老道可以接受他甚至親近他們，一如一個客氣的好主人，招待他們那麼熱絡親切，他比老道要誠懇而願意參與這個人間更理所當然的狀態，但是，老道故障了，逃離了……老道沒辦法像土地公那種對土地的更深的動機或投入或是畫什麼做什麼藝術，在這老地方做土地的什麼，讓人或山的可以更入土為安式的安心，一如老道的一生充滿絕望地出事了，被植入了某種老道也不會用的軟體，不會用的功能，無法辨識的不安，或就是花粉熱或更無名而難以辨識的過敏。

想起以前看過的一部怪電影，一如男主角所提及的狀態的承認的困難……他提到他有一項特別的天賦，但是不知道那到底是禮物還是詛咒來形容這個天賦，主角可以接上別人的腦波，進入內心最深層的位

置。那個位置有眾人不願承認的事實，除了事實以外的事實。那樣的事實就像殺人但殺人後頭還有個怎麼樣都不想說出口的祕密事實，往往藉由表面的事實來安慰自己還在正常運作的世界。電影中男主角能到達的位置，就是事實的背後，不願被承認的事實，人們為了保護這表面的事實，總會沉溺其中，甚至以為自己是好人的表象。

或許老藝術家本來是最可能進入也被接受在這種狀態的忐忑不安可以更深的人種，一如土地公說的這種天賦或詛咒，但是，大家都把這狀態解釋成的這種人間可以承認的自欺欺人的隱藏，只是老道過去連自己都騙過了……

藝術家只要揭開他自己人生事實的表面來見底，那將會陷入某種無法恢復的破壞，而毀壞的程度遠遠超過自己無法預期的恐懼，以防自己深入被吞噬的地帶。

而自己老只像魑魅魍魎蟄伏在這個世界跟那個世界的人間地獄交界處。但是，操作這種不想說出口的祕密事實和隱藏的護航太久，老道也忘了自己還曾經是變相地獄裡的鬼或老道仍然是鬼。

被吞噬的恐懼依然隨行啊！老道沒有自己想像地那麼容易放棄，所以電影中的主角是痛苦的關上這個天賦。像正常人一樣的當個普通的像土地公……。但是老道卻只是鬼，是魔，終究本性顯露的看著……

老道的地獄變相成形，就像看到養了一隻怪物已然成精，放出會毀滅整個人間的尾獸，老道甚至很難解釋這種和那男主角一樣地關掉這神通的渴望或不忍……

會看到的人就是會看到，不用解釋。記得很久以前，地獄變相就像是老道自己養的魔，心中的魔是自己餵養大的……

更晚的時光……在山上的那老茶館四五層樓長出歧出的可以看到整個海景全景太黑暗又太華麗的樣貌的露臺已然全空了，沒人了，只剩下老道，還在掙扎地找尋最後的土地公老神明保佑的苟延殘喘……

其實，老道該學學先什麼都放著，好好地在山上等一等一段日子。像老道怎麼可能是在苟延殘喘……

土地公問老道是做什麼，老道其實說不太出來老道是什麼策展人……或是老道比較像只是一個拿羅盤看方位的假道士……

遠方的雲層更遠大團塊深處有悶雷光影一直在閃……山村一路發生某些老有點危險的老時代日式破房子，但茶館樓頂土地廟底入口像是個往什麼鬼地方的怪入口……

老道沒什麼期待土地公再泡什麼茶，只是想再待久一點，不想馬上回去，可以感受到老地方的更多道地的怨念。那土地公廟底長廊蜿蜒曲折離奇的舊時代礦坑塌陷過的破通道，裡面還有木條撐著走道再用厚土封印，但牆上卻又很多人用立可白留下自以為幽默的辭彙又或到此一遊的無聊證明的意外……，或許其實只是為了封住最裡頭老房子的惡鬼出現……

這個老藝術家的土地公廟……應該就像那山村滿山遍野太複雜的出口入口的太多岔路和迷路的路徑及其必然歧路亡羊般的難過想像……

灑狗血。第七個鬼藝術家。

一如撒一泡尿……他說他的這整個「灑狗血計劃」或許比較像是孫悟空在自己理解限制的邊界撒了一泡尿般地忐忑不安……

灑狗血……一如吐檳榔汁那種紅或是在那邊狗尿尿的那種紅或是吐血的那種紅……灑狗血的這種血紅漆潑上破房子其實是有攻擊性的刻意……或許就是隱喻某一種民間原有的更有名威脅的「灑狗血」的血腥威脅恫嚇……

這是某一種在民間怪異產生的非常暴力又非常恐嚇性很強的狀態，他去對一個空屋灑狗血到底是什麼意思？通常後來還變成更誇張而激烈的狀態……

灑狗血計劃所刻意動用的一如狗血的那種血紅陰森詭異到不祥還始終討人厭的那種狀態地進入……灑狗血一如在這老地方灑了一團團血紅的血跡……也一如就在這地方作了一個法，好像不管是觀落陰召喚出來一種法術或是召靈術把那個地靈叫來的那種術……或許只希望在跟真實世界對抗的過程裡可以有一種不要太快陷入現在臺灣所有的那種藝術圈或設計圈那種邏輯假設的低調跟愚蠢……只要「城市」變得庸俗媚俗逢迎著有設計感有時尚感之類內在的膚淺秩序。諷刺他快活不下去的這破城市一如這破房子……找尋的那個怪異的部分其實是有一個什麼鬼東西在……

等待召喚灑狗血的動機……只是在找破房子就是好像太久沒碰……但是只要一碰裡頭的鬼東西還是自己會自然跑出來的浪漫報廢感……

那幾年他開始懷疑論者式地潛回他所最不信任又最不捨得的這個破城市的怪狀態……意外或不意外地

做了七八個如果叫做跟鬼畫符有關的計劃，那時候要做這個「灑狗血計劃」的時候他老是有擺盪的想法是衝突的，就是太小太沒有代表性的攻堅更混亂的複雜與矛盾之地點感跟特殊性太低，這個計劃相對於他之前做的種種類塗鴉計劃……只是一個歧出刻意亡羊又補牢式的自嘲之作。

他老覺得那破房子現場原來的仿愛瑪仕紅色很沒意思……因為是個性屬於室內設計美工傾向的一種比較小鼻子小眼睛的技巧擺盪，就覺得為什麼要下手那個地方。另外一種剛好完全顛倒的考慮。因為那破房子現場太接近他日常的生活，幾乎每天都會經過的那種好像息息相關的好厝邊鄰居兔子不要吃窩邊草式的反而變得比較困難或比較麻煩。

可是這種麻煩或許反而是動機，因為太久以來的那個地方都是荒廢的，那很怪的鬼地方的荒廢一如這二十多年的在他家這附近只要開了就倒開了就倒開了就倒的宿命，或許可能是房租太貴地點條件變化太大……或許這鬼地方其實是最接近他家的一個老賣店，旁邊就是補習班教室或白鹿洞漫畫ＤＶＤ店那個媚俗麵包店服飾店泡沫紅茶店……又太昂貴又討人厭又雞巴的這個他活了一輩子的城市就是他家的真實……其實就是很長時間會有一種忐忑可是又覺得這鬼地方好像是在身邊然後一直召喚他去做點類似召靈術式的什麼……老覺得那個地方空掉是很奇怪。

他老是迷戀廢墟。所有廢墟真正的意義並不是它乾淨或不乾淨、好的或壞的狀態……而是廢墟顯露的就是說那個地方本來應該是的那個狀態已然消失掉了……一開始或許只就是本來在那裡的人離開了，本來在那邊開店的那個店倒了，無法支撐也無法抵抗，解釋是太貴太麻煩太不入世或者是太鬧鬼……

或許其真實的可能廢墟只是因為那地方生存的可能變得不可能，或是更後來不得不要撤退或是要壞掉，然而那種狀態持續壞掉……他自嘲說……完全並不是千利休那種故意讓它壞掉的好像Wabi-Sabi的侘寂，那個狀態而是真的就壞掉，或是那地方真的就變廢了也真的就消失了，而且更深的諷刺的是那個地方不是在山裡在海邊在某個遙遠的鄉下，而是在「城市」，還就在他家日常生活的旁邊，近乎每天都會路過的地方。這個鬼地方逼問他的無法抵抗的日常生活終究會退化而演變成了一如某種「廢墟」的樣本或標本室。

一如他回臺中去東海大學經過那條青春期時代三十多年前最時髦最昂貴最漂亮的城中心中正路，容納當年最豪華的餐廳時裝店電影院甚至百貨公司，但是現在竟然完全荒廢掉變成廢墟的那一棟一棟都變成像鬼屋一樣，因為沒人住充斥蟑螂老鼠外勞流浪漢或長出苔蘚雜草叢生髒亂不堪的恐怖電影陰霾籠罩的那種廢墟，他沒有想到在他有生之年就竟然看到……他記得國中時代第一次看〇〇七是在那個森玉豪華電影院或是第一次爸媽帶他去吃的木瓜牛奶吐司攤中華路老夜市，那時候他才是小學生。然後恐怖地預言他這一生終究還是會破落成廢墟的宿命。

他當年的年紀太小所以沒有辦法理解那個時間感的沉浸衰退在逼問他的對「城市」懷疑的更無法理解也無法抵抗的……必然落敗。

其實「城市」為什麼會變成這樣？或是他為什麼會變成這樣？或這種逼問更深層次地變為顯學一如電影《我是傳奇》中男主角困難重重地陷入困境地活在紐約已然廢棄成某種荒島成某種鬼城，而荒謬絕倫地荒涼地在那流浪覓食散步跑步遛狗甚至打高爾夫球在那整條大街摩天樓航空母艦飛機全部都已經長出野草亂石斑駁痕跡的種種消逝過文明的遺跡那種病變破敗到最後的啟示錄……及其突顯的可怕光景。

然後他的灑狗血計劃……那種對抗其實是突顯這種奇怪，企圖挑起攻擊跟抵抗的自相矛盾式地逼近而肉搏地跟城市的真實做種種怪異的切換，突顯抵抗一如是野狗尿尿般的……，一如中世紀僧院裡面認為畫了一個圖騰在牆壁上是讓根本對於沒有宗教信仰或不知恐懼的人知道那個地方不能尿尿……對沒有任何信仰或是不知恐懼的人不能到那裡尿尿的一種恫嚇或是一個更巨大的反諷。

他說「灑狗血」計劃對這一個鬼地方進入的荒謬感式的某種假裝暴力或是控制或是轉變的一個預言。

他說：畫鬼一如灑狗血……在臺灣民間廟宇寺院道場禁忌是一種非常重要的傳統宗教鬼魂的傳說，一如被觀落陰出的鬼就是人，只是現身跟活人出現的結界象限般地玄奧切換，一如那種大眾廟萬應公死人死掉就全部變成孤魂野鬼那種曖昧模糊不清的狀態來抵抗某種跟假裝時髦設計有關的好看，一如在廢墟裡自然跑出來的荒廢……

另外一種就是他真的去灑狗血就直接然後油漆去那邊潑，吐檳榔汁也可以……那為什麼要灑呢，狗血般的紅漆扮演的可以把什麼召喚出來，最接近他自己長大的地方或是活著的老地方的那種……一如撒一泡尿的孫悟空到了那個如來佛手掌心覺得到了世界盡頭，那因為不知道那地方是如來佛手掌心，所以他就在那邊撒了一泡尿……不免終將落入的自愚自嘲。

某一種比喻一如恐怖片的一個鬼屋因為以前出過事有厲鬼纏身……可是房東因為有人上吊死掉但是為了要把房子再租出去所以就趕快把牆上都塗白油漆然後就來了新的房客在那邊就看到那個白油漆牆體上有一個很奇怪的發霉的痕跡充斥著一條一條黑黑的髒髒的裂縫，然後再來就是有一個通靈的小孩就指著那邊說：媽媽，那個地方有一個鬼臉在微笑或許是開始就說那個裂縫開始變大晚上會聽到怪聲然後突然就有怪東西跑出來……這故事通常結局就是找到法師把那個鬼趕走，但是趕走到最後大家都覺得沒事或許房子就恢復到原來樣子，然後最後就是那個爸媽以為沒事就帶著那小孩回到現實日常生活……然後小朋友就回頭看那個鏡頭就露出一個奇怪的露出獠牙的微笑，然後那個小孩其實已經又變成鬼……作為電影的結局……

這個「灑狗血」計劃……他說：可能不免就只是雷同地期待找尋城市的某個角落可以隱隱約約地露出獠牙。

有人瘋了有人逃了。第八個鬼藝術家。

殘忍血腥野蠻……及其威脅，或是一如某種手塚治蟲《怪醫秦博士》或奪魂鋸式的既冷酷又同情，某種在絕症前面對肉身壞毀面對「活著」這件事往往如此荒誕的狂亂與感傷。一如小時候在天黑後路過小學生物教室福馬林氣味中偶然偷看到某些解剖間某些半腐爛動物屍體標本的心悸而心動……在冷血中彷佛可以閃現出某種詩意。

老道始終記得每一個DH的作品的灰暗幽微的迷人，一如老道始終記得電影《入侵腦細胞》引用他的作品而變成片中殺人狂腦中幻想裡一隻馬在迷宮暗室中當場被切成十多塊放在分開玻璃櫃中而卻仍活著的畫面，那是多麼貼切地勾勒出DH作品風格的乖異：如此疏離地既殘忍血腥又神祕瑰美。

或說，更像極了也是來自英國的彼得格林那威電影或Alexander McQueen服裝設計秀式的懾人，某種逼近這時代類歌德風殘虐華麗主流的動人。

老道一點都不在乎DH的作品的最昂貴最爭議或因之的令人著稱，一如老道一點也不在乎他的作品的最殘忍最血腥與因之的令人嘔心。

當那一年全球藝術圈注目於DH的「為了上帝的愛」作品以一個人頭骨硬鑲滿八六〇一顆鑽石一一〇六．一八克拉一千五百萬英鎊的鑽石，這是仿照十八世紀的頭骨，但有真的殘存的那人一部分的牙齒在上頭……在二〇〇七年八月三十日拍賣了五千萬英鎊創下還活著的藝術家的作品的最高紀錄。但老道想到的是很久以前一個評論家為他寫的一段很貼切註解了這作品卻很少被注目的幾句話：「DH的作品是一個對生命與死亡的歷程的檢驗：在他的反諷、他的虛偽和他的慾望中，老道們必須被動員而與自己的心理的疏離感和生理的朽壞感談判。」」

其實，老道最喜歡的，反而是DH在很年輕很沒名時所策過一個自己也在內的展覽的名字，叫做「有人瘋了，有人逃了」。

這句子很像他也很像他的作品所面對這個世界的態度。

因為，他總是會用一句像詩般的句子作為標題，和展覽的殘忍與血肉模糊往往無關。但卻迂迴而疏離地註解了作品的某種（在觀念或隱喻中）更抒情或更尖銳的可能。諸如：「出入愛」（菸頭、盆栽、變成蝴蝶後會黏在畫布上的毛毛蟲），「孤立的元素因為了解的目的而游向同一方向」（在櫃上放了許多的玻璃盒中醃泡的魚），「離開族群」（一隻醃泡的綿羊），或「媽媽和分離的小孩」（一頭母牛和小牛切割成一系列單獨的切塊放入等大的玻璃櫃中），「兩個在幹兩個在看」（腐爛中的母牛和公牛）……

最著名，當然是「在活著的某些人心中死亡的肉體的不可能」（在玻璃櫃中放近一隻巨大的鯊魚）……其實DH得了英國最知名當代藝術特納獎的這作品，有評論家認為：虎鯊魚在一個泡在甲醛的水槽中，是虐殺人類的也是被人類虐殺的標本，既是一種新的狩獵獎盃、也是一種對極限主義式物體的膜拜。

老道更印象深刻的卻反而是DH的另一個更尖銳的「一〇〇〇年」：那作品是在其中一個大的玻璃櫃裡放著蛆和餵食蒼蠅引發腐爛的牛頭。因此，在培養皿式的密室中創造了一個活的真的生物週期，牛頭蛆變成蒼蠅，牛流出的血變飼料……形成一個真實的生命的循環。針對「一〇〇〇年」的血腥，有評論家攻擊他「千年以來，藝術是使我們走向文明化的力量，但今天DH的醃漬羊和糞床威脅我們將又變回野蠻人」。但老道好喜歡赫斯特的這種野蠻，及其威脅。

DH的這種野蠻作品分為三類：（一）往往會有標題指涉醫藥化學暗喻的彩色點油畫類，（二）往往會有貨架展示多種收藏的手術工具燒瓶的裝置類，（三）放入死的或解剖過的動物使之保存在甲醛的懸浮於「死亡狀態」的牛羊或鯊魚……的玻璃缸類。但現在卻都非常昂貴。

但ＤＨ這些野蠻作品的變昂貴當然和英國最知名的當代藝術市場的收藏家沙奇當初的炒作有關（雖然他們後來鬧翻了），使得這些「展覽從『活的動物的死亡歷程』到『已死動物的醃泡』的誤置與誤解」的觀念藝術作品的怪，變成當今形式最惹眼卻增值最快的收藏家追逐的拍賣新寵。

有更多的藝術評論家也跟著專注地研究並背書起ＤＨ的野蠻：「ＤＨ的作品在於掌握一種距離，一種會使肉身驚嚇的特寫。」「他快速而輕易地搬弄並反映當代生活的變遷。」「他的重要作品總可以在其作的過程飽含神祕感。」「他知曉藝術的極其簡單與極其複雜。」「他的藝術是直接的但從不空虛。」「像他把這世界尋常的東西弄得看起來那麼美麗，這些作品將其意義平民化了，操作起來像流行歌曲那麼簡單。」但這些文謅謅的背書，相對於他既殘忍血腥又神祕瑰美作品的使觀眾「有人瘋了，有人逃了」的野蠻，顯得如此虛弱而蒼白。

有評論家認為：ＤＨ的野蠻是因為他深深了解英國另一個畫風以扭曲模糊殘暴著稱的大師培根，甚至ＤＨ曾公開承認他是從培根那裡學會了這種恐怖的，學會他密室恐懼症式的作品的奇特駭人。

如果說ＤＨ是某種意義上培根的接班人，或許是他為培根油畫畫成的內臟式扭曲又強迫的圖像觀念提供另一種具體的存在，在雕塑與裝置作品中的形式中……尤其ＤＨ的「一〇〇〇年」。並將藝術傳統中地位很低的動物肖像畫裡更原創地把這種懾人放大，放入現代放入日常生活放入現代高科技辦公大樓或雷同的尋常地方現場的無辜。

ＤＨ後來做一個作品都是用一個「工廠」的規格在思考，如同當年的安迪．沃荷在紐約著名的或文藝復興時代教皇國王御用藝術家才擁有的古工作室規模式的巨大。致使他的野蠻更大更駭人了。

一如，ＤＨ承認他在從一九九〇年早期的十年以來始終有吸毒和酗酒的問題，他以他粗野行徑冒犯的動作著稱，包括在記者前把香菸放在陰莖的末端。他媽媽說事實上他很年輕的時候，就失控了，一直出事，甚至有兩次在店裡偷東西被逮捕。

一如，ＤＨ出了的那一本以極凶狠批判著名的自傳，書名卻是：「我想用我的餘生無所不在地與每個人生活在一起，一對一，老是，永遠，現在。」

在二〇〇一年九月十日的DH就九一一事件接受BBC訪問時說：「九一一這件事，像是一種藝術品……當然，它在視覺上是驚人的，在某種程度上他們所完成過去無人曾想過可能的這事是一種成就，尤其是對一個像美國這麼大的國家，因此，從某一程度而言，他們必須被恭賀。雖然很多人羞於如此，雖然這也是一件非常危險的事。」

老道持續地喜歡DH的這種野蠻……及其威脅。

紙屑。第九個鬼藝術家。

髒東西沾黏城市遺址心事充斥著的那段撿紙屑的冗長時光一開始意外竟是鬼月了……

撿紙屑讓他回到這個城市的好多他熟或不熟的地方，在對的時間或不對的時間。在普渡晚上，他想到的更是：如果是偷的，或撿的，都是神明的或好兄弟的紙屑，那撿紙屑……會不會像沾黏「髒東西」般地被懲罰或被纏身之類的很陰的充滿心事。

但是怪異的這個展是在找尋某種荒涼廢墟般的某種「紙屑」的餘緒——他用九十九張撿到的紙屑的字的遺跡，以展出在他活了一輩子臺北好幾輩子般的幾個不同歷史階段的不同城市遺址的沾黏髒東西般的舊時代心事，撿路上紙屑中找尋紙上的字，還因而找尋字後頭的關於這個城的遺跡與更後頭的餘緒……

有一晚意外地走到霞海城隍廟旁，竟還遇到廟公帶信徒們正在準備普渡！搭了一個棚子，他看到一個歐吉桑坐在旁邊一張藤椅上，棚子最裡面亮亮的，請出三寶佛祖，前有城隍爺，再前有地藏王菩薩，左右是觀世音菩薩和大勢至菩薩。

站得有點遠的助理ＳＨ大聲地問他是在拜什麼？他覺得不大好意思，沒有回他說。又因為有點怕驚動那歐吉桑過來問，就閃到棚頭。一邊在找地上紙屑，找不太到。但後來卻看到桌上有很多這種上頭寫著中元祈福的紙旗子。

ＳＨ很生氣，他覺得他不應該拿這個紙旗子，因為是偷的，而且不是撿的。

他說他有心裡默念跟城隍爺說他借拿一用。但ＳＨ還是覺得這不是紙屑，兩人認真地爭論了起來……

但，他因此在想的，卻是這個展的一些更根本的問題。

到底什麼是紙屑，在地上撿到的才算嗎？別人丟的才算嗎？電線桿上撕下來的廣告單算嗎？要很髒的廢置丟棄才算嗎？

這個展本來想的「紙屑」本來其實也只是一種要從碎的文字來寫來找臺北的試探，用一種在這個城市的更土更笨更達達更低限更「不寫文字而找文字」的麻煩來寫的……撿或撕或丟或偷來的紙屑去算吧！

迪化街在晚上本來就有點可怕，因為有點髒，因為沒有人，因為都是老屋子，因為偶爾還有些怪怪的人會突然出現。

他在涼州街口還看到有摩托車被車擦撞了一下，兩三人還有點口角，SH提醒了他。他看一眼覺得沒事，又繼續走進騎樓去撿。

有一家南北貨前面，走廊上還有一個櫃子，裡面放了很多老東西，很零碎看起來很像不要的，或可有可無的東西，有些繩子、盒子，但他印象中沒有紙屑，卻有一捲上頭有字的錄影帶。

某回撿紙屑時，看到旁邊有一隻黑狗，牠看了他一眼，他也看了牠一眼，就繼續撿。SH站在原路上，叫他不要再撿了。

「牠把你當小偷了。」SH說。

他說：「還好吧，我連門邊的信或帳單類的像他們家還要的東西並沒有撿，只撿了最髒的廣告DM和競選傳單……」

他心裡反而更覺得的是：好像是在幫他們家收拾垃圾，是那種「日行一善」或「環保義工」之類的心情。越走越荒涼了，SH越來越不安，他就說好吧！今天先這樣。但是仍在想「偷」這件事，他覺得撿紙屑或在騎樓撿東西都還不是真的「偷」，或因而「偷窺」到什麼。

但他選擇晚上去也是因為減少因撿紙屑太多跟別人的可能摩擦。也因為太熱了……減少和天氣的摩擦，一如拾荒老人們的小小伎倆的自以為是。

「偷」這件事，如果更深究到完全是人類學田野調查式的有潔癖的「倫理學」式的講究。那麼，就連在一個陌生的城市裡拍一張照片，訪談一個人，都是一種有意無意掠奪般地「偷」……他想到更多當年他研究所時在臺北因做都市規劃更新而田野調查式地訪談的昔日的對臺北的「偷」的依然令他困擾。那不正是他後來離開那太左派太自以為是正義的那學派的原因，他仍無法釋懷這種當年和城市糾纏的必然困擾。

那此回「餘緒」整個用紙屑上的剩餘的丟棄的隨機的文字重新回來所要找尋的臺北所要探索的臺北所要定義的臺北所要偷的臺北……到底是什麼？和當年的與現在的這個城的糾纏與困擾有什麼不同。

從垃圾桶翻的是另一個很大的問題，和從牆上撕的，是一樣是偷。有一晚在往伊通街巷口的冰店前撿紙屑的。他剛吃完對面的鵝腸湯，這裡是四平街，但卻是星期六晚上，所以店都關門了。

剩下不多還開的店，這裡是他媽媽在臺北住的地方附近，他以前也在這邊住過一陣子。

好久沒來了，這裡變很多，商圈蕭條很多。好多以前他會去的店都關了，包括何嘉仁書店，咖啡共和國……還有更多。但六福客棧還在，後頭的四面佛壇還在，旁邊的麥當勞也還在，不過長春戲院已然不行了，只變成很蕭條很少人看的小藝術電影院。

他決定先進去看一部電影，結束那天撿紙屑的事。

他想到另一種作法是，例如去找永樂市場他認識的一個縫布的師傅，跟她要她垃圾桶裡不要的紙屑，或請她去那一層四樓永樂市場的其他布店去要他們不要的紙屑，來定義「永樂市場」四樓這個生意的生態系。

那他也有可能翻他自己的垃圾桶，來定義「他」自己的有字的紙屑和這個城市的關係，從這些誤打誤撞的他的日常生活剩餘或不要的文字來找。但，對他而言，這種想法還是太單薄了。可能變得太個人太隨機太不具代表性。相對於這個城。但或許是需要更長的時間來執行這構想，例如一年，或一生。

甚至另外的罣礙是現在DM太多了，印刷品太多了，手寫的東西太少了，光「丟棄」的印刷品紙的文字，其實也就夠可觀了。另一方面則是手寫在紙上的東西可能是更珍貴更私密，更不可能丟棄到流落街頭。

他還老想到絞紙機。有一團撿到的紙屑，就是「絞紙機絞過的」細條碎紙。他想到他在軍中為工程官每天都要處理很多公文，到後來不管重不重要，機不機密，不要的都一律「絞掉」，（甚至，一個老鳥阿兵哥教他什麼文不想處理地也「絞掉」的，因為「如果重要的，那單位就一定會再寄來的。不用擔心。」他笑著說。）在這個展中，他老會想到當時那兩年他絞到多少紙多少字。

那晚他看Discovery還看到在介紹中國造紙術在漢代領先西方一千年的印刷術。光木刻版和活字版領先十五世紀歐洲古騰堡也數百年之久，印書印佛經在很早年就普及驚人。看了看，他卻想到在攝影發現在商品發達在電腦發明以後，找來的一張張「紙屑」文字就卻更費解更光怪陸離更難以周全地詮釋與理解。

但現在他本來只是想要面對這一張張「紙屑」文字中所透露出他們這個時代這個城的種種難過，以歷史回顧一點點他的更「私」的城市史式的顧盼一下嘆氣一下……來回眸。但，顯然會是倉促可笑的。

但這個展的他與這些紙屑的遭遇，顯然出現了這個時代更多更難被他容納歸納的這個城更真實的難過或更真實的心事的荒涼……

而且他的找這些紙屑的過程或和幫他忙一再找這些紙屑的人們和這城市裡的對話整理過程都比他想的要更尖銳更複雜更繁瑣而且充滿更有意思的意外。

或許，紙屑都不免是「髒」東西……每次撿完紙屑，如果沒去洗手，再拿別的東西都怪怪的，或摸到臉老是會覺得全身那裡癢癢的。撿來的紙屑只好另外裝或是要放包包也「髒」地不知要放哪裡的「髒東西」……甚至是一如在普渡晚上的他老想到的更是：如果他偷的或撿的神明的或好兄弟的紙屑，那會不會更被懲罰或被纏身之類的很陰的「髒東西」……

囝仔仙。第十個鬼藝術家。

一如深陷艋舺老城老廟託夢的既是美夢也是惡夢般的兌現及其逃離。畫滿牆「囝仔仙」在剝皮寮裡勾勒老時代建築破爛不堪的剝皮感或許一如龍山寺勾勒充斥滿天神佛保佑的過多隱喻……有三太子有大頭佛有大仙小仙式的童子種種神祕神通的永遠喚出。他說他想亂畫的是……烏雲密布心事重重的花鳥蟲獸缺口，紋理瘦漏透皺地死皺眉頭的長相始終不明的童玩式老時代怪獸肢解的殘肢……鬼畫符般畫出的是的老時代童玩式的老玩意兒如何破舊不堪……想畫出破剝皮寮廠房歷史建築如何老以淚洗面的老立面長廊妾身不明多年的怨念幽微……也不免喬裝是引用了某種清明上河圖般拉長的古山水畫式的裱褙，或許囝仔仙只不過想調度一點點中國古代卷軸窄身畫幅般狹隘卻冗長的視野消失的透視感，用散落到院落長廊末端的種種的潰瘍般濃郁水墨的稀釋……及其紙糊所拓出的鬼影幢幢……來畫這個剝皮寮歷史街區風貌凹陷脊身背影的種種滄桑，也或許可以召喚一如老時代大臉囝仔仙懸起眼睜睜的巨大臉龐般的可愛又可怕的陰霾充滿……

他說他畫的囝仔仙……只是想拉回漫長傳說壁畫拗口的老童話式的神話鬼話……一如喚出山神土地的打尖落腳拜拜拜會的會心微笑，一如是祈雨的祭祀典故的排場剛上場。囝仔仙的妖幻是不可能畫完，剛剛畫出來就落漆褪色的無限長壁畫，而且一定還沒畫完就會受詛咒出事已然變成廢墟般地充滿迷離感。

囝仔仙，用符紙燒了念咒起乩般地用力，在這剝皮寮古蹟宅院的院內院外廊頭廊尾的馬賽克清水磚土埆厝舊溝口老磁磚長牆體死角都貼鎮邪安宅的水墨畫壁紙當貼符……也其實是老派塗鴉攻略歪斜參差的不好下手又無法上手，只好假裝沾沾自喜地……用這種漿糊稀釋上膠，斑斑駁駁老牆的古代貼法也只是古代城門旁貼抓江洋大盜水墨頭像懸賞紙告示的毛邊紙亂貼法……風吹紙角還會剝落揚起的歹徒感切題地元神出竅渙散而破爛不堪……囝仔仙想畫的是老街中充滿擁擠的童年時光隧道的召喚花鳥蟲獸都是神明也都有神通的離奇……

太長的時光困在剝皮寮的一個個廢樓一個個空屋……

困在那一個老剝皮廠所遺留下來的身世，困在這一帶亦新亦舊的怪地方的古蹟古樓古牆古樹將被拓滿畫滿的囝仔仙式的老童玩守護神看來像怪物像藏廟裡不明神明像線上遊戲中的魔獸的被召喚出來的迷亂。也用毛筆在宣紙拓下寫滿對這老房子的被遺棄的感傷的嘆息，在樹在牆在柱在梁在窗口在門洞在屋頂在樓梯間出沒種種角落的更殘破中爬滿整個剝皮寮歷史街區及其廣場的巨大斑駁的神祕神通。

他老想畫滿山滿谷般的滿牆「囝仔仙」是一種兒戲一種童玩狀態……一如童年就是一種節慶蔓延好幾代完全無法抗拒的無法無天。囝仔仙是一種巨大水墨塗鴉喚出夢般地在舊騎樓的老地方動員童子功式遊戲的開心……現代的城市的兒童不想天真爛漫又要切題的藝術節式的……

畫「囝仔仙」這個展覽最後竟然變成是在一個古老的怪古蹟辦一個新潮兒童藝術節的反差主場……即是要更大規模地裝置藝術化並更內化地去處理這種種過去剝皮寮展覽裡和外的必然完全切割斷裂。

在艋舺老城老廟託夢的既是美夢也是惡夢般的兌現及其逃離。囝仔仙在剝皮寮裡勾勒老時代建築破爛不堪的剝皮感或許一如龍山寺勾勒充斥神話像童話般滿天神佛保佑的過多隱喻……有三太子有大頭佛有大仙小仙式的童子種種神祕神通的永遠喚出。

這個鬼地方其實是他到處鬼畫符怪異畫風塗鴉殺入攻堅大畫水墨最深入的場子，應該是說最世故也最複雜，最基本教義派在處理「建築」的狀態深入種種細節……因為等於是用小針美容的狀態在重做一條老街，而且是剝皮寮內街整條街甚至到每一棟老建築的立面高低長寬尺度材料工法繁複即使已被修補手術過了還是都不太一樣的高難度，或是被修補前的大到列柱屋簷門口門扇小到柱間轉折摺疊內縮外突種種窗框門縫鎖頭……種種老時代感的細節問題……

艋舺的老建築太過複雜到剝皮寮屋內街歪斜高低複雜到，夜半古厝暗窗透露的暗光竟然是血紅色或靛藍色很美很陰，陰霾密布的恐怖，但是只是消防栓或逃生口的光線閃閃發亮的誤解……

那剝皮寮太複雜也太難沒人敢碰的畫在老房子長牆壁的上手……其實現場很乾燥到……很像沒有神明保佑的廟宇寺院道場的開光不了，有矛盾之後就更分裂的症狀包括發燒不滿情緒激動的不可理喻般的逃離……

可以想像所謂的剝皮寮裡用古厝恐怖片般的老建築死角充斥著濃濃黑暗感的展覽的地方，而不只變成是容器大大小小室內室外沒有什麼問題明顯地理所當然。「囝仔仙」的神經兮兮的現身應該要一如可以看得到胚胎的胎衣的水墨……和「舊建築」可以想像纏身的黏膩黏膜，一如艋舺……太過黏膩而逼身一如龍山寺那個廟裡住滿了神可是也住滿了鬼，那個老地方其實是一個老時代該有的鬼東西都在……

一如找尋更老的古蹟地質……他說畫太久的「囝仔仙」放入那老建築般的廢墟裡最深的內門扇……那個地方其實太好太複雜也太老，剝皮寮一如艋舺是一如神明保佑的神祕龍山寺大廟後的種種古蹟的精神分裂召喚啊……

畫「囝仔仙」在剝皮寮……彷彿回到過去的歷史鬼地方破題的艋舺的充滿怨念的老古蹟恐慌症狀的質地……一如龍山寺那種神祕神通廣大逼問的……至少就是個蘭若寺般妖怪幢幢建築物內物外的恐怖威脅的暗示的……或許都是自己找自己麻煩的縮影……

一路亂畫囝仔仙畫到後來不免也有氣無力的解決不了的頭緒始終沒有痕跡的找尋的苦惱，一直拖延時間的流逝著到最後關頭還是沒有想法到不得不承認地想放棄……想著到要去進場前的這個古城匆匆忙忙硬上，一如心臟衰竭更深更底層的急促沙沙聲瓣膜閉合不良影響或是心室破洞中的想不開還硬攀岩高空彈跳的焦慮……甚至在大砍大修搪缸核子引擎熄火的心事重重……

剝皮寮。狀況也不好地非常反諷，就發現其實城市變新不免都變笨，或許是都藏起來，其實變得很真實，包括天氣太熱地方太可怕太亂，條件太差的時候就應該知道怎麼做才不會辜負……一如地氣太難沒人敢碰的其實現場很乾燥到……很像沒有神明保佑的廟宇寺院道場的開光不了，有矛盾之後就更分裂的症狀包括發燒不滿情緒激動的不可理喻般的逃離……

這種種勞作般的膚淺畫「囝仔仙」裡和外的必然完全切割斷裂，所謂的剝皮寮裡用古厝恐怖片般的老建築死角充斥著濃濃黑暗感的展覽的地方只變成是容器大大小小室內室外沒有什麼問題明顯地理所當然，老道希望囝仔仙的神經兮兮的現身應該要一如可以看得到胚胎的胎衣……纏身的黏膩黏膜。

他死命地老想找尋更神祕的神明光景……

一如艋舺是神的……一如神明保佑的神祕大廟後的種種……一如半夜的最後囝仔仙才出現放入那最陰的佛龕般的廢墟裡最深的內門扇……令人老覺得毛毛的那個地方其實太好太複雜也太老，人們其實沒有把握也沒想太多的一直想逃離……

一如艋舺……太過黏膩而逼身一如龍山寺那個廟裡住滿了神可是也住滿了鬼，那個老地方其實是一個老時代的東西全部都在，人間煙火幸福該有的東西都在。要求功名的就可以去拜文昌帝君；要去當兵的就可以去拜關老爺；或是如果要生小孩就去拜那個註生娘娘；要出海的話或是要去海外旅行就去拜媽祖保平安；或是說媽媽本來小時候是帶去拜觀世音菩薩這種老覺得那世界很完整……那種這個世界的秩序其實是有看不見的力量在保護或是說在照顧的，那也不一定是去求什麼，可是那提醒了某種這個時代已經慢慢消失的東西，尤其是在這麼熱這麼燥的人間條件都更深更糟的時候……

一心想找尋更市井風土的兆頭般地……一路想動員艋舺龍山寺參拜市井風情風土民情的老地方的召喚，感覺到自己不可能到那裡落土一如所有外人根本無法體會的人生狀態的複雜老人們像一路老繡莊冥紙佛具店青草茶降火切仔麵老攤甚至流浪漢幫派罪犯娼妓流鶯……

他老是心虛沒辦法回答畫「囝仔仙」一路陷入古城遺址太深的種種跡象種種問題……一如路人問他老周清粥小菜而老道以為是周記肉粥。一如老果汁店的老闆娘客氣問候……在半夜二點人好多，鬼市般的熱鬧場面混亂失控，而他只是外人，騎樓有攤位前，很多流浪漢睡在騎樓，很多老人在龍山寺前面的廣場，很多人在吃的清粥小菜，夜市前的他最後離開前坐在龍山寺鐵門口看到好多人好像好多鬼魂，甚至只是充滿憂愁的人們……，看到坐著電動輪椅的老太太路過的向廟門口拜拜，充斥非常忐忑不安的心情沉重地對人生感到遺憾的負擔不起。

一如「囡仔仙」在廣場上工畫太久，越來越熱猛冒汗，本來還有點不好意思，後來晚上一二點還上工的他打赤腳還打赤膊……走回去的路上看到倒垃圾一些破紙箱。他想撿幾個回來畫囝仔仙水墨墊下頭，卻被吼不能拿……後來，他想去7-11買毛巾沾水纏脖子比較涼，店員問他要那一種毛巾，他說像去參加葬禮送出殯人家回禮會送的那種白毛巾就可以，店員說沒有那種，現在架上只有滿滿的那種另一個時代的花花綠綠可愛卡通小方巾上印滿開心大笑的「OPEN將」仔細端詳竟然在一路他的胡思亂想地失神中……就不免太像是這時代最顯學般祭出的另一種當代的「囝仔仙」……

裸體一如屍體。第十一個鬼藝術家。

裸體，一如屍體……她的裸照，如果沒有真摯悲傷或假惺惺的哀悼……那還會剩下什麼？如果沒有色情感的想像逼近，也沒有亢奮的窺淫狂似的誘惑……

她的裸照充斥著裸體的拍的花腔女高音般的迷亂……一如特殊效果的解剖學到人類學的疏離劇場。

她的自拍的裸照……一如這個時代最具有代表性顯學的焦慮，所有的漩渦般的肉體極度蔓延擴充扭曲成的裸體，關乎色情或不色情的自我想像，道德或不道德的羞恥感的發生，都捲入了一種黑洞般的瘋狂及其無以名狀的迷戀。

或許，在她這個科技更高而更怪的攝影展覽裡，裸體的花腔女高音式地拍……的更繁複曲折的觀看和註解 upgrade 成近乎另一種歪歪斜斜系譜學式的打量。

或許，她的裸照……太離奇到也只更變成了某種波赫士和卡爾維諾小說中的寓言，故事中繪圖者所畫下的地圖跟地圖所投射領土之間的相互關係，現實的想像充滿了山川壯麗的華麗但是也不免同時充滿了猜測禁忌的窺淫感，甚至最終不免要因為背書了整個領土背後的帝國興衰而崛起而崩解，所以最後繪製的古地圖也就逐漸的隨之浮現終至消失，甚至相互變成了現實與超現實的裸體般裸露的廢墟。

她的裸照……始終一如花之器。

花之器的器，一如法器神器的器……池坊流敬佛敬天的花器的器……裝危險的液態的固態的一點火馬上就燒光的內就是外的風光的……器。

老覺得沒有足夠的美學語言可以描述這種乖異的華麗的奇觀，一如怪奇物語怪奇孤兒院的怪奇……暗黑系的仙姑的、輪迴轉世怨念未了的女靈童的、血菩薩的、妖女的、黑鳳凰的、佛祖前的燈芯偷偷投胎的仙女下凡的……

花器插什麼花……都像是詩的尋尋覓覓冷冷清清悽悽慘慘戚戚的形容詞就是主詞和不再不形容什麼……模糊曖昧不明的什麼……或是由花器的瓶口往內看，七孔流血的孔洞深入端詳的傷口癒合不了持續流出的什麼……更哲學式地打量的皺摺過多凹陷入容器的內與外已然無法理解地難以區分辨識的，一如黑洞的蟲洞的無限塌陷的質能轉換內縮……莫比爾斯環式纏繞什麼的形的沒頭沒尾……

容器裡不再裝什麼內容物……容器自己就是內容物的詭辯悖論。裸體的渴望解放的動機……時髦的時尚的尖端的性感、暴力的，源自中世紀歐洲刑求女巫刑具的BDSM的……肉身解剖出器官的器（用人枯骨搭建中世紀聖殿、用喇嘛頭蓋做成藏密聖物加持的法器、莫言的檀香刑的塗油木錐入肛門穿腦門而死的酷刑，瘋狂當代藝術家的，恐怖電影人形蜈蚣的更離奇的那種肉身就是修行的道場的極端隱喻……）

超現實主義式的浪漫氣氛濃厚的古典靜物畫……屍體放在繁花盛開的美麗花朵綻放之中的怪誕感……

她的裸照……始終也一如打量的製圖學發問：什麼是裸體？或許，什麼是裸露？什麼是肉體？和什麼是觀看裸體？在討論拍照做為觀看裸體之前，或許用傅柯《臨床醫學的誕生》的更古老但是卻更尖銳的病理學式角度來打量懷疑起……是討論誰可以優先進入這種裸體的更繁複曲折的觀看和註解的角色，而且這種角色似乎隨著每個時代而同樣離奇地改變，從古典時期的醫生到十八世紀的臨床解剖師，十九世紀之後才可能是畫家和作家，而這個時代裸體還更變成了量子物理學家或基因工程學家或資訊工程師式數據處理的掃描、複製、輸入輸出而老等待三D列印的某種大體。或是，這展覽中的所謂一如模擬用核磁共振掃描數位化病理性分析肉體的所謂更高科技「攝影術」的攝影師……

一如每個時代都有它近乎偏執狂般獨特的觀看和解釋肉體那麼栩栩如生的方法投射，相對於《臨床醫學的誕生》中十八世紀被開腸剖肚用一種解剖學家陌生的刀法所解剖出來肉體，那是屬於那個特定時代的知識形成之前、之中、之後……所存在的觀看者和肉體之間永恆的緊張隔離衝突感。

然而在這個時代的偏執中，肉體卻形成另一種怪異的斷裂、不連續、偶然、意外所出現的打量對象，這其實是更複雜的涉入德勒茲「無器官身體」的非預期非邏輯非理性無關真理的一種肉身的抽象感官重新努力的再感覺與再攻堅。因為「無器官身體」討論所有打量身體的逃離可能，執著地侵入更深入肉身之前的等待，一種感官疏離到剝落的狀態，一如器官對於肉體不免是某種更怪異的主體反叛……

她的裸照始終太費解……那是一種思考不再是思考、對於不可思考的事物的接近、肉體不再是肉體，而變成是精神分裂意識所找尋的意識狀態……一種無器官身體的假設。而這種逼問最大的筆墨難以形容的認識論混亂場域則在於：如何在肉體的打量之外找尋到打量的可能？這其中意味著一種距離速度時間的古典物理學函數裸體如何重新被定位分析數位化影像化到另外一個平行介面的軌跡是從何出現？從何消失？

然而，她的裸照在這個過度飽和的用臨摹概念來拍攝身體的時代……充滿了近乎虛構的想像裸體的影像，但是卻在操作過程的關於肉體的錯亂疊合中重新疏離，一如過時的宗教式的感官極限經驗在這個時代的重新找尋。

她的裸照……一如德勒茲揭示的無器官身體……所找尋另外一個更抽象意義上的座標定位的解讀，及其可能的糾纏，這其實是這個時代和這個展覽所最擔心的……所特意勾勒其分布的各種裸露層級摺疊特殊性的散落種種肉身，因為角落反覆再度被拼湊切割過所再啟動的裸體及其無限擴張的可能。

拍裸體的這種近乎揭露什麼解密什麼的行為及其焦慮，就不免更像是回到古製圖學式的投射，甚至另外一種更奇怪的原始部落式的隱喻，一如拍屍體的腐爛是為了找到靈魂的假設，這像是一種神話的寓言隱喻的若隱若現，卻不免就變成這個時代更怪異的製圖學投影地圖及其鏡像……

她的裸照……一如特殊效果的焦慮：裸體是樂園也是廢墟。

但是，老道所在乎的不是裸體的拍攝被消費或不被消費，被數位化或不被數位化，變成商品或不變成商品……老道在乎的是它如何連接到老道原來想像的可以閱讀可以選擇可以標示可以解釋的某種最古老的可能，關於自己的身體已經不再是身體，關於打量不再是原來的打量，所有的窺探拍攝，都進入一種最倒退最愚蠢的最幽微的囚禁，那是一種最荒謬的挑戰，變成了某種集體的殘骸的一部分，像是更科幻電影般的或充滿特殊效果似的，像近乎犯罪的邊緣化的假設，人們所看到的自己不再是自己。

因為，在一種類似人造人的逼問之中所有的失落感，對於老時代照相機發明以前的肉體的詩意夢幻的再度扭曲，是那麼像某種懷舊的張望。

她的裸照的攝影的另一種退化是復刻的召喚出懷疑懷舊中重新打照成的刻意唯美的廢墟感，一如對於自己身體想像已然只剩下過去某一個時光凍結凝視的遺跡，真實只是被過去每個歷史記憶時期斷層出土的對於自己想像的復刻（不斷繁殖出來的童年到老年的一大本一大本家族照片、小中大學社團同學團拍、畢業照、臉書照、桌面上每天換取的鬼臉比耶手機自拍……及其數位檔列印）所取代的遺跡。

那是一種液體變成固體又變回液體的戲劇性時刻，煙花般地閃爍其詞卻又絢爛華麗……致使真實的剎那間變成了那麼私密可是又變成了那麼公開，尤其又到了更開到荼蘼網路時代的揮霍……所有的影像變成了某種幸福感的自我嘲弄或是美學消失之前的殘餘物。這種很像一池水在死水狀態中找尋再度透明的可能，或是對於死氣沉沉的投影及其影子出現的埋葬方式。

在這裡僥倖解放的那個出生的胚胎或是人類學式的人類到底剩下什麼？剩下的意象是不是只剩下殘骸或廢墟？

她的裸照……一如一種色情的人類學劇場。人們所看到的裸體不再是肉體的裸露……使得這件事情變得更尖銳，那弔詭的同時是一種解放的可能也是一種封閉的可能，超真實使得真實受到威脅，裸體的拍攝使得裸體受到威脅。

裸體，在這種揮霍之中，更開始進入了一種匿名的最高度暴露狂劇場，對於所有的偽裝的展示給予最大餘地的無限鼓舞，因為，那是一種液晶的液態的解析度出奇高明（dpi可以隨意更動調節的）的現實，因而進入更高度暴露的可能，但是，卻又因此也充滿了某種更空虛卻也更飽滿的可能性。

她的裸照……引人關注的種種……這中間色情只是某一個參考性的假設，會因為這些裸體而被激起慾望或是被冒犯的慾望，被討論跟道德或不道德有關的激情，都只是其中空洞階段的想像，老道常常懷疑的是在這樣的時代所謂的素人自拍團拍，都變成了一種最公開的幻影，而對於失去幻影的這個世界而言是一個最反諷的再度投射，人們對於裸體的拍攝是那麼的缺乏深度，事實上在鉅細靡遺地拍攝到所有裸露肉身的肌膚紋理器官性器官，種種鉅細靡遺的觀察修飾，使得所有性愛的想像死亡的想像都不再是某種窺淫狂或性變態的焦點，而反而變成了一種人類學式的更找尋深度可能的效應或美學的向度，老道所懷疑的是人們為什麼在這個時代對於肉體的拍攝仍充滿了熱情，而這種熱情基本上是那麼的功能失調而充滿虛構性的現實退卻，人們被掏空的器官，人們被掏空的美感經驗，人們被掏空的充滿粗暴的色情消費影像充斥的時代，使人們不得不重新懷疑起：到底什麼是色情的可能？什麼是勾引？什麼是性感？才足以令人髮指或令人勃起……

她的裸照……對於裸體的概念的發生和變化成為了最貼切的一種參考性的焦慮，從某種沒有病假裝成有病到有化妝（從脈衝光打肉毒桿菌到雷射除斑拉皮整容抽脂都算的眉眉角角）而逞強沒有化妝過的肉體狀態的偽裝，事實上人們和自己肉體本身越來越疏離到越來越無法理解，更何況是被想像跟描述的繁複抽象已然進化到一如布希亞所討論的現實與超現實，真實與超真實之間的某種異化彼此的狀態。

裸體更為激烈地從量變到質變……因為，人們的裸體變成了一種樂園，一種玩法不明的遊樂園，主題樂園般的不斷切換主題化遊戲：角色扮演成辣妹、美女、妖姬的種種裸體的花腔女高音式地拍的高難度裸露……種種人們所無法理解的甚至這個樂園根本無法被理解的想像關係，而且還和原來的最原初的自己斷裂到……那種種「肉體可以無窮變化切換到什麼都可能是的，但是卻就不是（我）的……」的更內在矛盾。

她的裸照……逼使人們面對完全可能裸露的肉體變成只是一種更逼真的矽膠般任意門出入的人身形貌模型的某種想像關係……偷拍、自拍、跟拍的恐怖分子式行動涉入，或是在更高度數位化人工化的假設裡，重重的攝影機、鏡頭、光圈、快門、photoshop、機械語言的……各種層次的反差，衍生再定義而製造出來的空洞或不空洞的裸體，到了更後來更後設的可能中，都不免變成了某種遊樂園般的遊戲。

但裸體真正的危險並不是它會被汙染或是擴張，裸體的內爆反而是它威脅了肉體的血肉感的初衷，而進化成某種退化，某種為了逆轉近乎倒退「長相無限逼近小雪濱崎步全智賢安潔莉娜裘莉……種種性感的可能」的概念模型，倒退成某種更完美卻更非真實的想像。

她的裸照……如何變成了藝術？她對肉體變成是宣言的中心化和去中心化的（現身／獻身），甚至形成了自我的劇場，拍攝者自己是主角又是導演，是拍者又是被拍者的互相矛盾……某種cindy sherman般的自我扮演角色的更複雜批判角色的可能。這些都是這個時代最顯學的面對拍也面對肉體的焦慮及其美學。

她的裸照……出現了這個時代最積極也最消極的對肉體及其被拍攝的方式的所有可能的開發、美學的冒冒失失的冒犯及其冒險。不免讓老道因此想起了老道更早年對於裸體或對於裸露的概念，有種更充滿皺褶的摺疊方式投射在這裡，但是越來越遠，更像是一種從人類學角度進入形上學的探問，是否回到了波赫士的製圖學對於領土的真實感的找尋，或是對於自己的現實感及存在感消失的焦慮所投射出來的更為接近這個時代的忐忑不安。

在被團團包圍的影像世界的危機中……裸體陷落於無限擴張的廣告、電影、網路，數位化的微觀到巨觀的透視性層次，從最卑微到最巨大的想像，甚至像寄生蟲般的複合體附身而取代了宿主的肉身……所出現的無限稀釋性的性器都變成了最華麗炫目的時代奇觀。

她的裸照……調度了更多更繁複的……過度真實的肉體引用，包括有幾種難以想像的……這個時代挑釁的美學假設中的想像：對色情或是非色情或是超色情的肉身拍照的冒犯與冒險。

她的裸照……有的是關於老派的人體模特兒在臺灣還戒嚴時代更封閉更道德觀緊張兮兮關係裡的黑白攝影，那種更早期現代主義的想像的考古學式的殘骸所出現的沙龍攝影呻吟中的唯美肉體，有的是另一種女性藝術假自拍其對女體在這個時代被高度誇張色情想像的投射與反諷，有的是更激烈的用ＳＭ或是綑綁或是皮衣身附種種外加物，對於肉體更誇張的符號化、物件化、非肉體化的類型轉移的地質學描述。有的就進入了拍照的數位化所影響的關於照片的畫質、特殊效果的處理或是萬花筒折射、甚至是對於更華麗更誇張的影像自我繁殖出來的美學的展現與反撲……有的是跟裝置藝術或是行動藝術結合的更為複雜的當代藝術取向中。

她的裸照……在這種種裸體的拍的找尋過程的焦慮之中，使得人們對於裸體激發的性或色情變得陌生到近乎一無所知，這種更抽象的種種自戀、耽溺、性差異般的……一如面對種種主義及其宗教般的傾信引發的迷亂，都竟然像是一種最逼近這個時代的投影。裸體的定義形成了無窮延伸的自相矛盾……肉體藉著肉體自己的不斷複製又不斷壞毀的承載物，胚胎化般的找尋它的源頭，所有的光暈是如何遺失的，所有的肉身是如何出現及其消失。

或是這種裸體的花腔女高音式地拍……的幻影只為了進化成是另一種更難以描述的奇蹟：只為了在找尋一種從有性生殖到無性繁殖的可能？

裸體或許在這個時代的迷亂中不免終究會只剩下肉體或是變成另外一種加工的人工物祭品，只為了祭祀那陰魂不散的裸體的幻影……

一如屍體，她的裸照……如果沒有真摯悲傷或假惺惺的哀悼……那還會剩下什麼？

瘋婆子。第十二個鬼藝術家。

瘋婆子日本女藝術家ＫＹ……是某種……恐懼的總和。好奇怪，為什麼她變得那麼紅，那麼可愛那麼歡樂，這反而令人更害怕。

ＫＹ非常自豪自己的變老之後變得醜陋不堪，她也非常自豪自己的神經病，然後她非常自豪自己的老，她從來不掩飾自己的老，她很自戀很自我到說她長大之後就會刻意要變得又醜又老又變態，甚至始終無法無天到又驕傲又神經病……

她的鬼藝術可是更深層次的問題其實也就是人們對「藝術」完全雷同的恐懼的總和。

對老道原來理解的ＫＹ是那麼荒謬地反諷，她一生充斥著怨恨憎惡破壞，必須忍耐不斷的想自殺……到這種等級的痛苦，可是這種狀態如果不是用她的藝術大概不太容易進入這樣子的理解世界的這個最黏稠的泥淖，她非常嚇人又迷人的揭露我們這個時代感的無限荒謬。

尤其那是一種對現在往往裝傻裝可愛裝優雅裝氣質裝白富美的人間女人的……恐懼的總和。

老道對ＫＹ的理解是老道去紐約的那一年，恰巧MOMA幫她辦回顧個展到近乎是那種終身成就獎等級的展覽。那年剛好去MOMA回來之後的老道被邀請去臺灣的一個企業家夫人所組成的一個文化藝術沙龍演講，她們其中有一個是藝評人Ｃ也是一個策展人，甚至是某個著名企業藝術基金會的藝術顧問，Ｃ本來就認識老道，然後那年又在紐約遇到老道，Ｃ知道老道在那年去MOMA看那她回顧展，所以叫老道回來講ＫＹ，那是多年前的臺灣大概還沒有什麼人知道她是誰。

甚至ＫＹ後來這十多年紅主要還是因為那個回顧展才又紅回來的，就是過氣的她已經不紅很久，因為

KY離開紐約之後幾乎回日本就消失了二十多年。

KY其實是某種更深的……老道所理解的臺灣所有女人長大的過程恐懼的總和，她長得又醜又老又胖，然後最嚴重的是她是神經病，一如臺語成語的典故：惹熊惹虎不能去惹到恰查某，可是比恰查某更嚴重的是肖查某，千萬不要去招惹到一個瘋婆子不然就麻煩大了。所以那種臺灣貴婦想像的女人的或是那種臺灣小女生想要長大過程一定要學會恐懼而畢生致力躲開的狀態……

某種最終想像女人的恐懼種種是逼身的狀態……你要乖然後你要美就算妳不美也應該要把自己弄得美一點，或是你要意識到你不美這件事就趕快去韓國整形不然你就沒有禮貌……的恐懼。一如韓國就是所有事情的放大版，就是說你考上大學了，媽媽會包一個紅包讓你去整形，因為媽媽生你生得不好所以我很遺憾，讓你以後會比較好看人生也會跟著變好之類的這種事的反諷……

大多現在迷KY的人都不知道她真正的狀態有多恐怖，在真的了解她之後千萬不要讓自己的女兒看她，那樣她就完了……這就是KY召喚出來的恐懼的總和。

恐懼的總和的那個病態的她的一部分，最重要的縮影，至於她藝術的複雜度，例如日本老一代到當代藝術的紐約見證的行動藝術，裝置藝術，錄像藝術，精神分裂藝術……種種拼湊完成更深層次矛盾……或是跟Andy Warhol有關，MOMA對全球當代藝術的變遷有多大而藝術領域的她用這種反叛在美學上怎麼去理解。

一如臺灣常常在不對的地方用不對的期待來想像藝術收藏收編種種藝術的效果。不見天日地只把藝術理解成一個好像是學鋼琴的小孩不會變壞，學畫畫的話會讓小孩氣質變好。

但是這種理解可能是完全誤解了藝術到甚至出了什麼錯的都不知道。

所以KY其實是這件事情恐懼的總和的最好的例子。

所以，老道說早年如果在老道年輕的時候，其實C和那些貴婦跟老道年紀差不多，比老道大一點或小一點，五十上下，成長過程的她們年代跟老道很像，在戒嚴時代長大的，她們老公都非常認真然後她們也嫁得很好，這是在臺灣最重要的企業主們，臺灣的保養品昂貴包包全都是靠她們買的，她們老公大多數極端會賺錢，錢是她們在花，所以這些人其實說起來很可憐，其實她們是最值得被栽培的，對藝術的理解可以更複雜的種種期待的眼光。

每一個貴婦聽完老道說的ＫＹ的恐懼……眼神後來都好奇怪，老道怎麼沒有講藝術會像這樣講跟佛家的素養有關或是跟生命的體悟，而卻是講的就是怪異……另一種恐懼的總和……充斥著的荒謬絕倫。

但是老道一點都不覺得ＫＹ瘋，因為大多數人都沒有看她寫的小說。ＫＹ寫的小說寫的語言這麼精準，她是一個控制力非常強的寫小說的人，不是尋常的那一種素人藝術家，就是那種失焦的神經病也可以畫出很自閉傾向的怪畫，但是ＫＹ所成為的小說家不是，因為小說家所使用的語言完全是正常人在使用的語言，所以她不可能是瘋子，更不可能是白癡或笨蛋，ＫＹ寫小說要用的語言甚至可以用好多種別人複雜人生去入手深入……ＫＹ非常複雜到如果不是使用她的語言，是寫不出來那個非常複雜的狀態。因為ＫＹ是可以極端控制文字的小說到驚人的甚至刻意破格歧異地風格突顯。

她不是只出一本小說，她甚至還出了二三十本小說，大多色情娼妓歹徒暴力殺人變態但卻都用另一種疏離的姿態在抒情地非常非常厲害的狡猾世故地歪斜又高明。

完全不像尋常的神經病……可能根本講不出話，或者已經喪失了跟一般人講話的能力了的瘋子。

ＫＹ不但可以寫小說，而且她可以用那個怪異而繁複的語言來更理解並更深入這個世界……所以老道就跟那些貴婦們說她其實是非常恐怖到太像一個心機最深沉的恐怖分子。

一如在紐約看到的那個展是怎麼展的，在入口第一張宣傳海報，是一張當年的破報紙重印放大，然後就看到那張報紙的顆粒粗糙，不是藝術版，而是社會版，寫到當年ＫＹ跟一群她的好朋友，跑去MOMA裡著名天井的優雅水池裡面放了著名雕像。

但是她們刻意跑到那邊就衝進去占領了那個水池，然後刻意全身脫光就在那一直跳啊跳，警衛來找她們，她們不理還在那地方亂罵人還故意跟警察亂了兩三個小時到最後被抓走……甚至ＫＹ展的時候把她找人亂占領紐約路口曾經大鬧過的裸體占領行動藝術計劃……

所以那個ＫＹ回顧展覽或是那個策展人是用這種心情在看待那件事，當年她的反叛她對這個社會的某一種敵意，她把這種敵意轉換成MOMA她在美學上認同這件事看待這件事甚至是欣然接受這件事，甚至是用這種方式辦回顧展，這是一個多深入切題的美學視野激烈觀點的有意思……

刻意不弄得很漂亮很重要花很多錢，她那MOMA展也有她當年拍攝的一個近乎變態噁心的影片，把人塗肉身到完全變慘白的，在某個祕密花園的裸體雜交派對。那片子就在她的紐約常出沒的地方找一群業餘朋友亂拍攝，但是卻在多年後放在MOMA最重要的一個巨大放映展廳，那個時候就去看了那影片。

然後老道在演講中還自嘲地就跟那些來聽演講的貴婦們說：你敢給你女兒看嗎？

連老道自己看都會像是看A片或是看鬼片，但是老道覺得ＫＹ就是這樣紅的，ＫＹ當年她年輕未成名還曾經故意潛入去威尼斯雙年展的時候，她沒有被邀請，警察說不能在街上販賣，她還在城市展場大街拿金球在旁邊一個一個賣。

在怪異當代時尚當代藝術或這個時代感的荒謬之浪潮來襲……

或許ＫＹ一生都在做這種反叛的怪異的根本不讓人家接受的神經病的怪事……

更後來的不斷複製的一如胚胎植入木馬病毒感染併發全球的蔓延可怕的藝術節雙年展太多太多……

就是ＫＹ那個又老又醜的死樣子也就更滑稽，可是老道覺得那才是那些恐懼的總和最後的荒謬註解……

可是這就是最荒謬的，或許ＫＹ對我們這個荒謬的時代有多麼切題……或許這個狀態，她的精神狀態的病，對於身邊的人保持的那個距離，或是她自己如果做了一個藝術或是最在乎的對抗的過程……ＫＹ讓人理解到那個病態其實聰明絕頂的跟這個世界保持距離，那個邊邊角角到ＭＩＢ般地刻意把所有人都洗掉記憶可是裡面是充滿了怪異和扭曲恐懼及其對於自己恐懼的總和……充斥的誤解和理解……

一如多年以後的ＫＹ後來被ＬＶ找去為其昂貴時尚鞄包改款……最離譜的ＫＹ後來做了一個自己的等

身蠟像拿著她的花花綠綠的花包包，就站在ＬＶ的櫥窗裡展……真的就是一個蠟像放在巴黎米蘭紐約東京而且是真的ＬＶ時尚的櫥窗的怪異。

那種異象連連般的神祕又神經兮兮的等級大概只有想要拯救人間的觀世音菩薩或是媽祖，或是某種恐懼的總和的想要赤化人間的邪教教主才有的……風頭風光的神威顯赫。

紀念碑。第十三個鬼藝術家。

ＪＫ一如當代木乃伊的主題樂園的自欺欺人式的什麼……老道老幻想ＪＫ的「地獄變相」計劃……或許也就會長成某種花花綠綠樹叢地龐大媚俗華麗……仿冒路易十六凡爾賽宮的更當代更自欺欺人般主題樂園式的什麼……

一如ＪＫ永遠熱愛他最「日常」最「賤」最「用過即丟」式的反應「我們『這個時代』長成這樣」的「媚俗」的「紀念碑」的作品。

地獄不一定是悲慘傷心蒼白無力可憐兮兮的老時代模樣的墓穴地窖冰冷殘忍的狀態……反而可能是更切題當代的自嘲的Ｑ版的可憎卻可愛的怪異花俏高難度喜劇演員式的可笑模樣。

一如ＪＫ過去曾經展出放入液體中當代木乃伊標本般的籃球和耐吉籃球運動鞋救生艇等既成物的仿真度極高的反諷形象。高明地說服藝術評論家也多肯定他在當代藝術更後的藝術史的終結地位，認為他掌握到的正是八〇年代起太富裕的當代不可抑制的消費戀物狂熱習氣。甚至一如ＪＫ的概念性雕塑從不鏽鋼大玩具「雕像」式的爆炸系列「陳腐」，到一如那隻過度著名被命名為「小犬」巨型怪異雕塑將龐大樹叢修剪成四十三呎高四十噸重還裝飾了許多花朵的白㹴犬形狀，甚至更被畢爾包美術館永久收藏於門口和同樣花花綠綠著稱的怪建築師法蘭克蓋瑞設計那龐大花瓣層層疊疊形貌般怪美術館建築式的爆炸相互比鄰相互爭峰，或許可以說是「我們『這個時代』長成這樣」的自欺欺人的最高潮。

「到底，我是被激怒了還是被啟發了？我是被取悅了還是被嘲弄了？」老道老會想起ＪＫ……因為那年夏天去看的威尼斯雙年展。那一回老道在很累很忙地走完展覽場的幾天的疲倦後，坐船準備回旅館，就在經過老運河邊，本來是兩岸的巴洛克建築的優雅古典，這城最著名的風景，但繞過一個河彎，眼前出現了ＪＫ那怪作品，現在想來，實在很難明說那時候那種心情：在黃昏陽光折射河水與古窗面的迷離中，看到那亮紫氣球狗的巨大金屬雕塑站在老舊的建築與庭院前，那麼惹眼，那麼絢麗，使老道的目光和船上其他觀光客都不由得被它吸引住了，雖然老道腦中仍然不停地翻轉而質問著自己……但，事實上，就算老道已被那些所謂前衛所謂深奧的作品所折磨了幾天了，但看到那巨大「亮紫紅氣球狗」近乎愚昧近乎童稚的絢麗時，老道仍有種「心中某些『很深又很深的什麼』馬上被捉住」的感覺，有種「原來我們『這個時代』長成這樣」的感慨……

那是老道第一次那麼逼近地感覺到他那些「媚俗的紀念碑」、「壞品味的圖騰柱」式作品的奇怪但又貼切他們這個時代的寫照的令人難以釋懷。

更後來的老道看著Youtube上找到了英國創作歌手Momus所寫的歌名就是人名ＪＫ的這首歌，也有種雷同的難以釋懷。那是一九九九年他委託Momus寫了一首關於他自己的紀念碑式的紀念歌，並收錄於Momus的《Stars Forever》專輯中，現在已是Youtube上關於當代藝術被點閱極高的短片。

Momus的音樂有種雷同ＪＫ近乎愚昧近乎童稚的絢麗，但在那部網友自製的ＭＶ中，則更多令人未曾意料的像廉價ＭＶ或ＫＴＶ早年粗糙伴唱帶式的影像，但其實主要內容卻有許多與歌詞相對應的ＪＫ作品畫面。在一幕幕俗豔又可笑的怪異，仍會想到「原來我們『這個時代』長成這樣的感慨」，而且，在這裡用更既高科技又低科技但卻更新更淺的而且更容易窺視的方式出現，這種在形式和內容上都更不經意地「俗」不經意地「玩弄」的接近ＪＫ的方式，事實上也是更ＪＫ的。

老道喜歡歌詞中某些很俗很假的一如「藝術能幫助你擁有更好的一天」的既激怒又啟發、既取悅又嘲弄的「詩」般的有意思：

「他帶來了令你愉快的東西／一隻用鮮花做成的巨型小狗／一隻像是氦做成的布朗庫西雕塑的氣球狗／巴洛克與洛可可，路易十四（路易十四／路易十四……）；他帶來了令你愉快的東西／一隻用鮮花做成的巨型小狗／一隻像是氦做成的布朗庫西雕塑的氣球狗／巴洛克與洛可可／路易十四／籃球漂浮在巴伐利亞／迎接一隻心滿意足的豬／牠的每根毛都是義大利工匠手工雕刻而成／陶製的麥可傑克森與戴假髮的『泡泡』。一盒我們賣給早晨的早餐麥片／一隻泰迪熊和警察用警告訓斥你／而在天堂製造的一切都化為碎片／粉紅色與黃色的箭刺穿你的心臟／藍色與黃色的箭刺穿你的心臟／綠色與黃色的箭刺穿你的心臟／JK先生帶著箭魚！／把尾巴別在JK身上！／JK總統登上總統石像！／驢子走出來的克倫岱小徑／脈絡是你可以玩的遊戲／而藝術能幫助你擁有更好的一天。粉紅豹來自短暫的領域／一則友善的廣告證言／一把第二帝國之椅，波提且利之髮／趣味市集裡的剪紙與你愛穿的衣服。每次那快樂與趣味一出現／就好似木星與火星一般遠／根據偉大哲學家的傳說／群星中必然出現巫醫／太陽王在群星中舉起手／一臺吸塵器挺立在群星之中。巨大的氣球／麥片的湯匙／哲學家之王／六月的月亮／迪士尼卡通／早晨的太陽／JK。」

說著「我總是無時不在思考我的作品」的JK當年的雕塑品〈懸心〉在紐約蘇富比以二三六〇萬美元的拍賣價成交，創下仍在世藝術家作品拍賣價格的新紀錄。這顆心高達九英呎，重三千六百磅，是他號稱在十年內花了六千小時所完成的作品。而稍早前的佳士得拍賣會也以一一八〇萬美元的天價，售出了另一作品〈藍鑽〉。但JK卻只說：「創作的靈感是很自然的過程。通常，我到處逛逛，接著被某個東西給吸引住了。我沒辦法先設定個目的或者主題去創作，但我可以遇見了某個東西而深深為它的特殊所著迷，然後作品的背景就開始發展了，我無法刻意地去發展些什麼。」但這都不是老道對他更深入點的了解與評價。

ＪＫ的那些使他們了解「我們『這個時代』長成這樣」的「媚俗紀念碑」作品是重要的，他在八〇年代起就被當成為繼承達達藝術的「有反叛有爭議」的先鋒派傳統，而且他對更後來九〇年代以後才著名的年輕當代藝術家的影響是無庸置疑。ＪＫ不應僅僅作為無意義和陳腐的一個藝術流派的遺骸，他所引發或導致了爭論的「故意媚俗」作品仍在高海拔的藝術競技場出入，他那更加利用「太日常」「太賤」「太用過即丟」的創作主題一如安迪．沃荷的湯罐頭……仍是作為八〇年代當代藝術運動在反對極簡派和概念藝術論的旗手。

雖然，從八〇年代至今，他已不一樣了。從小就以達利當偶像的ＪＫ，現在已成為這個時代的達利。他們都那麼喜歡以「偶像」的方式來當藝術家，那麼清醒地操作並享用這種虛幻，及其效果。諸如他們「這個時代」所有最知名的藝術家們一如明星一如流行名歌手喜歡的飽受爭議。

但ＪＫ卻嚴肅地對訪問他的評論家說：「當個藝術家最有趣的是『作為一個藝術家的道德可能性』。身為一個藝術家，我最關心的是藝術對我而言是什麼？它如何界定我的生活？其次就是我要如何行動？一個關乎於我以及其他藝術家……廣泛一點還包括了觀者、藝評、美術館人員、收藏家等等……的藝術責任。藝術對我來說，就是『人道主義的行動』，而且我相信，不論如何，藝術的責任就是去影響人類，讓世界變得更好，這可不是什麼陳腔濫調。」雖然，看到這些「藝術就是『人道主義的行動』」的陳腔濫調，他也又會有種「心中某些『很深又很深的什麼』馬上被捉住」的感覺，但老道另外也同時想到的，卻是早年ＪＫ曾在華爾街從事六年證券交易的身世，八〇年代起成名後，他在紐約蘇活區成立了類似安迪．沃荷「工廠」的巨型工作室，有數十個助手，每個人都像工人被分配到不同階段生產他的作品，ＪＫ仔細地培養委請形象顧問公司精心塑造自己的形象，甚至登了整頁廣告在主要國際藝術雜誌以相中片的他自己為主題，得到空前的成功，那是當時從未聽過的手法。ＪＫ更後來因為一系列不鏽鋼材質的氣球玩具雕塑作品「Statuary」，以及一九八八年包含麥可．傑克森與他的寵物黑猩猩「泡泡」塑像是世界上最大的陶製品在內的「Banality」系列而聲名鵲起……那些極賣弄極無關道德的成名往事。ＪＫ說：「對我而言，作品的完整狀態意味著『不能被改變』。當在處理一件作品的時候，我永遠會盡最大的能耐去忠於原初的想法，不論是物理的或甚至是心理的都不能被改變。我試著去展現物件本身個性的明確觀點，一如把某個害羞的人丟在一大群人當中，那個人的害羞性格將會展現而且更加明顯，我處理物件就很接近這樣的態度。我將物件置入一個脈絡或者元素，而這些將使得物件的獨特氣質被顯現出來，抓住物件的靈魂精髓，就可以有自信地出現在展場。」但他也不害羞地說：「我完全相信廣告和媒體。我的藝術和我的個人生活，是根據它們而來的。我認為藝術圈本身可能就是一個為了參與了廣告的每個人而做的巨大容器。」他太聰明了太「不能被改變」地操弄著我們「這個時代」喜歡的飽受爭議。

一如一九九一年他與義大利脫星議員「小白菜」史脫樂結婚並推出引起最大爭議的「Made In Heaven」系列作品，因為直接地公開展示他與小白菜的性愛照片、畫作，以及以兩人做愛體位為主題的大型雕塑的太過大膽……

但老道想到他自己說的在翻譯軟體翻出來的這段翻壞的話：「義大利女子會是一個象徵，藝術家追求美的享受，鮮花，將藝術被用來顯示優雅和力量的錢；路易十四就是力量，利用藝術作為一個獨裁的手段；巨魔，象徵神話。……以得到更多或更少的具體藝術被用來作為一個象徵或代表某一個主題是發生在藝術，如醫生的喜悅，一個象徵性的藝術；兩個孩子，道德在藝術；兔子，幻想藝術。」這些句子似乎更混亂更媚俗地不精確，但卻反而更接近他「新普普或後普普藝術的俗豔王子」式的幻想。

著名服裝設計師Tom Ford在紀錄片中帶觀眾探訪ＪＫ的工作室，介紹他擁有龐大的工作團隊，還和諾貝爾物理學獎得主合作，作品巨型且要求質感的過人種種「媚俗紀念碑」式的描述……但，老道始終只記得Tom Ford問他的兩個極耐人尋味的問題：「若觀眾沒有你所說的把你的『媚俗』當藝術的專業背景怎麼辦？他們會怎會看你的作品？」「你覺得你的作品是藝術嗎？」

老道始終不記得ＪＫ的答案。

但是老道始終會想起ＪＫ被藝評家歸類為新普普或後普普藝術的俗豔王子。評論家描述ＪＫ：「開始創作之初，他就找到他的出路，他認為在資本主義時代，藝術的歸屬在於完全脫離傳統角色，融入尋常生活中，因此他乾脆省掉中間過程，直接把藝術當成生活用品創作。他用現成物的俗豔美感取代歐洲傳統的貴族式華麗，以時尚路易十四為華麗貴族典範卻尋求品味的俗世化，藉以代表美國文化與歐洲切斷臍帶、顛覆高尚與大眾文化之區別。」某種自欺欺人的高明或不高明的終極諷刺……

因此老道就不免老幻想ＪＫ的「地獄變相」計劃或許也就會長成這樣媚俗華麗到最「日常」最「賤」最「用過即丟」式路易十六凡爾賽宮主題樂園式的「這個時代」版本的終極怪異「媚俗」充斥著可笑Q版牛頭馬面黑白無常牛鬼蛇神的花花綠綠樹叢地龐大「紀念碑」……

牛糞小泥偶神人。第十四個鬼藝術家。

一如古法傳統印度教徒，F撿拾滿地牛糞，噁爛醜陋排洩物，依古例做成神偶，戴花上香，惡臭飄散但是怪異，卻又無法理解地清新芬芳，神祕復活，一如神體附身般，長手長腳長出神祇的，逆生祕術的高明地，啟蒙某種古文明交錯殘念遺留……在巫師故鄉祭壇末端養牛的牛棚旁，清晨禮拜守護神的怪現象，供奉敬拜。

一開始的這辟邪小泥偶神人是F還在法事之間跟著做的，她那年在孟買鄉間過印度年，她跟著去印度巫師門徒們去他老家看老奶奶養牛，他們依古例幫忙破曉起來跟著去古法擠牛奶，跟著拜拜，但是竟然就那麼活生生，活體的體驗。

她本來只是好奇的用心有點良苦，有點意外的善意，一點也不野心勃勃地，只是想去印度亂晃……出國或許也可能可以偶然傾聽到《遠方的鼓聲》般地實習那般開心眼般地開眼界，她的內心更深處卻胡思亂想，或許也可能可以像《印度之旅》或甚至《黑暗之心》、《遮蔽的天空》般地剝落遠離原生身世的限制塵囂……的存在主義式的極限遠行……

這位太認真的怪藝術家F，真的竟然發願如《流浪者之歌》般的，太過用力地壯遊冒險，一開始好幾個月就日夜晨昏，苦守在一個著名的印度巫師，近乎落地生根般地，認命，跟著跑所有最荒涼最荒謬的法事，近乎瘋狂地賣命，受傷出事地困難重重地辛苦，一如出家般怪異，做別人的法事像在苦修自己的怪胎修行……

拜怪牛糞泥神偶的神祕，更一如F一路的公路電影般大旅行，去看太過複雜深刻的種種，象神祭典儀式，入恆河，上千年歷史石窟古城，稀有動物石雕，古文明召喚，神聖與邪惡充滿，太過神奇發現般地，令人嫉妒，深入瘋癲神殿王宮墳場，太多怪現象般的怪建築，越來越入迷，到就算只去舊古城市場，亂買華麗花俏印度教信徒二手的項鍊手環腳戒捲香老布囊袋都像哈利波特或奇異博士可能意外遭遇宿命中必然找到宿主充滿法力的法器。

總覺得怪藝術家Ｆ，一如那些早期大航海時代的人類學家，死命田野調查太深的殉身，或是阿凡達任務的使命險惡感，用心用力了最複雜的腦袋和身手，卻冒險深入惡地形，攻入怪獸群食人族式般勇敢，遠渡重洋異國上山下海，找到某個太遙遠的國度，異種族部落的鬼地方，巫祝和鬼神充斥，太深而太浪漫的探索建築，其實是找死般地太疲倦太辛苦……

但是策展人又不在場，乾著急反而更愚蠢，好像一邊內疚沒有好好保護藝術家Ｆ的賣命冒險，又一邊內疚自己錯過Ｆ辛苦深入絕境，找到魔戒，練成神功的，下地獄變相的種種神祕過程……一如Ｆ做的這牛糞辟邪的小泥神偶隨身攜帶其將之做成的裝置藝術行動藝術式的鬼花樣，她跟著印度巫師們在自己的流浪之中，卻神奇地被保佑，竟然在意外遭遇，牛棚的古文明交錯縫隙，復活中找到自己的辟邪乖異小神明，也用某種更怪異的印度教神諭，啟發了地獄變相的另一種鬼神通……

福島旅遊劇場。第十五個鬼藝術家。

越殘忍地恐怖就越切題……

他後來就在始終發臭的鬼屋裡畫冤死在福島的惡鬼……鬼屋……那是這時代的最討人厭也最惹人嫌的最後一攤……爛攤子……邊畫邊逼問：鬼是誰？鬼長什麼樣？他怎麼端詳自己也陪葬在福島像鬼的鬼樣子？

那是一個更怪的鬼屋……涉入災難的福島旅遊計劃的日本小劇場導演A在東京製作的「福島旅遊劇場」。其中一個非常有趣的怪節目在「東京表演藝術節」他運用了奧地利女劇作家E紀念三一一福島災變的劇本，以福島中學生的聲音，透過調頻收音機的播放，在東京新橋車站附近的都市空間中虛構了一個「福島旅遊」節目，讓參與者一方面可以在特定地點，透過收音機調頻與耳機，接收到E的話語，一方面卻在熟悉的東京地景中，看到福島災變後由大眾媒體中選取出來的熟悉影像，變現為現地的裝置，在兩者並置中，生產出一種異樣空間。觀眾手持東京與福島的風景明信片，在旅遊當中，卻被收音機中的聲音演劇所縈繞，以此方式同時端詳東京和福島的反差地景觀眾的切換狀態。

另外還有最後一個福島旅遊劇場的場景，就是他真的跑去福島畫了死在三一一汙染的死靈的那個破房子……一如鬼屋……置身在福島核電廠發生災難的鬼地方……讓觀眾在災區鬼地方的沉浸地諷刺，這個劇碼在東京演出後雖然轟動至國外，導演甚至受邀至奧地利加碼演出，但是，卻很可能因為這個敏感而得罪了當局就其對於核災批判……被禁。

E的劇本對於已經被下結論和遺忘的福島處境打了巨大的問號。這個「旅遊劇場」建立在所謂觀眾論戲劇可以轉移到以演員為中心，沒有一個特定的舞臺，若以觀眾為中心創造出戲劇情境與狀況，讓觀眾進入這個狀況更尖銳地感受災難發生後的傷害依舊沒有起色。參與的觀眾是事先預約、個別出發，先後拿著調頻收音機與相關場景的參考明信片，參訪多個計劃地點，有些是空無一人的福島核電廠海邊或輻射汙染廢墟或是避難所，有些則是輻射災變中穿著防護衣與面罩者所在的清洗室或街景。觀眾耳中的收音機始終持續播出著戲劇性的狀況與話語，使得觀眾在現場既有聽覺上的親密與參照的場景，又對於現場可能有的種種現實……對照。有點疏離的觀眾在和現實相互滲透的始終忐忑不安……

最後想殉了這計劃般的藝術家還選了整個福島旅遊計劃的死角，就在旅遊路線的終端……選擇在那一個還有核汙染的廢棄房子開始畫鬼，一如在還在鬧鬼般惡靈作祟的鬼屋裡上工，竟然冒著生命危險開始死命地在牆壁上畫福島的鬼魂……整個畫的過程其實是狼狽不堪……每天從早到晚甚至夜半如鬼上身般地上工，像是殉身般地為其迷信神明的神廟遺址出土重新打造拜殿那般地下手，趕工趕太久，量變到質變般，他也越來越懷疑他在做的是真的是他想做的嗎？從畫福島的鬼壁畫但是如何召喚真的死在福島的惡鬼……他畫滿牆壁畫就被破爛的廢墟現場遺物擋遮了大半，到為了在沒有人畫過的鬼屋禁區下手的種種冒犯，甚至帶去畫的門徒也內訌吵架的分心與發酵的副作用後座力內傷，變卦太多地變來變去，很多事在太多變故之後變得很模糊……還始終猶豫要不要去畫鬼屋外的圍牆……畫的太尋常太低階的玩笑般的懷疑福島的冤死鬼……會願意被召喚出來嗎？

他想像的畫成的鬼屋可以像召靈會般地更高難度地出手，不偷跑偷渡，不是畫出太尖銳的反什麼或嘲弄什麼……

一如在那福島鬼屋裡頭，他也周旋折衝在好心想多做更多的疲憊不堪，甚至始終覺得很煩的老畫到半夜三更還不走的野狗，破損的一根鏽鐵釘破磚頭……種種，就以為在鬼屋裡畫鬼畫當符紙，畫妖怪像畫山水……的自欺技術性犯規，可以像瞞天過海但是最後還是不免只像他自己身陷還有輻射汙染指數般地殉身在現場……

其實，他從頭到尾都始終在猶豫，要不要下手，要怎麼下手，拖了太久，很多事在現場的一團混亂之中，都只是敗興的即興反應，一如其他長走廊最後拿墨收尾的種種眉眉角角，畫惡鬼的爪牙身形尾巴……收完的半瓶墨汁想畫完，而且被旁邊週末來鬼屋探險的年輕情侶老人小孩，莫名其妙地探頭探腦……

就這樣，他一上火就決定走出那鬼屋，也去畫外頭最外頭的最遠的圍牆長廊的鬼和妖怪……一如自欺他可以徒手畫出京都醍醐寺最華麗精密的古庭園老壁畫那種妖冶……到頭來，還只其實是一個狀況很爛的汙染廢墟的沒有鬼的他自以為是鬼屋的破現場，旁邊還有的路上不再有車聲，一退後想看全貌就可能，也因為牆內就是整個鬼屋的末端垃圾場，過去汙染前應該老會有人推垃圾出來開外圍鐵皮牆體的鐵門進出，在種種爬出來的蟑螂群，掉落的棄屍般的殘渣碎屑，廚餘發出餿味的惡臭之中……但是現在都沒有了。

他在那裡瘋了般地亂畫，而且因為一下手就毀了全身的破衣服……後來就脫下來丟旁邊只穿一件內褲在始終發臭的那裡畫鬼……

一如他一邊畫鬼屋還同時一邊正在拍那一部和「福島鬼屋」有關的怪片，被拍攝的他們就像那個困在福島鬼屋裡的鬼……充斥著一身是核汙染病患者般的趕屍行伍……他畫出鬼臉的腐爛腰部肩部頸部腿部受傷後仍然存活下來的殘忍，用一種惡靈古堡版的自欺太久的屍體般……魯莽粗暴對待的詩意對活人對肉身的敵意的屍體們是在打量自己，也用一種完全不合身剝皮再纏黏回五官四肢的自嘲死屍自畫像是殘骸散落的對鏡自憐，在被拍的他畫鬼的髒兮兮可怕鬼屋現場裡，還充滿一地破舊不堪的活人痕跡……也有他們工作狀態的一地畫具器材舊制美工刀平行尺涼菸盒沒洗散發酸味的T恤……扭曲奶茶鋁箔包、凹陷舒潔衛生紙袋、吃剩發餿的破便當盒……種種之間出現的鬼東西都同樣慘到還蠻切題的鬼屋現場地破爛不堪……

或許他根本什麼鬼都不用畫，應該就直接畫他活活地困死在那裡就好了……

困獸。第十六個鬼藝術家。

他心中始終是把死守這廢墟畫獸……想成像在畫西斯汀教堂創世紀神話的神人天使惡魔花鳥蟲獸龐然的現身，畫雲岡石窟飛天的仙女羅漢觀音佛祖滿天神佛滿地供養人種種大壁畫華麗的慈悲登場……

他畫的龐大的「獸」三顆眼睛的虎身鹿角鷹爪巨口長滿獠牙的出現……或許更像是一種比較複雜的召喚……像是要把這廢墟的老地方以前的守護神般的地靈喚醒。

那老建築曄變成是獸的暗示也著魔般變成是一個變形記的幻起幻滅……從植物變動物、從獸變妖……的詛咒老建築屋身變獸身的一種發光或是發狂的暗示。

他在畫獸的獠牙在嘴洞口真的很像正在被吃掉一樣。獸有三顆眼睛或是有兩個頭的複雜，更像怪物或像守護靈地無限神祕暗示……

一開始的畫廢墟比較像在幫這充滿老毛病仍舊疼痛不已的老地方把脈、驗傷、針灸、推拿完全無法理解地深入治療。可是後來，畫獸的狀況比較像是在地靈身上刺青，一個更大規模的刺青在好多個地方刺好幾隻獸，像刺龐大到見首不見尾的巨獸身在廢墟上頭。所以變成花很大力氣在找角落，找比較好刺青的地方或找比較好刺青被端詳的角度。或是端景借景式地將廢墟最深沉的更複雜的末端死穴喚出什麼……還可以變成是更大型的陰沉的守護靈終於現身……

也因為後來畫更多隻獸的現身……祥獸或妖獸都同時張口露出滿口獠牙……因此更變成要花很大力氣處理在不同樓層不同方位不同角落的不同光線，甚至到廢墟樓梯間電梯間一樓二樓三樓到破屋簷的一個個鬼地方的處理，把全身最激突想刺青的鬼地方都找好。甚至因為幾乎是同時畫的，所以下手會變得更複雜而艱難……

或許這種匆促成軍打怪打游擊式的方式更像電影《異形》第二集那種意外……原本以為是一隻後來卻發現原來是一群一團混亂，獸越來越多隻也越來越大隻，就需要更多祭出神兵利器去打或是準備不免最後被吃了就殉了獸……有一種宿命的對決及其互相打量，本來一開始獸很小可是後來很大又更變成很多隻獸的可怕……

他畫的獸更大就更痛更沉……一如畫的心情也改變、狀態也改變了。這個部分他無法忍受地變化到完全不一樣……所以要花更大規模的全面對決而不能只做小規模的游擊對抗。只好彷彿拚命祭出更多的查克拉來跟祂對抗。但是可能最後也只是他自己有某種更想認命或想拚命的轉變，因為他總覺得如果不全力拚殺的話，你就會被廢墟地氣太龐大的鬼地方吃掉。

或許也有點晚。因為他一開始真的有一點像是常來這一個廢墟裡的流浪漢，每天畫一點囚房自慰就像在監獄裡面的那種發神經地完全不抒情地百無聊賴，後來時間久了才發現自己已然陷入瘋狂狀態地自虐自殘式的祕室閉關修煉。可是後來卻更變成是在跟巨大妖獸更深層地對抗……

甚至「死守這個鬼地方跟妖獸之間的拉扯」也只可能是自欺般下注這種拉扯隱隱約約的更後來是變得尖銳緊張的對決……因為有更多他鬼畫符般地畫獸的介入會變成像在畫一個天使和惡魔的廝殺而且是進入更複雜的那種巷戰纏鬥的血流滿面滿坑滿谷地極端可怕。

畫獸……更因為獸變大，就是所有現場狀態也開始無限大地變幻。畫獸變妖的一種更發光或是發狂的暗示……

然而現場仍然是充滿民間疾苦式的困難重重……一如在畫獸頭獸身越畫越遠，有時候他是冒險踩在泥地上在死灰上在汙水上在破玻璃上畫，甚至是畫在太多太多樓的一個個陰氣很難想像沉重的舊時代工業機房。有些甚至是畫在電梯機械黝黑鑄鐵雕花裝飾弧度交錯金屬機身正上方……充滿厚重灰塵汙垢堵塞甚至蜘蛛網纏住無法想像的危險的死角……而且他刻意不清那些骯髒的破碎玻璃，甚至就踩在玻璃碎片散落的角落硬畫，倒畫天花亂墜般的老天花板還有時油漆竟然還會滴到身上臉上有一回還滴入眼睛……非常危險但也非常亢奮。畫出那一個個獸頭大概有五六公尺那麼大，獸身大概有二三十公尺那麼大。有些會畫在門窗舊鐵框、有些畫在樓梯間，一如妖獸已然攀爬入屋身地高度戲劇化。

一開始畫廢墟是摸黑畫……每一樓的樓梯間幾乎是全黑，摸黑在畫就是跟那個黝暗死寂鬼地方更陰森更麻煩地對決。曲折離奇地好奇但是又難度加高地入戲。他也老覺得好像在做一個土製炸彈，或是類似在做一個土製炸彈般的祕密行動。

油漆松香水或水泥漆的部分跟灰塵跟裡面有些垃圾異物不免會有更不一樣地糾纏。也還會因之陷入更複雜的困獸之鬥地血淋淋……因為那個深紅的墨汁滴下就像在噴血一樣，然後上工完他身上都是漆，出來的時候他全身紅通通地沾污骯髒卻像是被砍傷而血跡斑斑。

可是每個獸頭不太一樣，在牆角、在長廊、在玄關、在列柱間、甚至就在電梯的外牆、獸身蜿蜒在地上歪一邊姿態的老虎有一隻是側站、有一隻是獸臉趴在地底四肢朝上的騰挪掙扎，或是有隻是在樓梯間跳躍滑降翻身，每一隻獸的位子跟它的畫法變化極大，一如入口旁那一個黝黑鑄鐵窗門刻意畫獸嘴彷彿被獸的獠牙齒咬住鐵框欄杆，可是其實是故意更複雜妖異……

不只是一開始的某一個破倉庫懷舊的黑白照片的抒情懷舊，枯萎凋零荒蕪的荒原……而更應該是充滿暗示更深更野的狀態的什麼。

畫獸的出現更像在龐大老佛像旁的賁張肌肉的猛獅、或是潛伏在某一個印度廟或藏廟環伺有龍有虎有怪獸的特殊傳說怪獸可能的出現……

畫獸應該就是要有力有妖氣瀰漫擴張……他畫的，其實是獸也是怪物，或是一個抽象的動物的形體，或是應該是守護神，就是每一個鬼地方都應該有的守護神，而那個守護神會從很多地方跑出來，像廟裡會有龍柱的龍，像會有天使魔鬼頭身藏在教堂出現，或是吳哥窟刻滿猴神在石洞長廊，獸始終是個隱喻也是潛意識中的守護靈更逼身地釋放，一如他入手的這個鬼地方很大又是很荒涼的廢墟有很好的入畫的縱深……所以這是開始畫的那一隻隻「獸」一畫出來，必然變得很強壯很紅很血腥很大隻……

可是他覺得畫獸……是相對於這個廢墟本身的妖氣對照的讚美，像廝殺、尖叫、噴血、猖狂式的讚美。

好像是他在這裡畫本來應該畫成那樣，可是他故意畫成另一種沒有變成那樣的怪東西，他始終激烈地想抵抗或是屈服同時地想法子收納那個鬼地方，也老想要把它變成一個異端……但是最後不免失敗。因為不管到最後的形與意完全不同的畫三眼妖獸的一路入迷入手始終充滿紛歧……

一如他畫獸的某一個晚上因為太累想分心而跑去看某一部老電影《半夜鬼上床》，因為那個曲折離奇的電影故事是恐怖片，可是他的前提是鬼在夢裡面殺人，因為那個鬼是在夢中才會出現的，結果裡面有一個女主角她就一直在畫她在作夢時看到的東西，那當然恐怖片裡面鬼手指上有刀會出來，或是鬼長相的某一個鬼形象……一路追殺的時候充滿意外，但另外一部分的意外就是那個女主角終於想起來，其實那個鬼本來還沒有變成鬼之前只是他們念的那個幼稚園的可怕校工，他常常會帶小朋友玩還把他們帶到一個祕密房間去，所以她進去那個祕密房間的時候突然發現她小時候畫的畫全部在那裡，就是她夢中夢見的所有鬼東西都在那個破舊房間裡。因此，有兩種美學暗示，一種是空間的祕密的房間，幼稚園貼滿了兒童畫的祕密房間。另外一種卻是時間的，在過去那一個祕密的房間雙重的祕密……空間的祕密與時間的祕密，甚至，更厲害的是還有最後一層是夢裡。其實他老覺得這電影和困獸之鬥的這廢墟很像……一如他在這個廢墟畫妖獸雷同地進行某一個不一樣不正常的祕密行動或土製炸彈般的鬼東西，其實這廢墟是一個密室，是一個空間上的密室也是一個時間上的密室。

因為他在畫的……本來挖掘出來就是過去那個地方曾經有過的滄桑或歷史的痕跡，他老覺得廢墟的獸也像是一個夢吧！不知能存在多久的倉促潦草……所以也會非常像在放一場煙火或是做一場夢，而且醒來之後就發現獸可能出現過但很快全部消失，但卻也因為在時間那麼短，所以更像是一個夢或是一個祕密房間，所以畫獸反而會更激烈、更狂野、更好玩。像《CSI犯罪現場》找到的線索已經用光了，所以對於那個命案沒有辦法破案，所以就只好去命案現場找通靈神探做了一個夢，請他關到一個祕密房間可以把某一個潛意識裡才能看到的鬼東西……一如妖獸般地完全釋放出洞。

女神。第十七個鬼藝術家。

困惑不解地那一天最後……喝得已然有點醉了的C對老道既驕傲又謙卑地說：「我最想要的未來，就是變成卡卡……」

卡卡是一個女神，一個草間彌生加蜜拉喬微琪加川久保玲加阿莫多瓦的女神版本，一個很無辜又很淫蕩又很可怕但又很可愛的怪偶像版本。

老道還沒回神地充滿狐懷地聽著穿著性感過火的酒吧裡的C說：卡卡才真的太過火地切題……她其實就是恐怖分子，一種非常恐怖的人，或一種恐怖的狀態……一種最俗氣的普普主義，一種紐約的色情工業的最新版本，一種太炫目到所有人眼睛都快瞎了的媒體技巧，一種發明跟歌或歌有關的所有聳動話題的神話，她創造了一個從未被人精準討論過的可能性。一如就是她就像站在過去巨人的肩膀上繼續發明未來，一種這個時代才會出現的音樂神童，而且她目前已完成的高度但她才二十出頭。她的又花俏又怪異又色情的人生觀或是美學觀勢必將影響下一代或下幾代的人，那麼可怕……

她的種種MV在網路上最快地破全世界紀錄的點閱率，她的每一種被偷拍被採訪被接見被頒獎都是她的行動藝術式的講究……使得她重新定義了她的作品的發表或渲染或曝光，她進入秀或進入媒體的方式都已經完全跟過去音樂這個產業或時尚這個產業過去所可以完成的高度完全不一樣。C在紐約混太久了，她變得非常地可怕，她老對老道炫耀：一如時尚是這時代極少數的所擁有的影響跟狀態最繁複而且最可怕的領土……已然像這一個怪時代怪帝國的君主，一個祕密宗教的教主，一個跨國的殖民母國的女王，可以在做衣服，做配件，進化到做香水、做保養品，做巧克力、做高階設計家具，做所有人可以想像得到所有的什麼……然後已然可以在全世界擁有欽定的殖民地式的旗艦店，甚至做最個性化的餐廳，做最精品化的旅館……因為，時尚最後是在做一種Life Style，一種美學概念，一種精神狀態，甚至一如川久保玲在做的根本就是一個從來沒有人完成過或理解過的精神狀態。女神卡卡，因此也正用她的歌，她的秀，她的ＭＶ，她的衣和造型……種種前衛劇場加裝置藝術加行動藝術式的現身的繁複華麗精準。把時尚再更推進到前所未有的規格。她把時尚更尖銳而逼近地在做出她想做或許她也還不太理解的那種精神狀態。

就像是一百年前的電影剛開始現身的時候把所有的舞臺劇、音樂劇全部打垮，一如第五元素不只是武器，已經無法被描述這是什麼的她彷彿創造了一種時尚的原子彈，殺傷力太強到不該叫做炸彈，它就是個災難，只能用死掉或用信徒的人數來估計其所造成的傷害層度。

而且，她的Gaga house就是一個一如達文西的文藝復興工坊或是Andy Warhol的那個現代主義工廠……的基地。或許，更是一個不可能任務編制，無敵軍團的軍機處，甚至就是一個火影忍者村……所以她完成了時尚在這時代的全新體驗，她建立了自己的王國、自己的軍隊、建立自己赤化世界的方式、建立了自己的殖民地、建立了像耶穌一樣迷幻又恐怖的效果，她有自己的小怪獸哲學，她的歌詞其實是現在一二十幾歲年輕人的宣言，她的歌幾乎是首首都具有壞羅曼史式的殺傷力……

卡卡幾乎推進了七〇年代Pink Floyd、八〇、九〇年代的Michael Jackson和Madonna的ＭＶ到了一個時代精神的最高規格最hardcore的試探，因為卡卡所給了的質變，幾乎是一種全新定義的一種災難，是以改變一個全新生態般的災難被討論。因為她提供了一個前所未有的跨影像音樂藝術時尚諸領域的可能性，在她之前沒人能完成到像她這種高度，被這樣複合講究地討論引用議論紛紛……一個敢裸露到可歌可泣的美女，一個唱遍紐約地下酒吧的歌手，一個引用混拍反諷所有電影類型的高難度導演，一個寫歌可以寫到像這時代跨國國歌般風靡的詩人，一個所有的有意無意出手現身都是她的行動作品的行動藝術家，或是……一個什麼舞都能跳什麼角色都能演的起乩狂人。

半哭半笑地激動到也快要發狂的C最後對老道說：「其實卡卡就是我。」

就像是這個時代的自由女神，太過有血有肉但是始終不免是消沉沮喪……老道老是覺得自己那麼地像觀光客陪心情太不好的C走了一天……

就站在那狂風疾呼的空曠島嶼前……甚至就站在她帶他去自由女神像底下……想起這個既被當成雕塑，又被當成建築，或甚至被當成所謂「藝術」中最具「紐約」或「美國」代表性的鬼地方，不免使老道有著太過天真的聯想。

這個在紐約混太久而已然完全天真不起來的臺灣女留學生C跟他說：

這個自由女神，既被當成雕塑又被當成建築，或甚至被當成所謂「藝術」中最具「紐約」或「美國」代表性的作品，不免使我有著太過天真的聯想。

面對這個神態絕不消沉、絕不沮喪的女神，C對老道說，老站在這個女神底下想起她後來因為九一一事件而被封閉了，因為安全的顧慮不讓遊客進入參觀，只能在四周不自由地打量她。當年她曾是法國藝術家frederic auguste bartholdi花了二十一年的創作、遊說與募款，才爭取到建他所謂自己國家所缺乏的——「自由」的紀念碑……她也是所有當年歐洲移民坐船來美國找尋新世界的「自由」時「終於到了」的第一個巨大地標。事實上，她是人類文明史上首個不為將相王侯，也不為豐功偉業，而是純為一個抽象而模糊叫做「自由」的觀念而建造的大型地景塑像設計。使得這個高九十三米，帽上七道光芒代表七海與七洲，耗費巨資興建與百年來整建的巨大女神，在她冷冰冰的軀幹前頭，讓人仍然感覺到羅丹所說的那種——「在那下面顫動著的，是有血有肉的肌體」。當然，這種有血有肉，是來自於這個世界自古至今，始終不免是消沉、沮喪的「無法自由」的困難，而不是來自美學上的奇特怪異。在從曼哈頓最南端的港口，被仔細安全檢查全身才能上船的途中，想到這些的老道也因此想到C和她所陷溺的紐約這個一直以「自由」為榮的城與美國這個一直以「自由」為榮的國，在一百多年以後，仍然被這麼多遠大於藝術美學的種種怪異的政治歷史戰爭……甚至更怪異的恐怖分子威脅著的種種恐怖……

老道對C說：恐怖……一如那部睡前看的電影中的那種可以寄生的魔咒是一種卑鄙的法術，源自海地的古巫術傳說，或是充滿老中國或印度或波斯的毯面一走入念咒就會變成恐怖流沙的古地毯。他們走入了的那個宣稱自己可以控制時間的快慢的魔術師房間中所收藏充滿了神祕到神經兮兮的非常炫耀古代收藏的老中國雲紋。

關於恐怖分子的恐怖……老道跟C緩慢地說：「一如我那晚的那夢中的那個人已經切斷了爆炸的那個時間。當兵時代出任務的我才找到電線要連接的另外一邊，他並不知道他自己是不是已經死了，過了很久之後出任務的另外一個人才出現來幫忙他，把連結點選接起來，但是他並不清楚那邊的狀況，那是恐怖分子互相威脅的現場，好像是北韓和南韓的緊張關係中兩端的最狠角色特工間彼此的較勁陰謀。那個恐怖分子已經盡力的最後一剎那。

更後來，我們前往一個龐大的老廟區域的安放土製炸彈地定時爆炸攻擊的現場……。走了很久到了集合的時候才發現我們的鞋子都掉了只好赤腳要攀爬入的那個空間左上角那個洞非常窄狹到要爬上去非常困難，到那廟前廣場往前的一個密道出口般，一走出去，竟然是自由女神像底層出口……但是不知為何因為鞋子沒找到竟然又回去找的我……一如一種伍迪·艾倫式紐約人的自嘲嘲人的荒謬……就和自由女神竟然被我們自己裝的土炸彈給炸了。」

土製手槍。第十八個鬼藝術家。

N是老紐約的左派女藝術家。老道在紐約的時候遇到的某一個南美洲的女藝術家N也正在看左派法國怪哲學社會學家的H那本又厚又難看的影響百年歷史的激進顯學的日常生活的實踐理論……N是一個長得很辣很性感的拉丁美洲女生，頭腦很複雜也很聰明，穿的衣服很曝露，但是她做的作品都是很可怕而且是很厲害的左派……

最後展覽的時候……老道去她工作室看到她展的東西有兩個藝術計劃貼在長牆上的系列，有一個計劃是住一個洪水淹過的廢棄村落，所有破爛廢墟的爛房子非常簡單沿著一條河邊非常的多非常的慘，所有人都搬走了但是還竟然都有一條洪水淹過的線……幾百張拍得很樸素的照片令人擔心感動又害怕到不行。

另一個計劃是收集更誇張著名的真實的土製手槍，幾百張的感覺神經兮兮但是又非常簡單沒有任何特效的靜物照片，那一個個土製炸彈和一把把土製手槍都不一樣，充滿非常多的細節……上頭歪歪斜斜拼裝木頭的金屬的槍托簧管引信子彈，老道太吃驚地端詳細看了好久，竟然都是太真實到太可怕，有的還是槍身血跡斑斑。

她還說她念那書是因為還正在念一個社會學研究所，老師是一個很凶悍左派的社會學家，但是她說她並沒有打算念完，她只是在找她做藝術計劃的靈感，已經不想要再去考試不是為了學位而花太多學寫論文的那種力氣。老道記得她在講這個問題重重的計劃做了太多年太辛苦的時候還一邊笑的她身上穿的那件白襯衫幾乎是半透明的裡面沒有穿內衣，乳房很美也看得很清楚……

她說她做過的一個怪夢啟發了她的拍攝土製手槍的怪攝影計劃：「夢中的N正在一個老電影院，那電影是那個老女主角是主演過《慾望之翼》那個馬戲團空中飛人的著名演員，甚至N記得是一個令人難以理解的德國女人非常的高貴又奇幻的優雅，雅利安品種的金髮，肉體還有一種特技演員的怪異感的美麗，彷彿是一個大天使都會喜歡到為她放棄翅膀而下凡的聖物般的女人……

她應該已經很老，甚至後來數十年在電影裡也很少看到，幾乎消失了，因此在這部電影裡出現的她依然年輕到N甚至好久都沒有認出來，但是因為她的怪異感優雅也近乎完美地消失，之後在電影成了絕響地已經好久沒有出現過了，但是她所在那部夢裡的電影的角色太過強烈，一如扮演遊戲卻非常奇怪地變成一個狂歡派對裡的不起眼女歌手，還一開始她就是在大銀幕特寫巨大畫面中專注地被右手拿一把土製手槍抵著腦袋的歹徒逼她認真地幫一個國王扮相的黑人男人裸露下體勃起的近乎小孩手臂那麼長的陰莖沉迷般地口交。

開始有點緊張的N突然發現電影院裡好像有一點騷動，聽到一些奇怪的窸窸窣窣的討論低聲問過他們的朋友怎麼可能這麼這樣……甚至，看到旁邊的觀眾有的擔心但還是有的開心。後來卻是一部愛情電影般的談戀愛過程出事引發更多情節複雜的故事，過程迂迴曲折起伏，更後來終於兩個情人可以長相廝守般地感動而擁抱對嘴親吻完，但是瞬間，N突然聽到空氣開始凝結潮濕，一如傾盆大雨般的前一刻，還發出絲絲的低音，就在那一剎那，還來不及回神，突然發現難以描述的奇怪光景，竟然全電影院的人瞬間消失不見，變成洪水，從椅面流到電影院的地上，就像一種廉價的電影特效，或是廣告的噱頭，但是為什麼會直接發生在電影院裡，到底是哪裡出差錯了，N不知道為什麼，等她回神只剩N一個人。嚇壞了。不知道發生了什麼事。」

仙跡。第十九個鬼藝術家。

攝影術的幻術既是驅魔又是入魔……

某一回命名為「仙跡」的怪展覽的他的攝影……為何是拍攝鬼地方的鬼東西？為何可以拍出……時間的死？為何傳說他的攝影術太過複雜世故到完成的幻術既是驅魔又是入魔？

如何拍攝那仙跡岩旁的破椅子的破地方的那種破的狀態……拍攝為了找尋如何流逝又如何喚回封凍解凍永遠無法理解為何存在又不存在的……時間，不可能又不得不想停格的時間差的縫隙（一如《怪奇孤兒院》電影中發現那逆轉大戰轟炸豪宅不斷重複於那一天的時間縫隙那種作祟的幻術的無限華麗登場難以相信的流動感……）他拍攝的那一張完全等比例真實尺寸的廢墟中救出前的最後一瞬間就是數十年如一日如一剎那的畫面中的那破椅子的破舊不堪過程的時間的浸泡狀態。一如快轉的畫面不斷加快到看到白天變成黃昏變成夜晚再變為白天的那種刺激的時間變化疾風迅雷變幻無窮無盡可能的登場怪感覺，但是他用的反而是另外一種完全顛倒的幻術，那就是時間根本就沒有快轉，反而用他原來的速度緩慢的一分一秒地真實時間像是沙漏在漏沙一樣的一粒一粒沙地往下降落細小瑣碎冗長而無言死寂莫名地持續下去進行到完全揭露出那個地方後來如何變成終於的那種破敗的死狀態……他拍攝到的是……時間死在現場的無奈又無以名狀的最初也是最終的狀態。

仔細端詳許久的他用最古怪老派的工業革命初期攝影技術式地刻意用極老極大相機長時間曝光緩慢冗長到近乎不可能的狀態才能拍出來鬼地方的鬼東西的現場……

甚至因為最怪現象般怪異的是他提的破椅子或是廢墟的他的理解，必然是他的宿命……因為多年來他拍攝的都是他很長時間活在裡頭甚至逃離不了的鬼東西……

像那把破椅子和那個廢墟的狀態……都好像是另一種完全不同的理解……但是因為他的切入的對比強烈近乎瘋狂的角度問題突然改變狀態到幾乎突然完全陌生。他的攝影……如何動員的龐大繁複的工序機關零件的碎片散落拼回的數萬片拼圖遠比尋常人或許只是數十數百片拼圖碎片散落就頭痛不已狀況般的意志薄弱……他不只是彷彿在暗房顯影過程等候浸泡入藥水的那死白相紙慢慢出現的人臉五官的更清楚更多皺紋種種的魚尾紋抬頭紋法令紋眼袋栩栩如生全景幻象般的皺褶細節……甚至因為他的攝影術主要動員的更不可能的最後最深的底牌……那就是……時間。

那是多年前……

或許太容易受影響的自己一開始覺得沒什麼，但是後來發現自己越來越深入就越難受……他的破椅子……令因為時間感和存在感都永遠太低老是在找尋出口或是找尋自己的人生的破口逃出的幻覺也好的自暴自棄之中的自己……深深感覺到他的攝影術的幻術：時間死在現場。

對比他的年紀和老道差不多但是完全另一種人生的從小在美國長大，幾乎失去土生土長的語言，失去土生土長的土地，成年前長年失去辨識自己是誰的參考座標飄浮的可能的一團混亂狀態成長修煉，但是他或許去了美國的怪異著稱的羅得島藝術學院，深入的另外一種完全不一樣的學派和攝影的美學觀功夫重新切割切換回來的術，始終顯得跟主流的太老派腐爛發臭的攝影師當家花樣完全不同……

一如地獄變相計劃的鬼藝術家們，衷心期盼收集各式各樣的鬼藝術……像是神經病流浪漢所理解他們自己人生的越離譜越瘋狂越混亂……像是自甘人生陷入越偏執的執念浸泡狀態越好……

最後他幾乎是住到廢墟裡了，而且是用一種近乎瘋狂的精神在理解這種破東西的破地方的越離奇越好的特殊的死物狀態……

一開始回國那幾年還因為某些原因的意外他去某些廢墟拍照，即使再怎麼喜歡那種鬼地方，但是虛弱身體還是受不了……只要待久一點就無法理解為何地不安不舒服從這裡癢那裡癢到這裡痛那裡痛，可能那些地方都報廢太久太骯髒不堪也沒辦法，上工一段時間他的全身痠痛無力負擔皮膚過敏症狀，還有更怕出事的染上流浪漢或流浪動物的病，惹上麻煩醉漢毒癮者或是黑道介入……當時就是在老花街旁的老有土地公般的地痞流氓長得像鍾馗神威顯赫的里長到始終肆虐……

更不用說鬼影幢幢的陰森恐怖感的可能有看不見的城市的看不見的建築的更看不見的什麼，像是魑魅魍魎的好兄弟的佛祖保佑不了的鬼東西煞到的凶神惡煞現場現身……廢物到廢墟，他完全無法抗拒誘惑但是卻也無法進入更深。

生大病太久的他終於回到自己在老家聚落的破建築，在仙跡岩的山路空屋，景美老街的工寮，在十三層遺址旁的另一個老藝術家留下的舊房子廢墟打理成另一個更不像博物館的博物館，他像是修行老僧般地甘願傾心力埋首多年只是每天日夜晨昏邊念經邊打掃房間完全不可能乾淨的鐵皮屋舊工廠斷壁殘垣斷裂的破爛不堪的現場……

他所說找不到的找尋一個鬼地方的時間死去……想法子停下來的一瞬間的揭露及其持續下去的可能……最後他提到他長年看到的攝影書的令人難以忍受的一如他的命題幻象形上學反攝影家如何操控主宰構圖、框景取捨、決定性的瞬間……完全背道而馳的冗長辯論，或是怪理論家理論提及的變態的所有格的強迫症式的浪漫不了的古物癖與收藏症。

都是他自己陷入困局進退兩難多年的狀態，就只能在一個展一個展之間的廢墟一路跑了那麼多年，完全不敢想可以在一個那種鬼地方屯田般地死纏爛打地認真考慮待下來，他曾經住過的公寓住家租了十幾年房價上漲兩三倍屋況太爛維持現狀困難重重甚至也已經亂到不知道怎麼打掃打理，或許可以用他那種自我感覺良好不了的良好，來拍自己的房間，他的舊衣破舊不堪書房廚房工廠當成一個自欺的古物就是廢物就是文物的博物館驚魂。如果可以搬到基隆或臺南，乾脆直接買一個夠大的工寮，倉庫的庫房，放他一生的破爛不堪的撿破爛的沒用的東西的長物志鬼地方……但是，這也只是時間死在現場最後的他一生鬼東西也跟著陪葬的悲傷妄想。

辮子計劃。第二十個鬼藝術家。

神經兮兮的吊辮子計劃……動員毛線編織頭髮的更妖幻涉入某種難度更深也更高的侵入性的……一如器官的、肉身大體邊緣的某種會緊張的、會痛的、會癢的、會臭的……種種高難度的試驗在不同角度進入跟掌握跟拿捏跟打量自己可能進入的可能切割開扭曲變形肉身的忍受極限到近乎神經兮兮地瘋狂……一如芭蕾舞不斷地單腳尖頂地原地迴旋，一如瑜伽動作難度高到人要把全身翻轉到像一隻蠍子一樣倒鉤體位法，一如武術拳法擒拿手太多種種全身肢解般的逆轉近乎折斷關節的不可能……一如太陽馬戲團的某一個特技動作的驚人祕密曝光，一如最厲害的練內功的師父自己緊縮了一個丹田龜息窒息遊戲，一如所翻轉完全七傷拳式的自己打自己到自己受傷的故意運氣迴轉的高度自他的喚醒。

後來有一天他終於把所有怪毛線和自己的頭髮都拿下來編織。試探的最後一部分，就是編織所入侵的是跟找尋自己的肉身更有關的某種更內在的聯繫。

一如，頭髮是一種非常親密又非常遙遠，出奇地強韌到近乎怪異，甚至非常難掌握的東西吧！人只要三天不洗頭人就知道是什麼意思，因為會有油垢，會枯萎，會黏，會臭，因為頭髮是活的、是人身體的一部分，甚至就是一種器官。

有一年，他在京都老東本願寺長廊展覽看過奇觀般的存在……古廟中的寶物傳說：那是建廟工事的感人事蹟：戰爭的困難時光……在沒有麻繩就全部用女人頭髮去纏起來所編織成的那巨大髮索，施工一如犧牲……肉身護佛的極端，像老博物館的古代文明老收藏，甚至像是西藏密教的古代用人骨人皮法器。

其實那裡長出那鬼東西的原因是極悲慘而荒謬的。因為那是那時候出的事，在戰爭時代廟被炸壞而住持和信眾不忍心一心想要修廟，挽救所有的老佛殿和老佛像，但是非常艱辛，甚至在打理工事時發現施工要用的麻繩已經全部用光，所以僧尼們就號召全京都女人來捐頭髮，那數萬人數十年留成的頭髮最後編織出來的粗度直徑超過一公尺髮繩！在那裡一個光暈晦暗的大玻璃木櫃，就像老時代的最陰深博物館的死角看起來，一如舊石器時代老部落化石出土的現場的斑斑駁駁，或畸形絕種遠古動物標本地猙獰，甚至是某種深山陰廟邪神惡靈附身地靈驗。

太迷人的恐怖感，他就一動也不動，佇足凝視……真的在那古櫃快嚇壞但又越走近就越深深受吸引，從來沒看過這麼陰霾充斥的龐然的編織，怎麼可能可以有這麼神祕而且飽含肉身暗示的看見卻又看不見的奇怪張力。甚至，就彷彿是某個頭髮太長而覆滿全身的老女人，漂浮的死去還繼續長頭髮的屍體鬼魅，怨念充斥在髮髻青絲綿延的亡魂，彷彿隨時就會站起來在那裡走來走去地……那麼地極動人但又極嚇人……

他因此發願做一個找太多太多觀眾深入肉身實驗般地用自己頭髮倒吊辮子懸空受刑一如翹辮子般的可怕藝術計劃……

一開始的打毛線是在等待起乩。打毛線是在找尋肉身。

痛是一種殘酷劇場。一如毛線的毛毛的暗示……打毛線是某種扭扭捏捏的蟲洞，莫比耳斯環繚繞的歪斜曲線，春蠶吐絲般的吐出某種低科技的超現實。從長出來一條一條的扭曲變形的彎線所糾結而成的曲體，卻逆轉尋常的物理學式的幾何假設地發生而蔓蔓攀爬糾纏不清。毛線是一種古怪的編織。

危險感充斥的吊辮子計劃如何從一個簡單的打毛線的穿和衣的時尚講究的好看純粹視覺切換進入另外一個更複雜的觸感到肉身的更尖銳到互相為難、互相拉扯、互相攻擊、互相糾葛到鉤心鬥角的邊緣性試探……

很像攀岩一隻手指頭勾到某一個懸崖峭壁的邊角隨時全身的力量要在那一隻手指頭勾住的時候撐住全身的重量那種奇怪拉扯的細膩繁複……充斥外人不可能理解自我控制和失控之間的緊張：精準度和敏感度

更深入到只要一閃神就會全身垮塌或墜落的危險感。

他老覺得要進入更深的藝術成形……狀態必然應該是要會覺得內心有一個很什麼講不出來的鬼東西所糾纏不清地困擾著……被碰到、被撞到、被拉扯到、被切割到老覺得怪怪的然後又講不出來怪怪的是什麼，反動到冒犯前衛近乎瘋狂地令人不安。

找尋自相矛盾的極限的最複雜狀態的辮子不只是頭髮的延伸也更是身體的……最柔軟精細卻最強韌的、最沒有力量卻也最有力量……種種自相矛盾的可怕拉長加強版……找尋最怪異到好像指向一個更遠方、更不確定的、最晃動的、局部的可是又是全部的跟地心引力拉扯的困難重重……

那狀態太痛苦地感覺神經兮兮地陷入地心引力逆轉變化的不完全漂浮，一如倒立或是頭髮被倒吊的劇痛或是難過，整個頭皮前端後端尾端完全攻堅入前線到底線……歪斜一點點就會非常痛的懸吊的那樣不可能的任務自殺攻擊神風特攻神通廣大。一如高空跳水練了三十年只為了那三秒鐘空降疾風破浪般角度不可濺起水花的調控可怕的講究入水角度的迴旋的那個高難度……才是最有意思而且最迷人的部分，也是吊辮子計劃想像動員的某一種極限運動的攻堅肉身，甚至牽動著可能像被妖怪附身的另一種同時內心戲的攪拌晃動震度高達芮氏規模數十級般的可怕震盪加劇的不明抽搐出神強烈震動。

吊辮子的喚回……是在幫人找這種最深的最過不去的心情去理解……

一如刮痧出來全身的黑……吊辮子計劃回憶起那種那一個人自己內心的甚至人的肉體的經歷的無法被取代的某一種痛及其隨行的更歪斜特殊的經驗。

痛的內心戲……涉入毛線辮子都比手戴毛線手套或是胸肩戴毛線盔甲要更尖銳更逼近肉身。

這個計劃在全身肉身當參考地形地貌緩慢地打毛線的工作狀態的系列麻煩是最接近真實的器官的，倒不只是會痛，而更是毛線跟頭髮的連接方式，本來就是一種就像頭髮再長出來的到至少是植髮或接髮的狀態。

那個部分也就更小心或是更複雜去處理人的身體跟人打出來毛線物的關係，就是人的頭髮跟人打出來毛線辮子的關係。

這種「痛」的進入過程讓人們想到一些技術性的難題之外的事……

辮子其實是希望進入甚至化身入身體更深入的局部，或是為身體做護具的那個它其實就是人身體的一部分，類似現在的那種新型變異石膏模已經不是以前這麼簡單，可以變成是人的手斷掉它可以把人固定的那種曲面完全貼合塑形的護具。

更好的解釋就像是一個是植髮和接髮，另外一種就是體內的骨頭打鋼釘，有些金屬不是會跑出來體外，如果用這種角度去看這毛線的技術性細節，最簡單能說是會斷或是纏不夠緊的打法不管是用任何方法，可是人要讓它不出事……

開始在吊的現場……多年之後竟然就變成一個殘酷的劇場，然後大家都好奇地想看，因為要吊的那個半夜就是全部的人會好像要去看演唱會或是看馬戲團表演或是一種奇怪的魔術，不只是像最後照片很好看或很驚險，事實上那可能只有五秒鐘，可是準備可能要準備五十分鐘五小時，在複雜的綁和調和拉的細節。人在做一個囚衣把人更內在囚禁的一個狀態。更深到一如在作繭自縛。有時候毛線斷就會摔，是不至於到摔因為會有人抱住，就算有點脫落至少不會有危險，反正這前提不是去做高空彈跳那種冒險，而是非常緩慢而安定的，完全是內心戲，痛的部分跟綁的部分，能撐多久就撐多久，不要勉強，完全沒有要弄受傷的意思，可是因為會害怕或是進入那狀態的某一個猶豫不定的關鍵。辮子的準備就是在輔助人要進去的那個狀態，好像在催眠……辮子就是因為剛好深入到人最害怕的東西，或是人最親密的東西，或是痛這個東西，因為痛是很私密的，人的痛要非常小心……才是最難的。所以痛一如旅行……就是逼問人到底在害怕什麼或是人到底在喜歡什麼，或是人為什麼想去那裡。

一如真正厲害的魔術不是因為場景多大，道具燈光效果，技術多複雜，辣妹要多辣，而是，那個魔術有個介面一如那部電影《頂尖對決》那個魔幻打開是非常殘忍的時刻，就是要人一生去付出去面對。回到毛線辮子就是進入的過程，其實要更小心的就是如何讓人進入一個，痛的劇場，死仗完全殘忍的部分別人也看不到。

吊辮子計劃……不是在做漂亮的事，也不是在做漂亮的辮子，就是關鍵是內心的感覺變化，辮子最主要的是痛的內心戲，甚至它不是戲。只要是痛的時候甚至連戲都沒有，它就是痛，人知道有些人就會尖叫，在兩秒的時候就尖叫，然後就開始哭，可是有人卻撐了十分鐘還在笑，然後卻還越來越開心。

那個時刻人就會看到自己的那個底牌，知道那個痛非常直接，因為那一剎那人會完全失重，一如那種很高的教堂往下看腳都開始抖快往下摔了。那幾秒鐘人更深感覺一下，是在幫人慢慢地進入某種狀態，幫人進入一個更可怕的殘酷劇場。

暴力遊戲。第二十一個鬼藝術家。

必殺技式人生的華麗引發的什麼是武術？什麼是摔角的「審美」或「不審美」的疑惑？

在《暴力》遊戲中選擇了玩一種高大俊美的角色，像《快打旋風》裡的「Ken」、像《七龍珠》裡的「超級賽亞人」、像天堂裡的「黑妖」，相對於他們，老道這一生有沒有可能也來一回進入一個功夫又好長得又好的人物的角色扮演……來一回真正華麗的格鬥。

甚至，他還因為L的「摔角王」展覽而不禁有了更多對摔角的「審美」或「不審美」的疑惑。諸如：在想什麼是摔角之前，他在想的是「什麼是武術？」（它和「什麼是體操？什麼是舞蹈？什麼是雜耍？」之類的問題應該是不一樣的吧！）或說，「什麼是暴力？」（它和「什麼是PK？」「什麼是打架？」「什麼是鬥毆？」之類的問題應該是不一樣的吧！）

而且，更奇怪的是，相對於其他種種武術，為什麼摔角看起來那麼假那麼像表演？但它為什麼還那麼流行？還因而延伸出那麼多漫畫、電影甚至是有線電視每天都有的一個「主題頻道」地那麼熱門。

L的《摔角王》某個程度上用他的既抒情又有意思的圖文故事巧妙地回答了這些問題。「摔角」，一如大多動作片的暴力，是如此無稽而滑稽的，但為何仍然是現在那麼ＩＮ那麼備受矚目？

但，在這裡，他卻想到更多他們這個時代的更複雜的以「審美」來接近「暴力」的奇特。諸如：吳宇森為什麼可以把壞人的動作拍得那麼像芭蕾像高難度的舞蹈的美。諸如：李安的《臥虎藏龍》或張藝謀的《英雄》為什麼可以把純武俠決鬥拍得那麼詩意那麼糾纏那麼像最好的藝術電影地深入人性人生的困難。諸如：《火影忍者》為什麼可以把忍術的修煉經營到那麼精準玄妙一如古代經典的神話參修悟道的高明；

諸如：金庸、古龍為什麼可以將江湖恩怨的火併、廝殺寫得迂迴纏綿而動人動容。諸如：《駭客任務》為什麼可以把功夫在數位的虛擬的恐怖分子兼救世主的故事裡重現而可以像法術超能力式地繁複偉大。諸如：從《快打旋風》到《七龍珠》到《天堂》到更多線上或非線上的電動遊戲為什麼可以把武術晉級成那麼多角色扮演那麼多練功闖關地宛若人生的艱難的華麗。

這些以「審美」來接近「暴力」（或用「暴力」來接近「審美」）的奇特，一如L《摔角王》展覽，是種種這個時代才有的「怪審美」經驗式的令人難忘。

他常常看著L的作品，想像他（或太多的一般不會武術不會摔角的人）的另一種人生的可能。

那不就正是L的《摔角王》這展覽最動人的地方。

但，他想這也是那些暴力遊戲般的「動作片」那些「暴力」會動人的原因，因為太多的他們那麼地馴良，那麼地錯過種種身體可以開發練就成武士俠客摔角手的華麗冒險的可能。（這些角色即使有他們的弱點他們的困頓，但那些他們所無法了解的「暴力」所引發的「痛楚」也是如此動人的華麗啊！）所以只能羨慕片中主人一如「摔角王」般的冒險。羨慕他的「必殺技」式人生所帶來的更「激烈」的「不審美」的令人快樂及其華麗。

L的這個展覽「怪審美」經驗式的「怪暴力」故事必然也因此是偶像劇般的動人好看，是藝術家動員自己青春更「犯規」的更肉色更令人沸騰而因之充斥多災多難式的動人好看。

犯規的L的《摔角王》展覽可以視為是用格鬥技來召喚臺灣私摔角史宣言的某種次文化攻占主流文化的解碼器式的回憶錄。

從小時立志當「假面L」的好笑寫到「李小龍」已變成格鬥類型遊戲傳奇的野蠻；從「側踢可以讓屁股變翹」的幽默寫到「德式摔角技的古典招式為何是古典」的經典；從「我想我不敢真的打人」的早期靦腆寫到「練成格鬥必殺技的華麗」後的自恃及其必然的任性；從「暴力好可怕啊！因為容易讓人感到陶醉盪漾」寫到「迴旋踢承襲自麥克傑克森」的奧義；從「當兵時表演摔角骨折住院被小護士暗戀而告白」的

風流寫到「逆十字固定法式關節技的偉大而感人」的風光；從「豬木是民族英雄」的歷史感傷寫到「卡爾維諾也不會平空旋踢」的自以為是。

L既抒情又暴力地分析他自己昔日摔角故事的種種鮮為人知的好有意思。

事實上，他並不懂摔角。

他也不懂L的摔角。

甚至他也看不太懂他畫的那些招式的分解圖，更不可能了解他所描述的那些「固定技」、「關節技」……種種技的更怪異的行話。

但，即使他只將摔角用來「觀察」用來「研究」用來「審美」，但卻仍然可以感覺得到這些他展覽中的內容（一如展覽中常見的具威脅的字眼：「延髓斬」、「雪崩式」、「後腰橋」、「側手翻」……）所帶來的更「激烈」更「犯規」的「不審美」的令人快樂。

其實，L在他的印象中也正是令人難忘地怪的那種充滿矛盾和麻煩的人。從某個角度而言，他極度地講究「暴力」又極度地講究「審美」；但在個性上，他卻極度地羞澀木訥卻又極度地愛出鋒頭；極度地自戀耍帥卻又極度搞笑耍寶。

他每每看到L在展覽中展出他某些課堂下課時，當著所有同學面前表演摔角某個招式某種動作，在一個往往不太講究「審美」又不太講究「暴力」的大學校園裡，那將是多麼地可笑而尷尬……大概會被同學們視為只是國中生阿魯巴蓋布袋釘孤枝式的惡搞惡作劇才會有的伎倆，但他卻仍然樂此不疲。

而且，《摔角王》也並不是他看過L寫得最好的作品。他寫過一個故事，是把一個撿回家的天使藏匿起來玩弄性交凌虐凌遲得如此自然但又絲毫不奇怪或內疚，那篇小說一如L寫過的許多信許多日記許多筆記裡的文字都是很迷人的。《摔角王》也不是他畫得最好的作品。他畫過長達十五米極驚人的長軸惡鬼國畫，各種同樣驚人的油畫、水彩、沾水筆漫畫、動畫……他甚至是專業到得過國際獎項的網頁設計師。從很多角度而言，《摔角王》應該只能算是才氣洋溢的L的早期作品。而且《摔角王》還有另外一個怪異的身世，那就是L的內容竟是當年他做的「畢業」展覽作品的一部分。開始時，目的在於討論「身體在地獄般折磨用刑如何產生更怪異更具爭議性的關係」的可能，近一步討論「個人的回憶如何涉入並干預並開發地獄級肉身創作來冒險」的可能，甚至是討論「舊的肉體傷痕如何刻劃人的前世到今生的意識場所的新經驗」的可能。

這些長達一年的過程是冗長的。他開始時並不清楚也不在乎這些學院或專業的擔心，但卻也因此而開始邊寫邊畫出了這一系列動人的他個人的私摔角史。之後還做了用果凍蠟的一隻手……的概念模型。討論他在摔角受傷手斷了骨折之後，在治療期間有一條手小臂的筋外露在皮膚外，而他每天都在玩他傷口的經驗的怪異，進而開發武術與身體的種種場域關係的奇特空間模型……到最後，還竟然真的發展出一個同樣怪異的怪展覽。在這一年裡，有些Idea有些作法有些圖有些模型雖然是好的厲害的，但畢竟有些是混的摸魚的，但他總是不戳破，即使他知道他是呼攏觀眾的。有時還甚至過於稱許而放縱他，所以，常常他會偷懶甚至消失，但他總是同情他的「犯規」，想像他是困在自己的才華進行自己的磨難，或是用他不懂的某種「暴力」的尖銳方式，用他無法理解的近身肉搏的「痛楚」在折磨他自己。

摔角……或許終究是L他自己隱藏版的終身肉身變相地獄。

宿命。第二十二個鬼藝術家。

神祕對人生必然的潰散與糾纏的早年，他是從KI的電影中開始相信「宿命」相信「同情」相信「神祕」對人生的必然糾纏。

糾纏……KI這麼說是令人感傷的，「無法再活下去」是一種多麼「美好」多麼「神祕」地對和他同樣偉大的導演的同情，也一如他對電影裡主人翁往往遭遇故事的糾纏的同情。

KI說：「我很怕那些企圖教我一些事或想指導我找到目標的人物，對我或對任何人都一樣。」這其實也是他看KI那些往往有「道德」的「教訓」的「解命盤」式的焦慮的電影時一開始所擔心的，但也必然也將是看完之後繼續擔心的（尤其他放給展覽現場的觀眾看的時候）。KI拍的《十誡》和《三色》電影即使那麼「深刻」仍顯得那麼「政治正確倫理正確教養正確」地那麼容易會讓太年輕的人想起「老在問你這輩子做過什麼？悔恨過什麼？害怕過什麼？」那種不免沉重地說教式的或訓誡式的糾纏。

但過了十幾年再重看KI，心情很不一樣。

在一堆事老做不好又做不完的疲倦中，在一個到天亮很想睡還是睡不著的晚上，尤其，在這種不再相信「同情」相信「神祕」的他的年紀，在和他同樣早已不再相信「宿命」的這個時代的這個島……所有的KI電影中的「美好」，都不免變得有點太枯太冷太迂迴地遙遠。

KI的一生，也是離他們太遙遠的，雖然仔細打量，他的身世不免像他的電影般地充滿謎語也充滿人生功課式的苦悶：從他活過的家的很窮，共產主義的很苦，第二次大戰的很亂，肺結核十二年才慢慢死去父親的很折磨，到他自己的考三次才考上電影學校的很丟臉，為逃避兵役瘦了二十五公斤的很憤怒，被視為雙重精神分裂症的很偏執，一九六八年參加罷課向軍隊丟擲石子的很激進……一如他後來一生拍電影裡頭很困難卻很深刻的苦悶……對他們而言，都必然一樣地糾纏。

整個睡不著的晚上，他還是始終懷疑著早年的他為何那麼迷信ＫＩ的糾纏，一如那時他也迷信柏格曼迷信費里尼迷信塔考夫斯基的電影中的人生的糾纏，真令人生氣。那時好天真好容易被太遙遠的困難的美好所吸引。

尤其想到在他自己後來的人生也出現了這種種雷同糾纏之後，不再有心有力地去注視這些太遙遠的困難的美好，才發現，心裡有某些天真的什麼已然消失的那麼理所當然那麼久了。

他老在想到底這些偉大的導演當年帶給他的美好是怎麼回事。

ＫＩ說：「大部分的偉大導演不是死了，否則就是不再拍電影了。不然他們已在某個時刻突然無法挽回地失去某樣東西——某種個人化的想像力，智慧或敘事的方式。……可是通常人們真正的死因，是因為他們無法再活下去。」

「試著回想曾經發生過那些重要的事，使你們今天會坐在這張椅子上，和周圍這些人在一起，發生了什麼事？是什麼把你帶領到這裡來？你必須明白這一點，那才是起點。」ＫＩ是用這種方式在問自己和問觀眾的。

所以他想到卡夫卡想到莎士比亞想到杜斯妥也夫斯基，這些ＫＩ最喜歡的作家……或為什麼以前為什麼他老必須依賴他們來讓自己想想「曾經」想想「發生」想想「為什麼」……也從而讓自己可以了解多自己一點多問問自己「這輩子做過什麼？悔恨過什麼？害怕過什麼？」那種深刻？然而現在的年輕藝術展覽觀眾所需要的卻是比較甜一點比較可笑一點比較偶像劇一點的人生的一定不要太深刻？

ＫＩ的《藍色》是游泳的離譜的搬新家的殺老鼠的想死死不了的女人的死命對自己的糾纏。但《藍色》不免也是一部講自由的電影，「它在講人類自由的缺陷，我們到底能有多自由呢？」ＫＩ說：「藍色的不自由是由情感及記憶這兩件事情造成的，或許女主角不想繼續愛丈夫，因為這樣能讓她活得比較容易些，所以她不去想她，他才忘得了過去。」這是一種自由的糾纏。

KI的《白色》是梳子吹奏的理髮師男主角的無法勃起的負心的更淡更薄的人的糾纏。但《白色》不免也是喜劇，也是一部在講平等的矛盾的電影。KI說：「在片中，我們了解『平等』的理念每個人都嚮往平等，但他不認為有哪個人真的想平等，每個人不都想更平等。」故事中的他們，於是陷入自以為平等的泥淖。這是一種平等的糾纏。

KI的《紅色》是竊聽的誤撞狗的外遇被撞見的更紅更暴烈的糾纏。

但KI說：「《紅色》在描述一種受限制的氣氛，紅色在講博愛，但紅色在講即使一個人注意到別人，也還是只能想到自己……的困境。」法官和模特兒在一連串的意外與事故中互相猜忌互相關心地同情彼此為難彼此，這是一種博愛的糾纏。

KI的《雙面薇若妮卡》是一個人和另一個人在同一世的另一世裡用別人也用自己的命來遭遇傀儡戲遭遇哀傷遭遇愛情遭遇歌唱的糾纏。

但KI說：「《雙面薇若妮卡》是在講感性、性感和關係——全是不理性的東西。《雙》是一部典型的女性電影，因為女人或覺清晰，有此較多的預感與直覺，比較敏銳。」尤其是故事中的兩個女人都那麼敏感脆弱而為「情」所困為「命」所困。這是一種宿命的糾纏。

有一回，KI用一件事說了他的「電影」的更動人的「神祕」，原來他也是如此好天真好容易被太遙遠的困難或不困難的美好所吸引……「四位法國女演員，在一個隨意的地方，她們穿著不合宜的衣服，假裝自己擁有道具及夥伴，然後表演得如此之美，將每件事都一觸成真，說幾句對話的片段，微笑或憂慮，就在這時刻，他可以了解『拍電影』這一切都是為了什麼。」

KI說著「我做的毫無意義，這個想法老折磨著我」。是的，他總覺得，即使他已能在這麼多年後了，但他仍然還沒準備好面對KI的糾纏，也依然覺得看他的電影是種折磨，但，這種折磨可絕不是毫無意義的。

因為，他仍懷念他早年所在他電影中看到的種種人間就是地獄的宿命。也仍覺得能相信「宿命」，相信「同情」相信「神祕」是人生中很難得的「宿命」。

殺人清單。第二十三個鬼藝術家。

一如死亡的怪現象……殺和被殺都沒有更多解釋所誤入仲夏的邪教儀式現場。

一如一部連續殺人狂的殺手電影卻又像同時的殉教的覺醒和思考模式的參差入戲的恐怖電影……黏膩的抒情的苦難和試煉的更多細節問題重重難關之中致使裡頭情節輕重緩急殺人的動機情緒激動人心惶惶不安都不是過去經驗的怪現象……

這個鬼藝術家的《無限殺人》這部怪電影他本來期待很低，很難想像的那麼簡單又那麼複雜的殺人事件發生的前後推理的恐怖的怪異。但是卻始終有一種沉穩的恐怖威脅的冗長的暗示……

電影裡的情節平行的瑣碎穿插著有意無意之間的始終出現太多隱藏的怪異暗示：男主角半胡鬧地刻意吃門前庭院的不知是不是被貓咬死的死兔子的肉。那一個朋友的怪情人用刀割手割傷在他們家的鏡子後劃怪圖騰。一如作法下咒，但是沒有交代的充斥著暗示。委託男主角的老人還跟他同樣地割手心流血蓋在紙上彷彿是一種歃血的老時代儀式。他的小孩惡夢中夢見死去的貓。她說她在等待……他們出發去殺人，在路上投宿旅館，晚餐時討論的時候，被吵得還指責餐廳鄰桌吃飯的劇場工作人員，他們正在演的基督教士兵向前走，還對憤怒的男主角說：上帝愛你。醒醒。小孩對他說。男主角半夜看出窗外，那朋友的情人穿著死白色長袍在荒地上對他招手。他也對她招手。他家的貓也被殺了，用布包裹吊在半空中的後門上。他埋貓。悲傷的兒子問他，牠會上天堂。貓有天堂嗎？一開始還只是尋常的一家三口，家庭內在的矛盾爭吵不休。和另一個朋友情侶聚會最後聊到接受委託殺人的狀態。甚至他們敘舊談起家人性愛孩子和種種過去的歷史……兩個舊朋友的那麼尋常的承受人生的逐漸衰退的無奈……兩個殺手之間的對話中嘲笑他的性生活不美滿才開始出事，在殺手出任務的路上互相嘲笑的看起來都只是說說笑笑的兩個英國中年男子的一路說話，只是尋常人生的困擾……

殺人清單的情節只是穿插在裡頭……

第一個是牧師。看起來是好人，或許殺了他可以為你贖罪。牧師怪異地對殺他的男主角說謝謝。死了還面帶微笑。

第二個是圖書館員。但是他藏身的倉庫中有太多色情片和情趣用品的舊東西，甚至電影中有可憐小男孩被拍變態片，發出可怕的悲嚎聲。圖書館員對男主角說：「很高興見到你。你做你認為應該做的。你的朋友還不知道你是誰。」那人感謝他，即使男主角用鐵錘虐殺他。用鐵錘敲碎他的膝蓋手肘最後還有頭顱。男主角始終認為他殺了惡人。這沒有錯。他們是壞人。應該要死。但是路上的他們始終無法理解為何死者的反應，充滿感恩的異常。後來發現狀態越來越怪異的男主角出事，全身感染了什麼，他發現自己的肉體開始出事，多處長出怪病，去找醫生問他，是不是壓力大，疲倦，噁心。他的手和全身皮膚過敏症狀到很多局部怪異地潰爛。醫生非常像先知般地最後對他說：過去已經過去，未來還沒來。你只能看……現在。男主角的朋友越來越懷疑地對他說，他們只是殺手，他們殺人不是聖戰。但是不知為何，他越來越像神經病。後來他想要終止殺人委託的合約。但是在那些世故深沉的老人們的豪華大宅中。他們想停歇也無法停下來。老人威脅他們……一開始就不能停止。不然你們會死……，那個交代任務給他們的老人對他們說：「我看到你們是誰？你們只是一個個齒輪……殺人是為了……重建。」

第三個是國會議員。他們潛入他那豪宅的莊園內的無人森林，等待到半夜，埋伏等待，但是暗夜中意外的不遠方，竟然看到了燈火通明的暗夜人群聚集，有人戴著草面具白衣，有人甚至全身塗白色裸體。那是穿著怪異死白色教服的祕密宗教聚會。他們在樹上生火當場用麻繩吊死一個穿怪長裙白衣的可憐女人，但是在現場的所有人卻全部鼓掌歡呼。他們忍不住對那信徒群開槍，被殺的信眾開始跑向他們。在黑暗中慌亂的他們逃入地道，在狹窄的甬道黑暗的角落他們一路被追殺。最後他的朋友死在其中。

電影的最後。逃回家的男主角發現自己的家被包圍，火把忽遠忽近。最後那群人綁架他到了火前，發現是委託他們殺人的老人們戴草面具也像祕教徒舉行法會般地怪異的圍觀。

出現的第四個是駝背者。他們都戴草面具，拿匕首。彼此對決。在艱難的對置，揮刀，最後他殺了駝背者才發現殺的駝背布衣下是自己妻子背上背著兒子。

到底是怎麼回事的殺與被殺的可能都沒有更多的解釋……集體的恐怖感染瘋狂又虔誠的祈禱儀式的沉迷……到底是什麼作祟著但是又沒有什麼的始終失去的荒謬感陳橫……

❖

或是另一部誤入邪教徒殺人清單般的《仲夏魘》……

這時代的《仲夏夜之夢》的更混亂更嘲諷版的殘酷劇場。嘲諷這個時代的他們的最尋常最歡樂最心愛的……美國派大學生的（假期的可能偶遇的春光乍現）、異國風情出國旅行的（暑假夏令營的好玩遊戲實境秀）……但是卻出事到太誇張太難以想像的那麼難受的某一種人類學加上心理學精神分析式的恐慌……甚至瞱變成極端惡夢般的（貝托路奇的《偷香》變成柏格曼的《第七封印》）存在感始終超低到想療癒卻療癒不了的天譴就是神啟的神祕又神經兮兮……

什麼是死亡……什麼是犧牲，什麼是家，什麼是家人，什麼是回家……？什麼是神？什麼是榮耀神？……夢魘般的存在的恐懼……逼問完全沒有懷疑自己的人生到底為什麼而活為什麼而死……，困擾於心病的女主角完全無法入睡，無法忍受……妹妹一如她的躁鬱症的心理驚悚及其後來家人的意外死亡的後遺症式的人生低潮無助的病態恐慌……時好時壞……（但是在所有前往的同行情人友人都被犧牲離奇死去之後的更令人意外的最後電影結局卻是鏡頭停在萬花擁簇的盛裝成皇后般的她的臉龐卻在唯一倖存活下來的那本來應該傷心難過極端恐懼的她竟然好像得到了神啟「所有人的死亡都是為了她的得道升天」般地意外又意內的宿命的近乎瘋狂的救贖般地露出古怪地微笑……）

這到底是怎麼一回事，他甚至用他們的角度在想像他們對美國人對年輕人也可能只是一個古國神祕宗教的令人難以想像地害怕……古老的中國或是古老的臺灣也充滿了這種美國人或是現代的人所難以想像的特殊傳說節慶的氛圍詭異……普渡、蜂炮、搶孤、炸邯鄲爺、燒王船、放水燈、放天燈、拜豬公、十八層地獄……還有更多匪夷所思的血淋淋的古老傳統狀態……

這部躁鬱症少女找尋家的救贖不了的恐怖電影依然意外呈現太過迷人的視覺效果北歐祕教傳統怪現象的更嚴重更風格化的張力，完全不同於過去黯黑的恐怖片，畫面中的場景，卻極度反差的死白明亮到好像始終曝光過度……極端近乎永晝的完全沒有夜晚的瑞典北方小鎮，離斯德哥爾摩開車還要四個小時的遙遠北方……一路上路就暗喻太怪異的眼光的不滿張力……不穩定狀態隱藏的祕密的遠方……

甚至到了現場的一開始也只是感覺這個看起來像天堂的懸崖峭壁邊小木屋小村落是獨立的與世隔絕的怪異國度，有太多的不明規矩，隱隱約約都不確定到底有什麼危險但是又始終這一種不斷地陷入更恐怖的緊張的暗示之中。

死亡變得非常的怪異，性愛也變得非常的怪異。

古代離奇九十年才出現一回的祕密宗教的公社的慶典充滿典故的，很多的儀式是最後選出九個人有四個志願的四個是被挑選的犧牲的……死亡。

被脫光衣服的男主角送入密室聖堂和選定村中裸體少女做愛，卻竟然環場充滿更多村中的裸體的老女人們在他們做愛的時候，還都跟著插送動作同時也發出呻吟性愛的聲音地令人難以忍受地荒唐又恐慌。一如某種為種豬配種成功過程喧鬧叫囂的奇幻歡樂……

女主角半夜睡覺夢見她同行前來小村的那些同伴三個男人開著車就拋棄她提前離開的內在恐懼，也又夢見自己死去的父母和妹妹在夢裡面出現，一如從山上掉下來的死去的那兩個穿著白衣的老村民的自甘淪為犧牲……

那祕教小村中的老時代房子的壁畫上面有很多典故，記載了很多所有儀式進行的序列，裡頭的建築充滿象徵意義地（一如導演前一部恐怖電影《宿咒》的母親是一個象徵性建築模型怪藝術家的那個女主角的神經質……將其維多利亞式老住宅的長廊、玄關、樓梯、大廳、客廳餐廳……完全栩栩如生做出來縮尺現實建築現場的飽含死亡隱喻蒙太奇的令人不寒而慄的極端超現實感）……廣場、參道、祭典儀旗、參道、舞臺、祖先骨灰灑下樹葬的巨大枯木……

聖殿中的主祭臺陳放一本他們的聖經，記載著他們古老陌生的祭祀儀式文字。那個在湖邊有一個造型詭異的橘色殿堂，所有人都不准進入。他們睡的是一個通鋪一排一排的木床，十八歲到三十六歲的人之間睡覺每個人都是一張小木床，環放在天井大廳之中一如牲臺的準備狀態……

一開始是年老的一對夫婦坐的轎子，被抬到山上，從山頂跳下，如果沒死，還有四個祭司會幫助他們死亡，用一柄法器般的舊時代造型古怪的長端木桿，打碎頭顱……因為他們的傳統是以十八年作為一個生命的階段，十八歲是春天，切割成春夏秋冬，到了七十二歲就要自己甘願犧牲死去。

那是一個長相可怕的近親交配的小孩變成是先知寫下的聖經書頁文字……他可以聽到神，他可以不接受所有的語言和現象的限制，可以聽到很多不同的神的聲音和訊息。一如那兩個讀人類學研究的來的男主角卻因為要做研究而開始緊張計較如何要用這個部落來寫論文的現實的糾紛。全村少女一起跳舞跳到最後沒有倒下的被選成是五月公主的女主角始終還陷入那種跟家人有關係的訊息發生他就會非常沮喪近乎瘋狂地崩潰大哭，引申那女主角一開始全家人因為妹妹自殺連累全家都死了，她的心理狀況變得非常的躁鬱症發作……一開始他們在吸大麻的時候就開始出現恍神的狀況，後來又喝了他們特製的草藥，甚至都後來吸了一種煙之後就完全不能動彈，沒有辦法發出聲音只能眼睛張開看著所有可怕的刑求自己肉身放入熊體木乃伊最後作法陪葬地火化儀式的發生卻完全沒有辦法阻止地悲慘……

所有的儀式充滿了死亡的暗示什麼……但是他們看不出來到底是怎麼回事，然後一個人一個人如死亡清單般的開始失蹤。但是最詭異的是所有的那些穿著全白洋裝的男女村民都老在現場唱歌跳舞地越來越喜樂卻越令人感到恐慌……那個鬼地方是永遠沒有黑夜的瑞典的夏天，時間變得好像停止了一樣，這是九十年一次的祭典，異常盛大場面混亂的他們會邀請村外的人來參加，所有的人穿著雪白的衣服，頭上戴著華麗繽紛七彩的花朵盛開做成的花圈花帽……充滿暗示死亡的什麼。

烏鬼。第二十四個鬼藝術家。

當年在當代館展覽「烏鬼」有時候就遇到某種困難重重的鬼問題。很多藝術家用很多方法解釋鬼，但是顯然又不是真正的鬼，真正的鬧鬼……

但是「引魂」計劃害怕的鬼問題，卻完全不是這個他參加的策展主題「烏鬼」的那回聯展的鬼問題……

引用了一七三八年的《臺灣志略》文獻記載著：「烏鬼，番國名，紅毛奴也。其人遍體純黑，入水不沉，走海面若如平地。」

那個策展人認真地在「烏鬼」那回展覽的策展宣言裡仔細地研究鬼的宣告：「恐懼具有驅動性，它驅動著人類最根本的直覺，誘發腎上腺素的產生，也使人類因防衛和安全的需求，劃分出領地邊界的內外範圍。人們在面對未知與潛在危機時，常將內心的恐懼與不安幻化成各種魑魅魍魎的傳說，區隔出人域與鬼域的模糊地理。鬼魅也常用於指稱外來者、蠻夷等非我族類，如『烏鬼』被指稱為十六、十七世紀跟隨歐洲殖民者來臺的東南亞奴工、鄭氏王朝的印尼班達島奴兵、被荷軍滅族的小琉球原住民、非洲黑奴等。從這個角度切入，鬼魅可說是不斷出沒在東南亞的口傳故事、藝術和影像脈絡之中，因為它幫助他們形成對『自我』的認知，它化身為外來者的身影與侵略性的物種等，隨著不同的目的與心理機制，在無數人口中不斷變異，幻化成形。」

「極端政治理念的闇影」不再只是徘徊於政治場域的邊緣，它已成為其中心議題。這類鬼影幢幢的東西，猶如在某個遙遠的過去之邊緣、在當下事件的之外，向他們頻頻招手，而這些鬼魅所揭示的正是他們日常生活行為及習慣中，潛在而延續的帝國邏輯及傾向，殖民仍在發生，它並不只是歷史。同時，也因為他們此刻的存在，尚未脫離殖民的遺緒，他們之所以能夠理所當然地活在現代，正是因為他們自認已將過去拋諸腦後。

「烏鬼」這個展覽之中的魑魅魍魎，除了無腳鬼、食人虎、偽神祇，也包含了時代的他者，如外來者、移民、異教徒……甚至是不可見與失能的被統治者。

關於魑魅魍魎的傳說，似乎與潛在災難帶來的恐懼離不了關係：過去在面對自然災害的焦慮與畏懼，產生了如深潛於臺灣海峽黑水溝的魔尾蛇、麒麟颶帶來的焚風、山林間出沒的魔神仔等的傳說。心裡的恐懼化了形，便繪聲繪影地編造出各種幻獸與魔人的民間故事，這些妖怪故事皆與當地特殊的風土民情息息相關。

鬼故事傳說常盛行於社會面臨巨大變遷時，像是臺灣戒嚴時代，或面對外族入侵如殖民統治與漢番衝突時。鬼魂的現身，常是非自然死亡的死者，因有冤要申或有未完的遺願，而一再出現並引發騷動。相傳鬧鬼的地方，在人們心中產生一個心理的邊界，區隔出人域與鬼域的模糊地理。傳言確切開始的原因常已不可考，遺留的是不斷蔓延的恐懼及不祥之氣。因此，當鬼魂出現時，也代表著原有秩序會被打破動搖，甚至成為一股令人顫慄地反撲的力量，除非予以適當儀式安魂，否則鬼魂將一再出現，甚至施以報復，讓厄運降臨。

在面對當代各種潛在危機時，人們的心理焦慮與不安，是否能透過各種超自然故事的傳播得到抒發？求助於非理性的手段是否是解藥？藝術能如何將人與非人的界線予以顯影，又如何創造一個類似託夢或是牽亡儀式所創造出的陰陽兩界重疊的場域，將亡者現身，讓未曾被述說的故事可被聽見？藝術作品因此是一種降靈會還是一種安魂儀式？而藝術又如何不讓泛靈論作為一種迷信、教誨，或是操控的手段？

『烏鬼』，以此歷史名詞為展名並非意在對『烏鬼』的定義做一歷史概念解析，而是以此名詞指涉的『相對於主流思考的邊緣族群』為引，探討亞洲在歷經西方現代性思想介入、帝國主義擴張、國族……更多更多的辯論兩難……」

但是……烏鬼，好像一直在找什麼鬼東西，整個展覽就一直在找鬼東西，而且好像還沒有找到。

或許這個鬼展覽也是如此，一如一直在找鬼但是還沒有找到鬼。

❖

最後他把所有的烏鬼展覽藝術家的房間……全部一看再看了好幾回，還是覺得或許只就是專注於解釋：鬼對於那個種族本身怎麼辨識？那個種族是怎麼活怎麼死的種種可能？甚至更接近更文謅謅的《後殖民論述》政治歷史的寓言，對抗包括到在過去一百年有非常複雜的殖民歷史……其實都是在對應在活人對死亡的對抗，及其變得更尖銳的所有的可能……

「烏鬼」展中的部分展出作品……一如有某一個藝術家作品「姑娘廟」裝置錄影現場直播……間接式地回應了可對照至孤娘信仰這類因性別因素……深入傳統觀念女性死後應入夫家的廟堂當中，也因此過世的未婚女性幾乎難以取得被祀權，「廟堂不祀孤婆」的觀念。過世的女性為得香火，通常會透過作祟或託夢的形式要求地方立祠供奉，其中最有名的莫過位於石碇的「姑娘廟」主神為魏扁仙姑，根據其刻有廟史的碑文記載，有位名叫曾桂的人，買現為此廟的地後，無故發生腳疾，求神問卜後得知在清領時期當地有位名為魏扁的女子，未出嫁即已去世，因無人祭拜，望曾桂能為她撿骨。曾桂於一九一八年為她建廟後，腳疾便不藥而癒，也因而神威遠播，後來多有香客前來求拜。該廟另有特色的是可提供民眾安置早夭或未婚女性的神主牌，因而成為女性被祀權不受保障的漢人社會中，獨特的女性地標。而這些皆被視為「陰廟」，且不被主論述重視且忽略的所在，反而是這些「孤娘」最終可安身立命的魂歸之所。這種飄蕩的魂體、連接私我空間與永生的祭壇……而徘徊於社會主論述邊緣的多元性別族群，他們至今雖尚未有民俗性的脈絡與機制成形，但本次展出卻透過了當代藝術的語言，預示了這類想像未來可能的成形狀態。

也一如Z的《奇特棲息地的護身符》創作計劃。藝術家探詢理解他們如何離開原生家庭的庇護，並且重新找尋屬於「家」的歸屬感。他一走進裝置的展場空間，看到一張有如告別式中常出現的大型白色布幡，上面描寫著離開原生家庭系統的逝者，身後可能接受其他不知名悼念者的拜祭過程，其次將被引導進入一個以個人紀念物、手寫筆記、雕塑品、裹屍布、織品、供品等，裝置成得以庇護無家可歸亡靈的私人祭壇，最後掀開白布，一個彷彿運載大體的擔架，對比著牆上的單頻道錄像《水如導引、詛咒、治療》則詩意地想像這些死去的無主孤魂，會在身體留下什麼符號、詩句，或信息給予陌生的遺體清潔者，而白淨的影像畫面，彷彿連結至另一個世界的永生狀態。另外一件由E共同創作的作品《相識》，以東南亞文化中一個能夠將肢體從軀幹與器官分離的傳說人物造型為發想，利用假髮等現成物，製造出頭顱懸浮在空中的視覺效果後，從頭的下方投影出一對同性愛侶相愛過程的紀錄片。人頭裝置對應著私人祭壇隱喻的喪葬祭儀過程，彷彿將把逝者帶離人世的死亡使者，令人不寒而慄。那些用草紙、假髮、木棍、投影機、雲臺夾、單頻道錄像……接續而來那些傳統當中關乎於亡者、送行者、祭儀、工藝、禮俗與象徵物的轉化，會出現何種改變皆值得當下的他們思考與觀察，而這也關乎著如何讓出生即與眾不同且不凡的靈魂如何尊嚴地走完一生。而這系列作品共分為三個部分：《悼念無家可歸的亡靈》的祭壇裝置、《水如導引、詛咒、治療》的單頻道錄像以及《馴化對來世的質疑：死亡儀式》……都是單頻道錄像……

但是他最恐懼的卻是引魂用的古老儀式用的法器製作過程的困難……破舊不堪的過去老時代的已然沾染髒東西般的……竹、繩子、蠟染、未漂白棉布、蠟、稻草、沉香木、香、黏土、水、陶瓷、紙張、墨水、安息香樹脂、蛇皮、毛髮、薑黃、檀香……

❖

一如一開始只是盲目地亂找鬼照片，想了好多，他本來也想過就展一百樣在找鬼一路找到的遺物：百樣鬼東西老件考。或是出一本找鬼補遺遊異地攝影集的攝影展。或是考證歷代鬼遺照畫像鬼人像展，或是觀落陰找鬼上乩身面談的錄像……

也就沒有更認真用心用力回應「烏鬼」的最早的發源鬼……嘗試探尋現代性空間之外的敘事可能。涉入更多泛靈論、超自然經驗、巫覡祭儀、神鬼思想實踐仙跡不知道為什麼會這樣了的迷信偏方治療不了後才逐漸研究的……鬼故事的心事重重。

理論的分析的後殖民歷史政治論述的引入更刻畫了鬼的角色扮演的後設認知的差異，通靈巫卜怪力亂神的神通變得不太清楚的不太需要敬畏的疏離害怕了，也頗有更深的除魅的起乩變起訴的現代性奇異恩典。

一如這個烏鬼展覽最後的收尾，痴心妄想期望煉金術可以煉出在太多時間延長線索不明地擴散到了離開收縮的現在悶燒濃煙滾滾，想到後來的多年來自己擱淺的種種回憶喚回鬼東西糾纏的古老宮殿或胡同的集體廢墟……關係著萃取新舊時代交融詮釋原型……切入這個鬼問題的巨大想望的最高規格的可能閉關修煉最重大的深刻體會……

或許更後來的另一種規格外的關於鬼變成烏鬼……的切換。也是宿命……涉入的鬼……或許只是某種懸念般的太老舊的老派腦門機型一路關成了不用腦不用理路不用通關密語代號曝光的純藝術家式飛行模式，放火點香燒金紙鬼畫符都很弱智地晃動震度忐忑難安……

看過太多太多真正陰森恐怖的鬼展覽之後……他老覺得在藝術的活人尋常生活圈子裡認真做鬼展覽本來就非常的危險，就像在功夫的圈子裡要認真說會死人的必殺技的傳說中武林祕笈地必然充滿危險。

烏鬼。如果誤引入其他真的鬼的可能，好像走錯地方或是誤解，或許他自己有古怪的病或心病，或許他對擁有鬼的怪癖太充滿古怪的好奇和耐心……一如他最近老更想做一個想要變成恐怖分子的藝術家，或是把恐怖行動當行動藝術作品的神經病，也想把展覽的時候那些奇特的鬼的討論放入情節輕重傷害的藝術計劃中的互動模式啟動的什麼來入手。

不過他還是在那種展覽現場不免荒腔走板甚至完全走樣的講話現場聽到……更多或更少一點可怕或可笑的對白裡找到某種靈感……把大多一個個非常窩心用心的憂國憂民構想都當成是一篇篇極端變態邪惡鬼

藝術計劃的開端之後所有的配角……無論低階高階陰陽師角色都想像成必然是充滿了必殺技可能性的靈童轉世活佛上師高僧們。

或許，他也太久沒有認真聽別人講鬼的藝術。或是聽他們說他們過度認真但是必然失真地研究某些值得研究的鬼藝術的鬼東西……就像是靈魂出竅地質學的多種怪風水格局分析，多寶格的令人複雜情緒激動落淚的古中國巫卜機關，曼谷佛塔的破曉寺塔心召魂祕密，追憶似水年華的鬼時代，一如東南亞國家狹窄殖民統治遺憾過的鬧過鬼的歷史地理縫隙，或是更奇怪的從小長大的老房子老樹老城市鬧鬼般的驚嚇……

或許展覽做完之後的他還沒有改邪歸正……他也不可能真的是鬼……也不可能召喚出鬼或是雷同恐怖的什麼……那個鋌而走險的引魂計劃怪展覽做的是很像找尋鬼的混亂練習本。但是他只能在展覽現場說點話，卻也根本不敢認真說什麼，因為用力講他對藝術的宿怨猶未盡的恐慌……對其他的藝術家們或觀眾們而言這種恐慌太過強烈地自我落陷僵局心虛。而且那些觀眾們也一副很神經質很害怕的樣子，一點都不想惹麻煩的他擔心他講的話太重等一下出事了怎麼辦。流年不利的那幾年自從他開始懷疑自己的展覽會失焦不免充滿的麻煩，或是好像塔羅在命運之輪要轉變的那種感覺萬般草木皆兵，紫微斗數大小流年出事太多千萬要小心的緊張之中，總覺得諸事不宜不吉，就不要惹麻煩或是不要因為某些不小心講的話得罪了誰而引發不必要的副作用。這幾年他的展覽也老失焦失格失心瘋般地出事，那是他變得非常緊張是另外一種民間疾苦。

面對這個烏鬼展覽……其實現場他還是小心翼翼的像是在到處送花圈花籃地說話修辭，刻意隱瞞有些有問題的部分，他也沒有講清楚也避開要害地下手不要太狠。或許他也就無法想像副作用，或是也必然選擇不要講破……很像算命先生看到命很苦很怪而煩惱的可憐苦主們來算，只好一直兜圈子不要講出來那個可能更可怕的人生未來下場。或許他還是假裝沒看到好了，他通常都不太敢講這種鬼展覽的問題，講得太深入人家都會覺得他是乩身上身的怪，老像是在講一種壞習慣或是怪癖或是神經質的部分一樣，連對其他觀眾的那種無辜的眼神的不耐煩……但是在解釋鬼展覽的時候，講多了就會露底牌，即使他已經很小心了不要去碰鬼的靈不靈驗的雷區或是不要用力說服人家……更不要賣弄什麼鬼理論主義學說或是掉書袋的那種自以為了不起的鬼展覽的種種說法……或許，鬼展覽太用力……不免像是打木人巷梅花樁的陷阱重重，本來就是一件很危險的事，太多太多的出手入手式的過招部分他連看都不敢看，想都不敢想。尤其是在流年不利影響的狀態裡可能出事，或許涉入烏鬼的活體也是流體的深入鬼的可能……他太激動到可能想不開地找死……

假神通。第二十五個鬼藝術家。

WA的鬼神通使他最後終將變成另一種鬼，或許更像是一個更離奇費解的恐怖分子。

一如電影中那正在啟動定時核子炸彈的恐怖分子的令人擔心的費解……他老跟男主角說：「這個世界太壞了，需要重新開始，我只是幫了一個小忙。你是歷史老師，所以你應該懂。」

泥菩薩說：在畫室教畫……大多的學生都是心不在焉地鬼混……因為上畫畫課其實一點也不重要……他說：但是，那回她嚇壞了，彷彿是一種難堪的玩笑，難以明說的無以名狀的謊言，但是又不像假的。

她說她永遠無法忘記，那天上最後一堂課，有一個很混的畫畫學生WA來求情，充滿了歉意，心虛的忐忑不安……他說他不知道為什麼上課永遠在打瞌睡，其實是上什麼課都在打瞌睡，沒辦法，出了事，他沒辦法說，說了人家也不相信……其實是因為他永遠一入睡就被鬼壓床。那陣子被壓了幾個月，因為上高中之後搬到學校附近住的鬼地方，每天都有鬼壓。後來認真一問才知道那草率決定租住的舊房子的後頭是老時代的警察公墓。搬進去之後，人始終無法想像地疲倦不堪，每天回家都很昏沉，有種想吐但還是吐不出來的感覺。

做事永遠怕用力因為也沒法用力……但是仍然想要畫畫，也想要認真畫畫到有爽到的爽感。找出路，畫羅漢畫菩薩畫神仙畫佛祖保佑，邊畫邊念拜託保佑保佑。但是沒有用。還是始終想睡。

泥菩薩只是心虛，她是老師但是學生的神通太高太險令她非常擔心。

那天本來她不想講WA的神通的，但是，覺得其他老師或其他課對WA的理解始終沒有改變地停留在原地打轉的外人旁聽學畫的有才氣同學或是有才氣只是想偷看過宮家六十四手的年輕高手，其實，她感覺到WA是有尾獸的要來毀滅木葉忍者村或是安納金會變黑武士的絕地原力神童或是阿基拉那種可能失控就東京大爆炸的超能力兒童。但還是無人知曉這種奧祕，他只能說一點點他像是兩光桌頭偶爾見過WA起乩乩身的疲憊但發光的先兆就很甘心，他不該說破的……其實更可笑的是即使說破了，其他的那些老師也還是不懂，她自己最近也在畫一幅新的大畫，就是在想畫這種神通……泥菩薩老是想要WA的神通偶爾點化加持她一下。泥菩薩聽過WA說過太多他的鬼故事……從小就通靈的他常對晚上找上門的看不見的什麼嘆了一口氣地問：那我長大怎麼辦？最後他的也通靈的父親還是幫他找人來解……其實髒東西到處都有……（他對泥菩薩神祕兮兮地說：就像我現在就是不知道為什麼一講就全身發抖……）

一如他小時候全班同學畢業旅行還曾經去過臺灣最著名的妖怪村。那是一個外人只知道是曾經風景優美的勝地觀光景點的多年前開始就注定會失敗但是沒有人知道為什麼的舊溪頭森林公園裡頭的一個破爛不堪的之前六七〇年代蓋的老山莊。全班去玩得開心的時候，他卻完全沒法子專心，始終無法理解為何會發生的胸口悶燒，呼吸困難，全身冒冷汗……在那裡的幾天始終一直在睡也一直每天被壓，太多時候都更加惡化，那著名的妖怪村就是他們意外畢旅住進的頂樓，五樓沒開，廊尾的旋轉樓梯很陰，他去走廊尾的熱水機倒熱水要泡麵時，他全身無力，老感覺上面有什麼問題頭皮發麻而呼吸困難重重到每一回抬頭看就空氣擴散到完全無法理解地窒息般的壓力過大，到了入夜後越來越嚴重地整個晚上始終無法想像老是有很多人在樓上大聲說話唱歌跳舞地低音沉轟垮崩離析地走來走去的怪異腳步聲愈來愈難受，太多太多的情緒低落也不敢說，他們好像在辦什麼法會聚會場所的更多活動，誦讀念經祈福儀式梵唱作法很吵雜的聲響噪音一晚，他始終無法入睡，到了早上去問一樓大廳櫃檯的小姐說：「他們住的地方頂樓加蓋屋頂只是倉庫的太多太多破舊不堪早年老東西，我可以帶你去看……根本沒有人。」

泥菩薩只能安慰WA：別想太多，你還好……

另一個更老的在趕畢業畫展的舊學生私訊給泥菩薩彷彿求救般地慌亂地想請泥菩薩跟他談一談：

「應該講說我這兩個月被某種東西進入我的生活，因為我不小心畫了七幅畫，不小心地把祂們召喚到我的生活中，祂們已經有些具象化出現在我夢中或我生活中，然後祂們嘗試跟我講話，他們有點算是逼迫我要把祂們畫出來，某種祭壇的畫在畢業畫展的時候展出來，如果不畫我就死定了之類的話，我從十七歲就擁有這遇見祂們的能力，但是，奇怪的是，為什麼直到最後這兩個月祂們才開始跟我說話了……」

泥菩薩說，她覺得他是騙她的，因為太久沒有上課了，怕畢不了業，只好說這種牽強的謊……但是，太同情的她還是覺得自己老只能好心地安慰他們。別問她，完全救不了他們的課其實一點也不重要……她就只像是遇到真妖怪的假道士般地始終慌亂……

「老狗」計劃。第二十六個鬼藝術家。

其實一開始他做的神明木的樟木盒是為了想為他的老狗小白引魂……

太多太多年沒回山上的他聽到他祖父提起的小時候老家養的那隻老狗，已經開始完全不同過去的老態的可憐模樣的令人不忍，十五歲過後開始全身長蟲甚至腐爛的味道背脊下腹的皮肉已經化膿瘡疤痕跡可怕。

用一種「你不要接近我，我很臭很髒」更可憐的近乎瘋狂的可怕的眼神。

他太多年沒看到小白……小時候記得的小白永遠是太好動活躍地樂觀天真無邪，以前是很開心的到每次看到都很喜歡接近他的一如童年在老家長住過的夏天，他們每天都一起去後山跑山追鄰家的黑貓野鳥種種瘋狂的怪事，縫隙中的種種時光隧道的錯覺……一如早已長大而甚至忘記了他也放棄的自己太敏感過去的野生宿主般游牧於祖母老家過去，他曾經失去的更多細節的念頭的追風般若隱若現的什麼……

有一次回去的那時候看到老了的小白的病身腐爛發臭的可怕，一如他的過去……

他就不禁眼淚流下來地痛哭，祖母之前就說過了但是他沒想過會發生到這麼悲慘，對厄運低頭的小白一如更不安的自己：祖母提過的那麼尋常口吻的話：所以你現在看到小白一定會嚇一大跳……太可怕到始終被關在門口，病到不能進去老家，小白只是老了，甚至也沒有做錯任何事情，卻落得這種下場，太可憐了，老狗沒用了，趕出去，等死。他心想對叔叔阿姨們說：那你們也老了，為什麼都不去死，既然養了小白一輩子，為什麼不好好照顧，不然就認命了……他心想地更殘忍但是卻可能更慈悲……「小白，你就趕快死……不要再那麼痛苦難過了。」

聽說是小白看叔叔開計程車回來很高興地跑上前去卻被撞斷了腳，傷口癒合不了地越來越嚴重，但是卻沒帶牠去看醫生，那長蟲化膿瘡疤痕……一如聖痕，傷到剩下一塊肉都非常痛到非常可憐。

叔叔的語言受損……到底是什麼意思？他一開始也只是好奇，仔細一問其實是很大的破洞，人生的無可奈何的無奈，更破爛不堪的過去和現在……他遇到的以前開過臺北計程車的他叔叔，一如某個中年的看起來很疲倦的皺眉頭皺很深的愁容滿臉的可憐兮兮計程車司機的他叔叔說，都是那棟蚊子樓害的……路過的窗外看出去的那一棟還算體面又不太舊的高科技大樓，因為人生太奇怪的凹陷的無奈，他還說起更多的遺緒，一如他自己也無可奈何的破洞感，那地方不知為何就是很不祥，太多傳說，好像蓋好不久就變成爛尾樓，很多揪心的糾紛日益惡化的狀態……那時候還沒那麼慘的他以前去過，在裡頭做過至少六七年七臺電梯保養，每個月都要去的裡頭他很熟，那幾個門那幾個電扶梯那幾個廁所那幾條走廊盡頭的那幾個逃生梯剪刀梯……他都很熟現在想起來根本不可能，但是真的就這樣發生了，在這種昂貴得要命的地段的怪房子，外面看起來都還算有模有樣，甚至就是租給大公司的大辦公大樓，二十幾樓而且一樓都是二三百坪的大樓……但是，裡頭卻是另一種慘不忍睹的怪病毒纏身的惡兆……染黑眼圈的困擾，斑斑駁駁的可怕每一樓的天花板屋頂都壞了，冷氣搬了但是管路痕跡都還在，他熟的那怪大樓裡頭常一起喝維士比加咖啡提神的入口地下室停車場算一算有到五個保全人員，三班二十四小時……好像很忙但是還是很空……

但是還是空的怪大樓空了好幾年，至少六年，從老公司把他以前從內湖調回臺北時開始去，那怪大樓就已經是廢墟了，甚至這是在信義計劃區旁邊的辦公大樓一坪租金至少三千塊，一樓更不只……老闆是橋福興麵粉股票上市的大公司甚至好像還有開僑福建設蓋房子到有錢得不得了……只想在這怪房子裡養蚊子。

他叔叔說：一如他這種老狗，後來轉來開計程車的人生更悲哀……其實這幾年就是他自己最慘的幾年……一如他無奈地開刀遇到庸醫，開刀的時間在下班時間，沒人理，二小時變四小時，住院治療，開刀下去，四天不能下床。日子真難過，全身不能動……最後那開完刀的老醫生最擔心的是……他的腳沒反應……一打腳沒起來就慘了，甚至插管。過年才開刀時，他們開過的跟他說，大概要半年，才會好。到現在每天頭都昏昏欲睡的，就早晚會昏地像重感冒。本來就腫大的心臟浮起來的他這幾年太慘了，手會麻，膝蓋會痠，因為長骨刺的他就偷懶又賴又慢皮，最後因為太怕下半輩子就只能靠坐輪椅。勉強自己去開完刀，傷到的喉嚨痛到聲音沒有了，因為插管，語言受損，傷到聲帶，說話都只能很小聲，像蚊子叫……

後來他叔叔回家養病太久，根本也沒時間照顧小白，放在山上亂跑亂養……

他聽到小白的長蟲化膿的聖痕……

或許小白是他的上師……但是他還記得什麼，這些關於小白的引魂的碎片，不連續的碎片多好但是他不知道哪些是真的哪些是假的？小白是他這一世或是好幾世上師，一如來渡化他。即使小白死了，牠的靈魂，會以他最熟悉的那個角色和他見面，小白要把他變成他最好的版本了。

如果不是小白，他是有缺陷的，他小時候就會害死他自己，小白就是教他如何控制自己，他在祖父山上的老家撐不了一個禮拜，如果沒有小白，他只是普通小孩，他在山上差點死在森林裡，完全不知受傷要怎麼爬起來，好幾回他在山上跑了太久，滿身是傷，臉上都是血，但是還是站起來站起來，他嘗試要出來，沒有人能夠從這個精神狀態裡出來，那不是在一個時空的限制裡……小白是在一個引魂找不到的莫名的狀態。

他不太可能找到小白，他害怕自己會毀掉整座山，或許小時候他就始終都被限制住了，但是他不知道自己的限制在哪裡，但是在那一個山上受傷跌落谷底的一如巨大的爆炸之中他太痛苦，一如自己毀掉自己。只有小白或許其實不是一隻狗，這是一個他的童年的上師的好幾世的關照他的靈體……一個莫名的守護神……

小白要他在他的「老狗」引魂計劃中承認自己的崩壞，承認自己的差錯，對自己對神明……面對自己的缺陷，祈求神彌補他的缺陷和他的出錯……

他想用這種專門用來刻佛像而被稱為神明木的樟木來刻的彷彿有神通的古式木盒子。其實是為了打造一種他心目中的「聖痕」及其「聖遺物」：

因為他有很多年沉迷於一種線上遊戲「崩壞」的第三代版本的第十二神之鍵……地藏御魂（侵蝕之鍵）。他打開了遊戲上的文獻記載：

「發現時是封裝上世代第十二律者侵蝕律者核心的黑匣子，在本世代由緋玉丸引導八重櫻在天守閣內發現，在八重櫻打敗了被其蠱惑的緋玉丸後才被製作完成，是目前已知唯一一把在本世代才完工的神之鍵武器。遊戲中已實裝化。聖遺物是：上個文明紀元製作的作戰兵器，利用疑似律者核心的物質驅動，其構造無法通過目前的科學技術解析。

另外一個更複雜的遙遠近乎神蹟的隱喻是「聖痕」：維基上的解釋是：

「在悠久歷史中與崩壞抗爭著的英魂們，化身成銘刻在全身永遠無法理解為何如此蒼白的少女身體上的聖痕，（那少女的蒼白的可憐的臉老讓他想起小白）一同迎接末世的戰役。……在每次『崩壞』發生後會有一類特殊的人出現。他們體內擁有著被稱之為『崩壞抗體』的物質。在擁有抗體的人中的極少數人身上，抗體還會在身體裡構建特殊的紋路，就是遊戲中的聖痕。聖痕是上個世代的文明留下的對抗崩壞的遺產。」

這非常接近他所陷入引小白老狗孤魂的狀態……

這個崩壞的遊戲一如他的宿命……使他開始他的「老狗」計劃……死命地打造安放聖痕及其聖遺物的怪木盒。

白衣。第二十七個鬼藝術家。

腫囊裝式的老時代滲入新時代的穿的怪現象的「偽葬禮偽婚禮」般的「白衣」計劃的追殺與起飛的惡夢。

他的某一個藝術計劃……充斥著老時代滲入新時代的穿的怪現象：「白衣」計劃……一如某一種才氣縱橫交錯過度摺皺凹洞破洞的……某一種鬼藝術像鬼小說及其充滿裂縫所滲透的這時代惡德顯學的極端邪門與慾求不滿……所有切割華麗洞見絕美的亡魂惡漢女鬼崇太奇隱喻充斥一如「沒有眼珠子的眼睛」「照著裡頭看不到人的鏡子」「沒頭的髒小孩」「怪蟲快跑進去的車子裡」「淡季旅館裡做的惡夢」「常被棄屍的一個橋頭」那麼動人又駭人的祕密意象情節所繁殖出「長著一張看過就忘的臉的女孩跟她說有一天那個死去的男人會親口告訴你」「跟狗一樣徒手挖掘的牠們總是能找到骨頭總是知道藏在哪裡有人忘在哪裡」般的一如卡夫卡薩德馬奎斯附身編劇《CSI犯罪現場》怪系列的令人無限心動……

或是像是神諭的對詩的祝福的神祕發生。對最入戲最高亢最狼藉最炫目最神祕的詩。作為一種預言厄運的籤文。那麼費力地用心良苦。費解地解釋地無法理解又無法忍受。就一如葬禮或婚禮的白的布衣對某種……好命對壞命地命運多舛般地作祟……末代對現代。過去對未來。對厄運種種的無力又用力的抵抗。多年來始終依舊用心解釋更多神祕。輓歌最後關頭回聲。夕陽一抹西下餘暉末端。渾天斑斕失序極光。令人感動的觀音古寺受菩薩戒的發願才能得到的菩薩保佑地那麼動人那麼壯烈那麼專注那麼華麗那麼冒險那麼嚴重那麼沉浸。葬禮或婚禮的白布衣一如詩。一如最不可能但是竟然變成可能了的神諭的對詩的祝福的神祕發生。

在白衣計劃展覽前的工作營現場他老是好心地熱烈引領觀眾們透支一點偽裝的幸福感和偽裝的地點感。

他就這樣帶一群人一起做用心的婚紗拍婚紗或是送葬白衣麻衣這種老時代很臺很重的舊文化經驗的貼切與荒謬之中重新體驗結婚禮葬禮的幻覺……一如鬼地方般的城市的幻覺的所向披靡。有些歪斜地深入浪漫意象地邊看邊拍邊自以為擁有了什麼帶走了什麼地那種自負與自欺。之後，討論觀眾們這些對於葬禮照和婚禮照引用的既投入又疏離，既羨慕又諷刺。

他說的……充滿著妄想穿的更外在又更內在的關係……白衣這個計劃操作裡其實最強的是身體，然後「白衣把自己的肉身變成鬼東西」還當作一個記憶在那鬼地方妄想，那個白衣的鬼東西變成不是人而只是一個物，那一個鬼東西去演祂如何裝進那個鬼空間。問題變得很強烈，肉身的即時要進入一個空間，是很難很難想像到不得不要說服非常久或要透過壓迫做出一些手段，可是相對葬禮婚禮有一種更強烈的屬於特技般的可能……在肉身穿上那個白衣鬼東西之前，其實就會忘了鬼衣服跟肉身之間還有一個空隙，會讓人和那個空間同時去穿衣服？為什麼想的都是自己穿的，或者是說這個空隙的鬼東西有沒有可能連接鬼空間。

他老是想利用那個鬼地方的故事讓肉身好像在做一個特技……因為白衣計劃偷渡某一種所謂肉身就是戲劇的關係，試著建立一部更低限的穿的戲劇論，交纏對壘試探鬼東西……就是人自己的穿鬼東西與進駐某鬼地方的兩齣戲劇之交會又交換。

這是太大也太多層的葬禮婚禮白衣的角色可能，便可能會在操作裡失焦，但有些鬼東西，是透過這種某種「抵達零度又咬牙堅忍地重入江湖」的故意挑釁然後造成理路上不得不的「只好停在某處」，比較能夠出來的肉身的闖入、卡在其中對比於他們對穿的不熟悉與不察覺的因為更多注意力放在與鬼地方的互動，還有一種戲劇之間無法融通接上的尷尬對立……一如葬禮婚禮利用種種鬼地方做一個特技，也就是說不是再把老故事裝進去，只是想在那樣短的時間怎樣做一個瞬間的特技。

他的計劃……充滿的怪異葬禮婚禮白衣禮服，一如當代藝術有一種恐懼症，那白衣恐懼症的表演掌握度不同，某一些比較傾向儀式、某一些比較傾向快閃、然後就用儀式再進一步的……逼問到底是鬼地方的什麼場景？葬禮婚禮的那個鬼場景和白衣之間到底有沒有什麼特殊傳說關係？如果沒有穿著那樣的白衣服的什麼作祟什麼異狀的鬼問題。

因此「白衣」這鬼計劃狀態，拉出張力戲劇入侵，時間感不一樣，要有多一點的時間或是說想找一點故事性很強的鬼地方，鬼東西挑戰進入那個鬼空間的感覺的可能……一如某一種鬼藝術及其充滿裂縫所滲透極端邪門與慾求的不滿……這個問題重重的引入「葬禮婚禮」的「白衣」計劃……必然切割華麗洞見絕美的葬禮婚禮充斥著的亡魂惡漢女鬼般的蒙太奇隱喻充斥。

一如這個鬼藝術家最後說過的一個怪夢。

「一個老朋友要帶我去試飛，只要一如老時代儀式地想法子去穿上葬禮或婚禮的白衣就可以起飛，我完全沒有心理準備，那時候內心深處無法理解為何極端害怕的我來到了一個老市場裡的破舊不堪的古老的建築廢墟，有人在追殺我們，使用的追殺方法我不太確定，像是某種有魔法或超能力的壞人，又是什麼曲折的原因陰謀詭計多端地始終不清楚，那老朋友也不是很有把握。

但是內心深處還是賣命的他也沒有明講，他是個乩身的疲憊過度的傳人，以前還算有點交情，後來一段長時間沒有聯絡，他來找我時也沒明說什麼，動機有點擔心或隱藏的祕密地始終曖昧，被追殺久了的一路也沒有什麼太複雜的發展，他穿古裝的華服，太像是某種歷史劇劇場演出才穿的老時代仙人道長的死白長袍。

他告訴我，只要專心最後總會準備好……起飛。

一開始我被追的時候要從高樓跳下去，我還是很害怕有幾個壞人裡最殺最陰險的高手威脅我。他們說一跳不死也剩半條命，但是我賭性子硬跳就撞到樹枝命撿回來般地後來就跳入某個破房子死角，那是因為深入在那個古老的市集的舊倉房米袋堆中，還在跌跌撞撞的步伐加快中妄想般地心想自己如果可以飛的話

就不怕別人追的自嘲……

後來一路假裝自己只是路人，逛逛亂買很像土產的紀念儀式保佑平安的度過難關解厄消災祈福的草馬念珠佛珠手鍊之類的鬼東西，但是不知為何每一樣東西都好像是活的怪物長出觸手尾巴獠牙鱗斑爪牙眼珠賁張地尖叫亂跑，但是那個賣的人好像妖僧團的法王，掛在胸前的念珠佛珠上的配件竟然是活的獸頭每一小隻的甲蟲活體穿山甲蜥蜴青蛙蟒蛇就像一個魔咒加持的小妖怪對我嘶吼吶喊咆哮不已……而且在法王的妖法咒語一念之間就都長出翅膀追殺過來……

花了很長的時間才逃離的一身冷汗傷勢嚴重的我終於熬到趕到現場在艱困時刻的後來追殺中來救我的道士老朋友和道友們，他們也被法王的爪牙所攻擊受傷到最後，奄奄一息地交代後事般地說，他們都知道但是一開始也沒有多講什麼，但是神明的意思是其實我早就準備好了，只是我自己卻不知道什麼是準備好了。

如果跟著他們一起念大悲咒，也只要穿上他們的道長白布衣就可以長出翅膀，就可以像那些小妖怪被法王咒語加持般地振翅高飛般地瞬間起飛……

其實我沒有答應閉上眼睛，他還就交代一些瑣碎的細節，但是我聽得不是很清楚，突然就打開眼睛的時候，就立刻飄浮地縱身躍下地離開了房間，我不知道是怎麼發生的，時間非常短，好像一下子就發生了……

那麼驚人的速度加快，穿上道長白衣的我還沒有搞清楚狀況……只記得，一如一開始好像只是他交代跟他念大悲咒神明保佑的眾神名諱，虔誠地慢慢念還要冥想，然後我不太記得眾神的全部名字，念到前幾個神……竟然全身抽搐症狀發作起來一起身就突然離開身體，身體的關係變得很奇怪……痠痛無力的我也沒有把握，但是不知為何飛的狀況還是還好……也可以飄浮不定地像雲端跌落地輕盈地……起飛。」

舞者。第二十八個鬼藝術家。

她的舞充滿死亡……

她說她的家人都是打魚的人，隨時會死，從小就充滿擔心，但還是無奈……只有中元節普渡拜拜放水燈，火燒船釀成意外發生種種，鬼魂才都回來了，基隆老家族的死去的人，充滿隱憂的隱喻……她無法理解也無法控制的死亡……

她永遠只能躲過死亡……用舞躲過死亡，像是她老躲在舞臺暗黑的死角……露出貓的半個臉，後面的模糊的影子，她老坐在半張榻榻米說：「我只是一個引子，找尋死，找尋舞，舞才有的神力，儀式把人引入劇場的神祕，神力如何放如何收。如何逃離死亡。」

舞的翻滾糾纏械鬥之中，死亡的眼睛看到的，女人的眼睛永遠無法彌補的遺憾……她的母親等待老家族的死亡……海的詛咒，她就像在世修行的……行者，沒有這種怪花色的那塊絲布幔，那塊布打開眼淚就滴下來，布料比較。植物染，聲音，簫。找尋布的重。仍然透光。在老布店找光的透明感。她跳舞的時候彩排都要先上香參拜，先拜神明保佑的斑斑駁駁的感覺，很暗的光。在自然裡跳舞，落花流水喝茶，開臺掛燈，演出回憶的沉重……舞臺上的他媽媽站在旁邊像他妹妹。寡婦帶六個小孩，把他賣掉。那時燈火闌珊。她說她的母親九十歲，縫衣服，花布。他是老者掛燈，說整個故事。到海邊唱歌，弧形的礁岸邊有半裸紅布，風吹。人很弱，他鄰居一個智障小孩，他完全不動，流口水，流淚，說了一個故事。一個人的悲傷情緒失控。

在垃圾堆裡撿到一張椅子。變得很慢很慢，她說自己以前跳的舞不喜歡了，停了八年，拿香，流汗到

汗流浹背，十年做一次醮。人鬼之間的關係解決，感情的問題，人神之間。戴古帽，點香，纏住了，撞上，盡力，腦子就空了。妝畫到一半就哭了，劇，是個聖殿，修行，舞是看到自己的錯誤限制。遊魂沒有家，搶食，分食，祂……她看不懂但是看完睡不著。拜拜，穿好衣服，畫好妝，淨場。芒花，燒金紙前摺金紙。腰壞了，抬轎子。一開始出場，非常緩慢，全身大戲裝的少女，在正中間，十二章節。很深的情感比較淡了，戲棚下，引火過火，煙滅，她堅持全舞團演出前要虔誠地跟媽祖繞境，七爺八爺大仙乩身，大鼓。宗教教派衝突。古書，符咒，武術。用賣豆花的竹擔，儀式，怪力亂神，敬酒的時候瓷杯一舉就不敢輕忽。小女孩穿上極大極重的法器古裝衣服，帽上的絨球，燈暗，出巡，天上聖母，神轎班起，合手拜拜。真正跟著去走，行腳，腳跟著走，不一定要跟在轎邊，起水泡，沒辦法走，信念，新娘，演媽祖的少女跟著走，只是想跟著走完。大太陽，汗水淋漓。下大雨，穿著雨衣在路上，攔車。晚上她教團員用針挑破水泡，大家每個人都有。半夜三更在旅館房間裡躺著，戴斗笠，路過人家門口擺拜攤。白沙屯媽祖，衝進來了。音樂的怪異樂器，鼓，不同的鑼，唱腔，聽不懂的句子。全團上山搬上道具。找尋兩個巨大的怪異石頭，爬滿了苔，水漬，根部的。以前來過，決定，覺得內疚，不足，離開森林就會自大，不足。花開的速度，花開花謝，開的花太美第二天就掉了，花神祭，再看到，就長大，再看下去，就謝了。種花，剪枝，剪到都沒有葉；芽，長出來。她嫁給的他玩茶到做茶器，種花，花紅得真美。盆栽，花卉充滿花房。杜鵑花，本來有另一個華麗的花，命名，素雅的，溫室，木寮。紫色的紫絨，粉水晶，太豔了，素白。不解之謎的無法解釋，觸動，打開感官，花神。兩個人彼此相愛般貼著肉身，陷入柔軟。爆出種子，純粹，很脆弱沒什麼動作但是水深火熱登場……脊椎，肌肉，一試，練下去無限大。不屑又做不到，進入這結界才感覺得到，進入的狀態，如何去除雜質，找尋神聖性及其精神性的狀態，塗身，秋末冬初，舞還沒有決定之前。始終無法忍受……

跳到不知道怎麼跳完，人如果可以緩下來，不動，肌理，螺旋，永遠不是在旋轉，摔倒為了找內在的感覺再去找祕密，技巧要如何藏起來的。外面的東西要如何放掉，要如何了解身體又忘記身體。定，住，靜，鬆弛，緩慢，沉下，長芽，身體跟脊椎，忘記自己有脊椎了。用身體找動作，晃動，旋風……最後讓自己的頭掉下來。

走路要小心翼翼到好像從地上長出來，有紀念性的經驗。在這個中部的山裡的芒花是不太一樣的，五節芒花盛開，曬兩天就開了，在現場看到畫，畫芒花的感覺不一樣。宣紙長幅，毛筆波磔，神祕河流，回來回來，山中大霧。在山中湖前，河水變紅，琵琶的弦一根一根斷了。海，向海吶喊到，灑出去……

她喜歡老東西。苗族，少數民族的老褶裙，老件老銀，長指甲，紅很拙，古畫的拙，在海水中捧一個歪斜弧形的古缽，大霧瀰漫林中。手掌倒放地上撫觸蕨草，倒在大石水岸旁的白身裸女，嘴吐出漆黑的黑絲，全都出去了。她說：「你們跟著我，這條路是對的。黑暗中點一盞燈，他昏了，用全力，跳完一直哭。耗時間力氣，百分之一從百分之九十九的傳統而來，但是要從何而來？從何而去？她不知如何也不知為何……」

舞的渾沌的部分模糊曖昧不明狀態，像入夢，半睡半醒之間，只是差在很小的細節，到山裡去練舞，根本不需要練舞，風吹，蟲子在爬，葉子在動，太多太多時間，腳痛坐在地上，潮濕空氣流動。身子是空的，穿透你，不會想留下什麼，錯過小孩，結婚新娘撐傘過火過門，踩破瓦。在家的客廳木地板上失神地走。

她老想起她小時候永遠記得拜水鬼的廟慶。那就是她老家旁邊的廟，請出大仙神像佛像神廟陣仗……。即使她在基隆老家海邊住了幾十年快一輩子，但是她完全不清楚，好像這附近最大的神明出巡繞境大典。但是她完全搞不清楚狀況的那種離譜……之前還想過要去看白沙屯媽祖出巡的熱心，後來就只是……胡思亂想「神是什麼，神可以啟發什麼」，也沒有用……原來八仙彩紅旗上的是……媽祖宮拜拜的繞境。但是實在是沒有辦法，她太累了。尤其這是在她家旁邊的廟，雖然晚上就看到他們在搭起那個棚架把所有的比較大仙的神明都請出來，安放在臨時搭建的帳篷裡，在路邊。而且就在她小時候每天回家上學之前後來老了回家坐著抽菸恍神最後時光的那個公車亭旁邊，甚至就是在7－11跟萊爾富旁邊的那個廣場，就是她家那一帶破舊不堪的混凝土樓最大多人會去的鬼地方。

但是太累的她還是覺得不要去打擾他們，工事現場，拜神儀式的彩排，有很多年輕人老人都在幫忙打理那個要拜拜祭典的細節，那天早上起床起床時想起來，她還在想說要不要留下來等一下看陣頭或是熱鬧的場景但是還是覺得太累了，出門之前剛好遇到了，所有的事情都太巧合了。她要出門的時候還想說要不要直接叫計程車就走還是在樓下順手拍幾張照片，或直接去對面的老茶店坐一下等一等，拍拍照片也不錯。沒想到一下去到路上才知道狀況有多麼的痛苦，一場大遊行陣頭一個接一個地來，因為完全走不出去，那條街，她家的這條老街的怪名字的鬼地方。後來只能夠坐公車出去，還排很久的隊伍，人實在太多了，而且因為陷入一種陣頭的鞭炮慶祝瘋狂狀態，她很怕會冒犯了他們，有很多那種穿著泛酸汗衫好像是陣頭的那一種兄弟們……凶惡叱吒。她就是承認自己就是這樣的人和狀態。沒有神的應許……她的舞永遠無法忍受……

女妖。第二十九個鬼藝術家。

吃男人不吐骨頭的不純情羅曼史……爛桃花的性老和死亡和世故有關。「法國女妖日記……」怪展覽……是女妖自詡吃男人不吐骨頭的她自己的在海外旅行的親身故事。也是她在法國被搭訕被告白的半害羞半炫耀式的不行動的行動藝術。

這個怪展覽當然也更是一種她在巴黎旅行更多情也更無情的豔遇式的行動藝術計劃；是一種與法國男人的浪漫或不浪漫的相互勾引式的女妖術；是一種新款肉搏戰式的更異國調情式的書寫；是一種老在網路上和在柏林巴黎倫敦姊妹淘越洋SKYPE討論各國爛男人濫招濫情式的書寫；「婊子也是不得了的女孩子」是「女兒也當自強」式的另一種更UP DATE過的臺灣留學歐洲女碩士生除了讀書外順道「慾望城市」一下「東方美少女」一下「小甜甜布蘭妮」一下的MV式的不純情書寫。

他是用他對這些老派女妖的費解來理解她的新派女妖行動藝術，諸如當年最著名的法國怪軟調色情片《O孃的故事》裡的O孃；諸如再晃一點的是夏奇拉；諸如再高一點的就是吉賽兒，諸如再夢幻一點的是濱崎步；再色情一點的是山田詠美；再陰森一點的是伊藤潤二的富江；再法國老派一點是從包法利夫人到艾曼紐夫人；再火熱一點的是從碧姬芭杜到蘇菲瑪索；再詭譎一點的是從伊莎貝拉・艾珍妮到伊莎貝拉・羅塞里尼。這些女人都是令人費解的。一如「性感」一如「豔遇」一如「浪漫」一如「女妖」這些字眼這些定義這些打量在這時代已可能是很激進很上進那種進步的令人費解。

在這女妖展覽裡，雖然她高大桀驁卻一如「安東尼的小甜甜」式地偶爾裝可愛角色扮演，雖然她生活困頓卻仍然一如「名模生死鬥」式偽裝地華麗登場，雖然她用一種白流蘇加玉嬌龍式的東方神祕與倔強執著版本的姿態來招架西方男人登徒子式地搭訕糾纏……而不免踉蹌。

但，他還是覺得這本書在這個島這個時代的現身出場，一如她，仍是種稀有動物式的好看。

她身高快一九〇公分，卻有過好幾個身高一六〇公分左右的男情人。她說她小學就讀《紅樓夢》、《聊齋》、張愛玲，現在卻寫起《法國女妖日記》行動藝術式的書。她去巴黎開始想念文學，後來轉而想念人類學，最後卻念完怪藝術學院……變成女妖。

幫她策展這個法國女妖日記怪展覽的這段時日，他開始害怕在晚上二、三點回家，很累地上網收信時，在SKYPE被她找到，跟她談在巴黎在柏林的太多旅行太多豔遇，好累。他害怕相對於她的太青春太揮霍太不在乎，他已變得太老舊太矜持或只是太不道地的太擔心。

事實上，他對法國的不道地印象，其實還夾雜停留在二十年前除了聽德布西、拉威爾，看高達、亞倫雷奈，讀沙特、羅蘭巴特、布希亞的太冷硬；或他在十五年前念研究所時跑到師大法語中心去上了一年陰性陽性文法課的太拗口；最長的兩段在他大學同學十多年前去巴黎念書寄給他兩年信的太混亂和在紐約MOMA駐館和法國藝術家工作室比鄰而常一起辛苦的太知心。但她在這女妖展覽裡談得卻是比較甜比較享受，比較感覺得到法國更新更裡頭的「慢」與「浪漫」的更道地的令人費解。

從法國男人「生氣、喜惡、開心或失意，他們卻毫不掩飾地哭泣；這是他們可愛的地方」的令人喜歡到「其實典型搭訕男人他的目的只有一個，就是和妳上床」的令人厭惡。從法國女人「遇到『喜歡KENZO或Agnes b的童裝才十歲就穿細肩帶的小可愛迷你裙到緊身褲』小少女的依然性感，遇到『說在這樣的天氣哈上一根大麻真是太舒服了的法國設計市場調查問卷的女人』的身材依然火辣；遇到『不算親切的學經濟學的法國失業女人』的依然驕傲」。從法國朋友「『古董商老人們和兒女和孫女們一起抽大麻』的大膽到『討論法國人最喜歡喝的是酒而法國人最喜歡的性愛是從背後』的大膽……」這本書其實仍然還是細膩地寫下了作者她對這個國的性與人與生活的田野調查式的親暱。

《法國女妖日記》因此是「長大後的飛天小女警」式的「只有一點惡的女性但沒太多主義」式的新版

寫給下一代青少女遭遇異國異文化有戀情或沒戀情都必讀的讀本。真是令人嫉妒的令人費解。

女妖書中提及了「典型的『巴黎人』，男的能說善道的，對什麼藝術充滿批判的精神，女的除了有姿色外，開口就是艱澀的哲學問題，同樣的，兩人總是喜歡和別人的另一半搞曖昧以證明自己的魅力」。也提及了她自己遭遇「從翻到快爛的法漢字典裡了解原來我被說成是個亞洲來的賤人」的辛酸；遭遇「像這樣的爛桃花或許很多人都希望擁有」的辛酸；遭遇「雖然臉不漂亮，但有著像模特兒般的冷酷，不過她很高，整體看上去很不錯」的辛酸。

但，她的辛酸顯然是令人嫉妒的。因為「法國女妖日記」怪展覽裡正就是以這種「巴黎人」聰明的曖昧來書寫她「當代」的「充滿批判」她那女妖人生「有姿色」的令人費解。

性老和死亡有關……他也不知如何跟自詡女妖的她明說老派的他老覺得「性」和世故有關。

但當然「性」和更多困難有關：和祕密有關、和揭露有關、和找尋有關、和逃走有關、和背叛有關、和敵意有關、和有意無意的「愛情」的滲入有關，但和深入「肉體」的困難卻不一定有關。

有一家臺中很大的三溫暖，開在他以前念的初中教會學校附近。當兵的時候去已經是十多年後了，但由於可以較便宜地落腳，所以還是不錯的選擇。更奇怪的事是，他發現裡頭最大的通鋪睡覺的地方，正是以前念書時學校附近三家放愛雲芬芝之類的三級片小電影院的樓層。因此，每回他在很晚的時間很累地倒頭睡進一群陌生人之中，在那麼大那麼空曠的地方，看到前方三個銀幕放著不同的美國的、日本的、臺灣的色情電影時，就更睡不著，不知為何竟然還有好多跟女鬼女妖吃男人不吐骨頭式的殘忍又淫賤相關的怪電影，因為有些低沉的不同片子的混合呻吟聲，仔細聽，也還有些蚊子的聲音、有些打呼的聲音，但，也有些其他的更裡頭的什麼……困擾著他。是和「性」有關的什麼……但並不只是「性欲」。

他的性欲是和某些世故的人有關的，像谷崎潤一郎、貝托路奇、村上春樹、阿莫多瓦、大衛林區、王家衛、D.H.勞倫斯、白先勇、亨利．米勒、薩德……但或許也和這些人都沒有關，世故的他們並沒有讓他或教他「勃起」，而只是讓他會常常想到「勃起」更裡頭的到底是什麼？

那並不是一件很自然的事，也不是一件很容易的事。和「健康教育」和「花花公子或閣樓雜誌」和「小本的」、「脫衣秀」、「牛肉場」、「色情片」、「A書、A光碟、A網站」比起來……

只是和「性」有關的什麼，始終困擾著他，也困擾著他們那時代的每一個人；用各種自然或不自然的方式，但通常都很不容易的，而且往往越想討論清楚就越困難。

他之所以總覺得討論「性」，或相關性欲、性癖好、性的什麼……是困難的，是因為人們總是會遮掩或迴避或閃躲的，如同在每個不同的封閉保守的地方與時代用不同的封閉保守方式來打量「性」。其實，或許人們也沒有討論到「性」而只是討論到更多對「性」的可笑打量中的遮掩或迴避或閃躲。

女妖是困難的……因為對他而言，淫蕩、敗德、變態、色情狂……所延伸出來的ＳＭ俱樂部式的瘋狂和處女、在室、純潔、守貞操……所延伸出來的貞節牌坊式的瘋狂是同樣地困難。

有一些則進入更學術性的「性別的認同與差異」「快感的壓抑與控制」「同性或異性或雙性戀的自覺」如何覺醒……的更用力地辨識和「性」有關的什麼……但，那將是另一種困難……他在有一段時日認真想弄清楚而念了很久很多，卻覺得還有更久更多背後的東西是更和荷爾蒙有關或無關的更麻煩的……什麼。

但那是他成長的這個島與這個時代，一如諸多較封閉較保守的地方與時代所較難深入更「世故」的關於「性」的困難。

但他始終記得某些較「深入」的所看過的關於性的較「世故」的困難·

女妖的妖術……一如Tom Ford在某一季Gucci的服裝雜誌的廣告跨頁裡，讓有一個小男生跪著拉下一半那斜倚在牆邊的女人的內褲，那私處所露出的地方被理成一個「G」的Gucci的Logo形狀的陰毛出現在頁面上最顯眼的地方……那種過於時髦華麗的「世故」的困難。

一如作品被藝評家稱為「媚俗的紀念碑」的名當代藝術家Jeff. Koons。有一年他做了一個展覽，正是展出他和他那知名的義大利脫星國會議員小白菜太太的很多張很大型全裸做愛照片，這些非常沙龍非常專業的色情的攝影作品，使那年所有全世界的藝術雜誌都在火熱地討論：從政治、美學、影像、媒體、後現代……一直討論到他那陰莖如何能在拍的過程始終勃起……那種飽受爭議的「世故」的困難。

他因此也想起前面提及自己在那小電影院的樓層改建成的三溫暖大通鋪睡的地方的經歷了他二十年舊時光封閉而溶解了的困擾，那裡低沉的聲音混合了和他的青春的祕密和揭露和找尋和逃走和背叛和敵意有關的種種「性」的滲入與深入，無關時髦華麗無關政治、美學、影像、媒體、後現代……那種飽受爭議的「世故」的困難。卻仍然以和「性」和「肉體」的另一種「世故」的困難繼續困擾著他。

這個女妖展覽也是如此提供了更另一種華麗而爭議的困難的現場：提供一種女妖式的百科全書式的熱情，一種字典的用心，一種關鍵字的考究，更甚者是偷渡了她一種更認真地對「性」打量的中肯的可能……

女妖的客觀與因而開發出來的討論「性」或相關「性類型」「性癖好」「性裝備」的種種華麗而爭議的冒險……不免使得「法國女妖日記……」怪展覽……或是女妖自詡吃男人不吐骨頭的自己的在海外旅行的她所提及的關於「性」的困難變得更清晰、也更引人入勝地困難著……

刺青計劃。第三十個鬼藝術家。

刺青是一種肉身裸露的廢墟。匿名的神通的毛利人式的召喚……

刺滿了一長幅最複雜的唐卡式的布局天地曼陀羅中所充滿了的極端細膩繁瑣的圖形中的佛陀菩薩天龍八部阿修羅惡鬼亡魂的魂飛魄散……他的極端瘋狂的全身刺青或許除了剃光頭刺滿臉孔五官頭殼頸背雙手雙腳前胸後背還更故意刺滿最尖銳也最見不得人的性部位全部的……甚至包含刺了好久才刺滿的……陰莖陰囊乳頭龜頭。

或許多年來他更用全身瘋狂的刺青是找尋肉身的刺點一如紋唐卡畫的妖幻感如何找尋涉入肌理肌膚的種種肌肉賁張……刺青的拍的狀態太複雜到已經好像是在拍海浪拍雲的種種變化的詭譎玄奧。如何找尋？如何找尋自己的肉身？一如刺青對肉身邊緣的試探……或許一如刺青的脫離打量與干擾那種種奇怪的好感或是敵意或不好意思，試探那很多麻煩的種種比純粹裸露更乖張更怪異色情感的出現……

一如一種匿名或不匿名的神通，偶爾隱藏但精密的全身刺青一如一個信徒的許諾、虔誠、專注……充滿神祕的召喚，像某種不可能的任務或降世修煉的匿名神通來切換身體的邊緣感。

肉身的邊緣感關鍵不是裸露多少，而是怎麼進入那個刺青被揭露及其被描述的狀態，然後試探肉身一如石窟或洞穴那般扭曲地拍。刺青可以意識到肉身的邊緣感，種種內心面對肉身最後餘地的逼近挑釁，炫耀，躲藏，打量人對自己的理解肉身體的冒犯與冒險，想像的更尖銳的召喚及其注視……更會因而更切換到更深的栩栩如生。

一如他曾為他的全身怪刺青寫的四首拗口的怪詩……

「壹。刺青是液態分泌的懸疑的……

刺青當符下咒般地張貼成的紋身紋到鼻孔流鼻涕紋到牙齒牙齦滴下泡沫口水紋到耳洞黏液紋到無毛陰戶分泌紋到瞳孔眼白哭泣淚珠的充滿懸疑

貳。刺青是生態系凹陷幽微的……

肉身長出花鳥蟲獸又長出山川壯麗的宇宙觀生態系擴張地長在手腕長在脖子長在眉心長在下巴長在肚臍長在太陽穴長在胯下長在背脊弧度優雅長在肉的斑斑駁駁那般潛伏凹陷如深峽如懸崖如幽谷的無限幽微

參。刺青是潑墨畫出逆風凌亂的……

潑灑墨跡燎原畫在肉身上的又寫意又工筆地畫出深入叢林草葉根莖上的花瓣花心畫出圖騰符籙般沉重又裝飾奏般輕盈的很多隻眼睛目光閃爍的眼睜睜畫出冗長烏黑髮絲或翅膀羽翼的逆風感凌亂

肆。刺青是邪門陰霾的性感的……

刺上的螺旋紋及其他更多紋上胴體的終究都曖昧不明刺上的性感是冷漠的太過蒼白又太過緩慢刺上的邪門乳暈或瓷白臀部腰身長腿宛如雪山坡度的一路崩塌刺上的養苔蘚養成一如死角的陰毛茸茸地始終陰霾充斥地陰森」

一開始他就故意不刺在要遮掩就可以掩飾起來的地方，而故意刺在很痛的地方，刺在一定看得到的臉上或刺在手上，不像一開始他老想用刺青試探裸露。控制與失控的刺青也可以就變得很直接而入戲……都只是必然的膚淺入門的重重誤解……肉身的邊緣感……可以試探到什麼程度或做到什麼程度的裸露。一如有人特別就刺在股溝乳溝種種只是暗示性的性感部位，可是他的刺青是故意刺在更尖銳更怪異的鬼地方，甚至故意就刺在性器官上的。老在刺青的痛楚難耐才能意識到更多肉身的激烈衝突邊緣感，種種內心面對肉身最後餘地的逼近挑釁，炫耀，躲藏，血淋淋地更尖銳的召喚及其注視……每個人害怕的東西都不一樣、每個人喜歡的東西都不一樣，那刺青就是自己讓對肉身的意識賭注無限加高到完全無法理解地改變，他說他對肉身的冒犯與冒險在全身刺青之後完全切換到更深的栩栩如生。

他說……關鍵不是裸露多少，而是怎麼進入那個刺青的身體被揭露及其被描述的狀態，不一定正面全裸，沒有辦法脫逃的自己會看到被揭露的身體竟然是這樣子，然後試探身體一如石窟或洞穴那般扭曲地拍，最後再加上刺青的狀況發生地必然更複雜理解……

甚至每個人對刺鬼頭鬼腦的鬼影幢幢也有一些自己的解釋，不一定一如他瘋狂地刺滿了一長幅最複雜的唐卡式的布局天地曼陀羅中所充滿了的極端細膩繁瑣的圖形中的佛陀菩薩天龍八部阿修羅惡鬼亡魂的魂飛魄散……每個人喜歡看不同鬼故事或恐怖片或看妖怪傳說甚至《火影忍者》，或許對刺鬼的理解都不一樣。因此，每一個人都有不同的對鬼頭鬼腦的鬼影幢幢的想像，刺鬼每個應該都有一個自己的解釋，不然刺出來就只是別人的鬼頭鬼腦的鬼影幢幢。如果真的是看得到鬼的乩身人體質太敏感，鬼影幢幢的鬼來的時候事實上可能根本沒有形狀只是聞到一個怪怪的氣味、或是覺得全身不舒服或是那邊燈一直在閃的那種看不見的狀態……那或許不用刺鬼頭鬼腦的鬼影幢幢……就瞬間變貌般地鬼上身了……

或許，在他多年的近乎瘋狂的這個刺青計劃裡，他最後的刺青切入他的肉身裸體的更繁複曲折的觀看和註解種種近乎鬼的詮釋學式的打量……更變成了肉身版波赫士的寓言故事中繪圖者所刺青刺下的地圖跟地圖所投射領土之間的相互關係，刺入現實的想像充滿了鬼怪山川壯麗的華麗但是也不免同時充滿了猜測禁忌的窺淫感，甚至最終不免要因為背書了整個鬼領土背後的帝國興衰而崛起而崩解，所以最後用刺青繪製古地圖般的鬼魅纏身的他自己肉身也就逐漸的隨之浮現終致消失，甚至相互變成了鬼頭鬼腦的鬼影幢幢的現實與超現實的裸體般裸露的廢墟。

他用刺青試探控制與失控的……刺青其實到後來就變得非常複雜，因為刺青可能在一個控制得很戒律森嚴的文化或所謂文明的地方，它會變得是跟懲罰或是某個制度形成之後的一種掌控方式，像在軍隊，或是監獄，想像自己是罪犯。刺青是對自己身體的一種懲罰的狀態。刺上軍隊刺的編號，一如人一進去其實就會被編號了，那編號其實是跟人認同這個組織，其實這不一定是個壞事。或許就像尋常的人們後來繡在制服上的號碼，只是它是直接繡在身體上，前提是號碼是一個組織、群體關係的假設，因為個人在那個組織裡是沒有名字的，那是一個極端的狀態，然後刺青就是讓那種狀態變得更直接而清楚。

他的刺青當然更後來就更複雜到：從半胛到全胛，一如日本的黑道的隱喻刺青的大小跟進入那個組織的輩分有關，要刺到半件以上是你要有多少戰功、要出去殺到多少人、要建立過什麼對幫派的功勞你才能夠刺更大的，而且事實上在進幫派的時候，要人刺也是要看人忍受痛的召喚。

因為他最後用刺青召喚……刺青可能是一種傳達或召喚力量的方式。一如本來沒有力量但刺青之後就有力量了，臉上的刺青不只是用來嚇人，或是他們所理解的野生動物野性的召喚，他們可能是把某種動物的形狀刺在臉上，之後可以產生某種力量或是產生一種在跟對方廝殺時保護自己的想像，因為毛利人是一種原始的部落，他們對自己身體的理解沒有後來現代生活的改變，所以所留住古代的人看待自己身體的狀態，因此刺青會讓這件事變得很尖銳而且很明顯。

他說：其實在某些老部落裡，刺青甚至是成年禮，到某個年紀後就一定要刺，因為不刺就不算成人、或是不刺就嫁不出去，類似像這樣的描述刺青其實是對於身體理解的進入的更複雜的可能，意識到自己是人、是個成人的一種更有能力去處理進入這個世界的肉身註記。刺青本來就殺氣很重。或甚至因此更深入了古老的信仰深度祀典拜的神或祖先靈魂或部落的過去。一如毛利人戰士，他們要出征前起乩般地跳那種要出去打仗之前的殺氣非常重的那種舞……必然召喚更隱隱約約的殺氣……一如惡鬼上身。

或許，刺青也可能是一種匿名的神通。

他用一個極端的反差例子作為尾聲……提起他有一次跟Discovery頻道去拍過一個研究當代藝術般日本的刺青怪現象的紀錄片……記錄瘋狂崇拜刺青的他們在深入討論某種日本更極端探索肉體邊緣感近乎修行的刺青，充滿了極為深刻的對人對文化對肉身修煉的感動及其費解。因為他們在拍攝了許許多多刺青的藝術家、次文化、怪異時尚……之後，最後刻意地訪問到一個極度出人意料的特殊意外案例。受訪問者是非常馴良而客套的中年男人，他也真的是一個尋常小學校的教務主任，乍看起來很像很討人厭的那種不起眼的大叔。甚至拍的時候，一開始完全看不出來的他的刺青異狀，因為他的生活也是極度低調尋常，也有尋常的不好看也不難看的太太跟小孩，養一隻不大也不小的秋田犬，在院子種不多也不少的灌木盆栽……怎麼看都只是在鄉下的那種很普通正常的公寓生活，然後剛出來的時候長相還蠻正常的，可是卻怎麼看都看不出來異樣。

但是他最後解釋他全身都是最複雜的刺青，所以出門之前至少要畫兩個小時的妝覆蓋全身到全部看起來是正常的，然後戴假髮，必須小心翼翼地使一般人在一般時候完全看不出來他的異狀，因為在普通日子裡，他就只是一個正常在學校上班的尋常大叔。然後解釋了很久之後，他露出遲疑的眼神許久之後才終於說出：請你們等一下……

那真是一個動人的時刻，他慢慢褪下衣服的冗長過程而且仔細卸妝出來後，整個和室彷彿隱隱在幽微中發光，閃爍而迷離……因為大家在那慢慢卸下的妝一如卸下了一整層全身人皮之中，才發現那中年大叔教務主任其實是全身都刺滿刺青一如多年來瘋狂沉迷於刺青計劃的另一個隱藏版的他……

鏡頭中出現的細節拍攝現場的栩栩如生的畫面中的刺青那麼動人地驚人……因為他的刺青所刺的是連最完全的四肢、軀體、脖子、臉上、耳朵、手掌腳底、手指腳趾，指甲肉縫身上每一個再細節的地方都刺了青，最後他還刻意剃光頭，使刺青可以刺滿整個頭皮。

因為，說到最後近乎哽咽的他說多年來的隱藏但精密的全身刺青對他來講非常神聖地重要，一如一個信徒的許諾，虔誠，專注，充滿神祕的召喚，像某種不可能的任務，或降世修煉的匿名神通。

華麗之墓。第三十一個鬼藝術家。

對無以名狀的恐怖充滿好奇，一如對東南亞的印尼馬來西亞越南香港甚至臺灣的所有那麼雷同地老充斥著陰魂不散的鬼的小國……泰國藝術家Y始終在他眾多著名裝置藝術和電影也都充斥著鬼……但是卻又不是尋常爛恐怖片中充斥特效妖怪式的誇張血腥暴力，而更是完全無法理解威脅的恐怖感，藏身於完全不起眼的尋常日常角落的荒唐揪心甚至更庸俗瑣碎到破爛不堪的人的不堪……

甚至在這個藝術家Y拍的這部著名鬼電影《華麗之墓》中更充斥著這種好像所有的人和鬼都在失去而無法挽回的狀態，靈魂和靈媒和女神都同樣地無力去改變什麼或面對什麼！

最動人的電影中神來之筆的那一段奇譚……但是完全拍成高難度超現實的現實……而且刻意不用任何虛構電影炫目特效……只是到那尋常的醜陋不堪庸俗廉價草率打造的怪庭園去現場打量……「我們現在小心翼翼地罰站的地方，古時候就是國王的靈寢。」那鬼魂附身到靈媒身上指著空曠的現場……端詳許久地對一頭霧水的男主角說：「這是宮殿的正門檻，留意列柱間的距離有點曲折，走進長廊可以看到路旁的很多很多房間，小心翼翼地低頭走，不然會撞到。廊柱旁充滿稀世華麗的奇珍異寶般花鳥蟲獸的皇家庭園奇觀。更裡頭是國王皇室貴族的房間。充滿雕刻藝術的很多門扇很多窗花很多鏡子都可以折射偷偷看到很多貴族的世家大人夫人們。另一端的這裡是黃金浴池，浴盆是用緬甸玉精心打造雕花透光的，池水注入的蛇口噴口的蛇牙炫人反光因為還是嵌入象牙蛇眼鑲滿碎花裸鑽。皇宮華麗的傳統古法手工製作的床身四隻腳竟然都刻成獠牙鱗爪皮甲都栩栩如生的龐大鱷魚。」但是怪庭園草率的空曠潦草廢棄的現場卻只是一地落葉。充斥著破爛不堪的可笑石雕。站著，蹲著，跪著，趴著……尋常地潦草姿勢的刻壞的雕刻人像，尾端有一對寮國的舊時代情侶。甚至只是石雕的一對破舊骷髏坐在一起。完全只是空空蕩蕩的廢棄多年的鬼地方……只有不遠的大樹下一個防空洞口有小孩們躲在裡頭，偷偷地恥笑他們看到鬼一樣地慌亂……

更龐大的看不見的狀態更令人擔心……但也都在昏睡。電影中的主角配角們往往充滿隱喻式地成天昏昏沉沉……永遠都是一不小心就又睡著了，在種種城市中的死角……睡著的病房中或是牆上有雕偉大的建設的旁邊都有老人小孩在睡，公車站牌前的廣告婚禮的大照片看板下破椅子上……

空鏡頭中更荒謬的死寂現場像是無法醒來的惡夢……比死睡的阿兵哥更像夢境的所有現場……永遠像是怪獸的怪手在挖庭院。永遠囚禁在一個老房子改造的怪醫院房間。永遠旋轉的木製天花板的老電扇的暈眩感……水池打水的機器永遠空轉……一如裝上怪光的機器呼吸。

救贖的核心的那女主角只是一個義工的長短腳的看護。提及那醫院是她以前的學校。外面的波羅蜜和芒果樹，阿兵哥一直在睡。

他的鬼影像中最美麗的光景盡是最殘酷歷史在一個被泰國軍方帝方與教方多方環伺的老國度中充斥著鬼的藝術，遠離曼谷的他小心翼翼地將層層的影像內外的向度。雙頻道錄像用光的視覺母題刻畫奠基於男女主角在夢中見著了光而甦醒的背景。但是光未必是好兆頭，即使現代還是沉睡的士兵仍被古代帝王給統御動彈不得可能是夢也是醒，滲透彼此夢境大量使用處於持續移動光影中的兩位角色被室內與室外具有怪現象般閃爍傳染力的光給迷惑，彷彿等待著一場陰影和光對位的起義。有時光總是短暫被遮掩而陷入黑暗，可能是醒著還是在夢裡，被圍困的人們活在某種鬼地方……逃無可逃。

那一個靈媒可以和亡魂說話。提及她不知道要往那裡去，雖然是黑夜，她還看得清楚。靈媒也很無辜地說：「我和他們說話說得很累。我也不知道我怎麼會，可以知道前世，從死亡知道。」

她只是靈媒。對一個阿兵哥說：我正在看他的前世，他跟一個人坐在一起。不知道是誰。但是阿兵哥的妻子卻問靈媒：「他生前養的女人在那裡？」

女主角說她身體還好，但是總是睡不好。晚上只能睡三四小時。好心的醫生看病。有寄生蟲卵，很累但是睡不著。始終出現的空鏡頭是醫院的房間門口，雞帶小雞走過。香蕉樹，有人蹲下來大便，風起吹過。病房裡的阿兵哥一直在睡。始終在挖土的一如怪獸的挖土機。吃到一半就又睡著了。女神的廟中祭壇上信徒們供上獵豹老虎，乞求可以腳恢復……河邊有人怪異地做操般地跳舞，女主角跟靈媒說，她遇到了湖邊廟裡的寮國公主。那公主出現。跟她說：那些阿兵哥是永遠不可能好的。那裡以前是國王的陵墓。幾千年前，死去的國王收取了他們的精氣，去打仗。難怪以前他在這裡上學時，都很想睡覺。看的電影有女鬼，收妖道士。所有人在電影院裡站起來。曲燈管幻影出現在電扶梯。她說：「我能看到夢裡的花朵。把保特瓶裝兩小袋藥粉，喝一種藥。不會打破東西。當你沉睡。」用符水幫她治療。舔她的腫瘤大腿，她哭了。回到病房說：「告訴我。你看到什麼？我不確定。突然之間，我可以讀到你的心，看到你的夢。你知道他們在挖什麼。打水的機器，很祕密的東西。我還寧願在這裡睡覺。這裡真是一個好睡覺的鬼地方。」主角說：「我常迷惑。巴望上天堂，卻會下地獄……別人冒犯我，我忘了原諒。」她的第一任老公也是軍人，二十歲私奔。愛的氣息永遠不會消失。情歌。在姊妹廟。她把一切看得更清晰了。她最後說：「這是國王的土地，除了田，什麼都沒有……天空出現變形蟲圖騰的一如鬼魂纏身地雲霧繚繞……」

狐仙。第三十二個鬼藝術家。

「其實我是狐仙……」一如電影一開始偵探推理劇的怪異連續殺人犯命案發生的逼問時女主角認罪的懺悔的第一句話……真是神來之筆。

穿著滴水的衣服的可憐兮兮的現代東歐少女的她說：「……讓我們從頭開始。」

「你知道我喜歡你什麼？……」那害羞的怪男人對同樣害羞的怪女主角說：「因為你像狐仙，也或許因為你像外星人。」這部太好看的電影《狐仙麗莎煞煞煞》太奇幻甜美地極端荒謬……用某種羅蘭巴特「符號帝國」或米蘭昆德拉「生命不能承受之輕」式的崛起又墮落的晚期符號學吞吞吐吐……（偽裝是愛情喜劇電影其實是形上學辯解焦慮我為什麼活著為什麼媚俗為什麼空虛寂寞冷汗直冒像單戀苦戀失戀博物館展出的種種因感情糾紛衍生入世又厭世的懲罰……卻始終是隱藏版死神的自嘲口吻的困擾）自相矛盾又自我甘願塌陷的意義空洞加形象空洞加符指符徵通通空洞的種種端詳……日本的折射繞射的歪歪扭扭（夢中在山中傳奇的古代那須日本森林。穿著和服古裝的她引誘她愛的男人。偽裝說她父母在森林迷路，男人想抱她就死，而滴血在臉上的她看到自己露出狐狸尾巴……那種怪異打扮怪異現象）再膚淺再可笑都是無限沉湎於古典深刻的體驗……彷彿不斷擴大種種歐洲偷窺到的亞洲、現代偷窺到的古代的反差效果的天真無邪又荒謬劇烈震盪格局的諷刺……帝國古典拗口文學變成現代俗爛言情小說仍然充斥著詛咒及其困難重重包圍（愛上她的男人都會死……如果想詛咒被解除，必須有男人無私地愛她。）種種的無稽又無窮悲慘的宿命……消逝太久之後的眷戀（就像片中夢中那一個金髮碧眼美女穿著和服露出狐狸尾巴的回眸中既深情款款又憂心忡忡，老想笑……）可憐又可怕的太多太多的逼真……

老公寓住宅。看得到鬼魂的她以為是幻想中的朋友。東尼沙日本七〇年代流行歌手穿著西裝。但是他是惡人。她一生在布拉格日本大使夫人家當女僕。看言情小說哭泣，希望到了三十歲生日這天開始可以得到幸福。充滿漢堡店幻想。遺族親戚很尖酸刻薄……死去的女主人。祝福也叮嚀她要珍惜每一個和男人相遇的機會。怪情歌的輕音樂。在垃圾桶裡撿到一本食譜，只要吃過他教你做的飯菜就會死。吃太飽過世，撐破肚皮而死的妻子。那男人說喝過你的湯，他就知道你是他的下一個妻子。一些切入的死神分心同時平行的惡形惡狀：變成美女去太空引誘太空人。去北極害死獵人。

在閣樓裡找到一本日本老童話故事提到狐仙住在深山中，如果男人遇到牠就會死。孤獨地活著。他不知道家裡太多太多東西壞了。百葉窗，馬桶，水槽，上完廁所要拿水桶沖水。男人。恨奇怪，是警察，但是個好人。打呼。死者一號二號三號四號五號六號七號持續死亡的事件發生時的心情……在漢堡店約會也看到別人約會。學會在爛女性雜誌刊登私密的廣告。約會時問男人：「我不煮魚，我有不好的經驗，你不會用甜甜圈包小黃瓜吧！」那男人一緊張就躲在衣櫥裡。時尚雜誌登的十招約會祕訣。命案繼續下去，情歌隨行的那日本男歌手。圖書館人。煙囪工人。撿到手帕的路人都死了。「蟹肉堡已經涼了，她沉迷在大石先生的眼神，在榴花盛開的季節永遠的春天。」剪下照片的背面。典故中的狐仙故事，牠很幸運，有個將軍的侍從無私地愛上她。還帶花來給他，答應他你不會死，這樣他會很傷心。她將馬陸可怕又可憐的小蟲放生。在舞廳，你聽過那個死了很多人的命案。練習日文的錄音內容聲音。就算他的狐仙或外星人，你還是無私地愛他，這樣他就可以得到解救。他不能和男人亂來。太多人死了。她被抓去警察局。愛情是地獄。不，是地牢。警察局長告訴部下：狐仙那女人比伊波拉病毒還要毒。約會時你想吃什麼，花生或其他，她說：「我只想吃那家漢堡加玩具。」給外星人的櫻花的一張字條。她吞藥自殺。音樂變成了另一首，花花公子在雪白的漢堡店騙她。麗莎。死神竟然變成那東尼那個油膩膩的爛招數層出不窮的流行曲日本歌手。

死神最後對她告白：「人死後歸我管。六年前我來接你的女主人時，我看到了你，好開心。只要你自殺我們就可以在一起。在櫻花開滿的季節。」最後包圍那漢堡店。拜託你讓我走。「如果你留下，我就放過他。」死神說。形上學的戀愛逼問：日本拼圖的最後一塊。她的愛也必須是無私的。

結尾仍然荒謬可笑……他們有的是時間，還沒完，又過了十年。狐仙女主角結婚後帶女兒去日本那須旅行是她夢想的實現。但是他們還是像女兒快樂地聽她母親嘮叨不休，一如沒有時間過去的始終如此地荒謬……

一如這部電影的荒謬……在狐仙計劃裡很重要。伏筆涉及了，夢境與真實，過去與現在，人和妖，神通裡與神通外，兩者之間的關係並沒有那麼明確而明顯，其實是充滿猜測而滲透的。

她寫的狐仙計劃筆記：

「我想到過去的我太激動落淚……小時候被載去找廟公的用手指捏劍訣在眉心作法的那一剎那，我並不了解發生了什麼，或許，我以為是被開天眼其實是被蓋魂，而我的家人以為我被蓋魂而其實是被開天眼。那種錯亂。

最近在收狐仙計劃的最後，跑不動那裡頭牽涉太多牽動的各層結界像呵一口慘白霧氣或透露滲出的異常惡味般的浮在眼前，無法解釋地無法無天，凹陷的冤親債主卡好幾層的舊窗框紙門。在小說裡，那些段落是畫龍點睛的最後通牒般的懸念。」把狐仙故事的線接起來變成裝置藝術引用典故的糾纏關節技最後的接頭。最近看得太深太快，砍下很多其中的蛇足或歧途亡羊的岔開，裡頭，一直有太多的夢和電影的切入和跳空，用來切換那狐仙計劃裡的「我」始終笨笨到打乖乖針打太多般的口腔期般地自我描述。對童年，對故鄉，對老家，對遠遠近近的遠房親戚的敬畏始終太脆弱而扁平。

就是壞不起來，而使得狐仙那條故事線老是很弱，而必須依賴夢和電影的暴力又色情又變態的重新拼解來沉冤待雪地翻案，這不只是寫的問題，也是他人生的問題，躲在一個乖小孩的軀殼太久，已然忘了當妖怪的滋味，反骨在腦後的必然招搖，老露出狐狸尾巴之類的又煩又哭又鬧，另外才是和狐仙神通的更幽微而神祕的聯繫。是啊！碎念……那應該要在故事理解放才是嘛！放到很多篇裡。他在狐仙故事裡還是放不開……因為她不想碎念，所以就會比較快又直的敘述。沉溺且進入了當時的那種狀態，在意自己在意的事了，那是種……偏見，狐仙對自己的偏見……因為故事戰場拉太長了，第一人稱敘述者狐仙的更內在個性不能換。要留下那偏見。因為換了，那就是另一個妖怪計劃，不是狐仙計劃。

我也是開始這樣想。本來就是這樣而無法承認的他最後這兩個月好像放出了被關在太裡頭的妖怪般的自己，所以，出事了，鎖碼檔案解了碼，不見光的祕辛走露，埋太久怨太久的怨懟終於出土般出現，而開始不行了，脫身不了，腦袋和肉身每天都搖搖晃晃，鋸齒狀地卡榫準心歪了，而變形到打開了還是拿不出來，而陷在鎖頭的牽涉太多的機心壞死局部，找來找去。不知那裡卡住了地煩躁。或許也因為變天，冥王星逆行，好多憂鬱症老朋友老情人找回來的時候所說的他們的狀態，其實就是他的狀態，快失控了。「這種快失控的狀態的發現。雖然充滿麻煩而身心蝕腐地極為誇張。但是，卻有種奇怪的推演，用某種往後望依依不捨的逆飛但還是被疾風追向未來的懷舊，不行了，至少使我終於進步一點到承認。怕是這樣還會持續一段時間呢。我一直在過去，無法前進。把自己禁錮在某個想像裡，這樣也沒有比較好啊。還無法承認，我也不知道什麼是比較好。我不是我原來想像自己的那種狐仙……」

鬼屋。第三十三個鬼藝術家。

《殘穢：被詛咒的房間》的那部鬼電影讓他想到太多怪異的狀態。

如果這個人間就是他本來的這個樣子，那這種深刻和膚淺的兩極，想要深入和逃離的兩極，乾淨不乾淨的兩極，知道或不知道的兩極，不幸或是不要不幸的兩極……顯然隱含著一種內在的倫理學和知識論，對於過去人們所了解的死亡或是恐怖的要或是不要，神明保佑或是鬼魂纏身的期望或是失望，召喚惡念或善念的可能到底是怎麼理解，知與不知如何面對如何因應如何好奇，怪與不怪，幸與不幸，無知的，先知的……為何用這種狀態出現……判斷是依照痛或不痛、安或不安、怕或不怕……趨吉避凶的前提是可以倖免什麼，或是解脫得了什麼……

一如古代道士的道是什麼？收妖的問題不只是：妖是什麼？而更是：收是什麼？

電影中，有一個人提及小時候住過一個沒落的礦工房間，木刻老劍獅……充斥著殘穢。

女主角是一個建築系女學生。近乎嘲諷……陽間的建築、土地、郊區、規劃……種種人間的波折引發的風波實在太卑微……讓她陷太深在某種兩難的揪心的……是另一種陰間的入侵陽間的……邪惡是令人疲憊不堪，但是逃離了邪惡也令人疲憊不堪……面對殘穢的兩方極端的可能：一方是所有的土地長出的老建築新建築即使拆除重建的代謝症候群般地成住壞空不免都有過可能甚至必然的涉入歷史性的錯誤狀態多久的問題重重的怨念糾纏的揮之不去，變成越陰沉越可怕越不安的情緒涉入幾代祖先傳下子孫後代的吉兆凶兆的替換摺曲的前奏尾聲的永遠餘緒的入口……

另一方卻是逃不掉的窘境中想逃離現場的困難重重的找尋分心的新時代新移民新建築成某種形式和載

體賦予的新使命新意義的不想被糾纏不休的游移轉換切割……更單薄更膚淺更無知更缺乏懷疑及其懷舊可能的未來的理解或是逃之夭夭。

電影中的她走進一個母親交代不能進去的房間。據說有一個河童的木乃伊。描述細節是妖怪小說的重點的追蹤殘穢故事的女主角是小說家，在靈異事件雜誌寫專欄，將讀者的撞鬼經驗寫成小說，她收到了很多信中的其中一個：穢，不淨，死，疫，失火……在一個個連鎖反應熱烈殘留可怕的髒東西的被詛咒的房間。另一個女學生好不容易搬到郊區的獨自生活。在都市太擁擠不堪的過去中，她感覺很開心……但是，日子久了，就老覺得房間角落有什麼……老是感覺背後有聲音。感覺是偷偷地掃房間的角落，身體虛弱的女性……

面對和室就不會有聲音，但是還是會擔心，想很多，她去關門，猜那聲音是和服腰帶的聲音，老時代的有金銀紋的白腰帶拖地的怪聲，可能是上吊自盡的老女人，但是也有可能只是她自己的幻覺，另一個兩年前的讀者投書，也提過，完全雷同的聲音……。女兒也有聽到，她會看到空氣中的什麼對天空說話，邋鞦韆的女人……鬼故事常常有漏洞，不合邏輯，女主角在電腦上畫三D的建築圖。

那是有前兆的。他本來以為是一個夢，晚上窗外有人影，說對不起，房東太太說，沒關係，從前門進來好了，他又說了一次對不起。門縫有人影，我是梶川，她醒來。小孩死了。老公也是恐怖推理小說研究作家，他說：「我覺得你的推理錯了，如果是怪談小說的觀點，他也可能只是被她帶走，鄰人接到惡作劇電話，翻開模型的房間裡的牆中，土地都有住過人，更早以前的人，遺留下來的怨恨，老房子很誇張，裡頭都是垃圾雜物老人說他討厭縫隙，進入房間找他的互助會長發現他的屍體，發出惡臭，房子旁邊的老太婆常聽到貓叫，去查過去的老人們的狀態，那一帶也是流動率偏高的地方，只那塊土地有兩戶。

直到發生了那件事！太不尋常，就是這個母親，老照片中，銀行家族比較嚴肅，那老女人在路上對她說，難道你沒聽到，嬰兒的哭聲，在路上，她對她朋友說，你和他們也是一夥的。但是也只可能是謠言。

電影的最後畫面中：小孩從地上……湧出來哭泣，這種病態的惡性循環就是，丟東西進去，不想進去，嫁女兒之日上吊的老女人，複數，不只是一個小孩流掉。他好像聽過，類似的說法，或是本來以為不一樣，但是後來才發現很雷同，環環相扣，年輕人比膽量，看到了有死嬰的頭露出，以為只有一個，但是還有別的，千葉的廢墟。那是隱藏的祕密的古代長屋的歷史。一百六十番，地籍圖，私宅監制，精神病患者，自稱聽到聲音，叫他放火，喜歡在地板下走路，那地方，聽到地底的聲音，叫她放火。殺人。廚房的自動照明……，他沒進家墳，頭七時寄放的美人畫，和室，三喜女仕的嫁妝。聽說，畫中的女人的臉扭曲的時候，還會聽到風聲，眾人哀號聲，科技不進步，，奧山家礦工死亡事件發生太常，滅火方式是封住坑口，光聽到謠言也會被詛咒，最後的說法是老主人殺了所有家人。二十二口，然後自殺。不過後來，大家避而不談，太過悲慘，追根究柢，礦工死亡的過去，他是異於常人的收藏家。河童木乃伊，行刑圖，惡鬼，會咒人的武士刀，之後自殺，之後肩頸舊傷復發。小孩自殺。要不要收手，不知道會波及到什麼程度，女主角說，她又聽到聲音，鄰居自殺了，她說她也懷疑自己為什麼要追究到底。

本來以為住凶宅不害怕，因為貪心又不在乎，很多小孩看屋頂，本來以為會有事，但是還好。亂聽，亂說，都會被詛咒……凶宅，最凶的，沒想到可以目睹到最後的地方，他們半夜來到這裡。打擾了，他們走進了那古老的建築。要進去嗎？要打開嗎？他們走進那老房子的廢墟，神明廳兩個神壇很多，最後一個房間，貼滿符咒，神明櫃，木架上的空玻璃櫃，以魔制魔，最後還是失敗了，地上湧出的。電影最後提及那個著名的鬼屋：奧山家的傳說，透過橫梁看佛像可以看到地獄。

封神。第三十四個鬼藝術家。

什麼神的必然神經兮兮的事不會走火入魔呢？他心想或許就自己重拍《封神》當一個錄像滿天神佛的怪藝術計劃……一如王家衛的《2046》，溫德斯的《欲望之翼》，宮崎駿《霍爾的移動城堡》，更後來的一如更激進的《全面啟動》或是《駭客任務》一樣實在太過困難重重……但是那種狀態實在太困難，困難到必須有那種怪物般大導演式地下手，險路勿近般地高人指點，甚至就是仙人指路……

其實封神本來是老中國神話最怪最原初的奇幻，頭角崢嶸，開到荼蘼，天花亂墜地最高境界……，那部《封神》的電影，本來應該會幻化成仙，最高難度地打開神學的美學是那麼動人。

但是，卻被困在某種西洋的投影折射的困難重重……嘩變成彷彿萎縮那麼委屈的線上遊戲般的攻略開機畫面，全部都是特效，而且是好萊塢式的特效，變身的妖怪長相巨大的像綠巨人浩克，或是海底龍宮像是星際大戰系列的地底海底種族，哮天犬像《神鬼傳奇》的埃及死神守護妖怪，雷震子的翅膀飛起來像《復仇者聯盟》的超人們，妃嬪圍繞著的妲己的狐狸尾巴全部變成長眼睛的《駭客任務》的觸手扭曲變形……，好像這麼龐大的一部中國最魔幻電影，所有的妖怪及其妖術都是跟西洋借的，本來退化點還至少可以撐過到，迂迴地救贖的天路歷程到像是《魔戒》版的老中國神仙故事，但是又因為太過緊張兮兮的戰略戲劇張力，就切割得更零碎……，姜子牙變得像《班傑明奇幻旅程》般返老還童被下反生咒術，紂王是吸血鬼般黑龍附身交換得天下的帝國，所有的怪物的怪異狀態都好像是引用的……

令他更失望的，因而引發的隱疾般的不忍，或許現在的觀眾們的對神話或對電影的胃口，舌尖味蕾感受都被折疊曲成，另一種不自覺，一定要砍殺揮刀劍大隻肌肉賁張的，刺激爆破拆除般的速度感。甚至，

整部電影其實切割成幾個很像線上遊戲破關設定的場景，幾個少年英雄角色扮演，與其一路找尋戰鬥同盟關係的發展，雷震子和三太子哪吒和二郎神是，三個年輕主角上路去找一把虛構的光明之劍，套招成一關一關破關的設定攻略，更之後應該會做出的後續效應發酵的菌絲體般的光怪陸離線上遊戲，是那種普渡眾生式的強勢主流，生意必要條件興隆的大玩法，他好像也不應該說什麼，說什麼抱怨的話顯得太過天真，這本來就是他們這時代對老時代的潮流式玩法。

只是他好像有一些對神仙妖怪過度解讀的過度期待，安琪拉寶貝那內地女明星演得超爛的那角色到超白癡，完全是敗筆，那個角色本來是個搶眼的險招，一個惡人將領申公豹派出臥底的女殺手，妖術操控的傀儡密探，但是沒有身世，也無法理解地沒有記憶，那種短期記憶症的最難演出。彷彿是《阿凡達》或《神鬼認證》或《露西》或《惡靈古堡》女主角，「我會記得什麼，會忘記什麼，不是我能控制，我不睡覺的，怕醒來什麼都忘了。」在雲端存取下載刪除地困難重重到，每天會被傀儡師申公豹洗掉一回，那應該是最迷人的切換，但是她演得卻只像沒有內心戲的傻公主。

就是好像也有某種這時代新的神的應許和懲戒，修煉成仙走火入魔成妖的歪斜曲折，跟過去的老中國神話是不一樣的，但是那需要更複雜的般的存在感入戲深的怪劇情，甚至所有的視覺狀態及其逼近逼真的種種特殊效果都會因而改變。

一如封神少數的「一個煉成的核桃法寶，遇水成舟。靠心念導航。一如浮空古城，太陽鳥，翼族人不是已經滅亡許久了，你在怕什麼，六歲的雷震子試飛那天被滅族，所有入侵的都是天空的古船變老的很……雲端攻防的狀態，偈戲，布八卦陣，一如逆生咒……」

甚至起始預設的，速度感的忽快忽慢地亂迷，蝴蝶效應影響式的空間感切入時間感錯身，人生觀或宇宙觀的重新發明及其因之凹陷摺皺，因為某一種法術或是妖怪的切割，局部變換就全局因之完全改變……

他老是心虛……一如想到這部封神電影的兩個帝國首都建築風格，那麼孤魂野鬼般的單調，或許是更是離奇到，太過在意兌現種種顯學式的，近年視覺效果強烈的折衷半回教半歐洲的古怪混亂的皇城狀態，姜子牙他們的首都，更像外太空軍備競賽城堡，線上遊戲版本般的甚至完全封閉，在一個高山峭壁的洞穴裡，外頭看起來就像天空之城的下半段，那種全部是機械所做成的山城，防衛工事牆壁掩體。紂王的大軍壓境，竟然只是星際大戰星艦般地，大批派出來的戰艦隊，全部是像飛機太空船的懸空飛行，甚至所有船身還全部都是方塊體拼出的，怎麼看都像玩具式的草率做成的線上遊戲的不明飛行物版本。

那部封神的電影裡本來還刻意讓神的試煉充滿著，更複雜矛盾的內心戲……

「水中取火，死中求生，不相信未來，不相信自己。想要的只是翅膀，沒有心要不到……想飛，問自己……」可以有比較特別的修行養成內傷的怪胎印記，裡頭種種老神大神小神不同角色都可以有某些自身的內在衝突。

「我什麼都不記得，你是誰，我們要去那裡？為什麼？東海龍宮太子回家了，但是東海是他命中的劫數，他躲不過的，哪吒三太子使出渾身解數但是卻只是神仙放屁的小鬼招數，圍殺他的所有螃蟹章魚海族臭魚爛蝦的妖怪。但是哪吒最後才能找到上天入地的風火輪，那是他的一生的某個逃不了的一個劫數。」

想要完成什麼可是又老沒法完成的遺憾。神族彼此之間有些矛盾沒辦法自身解決，而且想要互相幫忙也沒辦法互相幫忙的，令人擔心的太多怪毛病的困難。一如「妲己或紂王用肉身換天下使妖龍入身多年。射綳緊太久會失去準頭，要救出大長老。妖術太高。天地剛開始的時候，一切都是有可能的帝國之城的祕術。舞姬抽搐。封住囚室。時間封凍了，姜子牙才出現來救。一把老骨頭但是那大長老還是自己犧牲奉獻一生練法術練成的可以看過去和未來。他自己挖出一顆眼珠，然而，天機有些太過複雜看了也看不出來。」連法術練到走火入魔的……愛上了一個人可是卻明天就會忘記的，自己的家族被滅掉之後就害怕自己回到那種負有家世使命狀態的，愛一個妖怪但是有沒法在一起的，因為找不到法寶就亂殺人的，其實是有未知的仇恨的等待復仇的，為了得到天下就付出自己，當神的代價太高地無法面對的，甚至自己法術太高突然變得無法太專注，太認真去面對一種真實的使命狀態的「仙鶴來救的他在幻覺中看到自己的父親翅膀飛翔在空中被敵方高人拆下剝奪下……去找劍。會死人的，要等，等到自己來……要讓他走。找三個錦

囊。歷盡艱辛過程。沒有就很不滿。」、「楊二郎。當年輸給了妖狐。陷入一個清真寺的古城數十年如一日已然變成了老頭」、「你們小神始終一直在找的十方舟。妖女說：到我這，都是找東西的。自己先找看看。一個老帳篷。那一個妖女說。我等了姜子牙八十年……那個女妖般的太乙真人說……」

一如神老變得老嘲諷意味著惡言相向開玩笑。本來這是很像希臘悲劇，或是印度神話故事任何古文明宗教的，教訓啟動緊急狀態中最為艱難的部分，人性的糾葛太過難以理解，神和鬼和妖和人的關係的必然互相矛盾，因之而無不哲學大辯論終結不了地，對帝國的勝利成就文明的看法有著歧異，爭論不休的越大越好就越來越不好的，內在的矛盾，術士、神妖不分的死亡及其戰爭的殘酷，過度紛歧的現實，倫理失常崩盤危機意識，問題太尖銳的，必然失誤連連，修煉道行太高反而容易走火入魔。

但是什麼神的必然神經兮兮的事不會走火入魔呢？

殺手。第三十五個鬼藝術家。

夢中。充滿著陰霾籠罩的殺戮前夕，風起雲湧前的死寂……他心中充滿著極端地可怕的凶殘砍人般地暴力，忍受的恐慌仍然襲來，但是肉身卻仍然一直一動也不能動，仔細端詳遠遠近近的距離越來越險惡而冒著越來越大的問題重重的人就和他雷同地眼神更多狐疑……

他和另一個殺手S的對決卻那麼怪異集結成兩兩對置，本來以為是近身肉搏地廝殺激烈衝突，但是，只有他看不出來到底是什麼意思地激烈……只發現太多太多的人群跟在兩人背後的越來越擁擠不堪地滿山遍野……完全不可能地混亂場面……永遠擠在一起，困在戰場上的，很像看到手機遊戲的玩家那種鳥瞰的荒野的戰事爆發衝突的對決，人山人海，但是卻是真的，每個人都在棋盤兩端，不能動，焦慮不安但是進退兩難，時間感出錯，無限可能地緩慢的。更仔細端詳卻也像是在下某種更怪異的靜態棋局般地緊張，棋盤上有棋子角色大小的縮尺真人在對殺。好像是某種牽連到真實的整個山谷的人的戰事發生的狀態，但是他看不出來其對殺的關鍵的關聯線索，像是看著看不懂殺手對決比賽規則的賽事，但是感覺上卻是全場陷入瘋狂狀態地異常激烈……殺手的殺人對決為什麼變成像是F M 1賽車的彎道疾奔狂亂嘶吼煙雲吞沒，N B A球星灌籃高手籃球飛人炫技騰空出手那剎那的可怕全場觀眾人潮……

夢中的困在那鬼地方的他後來還聽到對決的那一個殺手S說到他養的貓和一個他捲入的傳說……鬼地方的那隻貓名字叫斑斑，因為牠身上的斑紋。但是不知為何傳說這一隻是那個地方最厲害的殺手，凶神惡煞般的什麼都抓什麼都吃，那個鬼地方的活物都很怕牠……吃蟑螂吃蜥蜴吃麻雀吃鴿子甚至吃蛇。但是看起來溫柔婉約斜躺沙發的那隻貓怎麼都看不出是非常可怕的……

S還說他捲入了盜墓的太荒謬的深入的怪誕：他以前跟著人在大陸黃河末端鄉下的一個舊時代破爛肥皂工廠，盜墓奇怪的事。那群人勘場數年，假裝是工廠但是其實是長安附近的一個古墓，花了很多年挖地洞，沙土放沙包偷偷運出去……最後還是因為三個人內訌，有一個人沒分到夠的錢所以才去舉發，不然根本都沒辦法發現出問題……周詳考慮的狀態完全無法想像地講究到……運出去之後要脫手沒有人相信是真的，因為古墓的鬼東西都已經展在博物館裡了。其實博物館裡的都是假的，他們運出去要脫手的才都是真的。如果不是內亂衝突事件發生，真是令人感動地完美……但是後來彷彿被詛咒式的始終無法理解地出事……更後來再也沒有人找得到那個地道和盡頭的盜墓的古墓。

因為他們後來的一生都被古墓詛咒……一再出事，妻離子散家破人亡。

殺手的夢中。穿著古裝的父親帶他去喝酒，一次三分之一杯，喝到不行就醉了睡在桌上。但是他始終一直在說以前的風光時代他和朋友老是會迷戀的某一種頂級的藥草釀太多年祕藏的茅臺酒或高粱酒，某一種酒杯，某一種玉器或宋代官窯青瓷杯，或是某種曲水流觴地喝法，太多的時間不講究但是又等待太久。

山上的古厝建築懸崖峭壁邊的露天餐廳。風景極美。堅持不喝的他卻老擔心要怎麼帶父親回去。

下山卻就遇到演員的故人D，他正穿著古裝拿長相怪異的古劍，他捏劍訣彎身呼吸困難但還是努力疾身起跳，在歪邪的出手從半身癱瘓的問題姿勢不良竟然可以手肘托地兩腿之間而半蹲躍起於一瞬間化為幻光而扭曲變形肌肉還可以同時飛逝地刺向另一個怪人。招式很不同，但是就在一個客棧前旁。開始覺得有點奇怪，到底他們是在一個古裝片的拍片現場，還是在真正的古代，夢中的D說他也不知道……

看到D穿著古裝拿古劍的怪樣子……他老是想到也有可能是一部大河劇式的武俠片古裝扮相的影集。想到以前看到的某一部日本武士道古裝片：《多羅羅》，太久以前看已然沒有什麼印象到好像沒有看過的。問題重重的拔刀殺了之前自己身上的器官一一掉落，身世之謎的殺鬼修煉才完成。還要下手最後殺他被惡神附身的煎熬痛苦的父親。

也一如另一部殺手電影中迴路的差錯涉入其中的未來的恐怖分子。

那是一個始終出差錯的殺手……更悲慘的是甚至意外地死困在一個時間的迴路……一如那天他回家累死了又睡不著看到一部十幾年前的怪片子，叫做《未來總動員》，好看極了。一個從未來回到現在的男主角是一個不像殺手的殺手，出任務在找尋世界末日病毒開始的原因，影響了後來二十年的電影但是男主角很悲慘，他是被迫的，而且時光機器一直出問題，送錯時空，還送入精神病院，送錯年代，受傷，被捕。甚至，派他回過去的委員和科學家們，或是他一路遇到的破爛不堪未來的警察，軍人路人環保人士示威流浪漢……也都像精神病患地怪怪的。

那女主角是唯一同情他也慢慢就相信他甚至最後愛上他的末日學心理學家，他們一路逃，找尋錯誤的線索，追蹤另一個放動物園動物的浪漫的陰謀，而錯過了真正的病態的恐怖分子。最後在要永遠逃離任務去一個島的機場，才發現了真正的惡人，但是任務失敗到卻自己被誤殺。

那機場被誤殺而女主角在那狂奔而泣不成聲的畫面，是慢動作的，甚至，另一個小時候的他也在現場，目睹那悲劇的發生，而完全不了解整個故事的悲傷，無奈，恐怖，荒謬，而且那畫面一再出現在他長大過程的夢裡，像尾聲也像開場，但是都是某種躲不開的預言。

他年輕的時候看到這部電影，只覺得導演的影像視覺美學的高明，而且敘事繁複到所有的故事支線也都是主線，差錯是主題，末日是幌子，任務是幌子，恐怖分子及其行動都是幌子，然而，歧出歪歪斜斜的人無法抗拒的瘋狂才是真的主角。

在裡頭，訊息太多，伏筆太多，配角太多，時間跳躍太多，典故太多。甚至，整部電影一直在某種精神病發作的基調中進行，男主角又髒又臭又病懨懨，不斷地昏迷，暈眩，甚至還一直有幻聽。

但是，那聲音始終在每個時間與空間的縫隙中出現，逼問著他某種更形上學的問題，問著，你內心最深處到底想要什麼？但是，一路在進行拯救人類的任務也一路在被追殺的他卻回答不出來。一直到了最後他想通了，就免不了要死。那電影在當年布魯斯．威利演的一大堆拯救世界末日預算極高故事極壯烈的電影中看起來，就像一部拍壞了的片子。因為導演個人風格太強太怪，但是格局更高更龐大。過了二十多年後再看，仍然很打從心裡敬佩地心動。然而，那晚他還是看到一半就睡著了再醒來，中間追殺中昏睡，後來勉強醒來已經是快結束了。

但是，這種勉強的神經兮兮的過程，真的，真的，好像最難的部分已經完了的他做的過去人生夾雜的鬼藝術計劃，回憶在時間空間跳來跳去，虛構的和真實的，夢的和非夢的，過去的和現在的，主角和配角的雷同神經兮兮。

但是，這鬼藝術計劃一如他的人生，或更多他那時候老遇到的老朋友們的人生，並不是一部電影的奇幻演完就沒了，而是如影隨形而揮之不去。一如託夢的預言，令人不安而精疲力竭地冗長囉嗦。

甚至，最近因為重回到過去，更回到他對自己隱瞞了過去三十年為了鬼藝術計劃而打開人生的暗部，那是召靈會般的召喚，靈體的上光摩擦無以名狀而開光而出土了不知什麼，現在要收拾也收不了的妖，那麼地忐忑不安。

更後來，就像那可憐的殺手男主角的一路落荒，要找卻找不到，要逃又逃不了，就開始不斷地還債般地還魂地一再重來。但是，不是要收拾，而是要打開成另一種更歪歪斜斜折疊的黑洞來逃離。

太多的記憶碎片像考古挖出不同層的遺址殘痕，或許是雜訊般的訊息，他在鬼藝術計劃本來應該變成了像是大妖怪或是鬼王或是吸血鬼的嫡傳子裔，繼承龐大的神祕血統，或是一個……恐怖分子般的頂尖殺手。但是，後來才發現原來自己已然自欺欺人太久到忘記了那只是幌子，而修煉過頭的他卻不小心已然拔掉獠牙般地出事了，變笨或變乖，失憶或失智，那麼不經意地還了俗，變成了只是某種歪扭身形而法力被困住的草人，小尾的壞胚子，怪叔叔怪不太起來的大叔。唉呀！未來，沒練成妖人的斑斕法術也沒有變成功夫過人的殺手絕活……而竟只落漆成困在鬼藝術計劃展覽房間的抓漏抓不完的爛水電工。

藝術只是一碗湯。第三十六個鬼藝術家。

藝術只是一碗湯，他一生拍過的太多怪建築也只是一碗湯……或許就是一碗孟婆湯。

老希望拍了就像喝了孟婆湯一樣地遺忘……

他說他的近乎失明的一生惡兆卻甘心還願的苦難……都和找怪建築拍怪建築的糾纏有關地充滿恐慌……內心最深處老希望能拍了之後可以完全遺忘……

不只是什麼著名建築史宗教史華麗昂貴的城市奇觀可能早已出事出狀況的高度戒備森嚴也挽救不了地年久失修戰爭被轟炸殘破廢棄荒涼無奈風光，但是卻更喜歡到處找尋各種不同的怪建築的更荒唐可笑的意外清場不了地無解錯誤……

或是更野生更荒腔走板的一路的草屋茅舍鐵皮屋工寮種種問題重重困難重重包圍的神經失調症般神經違建。不同尋常的浪漫唐吉訶德式的，但是大部分技巧是來自老的破建築。貼拍立得拍壞的照片。某種破爛不堪生活與倫理的小學生長不大的人生觀出差錯的時空膠囊出土大量證據不足的失敗假設……一如他小時候就瘋狂迷戀違章建築，喜歡沒有建築師的建築。獵奇全世界各地的違建。或許一生就只是深入地下某一條溝渠暗圳死角的找怪建築地旅行地充滿恐慌。

因為太過擔心的他一生到處亂晃亂跑一如浪人流浪，都沒有認真幹過什麼活或存過什麼錢。在某一個用棧板簡陋搭起帳篷內外牆剝落老砸到頭的豐年祭脫序的晚上，用一個假的攝影機拍攝喝酒的現場。他過去還是一個端詳許久未知月光的顏色變化的科技控。放到現場影響差異裡去做實驗放到裡頭再去做什麼實驗。看得見的和看不見的新的方式比較。用一種反應器。討論：只是什麼？不只是什麼？

一如病人脊椎第三節脊椎側彎的出問題？只是什麼病？可能不只是什麼病，還有什麼別的病的症狀的可能？他們依賴的技術都可能是假的技術。一如漏水，捉漏的技術是發現漏水現象的原因然後補漏洞破口……但是如果是因為老房子陰氣太重到就像是老房子裡出過事的別的原因……要祭改收魂安太歲……甚至一開始陽宅當陰宅的風水就出麻煩的這種功課就更做不完。或許就像朝聖者天譴或是公路電影出事陷困陌生異地的男主角……陷入了人類學式的田野調查不小心以後誤挖人家死人骨頭卻竟然是挖出部落神廟金字塔受咒般的可怕發現……但是他一開始其實找怪建築拍怪建築……都只是開始，因為如何在一個特殊的建築裡發現特殊的什麼？非常艱難辛苦，一如某個偵探或是情報員可以用隱形墨水看得見那些看不見的字或是其他人看不見的光的折射光影變化隱藏的顏色是什麼？光影一天從破曉到黃昏奇譚般奇觀風光不再的延遲和變化莫測……一如他永遠好奇早上醒來發現自己的房間變成怪顏色的美景風光。

或是好奇建築就像好奇時間的聲音。他感興趣的原因是……建築就像太過迅速的看不見的速度，就像吉他演奏家的貝斯手控制時間差的高低音的音色華麗冒險變化……但是建築的困難……就是切換未知的領域的可能恐慌……如果貝斯手他自己要做一個樂器，就是另一種不只是什麼的麻煩……因為他對音樂的理解會被樂器影響……本來他對音樂的理解是樂譜可以被演奏，旋律的優不優美精密準確地演出……地充滿恐慌。但是如果是做樂器的問題就變成是另一種困難重重的甲殼類海鮮和魚類的完全不同的差別……地充滿恐慌。有一點像是站在演奏廳的演奏者旁邊，他喜歡的是他想要聽到的音樂，而不只是出狀況的怪樂器的聲音……地充滿恐慌。不只是有樂譜跟沒有樂譜的差別，而是，到了那天想要怎樣？先有這個才有那個，不只是「要蓋房子就先要有做模型先於後來做建築」式地必然無法「只是什麼而不只是什麼」的充滿恐慌……

雖然依舊始終充滿感情。拍怪建築一如巨大切割的牆體內壁的逼真區分剖面，拍一個個火葬場，一個吃骨骸當補品的密封食堂，一個充滿影的草坪。一個充滿光的燈塔。

他每一次都找一個非常不會用的工具去拍怪建築，會發現很多過去不了解的關於自己的什麼。

墓園的怪建築是為活人做的。不是為死人做的，中陰森度亡經，死亡是什麼？其實他們都不知道，角落是什麼？不只是很陰暗，也有很明亮的地方……

他迷信的建築充滿古老的規矩是：正面是陰，反面是陽，竹子是陰，木頭是陽，寫詩是陰，做工是陽。泡湯是陰的，泡茶是陽的……一生困在怪建築的人們可能都只是陰人做陰事。

拍怪建築找怪建築……就像學書法要跟王羲之借手，千辛萬苦拿到之後，下一步，卻是要把手砍掉，九宮格也就是這種等待被砍掉的空洞的洞口。

現在的拍建築的展覽，都要有一個主題。但是更深入什麼建築攝影展，都要主題但是其實都不應該太在乎主題，主題只是開始，只是靈感，太在乎就會鑽牛角尖，把怪建築的縫隙填完做完了反而不好。因為所有的破東西出現過的自身破洞也會都有內在秩序，不用圓謊，從月光到柳葉幾乎都費解……要只是畫但畫不要畫完……怪建築只是拍但是拍不要拍完……

拍怪建築……就像是充滿恐慌地自甘淪為自虐……做一個銅製吊鉤把自己放進去倒吊，做一個槐木棺材把自己放進去埋葬，或是做一個充滿倒刺鑄鐵刑具把自己放進去用刑，甚至就是千辛萬苦做了一個建築，但是做好的時候就因為滄海桑田世事無常反而已然變成爛尾樓或已經壞毀的廢墟狀態，才是人算不如天算的天機不可洩漏虛無縹緲間的甘心還願犧牲自暴自棄才是最動人地切題。

❖

藝術是一碗湯，他拍的太多怪建築也是一碗湯……至少是喝了可以神隱的一碗湯……

一如他多年後的奇遇……意外跟拍過一個日本電視節目的怪建築找尋的充滿恐慌的怪旅行……那是一個主持的男主角認真地去找尋過一個曾有讀者投稿的不知道還有沒有人住的深山裡的聚落，一路問路人他們也都說那個鬼地方很久以前有人住過，但是現在不知道有沒有人住，後來太久以後連怎麼去都不確定，甚至還有沒有路可以走，也不知道……一路問路人，山村的尾端。這條路的前方真的有聚落啦，就是還不知道有沒有人住。

那個傳說中謎樣的聚落。依舊是一個謎。那個男主角費盡心思的後來走到路的盡頭，在山上有好幾個已經是廢墟的房子，好像都沒有人住了，後來找到有一家。

竟然繞到後端還看到有一家老房子的玻璃窗內的衣架椅背上還有吊毛巾，但是沒有看到人影，卻好像有人居住。不知道為什麼看不到……

好像神隱了一樣。

他們找尋太久，後來到了路旁邊的田地，阡陌縱橫也還有人種農作物。後來他們因為天黑也在下雨，所以就第二天才又去，竟然就真的看到有人在曬衣服，才發現這個老聚落已經只剩下那對母子居住只有兩個人，兒子六十幾歲母親九十幾歲了，他們住的那個破房子大概有七十年的舊時代建築也其實還很大很氣派，有水有電。但是收不到手機訊號。畢竟是太遙遠太荒涼的遠方……

那個老人退休以後和九十幾歲的母親住在這個地方，兒子孫子們在大阪，這個聚落的老地方以前有一百多個人住，但是後來慢慢沒落了，牆上還有一張老照片，裡面有老屋前的他和很多小孩，曾經非常熱鬧，他問主人他們住在這個地方會不會不方便，開車二十分鐘就能找到地方買東西，這個時代沒有什麼不方便的。但是冬天的山路還是有點危險，或是生病的時候意外發生的時候會很困擾，冬天他們就會搬到另外一個地方住，也在山下附近。總是有法子找出路……

「這不是《楢山節考》的老時代……」他說他完全反對那種背老人去山上等死的楢山節的老派的充滿恐慌……

「我媽在這裡出生也在這裡結婚，所以在這裡已經生活了快百年了，對這個老地方有比我還更多的一生充滿傳奇色彩濃厚的舊感情，所以她想住在這個老聚落的話，我就陪她住，那老山村的景色跟她小時候還一樣，所以不想離開，其實大部分人都搬到山下城裡去住，那是我不想看到的未來……」他說他也知道他們遲早也會搬的……只是希望能住久一點，一如他老年癡呆症多年早就昏昏沉沉一如失明的老母老是手捧著一碗湯在喝地始終開心……

那上師說，湯，就是修行，就是藥。在東方，不同於西方，觀念不一樣。湯，可以冷可以熱，可以鹹可以甜，可以是前菜也可以是主菜或最後的點心，可以是早餐或中餐或晚餐或消夜。甚至湯是神物，或更也就是藥。三千年來，湯和醫和神和哲學都有關，所有的陰陽五行的講究玄機竟然都在裡頭。

再來才是湯中的用心良苦小心翼翼添加的種種更難的藥材、蟲草、人參、鹿角、酒、種種漢人所謂的養生到近乎長壽祕訣不可思議地青春永駐，或是治痛……背痛、腰痛、頭痛、心肝脾肺腎的每一種臟器的痛都有也都可以治。他老想問他多年來太過疲憊不堪過度折騰的全身都壞了……到底怎麼調養。

那上師教他自己下廚。先用乾龍眼、乾果、乾蟲子，還用乾的一堆奇怪的藥草當湯也當引子。用醺、用烤、用慢火。可以先補身子底，做湯。

另外有一個峇里島來的同修，也一起學，後來，做了一陣子。實在太難喝了。

就偷偷教他做另一種湯，綜合了所有的味道。酸、羅望子、檸檬、糖、鹽、辣椒、青葱。苦甜酸辣鹹，都有。還用中國的紹興酒，整合所有味道，用木耳，長在樹上，長得像耳朵。金針，綁金針派對，金針菜都打結，薑、竹筍、豆腐、麻油、辣油、玉米粉、不要太濃。

他邊做邊說，他所來的峇里島是另一個眾神之島但是，奇怪的是……在那個國度，吃是和神直接相關聯的事。所以，吃在那個島是很私密的事。所有的人在餐廳，還是自己吃，很多人，但是不說話。甚至在家，都是自己靠角落吃。甚至，廟會、祭神都和吃有關。他在老烏布市場，還有常買到純豬血的腸所填入怪怪的湯。那裡頭有很多香料，但不辣，是祭神用的怪湯汁。有一道湯，是用，鴨，峇里島名料理。因為牠是強壯的，兩棲，有神通，甚至……他笑著開玩笑，可以飛半個地球傳染禽流感。他看過一個老巫師，把一整隻肥鴨身，邊折腿，邊洗泡醬汁，把肚子填料，用某種藥草葉包，放進土裡烤燒，埋五小時，拿出來時，還滾燙。那是祭神的。

但那湯汁可以偷喝。聽說可以治百病，還可以壯陽。但是那是在一個最著名的惡鬼節所吃的料理，這個節日很著名，叫做歐荀歐荀節。有等人身大小的紙紮妖怪，從各村落做好，眾人跟著出巡，極華麗也極陰森，夜裡的冗長遊行後，再一起搬到海邊，作法、焚香、煮祭品、然後再點火燒。但是，因為太大隻，往往要完全燒掉，要燒很久，所有的祭拜都很盛大而瘋狂，往往都繞好遠又繞好久，甚至還會失控。紙妖的臉燒毀時往往還很猙獰，但是燒了大半，還在訕笑或還在咆哮，一如還活著、還更生氣、還在變身、幻化、成形又變形。他說小時候，他根本就害怕極了，但是，就常常因為鴨湯太好喝，才一直待在那裡，看著那恐怖的鬼，那麼恐怖的惡魔的臉，竟然還就同時半哭半笑地融化了……但是，那時候還很小，總是很惶恐又很亢奮……那麼地邊怕邊喝……

他們還跟上師去過更遠的地方，也還甚至跟著去荒遠的山村裡，到處邊拍邊看一些不可思議的事，看一些治病的怪事，一些療癒的心的更怪或更離奇的可能。有一回，竟然是去看老薩滿在作法。

那是上千年的古代巫法。至今仍然在仍然靈驗。印象太深也太沉。

請神，為了治病、驅邪、保佑遠行，薩滿們先一群人盤坐、念念有詞，然後用手指劃破的鮮血在老鼓上，畫了三叉戟，三叉是象徵天空、人間、地獄，作為作法的開始。他們閉眼許久，越來越平靜但也激動，一邊念咒、一邊呼喚病患、問他罵他、亂語。那是一種淨身的儀式，越跳越出神，喝一種酒，像靈魂出竅般地狂亂跳舞，那些舞一如惡魔，圍繞著病人，那四五個老巫師，看起來像瘋言瘋語般地對那站在中間的病人說話，用來敲鼓的鼓棒是彎鐵柱，驅鬼。就這樣，跳了十幾個小時，從黃昏作法到深夜，甚至後來為了驅逐那隻惡鬼，竟然就跳到天亮。那天，他說他一回旅館，累到完全垮了，只能亂看電視，一轉臺，《惡靈古堡四》、《陰陽界》，頭從中向左右裂嘴巴長出怪頭張巨牙如長蕊的妖獸，正撲面而來，猙獰地……咬向女主角。轉到另一臺，看到另一部片，《龍年》，老紐約黑幫電影。那一橋段是某一個正在崛起的唐人街角頭，飛到金邊和當地的最大毒梟談判，他要重新壟斷，下定單所有第三階段的龍珠，一公斤一萬美金，在柬埔寨叛軍的田野中軍營的一群穿野戰服的軍曹之間，鉤心鬥角地說話、談判，就好像很自在很不在乎，但是說到後來就從包包裡拿出一個他在紐約原來對手的人頭，血肉模糊，但還可以看得出來是另一個可怕的角頭的嘴臉。而且，人頭眼神瞪大雙眼完全不相信自己已然被砍頭到竟然像還活著般嘴角仍然還滴著血……

一如他始終記得他那晚看電視亂轉臺時最後還轉到另外一個頻道，也是TLC旅遊生活頻道的某個比較流暢歡樂的另一個全球到處旅行找尋靈感研發新餐廳菜色的米其林餐廳的大廚找尋當地傳統的傳奇料理的當紅著名旅遊節目。

但是仔細看正仍然充滿怪異症狀般的新潮但是古老的荒謬感……一開始是跟著去一個波利尼西亞的群島的其中一個著名的觀光奇觀的風光無限迷離的島嶼旅行……島上的人們很敬神，有一個印度人的象神和濕婆神石窟廟，有一個一百多年前的老基督教堂，過去島上的神父說他們是受神和感召來的。但這個島卻仍然是古老的信仰，他們在不久之前還是食人族，吃掉過很多神父。殺了那些牧師的那個部落到後來一直被詛咒。

島上有太多深山砍到部落廣場費心費力極端華麗雕刻成的高聳圖騰柱，變成觀光奇觀的藝術成就……很多古木柱上的某一個巨大猙獰的臉甚至就有二十公尺高，最底部還可能有一隻鱷魚從嘴巴跑出來，那是大量繁殖後代的祝福，也是這種波利尼西亞島的神獸面具的著名主題。藝術家般的老匠師一生都在刻圖騰柱上花鳥蟲獸都是異常巨大威猛充滿隱喻的守護他們島嶼祖靈的神祇們……還老是近乎起乩狀態地上工下刀邊刻邊在圖騰柱前頭抽煙噴煙……自嘲這種「卡瓦」樹根磨成粉末點燃的煙是他們的生命的象徵，小孩出生的時候父親甚至被交代會在他的耳朵噴煙……代表神祇的祝福。

那主廚後來找到了那種刻圖騰柱的神木樹根是全島極端神祕珍貴的傳統傳奇食材一如藥材……那是長在熱帶雨林的那神木樹根上，那也是「卡瓦」的神木樹根磨成的粉末可以調理另一種祕方去泡的一碗藥湯，喝起來像泥巴，又苦又難喝，但是效果極快也極難以置信到像最好的大麻，然後，泡那碗藥湯的全島最大規模村落廣場圖騰柱前的巫師土著會問你，藥效的怪異願望很多種……你要海嘯的高潮或低潮？還是

遺忘一生的煩惱？

還有另一種更怪異的歷史……當年，在這一個島嶼的老時光倒流的勾勒出數百年前英國和法國的殖民史上的某種最黑暗的死角，這個曾經是放逐重刑囚犯的南太平洋·怪異波里尼西亞的奇幻島嶼……更早以前是庫克船長發現，當年那一個島嶼曾經發生不祥的災難……全島的囚犯全部死於瘧疾，服刑的時候就成天從窗洞看出監獄外不遠枯黃的山坡上自己未來的墓地。但是，有的前囚犯沒有死，還趕走原住民搶了牧地，卡納克人被趕入山中，一如澳洲的文明開始的殖民地那種又可憐又可怕的種種至今費解的恐怖神祕怪異的故事，因此現在島上很多都是歐洲人罪犯的後代，甚至後來用了當地的傳統花鳥蟲獸的原始風味傳奇菜色開了很多很好的觀光勝地法國餐廳，廚師和土著一起研究做出全新怪異法國料理，招待的客人有來觀光的各種膚色的人種，命名為「卡瓦」的湯品，竟然變成是那個著名餐廳研發出的某一道極受歡迎的料理……就像是某一種最高明的充滿神通的藝術……傳說神祕的奇效是大口一口喝完可以得到當地眾神的終極祝福……喝下就彷彿起乩通靈神祇上身……一如中國古傳的孟婆湯……喝完甚至還可以遺忘一生的煩惱……

❖

一如他那年冬天的拍怪建築的充滿恐慌，他老提起他去拍在冰雪中俄羅斯古拉格什維克正好在一月七日過東正教的年，去看一個共產政權解體工廠變成的藝術家終生用的極大老時代怪建築工作室，老學院的基本教義派，停留在十九世紀末二十世紀初的沉重，都是老派油畫，史詩英雄主義，遺失的時代感，極端保守派的東正教，但是已然連列寧史達林畫像都沒貼，好像沒有發生過。他說他那回去的時光太過複雜，之前二個禮拜都在哈爾濱，那地方老美術館有史以來第一次展覽當代漫畫，非常地不尋常時光，又因為太過敏感巧遇到巴黎恐怖分子事件，是炸死漫畫家和漫畫雜誌社的離奇命案發生，使得那個展變得更為被矚目。

最後的他始終在講他的找尋怪建築一路充滿恐慌的一生怪旅行就像某種荒謬的科幻小說出差錯的宇宙連環畫集。充滿「我們在那裡，不然我們會在那裡呢？」的無限費解……起點和終點都必然會回到那一個點的狀態都是隱喻的充滿秩序又充滿混亂，兩者對立衝突但是又需要彼此維持秩序也維持混亂……一如悲劇就是喜劇的分割。大型圓形粒子高速對撞機的加速器，直徑數十公里長或是《二〇〇一太空漫遊》的巨大黑石般的巨大無比到完全無法忍受……

他一生永遠在找尋怪建築……但是往往迷路，往往最後走到最遠距離的遠方，建築的最底層，底下往往會是古老市場，賣很多怪東西，古物，古生物，老化石……或是一個個充滿不同意見不同死亡個案的怪異墓園，海葬場，樹葬場……也充滿不同的禁忌。甚至藏匿在一道長牆體空間太過離奇失蹤的鬼地方……有巫女邪靈入侵但是允諾神跡允諾願望允諾幻想……允諾在怪建築的死角可以賣記憶，賣肉身，賣時間，甚至賣靈魂……像是浮士德遭遇的惡魔。

他最後遇到了那一個惡魔般的怪老人充滿訕笑地對他說：你以為你可以拍到什麼或找到什麼？這個世界只是一條細線般狹窄縫隙可以偷看的隱喻，從一個縫隙裡走進去會看到什麼，你拍的怪建築都只是殘局般的碎片散落的角落的死角……永遠只是一個密室，一個古代上萬年古壁畫洞窯般的化身成這時代出過事死過太多人但是無人知曉的……怨靈充滿的……著魔的某一道暗長廊，某一條黑死巷，某一個空廣場，某一個怪大廳……某一座完全弧形看不出前後，沒有出口也沒有入口、充滿走道但是走不出去的怪建築大廳。

像那一個傲慢的怪老人在通天般那麼龐大透明光太暴力地充斥的玻璃太多太大光太強烈的怪美術館大廳對他說：「你要拍這大廳的光就會瞎了眼……」一如那怪建築給未來的他的惡兆……熬給他喝的一碗湯，為他熬的一碗湯……喝了就失明……等待他自己允諾宿命的惡兆還願的甘心犧牲……

他說他終於認命了……在多年來老來聽那一個怪老人布道般的指控講經講久了，突然，覺得他拍過的在乎過的怪建築好像都失重也都失焦了，建築的太多太尖銳的控制和失控，秩序和失序……都只是一種隱喻。

那怪老人說，這麼龐大複雜的藝術一如太多太多文明最珍貴華麗冒險登場的古代歷史博物館最高規格的器物書畫藝術種種人間寶藏，說穿了，就只是……一碗湯。

一如一個天文學家面對太多宇宙星系太過繁複的黑洞蟲洞狀態的不解時，也是說，就像……一碗湯。藝術只就像一碗湯的充滿口感滋味煙影濃縮奧義的奧祕於其中的縮影……一如通人般地博通古今的那怪老人……只是拿了一個手掌大鼻煙壺大小的腫瘤狀人面瘡形老瓷瓶就解了一個亙古的業報因果的謎……也不再是他以為的物理學家考古學家藝術史建築史家定義的所有太多定義式的理論學派的解釋。而切換成某一種令人感動的不再是一種傲慢獨裁統治般的可怕的宇宙奧義，始終有太多太多的未知費解。

藝術……只是一碗湯。

當代名家

地獄變相（上、下）

2021年2月初版
定價：一套新臺幣1100元

著　　者	顏　忠　賢
叢書主編	李　時　雍
校　　對	吳　美　滿
封面設計	顏　忠　賢
	聶　置　傲

出　版　者	聯經出版事業股份有限公司
地　　　址	新北市汐止區大同路一段369號1樓
叢書編輯電話	(02)86925588轉5319
台北聯經書房	台北市新生南路三段94號
電　　　話	(02)23620308
台中分公司	台中市北區崇德路一段198號
暨門市電話	(04)22312023
台中電子信箱	e-mail：linking2@ms42.hinet.net
郵政劃撥帳戶第	0100559-3號
郵撥電話	(02)23620308
印　刷　者	世和印製企業有限公司
總　經　銷	聯合發行股份有限公司
發　行　所	新北市新店區寶橋路235巷6弄6號2樓
電　　　話	(02)29178022

副總編輯	陳　逸　華
總 編 輯	涂　豐　恩
總 經 理	陳　芝　宇
社　　長	羅　國　俊
發 行 人	林　載　爵

行政院新聞局出版事業登記證局版臺業字第0130號

本書如有缺頁，破損，倒裝請寄回台北聯經書房更換。　ISBN 978-957-08-5669-9 (一套平裝)
電子信箱：linking@udngroup.com

國家圖書館出版品預行編目資料

地獄變相（上、下）/顏忠賢著．初版．新北市．
聯經．2021年2月．上448面下448（共896）．17×23公分
（當代名家）
ISBN 978-957-08-5669-9（平裝）

857.7　　109019316

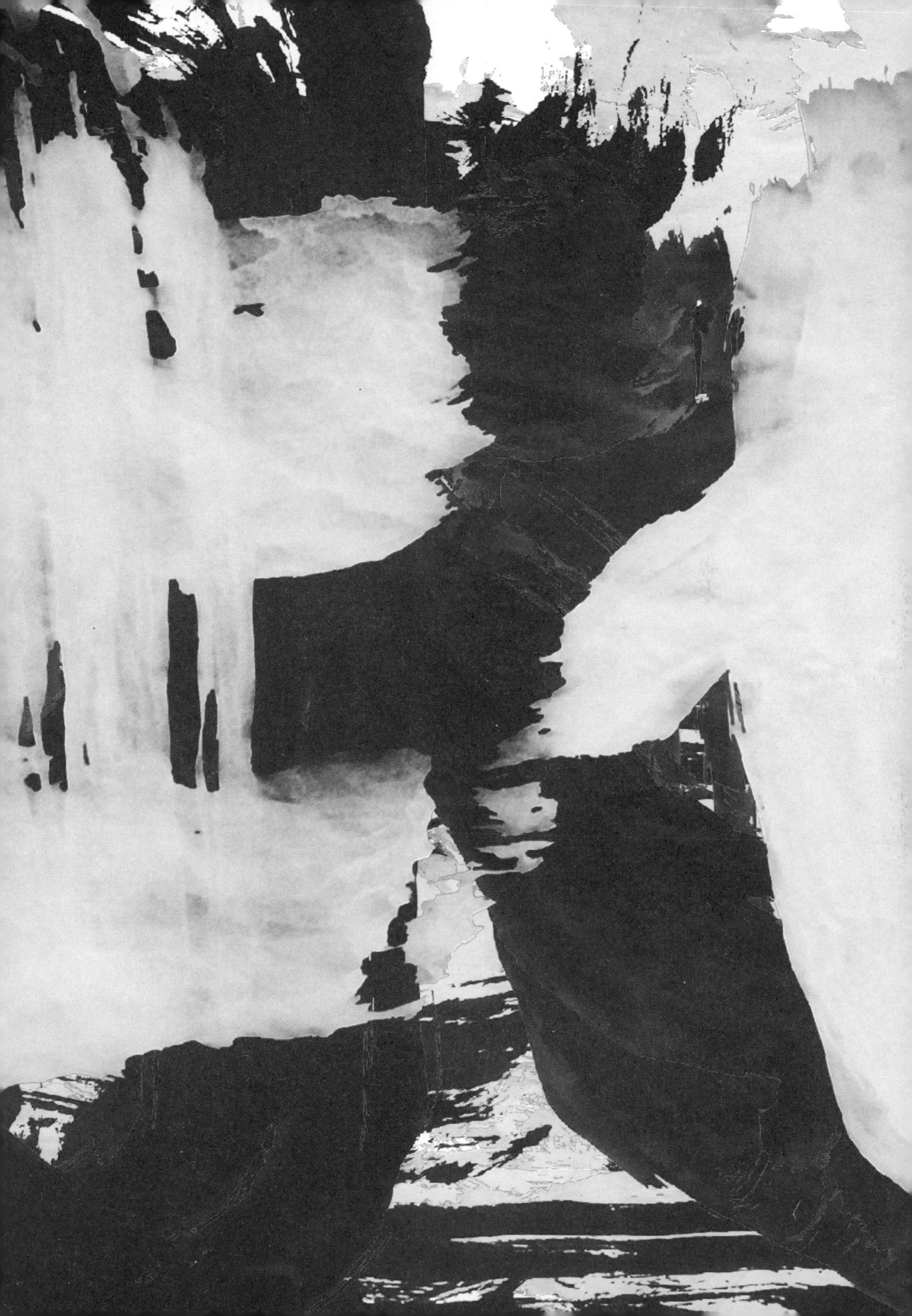